L’heure du Tigre

Du même auteur
chez le même éditeur

Les Aurochs & les Anges

Jack-Alain Léger

L'heure du Tigre

Rivages

Retrouvez l'ensemble des parutions
des Éditions Payot & Rivages sur

www.payot-rivages.fr

106, boulevard Saint-Germain, 75006 Paris.

ISBN : 978-2-7436-1688-5

À Jean Raphoz,
qui m'a appris le courage.
Et à la mémoire d'Anne Hoang,
sans qui je n'aurais pu l'écrire.

« Quand un peu d'aube luit enfin au creux de la nuit la plus noire, quand les fauves s'éveillent pour aller boire et les hommes humiliés assouvir leur soif de vengeance — cela s'appelle L'HEURE DU TIGRE... »

WAH-HAN.

« La troisième heure de la nuit venait de sonner, L'HEURE DU TIGRE, et je me levai et m'étirai tel le tigre cruel quand il se lève et s'étire et rugit dans la lointaine forêt. Je savais que pour moi venait de sonner l'heure de la revanche ; pour les méchants l'heure du repentir... »

ANONYME (HU KUÏ ?).

« Ne tremble pas mon cœur ! Mon âme, n'aie pas peur ! Il faut s'armer de patience et d'ardeur — bientôt viendra L'HEURE DU TIGRE... »

HUO-MAÏ J'EN.

PROLOGUE

« Jamais je ne l'oublierai. Je n'y arrive pas. Il était la vie, comprenez-vous ? Il était la vie même.

— Faye, je vous en prie, vous n'allez pas recommencer…

— Non, écoutez-moi !

— Faye !

— Il était la vie, et moi je suis morte. Je suis morte depuis ce jour où…

— Des mots tout ça ! Des mots. Des mots. Faye, vous refusez d'affronter la réalité, comme toujours. Vous voulez vivre dans vos rêves, dans vos fantasmes, vos pauvres petits fantasmes de petite fille qui attend son prince charmant. Mais le prince charmant ne viendra pas et vous aurez bientôt trente ans…

— Oui. Et vous, soixante…

— Vous êtes insolente, Faye ! Vous êtes méchante. Et en cela aussi vous vous comportez comme une petite fille, une petite chipie qui mérite la fessée… Seulement, je vais vous dire une chose et qui va vous faire mal : la vérité c'est qu'il est mort, il y a de ça bientôt sept ans ! Abel est mort, m'entendez-vous, Faye ? Abel est mort, vous ne le reverrez plus ! Abel est mort… Et vous, il vous faudrait apprendre à vivre maintenant. Vous n'êtes plus une enfant. Alors, je vous en supplie, essayez pour une fois de me parler de vous et uniquement de vous. Pas de lui. Lui, il ne m'intéresse pas.

— Est-ce que je ne suis pas là pour dire tout ce qui me passe par la tête ? Ne m'aviez-vous pas expliqué au début de cette saleté d'analyse qui n'en finit plus… ne m'aviez-vous pas expliqué que tout avait un sens ?

— En effet. Mais, quant à ce souvenir sur lequel vous revenez toujours… Cette obsession…

— Ne m'aviez-vous pas expliqué aussi qu'une répétition même, une redite avait également une signification cachée ?

— Oui. Mais j'essaie de vous aider à progresser. Et vous êtes actuellement en pleine régression et vous vous y complaisez. Vous vous complaisez dans votre malheur, votre souffrance. Vous n'en avez jamais assez. Aussi, vous reprenez inlassablement ce même récit que je connais par cœur maintenant : il est entré dans la chambre…

— Dans la chambre où mon père allait mourir…

— Vous m'avez raconté cette histoire cent fois, Faye !

— Et cent fois je vous ai donné quarante-cinq dollars pour que vous m'écoutiez vingt petites minutes vous la raconter. Alors, vous pouvez m'écouter pour la cent unième fois… Puisque cela me soulage et que, de toute façon, à la fin de cette saleté de séance je vous paierai, comme d'habitude…

— Ne soyez pas vulgaire, ma chérie ! Là n'est pas la question…

— Non, pour vous, les psychanalystes, ce n'est jamais là la question. Sauf quand il s'agit de vous payer…

— Oh, Faye, ma chérie !

— Je ne suis pas votre chérie ! Je suis votre cliente, docteur Levine. Et que ça vous plaise ou non, je vais vous raconter mon histoire à quarante-cinq dollars.

— Eh bien, allez-y ! Si ça peut vous faire du bien, allez-y ! Vous vous taisez, Faye ? Faye, vous n'allez pas pleurer, maintenant ? Faye, mon petit…

— Non, je ne pleurerai pas. Je serai forte. Comme lui l'était…

— Faye… Peut-être, après tout, touchons-nous à quelque chose d'essentiel, en effet. Parlez-moi de lui, Faye. Parlez-moi de lui encore. Dites-moi qui il était : Abel. »

Le silence se fit dans le cabinet du Dr Levine. Elle éteignit sa lampe de bureau : la demi-obscurité est plus propice à la confession. Faye étira ses jambes, jeta un regard désemparé sur le décor de boiseries sombres alentour, ce décor qu'elle connaissait si bien et qui, pourtant, noyé dans la pénombre, lui paraissait un peu irréel. Comme étaient un peu irréelles ces interminables vingt petites minutes, et cette « saleté » d'après-midi qu'il lui faudrait tirer ensuite, songeait-elle, cette « saleté » de soirée qui viendrait si vite : vide, infinie, indéfinie... Toute cette vie, cette « saleté » de vie qu'elle avait à vivre encore.

Abel, lui, était réel — de cela elle n'avait jamais douté, c'était même la seule chose dont elle n'eût jamais douté. Abel n'était pas un fantasme, contrairement à ce que le Dr Levine essayait à la longue de lui suggérer, il n'était pas un rêve... Il avait illuminé un instant toute cette existence si lourde à porter, si encombrante — c'était il y a longtemps, il y a très longtemps. Mais il était mort maintenant. Mort ! Avec quelle cruauté le Dr Levine le lui rappelait. « Cette grosse vache ! pensait-elle. Ça lui ferait trop plaisir à cette grosse vache de me voir pleurer... »

Mais non, Faye ne pleurerait pas. Pas aujourd'hui. Elle se l'était promis. Pour elle-même. Et pour Abel. Sa mémoire...

Elle alluma un cigarillo, tira une longue et unique bouffée avant de l'écraser méthodiquement sur le rebord du cendrier et reprit à voix basse le récit de cette rencontre que le Dr Levine avait tant de fois entendu de sa bouche :

« Il est entré dans cette chambre... Il est entré dans la pénombre de cette chambre où mon père allait mourir... Nous étions autour du lit, ma mère, mon frère et moi... Tous les trois en noir, déjà... Oui, en noir. Quel manque de tact, n'est-ce pas ? Au chevet d'un mourant ! Et j'avais voulu le faire remarquer à Maman mais je n'en ai pas eu le courage... Je n'osais... je n'ose jamais élever la voix devant elle, vous savez... Et je m'étais habillée comme elle m'avait demandé de le faire... Elle disait que c'était plus convenable ! Abel, lui... Eh bien, je m'en souviens comme si c'était hier : il portait un T-shirt blanc, des tennis aux pieds, un blue-jean un peu élimé… Mais juste ce qu'il fallait… Sans ostentation, je veux dire. Pas le côté crasseux des beatniks… Non, de sa part il n'y avait là aucune intention de provoquer : il était comme il était et il se foutait du reste… Il ne jouait aucune espèce de comédie. Et jamais non plus il n'a donné l'impression de se sentir déplacé, mal à l'aise… Pourtant, c'était un rôle impossible ! N'importe qui d'autre se serait senti gêné sans doute… Lui, il ne savait tout simplement pas être autrement qu'il était… Et il était… Eh bien : il était *réel.* Voilà. Je ne trouve pas d'autre mot. Il était la première personne *réelle* que j'aie jamais rencontrée dans tout ce foutu merdier qu'est ma vie depuis que je suis née… Il avait l'air vrai. Je veux dire qu'il se trouvait là et que ça suffisait, comprenez-vous ? Il avait voyagé toute la nuit, il ne s'était pas changé ni rasé, et, pourtant, quand le valet de chambre de mon père, cette vieille tante de Geoffrey avec ses gants blancs et ses courbettes à quatre-vingt-dix degrés et son inc'oyab'e accent anglais… quand Geoffrey lui a ouvert la porte et qu'il s'est avancé au milieu de tous ces machins Louis XV à dorures, au milieu de tous ces trucs Haute-Époque comme on n'en voit que dans les musées… eh bien, comment vous dire ? C'est nous et nos bonnes manières et nos airs compassés et nos fringues grand-deuil grand-luxe qui nous sommes sentis de trop ! Et je n'étais sûrement pas la seule à le penser : ma saleté de mère l'a foudroyé du regard comme si elle venait de le surprendre à piquer l'argenterie ! Jeremy a sursauté : on aurait dit qu'il s'était assis sur un clou… Silence de mort : on n'entendait que le sifflement de l'oxygène et la respiration difficile de mon père… Abel n'a pas essayé de prendre ce visage de circonstance qu'on prend en entrant dans la chambre d'un mourant. Il n'était ni triste ni faussement gai non plus, un peu ému peut-être. Il nous a salués d'un vague hochement de tête, comme ça, sans rien dire, et il s'est avancé tout de suite vers mon… vers son père. Il ne l'a pas regardé à la dérobée comme nous faisions tous les trois depuis que nous étions là, installés à son chevet. Non. Abel avait ce regard direct et franc… En même temps, un peu d'étonnement dans ses yeux. Ou la fatigue du voyage, je ne sais pas. Mais il se tenait très droit au pied du lit et une grande impression de force émanait de lui, une impression de solidité, de sérénité… Il était très beau. Pas de cette beauté des gens qu'on trouve tout de suite beaux… C'était une beauté intérieure… Et qu'il fallait découvrir peu à peu… J'ai commencé à le dévisager : c'était très impoli, je le savais, mais je m'en moquais. J'étais intriguée. J'ignorais encore qui il était et pourquoi il se trouvait là. En tout cas, je me disais à moi-même : voilà quelqu'un de parfaitement bien dans sa peau… Et en même temps, je ne sais quoi de fragile, d'inachevé, d'enfantin encore… Il n'avait que vingt-quatre ans ! et il respirait la joie de vivre et la santé : très bronzé, les lèvres légèrement gercées où on voyait encore des traces de pommade blanche, autour des yeux ce drôle de masque blanc que lui avaient dessiné ses lunettes de glacier… vous savez ? ces lunettes rondes à coque de cuir… Ça ajoutait quelque chose d'un peu… comment dire ? d'un peu clownesque à son charme. C'était… attendrissant ! Comme ses fossettes… comme ce duvet blond qui n'était pas vraiment de la barbe… comme cette dent de devant à demi cassée — je crois qu'il s'était fait ça en tombant l'année d'avant. Et puis, ce qui m'a tout de suite séduite aussi, c'était cette démarche : très souple et dégagée… Une élégance innée… Mais je crois que la pratique de l'alpinisme y était également pour quelque chose… Comme la danse, ça vous donne une sorte d'aisance… Il me faisait penser à un chat. Oui, un beau chat : ça m'a frappée quand je l'ai vu s'approcher de la tête du lit… Quand il a fait cette chose à laquelle aucun de nous n'avait pensé jusqu'ici : quand il a pris la main de Papa et qu'il lui a dit doucement : “Tu vois, je suis là !” Ce n'était rien, évidemment, rien qu'un petit signe d'affection mais j'étais bouleversée. Comme si ces mots m'étaient adressés : “Tu vois, je suis là !” Je l'aimais déjà ! Je l'aimais… Alors, il s'est aperçu que je l'observais et il a fait cette autre chose tout aussi incroyable : il m'a souri… Pouvez-vous imaginer ça ? Il m'a souri et il a esquissé un geste de tendresse. De complicité… “Tu vois, je suis là !” Nous n'avons rien eu à nous dire : nous nous étions compris… Et après, eh bien, après, ce serait… oui, j'en avais le sentiment dès ce moment-là : ce serait comme dans la chanson, vous savez ? L'ombre de son sourire me poursuivrait dans mes rêves… Et ces simples mots :

“Tu vois, je suis là !”

» Non ! Non ! Il n'est pas mort ! Je ne veux pas croire que… Je ne veux pas imaginer qu'il est mort. Ça n'a pas de sens, je le sais, mais parfois je me dis : il est encore en vie ! J'en rêve la nuit !… Oui ! il est encore en vie ! Abel ! Abel !… Et je m'éveille en sursaut. Et je crie son nom à tue-tête ! Je le vois ! Il est là ! Oh ! Abel ! Abel ! Abel !… Je répète son nom plus bas : Abel, Abel… Je chuchote son nom : Abel… Et je pleure… »

PREMIÈRE PARTIE

L’heure du Chat

Il allait dans la lumière légère et bleutée de l'aube levée sur le glacier depuis peu. Il allait d'un pas égal, au hasard de la pente éblouissante qui crissait sous ses crampons acérés. Il allait, plantant son piolet çà et là, oublieux des plus élémentaires précautions que l'on doit observer quand on marche sur la glace. Il allait, perdu dans ses pensées, ses souvenirs, tandis que devant lui, nettement détourée du ciel, obscur encore au nord, et dont elle semblait menacer les nuages couleur de sang, se profilait l'aiguille de granit rouge, la terrible Aiguille du Fou.

Brusquement, il se trouva déséquilibré.

« Oh ! Tu veux donc laisser tomber l'ami Jacques ! »

L'accent un peu traînant des Savoyards et ce ton à la fois bourru et affectueux qu'il connaissait si bien le rappelèrent aussitôt à la réalité. Et la réalité, c'était qu'il avait manqué tomber et, peut-être, glisser dans une mince crevasse bleutée béante à quelques pas de là.

Il se retourna et sourit assez piteusement, comme un enfant réprimandé qui veut se faire pardonner une imprudence. Jacques Servoz, son guide, son ami, qu'il devançait depuis qu'ils avaient quitté le bivouac, vint le rejoindre, enroulant la corde en anneaux réguliers.

« Abel ! C'est n'importe quoi, ce matin. Je ne vis plus, moi ! Allez, laisse-moi passer devant que je puisse t'assurer un peu !

— Pardon. Je ne suis pas à ce que je fais.

— Je le vois bien. Tu penses encore à Johanna : si tu crois que je ne l'ai pas compris ! Seulement, ce n'est pas le moment ni l'endroit. Si tu veux qu'on abandonne, dis-le tout de suite… Je ne t'en voudrai pas, tu sais.

— Tu es fou ou quoi ? Abandonner !

— Très bien. On continue. Mais dans ce cas, tu dois choisir : c'est elle ou la course. Tu ne peux pas penser aux deux à la fois…

— Ah, tais-toi, je t'en prie ! se mit à plaisanter Abel. Figure-toi que c'est très exactement ce qu'elle m'a dit avant qu'on se quitte : "Eh bien, cette année, tu dois choisir : ce sera moi ou la montagne !"

— Et que lui as-tu répondu ?

— Rien. J'ai seulement chanté cette chanson du nouvel album de Dylan : *Most likely you go your way and I'll go mine…*

— C'est-à-dire ?

— "Ce qu'il y a de plus vraisemblable, c'est que tu vas ton chemin et moi, j'irai le mien…" Avec Johanna, tout le temps où nous avons été ensemble, il y a toujours eu entre nous une chanson de Dylan. À chaque circonstance de notre vie… Ça a commencé avec *One too many morning*, quand on s'est connus. Plus tard il y a eu *Love Minus Zero / No Limit* que nous avions appelé l'Hymne national de notre amour. Bon sang ! Combien de fois nous avons pu le passer et le repasser. Le disque est plus usé qu'un vieux 78 tours… Il nous est même arrivé de l'écouter debout et au garde-à-vous, comme des cons ! Mais c'était chaque fois le même frisson quand il dit : "Mon amour parle comme le silence…" Et pourtant, Johanna ne parle pas comme le silence, ou très rarement. Et quand elle a ses nerfs… ! Je me souviens de la fois où elle a piétiné le nouvel album que je venais de lui offrir pour son anniversaire… J'en étais malade ! Je ne savais que répéter comme un foutu imbécile : oh non ! le nouveau Dylan ! le nouveau Dylan !

» Eh bien, c'est aussi le nouveau Dylan, *Blonde on Blonde*, que je lui ai acheté l'autre jour quand nous avons décidé de nous séparer pour l'été. Dedans, il y a un blues magnifique qui s'appelle *Visions of Johanna…* »

Au tout début de leur histoire d'amour, en ce mois de juin 1964, il y avait eu *One too many morning*, en effet, mais leur histoire avait commencé quelques heures auparavant et sans que ni l'un ni l'autre aient pu alors imaginer un instant qu'ils allaient s'aimer — tout au contraire.

Un orage venait d'éclater au-dessus de Paris et la pluie tombait à grosses gouttes sur l'asphalte fumant. À l'entrée de l'autoroute du Sud, pouce levé, un jeune homme solitaire suffoquait sous son poncho kaki de toile enduite et, depuis vingt bonnes minutes qu'il se trouvait là, désespérait déjà de voir un automobiliste ou un camionneur s'arrêter. Il venait de Californie — c'était écrit en lettres fluorescentes sur son pesant sac à dos, en travers duquel on pouvait voir aussi, soigneusement arrimés, un piolet, des crampons et quelques écheveaux de corde. Il allait à Chamonix — c'était du moins le souhait qu'il avait indiqué au crayon-feutre sur un morceau de carton que la pluie commençait à délaver. Chaque fois qu'un véhicule s'immobilisait au feu rouge, il plaidait sa cause à travers la vitre à demi baissée de la portière, précisant dans un français hésitant qu'il était étudiant et qu'il voulait *ascensionner* le mont Blanc. Mais en vain : au vert, les chauffeurs, indifférents, démarraient en trombe et les roues projetaient des paquets d'eau sale qui s'engouffraient jusque sous son poncho — « vacherie ! » Sueur et pluie : il était trempé jusqu'aux os et tempêtait intérieurement contre tous ces salauds de fils de pute de Français…

Et pourtant, le matin même, quand il avait atterri à

Orly, il délirait de bonheur. Il était donc à Paris ! Il était donc en France ! Au pays de Rimbaud et de Proust ! Au pays des Grandes Jorasses et de l'Aiguille du Midi ! Au pays de sa M'a, sa chère vieille Madeleine !... Dans « cette seconde patrie de tout homme épris de liberté et de poésie » ainsi que le lui avait fort pompeusement écrit le vieux Ford, son professeur de littérature comparée, quand il lui avait fait part de son projet ! Aller en France...

Il y était. Et il en avait les larmes aux yeux. Il aurait voulu se jeter au cou de tous ceux qu'il croisait dans l'escalier qui menait à la salle de remise des bagages, les embrasser, leur dire qu'il les aimait. Il chantonnait, il virevoltait sur le marbre glissant du hall, ivre de la fatigue du voyage et des effets du décalage horaire. Et il ne manifesta pas même un instant la moindre exaspération contre ce gros douanier obtus qui lui fit vider son sac de fond en comble pour examiner minutieusement tout son matériel d'escalade pendant un bon quart d'heure, piton après piton, mousqueton après mousqueton, avant de conclure que rien de tout cela ne devait pouvoir servir à « se piquer au haschisch » !

À ce qu'il paraissait, les étudiants américains, qui n'étaient pourtant pas encore très nombreux fût-ce à seulement fumer de « l'herbe », commençaient à avoir mauvaise réputation auprès des autorités françaises. Abel était de ceux-là et l'ignorance du douanier le fit simplement rire aux larmes...

Il en riait encore en déambulant dans les rues de Paris qu'il se réservait de visiter plus longuement, en deux ou trois jours, à son retour...

Notre-Dame, le Louvre, la Concorde — et à quatre heures de l'après-midi, il se postait à l'entrée de l'autoroute. Il roulerait toute une nuit, estimait-il. Le lendemain, vers midi, ou peut-être plus tôt, il serait à Chamonix.

Mais une heure avait passé, et puis deux... Ensuite, ç'avait été le rush des banlieusards, « ces connards qui n'allaient jamais plus loin que leur banlieue à la con ! »...

Et la pluie avait redoublé. Et il avait froid maintenant. Et faim. Et sommeil. Et dans un accès de découragement il s'était mis à calculer mentalement s'il aurait assez d'argent pour prendre le train en économisant sur le reste. Mais ce n'était pas dans sa manière d'abandonner. Abandonnerait-il s'il venait à se trouver en difficulté dans les Aiguilles Rouges ou sur la Dent du Géant ? Avait-il abandonné au Sentinel Rock quand la corde avait cassé ? Non ! il avait décidé de continuer sans assurance... Alors, pensant attendrir les camionneurs, il s'était mis à déclamer des poèmes de Rimbaud et des pages entières de Proust qu'il avait apprises par cœur. Mais les camionneurs n'étaient pas du tout attendris. Ils le prenaient simplement pour un fou et le lui faisaient savoir en vrillant un doigt sur leur tempe ou en faisant mugir leur avertisseur. Quand ce n'était pas un éloquent bras d'honneur !

« Vacherie ! Vacherie ! Vacherie ! »

... Et puis un arc-en-ciel comme on n'en voit que sur les dessins d'enfant a colorié le ciel plombé, l'orage s'est éloigné, et ces deux filles sont arrivées. Une beauté flanquée d'une mocheté. Et Abel a songé : c'est toujours comme ça avec les auto-stoppeuses ! Deux belles voyageant ensemble, ça ne se voit jamais. Le boudin est censé sans doute protéger la vertu de l'autre et appeler au secours dès que le chauffeur du poids lourd s'affole... Mais celle-ci était singulièrement belle : de longs cheveux si noirs qu'ils en avaient des reflets bleutés, de grands yeux gris pâle, un demi-sourire ambigu, énigmatique... Et l'horreur qui la chaperonnait : obèse et boutonneuse à faire peur ! Toutes deux américaines, à n'en pas douter. D'ailleurs, l'horreur tenait sous le bras l'inévitable *Europe on 5 dollars a day,* cette cochonnerie de guide rédigé par des types qui n'ont jamais dû quitter leur suite à trois cents dollars au *Carlyle* : à moins de fouiller dans les poubelles et d'installer votre vieux duvet pourri sous les ponts, vous pourriez, vous, manger trois fois par jour et dormir pour cinq dollars ? Vous avez déjà essayé ?

C'est ce qu'Abel leur a dit, d'entrée, pour les faire rire.

Mais ça n'a amusé que la beauté. La mocheté l'a toisé avec un mépris non dissimulé et, à part soi, il l'a aussitôt surnommée « Bas-du-Fion ». Bas-du-Fion croyait en tout ce qui était imprimé. Et s'il était écrit qu'on pouvait, à Paris, manger pour cinq francs dans un bistrot charmant où la patronne venait au dessert vous jouer un petit air d'accordéon, eh bien, c'est que c'était vrai !

« Tiens, vous venez de Californie, vous aussi ! » a fait remarquer l'autre, que la question du Guide Jaune n'intéressait apparemment pas.

« Je suis étudiant à Berkeley, troisième année. Lettres et socio.

— Ça, alors ! Comme nous, s'est-elle écriée gaiement. Mais nous sommes en psycho. »

Alors, Abel, qui était d'habitude d'une timidité maladive avec les filles, s'est entendu répliquer à sa propre stupéfaction :

« Voilà pourquoi je ne vous ai jamais remarquée. Sinon, une beauté comme vous, vous pensez... »

Elle n'a pas rougi ni même pris cet air vaguement pincé ou sarcastique de celles qui subissent les assauts d'une « drague » dans les règles. Elle a souri — ce curieux sourire qui l'intriguait tant — et elle s'est présentée :

« Johanna Jones.

— Abel Young. »

Pour ne pas être en reste, Bas-du-Fion a grommelé dans son appareil dentaire un confus « Mary-*quelque-chose Quelque-chose*-stone. » Livingstone, peut-être. Mais Abel ne lui a pas demandé de répéter — pour ce qu'il en avait à faire ! C'était tout simplement comme si elle n'existait pas...

« Vous allez où ? a-t-il demandé à Johanna.

— La Provence. L'Italie... Et toi ?

— Les Alpes. Je vais escalader...

— Grotesque ! a pouffé Bas-du-Fion. On a bien assez de montagnes aux États-Unis pour ça. Pourquoi venir ici ? »

Une bêtise aussi crasse ! Abel n'en croyait pas ses oreilles, mais il a répliqué du tac au tac :

« C'est cul d'aller en Italie ! On a bien assez de pizza-parlors, de spaghetti-houses et de cafétérias chez nous aussi !

— Nous y allons pour les musées, qu'est-ce que vous croyez ? »

Il était abasourdi : il se demandait comment une belle fille qui avait l'air intelligent « et tout » pouvait traîner avec elle, comme un boulet, pareille « connasse ». Un boulet qui devait peser au bas mot ses cent quatre-vingt-dix livres trois quarts !

Sur ce point, il était injuste : après tout, lui aussi avait été obèse. Et boutonneux... Mais il se trouvait sous le charme de Johanna — déjà. Étrangement ému. Le cœur battant. Ça ne lui était jamais arrivé, songeait-il, jamais aussi fort. Bon sang ! Pouvait-on... eh bien, pouvait-on tomber amoureux comme ça ? Au premier regard ? Au premier sourire ? C'était trop bête, n'est-ce pas ? Ça ne se passait ainsi qu'au cinéma. Et encore ! dans les séries B... Mais si la vie était une série B ? Si c'était précisément de cette façon-là que les choses commençaient quand elles commençaient pour de bon ? Si c'était comme dans la plus banale rengaine, comme dans ces romances éternelles qu'on fredonne sans y penser ?

Tel était son trouble qu'il ne trouvait plus rien à dire pour la faire rire. Il la contemplait et une envie furieuse le prenait de l'enlever à Bas-du-Fion, laquelle geignait déjà que « l'attente était bien longue ». Même s'il devait pour cela user de violence...

« Ça fait longtemps que vous attendez ? s'enquit Johanna, vous croyez que ce sera long ?

— Bientôt trois heures !

— Oh ! Seigneur ! Tu entends, Marilyn ? »

Et de plus, elle s'appelait Marilyn ! Abel eut envie de ricaner.

« Il dit ça pour nous embêter », gloussa Marilyn.

À ce moment-là, comme pour lui donner raison, à « ce tas de boue », une DS s'arrêta, dont le conducteur, qui était seul, les invita à monter tous trois...

Alors, il se passa une chose incroyable : Marilyn se rua

sur la banquette arrière, tirant Johanna et leurs deux sacs à la hâte, claquant vite la portière…

Déjà la voiture filait sur la bretelle d'accès à l'autoroute.

Les salopes ! Elles venaient de la lui faucher sous le nez et de le laisser en plan, lui qui attendait depuis tant de temps ! Et Johanna sortait déjà de sa vie, comme ça ! Aussi vite qu'elle y était entrée — « Johanna ! »

Il était encore dans une telle colère dix minutes plus tard qu'il ne comprit tout d'abord pas que l'appel de phares de la Porsche vif-argent qui venait de s'immobiliser au feu rouge était une invite à monter.

Une Porsche ! — il ne rêvait pas.

Une Porsche !

« Elle est à mon père. Je me suis arrêté à cause de cette vieille fraternité des alpinistes : j'ai vu votre corde et votre piolet… Moi aussi, je grimpe. Mon nom est Jean-Claude. Vingt-cinq ans. Étudiant en médecine. Et j'habite Lyon. Voilà, vous savez tout !

— Abel. Troisième année de lettres à Berkeley. Vingt-deux ans. »

Poignée de main. Et déjà le coupé filait sur la voie de gauche de la chaussée…

Ils eurent vite rejoint la DS. Tandis qu'ils la dépassaient, Abel, qui venait de raconter non sans cocasserie sa mésaventure, salua d'un pied de nez les deux « chipies » qui s'y trouvaient. Une gaminerie — mais n'était-il pas quelque peu enfant encore ? Ou plutôt : n'était-il pas enfin un enfant, lui qui avait eu une enfance grave, douloureuse, désespérée ; lui qui, de fait, n'avait jamais eu d'enfance ?

Eh bien, c'était maintenant que lui venaient l'insouciance, la gaieté. C'était maintenant qu'il connaissait cette chose si simple et miraculeuse, à la fois, qu'on appelle la joie de vivre. C'était maintenant qu'il roulait, ivre de plaisir, sur cette nationale quelque part en France, dans la splendeur du couchant…

Le soleil qui décline à l'horizon, les fins nuages roses

effilochés dans les lointains, le défilé rapide des troncs d'arbre sur le bas-côté de la route, les reflets dorés dansant sur le pare-brise, l'obscurité limpide et bleue d'une belle nuit d'été, la griserie de la vitesse... Et la trouée des phares dans le noir, et le rugissement d'un moteur puissant poussé à ses limites, et à la radio, les premiers accords de la grandiose ouverture de *Tannhäuser* — n'était-ce pas cela, le bonheur ?

Le bonheur ! Il ne voulait rien d'autre, ne revendiquait rien d'autre, ne rêvait de rien d'autre que du bonheur. Lui et tous ceux de sa génération. Tous ceux qui vivaient en Californie ou quittaient la côte Est pour venir y vivre. Tous ceux qui avaient pleuré à la mort de Marilyn Monroe comme s'il s'était agi d'une amie intime et tous ceux qui s'étaient effondrés en voyant à la télévision le petit John-John Kennedy saluer au garde-à-vous la dépouille mortelle de son père... Ils voulaient le bonheur tout de suite ! Eh bien, ils inventeraient un monde meilleur ! Bob Dylan l'annonçait, qui chantait devant des foules immenses que « les temps allaient changer ».

Mais Abel n'était pas assez naïf pour imaginer que tout allait changer aussi simplement que dans leurs rêves. Le vieux monde tenait bon, il le savait. Ici, dans des silos de béton, s'entassaient des milliers de Hiroshima. En Amérique latine, en Afrique, en Asie, ils étaient des millions à mourir de faim chaque jour. À l'Est, c'était la déportation pour un simple délit d'opinion. Qu'elle était fragile l'idée du bonheur face à tant d'horreur ! Ses amis noirs qui militaient contre le racisme avaient cru à une déségrégation rapide : mais dans les États du Sud, des tueurs du Klu Klux Klan assassinaient des Marcheurs pour la Paix. Ses camarades des organisations de gauche croyaient en un règlement rapide du conflit du Viêt-nam, ils prédisaient que l'enlisement de la France dans cette sale guerre d'Algérie, qui venait seulement de prendre fin, servirait d'exemple : la veille même, le 24 juin, le général Taylor avait été nommé ambassadeur à Saigon en remplacement de Cabot Lodge. Quand un militaire succède à un civil, c'est un mauvais signe pour la paix ! — Abel, à ce sujet, ne se faisait aucune illusion. Il pressentait même qu'il serait appelé un jour prochain avec tous ceux de son âge, et sans considération des études qu'il devait terminer. Il songeait déjà à l'exil au Canada ou en Suisse — « plutôt en Suisse où il y a le Matterhorn et l'Eiger ! » se disait-il — il organisait en pensée ce que serait sa difficile vie de déserteur.

« Voyez-vous, Jean-Claude... fit-il remarquer.

— Tu peux me dire tu.

— Vois-tu, sous cette apparence de générosité et d'idéalisme des étudiants, eh bien, il y a beaucoup de médiocrité, et ce ne sont, au fond, pour la plupart, que des moutons. Incapables de penser par eux-mêmes, d'agir d'eux-mêmes, de prendre en main leur existence. Ce qu'il leur faut, ce sont des idées toutes faites, des mots d'ordre, des slogans à rabâcher comme les gosses répètent les publicités qu'ils entendent à la télé, ce qu'il leur faut, ce sont des vedettes à admirer, des stars : Mao, le Che, Luther King. Il leur faut des chefs, à ces cons. Moi aussi, j'ai longtemps cherché un héros, un héros à moi. C'était du temps où j'étais malheureux : je me trouvais moche — je l'étais d'ailleurs : je pesais dans les cent quatre-vingt-cinq livres et je soufflais comme un phoque —, je me trouvais minable : tellement froussard que je piquais la colique si je voyais de la bagarre quelque part... Je pensais qu'aucune fille ne voudrait jamais de moi. Je n'avais pas d'amis... Alors, je cherchais désespérément un héros à admirer : dans les livres, dans les bandes dessinées, à la télé, au ciné... J'étais bloqué affectivement, affreusement névrosé. Et à force de me torturer, je devenais complètement cinglé. Et puis, quand j'ai touché le fond, quand j'ai voulu me flinguer... Un matin, ça m'est venu comme ça : je me suis regardé dans la glace, oui ! ce gros tas que j'étais. J'ai eu le courage de le regarder en face et je me suis écrié à voix haute : “Mais, pauvre con, tu l'as trouvé, ton héros ! Ton héros, ça doit être toi ! Oui, le seul héros, ce sera toi !” De ce jour, j'ai décidé de me prendre en main, de changer ma vie. Et mon pote Thomas Haynes, mon camarade de chambrée à Berkeley, celui qui m'a initié à la varappe, m'a aidé également quand il m'a dit : "Si tu veux, tu peux. Il suffit de s'aimer tel qu'on est pour devenir celui qu'on aimerait être. Viens donc avec moi, pauvre vieille chose, je t'apprendrai à grimper. Quand tu seras accroché à un vieux bout de rocher au-dessus du vide, tu n'auras pas le temps de te trouver moche. Et d'ailleurs, à ce moment-là, tu seras beau, tu verras…" »

Jean-Claude l'interrompit :

« Ce que tu dis c'est bien joli, mais c'est une position élitiste, un point de vue de privilégié. Parce que tu es un privilégié, Abel, n'est-ce pas ? Que fait ton père ?

— Tiens, ça c'est bien une question d'Européen : "Que fait ton père ?"

— Dis toujours !

— Je suis orphelin de père.

— Oh, je suis désolé de…

— Ça ne fait rien. Tu ne pouvais pas savoir.

— Mais, si tu me permets encore : ta mère ?

— Elle tient un petit café minable, un relais pour camionneurs sur la 132, un peu avant Modesto. Oui, le bled s'appelle Modesto ! Tu vois qu'en fait de privilèges !…

— Je suis désolé, vraiment…

— Et d'ailleurs, ce n'est pas ma mère. Je suis orphelin de mère également. Je l'ai appris quand j'avais dix ans.

— Je suis désolé !

— Sais-tu ? La femme qui m'a élevé et que j'appelle M'a et qui tient ce café, eh bien, elle est française d'origine. Madeleine Langlois. Une ancienne femme de chambre de mon… de mon père. Elle avait épousé le maître d'hôtel qui, lui, était italien…

— Mais… je vais être indiscret encore une fois : si ton père avait une femme de chambre et un maître d'hôtel, comment se fait-il…

— En effet, le coupa Abel, sur un ton courtois mais qui n'admettait pas la moindre réplique : tu vas être indiscret ! »

Il n'était pas minuit quand ils entrèrent dans Lyon. Jean-Claude proposa à Abel de l'héberger pour la nuit et Abel, mort de fatigue, ne se fit pas prier très longtemps.

La villa, récemment construite à flanc de colline au-dessus de la Saône, était une de ces rares réussites de l'architecture moderne. Et la suite que constituaient la chambre d'amis, la salle de bains et le petit salon attenant aurait pu figurer dans la plus exigeante des revues de décoration. Jamais Abel n'avait couché au milieu de tant de luxe. En fait de lit, il n'avait connu que le petit cosy-corner dans un coin du living au-dessus du bruyant café de sa M'a, la couchette étroite dans le dortoir du campus ou le sac de couchage à la belle étoile. Et tandis qu'il s'endormait après avoir paressé dans la béatitude d'un bain bouillant, il ne put s'empêcher d'avoir le fou rire en imaginant la tête qu'auraient fait certains de ses camarades, froids militants, rigoureux extrémistes, à le voir se vautrer ainsi dans l'exquise fange « capitaliste ».

« *I'm one too many morning...*

— ... *And a thousand miles behind.* »

Bon sang ! Qui pouvait reprendre ainsi la chanson qu'il chantonnait ? Et ici, sur la route de Chambéry ?

Qui ? Eh bien... Johanna !

Elle était là, affalée dans le fossé. À son côté, Bas-du-Fion dormait, la tête bizarrement coincée entre leurs deux sacs de voyage. Plus vilaine encore dans l'abandon du sommeil qu'éveillée ! Ah, « vacherie ! » : était-il condamné à les retrouver en travers de son chemin chaque fois qu'il lèverait le pouce ? Ça devenait d'un lassant ! Et puis, que fichaient-elles sur la route des Alpes ? N'était-ce pas en Provence qu'elles voulaient se rendre, ces emmerdeuses ?

« Ça ne t'a pas suffi de m'avoir fauché la Citroën sous le nez ? Maintenant, c'est ma chanson ! s'écria-t-il d'un ton faussement outré et féroce à la fois. J'ai déjà vu des chieuses dans ma vie, mais alors là !

— Dylan est à tout le monde, non ?

— À tout le monde ? Alors, ça ! À toi, passe encore, mais pas à ce tas de boue, tout de même ? » répliqua-t-il en tendant un doigt accusateur vers Marilyn qui, troublée dans son rêve, s'était retournée sur le ventre et reniflait bruyamment. « Ça, pas question ! Bob Dylan appartient à ceux qui le méritent. Et tu ne vas pas me dire que cette grognasse... »

Johanna ne fit même pas mine de s'offusquer de tant

de grossièreté. Au contraire, à l'étonnement d'Abel, elle se mit à rire aux éclats.

« Je suis désolée pour hier, fit-elle gentiment. Je ne m'attendais vraiment pas à ce que Marilyn... J'étais furieuse contre elle. Mais, si ça peut te consoler, je peux te dire que ça nous a pas porté chance. Le voyage a été absolument cauchemardesque : cinq fois on a dû changer de tacot ! Que des pépères qui se traînaient à dix à l'heure ! Et le dernier, cet enfant de salaud, qui nous a larguées ici à cinq heures du matin...

— Ahah ! Et moi de rire !

— Oh, ne sois pas rancunier !

— Je ne le suis pas, je n'ai aucune raison de l'être : j'ai roulé en Porsche tout du long. Pied au plancher, virages en dérapage contrôlé, Wagner... Enfin, le grand jeu ! Et ensuite une bonne nuit dans une chambre à côté de quoi la « suite présidentielle » du Hilton n'est qu'un trou à poux d'un boui-boui des bas-fonds de Calcutta. L'Europe pour trois mille dollars par jour !... Tu vois, si tu voulais venir avec moi et laisser tomber la fille de Frankenstein et de Godzilla, tu voyagerais "première classe". Et on pourrait chanter en chœur les tristes blues de notre ami Bobby sur les belles routes de France. C'est ça qui serait romantique !

— C'est marrant ! Je te trouve puant, et en même temps je n'arrive pas vraiment à te détester.

— Eh bien, j'étais en train de me dire la même chose : tu me tapes sur les nerfs mais je ne rêve plus que de toi depuis hier ! Hélas, au beau milieu de mon rêve, voilà que je revois cette face de rat et que je m'éveille en sursaut aussitôt. "Oh non ! Pas ça ! Pas ça ! je hurle. Pas Marilyn !"

— Tu es drôle, toi ! C'est ma cousine, je suis bien obligée de me l'enquiller. Si tu crois que c'est pour le plaisir ! Mon vieux a beau être libéral de gauche, nouvelles mœurs, nouvelle société et tout le tremblement, il ne m'aurait jamais laissée partir seule. Déjà que ma mère en fait une maladie. Elle ne sait même pas qu'on va en Italie ni, surtout, qu'on y va en auto-stop. Sinon, ce serait l'infarctus dans l'heure. Pour elle, le monde civilisé s'arrête à trois rues de Russian Hill... »

Fanfaronnant de plus en plus, Abel roula des épaules, fit jouer ses muscles comme un athlète à l'échauffement, mais avec une exagération comique, et poursuivit très pince-sans-rire :

« Sûr que si elle m'avait connu, c'est à moi qu'elle t'aurait confiée. Un beau gars qui grimpe du "VI Sup.", qui se débrouille pas trop mal en français et qui sait remettre à leur place les dragueurs *Made in Italy !* Et qui arrête les voitures comme ça !... Lui suffit de lever le pouce ! »

... En même temps, il accompagnait le mot du geste. Et aussitôt, comme pour lui donner raison, une Lancia s'arrêtait pile à leur hauteur !

« Oh merde ! C'est vrai que ça marche avec toi !

— Tu vois, qu'est-ce que je te disais ? s'exclama-t-il, ébahi lui-même de cette inimaginable aubaine.

— Tu me tues ! »

Alors, ce fut l'affaire d'un instant : tirant précipitamment Johanna par le bras, puis la poussant à l'intérieur de la luxueuse berline, il s'écria :

« Vite ! Vite ! Quel est ton sac ?... ton sac ?

— Euh... beuh, le b-bleu », balbutia Johanna qui ne comprenait pas encore très bien ce qui lui arrivait.

Abel se rua sur le bagage, bousculant au passage Marilyn, laquelle se mit à hurler de frayeur. En deux enjambées, il retourna à l'auto, jetant le sac sur la banquette tel un rugbyman marquant en touche, et claqua violemment la portière.

Ils étaient partis !

Dans la lunette arrière, ils virent la pauvre cousine délaissée qui trépignait au milieu de la chaussée, criait, bavait, jurait, puis tentait de les rattraper en courant — si l'on peut appeler « courir » se dandiner aussi lamentablement — et, à bout de souffle, s'effondrait sur le macadam, éclatant en sanglots déchirants. Un informe pantin désarticulé qui s'amenuisait... s'amenuisait... et disparut de leur vue au premier tournant.

Johanna et Abel avaient la cruauté tranquille des adolescents : ils se mirent à rire.

« Que s'est-il passé ? demanda le conducteur de la Lancia. Je n'ai rien compris…

— Oh, ne cherchez pas ! répondit Abel effrontément. Il y a que c'est un vrai pot de colle qui nous suit partout depuis San Francisco et que nous en avons par-dessus la tête, ma fiancée et moi… »

L'homme leur fit un clin d'œil complice et vaguement attendri. Johanna, encore sous le coup de l'émotion, ne protesta pas. Elle se blottit doucement contre la poitrine d'Abel et, sans plus rien dire, s'endormit presque aussitôt. Ils étaient partis !

Ils étaient partis et il leur semblait qu'un amour fou venait de naître, il leur semblait qu'ils roulaient, ainsi enlacés, au-devant de toute une vie. C'était, dans le romantisme de cette limpide matinée d'été, dans la griserie de l'air entêtant et léger des montagnes, dans l'éblouissement blanc des sommets sous un ciel transparent, c'était le pressentiment que leurs destinées se croisaient pour n'en faire plus qu'une à jamais. Ils auraient voulu clamer leur joie, chanter à tue-tête, rire aux éclats, et ils l'auraient fait si une sorte de pudeur délicieuse ne les avait retenus de trop montrer leurs sentiments. Il n'y avait là, de leur part, aucun souci de se plier aux convenances — ils se moquaient bien des convenances ! — mais ces moments si enivrants n'étaient qu'à eux seuls, estimaient-ils ; cet amour était en quelque sorte leur secret. Personne ne devait partager leur bonheur, leur folie. Ils allaient vivre ensemble, ils le savaient déjà, ce serait leur vie à tous deux, une vie qui ne ressemblerait à aucune autre…

Ils allaient vivre ensemble près de deux ans, en effet, mais la vie — une vie assez désordonnée d'étudiants incertains de l'avenir —, la vie se chargerait de défaire ce qu'un seul regard avait pu faire, un matin de l'été 64, quelque part sur une route de France. Et, en cet été 66, Abel était revenu seul dans les Alpes, y effectuer en compagnie de Jacques quelques courses exceptionnelles, telle la très difficile ascension de l'Aiguille du Fou. Johanna, pour sa part, avait voulu rester en Californie. Ils s'étaient quittés sans même savoir s'ils se retrouveraient en septembre quand lui rentrerait aux États-Unis. Ils s'étaient quittés comme dans la chanson de Dylan :

Va ton chemin, j'irai le mien…

S'ils devaient se retrouver à la rentrée, serait-ce pour que tout reprenne alors comme avant ? Les larmes et les rires, les chamailleries et les baisers volés, les accès de jalousie irraisonnés et les petits secrets qu'on se confesse avec tant de délicatesse dans l'obscurité d'une chambre dont on vient de fermer les volets, la vaisselle jetée rageusement à travers la cuisine et, plus tard dans la soirée, l'amour que l'on fait à l'improviste contre la porte du réfrigérateur, les heures passées à ressasser des griefs dans une cabine téléphonique, et la longue plage de sable fin et rose qu'on foule au petit matin d'une réconciliation, épaule contre épaule, main dans la main, la très brève et cinglante lettre d'adieu ironiquement épinglée sur l'oreiller, et, le lendemain, les draps du lit défait qu'on arrange à la façon d'une tente, pour y cacher son bonheur retrouvé, tout comme deux enfants qui joueraient aux Indiens ?

Oui, serait-ce à nouveau *Guerre et Paix* ?

Guerre et Paix : c'était ainsi qu'Abel avait maintes fois ironisé sur cette tumultueuse, cette impossible histoire d'amour qu'ils vivaient depuis deux ans, Johanna et lui. L'histoire de deux gosses qui se cherchaient encore un peu trop eux-mêmes pour pouvoir trouver l'autre, le comprendre et l'aimer tout à fait. En dépit de l'insouciance qu'il s'efforçait d'afficher en toutes circonstances, Abel n'avait jamais su se départir d'une certaine gravité intérieure, de ce sérieux qui n'appartient qu'à ceux qui ont eu une enfance difficile. Johanna en était agacée parfois et le lui reprochait avec un égoïsme de petite fille gâtée. C'est qu'à bien des égards elle était encore une petite fille. Pour n'avoir pas connu les épreuves qu'il avait endurées, elle entrait beaucoup plus désarmée que lui dans la vie. Elle ignorait ce que c'était que la misère et de ne pas avoir eu de père, et d'avoir appris un jour que celle que vous preniez pour votre mère n'était pas votre mère. Ses parents à elle étaient là pour la protéger et l'aimer. Même si elle se trouvait souvent en conflit avec eux…

Ainsi, quand de retour à San Francisco à la fin de l'été où elle avait connu Abel, elle avait dû s'expliquer sur la façon pour le moins désinvolte dont elle avait laissé tomber sa cousine Marilyn dans la banlieue de Lyon et était partie sur les routes avec un garçon, la belle maison de Russian Hill où elle habitait avec ses parents avait retenti de sanglots et d'éclats de voix pendant huit jours, et puis M. et Mme Jones avaient cédé : elle était leur fille unique après tout et ne se prétendaient-ils pas libéraux et même libertaires ? Ils lui donnèrent donc de l'argent pour qu'elle se trouve un appartement en ville et, de concession en concession, ils finirent par lui permettre de s'y installer avec « son va-nu-pieds ». Alors Abel quitta le campus et vint vivre avec elle. Johanna avait déniché un *basement* à deux pas de Haight Ashbury, les communs d'une ancienne maison de maître divisée depuis en studios à bon marché. L'imagination suppléant au manque de crédits, les deux jeunes gens l'aménagèrent et le décorèrent en usant de toutes les ressources de la récupération. Ils repeignirent les murs avec de la peinture pour signalisation routière « empruntée » à un chantier d'autoroute. Il s'agissait d'un blanc fluorescent pailleté de mica réfléchissant et, le soir, quand ils allumaient les lampes, l'effet était des plus surprenants : les murs disparaissaient dans un éblouissement aveuglant.

« Complètement défonçant ! avait jubilé Thomas Haynes la première fois qu'il leur avait rendu visite, encore mieux que le hasch pour planer. »

Abel et Johanna disposaient également d'une petite arrière-cour qui servait de dépotoir à tous les locataires de la maison mais qu'ils arrangèrent en jardin après avoir vidé les ordures accumulées là depuis dix ans et planté des fleurs dans une grande baignoire rouillée qui avait fait jusqu'ici office de décharge. Thomas leur offrit une dizaine de plants de cannabis mais, faute d'un ensoleillement suffisant, ceux-ci ne voulurent jamais prendre. Trouver de la marijuana à fumer ne leur posait guère de problèmes cependant : l'heure de la répression n'avait pas encore sonné, c'était l'époque où la plus grande liberté régnait à Berkeley. Et Abel et Johanna vivaient pleinement leur époque. Ils menaient une vie très bohème et fantasque : le quotidien était un perpétuel imprévu et l'imprévu se réglait à coups d'expédients quand ils sentaient que M. et Mme Jones ne pourraient décemment plus être mis à contribution pour quelque temps ou que la revue d'alpinisme à laquelle collaborait Abel refuserait une nouvelle avance sur un article à venir. Dès le quinze du mois, ils n'avaient plus un sou vaillant mais — Dieu seul savait comment — ils n'en continuaient pas moins de tenir table ouverte et le soir, après les cours, leur maison ne désemplissait pas. Leur amour, cet amour qui leur avait d'abord paru devoir rester un secret entre eux deux, ils ne l'avaient pas caché longtemps et les amis venaient nombreux assister, un peu comme au théâtre, à cette comédie qu'ils se jouaient sans se lasser : les bouderies, les rires, les cris, les tendresses, les larmes, les disputes et les déclarations passionnées, les petites fâcheries et les grandes fêtes — leur *Guerre et Paix*.

Mais en deux ans, Abel avait beaucoup plus mûri que Johanna — il en était conscient. Il avait peu à peu acquis ces vertus qui font défaut à l'adolescent : la tolérance, la modération, l'indulgence, la bonté, la modestie, un certain détachement amusé, aussi, et le sens des responsabilités. Il avait commencé d'apprendre à vivre. Et aujourd'hui le doute l'assaillait : en rentrant à San Francisco, aurait-il envie de reprendre cette aventure absurde là où tous deux l'avaient laissée en décidant de se séparer ? Renouerait-il aussitôt ou trouverait-il la force de rompre à jamais ? Et s'il venait à définitivement quitter Johanna, saurait-il ne pas trop en souffrir ? Saurait-il oublier ?

Oublier qu'ils s'aimaient ? Mais le pouvait-il ? Pouvait-il effacer de sa mémoire ces moments de bonheur qu'il avait connus si récemment encore ?

Ainsi en mai, quand il y avait eu cette agitation sur le campus.

« Tu ne milites pas, tu t'en fous ! lui avait violemment reproché Johanna. Pourquoi tu ne viens pas à la manif avec nous ?

— Parce que, figure-toi, j'ai rien à voir avec ces branlotins qui croient changer le monde en défilant derrière des banderoles et en braillant des slogans à la con ! » avait répondu Abel.

Et ils ne s'étaient plus adressé la parole pendant deux jours.

Mais quand la police avait fait irruption sur le campus, les camarades de Johanna s'étaient tous repliés dans un honteux sauve-qui-peut. Et eux qui traitaient Abel de « dégonflé » l'avaient vu se ruer, absolument seul, vers la ligne dense, noire et menaçante des forces de l'ordre, comme pour leur donner l'assaut, et ils l'avaient entendu crier :

« Nom de Dieu, vous n'allez pas laisser envahir Berkeley par ces fils de pute. Ça n'est jamais arrivé ! Vous n'allez pas baisser culotte devant ces merdeux ! »

Les vociférations s'étaient tues. Dans le silence inquiet et tendu, la détonation d'une grenade anti-émeute avait brusquement retenti. Abel était tombé, tenant son crâne entre ses mains, son crâne d'où ruisselait le sang. Alors, tandis que les manifestants continuaient de reculer, Johanna avait couru, couru, couru vers lui. Agenouillé au milieu de la pelouse, Abel se tordait de douleur, il hurlait… Mais dès qu'il l'avait vue penchée sur lui, il s'était tu et il s'était forcé à lui sourire pour la rassurer. Elle l'avait pris dans ses bras, très tendrement, comme elle eût fait d'un petit enfant…

« Oh, Abelito ! Abelito ! »

Pourrait-il jamais oublier ce moment si émouvant ? Elle sanglotait — il va mourir, se disait-elle, il va mourir, ils l'ont tué ! — et lui, pendant que les policiers s'y prenaient à quatre pour le traîner par les bras vers le fourgon cellulaire, il plaisantait encore. Il murmurait à Johanna :

« Ça va aller ! Ne t'en fais pas ! Je vais sûrement rester idiot après le coup que j'ai reçu mais ça ne changera pas grand-chose, non ? Je le suis déjà, tu me le dis toujours, mon amour !

— Abelito, tu n'en feras jamais d'autres…

— Va, ne pleure pas, ma vieille Jones. Ce n'est rien…

— Oh ! mon amour… »

Ils s'aimaient, ils s'aimaient alors — c'était le printemps de la vie…

C'était le printemps de la vie !

Et, en cet été 64, Abel en goûtait chaque instant comme si cet instant devait être le dernier — avec une sorte de frénésie. Les jours et les nuits étaient plus remplis que des années entières, lui semblait-il. Quand, dans un rare moment de repos et d'abandon, lui revenaient en mémoire les tristes temps de cette adolescence maladive qu'il avait passée allongé parmi des piles de livres dans la demi-obscurité de ce morne living, exigu et bruyant, situé au-dessus du café de sa M'a, quand il comparait ces journées de souffrance interminables à cette incessante activité, à cette dépense de tous les instants, il en avait le vertige. Il montait à l'Aiguille Verte, à l'Aiguille Rouge, à l'Aiguille Sans Nom, aux Droites, aux Courtes. À la nuit tombée, il redescendait, fourbu, les mollets tétanisés par l'effort soutenu, le dos douloureux de tout le poids du sac, les doigts froissés par l'intensité des prises, les pieds en sang, le souffle court. Mais, une heure plus tard à peine, on le voyait, frais et dispos comme le petit enfant qui s'éveille, déambuler dans les rues de Chamonix, tenant tendrement Johanna par le bras. Il l'emmenait manger une pizza et danser des rocks échevelés jusqu'à une heure avancée de la nuit et flâner encore sous le clair de lune en s'en retournant au petit hôtel des Praz où ils s'étaient installés... À l'aube, Jacques Servoz le tirait du lit et il repartait avec lui, toujours gai, bondissant, infatigable. Aujourd'hui, ce serait la Tour Ronde, ou le Mont Maudit, ou la Persévérance. Il rentrerait le lendemain dans l'après-midi. Johanna serait là, qui l'attendrait à la station du téléphérique… Oh ! la cabine descendant lentement vers la vallée au soleil couchant, la cabine déchirant le léger voile de nuages blancs qui stagnent à trois mille mètres avant de plonger dans la splendeur crépusculaire de la forêt. Oh ! les éblouissements sans cesse changeants, le jeu de l'ombre portée des sommets avec la belle clarté du soir… Et se trouver là, enlacé à celle que l'on aime, le cœur battant. Et lui murmurer simplement : « Mon amour ! Mon amour ! Je dois sentir la sueur et je ne suis pas rasé…

— Ça ne fait rien, répondait Johanna. Pour moi, tu sens toujours bon. Et ta barbe ne pique pas.

— Le temps de prendre une douche et je te sors. Je te dois bien ça.

— Tu n'es pas fatigué ?

— Non. Ou si peu. On aura toute la mort pour se reposer. En attendant, il faut en profiter. Ce soir, c'est moi qui invite. Une fête à tout casser !

— Avec quel argent ?

— Le tien, cette question ! *I'm just a gigolo…* comme dit la chanson. Rien qu'un gigolo. Tu le sais bien. »

C'était là une de leurs plaisanteries favorites. Abel n'avait pas un sou vaillant, en effet, mais les parents de Johanna, affolés à l'idée qu'elle allait se trouver seule, si loin d'eux, en pays étranger, avaient remis à leur fille toute une liasse de *traveller's checks* au moment du départ. C'était inespéré : ce devait être un voyage d'étudiantes — couchers dans des auberges de jeunesse et dîners de sandwiches — au lieu de quoi Johanna et sa cousine découvraient qu'elles pourraient se payer un peu de bon temps. En 1964, n'importe où ailleurs qu'aux États-Unis, posséder des dollars faisait de vous un nabab. Ce soir, Abel et Johanna boiraient du champagne sans oublier de porter un toast à la santé de Bas-du-Fion — une autre de leurs plaisanteries favorites, presque un rite maintenant. Ce soir, ils danseraient et feraient les fous. Et puis viendrait le petit matin et, se tenant amoureusement par la taille, ils se promèneraient dans la magie de ce petit matin : l'odeur de l'herbe, les fleurs s'ouvrant à la rosée, la douceur de l'air, l'éclat des couleurs…

C'était le moment où, parfois, une sorte de terreur fugace s'emparait d'Abel : tout ce bonheur qui lui arrivait d'un seul coup, ne devrait-il pas le payer un jour ou l'autre ? Le rêve n'allait-il pas s'achever ? Ne serait-il pas cruel, alors, le réveil ?

Et, certes, il se disait aussi que c'était précisément parce qu'il avait connu tant d'épreuves et de malheurs qu'il appréciait si intensément cette nouvelle vie, cette débauche d'énergie. C'était parce que cette allégresse, il l'avait méritée plus que quiconque, lui semblait-il. Mais une telle pensée aurait-elle suffi à repousser les visions cauchemardesques qui, parfois, le hantaient, les pressentiments obscurs, les craintes ? N'aurait-il pas une destinée effroyable, lui dont la naissance était entourée de tant de secrets ? Et pourquoi, surtout, pourquoi fallait-il que tout lui fût donné maintenant : la santé, l'élégance, l'esprit, l'aisance, la gaieté, la nonchalance, la beauté.

Et les Alpes. Et Johanna…

Johanna ! Pour la première fois, il aimait. Avec elle, en effet, ce n'était pas ces amours furtives, décevantes, frustrantes que l'on connaît à dix-sept ans sur la banquette d'une *convertible* prêtée par un camarade et qui vous laissent tant d'amertume au cœur, mais un amour vrai. Si vrai que Johanna et lui, n'ayant rien à se prouver l'un l'autre, ne firent pas l'amour le premier jour, ni le deuxième, ni même le troisième de leur vie en commun. Cela se passa un soir, très tendrement, et ce fut comme sans importance. Car, au fond, cela n'en avait pas plus pour eux qu'un sourire, un regard, une caresse ou un simple silence lourd de promesses.

Au petit matin, Johanna lui avoua :

« Je peux te le dire maintenant. Tu sais ? C'était la première fois… »

Et Abel lui répondit à voix basse :

« Eh bien, je vais te confier quelque chose : j'en étais à peu près là, moi aussi. Avant toi, je n'avais connu que les petites couchotteries à la sauvette dans des vieilles Chevrolet. Et la peur au ventre que des flics ne surgissent d'un taillis, ou le papa de la fille, avec un fusil. Et puis après, cette sorte de dégoût horrible qui te prend pour ce que tu as fait. Tu voudrais crever. Même si tu continues à jouer au grand baiseur à la coule qui ne compte plus les coups — pour épater les potes!... Johanna, cette nuit, c'était la première fois pour moi aussi...

— Et toi, tu es le premier type que je connais qui n'essaye pas de jouer les fiers-à-bras avec moi. Abelito *mio*, tu es vraiment un drôle de type ! »

Les Alpes.

Elles aussi lui étaient une révélation. Certes, il avait déjà beaucoup grimpé dans la Sierra, au Yosemite. Parfois, des courses très techniques, très difficiles, aux allures d'exploit. Mais, précisément, elles n'étaient que cela. Car tel est l'alpinisme aux États-Unis : un sport seulement. Exaltant, sans doute — mais un sport. Et non pas comme en Europe — un art, une morale, une philosophie de la vie...

En compagnie de Jacques Servoz, Abel allait découvrir les richesses spirituelles de ce qui n'était encore qu'une simple pratique pour lui.

« Dès que tu arrives à Chamonix, lui avait dit Thomas Haynes, tu vas aux Praz et tu demandes la maison des Servoz. Tu verras : c'est un vieux chalet avec des volets bleus et des fleurs partout. Il se trouve derrière une petite scierie, après le pont sur l'Arve... Tu appelleras de dehors : il n'y a pas de sonnette. Ou mieux : tu entreras. Ce n'est jamais fermé, même lorsqu'il n'y a personne. Ils sont comme ça dans le coin... Tu diras que tu viens de ma part et une heure plus tard, tel que je connais Jacques, il t'emmènera en course avec lui et tu te seras fait un ami pour la vie... Mais surtout, n'essaie pas de frimer. Il aura vite fait de te juger, tu sais. Et ce sera une grande leçon d'humilité pour toi comme ça l'a été pour moi. Je me souviens de ce que j'ai pu en baver au début. J'en chialais quelquefois. Je me disais : "Merde, qu'est-ce que tu fous là avec ce cinglé ? Tu es maso ou quoi ?" Seulement, le jour où Jacques te dit gentiment, comme ça, entre ses dents, sans avoir l'air d'y toucher : "C'est pas mal, mon vieux, ce que tu me fabriques là. Tu deviens un client sérieux, sur qui on peut compter. Tu es des nôtres maintenant..." Eh bien ! c'est une joie qui te lave de toutes tes peines. Une joie comme tu n'en connaîtras jamais d'autre... »

C'était exactement ainsi que cela s'était passé entre les deux hommes. « Entrez *seulement* », avait dit Jacques Servoz en le voyant s'avancer, quelque peu intimidé, vers le seuil du chalet aux volets bleus. Et Abel, qui ignorait que ce « seulement » n'est pas un terme restrictif dans la bouche d'un Savoyard mais, au contraire, une ancienne tournure de politesse qui survit encore dans les hautes vallées du massif du mont Blanc, avait craint un peu de dédain de la part du jeune guide. D'autant que celui-ci demeurait des plus laconiques et réservés. Tandis qu'Abel, débordant d'enthousiasme et d'allant, lui disait son envie de faire une grande course dès le lendemain matin, Servoz, qui se balançait nonchalamment sur une chaise, ne répliquait que par de très vagues paroles fort peu engageantes : « Ça peut se faire... Faut voir ! Pourquoi pas ? » Ou encore grommelait à mi-voix : « Si ça se trouve, des fois... »

Abel, mortifié, se disait intérieurement que c'était manqué, qu'il avait dû faire une impression désastreuse, il ignorait pourquoi. Déjà, il s'apprêtait à prendre congé pour se mettre en quête au plus vite de quelque autre guide qui serait plus chaleureux, quand Jacques, tout à trac, s'était levé et avait déclaré posément :

« Très bien ! Tu viens avec moi...

— Comment ça ?

— Là. Tout de suite. On part. Ce soir on couchera au lac Blanc.

— Mais... je crois qu'il y a près de deux heures de marche à partir de la station supérieure du téléphérique...

— En effet. Deux heures, cela te fait peur ?

— Non. Mais il est six heures. Et le téléphérique sera fermé le temps qu'on y arrive...

— Tu ne crois tout de même pas qu'on va prendre le téléphérique ?

— Ah, parce que ?...

— Voilà. Je crois que tu commences à piger, mon vieux !

— Mais, ça va nous prendre des heures.

— Quatre ou cinq... ou dix : suivant comme tu avanceras, suivant ma fantaisie...

— Mais la nuit...

— Eh bien, si tu n'en as pas, je peux te prêter une torche électrique... Va chercher ton sac et ton anorak. Reviens tout de suite. Moi, je suis prêt, je t'attends. À moins que ça ne te dise plus rien de monter avec moi...

— Si, ça me dit ! Je cours chercher mon barda. C'est comme si c'était fait ! »

Et ainsi, Servoz, dès leur première sortie, lui avait fait connaître la sombre poésie d'une marche forcée de nuit : le faisceau de la lampe qui danse, dessinant des pentes mensongères et de trompeurs versants, tirant de l'obscurité des figures de divinités monstrueuses, et qui effraient.

Mais Servoz lui avait également appris à lire le ciel : la forme d'un nuage qu'on imagine menaçant mais qui se trouve être, au contraire, annonciateur du beau temps ; l'effilochement lent de la traînée blanche d'un avion à réaction indiquant l'imminence d'un orage... Servoz lui avait appris à lire la neige, la glace, la configuration des crevasses. Il lui avait appris à distinguer au toucher, les yeux fermés, le calcaire du granit, le grès du schiste. Il lui avait appris les vents et la lumière qui joue sur les moraines et le rocher. Il lui avait fait découvrir aussi le cri de la perdrix blanche et l'envol du choucas, les traces du bouquetin et la cache de la marmotte. Il l'avait initié.

Et il lui avait enseigné le courage.

En dépit de sa jeunesse — Jacques n'avait pas trente-deux ans — il était pour Abel ce père qu'il n'avait jamais eu. Et c'était bon de se sentir ainsi protégé par quelqu'un sur qui on pouvait toujours compter, quelqu'un de solide et calme et fort, quelqu'un qui savait. C'était bon d'acquérir cette expérience que Jacques dispensait avec tant de générosité. C'était bon de bivouaquer auprès de lui. Un proverbe arabe dit que « celui qui n'a jamais dormi sous la tente de son père ne sera jamais tout à fait un homme ».

Un homme, maintenant Abel l'était tout à fait.

Le ciel se couvrait. Jacques s'en inquiétait mais il ne voulait pas trop le montrer à son compagnon. Aussi continuait-il de plaisanter à chaque relais, à chaque halte tandis que Abel, haletant, pacifiait les battements violents de son cœur. Jacques savait que si l'orage les surprenait sur cette paroi à peu près lisse et dénuée de vires, l'ascension serait impossible. Et leur situation deviendrait vite précaire... Redescendre ? Il n'en était pas question par la voie empruntée. Le danger était trop grand et, d'ailleurs, ils étaient engagés trop avant : ils avaient passé assez péniblement le grand surplomb en forme de sept sur lequel leurs prédécesseurs avaient également rencontré tant de difficultés trois ans auparavant. Le salut était par le haut désormais. Mais le sommet était encore à une dizaine d'heures d'escalade et la nuit tomberait bientôt. Ils devaient à la hâte gagner une plate-forme où bivouaquer...

Ce ne fut pas l'orage qui les surprit, mais pire ! En quelques dizaines de minutes, le ciel vira au violet puis au gris plombé puis au blanc et un froid si intense tomba sur eux qu'ils durent tant bien que mal, empêtrés qu'ils étaient dans les cordes, les baudriers, les sangles des sacs, enfiler pull-overs, anoraks, cagoules, et se ganter. Le blizzard s'était levé. Un blizzard d'hiver, épais, aveuglant, qui tournoyait dans une rumeur d'enfer et tantôt les roulait comme des nageurs une lame de fond, tantôt les plaquait brutalement contre la paroi. Tenir ! tenir simplement, ne pas se laisser emporter par ces paquets de vent neigeux, ne pas glisser étaient devenus l'immédiate nécessité. Déjà, avancer était exclu. Il ne s'agissait plus que de faire corps avec le roc.

« Abel ! hurlait Servoz pour se faire entendre de son compagnon, lequel, pourtant, ne se trouvait présentement qu'à trois mètres de lui et à même hauteur, Abel, surtout, tu ne bouges plus ! Il faut attendre. Il n'y a rien d'autre à faire. Garde tout ton sang-froid. Je vais m'approcher de toi pour planter un piton ou deux sur quoi tu pourras fixer ton baudrier et ton sac. Tu seras mieux, tu verras… »

Croisant les pieds par trois fois, il s'avança précautionneusement de quelques pas le long de la fissure qui zigzaguait en travers du rocher à cet endroit. Abel ne songeait même pas à l'assurer. Blême et tremblant, le regard étrangement fixe, il ne tournait plus les yeux vers son guide mais vers le vide. Jacques comprit qu'il devait user d'un peu d'autorité s'il ne voulait pas le voir lâcher prise soudain. Fermement mais posément il lui dit :

« Abel, tu dois m'aider, sinon on est foutus tous les deux. Passe-moi donc mon marteau — là. Je ne peux pas l'attraper, tu vois bien qu'il est coincé dans ma poche de derrière. Ce doit être le baudrier… »

Il aurait pu aisément le dégager à vrai dire. Mais il savait qu'en l'intéressant à une tâche précise, il capterait son attention et éviterait sans doute à Abel de céder à la peur et au vertige. Abel, recouvrant un peu de lucidité, se saisit adroitement du marteau et le lui tendit en le tenant par la masse, comme il se doit.

« Coincé, mon cul ! protesta-t-il avec véhémence. Tu te fous de ma gueule ou quoi ? »

« S'il se rebelle ainsi, c'est bon signe », se fit Jacques à lui-même aussitôt. Et il se sentit vaguement rassuré.

« Dis donc ! je t'installe un vrai fauteuil, mon salaud, et c'est comme ça que tu me remercies ! s'écria-t-il en riant. T'en foutrai, moi, des clients pareils !

— Pardonne-moi, mon vieux ! dit Abel piteusement. Je ne sais pas ce qui me prend. Mais, putain ! toute cette neige… J’en ai plein les yeux, plein la bouche ! Et j’ai peur, Jacques ! J’ai peur.

— Ça peut arriver à tout le monde, tu sais. Ça va passer ! Comme cette saleté de blizzard… Le blizzard en juillet ! on aura tout vu ! En vérité, mes frères, je vous le dis… »

Tout contre Abel, après l’avoir aidé à s’installer, Servoz s’aménagea à son tour un relais plus sûr auquel il fixa son propre baudrier. Puis, il planta entre eux deux autres pitons pour y arrimer commodément leurs sacs à dos. Ils étaient maintenant assis dans le vide, contre le rocher qui se couvrait de givre. Le grésil gelé crépitait sur leurs vêtements détrempés. Et la tempête de neige redoublait de violence, les fouettant, les cinglant au visage, les aveuglant, les étouffant, leur coupant le souffle…

Mais Jacques, imperturbable, plaisantait toujours :

« Tu vois, Abel, on est les rois ici ! On pourrait y passer toute une vie…

— Ne dis pas ça ! tu vas nous porter la poisse.

— Évidemment, il nous manque la télé. Mais à part ça…

— Tu arrêtes un peu de déconner, Jacques !

— Oh, si on ne peut plus rigoler, alors…

— Jacques, bon sang, j’ai peur ! Tu ne comprends rien ou tu le fais exprès ? J’ai peur, je te dis ! J’ai peur à en crever. J’ai peur de crever.

— Et alors ? Tu t’imagines peut-être que c’est un dîner de gala pour moi ? Écoute-moi un peu, Abel : si tu ne veux pas que tout ça tourne au drame, il faudrait voir à te ressaisir. Que t’arrive-t-il ? Je ne t’ai jamais vu comme ça… Écoute-moi : d’abord, tu ne dois jamais perdre ton humour, c’est la première loi à respecter quand tu te trouves en difficulté. Et puis, tu ne dois plus penser qu’à une chose : rester en vie, nom de Dieu, rester en vie ! Tu dois tout le temps remuer un peu, comme ça… T’agiter très légèrement pour ne pas risquer d’engelures. Tout le temps te dire : mon nez ! mes mains ! mes pieds ! Est-ce que je les sens encore ? Est-ce que le sang circule toujours partout dans mon corps ?… Ton corps, Abel ! c’est sur ton corps que tu dois te concentrer, c'est ton corps qui doit tenir avant tout… Et pour le reste, tu dois te dominer et te souvenir que beaucoup ont survécu à des choses bien pires qu'un petit coup de chien de rien du tout. Qui, d'ailleurs, ne va sûrement pas durer…

— Pas durer… tu dis ça pour me rassurer ! s'écria Abel.

— On ne peut rien te cacher, tiens », répliqua Jacques du tac au tac avec une fausse désinvolture amusée.

La brusquerie était voulue : en pareil cas, elle peut être salutaire à celui qui se décourage. À se sentir ainsi rudoyé et crûment mis en face des réalités, Abel, estimait-il, aurait bientôt honte de manquer de dignité à ce point, lui d'ordinaire si plein de bravoure… Il l'avait bien jugé : Abel se ressaisit vite en effet et parvint à sourire d'une façon un peu enfantine qui signifiait quelque chose comme : « Je ne recommencerai plus. C'est juré. »

Jacques, s'étant aperçu du sensible changement qui venait de s'opérer en lui, reprit avec plus de douceur et de gentillesse :

« En Algérie, je suis passé par de bien plus sales moments, tu sais ! Le bataillon disciplinaire où on m'a envoyé quand j'ai mis sur la gueule à ce salopard de lieutenant de mes deux. J'avais refusé de torturer les gens d'un village kabyle qu'on venait de “nettoyer” — c'était l'expression dégueulasse qu'on employait à l'époque pour ce genre d'opération : *nettoyer*, comme s'il s'agissait d'ordures, pas d'êtres humains… Au camp, je peux dire que j'en ai vu ! J'ai connu la soif, la faim, la fièvre, la dysenterie, la chaleur et le froid, la schlague, le bain glacé, la gégène, les gueulantes à te rendre fou, le crapahutage tout nu dans la boue, les séances d'enculage, tout… Eh bien, ce qu'il y avait de pire, ce n'était pas la peur de crever, c'était ces humiliations continuelles. C'était de se voir toujours rabaissé de cette façon. C'était ce sentiment de n'être plus un homme mais une bête… Moins qu'une bête… Car les bêtes, entre elles, ne se font jamais le mal pour le mal… Vois-tu, Abel, ici, quoi qu'il puisse arriver, aussi terrible que ce soit, il n'y aura jamais que toi et le rocher… »

À écouter le récit des épreuves atroces que Jacques avait endurées dans les Aurès et auxquelles il avait réussi à résister de toute la puissance de sa volonté pour ne jamais sombrer dans la folie, Abel oubliait les siennes. Il en venait même à ne plus penser aux souffrances, pourtant si redoutables, que la nuit leur réservait à n'en pas douter.

Et la nuit venait maintenant…

Alors, dans la tourmente, il fallut, au prix de mille contorsions acrobatiques, dégrafer le bas du baudrier, se déchausser précautionneusement pour ne pas laisser tomber les souliers dans le vide, puis se glisser dans le sac de couchage jusqu'à la taille et bricoler avec de la corde et la sangle du harnais une sorte de demi-hamac de fortune. Il fallut revêtir la veste de duvet, s'entortiller dans un pan de toile de tente et, ensuite, se faire chauffer de l'eau pour pouvoir boire à tout le moins un bol de thé bouillant en grignotant quelques fruits secs. Mais, quoique prévu pour ce genre d'utilisation, un réchaud crocheté à un piton, il n'est pas aisé de l'allumer dans la tempête. Et il y eut dix tentatives infructueuses avant que le méta ne s'enflammât.

Une sourde inquiétude gagnait à nouveau Abel qui grelottait de froid.

« Jacques, implora-t-il brusquement, Jacques, dis-moi ! Tu crois qu'on va s'en sortir ? »

Un silence.

Puis Jacques lui répondit, quelque peu énigmatique, mais avec toute la tendresse dont peut faire preuve un père à l'égard de son fils :

« Abelito, écoute-moi… On s'en sortira si tu n'as pas peur de mourir. »

Oh, l'horreur de cette interminable nuit ! Le mugissement des masses d'air froid précipitées en tourbillons contre la paroi, le rugissement d'un vent contraire déferlant comme une vague sur un brisant, en rafales, en rouleaux, en spirales… Et la brusque, l'inquiétante accalmie qui ne dure que quelques instants ! Le silence de mort précédant un redoublement de violence ! La neige qui tombe par pelletées à nouveau, et tournoie en nappes, et paraît remonter à l'assaut du ciel, poussée par le blizzard qui ne cesse de harceler, de hurler !

Oh, l'horreur de se trouver là, dans cet état second qui n'est ni la veille ni tout à fait le sommeil, mais une manière d'agonie, un long cauchemar impétueux peuplé de visions, un rêve infini, les yeux tantôt ouverts et tantôt fermés, aux confins de la folie ! La douleur lancinante des chairs cisaillées par le harnais, l'intolérable crampe, l'impatience que rien ne vient dissiper, aucun mouvement aussi subtil fût-il, l'engourdissement contre lequel il faut lutter, l'épuisement insinuant et qu'on sait irréversible, l'évanouissement… Et, dans les moments de lucidité, cette question absurde qui finit par obséder l'esprit aussi, à la façon d'une souffrance physique, tout intérieure : le jour… le jour finira-t-il par venir ?

Il vient enfin, mince trait de clarté blême déchirant à peine l'épais voile de brouillard. Est-ce cela, le jour ? Est-ce cette infime lueur à l'orient ou s'agit-il encore là d'une de ces terribles hallucinations de la nuit ? Le soleil s'est-il levé ?

Quelques instants plus tard, le brouillard s'est refermé déjà, plus dense, plus oppressant. Le vent est tombé, il ne neige plus. Mais, faute d'y voir plus loin que la main tendue, on ne peut toujours pas avancer, reprendre l'escalade ni redescendre. D'ailleurs, le granit est glissant comme de la glace. Il faut attendre, attendre, attendre — une éternité. Les doigts sont gonflés, gourds d'avoir tant travaillé la veille. Tuméfiés, les pieds qui se recroquevillent au fond du sac de couchage gluant d'humidité. Et la nuque est meurtrie de n'avoir pas pu reposer. Il faut cependant continuer d'assurer à la vie ses fonctions essentielles : il faut délicatement se dégager du tiède cocon protecteur qu'est le duvet afin d'uriner. Il faut se forcer à boire un peu de neige fondue recueillie dans un quart de métal — la bouche est amère, cotonneuse. Il faut ne pas désespérer…

Mais cette peur ne cesse de tarauder, de tenir l'âme dans son étau : aura-t-on la force de tenir ? Et pour combien de temps ? Après quoi l'angoisse cède un peu : évidemment, on s'en sortira ! Des secours viendront, le temps se remettra très vite au beau, aussi vite qu'il s'était détérioré. Et puis la vie, se dit-on, la vie est plus forte que cela, plus généreuse. Elle ne nous abandonnera pas…

À côté de lui, Jacques dormait — il était midi. Et Abel se sentait étrangement calme maintenant, comme détaché du sentiment de sa propre existence et indifférent aux périls qu'il encourait. Son esprit vaguait ailleurs. Il se revoyait enfant, à Modesto, courant dans le jardinet qui jouxtait le café des routiers, jouant avec son caniche blanc Hooboo, lançant son ballon contre le grand panneau sonore de métal découpé figurant une bouteille géante de Coca-Cola d'où coulait de la mousse. Il se revoyait pédalant à vive allure sur son petit vélo : il roulait jusqu'à la pompe à essence voisine. Là, Dick lui faisait le plein de super… Enfin ! faisait semblant, du moins. C'était amusant. Abel demandait qu'on lui vérifie la pression des pneus, aussi — il prenait l'air sérieux et pressé d'un « Monsieur » — et repartait en trombe, imitant à bouche fermée les pétarades d'une moto ou le hurlement de la sirène d'une voiture de police. Il se faufilait entre les immenses poids lourds garés en épi, côte à côte, sur le terre-plein devant le café. La façade du *Madeleine's* disparaissait derrière ces murailles de tôle et de bâche, mais, des fenêtres grandes ouvertes, lui parvenaient des cris joyeux, des rires, des jurons, le crépitement d'un flipper et des odeurs de poivron, de tomate et de bacon frit. Il faisait chaud — c'était l'été. Sur la 132 filaient parfois de luxueuses décapotables emportant, dans les flots d'une musique romantique de Glenn Miller ou de Ray Conniff, leur secret vers des villes légendaires, des villes d'une richesse et d'une beauté inimaginables où il irait un jour, lui aussi, au volant d'un cabriolet, quand il serait plus grand : San Francisco ! Las Vegas ! Los Angeles !... Et Hooboo jappait de contentement parce qu'il lui apportait sa pâtée. Et Dick, pour le rafraîchir, l'aspergeait gentiment du contenu d'un seau d'eau fraîche qui lui servait à nettoyer les pare-brise de ses clients. Et M'a, maintenant, l'appelait à table, affectueusement :

« Abel ! Mon amour ! Mon petit bout d'homme ! Le déjeuner est servi. »

Abel était heureux alors — c'était avant. Avant qu'il n'apprenne... C'était quand il pouvait encore croire au bonheur. Et en dépit de tout ce qu'il lui arrivait de voir de ses grands yeux étonnés d'enfant, comment aurait-il pu ne pas y croire ?

Il y avait ce monsieur si bien habillé, si distingué, qui venait lui rendre visite à Noël, pour sa fête et son anniversaire — c'était alors comme dans un conte de fées. Une longue Cadillac noire se garait devant les cabines des camions alignés sur l'aire de stationnement. Un chauffeur blanc, en gants blancs, uniforme blanc l'été — gris l'hiver — ouvrait la portière en s'inclinant respectueusement, la casquette à la main, et le monsieur en descendait, majestueux, hautain, imposant. Affable, pourtant. Il s'inquiétait : « Où donc est mon petit Abel, où se cache-t-il, ce petit diable ? » en feignant un petit moment de ne pas voir l'enfant qui accourait, bondissant, virevoltant, sautillant à cloche-pied…

« Ah, mais le voilà ! je le reconnais, s'écriait enfin le monsieur émerveillé. Comme il a grandi ! » Et aussitôt, il faisait ouvrir le vaste coffre de sa limousine par Harry, le chauffeur. Dans le coffre, il y avait des jouets à profusion, des boîtes enrubannées garnies de bonbons et de chocolats. Tant et tant ! Abel ne savait où donner de la tête. « Tout est pour toi, tout ! » lui disait le monsieur en l'embrassant.

Bien sûr, c'était un baiser un peu rugueux, un baiser d'homme. Les hommes sont tous des brutaux : il n'était que de voir la façon dont ils maltraitaient la pauvre M'a, tous ces salauds qui lui tournaient autour, qui l'enlaçaient de force en se penchant par-dessus le bar ou qui la caressaient furtivement tandis qu'elle les servait. Elle se défendait du mieux qu'elle pouvait, M'a, elle les rabrouait vertement, elle répliquait à leurs avances par des mots blessants et très crus. Son charmant accent français, qui les amusait tant, se faisait alors vulgaire, sa délicate affabilité se changeait en fureur… Mais M'a finissait toujours par céder à l'un ou l'autre. C'était, la plupart du temps, un camionneur dans l'attente d'un chargement retardé ou qui se trouvait en congé de sommeil entre deux longs voyages transcontinentaux. Un soir, le client, discrètement installé dans un des boxes du fond, demeurait devant sa bière après la fermeture. M'a lui disait alors de monter avec elle, pour la nuit. Ou quelques nuits… À travers la mince paroi de plâtre contre laquelle était son cosy-corner, Abel, intrigué, les entendait s'aimer. Mais, souvent, au bout de deux ou trois jours de vie commune venait le temps des coups et des cris. Alors, les yeux embués de larmes, humilié de se sentir incapable de défendre sa mère, Abel s'agitait dans son étroit petit lit à la recherche du sommeil, de l'oubli…

L'homme repartait. Et Madeleine pleurait comme sa sainte, des journées entières. Abel, seul, savait la consoler. Il la serrait fort dans ses petits bras courts, il se penchait à son cou, l'embrassait — et son baiser à lui était doux. M'a le disait souvent, en riant à travers ses pleurs. « Oh ! tu es mon petit homme à moi, lui murmurait-elle à l'oreille, mon petit fiancé ! » Et, bientôt, pour le consoler de la peine qu'il avait de la sienne, elle lui chantait à mi-voix une vieille berceuse française tandis qu'il s'endormait sur ses genoux :

Meunier, tu dors
Ton moulin, ton moulin
Va trop vite…

ou bien :

Frère Jacques
Frère Jacques
Dormez-vous ?

dont Abel se rappelait les paroles encore aujourd'hui.

Parfois, quand elle était particulièrement en joie, quand, depuis quelque temps déjà, aucun homme ne partageait sa vie, Madeleine retournait l'écriteau « Fermé » contre le carreau de la porte d'entrée du café. Puis, elle ôtait son tablier, décrochait l'accordéon qui pendait par sa bandoulière à une patère à côté du percolateur et, pour le plus grand bonheur des quelques habitués qui se trouvaient là, elle entonnait une rengaine de Mistinguett, de Fréhel ou de Damia. Abel ne comprenait rien aux paroles, mais l'air était entraînant et, bientôt, il se mettait à danser parmi les boxes, il sautait de banquette en banquette, il valsait et valsait et valsait à en tomber raide à terre, saisi par le vertige. C'étaient des moments délicieux ! Et il obtenait un franc succès dont il se sentait très fier : les chauffeurs faisaient cercle autour de lui, frappant la cadence dans leurs mains, l'appelant « Fred Astaire Junior » ou « Little Gene Kelly », et finissant par entrer dans la danse dont le rythme se faisait de plus en plus vif… Ah ! comme Abel était heureux alors ! Il en venait presque à les aimer, ces méchants balourds qui faisaient souffrir sa mère. Il se disait que, plus tard, lui aussi conduirait de gros semi-remorques rutilants d'une côte à l'autre. Et que, entre deux chargements, il retrouverait toujours le café de sa M'a et cette douce chaleur et ces odeurs de café et de pain grillé… Mais il y ferait régner sa loi, enfin. Et Madeleine Langlois serait respectée : plus personne ne l'importunerait tant son grand gaillard de fils inspirerait de terreur. Non ! plus personne ne maltraiterait M'a. Et plus personne d'autre que lui n'aurait le droit de l'embrasser.

Et plus personne non plus n'aurait le droit de se moquer du monsieur à la Cadillac — « le vieil Emerson » comme ils l'appelaient —, plus personne n'aurait le droit de rire dans son dos du Père Noël…

« Abel, tu rêves ? »

Jacques, qui venait de s'éveiller, lui posa tendrement la main sur l'épaule.

« Je croyais que, de nous deux, c'était toi qui dormais, mon vieux, ironisa Abel tout en se bourrant de coups lui-même pour se réchauffer. Je me demande d'ailleurs comment tu peux !

— Je ne dormais qu'à moitié. Et j'ai trois yeux, tu sais bien ! répondit Jacques d'un ton moqueur. Le troisième, le fameux troisième œil du guide, a vu venir l'éclaircie. »

Le ciel se dégageait peu à peu, en effet. Une trouée de bleu s'élargissait à l'est. Mais, étrangement, comme par beau temps en hiver, le froid devenait plus vif.

« Il faut y aller, décida soudain le guide. Il faut monter coûte que coûte maintenant. On ne peut pas rester ici. On va tenter de rejoindre le grand surplomb avant la nuit. Et vite… »

« Vite ! se faisaient-ils à eux-mêmes. Vite ! Plus vite ! »

Plus vite, car le ciel fonçait à nouveau et se violaçait. Plus vite, car le vent se levait, porteur de légers flocons givrés. Plus vite, car, dans les lointains, se faisaient entendre les premiers éclats du tonnerre, dont les roulements sourds se rapprochaient peu à peu. Plus vite, car un éclair venait de zébrer le ciel au-dessus d'eux…

Et Abel criait :

« La grêle ! La grêle ! »

De la grêle tombait en effet maintenant — drue. De gros grêlons de la taille d'un œuf de pigeon qui cognaient sur leurs casques et crépitaient alentour rebondissaient contre la paroi, les giflaient au visage et aux mains, lesquelles, désespérément, s'agrippaient au rocher pour ne pas lâcher prise.

Nouvelle épreuve ! Ils avaient connu la neige, le vent, le brouillard, le blizzard ; ils avaient connu le supplice de passer une nuit d'insomnie appendus à un baudrier ; le froid, l'obscurité. C'était maintenant la grêle. Que pouvait-il leur arriver de pire ? Devaient-ils mourir si près du surplomb où ils avaient cru trouver refuge ? Les pieds glissaient, les mains ne serraient plus ou à peine, les yeux étaient aveuglés, tout le corps convulsé, mais il fallait continuer à progresser coûte que coûte — Jacques l'avait dit. Il grêlait et la nuit allait tomber. Ah ! que pouvait-il leur advenir encore ?

Pire.

« Jacques ! »

Ce ne fut qu'un hurlement. Un rocher venait de se détacher au-dessus d'eux et basculait contre la paroi, rompant net la corde dans sa chute — en trois tronçons.

« Abel ! Oh, non... »

Non ! Abel n'était pas tombé. Il se tenait toujours là, en précaire équilibre au-dessus du néant.

« Ça va, Jacques. Il n'y a pas de dégâts, eut-il encore le cran de crier.

— Oh ! Abel... Abel... »

Jacques, interdit, impuissant, le regardait qui glissait insensiblement le long de la fissure...

« Non ! »

Abel se ressaisit et reprit position fermement contre le granit détrempé. Ses mains étaient en sang mais il avait tenu. Combien de temps tiendrait-il encore ? Le guide se le demandait anxieusement. Un court brin de corde pendait à sa taille, un autre à celle de son compagnon. Il ne pouvait plus l'assurer présentement. Il aurait fallu utiliser l'autre corde. Mais il était hors de question de la tirer du sac et de s'y encorder en si périlleuse posture. La seule chose à faire était de monter, monter toujours — « vite ! »

Vite, car c'était maintenant un éboulement de petits cailloux qui pleuvaient sur eux, mêlés aux grêlons...

Vite, car c'était désormais une question de vie ou de mort : Abel montrait les premiers signes de l'épuisement nerveux. L'émotion et la tension avaient été trop fortes...

« Viens, Abel ! Viens ! Plus qu'un pas, plus qu'un petit pas de rien du tout. On y sera avant midi, au sommet, c'est Servoz qui te le dit. On y sera avant midi... »

Ils ne devaient jamais y parvenir.

« Non ! » hurla soudain Jacques en se plaquant contre Abel et en le poussant dans une anfractuosité du rocher.

À nouveau, au-dessus d'eux, un énorme bloc se détachait, demeurait un instant en équilibre sur une rive, puis basculait dans un effrayant fracas, tombait sur le surplomb et entraînait dans sa chute leurs deux sacs, le matériel de bivouac, les marteaux, la plupart des mousquetons et des pitons dont ils venaient de se décharger pour enfiler les vestes de duvet...

Ils étaient seuls, sans abri, sans rien à manger ni à boire, sans espoir de secours, sans moyen de quitter cet étroit surplomb ; ils étaient seuls sur ce balcon en enfer.

Et de nouveau tombait la nuit.

De nouveau se levait la tempête...

La mort venait maintenant, insinuante, inexorable, irrésistible — mais désirable aussi.

La mort était préférable à une nouvelle nuit d'agonie sur ce surplomb — la troisième ? la quatrième ? Déjà, ils commençaient à perdre la notion du temps qui passe. Ils étaient hors du temps, hors de la vie, perdus quelque part dans l'immense univers, entre ciel et terre, sous le soleil enfin revenu.

Mais morts, peut-être l'étaient-ils déjà. Abel, dont la raison vacillait par moments, l'imaginait parfois.

Jacques avait conservé plus de lucidité et de sang-froid. S'il le devinait au bord des larmes, tâchant de prévenir un nouvel accès de désespoir, il prenait Abel dans ses bras. Il l'étreignait doucement, il lui murmurait des paroles sans suite à l'oreille, comme on fait pour consoler un petit enfant de son chagrin :

« Abel... Abel... Ça va aller... Les secours vont venir... Il fait beau à nouveau : regarde ! Il n'y a presque plus de vent... Le ciel est clair... Abel, ça ne va plus tarder... Il faut tenir, Abel... Il faut vivre... Tu ne peux pas faire ça à Johanna... Tu l'aimes bien, Johanna... Et ce vieux Servoz, tu l'aimes bien aussi : c'est pas maintenant que tu vas le laisser tomber... »

Et c'était comme s'il lui insufflait un peu de sa vie, si riche, si généreuse. Comme s'il lui en faisait don, lui qui allait sans doute, dans quelques jours, dans quelques heures, quand la mort viendrait le frapper, en priver à jamais son propre fils, le petit David, et sa femme, Colette.

Jacques pensait continûment à eux. Il imaginait Colette, là-bas, dans la vallée, tenant David dans ses bras et scrutant en vain les sommets. Il l'imaginait, folle d'angoisse, réclamant des secours qui ne s'organisaient pas ou mal, suppliant qu'on intervienne au plus vite, qu'on tente « quelque chose » à tout le moins...

Mais que pouvaient-ils faire pour eux deux, les camarades de la Compagnie des Guides ; que pouvaient-ils faire, les secouristes de la Gendarmerie nationale ? Combien étaient-ils, capables de venir leur porter assistance ? Ils devaient se compter sur les doigts d'une main. Et encore fallait-il que les conditions fussent bonnes et que le temps demeurât stable quarante-huit heures d'affilée au moins pour qu'ils pussent redescendre les deux naufragés de ce surplomb de l'Aiguille du Fou.

L'Aiguille du Fou ! — la bien nommée. Jacques était fou, en effet, d'avoir mené Abel ici, fou ! Et dans ce léger délire de persécution que l'épuisement nerveux provoquait en son esprit peu à peu, il se demandait parfois si l'Aiguille ne s'appelait pas ainsi à cause de lui — pour le défier.

Mais il parvenait encore à recouvrer assez vite le sens des réalités et il tentait de ne pas trop céder à la peur panique qui s'était emparée d'Abel. Les seuls secours, estimait-il, ne pouvaient venir que du ciel. Encore était-il nécessaire que l'hélicoptère pût faire le point fixe au-dessus d'eux — ce qui était fort hasardeux étant donné l'impétuosité toujours vive des vents...

Oh ! le bonheur qu'ils avaient connu un court instant, la veille — ou était-ce l'avant-veille ? — en entendant la rumeur caractéristique d'un rotor brassant l'air au-dessus d'eux...

« Jacques ! Jacques ! s'était écrié Abel, avec la frénésie d'un dément. Jacques ! Ils viennent ! »

Et dans sa joie, il s'était précipité vers le gros insecte étincelant sous le soleil... vers le vide ! Si Jacques ne l'avait pas retenu à temps, Abel était mort...

Peut-être cela eût-il mieux valu ! pensait le guide maintenant en ses rares et fugaces accès de découragement.

Quelle amère désillusion cela avait été, en effet ! Voir ainsi le pilote et son passager secouriste leur adresser de grands signes de derrière l'éblouissant cockpit, voir l'hélicoptère s'avancer et manœuvrer habilement pour amorcer un point fixe... Et puis, bousculé par des turbulences, reprendre aussitôt de l'altitude : les vents étaient trop violents pour qu'un sauvetage fût tenté.

Et quelle horreur cela avait dû être pour Colette Servoz de découvrir que l'*Alouette* revenait sans les deux hommes ! Du moins connaissait-elle leur sort, maintenant. Elle savait qu'ils étaient en vie — si l'on peut appeler vie cette sorte de survie primitive dans laquelle ils se débattaient tous deux — mais c'était là tout.

Ensuite, dans l'après-midi, il y avait eu une nouvelle apparition de l'hélicoptère, saluée de nouveaux cris de folie d'Abel. Le treuil avait été déroulé auquel était accrochée une caisse de vivres, de vêtements et de médicaments qui les aideraient à tenir le temps que le secours s'organise mieux. La caisse avait tangué quelques secondes dans l'air, secouée par le vent. Puis elle était venue heurter le rocher, contre lequel elle s'était fracassée... Muets, interdits, Abel et Jacques avaient vu choir dans le vide bouteilles et paquets, réchaud et duvets, cordes et toiles de tente — la fatalité s'acharnait sur eux. C'était comme s'ils devaient être châtiés pour quelque faute qu'ils avaient commise. Peut-être celle d'avoir voulu gravir la maléfique Aiguille du Fou !

Il n'y avait plus rien à faire. Rien qu'attendre et attendre et attendre encore. Mais l'attente distillait en eux une sorte d'intolérable épouvante : était-ce cela l'éternité ? Étaient-ils déjà entrés dans la mort ?

La folie venait, insinuante, inexorable, irrésistible mais désirable aussi. Car la folie, c'était, d'une certaine façon, l'oubli.

Des hallucinations dansaient devant leurs yeux, de plus en plus obsédantes et prenantes, des visions surnaturelles, et des souvenirs d'une telle intensité qu'ils croyaient revivre ces moments de leur passé qui leur revenaient en mémoire à leur insu.

« M'a ! M'a ! M'a ! » se mit ainsi à hurler Abel brusquement. Ses yeux grands ouverts fixaient le vide. Que voyaient-ils de si effroyable ? « M'a ! » redit-il désespérément en enfouissant son visage, son beau visage défiguré par la fatigue, dans la saignée de son bras replié. « Oh, non ! Non !... M'a ! Non, M'a ! »

« ... M'a ! » avait-il crié, éveillé en sursaut. De derrière le mur lui parvenaient des gémissements étouffés, des coups sourds qui le terrifiaient. Le géant qui couchait avec Madeleine depuis quelques nuits avait recommencé à la battre. Et Madeleine implorait à mi-voix, brisée par la frayeur :

« John, je t'en supplie ! John ! Non, John... »

Alors, n'y tenant plus, Abel s'était redressé sur son séant, avait hésité un instant, puis bondi hors de son petit lit. Aujourd'hui, il avait dix ans. Et aujourd'hui, du haut de ses dix ans, n'écoutant plus que sa bravoure, il serait comme Captain Gallant dont le monsieur à la Cadillac lui avait offert le livre des aventures : il oserait affronter le géant dont il avait si peur.

Il courut à la chambre, ouvrit la porte à toute volée...

... Oublierait-il jamais la vision qui s'offrit à ses yeux : dans la pénombre, le colosse, nu comme un ver, chevauchant sa mère et la rouant de gifles — pourrait-il l'oublier ?

« Monsieur ! Monsieur ! »

L'homme, surpris, s'était retourné.

De face, il était plus terrible encore : un amas de gros muscles ronds noyés dans la graisse, et velu comme un singe, luisant de sueur, écumant :

« Eh bien, qu'est-ce qu'il me veut, ce morveux ? »

L'homme avait sauté au bas du lit et s'avançait vers l'enfant, menaçant. Mais l'enfant ne reculait pas. Il n'avait plus peur : une sorte de force intérieure l'habitait.

« Monsieur, dit-il de sa petite voix tendue à l'extrême mais ferme et résolue, monsieur ! Je ne veux pas que vous fassiez de mal à ma mère ! Je ne le veux pas...

— Ta mère ? s'écria l'homme. Ta mère ! Ah, parce que tu crois que… Pauvre petit morveux ! »

Et sans qu'Abel comprit d'abord pourquoi, Madeleine se mit à supplier en se tordant les mains :

« John, non ! Je t'interdis ! John, oh ! je t'en prie, tais-toi ! Ne lui dis pas, John… »

Mais John continuait de ricaner avec une joie féroce : « Ta mère ! »

Ce fut à ce moment-là qu'Abel sut, ce fut à ce moment précis qu'il apprit.

« Ta mère ! reprit l'homme, riant de plus belle. Mais, ce n'est pas ta mère, pauvre petit morveux ! Hé ! "Ma mère !" Non, mais écoutez-moi ça ! Écoutez-moi ce bâtard qui vient me faire la morale ! Bâtard, oui ! Bâtard, j'ai dit ! Voilà ce que tu es, rien qu'un bâtard, petit morveux !

— John ! Non, John !

— Ah, la ferme, Mad' ! Qu'est-ce qu'il se croit, ce fils de pute ? Hein, qu'est-ce que tu te crois, morveux ? Tu t'es peut-être jamais demandé des fois pourquoi tu t'appelles pas Langlois, hein ? Si t'étais le môme à Madeleine, c'est comme ça que tu t'appellerais, eh ! cloche. Ou bien Livio : du nom du Jules qu'elle a eu et qui l'a laissée tomber… Entre nous, il a bien fait, celui-là, tiens !

— John ! Tais-toi, John…

— Non, mais il m'emmerde ce petit con à la fin. Toujours sur mon dos. "Ma mère ! Ma mère !" Tu t'appelles Young, morveux ! Abel Young ! Et tu veux savoir pourquoi ? Parce que ta roulure de mère s'appelait Young, voilà ! Elle a claqué en te mettant au monde. Remarque, on la comprend… En te voyant sortir d'entre ses cuisses, une mocheté pareille, elle a dû en crever de peur…

— John ! Oh, non ! John ! tais-toi », sanglotait Madeleine qui serrait dans ses bras Abel, pétrifié d'horreur, qui le serrait à l'étouffer…

… Oublierait-il jamais ces cris, ces larmes, cette fureur ? Oublierait-il cette nausée qui montait en lui ? Oublierait-il l'acharnement démentiel de John qui le giflait maintenant, tandis que Madeleine tentait de le protéger, mais en vain ?

« Young, tu t'appelles ! reprit le géant. Tu entends bien, sale bâtard ? Young, tu t'appelles. Et pas du nom de ton père, note ! C'est pas Abel Emerson, ton nom, hein ! petit morveux... Et tu veux savoir pourquoi, pendant qu'on y est ? Tu veux savoir pourquoi ? Eh bien, parce que t'es un bâtard, voilà tout ! Un bâtard ! Ce vieux filou d'Emerson t'a laissé tomber comme une pauvre merde que tu es. Il a pas voulu de toi, le père Emerson, le type à la Cadillac qui joue au Père Noël ! Comme ta mère, il a dû te trouver trop moche, tiens ! le père Emerson... Et tu sais qui c'est Emerson, pauvre bâtard de mes deux, tu sais qui c'est ton père ? Un milliardaire ! — ouais, c'est comme je te le dis. Un milliardaire, tu sais ce que ça veut dire ? Un type comme Oncle Picsou ! Un des dix hommes les plus riches des États-Unis, c'est-à-dire un des dix hommes les plus riches du monde, ce fumier... !

— C'est pas vrai ! C'est pas vrai ! avait protesté soudain le petit Abel, ivre de terreur et de chagrin. C'est pas vrai ! Vous mentez, avait-il répété, hoquetant et saisi de convulsions. C'est pas vrai ! »

Et brusquement, se dégageant de l'étreinte de Madeleine, laquelle s'évanouissait, il s'était jeté par la fenêtre ouverte — dans le vide.

On peut vouloir mourir quand on a dix ans.

On peut vouloir mourir plus tard aussi, quand on se sent abandonné de Dieu et des hommes comme, autrefois, on s'était senti injustement abandonné par son père.

Abel était encore sous le choc de cette cruelle reviviscence de son passé. Il retrouvait cette sensation atroce, à la fois si brève et infinie, de la chute dans le vide. Et lui qui, rescapé de ce suicide, avait pensé pendant les longues années de maladie et de souffrance morale qui suivirent, que jamais il ne connaîtrait de pire moment dans sa vie, il était là, maintenant, qui proférait des propos incohérents dans lesquels les mots « je veux mourir » revenaient sans cesse.

« M'a ! Ils ne viendront plus, disait-il. Ils ne viendront plus, les gens de l'hélicoptère... C'est à cause de John,

M'a ! Et Dick n'a pas pu non plus… Mais je m'en fiche : je veux mourir… Ils peuvent bien ne pas venir ! Je veux mourir…

— Tu ne vas pas te taire, à la fin ! » l'interrompit Jacques haineusement.

C'était là son premier accès de faiblesse : lui aussi, parvenu aux limites de ses ressources nerveuses, ne se contrôlait plus, soudain.

Muet de terreur, Abel recula, dévisageant son ami comme s'il ne le reconnaissait plus : Jacques aussi l'abandonnait…

Mais non. Dans un dernier sursaut de volonté, Jacques, secoué de sanglots secs, se rapprocha de lui et, l'étreignant convulsivement, s'écria :

« Oh, Abel ! Abel, mon petit… Pardonne-moi, Abel ! Pardonne-moi ! »

Et tout à coup son ton changea : d'implorant, il se fit brusquement délirant de joie.

« Ils viennent, Abel ! balbutia-t-il d'abord. Ils viennent, reprit-il. Abel, Abel, ils viennent ! finit-il par hurler. Ils viennent. Écoute ! Ils sont là, Abel ! Ils sont là… »

Et son doigt désignait un bruyant petit joyau flottant dans le ciel bleu…

« Ils viennent ! Tu les vois ? Tu les entends, Abel, tu les vois ? »

Mais Abel ne voyait rien, Abel n'entendait rien — il était muré dans son désespoir.

Et soudain, il se ruait dans le vide, déclamant en sa folie quelques vers de Rimbaud qu'il aimait tant, quelques vers qui lui revenaient en mémoire maintenant, sans qu'il sût pourquoi :

Elle est retrouvée.
Quoi ? — L'Éternité.
C'est la mer allée
Avec le soleil.

DEUXIÈME PARTIE

L'heure de la Louve

« Le vieux va crever ! »

Robert G. Kelly avait à peine refermé la porte à double battant de la suite directoriale qu'il annonçait la nouvelle sans les ménagements d'usage. Les deux hommes qu'il venait de convoquer, George Whyatt et Sam Bergman Jr., en demeurèrent un instant bouche bée et comme pétrifiés au seuil de la vaste pièce de réception qui précédait le cabinet de travail proprement dit. Non qu'ils fussent surpris de la nouvelle : depuis trois mois qu'Eliott E. Emerson se reposait à Saint-Jean-Cap-Ferrat en France, on murmurait que ce long et inhabituel « repos » était rien moins qu'un repos. Le mot avait tout l'air d'un euphémisme, en effet : c'était là le pieux mensonge qu'on faisait aux quatre mille cinq cent soixante employés du groupe Events pour leur cacher que le patron mourait. « D'un cancer de la gorge », ajoutaient quelques-uns qui se prétendaient dans le secret et, après tout, l'étaient peut-être… Whyatt et Bergman, les plus proches collaborateurs de Kelly, se doutaient bien de la vérité mais ce qui les stupéfiait présentement c'était de voir, pour la première fois en trente ans de maison, Kelly fermer la porte de son bureau, cette porte que, par affectation de simplicité démocratique, il laissait grande ouverte, prétendant que n'importe quel journaliste d'Events, aussi minime fût-il dans la rigide hiérarchie de la rédaction, devait pouvoir à toute heure du jour le rencontrer librement s'il le souhaitait. Faut-il préciser qu'ils étaient bien rares ceux qui osaient jouir de cette liberté sans, auparavant, s'être fait annoncer au redoutable Kelly par sa redoutable secrétaire, miss Hepplewhite ?

Qu'il eût fermé sa porte les surprenait, mais ce qui choquait par-dessus tout Whyatt et Bergman, c'était d'avoir entendu dans la bouche du directeur général de la publication, outre le mot si grossier de « crever », cette expression inattendue, incongrue, et, au sens fort du terme, inouïe de « vieux » ! En trente ans, jamais Kelly ne s'était permis d'appeler Emerson « le vieux ». Il laissait ça aux étages inférieurs de l'Events Tower. Et si, en trente ans, il s'était deux ou trois fois oublié au point de dire, parlant de son patron, « Triple E » — c'était ainsi qu'Eliott Ernest Emerson était malicieusement surnommé par toute la maison — chaque fois il s'en était sincèrement repenti, comme s'il venait de commettre une impardonnable faute de goût. Alors qu'Emerson lui-même s'amusait de cet anodin et charmant diminutif devenu si célèbre que le président Kennedy lui-même avait ainsi affectueusement appelé le vieillard lors d'un dîner à la Maison Blanche. Mais Kelly avait toujours été la réserve et la distinction incarnées. On pouvait même estimer que, fidèle en cela à l'esprit de son patron, grand seigneur s'il en fût jamais, et, d'une certaine façon plus royaliste que le roi, c'était lui qui avait inventé ce « style Events » fait de bon ton compassé et très « vieille Europe », ce subtil mélange d'amabilité et de morgue, de nonchalance hautaine et de quant-à-soi amusé, de dandysme et de puritanisme pincé. Ce n'était certainement pas dans les bureaux d'Events, du moins au-dessus du cinquante-quatre ou cinquante-cinquième étage, que l'on verrait jamais des hommes en col roulé, en bras de chemise ou — pire ! — sans cravate. Quant aux femmes qui voulaient suivre cette mode du pantalon imposée depuis l'automne 65 par Cardin et Courrèges, elles pouvaient tout de suite songer à chercher un nouvel emploi « en face » — c'est par cette périphrase qu'on désignait le groupe Time-Life quand on travaillait à Events : Kelly en avait décrété ainsi et jusqu'aux stylistes de *Lady Chic*, la revue de mode du groupe, se l'étaient tenu pour dit. Seule Kay Mc Kay se permettait d'arborer parfois de provocants complets-veston masculins en flanelle rayée. Mais Kay Mc Kay était la femme de Triple E. Elle seule pouvait braver les interdits de Kelly, ce dont elle ne se privait d'ailleurs pas…

Mais qu'importait à Kelly ? N'avait-il pas l'oreille du patron ? Et n'était-il pas le représentant le plus authentique de « l'élégance Events », ce chic inimitable : discrètes cravates ton sur ton, discrets costumes gris ou bleu foncé, discrètes voitures européennes, discrètes vacances à Salzbourg ou Venise plutôt qu'aux Bahamas, discrets dîners en ville plutôt que soirées dans les boîtes de nuit, et les réserves inépuisables d'une courtoisie passée de mode partout ailleurs. Bref, le « genre Emerson. »

Aussi, entendre Kelly dire « le vieux », c'était aussi choquant que de découvrir sa mère se saoulant en cachette ou son père volant à l'étalage. Il fallait que cet homme, d'ordinaire si mesuré dans ses propos, fût au comble de l'émotion pour se laisser aller ainsi. Sans doute était-ce l'effet du relâchement subit de cette subtile oppression qu'il avait endurée depuis tant d'années sans broncher. L'absence d'Emerson le livrait à lui-même et il s'en trouvait, d'une certaine façon, désemparé. Mais on pouvait voir aussi dans cet écart de langage un signe de l'exaspération qui montait en lui d'avoir à constamment supporter, depuis trois mois qu'Emerson se « reposait » à Saint-Jean-Cap-Ferrat, la femme et le fils de celui-ci. Kay Mc Kay et Jeremy avaient la ferme intention d'exercer le même pouvoir absolu qu'avait exercé Eliott. Mais désormais Kelly serait seul à affronter les caprices, les lubies, les folies, les crises d'hystérie de celle qu'on avait surnommée Lady Mc Beef, la terrible Lady Mc Beef ! Et le patron qu'il devrait seconder, ce ne serait plus l'homme de génie qu'il avait si dévotement servi pendant plus d'un quart de siècle mais, hélas ! celui qu'on n'appelait jamais simplement Jeremy Emerson, mais « ce connard de Jeremy » ! Kelly sentait le sol se dérober sous lui. Une vie entière se brisait brusquement…

« Le vieux va crever ! » répéta-t-il en s'affalant si vivement dans son fauteuil directorial qu'il imprima sans le vouloir un mouvement de rotation au siège de cuir noir capitonné. « Le vieux ! » soupira-t-il.

Whyatt et Bergman le contemplaient de profil : ils étaient bouleversés de le voir ainsi défait par le chagrin et s'adressant une sorte de reproche muet de sa soudaine vulgarité. Il se massa les yeux. Il semblait épuisé par une nuit d'insomnie. Ce fut à voix basse qu'il ajouta :

« Nous venons de recevoir un télex de Saint-Jean-Cap-Ferrat : c'est la fin. Il n'en a plus que pour quelques jours, peut-être quelques heures seulement, ont dit les médecins. Il a réclamé Kay, Faye et Jeremy. Et hier soir, comme il y avait un mieux, il est parvenu à me parler au téléphone. Il m'a demandé de rester à New York : "Emerson s'en va mais Events continue", m'a-t-il dit. Et puis il a pris un ton très mystérieux pour me dire aussi que je devais m'attendre à une grosse, très grosse surprise, quant à l'héritage. J'ai essayé d'en savoir plus mais il s'est tu, prétendant qu'il était très fatigué et qu'il devait raccrocher maintenant... Voilà. Je n'ai rien à ajouter... » conclut Kelly.

Et soudain, deux larmes lui coulèrent sur les joues, qu'il ne prit pas la peine d'essuyer. Les deux visiteurs, embarrassés, se laissèrent choir dans un canapé d'angle et, à la dérobée, sans rien trouver à dire qui ressemblât à une condoléance, ils le regardèrent réprimer avec difficulté les sanglots qui lui venaient. Whyatt et Bergman n'étaient pas le moins du monde étonnés de la violence de sa réaction. Pour Kelly, Eliott E. Emerson avait été le dieu et maître, le père spirituel, le père tout court... Mais un père exigeant, qui, toute sa vie durant, avait été également son tyran. On disait souvent parmi les collaborateurs d'Events : « Nous tremblons tous devant Robert, mais jamais nous ne tremblerons autant que lui n'a tremblé devant Triple E. »

Kelly s'était choisi son tyran en 1935 quand, quittant Time sur un coup de tête, il s'était fait, tout jeune homme, engager par Emerson. Presque aussitôt, quelque chose comme une chaste passion s'était ensuivie entre les deux hommes ; avec, comme dans toute vraie passion, des rapports de haine et d'amitié inextricablement mêlés, des rapports de force et de soumission, des révoltes — de la part de Kelly — et — de la part d'Emerson — d'atroces représailles, toujours acceptées... Tout ce que le génial empereur de la presse, tout ce que le plus grand fondateur de magazines de tous les temps avait inventé n'aurait jamais vu le jour si Kelly n'avait été là aussi, à la fois l'ami, le conseiller, l'humble exécutant, le souffre-douleur, le brillant second dont tout vainqueur a besoin pour mener à bien son entreprise, l'éminence grise. Parfois, en cas d'insuccès, le bouc émissaire également. Mais les échecs d'Emerson avaient été si rares que Kelly n'avait guère souvenir d'avoir eu à jouer ce rôle déplaisant plus de deux, trois fois dans sa vie. Les deux, trois fois, d'ailleurs, où — petit tour que lui jouait son inconscient — il lui avait échappé d'appeler Emerson Triple E... Toutes les idées lancées par Triple E s'étaient matérialisées grâce à Kelly — et Triple E le savait. Il avait toujours eu l'intelligence de le savoir. Jamais son incroyable réussite ne lui avait monté à la tête. C'était aussi en cela qu'il était un génie : un génie sait s'entourer et n'éprouver jamais de jalousie ni aucune espèce de mépris à l'égard de qui le seconde. Alexandre le Grand, lui-même, n'eût rien été si quelque général obscur dont l'Histoire n'a pas retenu le nom ne l'avait aidé dans son aventure : Kelly fut, pendant trente ans de collaboration entre les deux hommes, cet obscur général, à la fois efficace et effacé...

Whyatt et Bergman se parlaient à mi-voix tandis que, dans la salle de bains attenante à son bureau, il lavait à grande eau ses yeux rougis et s'efforçait de reprendre contenance.

« Eh bien, ça va pas être triste, soupira Bergman. Entre Lady Mc Beef et ce connard de Jeremy, ça promet ! George, si tu veux mon avis, il faut trouver à se reconvertir, et vite fait ! Tout vaut mieux que de croupir ici, maintenant. Et je vais de ce pas me plonger dans les petites annonces Events, ajouta-t-il sur le ton de la plaisanterie. Oh ! n'importe quoi fera mon affaire, crois-moi ! Même rédacteur des pages quincaillerie du catalogue *Sears Roebuck*...

— Ne dis pas de sottises. Je ne vois vraiment pas ce que ça va changer pour nous deux... Ça ne peut pas être pire que du temps de Triple E !

— Ah si ! Parce que le patron était peut-être un tyran, mais ce n'était ni un salaud ni un imbécile. Et tu peux demander à Kelly, qui a sur le dos depuis bientôt trois mois la reine mère et son connard de Jeremy chéri, ce qu'il en pense. D'ailleurs, tu le vois bien : il est déjà au bord de la dépression nerveuse, le pauvre. Et les emmerdes ne font que commencer ! Rien que cette vaste idiotie de *Tuxedo* dans laquelle Jeremy nous a embarqués !

— La première erreur du groupe ! » exulta Robert G. Kelly qui, s'étant ressaisi et ayant happé au vol les paroles de Bergman en refermant le robinet, revenait à grands pas décidés dans son bureau — cela aussi ne lui ressemblait guère, lui d'ordinaire si discret...

« La première connerie depuis que cette baraque existe ! »

Il donnait libre cours à ses rancœurs avec une véhémence qui fit peur aux deux hommes.

« C'est la catastrophe, vous m'entendez, Sam ? La catastrophe ! Le gouffre sans fond... Nous avons déjà englouti un million et demi de dollars dans l'affaire et il n'y a pas l'ombre d'un début de semblant de numéro zéro. Rien ! Nous en sommes à la cinquième équipe rédactionnelle, au dixième projet de format et de mise en page, que sais-je encore ?... Nous en sommes à la énième campagne auprès des agences de publicité pour qu'elles nous achètent de l'espace et nous n'avons toujours pas la moindre esquisse à leur montrer de ce qui ressemblerait de près ou de loin au support ! Tout ça au moment où nous devons renouveler le contrat d'Events avec la Young & Rubicam ! C'est insensé, c'est simplement insensé !

— Enfin, s'écria Whyatt, je ne suis peut-être pas très malin mais je n'ai toujours pas compris ce que Jeremy veut faire de ce *Tuxedo*...

— S'il le savait lui-même, cet enfoiré ! répliqua Kelly.

— Oh, Robert ! » fit Bergman, faussement scandalisé.

Et les trois hommes, qui n'avaient jamais connu telle complicité, se mirent à rire aux éclats. Kelly ne prit pas même la peine de feindre qu'il s'excusait. Le mot était lâché, eh bien, il le maintenait ! Il exhalait enfin sa haine trop longtemps contenue. Il poursuivit :

« Il y a que Jeremy E. Emerson se prend pour Hugh Heffner, figurez-vous ! Ou, plutôt, il se veut l'anti-Heffner. Et c'est l'anti-*Playboy* qu'il veut créer, rien de moins ! Il trouve que c'est le dernier titre qui manque encore au groupe pour que nous soyons vraiment "à la hauteur", comme il me l'a dit l'autre jour. "Robert, nous ne sommes pas à la hauteur !" Connard, va !... Enfin, puisque vous voulez tout savoir, *Tuxedo* — si jamais ce machin voit le jour ! — *Tuxedo* ce sera vraiment l'anti-*Playboy*, en effet ! Là où *Playboy* affiche du cul à toutes les pages, Jeremy veut des photos de jeunes filles saines et sportives de la bonne société... Et, bien sûr, habillées ! Oui, c'est tel que je vous le dis ! Ce minable croit que c'est ça le style Events et qu'il y reste fidèle en créant *Tuxedo*, "le journal du parfait gentleman" ! Connard !... Et puis, ce n'est pas tout : Monsieur veut comme Heffner de grands écrivains. Mais, tenez-vous bien ! de grands écrivains qui ne soient ni de gauche, ni pédés, ni nègres, ni névrosés, ni alcooliques... ni même new-yorkais ! Et si par malheur ils devaient être juifs, eh bien, qu'ils le soient raisonnablement. Jeremy a quand même quelques scrupules à se dire ouvertement antisémite — ça lui serait difficile ! Mais il m'a expliqué qu'il n'aimait les juifs que "blanchis" si je puis dire, les juifs à la Emerson, en un mot...

— De grands écrivains qui ne soient ni de gauche, ni pédés, ni nègres, ni névrosés, ni alcooliques... » répéta Whyatt pris d'un léger fou rire.

Et Bergman, pareillement hilare, s'écria :

« Ah, très bien ! Heffner s'est offert les deux Miller,

Arthur et Henry, il s'est offert Mailer, Chester Himes, Truman Capote et Albee. Nous, on aura les mémoires du général MacArthur pour la partie littéraire et Mamie Eisenhower pour le côté olé olé !

— Vous voyez le tableau ! » poursuivit Kelly sur un ton plus mesuré. Cette gaieté, inhabituelle dans son bureau, le surprenait à son tour. Et ce fut plus gravement qu'il ajouta :

« Nous courons droit au bide. Cet imbécile qui se croit l'héritier de l'esprit Emerson confond tout simplement l'ennui et le conformisme avec... avec la classe, le chic d'Eliott.

— Lady Mc Beef est passée par là, que voulez-vous, Robert ? Telle mère...

— Comment, mais comment... » soupira Kelly à mi-voix.

Il n'acheva pas sa pensée. C'était d'ailleurs inutile : ses deux visiteurs l'avaient devinée. Eux aussi s'étaient posé des milliers de fois la question sans oser la formuler vraiment tant leur patron leur inspirait de respect : comment un homme de l'élégance et de l'intelligence d'Emerson, comment avait-il pu épouser une femme aussi vulgaire que Kay Mc Kay ? Uniquement parce que Kay avait été une des plus belles femmes du monde ? Mais Emerson était-il homme à épouser une femme pour sa seule beauté, fût-elle une rousse flamboyante comme Kay ? Abigail, sa première épouse, quoique moins remarquable, était fort jolie et, d'esprit, l'exact opposé de Kay : bonne, douce, aimante, réservée et cependant élégante, cultivée, brillante, distinguée... C'était au contact de cette jeune fille de l'aristocratie Wasp, descendante d'une famille d'immigrants du *Mayflower*, qu'Eliott était devenu cette sorte de prince de la Renaissance qu'on admirait tant. Abigail lui avait donné ce vernis, cet exquis raffinement qui manquait encore au petit-fils d'Abraham Aabrahamovicz. Elle lui avait appris l'art de vivre, à la fois simple et fastueux, de sa lignée — cet art de vivre qu'on appelait aujourd'hui « le genre Emerson ». Avec Abigail, il avait connu le bonheur. Combien il avait pleuré sa mort atroce, en pleine jeunesse, en pleine gloire ! Jamais personne n'avait pu comprendre comment seulement un an et demi après son deuil et le désespoir si poignant qu'il avait alors montré, Eliott avait épousé cette ex-danseuse de cabaret, la jeune veuve du roi du bœuf en boîte : Kay Mc Kay !

Kelly chassa d'un revers de main inconscient ses amères pensées et revint au sujet de la conférence improvisée :

« Écoutez, George... Et vous, Sam, dit-il, écoutez, nous ne sommes pas là pour parler des déboires de *Tuxedo*. Il suffit de savoir que c'est la catastrophe assurée... »

Bergman, s'adressant à Whyatt, fit remarquer plaisamment et comme en passant :

« C'est bien ce que je dis, George. Il faut quitter le navire au plus vite. Voici venir le règne de Kay et Jeremy Emerson...

— Et Faye ? répliqua Whyatt, tu l'oublies ?

— Oh, la pauvre Faye ! siffla Kelly entre ses dents.

— À quoi ressemble-t-elle ? demanda Whyatt. Vous savez, Robert, les cinq ou six fois où l'on m'a fait l'incomparable honneur de m'inviter au manoir, la demoiselle n'a pas daigné descendre dîner avec nous.

— Moi, je l'ai vue, fit Bergman avec une fatuité comique. Elle m'a paru tout à fait ravissante... Une fille délicieuse, vraiment délicieuse ! Mais... comment dire ? Un peu à côté de ses pompes. Un peu... perturbée.

— Pas étonnant : avec une mère pareille ! La pauvre gosse !

— Dis donc, George ! Un vieux garçon comme toi... Tu devrais un peu te pousser. C'est vraiment le plus beau parti du moment, la petite Emerson. Une beauté, vingt ans, et bientôt héritière pour moitié avec son frère de l'empire Events ! En plus, la mère Kay, qui a toujours eu un petit béguin pour toi...

— Où es-tu allé chercher ça ?

— La mère Kay, disais-je, serait ravie de te la fourguer : elle la déteste, cette pauvre Faye...

— Vous savez que cette garce et ce salopard de Howard sont parvenus à leurs fins. J'ai su par Barrett qu'ils ont réussi à la faire interdire et renoncer à toute espèce de prétention sur la gestion de sa fortune. La gosse héritera, bien entendu — mais point final : pas question qu'elle siège jamais au conseil d'administration ou quoi que ce soit. Elle est en tutelle pour le restant de sa vie. C'est Kay qui a la responsabilité de tout et lui reversera une pension à sa convenance. Howard a mis deux ans à monter le coup, ça n'a pas été sans mal, mais c'est fait : ils ont pu prouver aux experts que Faye est cinglée. Et ce qui m'écœure vraiment, c'est qu'Eliott, par faiblesse, a fermé les yeux et signé lui aussi : il faut qu'il soit bien mal !... Cinglée, cinglée ! Ce n'est pas très étonnant étant donné tous les tranquillisants et autres saletés que Kay lui fait ingurgiter depuis qu'elle a dix, douze ans !

— Et pour quelle raison ?

— À ce qu'il paraît, c'était une enfant un peu nerveuse et instable. Il y a surtout, je crois, que Kay ne peut absolument pas la souffrir parce qu'elle est aussi belle qu'elle l'était à son âge. Faye lui rappelle à tout moment, par sa seule présence, qu'elle n'a plus vingt ans. Et vous n'ignorez pas que c'est la névrose obsessionnelle de Kay, enlaidir en vieillissant, perdre sa beauté...

— On m'a dit que les installations à Sag Harbor étaient démentielles : qu'il y avait gymnase, bain de vapeur, salle de massage et tout un appareillage d'institut de beauté comme on n'en trouverait même pas chez Harriett Hubbard Hayer ou Helena Rubinstein.

— George, vous ne pouvez pas imaginer ! On a voulu faire un reportage pour *Lady Chic*, une fois. Et Bertram m'a montré les photos — c'est insensé, en effet. Cette femme n'a que ça en tête : être belle, être toujours belle... Pour le reportage, elle avait d'abord dit oui et puis elle a dû penser que ça nuirait quelque peu à son image si on voyait les efforts qu'elle déployait pour se maintenir en beauté. Les pages étaient déjà à la composition quand elle s'est ravisée. Elle a fait toute une scène à Eliott et l'article n'a jamais été publié. C'est la seule fois de l'Histoire où *Lady Chic* a eu deux jours de retard !... Pauvre Kay : j'ai presque pitié d'elle quelquefois : cette incroyable névrose, cette lutte pathétique et désespérée contre les rides et le temps qui passe ! Si vous saviez les tortures qu'elle s'inflige quotidiennement pour demeurer à jamais la Kay éternelle !

— Il y a cependant une chose que je ne comprends pas : les médecins dans tout ça...

— À propos du cas Mc Kay, vous voulez dire ?

— Non. Mais je repense à Faye. Si cette petite n'est pas folle...

— Oh, vous savez : les experts, dans ce domaine !... Et puis, Kay achèterait le pape lui-même s'il en était besoin. Et il faut dire que si on leur a montré les tableaux que peint Faye ! La pauvre gosse...

— Elle peint ?

— Oui. Et très bien. Je dois avouer que je ne connais pas grand-chose à l'art mais j'ai vu ce qu'elle faisait et ça m'a semblé très beau. Complètement fou mais très beau... Elle a un pavillon à elle au fond du parc, maintenant. C'est là qu'elle travaille. Je lui ai rendu visite, une fois. C'est très impressionnant ! Les murs sont couverts de toile du plancher au plafond, et elle y peint des fresques. Une peinture incroyablement érotique. Pornographique, même... Quelle force, quelle imagination il y a dans cette enfant ! À la voir toujours si renfermée, sensible et discrète, on ne pourrait jamais penser... C'est d'une violence, d'une cruauté ! Emerson a montré ce qu'elle faisait à deux critiques de *Painted Events* qu'il avait invités à dîner une fois. Les deux gars lui ont dit que c'était excellent — et je sais qu'ils étaient tout à fait sincères : ils me l'ont dit à moi aussi. Ils ont ajouté qu'elle pourrait exposer si elle le voulait. Mais qu'il faudrait trouver un directeur de galerie assez culotté pour montrer ça et risquer de voir aussitôt sa maison fermée pour attentat à la pudeur ou quelque chose comme ça : ce ne sont que des scènes de sadomasochisme. Insoutenables. On voit des corps transpercés, des sexes arrachés, des bouches bâillonnées, des nus enchaînés sur des chevalets de torture, des cagoules, des cordes, des pals, des fouets... L'horreur ! Et tout cela, très réaliste. Léché, même. Comme des Dali ou ces grands machins pompiers de la fin du dix-neuvième siècle. C'est d'ailleurs ce qui les rend si pénibles à regarder : on dirait des tableaux vivants !… L'horreur, je vous dis ! L'horreur absolue ! Et en voyant tous ces instruments de supplice reproduits avec une minutie maniaque, on ne peut s'empêcher de penser à la machinerie de l'institut de beauté particulier de Kay… Une façon de se venger pour Faye, sans doute ! Pauvre, pauvre Faye : quel calvaire ce doit être d'avoir une pareille mère ! Quel calvaire de se savoir haïe à ce point ! Quel calvaire de seulement exister… »

Robert G. Kelly demeura pensif un instant, puis il se reprit :

« Nous voilà repartis dans nos bavardages ! Nous ne sommes pas ici pour ça. Mais pour discuter de la situation nouvelle que nous allons affronter. Et parler du numéro commémoratif auquel il faut déjà penser. Profitons de ce que Jeremy ne va pas se trouver dans nos pattes pendant les quelques jours où il sera à Saint-Jean-Cap-Ferrat. Moi, j'ai une idée de génie… »

Il s'interrompit net et se mordit les lèvres, esquissant un piteux sourire d'excuse. Whyatt et Bergman l'observaient, vaguement éberlués — cela aussi était nouveau chez Kelly. Ils ne l'avaient jamais entendu se vanter jusqu'ici, fût-ce par manière de plaisanterie : ce n'était pas son genre, à Kelly. Était-il plus troublé par l'annonce de la mort imminente de son patron qu'il ne voulait le montrer ? Ou bien, était-ce que cette disparition, profondément ressentie comme une libération, lui donnait des ailes, brusquement…

« … Enfin, une idée, reprit-il avec plus de modestie. Et je voudrais que vous me disiez très franchement ce que vous en pensez. (Il le savait pertinemment : ils n'en penseraient que du bien ! Quelqu'un avait-il jamais osé la moindre velléité de résistance à la volonté de Kelly quand il avait parlé ? Et Kelly, Kelly avait-il jamais osé la moindre velléité de résistance à Emerson ?) Ce serait, déclara-t-il, de faire écrire toute l'histoire d'Eliott non par l'un d'entre nous mais par quelqu'un de la maison qui se trouverait ne l'avoir jamais rencontré. Qu'il nous dise ce qu'il savait de lui, ce qu'Eliott pouvait bien représenter à qui ne l'avait jamais connu… Comment était perçu le mythe Emerson. Et j'ai pensé que ce serait une trouvaille de confier ce travail à notre petit boursier de l'année… Comment s'appelle-t-il déjà ?

— Euh… Richie… Richie quoi donc ? Je suis mort de honte : c'est moi qui lui ai remis le parchemin, à ce gosse, et j'ai déjà oublié son nom…

— Garrymore, non ?

— Oui, c'est ça : Garrymore, Richie Garrymore.

— Eh bien, vous voyez ce que je veux dire ? Le jeune lauréat de la Fondation Events engagé le jour même où le fondateur de l'empire se retire à Saint-Jean-Cap-Ferrat pour y mourir. Du patron, il a tellement entendu parler ! Mais jamais il ne l'a vu. Et il essaie de dire ce qu'il a pu en découvrir par ouï-dire… Avec des paroles très simples… Naïves, même. Le gamin doit jouer les hurluberlus : "On m'a dit qu'Emerson était ceci… Qu'il était cela… Moi, je répète ce qu'on m'a raconté…" Oh, bon sang ! Cet article, je le vois déjà imprimé. Et si ce Barrymore…

— Garrymore, Robert…

— Oui. Si ce Garrymore est digne de la confiance que le jury a mise en lui, ce peut être formidable. Évidemment, il y aura tout un tas de papiers annexes retraçant la réussite d'Eliott Emerson, l'histoire d'*Events* et du groupe, des anecdotes sur sa vie privée… Mais la cover story écrite par le débutant du journal ! Une manière de dire : c'est ça, Events. Et si son fondateur est mort, son esprit lui survivra. Nous faisons confiance aux jeunes talents que nous découvrons sans cesse… Enfin, vous me suivez…

— Oui, c'est vraiment une bonne idée, Robert. Mais il faut que le petit Garrymore s'y mette au plus vite, ce n'est pas si facile à faire…

— Et d'autant qu'il faut, en même temps, exiger de lui la plus grande discrétion pour le moment. Je ne veux pas qu'on sache ce qui se passe à Saint-Jean. Le plus tard sera le mieux…

— Robert, il ne faut pas se leurrer, se permit de l'interrompre Whyatt. Il va falloir tout de suite commencer les recherches aux archives et au service photos. Choisir celles que l'on veut publier pour la rétrospective… Dix minutes plus tard, tout le monde en sera informé du haut en bas de l'Events Tower. Et même… en face.

— C'est évident, Robert, confirma Bergman : vous ne pouvez pas demander le dossier Emerson sans qu'aussitôt la plus cruche des filles de la documentation ne comprenne que c'est pour préparer la nécro.

— Alors, il faut accepter l'idée que dans quelques heures tout Events saura…

— Il faut en accepter l'idée, Robert, en effet. Ce n'est pas pour rien que notre bel immeuble a été surnommé la maison de verre. D'ailleurs, je serais très étonné que les gars des télex n'aient pas déjà fait circuler le message de ce matin dans les étages.

— Non. Barrett a pensé à le faire parvenir à mon appartement du Hilton et pas ici.

— De toute façon, il y aura tôt ou tard des indiscrétions.

— Eh bien, à Dieu vat, donc ! Faites monter le petit Garrymore… Le compte à rebours est commencé, fit Kelly. (Et il ajouta, d'un ton plus solennel et empreint d'émotion vraie :) Là-bas aussi, à Saint-Jean-Cap-Ferrat, c'est le dernier combat… »

Puis, redevenu le grand professionnel qu'il avait toujours été depuis sa rencontre avec Eliott Emerson :

« J'ai une autre idée : ce serait que le titre, qui est imprimé en blanc depuis l'origine, soit imprimé en noir désormais. »

Whyatt et Bergman acquiescèrent d'un hochement de tête et se levèrent pour prendre congé, ayant compris que la conférence était terminée.

« Le vieux va crever ! »

En dépit des mille précautions prises pour en retarder l'annonce, la nouvelle avait fini par filtrer des étages supérieurs de l'Events Tower et se répandre comme une traînée de poudre d'un bureau l'autre, semant l'émoi ou l'anxiété et, partout, cette sorte d'excitation nerveuse qui s'empare des sujets d'un roi quand ceux-ci apprennent l'imminence de sa mort. Eliott E. Emerson était, d'une certaine façon, une part de leur destinée à chacun. Et chacun éprouvait une vague tristesse dont il n'eût pu exprimer les raisons profondes : il était triste, voilà tout. Cette tension se ressentait jusque dans le calme et la réserve inhabituels qui régnaient dans les couloirs, les halls et les ascenseurs de l'immense gratte-ciel, toujours grouillant de monde de l'aube au crépuscule. À minuit, comme chaque nuit, les lumières des bureaux de façade s'éteignirent doucement et, comme chaque nuit, seule demeura éclairée la cinquantaine de pièces dont la disposition écrivait dans l'obscurité le mot *Events*. Mais, à qui savait la nouvelle maintenant et levait le regard sur ce jeu subtil de dégradés d'ombre et de clarté, il semblait aujourd'hui plus grave et mélancolique — comme un adieu.

Au milieu de ce « carré sacré » que constituent les immeubles du Rockefeller Center, se dresse, mince, aérienne, quasi immatérielle, et plus élevée de cinquante mètres que le Time-Life Building qu'elle semble ainsi défier du haut de ses soixante-cinq étages, l'Events Tower. Inaugurée le 13 janvier 1963, jour anniversaire des soixante-dix ans d'Eliott E. Emerson, elle est un des chefs-d'œuvre incontestés de l'architecte italien Luigi Benelli. Légèrement convexe, toute de glaces bleutées délicatement réfléchissantes, barrée de fines lignes verticales d'aluminium brossé, elle se présente, par l'effet d'une illusion d'optique savamment étudiée, telle l'étrave d'un navire flottant dans le ciel et, quoique immobile, s'avançant sans cesse sur l'océan des brumes et de la grisaille de Manhattan. Un vaste parvis la précède, dessiné selon les plans du Campo de Sienne et pavé de travertin blanc, gris et rosé. Par des passerelles lancées d'une seule volée au-dessus des bassins, entre les grands jets d'eau, on pénètre dans le hall d'entrée où l'on prend enfin, parmi les mobiles géants de Calder et les statues monumentales de Henry Moore, la mesure de ce colossal édifice dont quelques chiffres, aimablement communiqués par les hôtesses d'accueil, résument mieux l'énormité qu'un long descriptif :

« 259 mètres de haut, 65 000 mètres carrés de planchers construits selon la technique du porte-à-faux, 5 200 baies vitrées en verre trempé traité pour s'accorder aux variations de la clarté du jour suivant un procédé tenu secret, 780 000 watts de lumière artificielle dont un ordinateur module automatiquement l'intensité dispensée sur l'indice de la luminosité extérieure — la construction de l'ensemble a duré moins de cinq ans et coûté plus de 326 millions de dollars », précisent-elles en dirigeant le visiteur vers l'un des trente-huit ascenseurs pressurisés qui le mènera en quarante secondes à la terrasse supérieure où a été aménagée une aire d'atterrissage pour les hélicoptères.

Quand les bureaux vétustes et surpeuplés, longtemps dispersés en sept immeubles différents de Madison Avenue et de la 44e Rue Ouest, furent regroupés ici, il sembla les premiers jours qu'on ne se ferait jamais à une telle vastitude mais, très vite, la tour — la « Maison de verre » comme on l'avait surnommée — apparut encore trop exiguë pour contenir le gigantesque empire Events.

« Si ce n'est pas dans *Events*, c'est que ça n'a jamais eu lieu » : c'est là un des plus célèbres et orgueilleux aphorismes d'Eliott E. Emerson, dont les reparties brillantes et les mots d'esprit emplissent maintenant des livres entiers de citations. Il dit assez bien en quelle estime le plus lu des hebdomadaires américains se tient lui-même. *Events* est plus qu'un magazine : une institution nationale. Au même titre que West Point, le Coca-Cola ou la parade du 4 Juillet... Quelque chose de plus important encore si l'on en croit le président Roosevelt qui déclara lors d'un de ses « coins du feu » en 1943 :

« Écoutez, il y a dans ce pays la Maison Blanche, le Congrès et... *Events.* Et quant à la politique de ce pays, je ne suis pas même certain qu'elle ne soit pas d'abord décidée par *Events*, puis le Congrès et, enfin... la Maison Blanche. »

Mais présente-t-on *Events* ?

Qui peut prétendre n'avoir jamais vu, appendue à la devanture d'un kiosque situé n'importe où sur cette terre, la fameuse revue ? Qui, à moins d'être illettré, n'avoir jamais lu le titre que l'on imprime en noir sur la couverture depuis le numéro daté du 16 août 1966 ? Qui ne connaît cet élégant et immuable caractère art déco créé en 1921 dans lequel il est calligraphié ? Qui n'a remarqué cette barre de T démesurée coiffant toutes les autres lettres et dardant une flèche au-dessus du S — le mot semblant ainsi être tiré à l'arc dans l'avenir ? Qui n'a dans l'œil le format 20/32 inchangé en trente ans et institutionnalisé par les imprimeurs au point qu'on dit maintenant « un *Events* » pour désigner tout format de mêmes proportions ?

Quel Américain peut affirmer n'avoir jamais feuilleté ses pages de papier glacé en un moment de désœuvrement, que ce soit dans la salle d'attente de son dentiste, la salle d'embarquement d'un aéroport, le salon où il se fait coiffer ? Qui n'a jamais lu le long éditorial paraphé de la signature en fac-similé de Robert G. Kelly — « Soyez ennuyeux, Robert, ordonnait Eliott E. Emerson avec ce léger cynisme et de ce ton pince-sans-rire qui était sa marque, soyez ennuyeux, bon sang ! ils prendront ça pour du sérieux... » ?

Qui peut jurer n'avoir jamais prêté foi aux ragots rapportés par Barbara Ridgewick dans sa *rubrique indiscrète* — E. E. Emerson : « Si vous sortez avec Marilyn Monroe ces jours-ci, ce n'est pas la peine de jouer les cachottiers, Barbara l'apprendra avant votre femme ! » ?

Quel auteur à succès n'a jamais fébrilement compulsé la page 32, la fatidique page 32 où se trouve immanquablement la liste des best-sellers de la semaine — E. E. Emerson : « Je me fiche bien de savoir si le numéro 1 de notre liste est effectivement celui qui s'est le plus vendu : du moment que nous l'annonçons, c'est celui qui demain se vendra le plus ! » ?

Et qui, à moins d'être totalement dénué d'esprit, a pu ne pas rire aux éclats en regardant le dessin humoristique hebdomadaire du génial Shawn Arboth, lequel trouve toujours à résumer en quelques traits et le raccourci de deux ou trois répliques d'une irrésistible drôlerie un événement de la semaine écoulée, cet événement fût-il sinistre.

Oui, qui ne s'est pas surpris au moins une fois dans sa vie à penser qu'en effet : « Si ce n'est pas dans *Events*, c'est que ça n'a jamais eu lieu ! » ?

Telle est la fascination exercée par *Events*. Et telle est son influence occulte qu'un simple article de dix lignes fut à l'origine d'un remaniement de l'état-major pendant la guerre de Corée et qu'un ambassadeur des États-Unis en poste à Rome sous Mussolini préféra démissionner plutôt que de continuer à se voir en butte à la hargne hebdomadaire d'un éditorialiste antifasciste...

Telle est sa gloire aussi — et quel jeune Rastignac n'a jamais songé dans ses rêves les plus glorieux : « Un jour je serai en couverture d'*Events*, je serai l'homme de l'année ! » ? Et pourtant, telle est l'insolence d'*Events*, que Robert G. Kelly et Eliott E. Emerson se permirent la facétie de nommer « homme de l'année » un de leurs garçons de course en 1944 — il est vrai que l'obscur employé s'était distingué à Sainte-Mère-Église lors du débarquement allié du 6 juin ; ils firent mieux encore en 1957 : avec une tranquille audace, ils désignèrent pour « homme de l'année » la petite chienne astronaute Laïka ! C'est cela, l'esprit *Events*.

Events ne découvre rien, *Events* consacre. Tout en se payant le luxe de toujours surprendre : les événements passent et l'on se souvient de la façon inattendue avec laquelle *Events* les a présentés. Hiroshima ? Ce ne fut pas le champignon atomique qui fit la couverture mais une reproduction en quadrichromie — la première des couvertures en couleur d'*Events*, d'ailleurs — de l'*Apocalypse* de Jérôme Bosch. L'exécution des époux Rosenberg ? On ne vit pas les portraits de Julius et d'Ethel mais un étonnant cliché sur lequel le juge Kaufman, qui les avait condamnés à la chaise électrique, était à son insu surpris à pleurer derrière son bras replié. La mort de Staline ? Un dessin de Shawn Arboth représentait des milliers de prisonniers enchaînés croupissant derrière les barbelés d'un camp et pourtant prosternés au pied d'une immense statue du dictateur. L'assassinat de Kennedy ? C'était, barrant la page de part en part, un graffiti anonyme photographié dans le métro new-yorkais et qui disait simplement : « John, nous ne t'oublierons jamais… »

C'est ainsi que, depuis sa fondation, *Events*, qui est la bible du conformisme américain, le plus grand évangile de lieux communs et d'idées reçues, le nouveau testament de cette société capitaliste avancée sûre de la supériorité de son mode de vie et de pensée, c'est ainsi qu'*Events* passe pourtant pour profondément original, neuf, audacieux, tonique, voire dérangeant…

Eliott E. Emerson disait : « Le génie c'est de caresser les gens dans le sens du poil et qu'ils s'en sentent cependant tout *retournés* ! »

Il y a parfaitement réussi. *Events* est aujourd'hui cette institution légendaire qui tire à plus de dix millions d'exemplaires, ce colosse aux multiples éditions qui engloutit chaque semaine pour se repaître des forêts entières, détourne des cours de rivières pour s'abreuver, fait couler des tonnes d'encre et développer dans l'obscurité de ses entrailles d'ogre des milliers de miles de pellicule.

Mais, comme si ce succès n'avait pas suffi à combler E. E. Emerson, dans le sillage d'*Events* s'est créé en un quart de siècle le plus grand empire de la presse. Events, ce n'est pas seulement *Events*, ce sont aussi des mensuels tels que *Funny Kid*, *Lady Chic*, *Miss Pretty*, *Finance*, *Houses & Homes*, des publications spécialisées, des revues professionnelles quotidiennes, hebdomadaires, trimestrielles…

Depuis la musique, avec *Adagio*, jusqu'à la pêche et la chasse, avec *The Wild*, il n'est pas un domaine de l'activité humaine qu'Events ne se soit attaché à exploiter !

Puis, dans le but avoué de rentabiliser un peu plus encore les dispendieux services iconographiques et les inépuisables archives du groupe, l'infatigable Triple E et son fidèle second, Kelly, eurent l'idée de créer au début des années 50 les éditions Events : atlas, encyclopédies, albums illustrés, dictionnaires, guides et manuels… chaque entreprise se trouva couronnée de succès. Quant à la dernière trouvaille de l'empereur vieillissant mais toujours débordant d'initiatives ce fut d'inventer en 1963 les *How to…*, ces minces livres de poche qui vous enseignent absolument tout, tout, tout, depuis « comment comprendre la philosophie de Swedenborg » jusqu'à « comment cuisiner vos surgelés » et qui constituent quinze ans après leur création une collection de plus de trois cent cinquante titres où voisinent pêle-mêle, en un ahurissant tohu-bohu surréaliste : *Comment soigner vos pieds* et *Comment avoir la sérénité du Bouddha* !

Oui, rien de ce qui est humain n'est étranger à *Events*. Et comment ne pas songer que E. E. Emerson était quelque peu dans le vrai lorsqu'il déclarait sans sourciller, à la fois facétieux, immodeste et faussement sentencieux, parlant de lui-même : « Triple E ? Vous savez bien… Ce type qui travaille dans les bureaux au dernier étage, la porte à côté de chez Dieu ! » ?

Mais qui était-il donc, au fond, ce « type » qu'on avait vu œuvrer ainsi pendant des années dans les bureaux situés juste à côté de ceux de Dieu ?

En montant dans l'un des ascenseurs particuliers qui mènent aux étages de la direction, le jeune Richie Garrymore s'interrogeait sur le secret de cet homme dans la biographie duquel il avait commencé à se plonger avec passion. Robert G. Kelly l'avait convoqué et Richie se sentait vaguement inquiet. Fourrageant avec ses doigts il se recoiffa dans le miroir de la cabine qui lui renvoyait l'image d'un étudiant timide et trop vite grandi, affublé de petites lunettes rondes et sans monture d'intellectuel du « Village » et vêtu d'une veste de tweed qu'il s'était offerte avec son premier salaire chez Events, le matin même de la cérémonie de remise des prix de la Bourse de la Fondation Events. Une autre création de Triple E, cette fondation. Elle organise chaque année un concours de jeunes talents en herbe. L'épreuve consiste en la rédaction d'un reportage de douze feuillets sur n'importe quel sujet. Au lauréat est donnée la chance de débuter aussitôt chez Events. Plusieurs de ces boursiers se sont révélés dignes de l'intérêt que le jury avait porté à leur travail : en quelques années ils sont devenus des rédacteurs ou des reporters de tout premier plan... Richie Garrymore, fort de leur exemple, espérait bien profiter de l'incroyable aubaine que représentait pour lui la rédaction de cette nécrologie. Mais il était conscient aussi qu'il y jouait sa carrière : quand il s'agit d'écrire l'apologie de son patron, on ne peut se permettre le plus petit faux pas. Et il lui fallait rechercher un habile compromis entre la flagornerie pure et quelques notations critiques qui fissent la preuve de son sens inné du journalisme.

Whyatt semblait très satisfait de ce qu'il avait déjà pu lui montrer et il croyait avoir trouvé le ton exact qu'on lui demandait d'adopter : celui d'un « bleu » qui va d'émerveillement en émerveillement — pourquoi Kelly voulait-il le voir tout à coup ?

En sortant de l'ascenseur, Richie Garrymore salua respectueusement la terrible miss Hepplewhite, laquelle daigna à peine lui indiquer du doigt tendu que la porte de son patron était ouverte comme à l'accoutumée et qu'il pouvait entrer.

« Ah, Richie ! l'accueillit Robert G. Kelly d'un ton jovial et familier. Mon petit, je vous ai fait venir pour que nous parlions un peu de Mme Emerson. Whyatt m'a fait part de ce qu'on vous a opposé quelques... disons : difficultés, lorsque vous avez voulu rechercher au service de documentation générale ce qui la concerne...

— Et un refus catégorique des filles qui s'occupent de la section "vie privée et indiscrétions" !

— Je le regrette, croyez-le bien. Voilà que, d'emblée, vous allez avoir une piètre opinion de la maison. Cependant, écoutez-moi, Richie ! Ce que je vous demande, c'est une tartine de trois feuillets sur l'admira-a-able épouse qu'elle fut pour Eliott de bout en bout durant toute leur vie commune — rien d'autre ! Sa générosité, son sens de l'hospitalité qui faisaient tout le charme des réceptions de Sag Harbor, l'efficacité discrète avec laquelle elle secondait son mari, les deux beaux enfants qu'elle lui a donnés... Enfin ! je n'ai pas besoin de vous faire un dessin. Votre papier doit être une émouvante commémoration, pas une enquête... Et surtout, surtout — j'allais oublier le principal ! — surtout, Richie, dites quelque chose de son impérissable beauté : elle y sera très sensible.

— Tout cela, monsieur, ne me fournira au mieux qu'une demi-page d'encadré. Et encore ! en tirant péniblement à la ligne...

— Richie, mon vieux ! vous êtes vraiment trop ambitieux : il faut savoir parfois se plier aux lois du genre. Cela m'arrive aussi de pisser de la copie, comme on dit ! Et je n'ai pourtant plus vingt ans...

— Je vous prie de m'excuser, monsieur.

— Non ! Parce que, en même temps, j'apprécie que vous ne vous incliniez pas aussi vite que les gens de votre âge qui travaillent ici. J'aime bien votre insistance. Vous êtes un garçon sérieux, un vrai professionnel, déjà. Si vous voulez, nous allons trouver ensemble le moyen d'étoffer un peu votre papier. Voyons, que pourriez-vous écrire encore sur Mme Emerson ?

— C'est que, monsieur, je ne sais vraiment rien d'elle. Je ne sais pas même pourquoi on l'a surnommée dans son dos Lady Mc Beef !

— Comment, Richie ? Vous ne savez pas ça ? Vous vous moquez de moi...

— Je peux vous assurer que je l'ignore. »

Robert G. Kelly se trouvait en veine de confidences. Après un court silence, il dit à mi-voix, comme s'il avouait un inavouable secret :

« Kay Mc Kay était une danseuse de cabaret...

— Évidemment, je ne préciserai pas que c'était dans un cabaret qu'elle dansait, le coupa aussitôt Richie qui tenait à lui montrer qu'il était digne de la confiance que le directeur d'*Events* lui témoignait. Elle aura été danseuse et voilà tout.

— Oh, nom de Dieu, Richie ! Vous avez vraiment chipé l'esprit *Events*, s'écria Kelly en claquant dans ses doigts. Vous savez que vous commencez à me faire un peu peur ? »

Garrymore rougit de fierté et se dandina modestement sur le fauteuil que Kelly venait seulement de songer à lui indiquer. Celui-ci poursuivit alors, mais d'un ton plus circonspect.

« Kay était une extraordinaire beauté. Rita Hayworth, pour vous donner une idée... Et disons... qu'elle n'avait pas froid aux yeux : en fait, c'était une arriviste forcenée. Et elle avait décidé de faire un riche mariage avant l'anniversaire de ses vingt ans. On était en 1930 : la grande dépression, tout le monde ou presque crevait de faim. Kay, elle, s'était juré de se sortir de la misère par tous les moyens. À l'époque elle dansait en première ligne des girls du *Primavera*. Un soir, entra un milliardaire texan qui se trouvait en goguette à New York pour quelques jours. Échange de regards, un verre au bar après le show, puis deux, puis trois... : c'était fait ! Kay Mc Kay venait de mettre le grappin sur Julius Hancock, le roi du bœuf en boîte. D'où le surnom de Lady Mc Beef que certains se permettent en effet de donner à Mme Emerson. Mais… ajouta-t-il avec une sorte d'hésitation dans la voix, … mais, il y a une autre raison, quant à ce surnom. »

Nouvelle hésitation — puis Kelly se fit vaguement implorant :

« Richie, Richie, pouvez-vous me jurer que tout ce que je vais vous dire maintenant ne sortira jamais de ce bureau ? Ce bureau dont je vais, d'ailleurs, vous demander de fermer les portes… »

Garrymore, troublé, se leva pour s'exécuter prestement et revint se rasseoir. Il y eut encore un bref silence. Enfin, Kelly s'enhardit à poursuivre :

« Écoutez, Richie : de toute façon, si vous faites votre enquête avec le sérieux que vous mettez en tout, vous découvrirez l'affaire un jour ou l'autre — à l'époque, tous les journaux en ont parlé — alors autant que tout vienne de moi. Voici ce qui s'est passé : très exactement trois mois après le mariage, Julius Hancock est mort électrocuté dans sa baignoire. Un accident idiot, vraiment : Kay Mc Kay se séchait les cheveux à côté de lui tandis qu'il prenait son bain et, soudain, elle a, par inadvertance, laissé tomber le séchoir dans l'eau. Un fil était dénudé, et puis, il s'agissait d'un de ces lourds modèles mal isolés comme on en construisait dans les années 30… Bref ! Hancock, trois mois après leur mariage, faisait de Kay la plus riche et la plus belle veuve du Texas. L'enquête a révélé par la suite trois faits troublants : le premier, c'était que jamais les époux Hancock ne faisaient leur toilette ensemble — pour la raison que chacun avait sa salle de bains particulière. Mais Kay a expliqué qu'elle voulait ce matin-là discuter d'une affaire urgente avec son mari. Le deuxième point, c'était que jamais Kay ne se séchait elle-même les cheveux : elle laissait ce soin à sa femme de chambre. Mais Kay a rétorqué à cet argument que la conversation qu'elle devait avoir avec Julius était d'ordre si intime qu'elle avait ordonné à sa femme de chambre de se retirer. Enfin, fait curieux : le séchoir avait été acheté très peu de temps auparavant et n'avait pratiquement jamais servi. Pourtant, le fil en était déjà tout usé. Sans doute un défaut de fabrication ! »

Kelly cessa net son persiflage : il se sentait brusquement embarrassé de s'être laissé entraîner aussi loin dans les révélations indiscrètes. Garrymore demeura muet un instant, puis il interrogea très doucement :

« Pourquoi l'aurait-elle tué, monsieur ?

— Bon sang ! explosa Kelly, je n'ai jamais prétendu qu'elle l'avait tué, Richie ! Qu'est-ce qu'il vous prend ? C'était un ac-ci-dent, un simple et fatal ac-ci-dent ! ajouta-t-il d'un ton volontairement empreint de fausseté. D'ailleurs, c'est à cette conclusion que l'enquête a fini par aboutir : accident malheureux. Et le pauvre type qui avait suggéré, en manière de plaisanterie bien entendu, que l'accident ressemblait un tant soit peu au crime parfait d'un roman d'Agatha Christie, s'est retrouvé en moins de deux avec un procès aux fesses pour diffamation... Et, cependant, il faut bien dire que cette mort arrangeait bougrement Kay Mc Kay...

— Mais... puisqu'elle était riche, monsieur !

— Richie, vous ne connaissez pas Kay Mc Kay ! Elle avait déjà soif de respectabilité. Elle voulait qu'on oublie qu'elle avait été girl au *Primavera*. Et cette fortune sentait encore trop la viande : ce n'était pas assez chic pour la "divine rouquine" comme les journaux l'appelaient alors. L'ambition de Kay, c'était la côte Est, le gratin de Boston, Washington DC, les familles patriciennes de Sag Harbor ! Être invitée à la Maison Blanche et aux garden-parties des Rockefeller et des Vanderbilt. Vous me suivez ?

— Que s'est-il passé alors ?

— Eh bien, la "divine rouquine", toute de noir vêtue, mais — attention ! — dans des tenues terriblement sexy, a commencé à écumer les endroits à la mode où elle pourrait trouver l'homme élégant et fortuné qui l'introduirait dans le grand monde. À la même époque, Eliott Emerson venait de perdre sa première femme, Abigail, et il était au désespoir. Un jour de 1932, sur les courts du Club Handicap, l'empereur de la presse jouait au tennis avec son fils, Abel, qui n'avait alors que huit ans et était un adorable enfant sur lequel toute la passion d'Emerson s'était reportée. Kay prenait le thé à la terrasse du club-house, un de ses terrains de chasse favoris, et les observait. C'était touchant de voir la patience de cet homme aux traits marqués par le chagrin et l'insouciance de son petit garçon qui riait aux éclats... Mais, était-ce bien à cause de cela que Kay les dévisageait tous deux ? Quand, la partie finie, le petit Abel est passé devant elle sur le chemin des vestiaires, la belle dame rousse vêtue de noir l'a caressé et a commencé à lui parler très gentiment, lui demandant qui était son papa, ce beau monsieur si distingué qui lui apprenait si bien la façon de frapper la petite ba-balle avec sa petite raquette. L'enfant lui a répondu avec fierté : "C'est Eliott E. Emerson, le président du club." Mais, à vrai dire, la belle dame le savait : elle avait lu le nom sur l'ardoise où l'on inscrivait le nom des occupants du court... L'enfant ajouta que son papa possédait un grand-grand journal appelé *Events* mais la belle dame rousse savait cela aussi. Très aimablement, elle a invité le papa du petit Abel à venir boire un rafraîchissement en sa compagnie après s'être douché — et c'était d'autant plus délicat que le papa du petit Abel était le propriétaire de l'endroit, d'autant plus charmant, n'est-ce pas ? Et une femme qui invite un homme, c'est tellement amusant... Eliott Emerson a donc accepté : un jeune veuf et une jeune veuve, c'est fait pour se comprendre... Ces deux-là se sont si bien compris que, trois mois plus tard, Eliott Emerson épousait Kay Mc Kay, veuve Hancock. »

Kelly, brusquement pensif, se tut.

« C'est étrange, monsieur, lui fit remarquer Garrymore, on aurait dit que vous me lisiez un article de vous !

— Oui, répondit Kelly, c'est un article que j'ai dans la tête depuis trente ans — et que je n'écrirai jamais. Et que vous n'écrirez jamais, vous non plus, Richie, si vous tenez à la vie. »

Quant au très long reportage que Richie Garrymore n'aurait sans doute jamais la témérité de publier bien qu'il se fût amusé à l'écrire après plusieurs mois d'une fiévreuse enquête, aussi serrée que secrète, il était rédigé dans ce style brillant, léger, sautillant et rythmé comme un ragtime, qui devait, par la suite, rendre le jeune journaliste si célèbre qu'il est courant de dire aujourd'hui dans le milieu de la presse : « il a la *touche* Garrymore » pour qualifier tout article écrit avec un certain brio teinté de nonchalance. Et c'était ainsi qu'il commençait :

Abraham engendra Isaac Aabrahamovicz qui engendra Saül Aabrahamovicz qui engendra Moshe Aabrahamovicz qui engendra Baruch Aabrahamovicz qui engendra Nathan Aabrahamovicz qui engendra Aaron Aabrahamovicz qui engendra Simon Aabrahamovicz qui engendra Abraham Aabrahamovicz lequel engendra… Jerry Emerson.

Mais Jerry Emerson ne s'était pas toujours nommé ainsi. Très précisément, il prit ce nom en ce jour de l'automne 1883 où le paquebot *Ville de Dantzig* le vomit de ses entrailles fétides, lui et quelques-uns des siens, pour le rejeter sur les quais surpeuplés d'Ellis Island, parmi la foule des immigrants qui grouillaient, hébétés et livides, dans l'aube désolée. C'étaient des temps obscurs : la Liberté n'éclairait pas encore le monde. Cependant, Bartholdi s'activait pour que la chose se fît au plus vite et le flambeau de la statue venait d'être enfin coulé dans le bronze. Il ne manquait plus que le généreux Joseph Pulitzer, l'éditeur du *New York World*, pour le dresser haut dans le ciel et l'enflammer ; il ne manquait plus que le président Cleveland pour venir l'inaugurer. Ce fut fait trois ans plus tard. Mais sombre, sombre, sombre était alors l'arrivée de ces pauvres hères efflanqués qui, pendant dix-huit ou vingt jours, avaient croupi dans les ponts inférieurs des grands navires, la faim, la saleté, le mauvais sommeil, le mal de mer — et aussi, cet espoir insensé : ils réussiraient là-bas ! Ils seraient riches ! Ils vivraient bien ! Ils mangeraient de la viande, ils dormiraient dans des draps blancs ! En Amérique ! En Amérique...

La pointe de Battery apparaissait enfin dans les brumes du petit matin et tous levaient des yeux fiévreux sur ce pays dont ils avaient tant rêvé. Hélas ! Ils étaient vite éveillés en sursaut : la réalité de l'immigration, c'étaient les grands bâtiments d'Ellis Island où ils étaient parqués comme du bétail pendant de longues heures, étiquetés, épouillés, douchés, vaccinés contre la variole, dirigés ensuite dans des sortes de stalles — telles des bêtes de somme apeurées docilement menées par de terribles fonctionnaires aux allures d'équarrisseurs dans un abattoir. Certains y perdaient jusqu'à leur nom. Ce fut le cas de Menahem Aabrahamovicz, un robuste garçon de vingt-trois ans particulièrement malin et qui se trouvait savoir lire. Il attendait là, dans un box, en compagnie de sa baba, de ses deux sœurs et d'Aaron, le frère du rabbin de la communauté de Tstetz, cette bourgade minière de Poméranie qu'ils venaient de fuir, lassés des persécutions séculaires et des pogroms. C'était Aaron qui lui avait enseigné le peu d'anglais qu'il avait appris on ne savait comment — mais Aaron était un personnage étonnant, une sorte de sage qui avait parcouru le monde et à qui on ne posait pas trop de questions tant son autorité en imposait : peut-être était-il simplement le Juif errant...

Les gens venus de partout étaient appelés, nationalité par nationalité, et défilaient devant un employé de l'état civil qui siégeait derrière une sorte de tribune surélevée encombrée de lourds registres et apostrophait chacun sans ménagement :

« Nom, prénom... »

Celui-ci était un Irlandais à la mauvaise volonté hargneuse et méprisante. Quand ce fut le tour de Menahem Aabrahamovicz — lequel, quoique intimidé, s'avança d'un pas résolu suivi des trois femmes qui s'agrippaient à ses basques en poussant de petits cris d'effroi tant elles craignaient de perdre leur fils, leur frère, leur protecteur —, l'homme se fit plus grossier et, au moyen d'une longue règle avec quoi il traçait des lignes sur son registre, repoussa ces stupides femelles qui troublaient le bon fonctionnement du service vers une autre file d'attente.

« Votre nom ? hurla-t-il alors à l'adresse de Menahem dont il n'appréciait pas l'air de crânerie.

— Aabrahamovicz, prononça fort distinctement le jeune juif, Aabrahamovicz, Menahem.

— Comprends pas ! s'écria le fonctionnaire avec une mauvaise foi évidente. Youpins de mes deux, peuvent pas s'appeler comme de bons chrétiens que nous sommes.

— Aa-aa-aabrahamovicz, répéta Menahem en bégayant de honte, ce qui eut pour effet de le rendre un peu moins compréhensible pour l'Irlandais.

— Comprends pas, vous dis ! » maugréa celui-ci, visiblement de plus en plus agacé. Puis, il répéta avec l'obstination butée du petit chef sûr de son bon droit et de l'autorité qui émanait de toute sa personne :

« Nom, prénom... »

Ce fut alors que l'immigrant eut une idée de génie — la première des idées qui devaient faire de sa vie de misérable juif un conte de fées : avisant au-dessus de la tribune où trônait le cerbère une affiche de la compagnie des ferry-boats qui assuraient alors le service Brooklyn-Staten Island, il la déchiffra soigneusement puis déclara sans sourciller :

« Emerson, Ferry.

— Ah, voilà qui est mieux, fit le scribe en commençant d'épeler : E-m-e-r-s-o-n... Prénom ?

— Ferry, monsieur.

— Tu veux dire Jerry ?

— Oui, Jerry, s'entendit répondre Menahem.

— Jerry Emerson », redit l'employé. Et il inscrivit le nom en traçant une ligne en dessous de *Emerson*. Le nouveau baptême venait d'être ainsi célébré. Et Jerry répéta intérieurement, avec une sorte de plaisir enfantin, son nom : « Emerson, Emerson, Emerson… » Cela sonnait bien. C'était un vrai nom d'Américain. Et Américain, il le deviendrait plus vite que tous ces pauvres bougres réunis ici, dans ces hangars d'Ellis Island — il se le jura bien. Oui, Jerry Emerson réussirait : il n'aurait plus jamais faim, ni froid, ni peur des tracasseries policières et de la haine qu'on avait de sa race maudite.

« À nous deux, New York ! » s'écria-t-il quelques heures plus tard, tandis qu'il flânait dans les vastes avenues des beaux quartiers de Manhattan — les brouillards du matin se dissipaient déjà. Dans la belle lumière jaune de l'été indien croisaient sur la chaussée calèches, phaétons, tilburies et cabriolets emportant, au trot de leurs attelages pomponnés, de fringants jeunes gens à la boutonnière fleurie et d'élégantes jeunes femmes qui ne dissimulaient qu'à demi sous de légères capelines ornées de fruits leur intéressante langueur… 1883 fut une des plus brillantes saisons que New York ait jamais connue. Au printemps, on avait vécu dans l'angoisse et la délectation les péripéties du grand bal « dix-huitième siècle » donné par William K. Vanderbilt. Miss Astor y serait-elle invitée ? Et pour cela, Mrs. Astor, sa mère, recevrait-elle Mrs. Vanderbilt en son hôtel particulier de la 5e Avenue ? Longtemps, ce passionnant sujet avait agité le tout New York, mais les Vanderbilt et les Astor avaient fini par se réconcilier et, en cet automne, la ville n'était plus que fêtes, raouts, soupers, galas et garden-parties qui se succédaient au rythme entraînant d'une valse ou d'une polka. On commençait à recevoir des visiteurs du Vieux Monde mais ces visiteurs-ci ne ressemblaient guère aux immigrants dépenaillés qu'on parquait à Ellis Island avant de leur changer leurs noms. Leurs noms à eux étaient ceux de ducs de la cour de Louis XIV, de grands d'Espagne, de nobles connétables et de croisés. Et c'était tout juste si les rêveuses jeunes filles américaines qui les accueillaient en haut de l'escalier néo-gothique de la demeure de leurs parents ne s'étonnaient pas de les voir entrer en fracs et hauts-de-forme, non en armures et heaumes, chevauchant de beaux destriers… Jerry Emerson — c'est-à-dire Menahem Aabrahamovicz — pouvait-il imaginer que son fils, le fils qu'il ne manquerait pas de lui naître dans quelques années, quand il serait déjà dans l'aisance, pouvait-il imaginer que ce fils pénétrerait à son tour dans ce monde dont lui-même ne pouvait encore que vaguement deviner, cachés derrière ces orgueilleuses façades de palais à l'antique qui bordaient la 5e Avenue, le luxe, la richesse et les extravagances ?

Il le pouvait, certes — mais à sa manière. Il le pouvait de toute la force de son ambition, de sa détermination à vaincre et du pressentiment qu'il avait d'une brillante destinée — Aaron ne lui avait-il pas prédit le succès ? Retournant vers le bas de Manhattan à la nuit tombée, il se fit la promesse d'être millionnaire avant que dix ans ne se fussent écoulés.

Il n'y faillit pas.

Comme la plupart des juifs venus de Poméranie, il commença par s'établir avec sa mère et ses deux sœurs auprès des pays et des membres de sa vaste famille qu'il avait retrouvés ici, dans le taudis d'une venelle donnant sur la 11e Rue Est. Le vieux Moshe, un oncle éloigné, l'engagea à l'essai dans son petit atelier de confection. Il s'offusqua d'abord de ce que le jeune arriviste ait pris un nom goy et le morigéna durement. Mais, devant l'esprit d'invention et l'intelligence dont faisait preuve le garçon, il dut capituler. Jerry trouvait des astuces qui accéléraient la piqûre des doublures et des ourlets, Jerry inventait de chic des coupes qui faisaient gagner le tissu d'un costume tous les dix, Jerry travaillait avec plus d'opiniâtreté que les neuf autres employés réunis — Jerry était un génie : Moshe le déclara tout net. Il aurait eu meilleure opinion de lui encore s'il avait appris que Jerry usait toutes ses nuits à perfectionner son anglais en lisant des journaux. Les journaux fascinaient Jerry. Il se plongeait avec délices dans tout ce qui pouvait lui tomber sous la main : quotidiens, illustrés, revues hebdomadaires ou mensuelles… Tout lui était bon du moment que cela sentît l'encre et fût imprimé sur du papier. Une passion brûlante était née. Et une idée commençait de poindre dans son esprit : « Et si moi aussi… »

Le 28 octobre 1886, la statue de la Liberté fut enfin dévoilée aux yeux d'une immense foule ravie, massée sur les ponts d'un millier d'embarcations et les quais de Battery… Mais Jerry ne se trouvait pas dans cette foule : au même moment, en effet, le vieux Moshe rendait son dernier soupir. Il avait couché sur son testament celui qu'il continuait de nommer affectueusement « mon petit Menahem » et il ne faisait de doute pour personne que le jeune Emerson prendrait sa succession à la tête de l'affaire. En dépit de ses vingt-six ans, il paraissait le plus compétent. Quelle ne fut pas la stupéfaction, la consternation, même, quand on apprit l'incroyable décision de Jerry : il vendait sa part. Oui, il vendait et quittait l'atelier. Et savez-vous pourquoi ? « Le pauvre fou ! » soupiraient en l'apprenant les commères du quartier à qui Jerry avait semblé depuis quelque temps un parti intéressant pour leurs filles, « le pauvre fou ! » répétaient-elles en entendant confirmer l'incroyable nouvelle : il réalisait pour créer — « tenez-vous bien ! » — un journal !

Non pas que ce journal fût inintéressant, on s'en aperçut bien vite ! Il était rédigé en yiddish et abondait en petites annonces de toutes sortes : commerciales, immobilières, matrimoniales — une nouveauté de l'époque, et bien utile pour la communauté… Mais créer un journal quand on aurait pu vivre sur un atelier de confection qui ne cessait de prospérer ! Jerry fut quelque peu banni par ceux de sa tribu. Il en ressentit de la peine les premiers temps mais, le succès venant, finit par s'en moquer : il savait qu'il avait raison. La prédiction d'Aaron s'accomplissait. Un jour on l'honorerait comme on honorait Pulitzer…

Il ne se doutait pas du tollé qu'il allait provoquer lorsque, en 1889, homme déjà sûr de lui et aisé mais n'ayant pas encore assouvi ses envies secrètes de fortune et de gloire, il trahit honteusement les siens et passa à l'ennemi. Un beau jour, en effet, l'hebdomadaire yiddish dont chaque mardi matin on attendait la parution avec impatience dans le *Lower East Side* apparut aux étals des coins de rues affublé d'un titre en anglais : *Various Advertisements & Events*. Mais, il y avait pire ! En le dépliant, on s'aperçut aussitôt qu'il était entièrement publié dans cette langue de goys. C'en était trop ! Tout le monde tourna le dos à Jerry… Enfin, il est inexact d'écrire : « tout le monde » ! Des banquiers s'intéressèrent au projet — l'ascension sociale de Jerry Emerson commençait.

V. A. & E. — c'est ainsi que le magazine fut très vite surnommé — représentait quelque chose de nouveau et de prometteur dans la presse. De grandes photogravures pleine page et des articles sur toutes sortes de sujets, des plus futiles aux plus graves, mais toujours traités du même ton, le ton « maison » mis au point en quelques années avec le concours de journalistes que Jerry, en dépit de son éducation assez fruste, avait l'intelligence de savoir bien recruter. La revue n'était plus conçue comme une collection de talents divers mais, au contraire, une entité dans laquelle tous les talents se fondaient. Un style sans grand relief afin de ne déplaire à personne, maintenant que c'était un public de masse que l'on visait ; une abondance de publicité : toutes les tendances de la presse moderne étaient en germe dans *V. A. & E.* Bientôt, les grands encarts commerciaux d'une page entière se firent plus nombreux et les petites annonces de la communauté juive, plus discrètes. Dans le titre lui-même, le corps du caractère au moyen duquel était imprimé *Various Advertisements* décrut au fil des années pour ne plus constituer qu'une mention au-dessus du mot *Events* : une revue naissait. Mais nul n'imaginait encore, pas même les banquiers, qu'en abandonnant définitivement *Various Advertisements* elle deviendrait, trente ans plus tard, entre les mains du fils de Jerry Emerson, le magazine le plus lu dans le monde.

C'était pourtant quelque chose que cent mille exemplaires à l'époque ! Son premier « cent mille », Jerry Emerson le fêta le 15 janvier 1891. Et il profita de l'occasion pour épouser une jeune beauté, Sarah Katzenbach, la fille du fameux bijoutier de la 10e Rue. La cérémonie à la synagogue et la réception grandiose qui suivit donnèrent lieu à une des plus belles cohues qui se fût jamais vue dans la communauté. On trouvait vulgaire d'inviter dans un grand hôtel tenu par des « gentils » mais on commençait à se réconcilier avec le petit Menahem. Lui, en revanche, prenait ses distances : ce qu'il voulait, c'était que le fils qui ne tarderait plus à lui naître allât plus tard danser dans ces belles demeures patriciennes de la 5e Avenue qu'il avait découvertes le jour même de son arrivée à New York, quand il n'était qu'un petit juif traîne-savates qui se promenait le nez au vent. Les portes du grand monde lui étaient fermées, eh bien, elles s'ouvriraient devant son fils !

Il naquit, ce fils tant attendu. Hosanna ! Hosanna ! il naquit en ce jour béni du 13 janvier de l'année 1893 et fut prénommé non pas Moshe ou Abraham ou Aaron, mais des prénoms de deux banquiers commanditaires de *V. A. & E.* qui semblaient à Jerry les hommes les plus distingués, les plus respectables et, pour tout dire, les plus américains de tous les Américains : Eliott et Ernest. Il naquit, Eliott Ernest, et il ne fut pas même circoncis — son père en décida ainsi.

Jamais prince héritier n'eut enfance plus choyée, éducation plus soignée. Dans la jolie maison de Madison Avenue où Sarah et Jerry venaient d'aménager, tout un étage lui fut réservé. Outre la grand-mère Katzenbach, sa fille et une gouvernante anglaise nommée miss Lowe, les deux sœurs de Jerry, Ruth et Rebecca, toutes deux demeurées vieilles filles, furent chargées de l'élever comme le fils d'un roi. Ruth tenait un journal secret — journal duquel on tient aujourd'hui tout ce qui précède dans ce récit et bonne part de ce qui suit : on y trouve consigné le cérémonial extravagant dont la vie de l'enfant était entourée à chaque instant, qu'il montât à cheval, jouât au croquet ou apprît l'anglais, la géographie et le dessin. Jerry se vengeait à travers son fils de tous les affronts qu'il avait subis, de toutes les rancœurs et de toutes les humiliations. Il prenait sa revanche sur sa propre enfance, sa misérable enfance passée à traîner sur les terrains vagues des faubourgs de Tstetz. Il prenait sa revanche sur ce grossier fonctionnaire du bureau d'immigration d'Ellis Island, ce chien d'Irlandais qui avait feint de ne pas comprendre son nom…

Les années passèrent, faciles. *V. A. & E.* fut tiré à deux cent cinquante mille exemplaires le 1er janvier 1900 et, le 13 du même mois, le petit Eliott fêta ses sept ans. C'était un enfant très éveillé, très vif, et que, curieusement, cette éducation trop couvée n'avait pas amolli ni gâté. L'idolâtrie dont ce fils unique était l'objet de la part des cinq femmes qui s'occupaient de lui n'avait pas réussi à le pervertir : on s'en aperçut mieux par la suite et on s'en étonna. De son père, Eliott paraissait avoir hérité une volonté sans faille et une rare témérité. Nanti de tous les dons, il aurait dû mener une adolescence oisive et insouciante, il n'en fit rien : il se montra studieux au collège et passionné des choses de la presse dès l'âge de treize, quatorze ans. Il aurait dû courir les bals et les rallyes automobiles avec les jeunes nouveaux riches de son âge, il préféra passer de longues heures solitaire à lire dans sa chambre ou courir les bois. Il n'était pourtant ni sauvage ni emprunté, il faisait montre de beaucoup d'aisance en société et même d'un esprit fin et caustique pour lequel on le recherchait et on le redoutait tout à la fois, mais, au fond de lui, il se sentait très supérieur à ces jeunes gens et ces jeunes filles dont la vanité et la vacuité l'ennuyaient. Aussi ne recherchait-il guère leur compagnie. Ce sentiment vague d'être « à part » s'accentua encore quand il entra à Princeton. Car il fit cette joie à son père ! Et dans quel état de délire son père accueillit la nouvelle : le propre petit-fils d'Abraham Aabrahamovicz était admis dans la plus prestigieuse des universités américaines ! Jerry Emerson donna une réception à côté de laquelle celle de son mariage, vingt ans auparavant, aurait fait pâle figure. Et de trois jours, cet homme, si posé et rangé maintenant qu'il avait réussi, ne dessaoula plus.

Eliott ne fut guère aimé de ses condisciples mais, excellent dans toutes les matières intellectuelles et honorable sportif, beaucoup admiré. Il connut cette vie romantique des étudiants du début du siècle. Mais, en Europe, c'était la guerre depuis plus de trois ans : à peine venait-il de finir ses études qu'il se trouva appelé sous les drapeaux avec deux millions de ses semblables et envoyé sur le front des Ardennes. Dans la boue, le sang et la vermine, sous la pluie d'obus et parmi les charniers, les cratères lunaires et les arbres déchiquetés, il se battit avec cette bravoure nonchalante, cet élégant mépris des risques et cette sorte de détachement qui commençaient à le faire distinguer d'entre tous. Il en revint miraculeusement indemne, couvert de médailles et tant de fois cité qu'une demi-page d'un numéro de *V. A. & E.* à peu près entièrement consacré à ses exploits ne suffisait pas à contenir la liste des citations. Eliott, démobilisé, débarqua à Ellis Island le 13 janvier 1919, le jour même de ses vingt-six ans. Et comme son père trente-six ans auparavant, il y fut étiqueté, épouillé, douché… Mais l'accueil qu'il reçut de l'employé aux écritures fut tout différent : Eliott E. Emerson était un héros. En son absence, *Various Advertisements & Events* s'était chargé de propager sa légende…

Notre héros, sanglé dans son bel uniforme d'officier tout chamarré de rubans et de rosettes, se rendit aussitôt à Madison Avenue. La maison était en deuil : Jerry Emerson venait de mourir sans avoir pu revoir et embrasser une dernière fois son fils. La veille, sortant d'un bordel élégant de Broadway, il avait été renversé par un tramway…

Eliott, qui avait vu mourir tant de jeunes hommes autour de lui sans en paraître affecté, pleura beaucoup et, retrouvant dans son affliction le besoin d'une consolation ancestrale, fit venir le rabbin pour qu'il s'occupe de l'enterrement. En revenant du cimetière, il apprit d'abord qu'il héritait de *Various Advertisements & Events*, ce qui ne le surprit guère. Mais aussi que les Clermont le conviaient à honorer de sa présence le bal qu'ils donnaient pour les dix-huit ans de leur fille Abigail, ce qui ne laissa pas de l'étonner. Il ignorait que le grand monde se disputait alors les héros de la guerre pour figurer dans leurs fêtes.

Malheureux Jerry Emerson mort trois semaines trop tôt, malheureux Menahem Aabrahamovicz qui ne verrait pas ce dont il avait tant rêvé, ce pour quoi il avait autant lutté : son fils reçu chez les descendants d'une famille d'immigrants du *Mayflower* ! Son fils faisant son entrée sous les ovations conjuguées des Vanderbilt et des Astor, son fils glissant sur le pavement de marbre aux accords d'un violon tzigane qui jouait entre deux valses l'hymne national ! Son fils invitant à danser la jeune et belle héritière qui inscrivait aussitôt son nom dans son carnet de bal.

« Eliott Emerson. Vous êtes des Emerson de Boston ?

— Non.

— Des Emerson d'Atlanta ?

— Non.

— Des Emerson de Blacksburg en Virginie, alors.

— Non plus.

— Des Emerson de…

— Ne cherchez plus : je suis un Emerson des ferry-boats.

— Ah ! votre père…

— Non. Mon père n'avait pas de flotte non plus : ne rêvez pas, Abigail Clermont. Il s'appelait Menahem Aabrahamovicz.

— Eh bien, vous êtes le premier dans votre cas à avoir cette franchise et ne rien chercher à renier : vous me plaisez, monsieur Emerson. Au milieu de tous ces snobs qui m'ennuient à mourir, vous êtes comme une bouffée d'air frais. C'est dommage que nous ne puissions nous parler plus longtemps, mais je dois cette valse au fils de Pierpont Morgan Junior.

— Pourquoi n'inscrivez-vous pas mon nom une dizaine de fois à la suite dans votre joli petit carnet ? J'ai encore des tas de choses à vous dire, moi aussi. C'est cela : Emerson, Emerson, Emerson, Emerson…

— Pourquoi avez-vous dit "des ferry-boats" ?

— Je vous raconterai plus tard.

— Vous faites bien du mystère.

— Vos beaux yeux aussi.

— Chchchch ! Voulez-vous bien vous taire ! »

Le 2 février 1921, Abigail Clermont épousait Eliott E. Emerson.

Dire que le mariage fut pleinement du goût de Mrs. Clermont serait beaucoup dire. Mais les Clermont avaient eu de récents revers de fortune et *Events*, mené de main de maître par son jeune patron, prospérait. Eliott E. Emerson était maintenant un homme en vue et avec qui il fallait compter : ne l'avait-on pas reçu dans les milieux les plus fermés de Washington, là où se faisait et se défaisait la politique des États-Unis ? N'avait-il pas été invité à dîner à la Maison Blanche ? Son hebdomadaire, tiré à près d'un million d'exemplaires, faisait trembler les grands de ce monde. Et son succès ne faisait que croître et embellir car Triple E — comme on le surnommait déjà avec malice — avait flairé l'esprit du temps. Il avait compris qu'une révolution des mœurs et des façons de penser allait bouleverser ces *roaring twenties*, ces rugissantes années 20 qui commençaient seulement de vagir.

Et puis, Abigail et Eliott s'aimaient. D'un amour fou — que dix ans de vie partagée ne parvinrent jamais à guérir tout à fait. Ils étaient beaux tous deux, ils étaient jeunes, riches, heureux et follement romantiques : ils ressemblaient aux héros d'un livre de Fitzgerald. Et Fitzgerald, d'ailleurs, s'inspira d'eux pour les personnages de sa célèbre nouvelle *Un thé au paradis*. Ils étaient l'image même du succès…

En 1924, Abigail donna naissance à leur fils. Il fut prénommé Abel : le prénom rappelait celui de la mère mais honorait aussi la mémoire des ancêtres qui avaient tant souffert dans le ghetto de Tstetz, en Poméranie. Toutes les fées se penchèrent sur le berceau de l'enfant. Et s'il ne reçut pas l'éducation extravagante qu'avait reçue son père, il eut lui aussi une enfance choyée de petit prince.

Au manoir de Sag Harbor qu'Eliott venait de faire édifier, les jours coulaient, légers et faciles. On donnait des bals, des dîners, des thés dansants, on jouait au tennis, on montait à cheval, on lançait des régates dans la baie de Long Island. Certes, il y eut bien cette triste journée du 24 octobre 1929 où l'on apprit qu'il pleuvait des milliardaires ruinés par les fenêtres de Wall Street, mais le krach du jeudi noir affecta à peine l'existence d'*Events* et moins encore celle des Emerson. Simplement, ils connurent quelque temps — d'ailleurs plus par souci des convenances que par peur du lendemain — un train de vie moins ostentatoire et donnèrent moins de grandes réceptions au manoir. « C'est la seule concession à l'esprit de la dépression que nous nous permettons », nota Eliott E. Emerson avec humour. Tout continuait de leur sourire, *Events* forçait sur l'optimisme pour faire oublier au lecteur qu'il vivait des temps troublés ; et puis l'on pouvait toujours organiser entre soi quelque régate et monter à cheval.

Dans les vastes écuries de Sag Harbor, Bucentaure et Bucéphale étaient toujours là, bien entretenus par le palefrenier et son lad. Ils piaffaient d'impatience. Chaque matin, Abigail galopait un moment avant de prendre le petit déjeuner en compagnie de son fils, Abel. Eliott était à New York : il revenait à Sag Harbor le vendredi en début d'après-midi pour en repartir le mardi matin, jour de parution d'*Events*. Ce jour-là, Abigail, montant l'un ou l'autre des pur-sang, accompagnait au petit trot la Duesenberg de son mari jusqu'à la grille du parc. Les époux échangeaient quelques plaisanteries d'amoureux à travers la vitre baissée de la limousine et s'envoyaient des baisers du bout de la main. Puis, au bout du chemin, tandis que l'automobile s'engageait sur la route, Abigail tournait bride et s'en retournait vers le manoir non sans saluer une dernière fois Eliott.

Que se passa-t-il exactement ce mardi matin-là ? Nul ne le saura jamais. Mais soudain, Bucentaure, comme pris de folie, se rua sous les roues de la Duesenberg alors qu'elle s'engageait sur la route. Il n'y eut qu'un cri et un hennissement : Abigail, désarçonnée, gisait sur la chaussée. Morte — morte sous les yeux du seul homme qu'elle avait jamais aimé, du seul homme qui l'eût jamais aimée.

Il voulut mourir aussi. Le désespoir venait d'entrer dans sa vie au moment de sa plus grande victoire. Il tenta de se suicider, il erra comme un dément, des journées entières, dans l'immense manoir où chaque recoin d'ombre et de lumière lui rappelait un moment de ce bonheur enfui, il s'abîma dans le travail et créa en quelques mois cinq titres nouveaux… Enfin, il accepta de vivre. Mais non plus pour lui : pour le fils qui lui restait d'*elle* et qui ressemblait tant à *elle* et qui, à peu de chose près, portait le même prénom qu'*elle* — Abel.

Quel malheur pouvait le frapper encore, maintenant qu'il avait perdu Abigail ? Il se le demandait quelquefois et ressentait une sorte de plaisir morose à ne rien imaginer qui pût être pire. Celui qui a connu le fond du désespoir, souvent il lui semble jouir désormais d'une sorte de protection surnaturelle : plus rien ne peut lui advenir, pense-t-il, et, d'une certaine façon, il est alors plus fort et serein que les autres mortels.

Eliott ignorait que, dix ans plus tard, à peu près jour pour jour, la tragédie le frapperait à nouveau. Et, un an après, une nouvelle fois encore, encore plus cruelle.

Il ignorait qu'il était damné.

Kay, s'appelait sa damnation. Kay Mc Kay.

Kay Mc Kay avait dansé au *Primavera* toute une saison dans cette intéressante revue intitulée *Moi et ma banane*, revue dont la chanson la plus connue a, pour non moins intéressant refrain, ces quelques vers marqués au coin du bon goût et de la délicatesse :

En mangeant mon couscous
J'ai sucé sa banane

Ça m'a fait une secousse
J'me croyais sur un âne !

Mais tant de vulgarité grasse n'était pas pour déplaire au milliardaire du bœuf en boîte qui passait par là un soir et s'attarda au bar. Kay devint Mrs. Hancock en moins de temps qu'il ne fallait pour changer l'affiche du *Primavera*. Plus vite encore — mais ceci est une autre histoire — elle devint la veuve Hancock.

Kay était une très belle rousse sculpturale aux grands yeux vert pâle et au rire insolent : trouvera-t-on jamais d'autres raisons à ce que l'inconsolable Eliott E. Emerson ait pu tomber si soudainement amoureux fou d'elle ? Car elle était l'exact contraire d'Abigail. Abigail était douce et Kay impérieuse. Abigail était discrète et Kay prétentieuse. Abigail était intelligente et cultivée, Kay était ignorante et bête. Abigail était généreuse et tendre, Kay était dure et mesquine. Abigail admirait Eliott et adorait le petit Abel, Kay méprisait son mari et détestait son beau-fils…

Mais Eliott l'aimait. Et Abel, quelque dépit qu'il conçût de ce remariage de son père, s'efforçait de la respecter.

Pour la plupart, les anciens intimes des Emerson désertèrent les réceptions de Sag Harbor qu'ils avaient naguère tant recherchées. Ils furent peu à peu remplacés par des amis de Kay — nouveaux riches et arrivistes que le renom d'Emerson, son influence, sa fortune et son entregent fascinaient. Parmi eux, en tout premier lieu, celui qui avait été l'avocat de Kay lors de l'enquête sur la mort de Hancock, son premier mari : Leonard Howard. Howard était ambitieux. Il voyait dans cette prestigieuse relation la possibilité pour lui d'être un jour nommé à la tête des services juridiques d'*Events* qui, comme toute publication de cette importance, devait entretenir en permanence tout un bataillon d'avocats ; et il jouissait du soutien sans réserve de Kay. Pourquoi Eliott E. Emerson ne céda-t-il jamais au caprice de Kay sur ce point ? Pour quelle obscure raison se méfia-t-il toujours de celui qui, après tout, était resté l'avocat d'affaires de sa femme et gérait celles-ci fort bien ? C'est ce qu'on ignore encore. Mais Howard demeura « l'ami de la famille », celui qui rend aimablement visite à l'épouse délaissée quand le mari travaille en ville, celui qui donne des conseils culinaires ou des idées de décoration quand se prépare une réception, celui qui accepte toujours d'être le quatorzième à table quand un convive vient de se décommander, celui qui amuse les enfants de la maison en se pliant gracieusement aux règles de leurs jeux les plus fous et n'oublie jamais aucun anniversaire. Le petit Abel adorait Howard qui, passionné d'automobile et coureur de rallye émérite, l'emmenait souvent avec lui assister à des compétitions dans sa torpédo grand sport. Le petit Jeremy l'adora aussi.

Le second fils d'Eliott Emerson naquit en 1934. L'enfant reçut le prénom « emprunté » de son grand-père, mais Kay n'aimant pas le diminutif, qu'elle trouvait inélégant pour un Emerson, on l'appela Jeremy. Sa naissance rapprocha un temps le père et la mère. Autour du berceau, Eliott et Kay oublièrent ces querelles qui se faisaient si nombreuses entre eux depuis quelques mois. Mais Abel, qui venait de fêter ses dix ans, se sentit un peu plus rejeté encore qu'il n'était déjà par Kay. Il devait se taire parce que Jeremy dormait. Il devait prêter son poney à Jeremy parce que Jeremy, qui en avait trois pour lui seul, voulait précisément monter celui-là. Il devait donner ses livres à Jeremy parce que Jeremy, « ce petit chéri », aimait les déchirer. Il cédait sans trop rechigner mais cela ne suffisait pas : Kay trouvait toujours motif de le réprimander. Tout naturellement, le garçon rechercha auprès de sa grand-mère Clermont et de son père l'affection qui lui faisait défaut. Il prit l'habitude de venir voir celui-ci à New York, en semaine, alors que Kay le croyait au collège. C'étaient des moments délicieux que ces trop brèves visites du jeune Emerson dans les austères bureaux de Madison Avenue. Soudain, les couloirs s'animaient à l'étage directorial : toutes les secrétaires voulaient lui pincer la joue, lui offrir un caramel ou même embrasser ce prince héritier : il était si mignon, si drôle, si affectueux « ce petit diable d'homme », et « tellement éveillé pour ses quatorze ans ! » Éveillé, Abel l'était en effet. Il marquait les mêmes dispositions que son père, enfant, pour le journalisme. Il s'intéressait déjà au fonctionnement d'*Events* et ses questions naïves mais souvent très sensées faisaient la joie de tous. Robert G. Kelly lui-même, toujours si grave, en perdait son sérieux un instant, et, par jeu, installait l'enfant dans son grand fauteuil de cuir noir. Nul doute qu'Abel serait le digne successeur d'Eliott, comme Eliott avait été le digne successeur de Jerry ! La dynastie de ces seigneurs de la presse n'était pas près de s'éteindre…

Abel marquait aussi les mêmes dispositions pour les études : il n'avait pas dix-sept ans qu'il était admis à son tour à Princeton.

« Que voudrais-tu que je t'offre pour célébrer l'occasion ? lui demanda son père, très fier de lui.

— Une Alfa Romeo comme celle de Leonard, répondit l'enfant. J'ai passé mon permis avant-hier…

— Très bien, je vais voir ça. »

Eliott fit appel à Howard : pouvait-il s'occuper de l'achat du modèle qu'avait choisi Abel et s'arranger avec son garage pour que la voiture de sport fût mise au point et livrée au plus vite à Sag Harbor ? Abel la voulait rouge. Au besoin, on repeindrait celle qui était disponible : il ne devait pas y avoir de question d'argent. Seule comptait la rapidité d'exécution.

D'ailleurs, par principe, il n'y avait jamais de question d'argent avec Eliott E. Emerson, il s'agissait uniquement d'aller vite, toujours plus vite pour le servir — ne possédait-il pas la septième fortune privée des États-Unis ? Seul le temps lui manquait pour inventer encore plus. Et devenir encore plus riche…

La petite splendeur écarlate de 4 200 cm^3 à double arbre à cames en tête et compresseur de cylindrée fut livrée dans la semaine qui suivit l'entrevue de Howard avec Emerson et après qu'un discret chantage eut été exercé par la revue *Le Mans*, du groupe *Events*, sur l'importateur exclusif des Alfa Romeo en Amérique. Un énorme camion bâché pénétra dans le parc de Sag Harbor et se gara devant l'entrée du manoir. Le chauffeur du camion et un manutentionnaire abaissèrent le hayon et, sous les yeux émerveillés d'Abel et du petit Jeremy, elle apparut, ornée d'une gigantesque faveur de satin rose, comme s'il se fût agi d'une boîte de chocolats. Les deux employés du garage Alfa Romeo firent glisser doucement la voiture sur le gravier de l'esplanade. Jeremy battit des mains et Abel, avec une joie enfantine, arracha le large ruban. Kay s'écria, radieuse :

« Qu'elle est belle ! »

Et Howard qui, curieusement, semblait très ému, lui qui en avait tant vues et conduites, dit à mi-voix :

« Voilà, elle est à toi.

— Tu seras prudent, mon grand, fit Eliott en souriant. Je suis confiant. Tu peux l'essayer tout de suite, si tu veux. Je vois bien que tu en meurs d'envie.

— Je veux monter avec lui ! Je veux monter avec lui ! s'exclama Jeremy. Je veux monter avec lui... »

Mais, à sa stupéfaction, Kay, qui cédait toujours au moindre de ses caprices, se précipita sur l'enfant et l'étreignit contre son ventre en disant avec une véhémence singulière :

« Non, non, tu n'iras pas... Elle est pour Abel, l'Alfa Romeo... Pour Abel tout seul... Plus tard, si tu veux... Et s'il veut bien lui aussi... Mais laisse-le pour le moment ! C'est *sa* voiture, tu comprends ? »

Cris, larmes, trépignements de Jeremy — rien n'y fit. Et Abel s'installa seul au volant du cabriolet. Pour une fois que quelque chose était vraiment à lui ! Puis Howard s'approcha pour lui montrer le maniement de la boîte de vitesses. Ses mains tremblaient et Abel, en riant, lui fit remarquer qu'il n'était pas très précis dans sa manière de manœuvrer le levier : lui-même faisait déjà mieux. Il pouvait démarrer...

Il tourna la clef de contact, enfonça le starter, passa le premier rapport, le deuxième...

Il décrivit quelques circonvolutions sur l'esplanade puis prit la route de la mer.

Déjà la voiture filait vers la falaise — filait.

Que faisait-il donc ?

Il ne redressait pas en abordant le virage au bord de l'océan et elle paraissait flotter…

Que faisait-il donc ?

Sous les yeux horrifiés d'Eliott E. Emerson, elle poursuivait sa route et plongeait droit dans l'océan…

Un cri — l'Alfa Romeo se fracassait sur des brisants avant d'exploser. Au volant, Abel E. Emerson, mort à huit jours de ses dix-sept ans.

Dérisoire, l'enquête qui conclut à l'éventualité d'une erreur de montage dans le système de freinage. Dérisoire, le demi-million de dollars que versèrent les assurances du fabricant à titre de dédommagement et après une longue procédure d'expertise. Dérisoire, l'autre demi-million qu'un collaborateur de *Le Mans* obtint, à l'insu d'Emerson, pour ne pas ébruiter l'affaire. Dérisoire, ce portrait encadré de noir qui parut dans le numéro d'*Events* où, en couverture, on pouvait voir les premières photos de l'offensive allemande sur le front russe. Dérisoire, le bouquet de lys blancs jeté sur une sobre dalle de granit gris. Dérisoires, les condoléances qui parvinrent de tous les coins du monde, de tous les grands de ce monde. Dérisoires en regard du désespoir d'Eliott E. Emerson : son fils, le fils d'Abigail, disparaissait dix ans après sa mère…

Il ne chercha pas à se tuer. Il chercha l'apaisement auprès de Kay — mais en vain : Kay était encore un peu plus dure et froide avec lui depuis l'accident. Il chercha l'apaisement dans le travail — mais en vain : *Events*, à la faveur de la guerre, avait encore accru son tirage de deux millions et demi d'exemplaires, que pouvait-il en attendre de plus ? Il chercha l'apaisement en reportant toute son affection sur son second fils — mais en vain : Jeremy était un enfant décevant, faux, capricieux et peu aimant. Il chercha l'apaisement désespérément…

L'apaisement vint enfin et s'appela Lauren. Lauren Young...

Lauren Young était une jeune secrétaire attachée depuis peu à la direction. Elle avait vingt ans, elle était douce et jolie. Elle rappelait un peu Abigail dans sa démarche et sa façon de poser la voix. On peut ne pas être la descendante d'un Clermont du *Mayflower* et avoir de la classe. Lauren en avait... Elle ne demanda rien à Eliott, ne se mit jamais en avant, ne tenta pas même de le séduire ainsi qu'elles essayaient toutes de le faire. Un soir, tard, elle achevait un travail de dactylographie que lui avait confié Kelly et pour lequel les autres secrétaires s'étaient récusées : l'heure était passée... Le patron quittant son bureau le dernier vit une lumière allumée dans une pièce voisine et entra.

« Young, vous n'auriez pas un cachet d'aspirine ? demanda-t-il, douloureux. J'ai une migraine affreuse...

— Non, monsieur. Mais je suppose que j'ai un mouchoir à vous prêter : je devine que vous avez pleuré.

— Est-ce que les hommes n'ont pas le droit de pleurer, eux aussi ?

— Je n'ai pas dit cela. Mais est-ce que les femmes qui ont de la pitié pour les hommes qui ont pleuré n'ont pas le droit de le leur faire remarquer ?

— De la pitié ? »

Il esquissa un sourire, se moucha dans le petit foulard de soie qu'elle lui tendait et donna congé à son chauffeur pour la soirée — il rentrerait à pied dans sa garçonnière de l'Hôtel Pierre. Puis, il se ravisa. Et pour la première fois de sa vie invita à dîner une de ses secrétaires.

« *Sardi's*, cela vous plairait ? »

Mais la jeune fille refusa de se montrer avec lui dans un endroit à la mode et répondit modestement :

« Non. Venez donc plutôt à la maison. Maman fera des spaghetti. Un homme qui a du chagrin ne sort pas une femme chez *Sardi.* »

Cette absence totale d'ambition sociale lui plut infiniment : jusqu'ici, il n'avait connu que des femmes prêtes à se déshonorer pour être simplement vues à son bras entrer au *Morocco*. Lauren était différente.

Ils s'aimèrent passionnément. Comme s'aiment deux êtres que la vie a meurtris. Elle avait été abandonnée quelques mois auparavant par son fiancé, lui avait perdu son fils aîné — ils se comprenaient à mi-mot. Et leur liaison fut si discrète que personne, hormis le chauffeur Harry, ne le sut jamais. En semaine, quand il était à New York, il la retrouvait tous les soirs dans un petit appartement qu'il lui avait offert et qui fut le seul cadeau d'importance qu'elle accepta de lui. Pendant les interminables week-ends à Sag Harbor, il trouvait souvent une occasion pour retourner en ville : à cause de cette « foutue guerre » il y avait toujours un événement qui l'appelait au marbre, une décision à prendre d'urgence, n'est-ce pas ?

Lauren le lui annonça le jour où l'on apprit que les Japonais venaient d'attaquer la flotte américaine à Pearl Harbour :

« El', j'attends un enfant de toi ! »

Et il répondit très simplement :

« Lauren, je suis content. »

En ce moment précis, Lauren aurait pu lui demander de divorcer de Kay et de refaire sa vie avec elle — il y avait alors dans le regard las d'Eliott quelque chose qui ressemblait à de la reconnaissance. Mais elle savait que lorsque l'on est le président d'*Events*, magazine bien pensant et puritain, on ne divorce pas. Et puis, cette vie tranquille, cette vie de l'ombre contentait Lauren. Son enfant n'aurait pas de père, mais le père de son enfant, elle continuerait de le voir tous les jours et de faire l'amour avec lui : c'était plus que ce à quoi Kay Mc Kay pouvait prétendre maintenant. Quant aux commentaires aigres-doux de ses collègues de bureau, elle ne les subirait pas : avant même que son état fût visible, le patron lui offrit un congé prolongé pour se reposer. Lauren en avait, d'ailleurs, le plus grand besoin. Sa grossesse s'annonçait difficile.

« Mais on ne meurt plus en couches, de nos jours... »

« On ne meurt plus en couches, de nos jours. On ne meurt plus en couches... » se répétait Eliott obstinément en ce matin de juin 1942, tandis qu'il attendait impatiemment que la clinique l'appelât sur une ligne privée et secrète dont il avait confié le numéro à l'infirmière en chef dès qu'il avait appris qu'il y aurait sans doute quelques complications.

« On ne meurt plus en couches... »

Brusquement, n'y tenant plus et plantant là Kelly qui l'entretenait d'une importante question, il sortit précipitamment de son bureau et, négligeant les ascenseurs, trop lents à son gré, descendit à pied les escaliers — ce qu'on n'avait jamais vu de mémoire d'employé d'*Events*.

« On ne meurt plus en couches... »

Il fit garer sa limousine à deux blocs de la clinique. (« On ne meurt plus... ») Il courut vers le bâtiment. (« On ne meurt plus... ») Il pénétra en trombe dans le hall du service des accouchements...

« Non, non, monsieur ! lui cria l'infirmière en lui barrant la route. Non, n'entrez pas ! »

Il sut aussitôt. Il sut et cependant il la bouscula et entra — on eût dit un forcené.

Lauren gisait, agonisante, en travers du lit, son nouveau-né ensanglanté et vagissant reposant sur son ventre.

« Elle est morte ! hurla Eliott. Elle est morte ! »

Et s'emparant désespérément de son fils qui, lui, vivait encore, il s'écria en riant aux éclats :

« Abel ! Abel ! » avant de tomber à genoux, terrassé.

Eliott était « à part ». Il avait toujours été « à part », supérieur aux autres hommes — il le savait. Et peut-être ces malheurs étaient-ils le prix qu'il devait payer cette supériorité — il lui arrivait de le penser ; le tribut de sang et de larmes à cette énergie surhumaine qui l'habitait. Cette énergie qui lui permit de surmonter une fois de plus le désespoir et de ne pas succomber à la folie. « Tu es damné parce que ton père a renié ses origines ! » lui dit un jour le très vieux Aaron, le frère du rabbin de Tstetz à qui, dans son chagrin, il avait voulu se confier. « Tu mens ! lui avait répondu avec superbe Eliott. Tu mens ! Et si tu dis vrai, alors j'accepte cette damnation : elle a fait de moi quelqu'un de grand et de fort. »

Avec quelle force de caractère, en effet, quelle habileté, il résolut sur-le-champ toutes les questions que posait la tragique naissance de l'enfant ! Il sut étouffer le début de scandale qui agitait la clinique. Il sut faire reconnaître immédiatement ce fils comme sien et, dès l'origine, s'employa avec le concours de son avocat Barrett à ce qu'il fût son héritier à l'égal de Jeremy. Puis, il fallut trouver quelqu'un pour élever en secret le petit Abel — car c'est ainsi qu'il prénomma le bâtard, alléguant que c'était là la volonté de la mère. Un couple de domestiques en qui il avait toute confiance, Livio et Madeleine, venait de lui faire part de leur désir de se marier et de quitter son service pour prendre en gérance un café-restaurant de routiers situé en Californie. Ils n'avaient pas suffisamment d'argent pour acheter le fonds. Eliott le leur offrit et y mit une condition : Madeleine, la douce Madeleine, élèverait le petit Abel comme s'il était son fils. Madeleine, depuis toujours frustrée de maternité, accepta avec une joie sans mélange. Livio acquiesça cordialement. Douze jours après le décès de Lauren, Eliott E. Emerson accompagnait le couple et leur nouveau-né adoptif au train en les saoulant de recommandations : même s'il devait vivre modestement, Abel ne manquerait jamais de rien et ses études seraient toujours intégralement payées par ses soins. Peut-être Eliott était-il damné pour être si riche : il était bon qu'Abel ne connût pas l'opulence dans laquelle le premier Abel avait vécu. Mais il fallait qu'il fît des études et de brillantes études : lui aussi, « le bâtard », serait un jour un Emerson…

Même s'il s'appelait Abel Young.

De tout cela, Kay ne sut jamais rien. Kay…

« Kay ?... Ka-ay ?... Ka-a-ay ? »

De derrière la porte, la réponse lui parvint enfin, mais dite d'une voix assourdie, étouffée, inquiétante :

« *H*u peux ent*h*er, *h*u le sais bien. *H*u peux toujou*h*s ent*h*er, toi... »

Pourtant, Leonard Howard ne parut pas en marquer d'étonnement. Il avait deviné que Kay Mc Kay portait alors un de ces affreux masques faciaux qu'elle s'infligeait de sangler sur son visage chaque matin et de supporter pendant les quelque quatre ou cinq heures de soins qu'elle consacrait à son apparence. Il poussa la porte de ce sanctuaire de la beauté qui ressemblait plus à une chambre de tortures moyenâgeuse qu'à un lieu de détente et de repos — il n'ignorait pas, en effet, qu'il était le seul des proches de Kay à pouvoir y pénétrer sans même s'annoncer au téléphone. Telle était leur intimité que Kay n'avait plus rien à lui cacher...

Le salon de beauté privé de Kay occupait dans une aile du manoir une grande rotonde carrelée en céramique vert d'eau autour de laquelle donnaient les équipements annexes et la cabine de sudation par où on entrait dans ces lieux mystérieux. Au centre de la rotonde, sous un dôme de lampes à ultraviolets, était installée une table de massage entourée de divers chariots métalliques sur lesquels était posé le matériel de l'esthéticienne particulière de Kay : épilateur, vibrateur, desquamateur, désincrustateur, limeur, ponceur électrique, distributeur de paraffine chaude pour les enveloppements, bottes gonflables pour le traitement de la cellulite, drains à lavements et plateaux où se trouvaient assemblés, comme les instruments d'un chirurgien prêt à opérer, des dizaines de pinces, râpes et ciseaux de toutes tailles ainsi que des rouleaux de bandages : l'ensemble évoquait un bloc opératoire. Autour, plusieurs portes de verre ouvraient sur les autres pièces : un vaste gymnase équipé d'appareils de culture physique entièrement mécanisés dont les chromes brillaient doucement dans des flots de lumière bleutée ; puis, une salle d'hydrothérapie dotée d'une piscine à remous, d'un bain de boue et d'une demi-douzaine de douches différentes ; jet filiforme, jet pulsé, jet glacé, jet vaporisé, jet alterné, jet rotatif ; enfin, une chambre de relaxation avec diffuseur d'ozone, de vapeurs d'eucalyptus ou d'oxygène, à volonté. En face, la cabine par laquelle on pénétrait dans les lieux où trônait un caisson de sudation en acier.

Leonard Howard entra, dissipant d'un revers de main devant ses yeux la lourde vapeur qui stagnait dans l'air confiné. Étroitement enclose à l'intérieur de ce grand tabernacle de métal nickelé d'où n'émergeait que son visage masqué et ses mains gantées, bâillonnée comme elle l'était au moyen de cette muselière de caoutchouc articulée de rivets, les yeux bandés d'un loup de repos, les cheveux dissimulés sous un casque de toile, Kay lui apparut parmi ces nuages d'encens comme la terrible divinité de quelque religion barbare.

Et c'était à l'égal d'une grande prêtresse redoutée qu'elle était servie. Sur un simple claquement de ses doigts, son esthéticienne s'approcha d'elle. C'était une jeune Eurasienne qui paraissait muette : sans rien dire, elle jeta un coup d'œil aux cadrans du caisson et tourna une manette d'un quart de tour. Sur un deuxième claquement des doigts de sa maîtresse, elle comprit que celle-ci voulait qu'on la débarrasse de son masque de beauté pour pouvoir discuter plus aisément avec Howard. Elle ôta donc la muselière et dénoua la mentonnière. Troisième claquement : elle disparut, aussi discrète et soumise qu'elle était venue.

Howard, qui suffoquait et suait à grosses gouttes, desserra sa cravate et appendit son veston, qu'il venait de quitter, au manomètre du caisson.

« L'avion est à une heure, dit-il. Tu n'as pas oublié ?

— Non. Je vais devoir écourter les soins ce matin. J'ai pourtant cette petite excroissance ici, j'aurais voulu que May me la brûle. Mais je n'aurai pas le temps. L'hélicoptère est déjà là ?

— Il vient de se poser sur la grande pelouse, devant les tennis.

— Je ne l'ai pas entendu passer au-dessus du manoir, j'avais mes boules dans les oreilles. Et de toute façon, avec le boucan que font ces satanées machines ici…

— Faye ?…

— Je pense qu'elle se prépare : je lui ai demandé d'être prête avant midi. Et à moins qu'elle ne soit encore à barbouiller ses affreuses croûtes… Tu sais, je ne voulais pas qu'elle vienne avec nous à Saint-Jean-Cap-Ferrat : elle est si sensible, cette petite ! Mais Eliott a insisté. Il l'a appelée hier soir encore pour lui redire qu'il la voulait à son chevet, elle aussi… Cette pauvre idiote a pleuré, pleuré ! Et lui, ce salaud, il lui a répété : "Je veux que tu viennes, Faye, tu m'entends ? Je veux te revoir avant de mourir, toi aussi. Toi *surtout*…" Eh bien, Leonard, je dois te dire que c'est ce *surtout* qui m'inquiète. Je me demande ce qu'il a pu manigancer, ce salaud. D'ici qu'il veuille revenir sur la décision de son interdiction, lui rendre ses droits et tout ça, juste avant de crever. Juste histoire de nous emmerder. »

Une sorte de colère sourde montait en Kay, une vague de ressentiments rentrés qui la submergeait irrésistiblement. Rougeaude, luisante de sueur, les traits encore marqués par le masque de caoutchouc et défigurée sous les coups de la souffrance que provoquaient la chaleur excessive et la pression de la vapeur contre ses chairs, les lèvres pincées, elle faisait peur à voir et Howard se fit plus soumis, plus grave aussi :

« Oh ! en tout cas, soupira-t-il, il ne faut pas se cacher que la partie va être serrée, Kay. Et jusqu'au bout. Barrett n'est pas un type à se laisser impressionner. Et j'ai peur qu'Eliott veuille nous jouer un dernier tour à sa manière. Ça lui ressemblerait assez : l'humour Emerson, n'est-ce pas ?

— Le salaud ! siffla Kay entre ses dents. Le salaud ! »

Devant tant de véhémence, Howard, craignant d'envenimer encore les choses s'il lui avouait qu'il connaissait d'autres détails sur ce qui se passait présentement à Saint-Jean-Cap-Ferrat, hésitait à poursuivre. Ce fut d'un ton embarrassé qu'il dit :

« Kay… Il faut que… Il faut que tu saches… Je n'ai pas voulu t'inquiéter avec ça, mais…

— Bon sang, Howard ! arrête donc de tourner autour du pot. Dis-moi…

— Eh bien, j'ai l'impression que vous allez être plus nombreux que prévu à vous partager l'héritage. Dernière lubie de moribond ou Dieu sait pour quelle raison, mais le fait est là : Eliott a fait rechercher plusieurs personnes… Des anciens domestiques… Quand il va un peu mieux, il passe son temps pendu au téléphone de… Tu te souviens de Madeleine… ?

— Madeleine… Madeleine… Ah oui ! Mais c'est de la très vieille histoire, ça ! Et tu ne vas quand même pas me dire que tous les larbins qui ont défilé à Sag Harbor vont toucher, non ?

— Je n'en sais rien…

— Madeleine ! Elle nous a laissé tomber… Ça devait être en 42 ou 43, pendant la guerre en tout cas. Elle s'était mise en ménage avec notre maître d'hôtel. Comment s'appelait-il déjà, celui-là : Giulio ? Non, Giulio c'était après… Faye était déjà née. Enfin, ça n'a pas d'importance. Mais, j'ai du mal à croire que…

— Jeremy l'a appris en faisant parler cette vieille folle de Geoffrey. Il est bien le seul à pouvoir le faire parler, d'ailleurs. Geoffrey lui a dit qu'il y avait trois jeunes avocats de plus qui travaillaient avec Barrett, maintenant. Et puis qu'Eliott a pleuré l'autre soir après avoir parlé avec cette Madeleine…

— C'est du gâtisme et voilà tout ! Écoute, Leonard, je

ne crois pas qu'il faille s'affoler pour si peu. Ce n'est sans doute qu'un caprice de vieux qui va crever. Il veut lui offrir ses œuvres complètes dédicacées et sa montre Breguet ou va savoir quel souvenir. Après tout, il couchait peut-être avec elle, ce vieux salaud ! Elle était assez excitante, Madeleine, si je me souviens bien. Une Française…

— J'espère comme toi qu'il ne s'agit en effet que de cela.

— Leonard, je trouve que tu t'inquiètes de pas grand-chose. Moi, ce qui me préoccupe davantage, c'est de savoir pour quelles raisons il a tellement insisté auprès de sa petite Faye chérie, pourquoi il tient tant à l'embrasser une dernière fois sa petite Faye chérie — ça, oui, ça m'emmerde. Mais cette Madeleine… Non, crois-moi ! Tu t'affoles un peu vite.

— Je ne m'affole pas. Je te tiens au courant et c'est tout.

— Je te trouve tout de même très nerveux, ces jours-ci, Leonard…

— Ah, tu ne vas pas recommencer…

— Je te trouve une sale gueule, si tu veux savoir.

— Kay, je t'en prie.

— Et tu veux que je te dise pourquoi tu as une si sale gueule en ce moment ? Tu veux que je te dise pourquoi ? »

Howard haussa les épaules et soupira :

« Parce que je ne dors pas, voilà tout…

— Et tu veux que je te dise pourquoi tu ne dors pas ? Tu veux que je te dise pourquoi ? insista Kay, méprisante. Tu ne dors pas comme chaque fois qu'il se passe quelque chose dans cette maison : un événement nouveau, un changement… Alors, ta vieille obsession te reprend, tes cauchemars, tes insomnies. Tu ne dors pas parce que tu as peur qu'on veuille recommencer l'enquête à l'occasion de cette ouverture de succession — on se demande vraiment pourquoi, d'ailleurs ! Mais c'est ta lubie. Et tu ne veux pas en démordre : un jour, il faudra payer… Leonard, tu ne dors pas parce que, comme un pauvre type que tu es, au fond, tu ne peux pas te défaire de ce petit sentiment de culpabilité minable que tu traîneras toujours avec toi, comme un boulet. Et ça, tu le dois à ta juiverie ! »

Le ton montait et, déjà, confinait à l'hystérie. Kay, les narines frémissantes, la bouche tordue et creusée aux commissures par un effrayant rictus, paraissait plus effrayante encore de se trouver immobilisée dans son carcan d'acier et de ne pouvoir exprimer sa rage en gesticulations outrées et trépignements comme elle avait coutume de le faire. Mais Howard ne baissa pas le regard. Il était habitué à de telles scènes et il encaissait l'affront sans broncher, sachant qu'il finissait toujours par reprendre le dessus.

« Tu ne dors pas parce que tu ne peux pas oublier ! hurlait-elle maintenant. Tu ne peux pas oublier, toi !

— Tu as pu oublier ? » demanda-t-il à mi-voix.

Elle partit d'un ricanement rauque et suraigu comme un cri.

« Moi ? fit-elle. Et pourquoi voudrais-tu que j'y repense ? »

Howard poursuivit — mais c'était désormais comme s'il parlait à lui-même et non plus à Kay :

« Tu n'as jamais vu dans un cauchemar l'Alfa Romeo te foncer dessus, te renverser, t'écraser, toi ! Toi, tu n'as jamais vu Abel, armé de la manivelle, la brandir sous tes yeux en menaçant de te tuer et rire, rire ! Tu ne l'as jamais senti te secouer l'épaule et te réveiller au milieu de la nuit pour te dire : “Je ne suis pas mort ! Je ne suis pas mort ! Je vais revenir !” »

Impérieuse, hautaine, elle s'écria :

« C'était il y a vingt-cinq ans, Leo ! Il y a vingt-cinq ans !

— Est-ce que le temps fait quelque chose à l'affaire ?

— Oh ! Leonard. Quel miteux, quel péteux tu fais, parfois ! Je me demande ce qui peut me plaire encore en toi... »

Elle se tut. Il y eut entre eux un court silence haineux. Et brusquement, Howard, penché au-dessus du caisson, son front moite touchant presque le front ruisselant de Kay, s'écria avec une ironie mordante :

« Tu veux le savoir, peut-être ? Tu veux le savoir ? Eh bien, Kay, ce qui te plaît en moi, depuis toujours, c'est que sans moi tu n'aurais pas échappé à la chaise électrique... Pas plus que ce pauvre Hancock a pu échapper au séchoir électrique !

— Salaud ! Salaud ! » lui cracha-t-elle au visage.

Elle ne pouvait pas endurer plus longtemps d'être ainsi prisonnière de cet instrument de supplice. Elle déverrouilla vivement l'ouverture de l'intérieur et surgit nue et sculpturale comme une statue de marbre, polie qu'elle était par la sueur. Howard avait reculé, vaguement épouvanté. Elle se jeta sur lui pour le gifler. Il esquiva puis se rua sur elle, l'immobilisa au moyen d'une sorte de clef utilisée dans la lutte et lui tint en tenaille les poignets.

Elle hoquetait de douleur mais déjà ne protestait plus. Alors, martelant les mots un à un, les détaillant avec une sorte de solennité, Howard lui dit :

« Tu m'aimes, Kay. Tu m'aimes parce que nos destins sont liés à jamais, que tu le veuilles ou non. Tu m'aimes à cause de cette vieille complicité entre nous. Tu m'aimes parce que je te fais l'amour. Et tu m'aimes parce que je t'aime. Depuis toujours. Et que tu le sais. »

Elle ne répliqua pas. Elle était domptée. Il relâcha l'étreinte...

Elle plongea son regard dans le sien, se mordit les lèvres. Elle semblait chercher désespérément un mot blessant à lui dire, une insulte à lui jeter à la face — mais rien ne lui venait. Brisée, enfin, elle baissa les yeux.

« Il faut te préparer », lui dit-il posément.

Alors, comme s'il ne s'était rien passé entre eux, elle se dirigea d'un pas nonchalant vers la salle de douche en appelant May. Elle poussa la porte de verre, puis, sur le seuil, se retourna pour sourire à son amant et lui dire :

« Veux-tu appeler Saint-Jean-Cap-Ferrat pour les prévenir et demander à Marcel de venir nous chercher à l'aéroport de Nice ? Il faudrait aussi joindre Jeremy et lui dire d'être à la demie à Kennedy. S'il est encore avec sa traînée, ce chéri, il est capable de s'être rendormi ! »

Jeremy était aussi vain de son corps que l'était sa mère. D'elle, il avait hérité la beauté mais aussi la folie singulière. Et s'il ne consacrait pas autant de temps ni d'argent que Kay à soigner son apparence, c'était qu'il n'avait pas encore l'âge de réparer des ans l'irréparable outrage. Mais il travaillait sa musculature avec la maniaquerie d'un culturiste, fréquentait un institut de beauté masculine comme s'il eût été acteur ou mannequin, passait autant d'heures chez son coiffeur qu'une femme du monde qui ne trouve rien de mieux à faire pour employer ses journées et n'oubliait jamais d'entretenir quotidiennement son hâle de moniteur de ski en s'allongeant quelques minutes sous un dôme de lampes à ultraviolets. Vêtu de façon très recherchée, il aurait fort bien pu figurer dans les pages de mode de *Tuxedo*, cette revue mensuelle qu'il voulait lancer à grand fracas pour y propager sa conception de l'existence.

« Un dieu antique ! » avait admirativement gloussé, en le voyant plonger dans la piscine du manoir de Sag Harbor, un romancier français, ancien diplomate et pédéraste notoire qui se trouvait invité parmi cent autres écrivains à la garden-party de *Litterary Events*. À quoi Faye, qui n'était pas pour peu la fille du spirituel Triple E et possédait à fond son génie de la repartie caustique, avait répliqué du tac au tac :

« Un dieu antique, lui ? Un dieu en toc, oui ! »

Ce n'était pas là qu'un bon mot : il y avait à dire vrai quelque chose de toc dans la beauté et l'élégance de Jeremy ; il y avait quelque chose de faux, de fade et d'insipide. Il y avait, prétendait Faye drôlement, du plastique en lui. Et elle ajoutait, toujours très acerbe quand on la lançait sur le sujet : « C'est comme ses gros pectoraux et ses mollets gonflés aux hormones : tout ça fait tellement veau, tout ça fait tellement truqué, tellement camelote ! »

Camelote était l'expression juste, en effet. Tout semblait un peu *camelote* dans la vie de Jeremy. À commencer par l'appartement où il habitait. L'endroit, situé sur la 5e Avenue, face à Central Park, ressemblait au décor d'un film de James Bond : modernisme tapageur et criard, fourrures jonchant le sol, aquariums constituant des murs entiers, lumières vertes et bleutées, accumulation ahurissante de gadgets aussi extravagants qu'inutiles, collection de lourds bibelots clinquants en acier poli, écaille et cuivre, immense lit rond aux draps de satin noir et argent, fauteuils de perpex transparent profilés comme les sièges d'une cabine d'Apollo, installation stéréophonique digne des plus grands studios de Nashville mais qui ne diffusait à longueur de jour et de nuit que des romances sirupeuses pareilles à celles qu'on entend sans les écouter dans les ascenseurs des grands hôtels et les supermarchés. Partout, un agressif mauvais goût qui faisait douter le visiteur que Jeremy pût être le fils de ce collectionneur d'œuvres d'art averti qu'était Eliott E. Emerson.

Quand le timbre à deux tons du téléphone retentit, Jeremy, en kimono de satin noir, était allongé sur la moquette blanche du salon, la nuque posée au creux des reins d'une jeune femme blonde qui somnolait nue, étendue parmi les maquettes sur papier glacé des projets de couverture de *Tuxedo*. Bien qu'il eût le combiné posé sur son bas-ventre, il laissa passer sept sonneries avant de décrocher le récepteur.

« Oui… bâilla-t-il sans aménité dans le combiné.

— Leonard, se présenta Howard. Et il prit le même ton rogue pour demander : D'autres nouvelles de Saint-Jean ?

— Non, répondit Jeremy. Mais ça m'emmerde qu'il ait appelé Faye comme ça, en particulier. Celui qui a pris la communication aurait bien pu dire qu'elle était sortie, non ?

— C'était Andy, je crois. Comment voulais-tu que…

— Leo, entre nous, tu penses vraiment que le vieux va revenir sur l'histoire de l'interdiction avant de crever ?

— C'est délicieux, cette façon que tu as de parler de ton pauvre père, fit ironiquement remarquer Howard. Et, moqueur, il ajouta : Splendeur et décadence des Emerson… !

— Dis, tu ne vas pas me faire la morale, toi aussi. Je croirais entendre Faye !

— Eh bien, s'il y avait une justice en ce bas monde,

toute folle qu'elle est, ce serait elle qui devrait hériter de tout.

— C'était pour me dire ça que tu as tenu à m'appeler, mon cher, cher, cher Leo ?

— Non, mais pour te rappeler que tu dois être à midi et quart, heure limite, au terminal Pan Am.

— Ça va, Leo : je n'ai pas oublié. Je n'ai pas oublié que je vais dire adieu à mon papa... »

Il dit ces dernières paroles sur un ton puéril et se mit à rire lui-même de ce qu'il devait tenir pour une fine plaisanterie. Puis, il raccrocha le récepteur, repoussa au loin le combiné et, avant de se relever, se retourna pour claquer les fesses nues de la jeune femme, laquelle sursauta et gémit :

« Oh, con !

— Femme ! fit-il avec une feinte solennité qu'il croyait comique, femme ! Fais-moi donc couler un bain ! »

« Faye ! Faye ! » glapit Kay par la vitre à demi baissée de la Rolls-Royce.

Bien que le pavillon où Faye avait établi son atelier ne se trouvât qu'à une centaine de mètres du manoir, Kay s'y était fait conduire en voiture par le chauffeur Hans.

« Klaxonnez ! demanda-t-elle à celui-ci. Elle doit être encore en train d'écouter les Beatles ou Dieu sait quoi ! »

Hans pressa l'avertisseur un long moment. Mais Faye ne répondait toujours pas. Et, ivre de rage, Kay descendit de la Phantom noire en claquant violemment la portière.

« Faye, enfin ! hurla-t-elle en pénétrant dans le pavillon.

— Je descends », répondit la jeune fille laconiquement. Juchée en haut d'une échelle double, elle retouchait une immense toile dont le vernis présentait une infime craquelure dans le coin supérieur droit. Faye était une perfectionniste que son travail laissait toujours insatisfaite. Elle venait de rassembler au milieu de l'atelier les trois volumineuses valises que sa femme de chambre avait préparées pour elle et s'apprêtait à sortir pour se rendre auprès de sa mère quand, levant le regard, elle s'était avisée de ce mince éclat plus mat que l'à-plat satiné du tableau. Sans se soucier de seulement enfiler une blouse, elle avait aussitôt grimpé à l'échelle en se munissant d'un pot de siccatif et d'un très fin pinceau. La toile représentait une femme enchaînée et empalée sur un chevalet d'acier poli. Son visage était dissimulé sous une cagoule de satin noir. Son ventre semblait une vaste plaie béante d'où tombaient ses viscères, verdâtres et sanguinolents, peints avec la minutie d'une planche d'anatomie.

« Ça ne s'arrange pas, ma pauvre chérie ! siffla Kay entre ses dents. Quelle horreur ! Mais quelle horreur !

— Tu voudrais que je peigne des bouquets, peut-être ? demanda Faye doucement, sans se départir de son calme apparent. Tu pourrais les accrocher aux murs de ton salon et les montrer à tes amies quand elles viennent prendre un verre. "C'est ma petite fille chérie qui a peint ça. C'est joli, non ? — C'est me-e-e-erveilleux ! Quel talent elle a, ma chè-è-èère ! — Vous devez être fière, Kay ! On dirait des Monet ! — Subli-i-ime ! C'est tout simplement subl-i-i-ime !"

— Tu vas te taire ! s'écria Kay. Voilà que tu recommences à t'exciter. Tu sais que ça ne te vaut rien. Tout à l'heure, tu vas te remettre à pleurer. Tu as pris ton tranquillisant, au moins ?

— Oui, maman, soupira Faye sur un ton soumis. Et mes IMAO et mes tétracycliques et mes anxyolitiques et mes neuroleptiques…

— Tu as bien fait. Tu sais que tu supportes mal de voyager.

— Oui, maman, je supporte mal de voyager, répéta-t-elle à la suite de sa mère comme si elle avait besoin de s'en convaincre intimement. Je supporte mal de voyager. Je supporte mal…

— … de vivre !

— Je sais, maman. Tu me l'as déjà dit, ça aussi. Et le Dr Zimmerman l'a dit. Et le Dr Werner. Et le Dr Benson. S'ils le pensent, c'est qu'ils ont sans doute de bonnes raisons de le penser. »

Elle prononçait ces paroles sans jamais hausser le ton

de la voix mais de façon égale, comme si elle énonçait de simples évidences, des banalités. Elle s'était créé ainsi un système de défense. L'agressivité de Kay venait buter sur son apparente docilité. Elle opposait un front serein aux sempiternelles réprimandes et aux humiliations qu'elle ne cessait de subir. Elle semblait ne pas savoir résister ni même le vouloir.

Mais chaque matin elle jetait dans la cuvette des toilettes tous les cachets prescrits qu'elle aurait dû avaler pendant la journée, ne gardant en réserve qu'un peu de calmants pour les moments où l'angoisse qu'elle éprouvait continûment devenait soudain par trop oppressante et la submergeait.

Elle redescendit de l'échelle non sans jeter un dernier regard à la retouche qu'elle venait d'exécuter.

« Je suis prête, dit-elle à sa mère. Demande à Hans de venir prendre mes bagages, s'il te plaît.

— Mais, tu es habillée en blanc ?

— Pourquoi pas ? C'est l'été ici et c'est l'été à Saint-Jean-Cap-Ferrat, aussi.

— Je veux que tu te mettes en noir.

— Bien, maman. »

Et Faye de s'exécuter aussitôt sans se plaindre. Elle ouvrit une valise, y prit un tailleur de velours et se changea à la hâte.

« Tu n'as pas des chaussures assorties ? demanda Kay.

— Mais si, maman », fit Faye d'une voix toujours aussi humble. Et elle mit des escarpins de cuir noir.

Kay, inspectant furtivement le contenu des valises, s'enquit :

« Tu as pris assez d'affaires, au moins ?

— Je ne sais pas : c'est Lucy qui s'est occupée de tout.

— C'est que ça risque de durer.

— Oh, maman ! protesta Faye, scandalisée de tant de cynisme affiché. Maman, c'est de papa que tu parles !

— Écoutez-moi cette petite pisseuse ! lança Kay, piquée au vif. Et imitant la façon timide de s'exprimer de sa fille mais en forçant encore sur ses intonations enfantines pour la blesser, elle redit : "*Z*'est de papa que tu parles ! *Z*'est de papa que tu parles !" Avant de se récrier : Oui, c'est de ton père que je parle ! Et je dis qu'il aurait aussi bien fait de rentrer à Sag Harbor quand il a su que c'était sans espoir. Il y a huit-dix jours on pouvait encore le transporter. Quand je pense que j'étais invitée chez Jackie après-demain et que j'ai dû me décommander !

— Oh, maman, maman... ne savait que répéter Faye, bouleversée. Maman ! » implorait-elle en refoulant des larmes qui lui venaient.

Et brusquement, n'y tenant plus, elle se jeta de tout son long sur un vieux divan défoncé où elle avait l'habitude de se reposer de temps à autre quand elle passait la nuit à peindre et donna libre cours à son chagrin.

Kay n'eut pas un geste de compassion. Elle se contenta de constater à voix haute et de façon impersonnelle :

« Je le disais bien que cette enfant est trop nerveuse pour entreprendre un si long voyage. C'est de la folie : assister aux derniers moments de son père quand on est dans un tel état ! »

Ce fut la parole malheureuse, la parole de trop. Celle qui fit se rebiffer et se ressaisir Faye. Encore secouée de sanglots, elle se redressa et, affrontant sans baisser les yeux le regard furieux de sa mère, osa lui dire le plus fermement qu'elle pouvait :

« J'irai quand même. Ne serait-ce que par devoir. J'irai pour le revoir une dernière fois. Je veux l'embrasser. Et lui dire que je l'ai toujours aimé.

— Dans ce cas, tu cesses immédiatement de pleurnicher, tu m'entends ? » ordonna Kay.

Faye, avec une violence qui la surprit elle-même, répliqua :

« Regarde, maman ! Je ne pleure pas ! »

Et, de fait, elle ne pleurait plus...

Il y eut un long et lourd silence entre elles. Ce fut ce moment que Hans choisit pour entrer.

« Madame, dit-il à Kay, le pilote de l'hélicoptère vous fait savoir que...

— Oui, on y va ! l'interrompit Kay. Et, murée dans sa

haine, elle jeta de ses belles lèvres dédaigneuses : Tenez, Hans. Prenez donc les bagages de Mademoiselle. »

Le chauffeur chargea le coffre de la Rolls-Royce déjà aux trois quarts empli des bagages de Kay qui ne se déplaçait jamais sans son immense garde-robe. Il ouvrit les portières aux deux femmes en s'inclinant respectueusement. Puis il s'installa au volant et démarra doucement. La Phantom roula au pas jusqu'aux tennis qui ne se trouvaient qu'à quelque cent cinquante mètres du pavillon de Faye.

La turbine de l'hélicoptère commença à rugir et les pales du rotor, brassant l'air de plus en plus vite, dispersèrent les pétales de fleurs et les feuillages coupés qui jonchaient les parterres…

TROISIÈME PARTIE

L’heure du Rat

« L'hélicoptère ! L'hélicoptère ! »

Ce ne fut qu'un cri où l'anxiété se mêlait à l'espoir. Colette Servoz et Johanna Jones, qui se tenaient serrées l'une contre l'autre, se serrèrent un peu plus encore, cherchant dans cette étreinte un encouragement, un réconfort. Abel et Jacques étaient-ils dans l'engin ? Elles scrutaient, haut dans le ciel, le cockpit étincelant sous le grand soleil. Mais l'hélicoptère n'était encore que de la taille d'un gros insecte et les miroitements du verre leur dérobaient à la vue l'intérieur de la carlingue.

Puis, le ronflement des turbines se rapprocha, se fit assourdissant. Et, parmi la petite foule de familiers des Servoz venus aux nouvelles, de journalistes de la presse locale et de simples curieux qui s'étaient massés sur l'aire d'atterrissage des hélicoptères du Secours en montagne, quelqu'un s'écria soudain :

« Ils y sont ! Je les vois. »

Mais étaient-ils vivants ? Et s'ils vivaient, étaient-ils sains et saufs pour autant ?

À intervalles réguliers, le phare gyroscopique de l'ambulance balayait d'une inquiétante lueur bleue les visages des deux femmes défigurées par les nuits de veille et l'angoisse. La lumière crue des flashes qui ne cessaient de crépiter alentour les aveuglait. Elles étaient partagées entre l'irrésistible besoin de voir, de savoir enfin et le désir de fuir loin de cette agitation — les journalistes étaient-ils donc sans pitié ?

« Assez ! Assez ! » se mit à crier Johanna.

Et Colette se cacha le visage derrière les mains. Quelques guides des amis de Jacques qui se trouvaient là tentaient de les protéger de ces importuns. L'un d'eux arracha son appareil photo à un jeune reporter particulièrement insistant et le jeta au loin. Il y eut un début d'altercation, une mêlée confuse, des coups échangés sous l'œil impassible des gendarmes requis pour ouvrir la route à l'ambulance. Mais la violence du tourbillon provoqué par l'approche de l'hélicoptère mit fin à la bousculade. Et ce fut soudain la ruée vers l'*Alouette* qui se posait enfin. Colette et Johanna, déjà oubliées des reporters, couraient aussi, au risque d'être piétinées…

« Vivants ! Ils sont vivants ! »

Elles les aperçurent en même temps, allongés sur des civières, Jacques s'efforçant d'esquisser un salut de la main qui signifiât qu'ils étaient en vie, en effet, et Abel criant tout à coup comme un dément :

« Johanna ! Johanna ! »

Était-ce une hallucination ? Rêvait-il encore ? Avait-il déjà franchi le seuil du monde des morts où, parmi cette foule d'agités, il venait de la retrouver ?

Son regard fou quêtait une réponse et Johanna ne savait que répéter :

« Oui ! Je suis là ! Je suis là, mon amour ! C'est moi : Johanna ! Oh, mon âme… Abel, Abelito *mio* ! Je suis là ! Et tu es là, toi aussi ! Tu es là… »

En même temps, elle se débattait d'entre les bras d'un infirmier qui tentait de la retenir de se précipiter sur le rescapé. Avec l'irrésistible ténacité que confère souvent une violente émotion, elle parvint à se dégager et, ivre de sanglots trop longtemps contenus, se jeta sur la civière où gisait Abel.

« Oh, mon amour ! dit-elle. Mon amour ! »

Elle l'embrassait, l'étreignait à l'étouffer, le couvrait de baisers et de larmes. Il fallut les forces conjuguées d'un médecin, d'un gendarme et d'un guide pour la maîtriser et permettre aux deux secouristes de se saisir enfin de la civière.

« Allons, mademoiselle ! Allons… Vous allez finir par

le tuer ! Et puis, vous voyez bien que vous gênez ! Reculez, reculez…

— Elle ne comprend rien !

— Vous voyez bien qu'elle est américaine.

— C'est pas une raison. On ne va pas le lui voler, son *boy-friend.*

— Johanna, ma chérie, viens ! »

Colette retint son amie de tomber à terre et d'être piétinée. Les deux ambulanciers se frayèrent un chemin dans la foule et l'éblouissement des flashes jusqu'à l'ambulance, suivis de ceux qui portaient Jacques Servoz et tandis que les gendarmes s'efforçaient enfin de rétablir l'ordre. Johanna, pressée de toutes parts, rudoyée, bousculée, revint pourtant vers la civière en jouant des coudes et finit par s'emparer de la main d'Abel, lequel s'évanouit. Elle avançait au pas des secouristes et, à demi penchée sur lui, elle répétait obstinément :

« Mon amour, mon amour… »

Il fallut à nouveau lui faire lâcher prise au moment de monter dans le fourgon. Colette l'entraîna alors vers la camionnette de son frère, garée tout contre l'ambulance : Johanna était en proie à une crise de nerfs maintenant et hurlait dans son délire :

« Abel ! Abel ! »

Les sirènes de l'ambulance retentirent, déchirant l'air.

« Abel, tu n'en feras jamais d'autre ! »

Elle s'était assise sur l'oreiller de son lit d'hôpital et lui, il avait calé sa tête au creux de ses cuisses, contre son bas-ventre. Les yeux grands ouverts, il la contemplait à l'envers qui lui caressait doucement les joues et lui parlait à voix basse, pour ne pas éveiller Jacques qui sommeillait dans le lit voisin, de la façon dont on parle à un petit enfant.

« Hein, il a suffi que j'aie le dos tourné pour que tu me fasses des bêtises…

— C'est justement parce que tu n'étais pas là ! répondit-il sur le ton de la plaisanterie. Sinon, rien de tout ça ne me serait jamais arrivé. Tu le sais bien : tu es ma baraka, Johanna. Pourquoi m'as-tu laissé tomber? Et pourquoi es-tu ici, pourquoi?... Tu sais, quelquefois, je me dis que je rêve encore, que je vais me réveiller : j'ai tellement peur, alors! Mais non! C'est toi, ma vieille Mama Jones. Tu es bien là ! Tu es revenue...

— C'est bien moi.

— Comment, mais comment as-tu eu cette idée... ?

— Un soir. Un grand coup de cafard. Et une envie folle de te parler, d'entendre ta voix. Il n'y avait qu'à toi que je pouvais dire ça, il n'y avait que toi qui pourrais me consoler... Et puis peut-être, aussi, une sorte de pressentiment : je ne me sentais pas bien depuis l'avant-veille, j'avais des angoisses. Ce devait être parce que, inconsciemment, j'avais deviné que tu étais en difficulté — je ne sais pas comment t'expliquer. Ou bien, il se peut que je pense ça maintenant... Enfin, toujours est-il qu'il fallait ab-so-lu-ment que je te dise combien tu me manquais et que je t'aimais encore — tout ça. Il le fallait, tu comprends? Alors, soudain, ç'a été plus fort que moi. Je me suis décidée à appeler les Servoz. À tout hasard. Tu pouvais te trouver chez eux juste à ce moment-là... Je n'ai même pas pensé qu'il était trois heures du matin en France et l'opératrice n'a pas songé à me le faire remarquer. Oh, ç'a d'ailleurs dû être horrible pour Colette quand la sonnerie a retenti. Elle qui se trouvait là depuis trois nuits à ne pas dormir et attendre, attendre, attendre... J'ai compris qu'il se passait quelque chose de grave. Je l'ai compris tout de suite — elle pleurait et ne me répondait pas. Moi, j'ai pensé aussitôt : mon Dieu, Jacques s'est tué !... Jacques : c'était insensé mais je n'arrivais pas à me dire qu'il t'était arrivé quelque chose à toi aussi. Abel est mort : mon esprit s'y refusait. Pour moi, à ce moment-là, vous ne pouviez pas être ensemble : toi, tu allais bien... Enfin, Colette s'est calmée et moi, dans mon mauvais français, elle, dans son mauvais anglais, nous avons réussi à nous expliquer. Dès que j'ai compris ce qui vous arrivait, je lui ai dit : “Je viens, Colette !” Absolument comme si le mont Blanc c'était la banlieue de Sausalito. Et puis j'ai raccroché et, comme une folle, j'ai couru chercher papa à son bureau. Je lui ai dit : "Il faut que je sois à Chamonix demain, débrouille-toi !"... Il a été formidable, tu sais ?

— Ce cher M. Jones. L'avocat des nobles causes...

— Je lui ai dit que tu étais en danger de mort, que tu allais mourir si je ne venais pas te chercher — n'importe quoi !

— Et lui, il a dû penser : si seulement ça pouvait être vrai.

— Ne sois pas con ! Tu sais que papa n'est pas comme ça, même s'il ne te porte pas beaucoup dans son cœur. Je peux t'assurer qu'il n'a pas hésité un instant. Il a aussitôt appelé la TWA et demandé qu'on lui trouve de toute urgence un San Francisco-New York, New York-Londres, Londres-Genève. Tout a été réglé en dix minutes. Alors, il m'a conduite à l'aéroport et il m'a donné tout l'argent qu'il avait sur lui. Je n'avais pas de bagages, rien. Encore une chance que j'aie eu mon passeport sur moi !... Je ne pensais qu'à toi, là-bas, sur ton rocher. Et j'étais en pleine crise de nerfs. Papa m'a acheté une bouteille de whisky à la boutique hors taxe et il m'a dit : "Tiens, saoule-toi, ma petite fille, ça te fera du bien." Et puis, tu sais ce qu'il a dit aussi ? "Tu verras, ma petite fille : Abel va s'en tirer. Il s'est bien tiré de ce suicide atroce, quand il était gosse. Il a toujours eu Dieu de son côté : c'est ce que tu prétendais lorsqu'on parlait de lui l'autre soir à dîner. Ne pleure pas, Jo, tu le reverras..."

— Parce qu'il vous arrive de parler de moi ?

— Tu crois peut-être que je t'avais oublié ? Tu crois que maman ne s'était pas aperçue que je pleurais beaucoup ces temps derniers ? Tu crois que papa aurait fait tout ça pour moi s'il n'avait pas su combien tu comptais dans la vie de sa petite fille chérie ?... Je suis allée le chercher à six heures et à huit heures et demie j'embarquais pour l'Europe — voilà. »

Ils s'embrassèrent et se turent — trop bouleversés pour se parler plus. Leur histoire d'amour recommençait ici, en cet instant précis. Sans avoir à se le dire l'un l'autre, ils étaient conscients de l'intensité du moment qu'ils vivaient. Ils avaient le sentiment que c'était là une de ces rares heures de bonheur dont on garde à jamais le souvenir au plus profond de soi, comme une cicatrice intérieure, un secret pincement au cœur, une douleur délicieuse que le moindre accès de mélancolie vient raviver plus tard. Il était en vie et c'était assez pour la contenter. Elle était là et cela lui suffisait. La tendre lumière crépusculaire qui tombait, oblique, du vasistas entrouvert au-dessus du lit nimbait son visage d'un halo surnaturel — qu'elle était belle dans le contre-jour, sa madone aux grands yeux gris pâle et dont les longs cheveux noirs de bohémienne coulaient sur ses joues comme des pleurs ! Si ce n'avait été la crainte de réveiller Jacques, Abel aurait voulu lui chanter cette chanson de Bob Dylan qu'ils aimaient tant tous deux : *Absolutely sweet Marie*. Il se contenta de l'attirer à lui et de lui baiser les lèvres. Lui, le visage émacié par les privations et les souffrances qu'il avait endurées pendant ces longs jours, ces longues nuits passées sur ce balcon en enfer, elle lui découvrait une virilité nouvelle dans les traits et qui l'émouvait profondément : il avait quelque chose d'un héros antique. *Temporary like Achilles* — elle pensa à cette autre chanson de Bob Dylan dont elle commença à fredonner le refrain d'une voix claire.

« Chchchch ! l'interrompit-il en lui effleurant les lèvres du bout des doigts. Tu vas déranger ce pauvre Jacques.

— Tu crois qu'il dort ou qu'il fait semblant ? l'interrogea-t-elle. Regarde-le sourire.

— Il doit se souvenir dans son sommeil qu'il a sauvé la vie de son ami Abel, cela suffit à le rendre heureux… J'allais me jeter dans le vide, tu sais ? J'étais devenu fou. Je déclamais un poème de Rimbaud… Et lui, il est parvenu encore une fois à me maîtriser et me tirer de là. À ce moment même, l'hélicoptère a pu dévider son câble avec la brassière au bout. Jacques m'a ficelé comme il a pu au machin — et puis après, je ne me souviens plus de rien. J'ai dû perdre connaissance pendant qu'ils me remontaient avec le treuil. Moi qui ai toujours voulu savoir quel effet ça fait de voler dans les airs, c'est bien ma chance ! Enfin, ce sera pour une autre fois ! conclut Abel sur le mode bouffon.

— Une autre fois ? demanda vivement Johanna.

— Eh bien oui, une autre fois où je me trouverai dans la merde et où il faudra venir me chercher avec l'hélicoptère… mais où je ne serai alors pas dans les vapes, plaisanta-t-il. Ça doit être grisant !

— Parce que tu comptes regrimper ? Après ce qui t'est arrivé ? »

Une soudaine anxiété perçait dans sa voix. Il s'en amusa et s'écria joyeusement :

« Et comment !

— Oh, ces montagnes ! Ces montagnes ! explosa-t-elle. (Et en même temps elle lui bourrait les côtes de légers coups de poing.) Ces montagnes ! Ces foutues montagnes !

— Oh ! mollo ! Je suis un grand malade », fit-il en riant aux éclats et en lui saisissant les poignets. Il feignit de gémir et ahaner comme un homme à l'agonie.

« Quelle comédie ! Le Dr Chéroux a dit que vous pourriez sortir d'ici dans trois ou quatre jours.

— Je sais bien. Je n'ai rien. Ils ont eu beau chercher. La carcasse est solide. “Le petit Young est simplement dans un grand état d'épuisement”, a dit Chéroux. C'est un génie, non ?… Moi, je voulais sortir aujourd'hui. Je m'emmerde. Et Jacques aussi. Mais ils comptent bien nous garder jusqu'à vendredi. Mme Proust adore me piquer les fesses. Un beau petit cul *made in USA* : ça lui rappelle la guerre, quand elle piquait les beaux petits culs de ses GI's à Étretat. Pas vrai, madame Proust ? » demanda-t-il à l'infirmière qui se trouvait traverser la salle et clamait d'un ton revêche :

« Les visites : plus que vingt minutes ! »

Mme Proust haussa les épaules, méprisante, et poursuivit son chemin :

« Pourquoi tu l'appelles Mme Proust ? demanda Johanna.

— Parce que c'est vraiment son nom ! Et tu ne me croiras jamais si je te dis que son prénom c'est Marcelle ! Pourtant je dis la vérité.

— Na-a-an ! ?

— Je te jure », répondit Abel en levant la main comme pour prêter serment.

Johanna se mit à rire. Puis, redevenue sérieuse, songeuse même, elle demanda doucement :

« Abel, qu'allons-nous faire quand tu sortiras ?

— Ah, *nous* : je ne sais pas, dit-il. Mais *moi*, je vais, avant toute chose, finir…

— Comment ? Comment ? se récria-t-elle. (Elle craignait de trop bien le comprendre.) Finir quoi ?

— L'Aiguille du Fou, tiens ! Je n'aime pas laisser les choses en plan, tu le sais bien. »

Elle s'était redressée, frappée d'un vague effroi qui allait se précisant mais se demandait encore, cependant, s'il plaisantait ou pas.

« L'Aiguille du Fou ? Mais c'est toi qui es fou, mon pauvre ami ! finit-elle par protester. Abel, ce n'est pas vrai… Dis-moi que ce n'est pas vrai… »

Elle quêtait sur ses lèvres le démenti qui ne venait pas. Au contraire, il lui souriait d'un petit air de défi qui l'irritait au plus haut point. Elle s'écria :

« Eh bien, tu ne crois tout de même pas que je vais laisser Servoz…

— Oh ! Mais Servoz… fit Jacques que leur chamaillerie avait éveillé en sursaut et qui saisissait à peu près ce qu'ils se disaient. Servoz, il avait précisément l'intention de remettre ça, lui aussi. Une course inachevée, ça ne se fait pas : ce n'est pas élégant. Alors, on y retourne… Disons : mardi en huit, si c'est le grand beau temps. N'est-ce pas, Abel ? »

Pour toute réponse, Abel fit le signe de la victoire des deux mains tendues.

« Je vous déteste, je vous déteste ! répliqua Johanna avec véhémence à l'adresse du guide. Colette a raison : les montagnards, vous êtes des gens complètement à part. Comme les marins ! Mais c'est votre affaire, après tout : vous, vous êtes d'ici. Abel, lui, c'est à New York City, New York, USA, qu'il est né : il n'a rien à faire avec un fou comme vous. Je vous déteste, je vous déteste ! »

Jacques constata ironiquement, comme s'il se parlait à lui-même :

« Ah bien, c'est gentil ça ! Je lui redescends son bel Abel en vie et voilà comment elle me remercie.

— Pardon ! » dit Johanna piteusement en esquissant un bon sourire pour lequel Jacques, même s'il avait été sincèrement en colère, lui eût tout pardonné en effet.

Abel, pour sa part, lui dérobait des baisers dans le cou mais elle se débattait.

« C'est toi que je déteste, Abel ! dit-elle. C'est toi ! Tu ne peux pas les laisser aux Savoyards, leurs saletés de montagnes ? »

Et lui riait de plus belle.

« Bon, fit Jacques d'un ton faussement bourru. Arrêtez votre bordel. J'aimerais dormir un peu encore. »

Enlacés et les yeux au fond des yeux, les deux amants se tinrent cois un bon moment, n'écoutant que les battements de leurs deux cœurs.

Puis, tout à trac, Abel demanda très tendrement à Johanna :

« Et toi, ma vieille Jones, quelle grosse bêtise tu as faite en mon absence ? »

Elle se mordit les lèvres au sang, baissa le regard. Il y eut un silence embarrassé et Abel se reprocha presque d'avoir posé cette question d'apparence anodine : que voulait-elle lui cacher ? Il craignait de le deviner. Levant à nouveau les yeux sur lui, elle finit par avouer :

« Je me suis amourachée d'un type. Enfin, je ne sais pas pourquoi je dis “un type”, tu le connais : c'est Alec.

— Alec Philips ? »

Elle hocha la tête en signe d'acquiescement. Il n'ajouta rien mais haussa discrètement les épaules tout en lui souriant d'un air vaguement fataliste : une façon muette de dire à la fois : « ça devait arriver » et « bien fait pour moi ! »

Il jouait au beau joueur et Johanna en était toute décontenancée. Elle chercha aussitôt à se justifier mais les paroles lui venaient malaisément :

« Écoute… Tu ne vas pas… Écoute, Abel… Tu ne vas pas me… »

Non, il ne lui reprochait rien. Il ne se départait pas de son indifférence amusée, même si cette indifférence n'était qu'apparente. Mais son silence n'était pas blessant non plus. Et, prenant pitié d'elle, il finit par voler à son secours en demandant très simplement :

« Pourquoi ?

— Pourquoi ?… Pourquoi ?… Qu'est-ce que j'en sais ? Toi, tu sais pourquoi tu es tombé amoureux de moi un beau jour de l'été 64, sur une route de France ? C'est comme ça, voilà tout. Ça ne s'explique pas.

— Ce n'est pas ça que je te demandais. Mais : pourquoi *lui* en particulier ? Pourquoi Alec ?

— Parce qu'il te ressemble, sans doute. Parce qu'il a beaucoup de toi, au fond, et aussi… parce qu'il t'admire. »

Un point pour elle ! pensa Abel. Il goûta l'habileté de la réponse. Mais la suite lui gâcha un peu son plaisir :

« Sauf qu'il ne fait pas d'escalade, lui ! » poursuivit-elle.

Alors, dans un élan passionné, il l'attira contre sa poitrine, la serra affectueusement dans ses bras et répliqua posément :

« Tu vois bien qu'il ne me ressemble pas. C'était bien ce que je pensais. »

Un point pour moi ! se dit-il. Et avec une puérilité charmante il lui tira la langue.

« Oh ! Abel, Abelito *mio* ! murmura-t-elle en l'enlaçant à son tour. Il n'y a que toi, Abel. Il n'y aura jamais que toi… »

Il entrouvrit les draps et elle se blottit tout contre lui. Pouffant de rire, il lui chuchota à l'oreille en en mordillant délicatement le lobe :

« Sais-tu de quoi j'ai envie ? »

En guise d'assentiment, elle émit un petit grognement :

« Mmmmh. Je sais. Moi aussi…

— Eh bien… ici !

— Mais, tu es fou ? Tu n'y penses pas !

— Regarde. Il suffirait de déplier le paravent qu'on place pour les soins du matin.

— Oh, Abel ! »

Elle voulait résister mais se laissait gagner peu à peu par la tranquille assurance et l'insouciante gaieté d'Abel.

« Servoz... », objecta-t-elle encore mais avec moins de conviction.

À ce moment-là, Jacques, qui feignait seulement de somnoler et avait tout entendu de leur conciliabule, se retourna vivement vers la muraille comme on se retourne parfois dans son sommeil, sous le coup d'un mauvais rêve. Les amants échangèrent un regard de complicité amusée. La délicatesse du jeune guide les touchait. Tout les conviait à s'aimer maintenant.

Johanna se leva, déplia le paravent et, tout en dégrafant son chemisier, revint s'allonger contre Abel.

En entendant hurler Marcelle Proust, on crut dans l'hôpital qu'un malade mental tentait de l'étrangler.

« Les visites sont terminées », glapissait-elle quand elle découvrit avec horreur quelle visite très particulière se rendaient les deux jeunes Américains. Le glapissement se fit cri, rauque et déchirant, tandis qu'elle reculait, épouvantée comme à la vue d'un crime de sang : on faisait l'amour dans son service ! Jamais cela ne lui était arrivé. Et Jacques Servoz — un guide, pourtant ! —, Jacques Servoz qui, pris de fou rire, se moquait d'elle en lui citant ironiquement le diagnostic du Dr Chéroux :

« Le petit Young est simplement dans un grand état d'épuisement. »

Abel et Johanna, surpris, interrompirent leurs ébats.

« Merde-merde-merde ! » fut tout ce qu'ils trouvèrent à soupirer tous deux pour se donner une vague contenance.

« C'est que ça ne va pas se passer comme ça ! menaçait la terrible infirmière, quelque peu remise de sa stupeur. Vous allez voir, voyous ! je vais vous dénoncer...

— *Défoncer* ? » comprit Johanna.

Et Abel d'entonner aussitôt à tue-tête les paroles de *Rainy Day Women*, cet hymne des campus américains composé par Bob Dylan à la gloire de la « défonce ».

En trente ans de métier, Mme Proust n'avait jamais

assisté à pareil chahut dans un hôpital. Jacques Servoz répétait au fur à mesure les paroles d'Abel pour les chanter en canon avec son accent traînant de Savoyard, ce qui ajoutait encore à la drôlerie de la chose. Et Johanna, qui avait une jolie voix très haute et savait fort bien imiter la manière de Joan Baez, reprenait au refrain :

Everybody must get stoned !

« Docteur Chéroux ! Docteur Chéroux ! hurla l'infirmière en s'enfuyant. Docteur Chéroux ! »

Ce qui eut pour seul effet de porter à son comble la folie douce qui s'emparait du dortoir et l'hilarité des autres patients : cris de joie, applaudissements, rires — on eût dit que tous avaient oublié qu'ils souffraient…

Ces fous, ils l'avaient enfin gravie la terrible face sud de l'Aiguille ! En un assaut d'une rare aisance qui n'avait pas duré plus de deux journées entre la rimaye et le sommet, et dont l'élégance forçait l'admiration de toute la vallée. Alors, les amis étaient venus les féliciter de leur succès et de leur revanche sur la fatalité, apportant qui des bouteilles de vin et qui des tartes ou des brioches confectionnées par les vieilles des Praz pour l'occasion. Devant le joli chalet aux volets bleus des Servoz, on avait dressé un buffet sur des tréteaux empruntés à la scierie voisine. Pour nappe un drap de lit, dans les arbres quelques lampions de papier restant du bal du 14 Juillet et offerts par la mairie, l'accordéon du gars Charlet, la flûte du Devouassoux « d'en bas », une pyramide de verres à moutarde construite par le gros Pierre qui avait jadis servi au Savoy de Chamonix : c'était assez pour donner un grand air de liesse à cette petite fête improvisée. On dansait dans le pré. On jouait au ballon et aux quilles. On chantait. On riait. Des pétards éclataient de toutes parts, jetés par les enfants. À tout moment sautaient les bouchons de champagne au milieu des applaudissements et des cris de joie. Colette Servoz passait les assiettes garnies de pâtisseries, Jacques s'occupait du service des vins et le petit David se cachait sous la table. Abel et Johanna s'amusaient à danser parodiquement une sorte de tango extravagant, lui jouant au séducteur latino-américain des années 30 et elle à la gitane échevelée d'un cabaret de dernier ordre. Sur l'air de la

Cumparsita, ils se contorsionnaient et donnaient de grands coups de rein cocasses, claquant dans leurs doigts et lançant des *olé !* à chaque pirouette. Autour d'eux s'était formé un petit cercle d'invités qui scandaient la mesure en battant des mains et bientôt organisèrent une ronde. Puis, sans transition, le gars Charlet enchaîna avec *Kalinka* et Abel, s'accroupissant, se mit à danser à la russe. Il lançait les jambes de plus en plus vite et finit par tomber à la renverse dans l'herbe où il roula, enlacé à Johanna qui s'était jetée sur lui.

« Mon amour !

— Oh ! toi. Toi ! »

Riant à perdre haleine, ils dévalèrent ainsi tous deux la pente légère de la prairie pour ne se relever qu'à la barrière.

« C'est bon de vivre », dit Abel en fourrageant dans les cheveux de Johanna entremêlés d'herbe et en la baisant sur les lèvres.

Elle se dégagea d'entre ses bras et ajouta :

« Ce serait meilleur encore si tu ne me flanquais pas de ces peurs bleues avec tes foutues montagnes !

— Non. Parce que pour moi ce serait vivre à moitié que de ne pas grimper, tu le sais bien, mon amour ! Tu sais quelle pauvre loque j'étais avant de connaître Thomas Haynes, le Yosemite et tout ça. Tu aurais vu à quoi je ressemblais !

— Abel, je le sais en effet, mais Thomas n'a été qu'une occasion parmi d'autres de franchir ce pas que tu avais décidé de franchir de toute façon. Au moment où tu as fait sa connaissance à Berkeley, tu avais déjà cette volonté en toi de t'en sortir, de ne plus souffrir. Oui, tu voulais te prendre en main, apprendre à oublier tout ce qui t'était arrivé : ton suicide manqué, ces innombrables maladies que tu as traînées après, ces affreux complexes qui faisaient de toi une loque, c'est vrai. Un beau matin, tu t'es dit : "*Basta !* Maintenant, je veux être heureux. Et je le serai !" — tu me l'as souvent raconté.

— Oui. Je me rappelle même m'être dit : "Ton héros, tu l'as trouvé ! À partir d'aujourd'hui, ce sera toi." Mais encore a-t-il fallu les montagnes. Ç'aurait pu être le surf, ou la moto, ou Dieu sait quoi. Il se trouve que ç'a été les montagnes et que je n'y peux plus rien, Johanna. Crois-tu que je laisserais tomber ce qui fait que, maintenant, quand je me regarde dans une glace, je ne détourne pas aussitôt les yeux, mais qu'il m'arrive au contraire de penser : "Tiens ! voilà un type bien" ? D'ailleurs, c'est idiot de ma part de vouloir comparer l'alpinisme au surf ou à la moto. Il y a une chose de plus dans les montagnes, une chose qu'il y a aussi dans la mer et le désert : lorsque tu t'es engagé, il n'est plus question de reculer ou de crier : "Pouce ! je n'en peux plus." Il faut aller jusqu'au bout. Au bout de la course, au bout de toi-même. Et c'est comme ça qu'à mon sens doit être la vie même. Il ne doit jamais y avoir de place pour le compromis, le renoncement, l'abandon... Mon amour, ne me demande pas de choisir la médiocrité : toi non plus, tu ne le supporterais pas si tu m'aimes vraiment.

— Oh ! Tu le sais que je t'aime, Abel ! Mais il est si difficile d'aimer quelqu'un de fort et de sûr de soi comme toi, l'interrompit Johanna en l'embrassant.

— Fort, moi ? se récria-t-il. Sûr de moi ? Tu te moques, ma vieille Jones, non ? Que crois-tu ? Je fais semblant, peut-être un peu mieux que d'autres mais je fais semblant, moi aussi. Ce n'est pas parce qu'on joue au petit soldat avec de gros cailloux et des petits bouts de glaçon qu'on est un homme. Il y faut sûrement quelque chose de plus — et je ne sais toujours pas quoi ! Ou plutôt, si ! Je le sais. Il y faut tout ce qui fait que Jacques s'en serait tiré tout seul de notre sale aventure, alors que moi je serais mort s'il n'avait pas été là. Je suis si vulnérable, Johanna. Si fragile. Oh ! bien sûr : j'ai vingt-quatre ans et je suis amoureux, et intelligent, et éduqué, et pétant de santé, tout ça. Et comme j'ai réchappé déjà deux fois à la mort, je me dis que j'y échapperai une troisième fois. Que je dois être élu à ma manière. Oui, je suis terriblement heureux. Mais, bon sang ! je crève de peur, pourtant ! Je suis comme toi, Johanna : je crève de peur. Et je ne suis au fond qu'un petit garçon, un pauvre petit garçon qui a encore besoin de sa M'a... »

Johanna lui caressa la joue très maternellement et murmura :

« Abel, à ce propos : ta M'a, tu devrais l'appeler. Lui dire que tout va bien. Tout ça.

— J'y pensais, justement, répondit Abel. Et en riant, il ajouta : Je veux qu'elle sache qu'elle peut être fière de son petit garçon. »

Main dans la main, ils remontèrent le pré jusqu'au chalet. Ils furent entraînés dans une farandole et, tout en virevoltant, s'en dégagèrent pour continuer leur chemin vers le buffet où Jacques faisait couler le champagne en cascade du haut de la pyramide de verres.

« Voici notre héros ! » s'écria-t-il joyeusement en voyant Abel s'avancer.

Des guides, qui portaient un toast aux deux hommes, bourrèrent le jeune Américain de petites chiquenaudes affectueuses sur la nuque et des femmes voulurent se pendre à son cou pour l'embrasser comme on embrasse sur le podium le champion après la victoire. Avec une bouffonnerie charmante, Abel bomba le torse et esquissa des poses de vainqueur vaniteux. Puis il prit Jacques par le coude et, en aparté, lui demanda s'il pouvait appeler les États-Unis au téléphone.

« Mais, bien sûr, mon grand ! répondit Servoz. Depuis combien de temps n'as-tu pas eu de nouvelles de ta mère ? »

Abel remercia et poussa la porte du chalet. Il entra dans la vaste cuisine ancienne dont la grande table de réfectoire était jonchée de verres et d'assiettes sales. À même le robinet de l'évier, il but une gorgée d'eau puis s'assit sur un tabouret dans la pénombre du garde-manger attenant où se trouvait installé le téléphone mural. Il composa le numéro de l'international et demanda la Californie à l'opératrice, laquelle lui indiqua aussitôt qu'il y aurait entre quarante minutes et une heure d'attente.

Eh bien, il attendrait. Il n'était pas mécontent d'attendre — au contraire : il se sentait inexplicablement heureux de se trouver pour quarante minutes ou une heure à l'écart de la liesse, seul avec lui-même dans la fraîcheur de cette pièce qui embaumait la pêche et le melon. La jolie fête champêtre, il pouvait continuer de la suivre de l'œil à travers le petit fenestron ouvert au-dessus des claies grillagées où l'on rangeait les fruits : sous les frondaisons bleues, dans l'obscurité limpide de ce beau soir d'été, à voir ces jeunes couples valser au son de l'accordéon, ces vieux et ces vieilles goûter sur l'herbe, ces enfants jouer à colin-maillard entre les arbres du verger, on eût dit de quelque tableau de l'âge d'or flamand. Il y avait dans ces réjouissances une allégresse un peu folle qui le poussait, par contraste, à une sorte de mélancolie douce, envoûtante. Il était ici à entendre les flonflons du *Beau Danube bleu* mais il était aussi là-bas, à Modesto, écoutant sa M'a qui lui chantonnait *Frère Jacques* pour endormir sa peine tandis qu'il se trouvait allongé, immobilisé dans un plâtre, au fond de son petit lit étroit. Au fil de ses pensées nostalgiques, des scènes de son passé lui revenaient en mémoire par bouffées d'une prenante intensité. Il se revit vautré au milieu de ces livres qui lui avaient été la seule consolation en ces temps de malheur. Dans ces romans, qu'il lisait et relisait fiévreusement des journées entières, des enfants miséreux, souffreteux et abandonnés de leurs parents dès le premier chapitre, devenaient par la suite de brillants aventuriers et, dans les dernières pages du récit, finissaient riches, aimés, craints et respectés. Abel se disait qu'il en irait ainsi de sa destinée d'orphelin et de bâtard : par sa seule volonté, il vaincrait à la longue l'adversité. Mais jamais il ne devrait rien à personne.

Ce n'était pas là simple velléité d'enfant. Quand, huit jours après son suicide manqué, Eliott E. Emerson voulut lui rendre visite à l'hôpital, il refusa de le voir. Son père força la porte de la chambre et entra, les bras chargés de cadeaux encore plus nombreux et somptueux qu'à l'ordinaire. Ostensiblement, Abel feignit de dormir profondément tout le temps qu'il se trouva à son chevet. Eliott repartit, bouleversé, en abandonnant au pied du lit les paquets enrubannés. Il pensait que la curiosité finirait bien par l'emporter sur cette détermination butée. Après tout, son fils n'avait que dix ans. Mais, c'était bien mal le connaître que de penser qu'il céderait un jour. Madeleine avait eu beau le supplier, rien n'y avait fait : Abel refusait à tout jamais de revoir l'homme à la Cadillac, le « Père Noël » dont les visites fabuleuses avaient illuminé son enfance. Pourquoi l'avait-il si lâchement abandonné à sa naissance ? Pourquoi n'avait-il jamais eu la délicatesse de lui parler de sa mère, de sa vraie mère : Lauren ? Pourquoi venait-il encore le voir ? Croyait-il donc se faire pardonner son geste abject, la bassesse de son âme en lui offrant quelques jouets — d'ailleurs, pour la plupart, de ces jouets de « gosses de riches » trop sophistiqués pour qu'on pût vraiment jouer avec et qui semblaient à Abel, maintenant qu'il commençait à raisonner comme une grande personne, une sorte d'insulte à la modestie de leur existence à sa M'a et lui —, quelques coûteuses babioles trois fois l'an ? Ce n'était pas de charité qu'Abel avait besoin, mais d'amour.

Ne le comprenaient-ils pas, ces psychologues et ces pédiatres qui se penchaient sur son dossier médical pour décréter doctement que « le cas du petit Abel Young était désespéré » ? De service d'hôpital en service d'hôpital, ils le renvoyaient, le rejetaient à sa solitude et à sa détresse morale. Ils lui découvraient toutes sortes de troubles mentaux dont il ne souffrait pas et ignoraient avec superbe ces maladies imaginaires, mais bien réelles aussi, par lesquelles l'enfant exprimait désespérément ses frustrations et cet angoissant sentiment d'être différent. « Il est trop sensible ! Il est trop gros ! Il est trop fragile ! Il est trop renfermé ! Il est trop couvé » — c'était un procès continuel de la part de ces hommes de science, des reproches qui laissaient la douce Madeleine désemparée et bourrelée de remords. À elle, pauvre ignorante, il lui semblait pourtant qu'Abel avait besoin de plus d'affection que les garçons de son âge. Et il lui arrivait de se révolter quand on lui faisait grief de ses débordements de tendresse à l'égard du « bâtard ». « Je suis peut-être une idiote, mais je le connais mieux que vous ! Je sais ce qu'il lui faut », se récriait-elle quand on lui opposait de savants raisonnements sur la façon d'éduquer les enfants.

Qui avait tort, qui avait raison ?

Mais qui pouvait, à moins d'être dénué de toute espèce de sentiment humain, ne pas prendre en pitié ce gros jeune homme de dix-huit ans, pataud, soufflant et suant, d'une intelligence aiguë mais que sa timidité morbide empêchait de faire valoir complètement, lorsqu'il entra à l'université de Berkeley en 1960 ?

Six ans plus tard, Abel revivait en un saisissant raccourci les années de délivrance qui avaient suivi, les années d'apprentissage pendant lesquelles, telle la larve changée en papillon, l'adolescent torturé qu'il était avait mué en un homme libre et heureux de la vie. Heureux au point d'en goûter chaque moment avec un égal bonheur, fût-ce le temps de la longue attente d'une communication avec les États-Unis.

Pour cela, il y avait eu la musique de Bob Dylan, des Beatles et des Beach Boys et il y avait eu la poésie de Rimbaud. Il y avait eu l'amour de Johanna et la marijuana. Il y avait eu le bouillonnement des idées neuves sur le campus, le mouvement *Turn on*, *Tune in*, *Drop out* — « branchez-vous, vibrez, décrochez ! » — et il y avait eu Thomas Haynes entrant un jour dans sa chambre sans prendre la peine de frapper et déclarant : « À ce qu'il paraît, je serais ton *roomate*, le type avec qui tu dois partager cette pourriture de piaule. »

Thomas ployait sous une lourde ferblanterie dont Abel s'était aussitôt demandé à quoi cela pouvait bien servir. « À grimper, pardi ! » avait répondu Thomas, jetant là sous le lit mousquetons, pitons, coins et marteaux.

Puis, les saisissant par le fond, il avait retourné trois gros rucksacks et toute une bibliothèque de poètes français s'était répandue sur le sol.

« Victor Hugo, Lamartine, Ronsard, Baudelaire, Verlaine, Cocteau, annonça-t-il comme s'il faisait de la réclame. Tu as le choix, tu vois !... Mon nom, c'est Thomas. Toi, c'est Abel, à ce qu'on m'a dit.

— Abel Young.

— Thomas Haynes. Je tiens à Thomas, note-le bien. Tommy ou Tom, je ne supporte pas.

— Je t'appellerai Thomas. »

Thomas Haynes possédait un minibus Volkswagen et disposait de cinq cents dollars d'argent de poche par mois. Thomas Haynes sortait des filles à dîner au Fisherman's Wharf ou à Chinatown et leur faisait l'amour dans une chambre du Fairmont qu'il lui arrivait de louer pour la nuit. Thomas Haynes escaladait le Sentinel Rock et le Capitan par des voies nouvelles et son portrait illustrait la couverture du *Comment connaître la montagne* des éditions Events. Thomas Haynes courait le cent mètres en onze secondes et deux dixièmes et aurait pu mieux faire s'il avait pris la peine de s'entraîner. Thomas Haynes pouvait déclamer d'affilée les mille premiers vers de la *Légende des siècles* et jouer au saxo *Blue Moon* et *Moonlight Serenade*. Thomas Haynes fumait de gros havanes et buvait à la bouteille du cognac japonais — « si ! si ! japonais ». Thomas Haynes s'habillait d'un vieux blue-jean effrangé et d'une chemise de smoking à col glacé et jabot de dentelle sous un gilet de trappeur en peau de buffle. Thomas Haynes avait des conversations téléphoniques de plus d'une heure avec une star de Hollywood qu'il appelait « ma tante » mais qu'il traitait avec la familiarité qu'on réserve d'ordinaire à une petite amie. Thomas Haynes entrait à Berkeley précédé d'une flatteuse légende de « coqueluche des collèges » — il méritait bien son surnom de Thomas le Magnifique.

Eh bien, Thomas le Magnifique fut le premier à considérer gentiment cette pauvre cloche d'Abel Young, le premier à ne pas se moquer de son allure maladive ni de sa démarche poussive, le premier à ne pas le traiter de *sissy*. Très simplement, il lui donna une affectueuse accolade et lui dit :

« Si tu veux, tu peux. Il suffit de s'aimer tel qu'on est pour devenir celui qu'on aimerait être. Viens donc avec moi, pauvre vieille chose, je t'apprendrai à grimper.

Quand tu seras accroché à un vieux bout de rocher au-dessus du vide, tu n'auras pas le temps de te trouver moche. Et d'ailleurs, à ce moment-là, tu seras beau, tu verras... »

Il avait raison, Thomas ! Et M'a aussi, de n'avoir jamais désespéré. Abel n'était-il pas aujourd'hui l'image même de la joie de vivre ?

La sonnerie du téléphone retentit enfin, interrompant net sa rêverie. Fébrilement, il décrocha l'écouteur. Le bruissement des circuits ressemblait à la rumeur de l'océan — tout cet océan immense qu'il y avait entre lui et elle ; elle qu'il imaginait là-bas, adossée à la porte vitrée de la cabine téléphonique du petit café comme pour se retenir de ne pas glisser à terre, si grande était son émotion. Il voyait son beau visage ravagé par les chagrins et cependant souriant, jeune encore ; ses yeux embués de larmes : « C'est si bon d'entendre *son* Abel », dirait-elle, Abel le savait. En esprit, il écrasait délicatement un pleur qui lui coulait, furtif, le long du nez et qu'elle ne prenait pas la peine d'essuyer dans un pan de son tablier.

« Abel, oh ! Abel. C'est toi, dit-elle, la voix très blanche. Tu as reçu mon télégramme.

— Non. Quel télégramme ?

— Abel, tu ne sais donc rien ?

— M'a, de quoi parles-tu ? Je ne comprends pas.

— Ton père, Abel.

— Je n'ai pas de père.

— Abel ! Abel, écoute-moi. Ne fais pas ta mauvaise tête.

— Pourquoi me parles-tu de mon père tout à coup ?

— Abel, je t'en prie ! Écoute-moi, mon chéri. Il faut m'écouter.

— M'a, qu'y a-t-il enfin ? Pourquoi es-tu si bouleversée ?

— Abel ! Emerson... Ton père... Il est en train de mourir. En France où tu te trouves ! À Saint-Jean-Cap-Ferrat, sur la Côte d'Azur...

— Eh bien ?...

— Il a demandé à te revoir, Abel.

— Quoi ?

— Tu as très bien entendu.

— Que j'aille le revoir ?

— Oui. Une dernière fois, Abel. Il veut t'embrasser une dernière fois. Tu ne peux pas lui refuser cela.

— Je n'irai pas, M'a.

— Abel !

— Il n'en est pas question.

— Oh ! Abel, ne lui fais pas cette peine, je t'en supplie. Depuis huit jours, il m'appelle tous les soirs ou me fait appeler quand il est trop faible pour parler. Abel, si tu l'entendais, tu prendrais pitié de lui, crois-moi.

— M'a, je ne veux pas renouer avec tout ce passé. J'ai tiré un trait là-dessus, une fois pour toutes. Je n'ai pas envie d'y repenser aujourd'hui. Aujourd'hui, je suis heureux. Je fête l'ascension de l'Aiguille du Fou, je fête mon amour pour Johanna, je fête mes vingt-quatre ans. Alors, ne me demande pas de…

— Je te le demande pourtant, mon grand. C'est un devoir que tu rends, à un mourant, si ce n'est que ça. Un inconnu te dirait : "Rendez-moi ce service pour mon père", hésiterais-tu ? Or, c'est de ton père qu'il s'agit, Abel, de ton père !

— Mon père !

— Celui qui paye tes études et ta pension…

— Oh, non, M'a ! Pas ça ! Je t'en prie. Il me semble que c'était de sa part la moindre des choses, non ? D'ailleurs, c'est autant pour lui-même que pour moi, s'il l'a fait. Il a voulu que je sois un… Emerson, tu le sais bien !

— Mon amour…

— Je n'irai pas, M'a. Il est inutile d'insister.

— Mon amour, montre-toi magnanime. Montre-toi digne de cet Abel Young que tu es devenu, de ce héros… Les gens vraiment grands, les gens vraiment heureux sont ceux qui savent oublier les offenses…

— Oh, M'a. C'est si difficile.

— Ne pleure pas, Abel. Je comprends. Je comprends très bien ce que tu ressens. Mais il faut être fort, mon amour. Il le faut. Pour toi-même. Et pour ta M'a… »

C'était en vain que Madeleine l'implorait : sans savoir précisément pourquoi, Abel pleurait en effet. Mais tant de sombres questions l'agitaient soudain, tant de souvenirs douloureux lui revenaient en mémoire. Et, par contraste, il y avait tant et tant de gaieté dans ces rires et ces chants des gens des Praz qui dansaient encore sur le pré devant le chalet tandis que le fenestron du garde-manger s'emplissait d'un petit pan de ciel crépusculaire bruissant d'insectes qui crissaient dans l'air transparent et doré…

Pourquoi fallait-il que ce moment d'harmonie et d'ivresse légère fût gâché par le retour inopiné dans sa vie de ce passé qui lui faisait horreur et qui avait nom : Emerson ?

Abel se tut et Madeleine ne voulut pas reprendre la première le fil de leur difficile débat. Chacun pouvait entendre distinctement le souffle de l'autre, à la fois proche et lointain. C'était comme un chuchotis amoureux qui n'avait de sens que pour eux deux : ils ne se disaient plus rien mais, très profondément, se comprenaient. Abel céderait bientôt et Madeleine lui laisserait faire seul le chemin : son Abel, elle le connaissait assez pour savoir qu'il finirait par dire oui.

Il irait voir son père.

« Que me veut-il, M'a ? finit-il en effet par demander à voix basse après s'être quelque peu ressaisi. J'ai peur, M'a. J'ai peur de…

— Que crains-tu, mon grand ? Il veut t'embrasser sur son lit de mort, m'a-t-il dit. Rien d'autre qu'une dernière volonté. Et puis : il est ton père, après tout. Et Dieu sait s'il a aimé ta pauvre mère — je l'ai su par Harry Rienzo, son chauffeur. Te souviens-tu de Harry ?…

— Oui.

— Il m'a tellement parlé de cette pauvre Lauren. De leur passion à tous deux.

— M'a ! Je n'ai pas envie d'entendre ces choses-là.

— Pardonne-moi, mon chéri.

— M'a, c'est tout ça qui me fait peur, justement :

Emerson voudra me parler de maman. Je ne suis pas sûr de pouvoir le supporter.

— Mais, que vas-tu imaginer ? Ton père veut te revoir parce qu'il a des remords, des regrets : voilà tout. Que crains-tu ?

— Je ne sais pas. Mais tout ce qui touche de près ou de loin à cette histoire…

— Eh bien, cette histoire, comme tu dis, ne vois-tu pas qu'elle va ainsi prendre fin ? Il s'agit d'un aller-retour, de cinq ou six jours sur la Côte d'Azur. Après ça, Emerson sortira de ta vie à tout jamais. Ton passé, tu pourras l'oublier enfin. Ne le comprends-tu pas, Abel ? Quand tu auras vu ton père, quand tu l'auras embrassé, que tu lui auras pardonné comme il te le demande, une nouvelle existence commencera pour toi, mon amour. Tu te sentiras libéré : ce sera comme si tu avais tout effacé d'un coup. Pour renaître… »

Abel ne répondit pas tout de suite.

Il se moucha soigneusement, massa ses yeux douloureux, croqua à belles dents dans une petite pomme reinette qui traînait sur une claie, leva le regard vers le fenestron : Johanna, la tête passée dans l'encadrement de bois peint, lui souriait.

« Ah, tu étais là ? »

Il lui tendit la moitié du fruit dans lequel il venait de mordre.

« Ça va ? » s'enquit-elle affectueusement.

Il acquiesça d'un plissement des paupières et lui envoya un baiser qu'il souffla dans le creux de sa paume de main.

« Abel ? Abel ? » s'inquiétait Madeleine qui ne percevait plus le halètement haché de sa respiration.

Alors, parfaitement rasséréné, presque triomphant, il finit par admettre :

« M'a, tu as raison. »

Et il ajouta avec quelque solennité :

« J'irai. Je partirai cette nuit même. »

À mi-chemin entre Nice et Monte-Carlo, en cet endroit où la Côte d'Azur commence à prendre des allures de Riviera, la presqu'île du cap Ferrat ressemble à quelque gros aviso échoué parmi les yachts qui sillonnent la baie de Villefranche. Des alluvions de terre rouge, une végétation semi-tropicale en ont peu à peu recouvert les superstructures dirait-on, et ce ne sont que frémissements d'ombre et de verts profonds, de gris argentés, de tendres violacés. À moitié cachées par les pins maritimes, les aloès, les lauriers-roses, les palmiers et d'exubérantes bougainvillées, on entrevoit les façades blanches, ocre ou rosées d'orgueilleuses villas dressées en haut des jardins en terrasse ; et, parfois, tel un éclat de glace, quelque bassin étincelant au soleil, quelque éblouissement fugace…

La Corniche poursuit son tracé fantasque vers l'Italie, laissant là, comme si elle n'avait pu les charrier plus loin, les plus belles propriétés de la côte. Nulle part en Europe, peut-être, n'est rassemblé sur si peu d'espace autant de luxe, de grandeur, d'extravagance et de beauté. Nulle part on ne peut voir de si courtes avenues et allées parcourues par tant de silencieuses Rolls-Royce et tant de rugissantes Ferrari. Nulle part la richesse ne se cache et ne s'affiche tout à la fois avec une si grande subtilité. S'il est un paradis des milliardaires, c'est ici que, précipitant dans les flots miroitants un grand pan de rocher couleur de sang décroché du ciel, Dieu l'a voulu…

Mais tout comme l'enfer, ce paradis-ci a ses cercles et ses girons. Parce que la fortune, fût-elle extrême, a ses degrés. Et qu'entre élus on sait aussi se distinguer. Si l'on veut être reconnu au saint des saints, ce n'est pas tout de posséder une villa à Saint-Jean-Cap-Ferrat, encore faut-il que cette villa ait un accès à la mer et qu'on y voie, au bout d'un ponton à demi rouillé, danser sur la vague un Riva négligemment amarré. En six ou sept endroits, le chemin des douaniers qui court le long du rivage de la presqu'île a la délicatesse de s'incurver et d'entrer dans les terres pour laisser à six ou sept domaines le privilège inestimable d'être bordés d'eau. Parmi ceux-là, le parc à l'anglaise et les jardins à l'italienne de la villa Emerson…

La *Gioconda* est un palais de style palladien construit au tournant du siècle dernier sur les plans d'un architecte anglais. Murs crépis de vieux rose, vaste colonnade de marbre de Paros ouvrant en demi-cercle sur les terrasses qui dominent la baie de Villefranche, orangeries et serres de fer forgé et de verre coloré modern'style, immense piscine dessinée sur le modèle du bassin de la villa Hadrienne et, comme celui-ci, bordée de copies de statues antiques, labyrinthes de buis et d'ifs taillés reproduisant ceux de la villa Médicis, roseraies où l'on cultive la *Kay Emerson* feu et la *Triomphe Emerson* thé, pinèdes et palmeraies, tennis couverts et découverts, jeu de paume et jeu de croquet, pavillon de musique rapporté pierre à pierre d'une folie viennoise du dix-huitième siècle, pagode offerte par le Bao Daï, aire d'atterrissage pour les hélicoptères, enfin la fameuse grotte marine creusée artificiellement dans la falaise pour y accueillir canots et hors-bord : faut-il encore décrire cette villa si célèbre qui figure en couverture des *Cent plus belles demeures du monde* des éditions Events ?

Quand, pressant le bouton que tenait un lion de bronze dans sa gueule, Abel sonna à l'imposante grille de ferronnerie ouvragée, il eut aussitôt la désagréable impression d'être surveillé. Il leva les yeux vers un olivier dont le feuillage argenté dépassait de la muraille et son regard fut attiré par un éclat de lumière : une caméra dissimulée dans les branches le filmait à son insu. Ce que découvrant, il ne put s'empêcher de se recoiffer à la hâte et de se composer une sorte de sourire humble. Puis, il se mit à rire : il n'allait certes pas se soumettre avec autant de bonne volonté à cette déplaisante enquête ! Il devait montrer aux Emerson que cette démonstration de puissance ne l'intimidait pas. Pour qui se prenaient-ils donc, ces goujats ? Avaient-ils seulement le droit de filmer ainsi les gens sans qu'ils en fussent informés ? C'était là manières de ruffians de la mafia, jugea-t-il. Et comme la réputation d'élégance des Emerson lui paraissait dès l'abord usurpée, il se surprit à en éprouver une sorte de déception, lui qui, tout au long du voyage qui l'avait mené ici, s'était promis de savoir se montrer indifférent à tout ce qu'il verrait à la *Gioconda*.

Indifférent aussi, du moins en apparence, à tout ce qu'il pourrait ressentir intérieurement en revoyant plus de dix ans après celui qui, depuis toujours, était son père et ne l'avait jamais été…

Ostensiblement, il tourna le dos à l'objectif et attendit qu'on daignât lui répondre. Il ignorait qu'une seconde caméra, plus habilement cachée encore, le filmait alors de face, en pleine lumière.

Enfin, une voix grésilla dans la plaque grillagée de l'interphone que le lion de bronze tenait entre ses griffes. Accent indubitablement anglais, intonations inénarrablement efféminées, ton rogue et morgueux :

« La porte de service se trouve un peu plus loin, lui fut-il répondu en excellent français. Et de toute façon, mon garçon, si c'est l'Agence niçoise des gens de maison qui vous envoie, il est trop tard. La société Legrand nous a fourni ce matin le jardinier dont nous avions besoin. »

Là-bas, dans la villa, le combiné fut sèchement reposé sur son socle.

Silence — seules crissaient les cigales dans l'air torride et odorant. Abel, amusé, attendit quelques instants avant de resonner. D'avance, il jouissait de l'exaspération qu'il n'allait pas manquer de provoquer, en le rappelant, chez le distingué domestique qui venait de lui répondre aussi insolemment. Se retournant vers la caméra nichée dans l'olivier, il ouvrit la braguette de son blue-jean délavé et se mit à uriner contre la grille tout en poussant l'interrupteur de l'interphone pour la seconde fois.

« Mais enfin !... Voulez-vous bien me foutre le camp ! Immédiatement ! Ou je fais donner les chiens. »

Le ton, si précieux et dédaigneux, s'était fait tout à coup ordurier.

« Mais enfin !... Voulez-vous bien m'ouvrir, demanda très posément Abel en retour. Et, entendant un berger allemand gronder dans l'appareil, il ajouta, mais avec une pointe de raillerie dans la voix : Ou je fais donner mon père, M. Emerson.

— Vous êtes... Oh, mon Dieu ! Vous êtes... M. Young ? C'est cela, n'est-ce pas ? »

Là-bas, le vieux Geoffrey s'étranglait de saisissement et d'horreur : sa première gaffe en quarante ans de bons et loyaux services !

« Oh, mon Dieu ! Monsieur... Mon Dieu, Monsieur... » ne savait-il plus que répéter stupidement maintenant. Et la vulgarité méprisante avait fait place à la rampante obséquiosité.

« Oh, Monsieur... Monsieur... »

Abel jugeait la scène assez divertissante : c'était donc cela le monde factice des convenances et de la bonne éducation, c'était donc cela la fameuse politesse du grand monde ! L'envie le prit de poursuivre sur le ton de l'ironie légère :

« Abel Young, pour vous servir », se présenta-t-il en riant.

Mais déjà les grilles, dont l'ouverture électronique était commandée de la villa, pivotaient sans à-coups sur leur axe bien huilé, sans bruit...

Jetant sur son épaule le sac de voyage en toile qu'il avait emprunté à Jacques, Abel s'avança dans l'allée triomphale. Le gravier rose crissa d'un air de reproche sous la semelle de caoutchouc de ses tennis, propres mais élimées : c'était assurément la première fois que ces pesantes grilles de fer forgé noir et doré s'ouvraient pour laisser passer un simple piéton. Le visiteur accédait toujours à la *Gioconda* en limousine. Ou en hors-bord s'il venait de la mer. Ou en hélicoptère si, bienheureux parmi les heureux mortels à avoir l'honneur d'être invités par les Emerson, il descendait du ciel…

Intrigué, un chauffeur qui polissait à la peau de chamois la carrosserie fraîchement lavée d'une Bentley décapotable s'interrompit dans son travail pour le regarder passer. Deux jardiniers levèrent le nez des mottes de terreau qu'ils empotaient dans des vasques de pierre et s'entre-regardèrent, surpris. Ce gars-là, estimèrent-ils tous deux sans avoir à se le dire, il ne fera pas long feu à la *Gioconda* : pas rasé comme il se présente, avec ses cheveux longs et cette façon impertinente de sourire ! Geoffrey va le faire vider par Murphy, l'intendant, en moins de temps qu'il ne faut pour y penser…

Quelle ne fut pas leur stupeur quand ils virent le valet de chambre d'Eliott E. Emerson en personne s'élancer du perron et se précipiter à sa rencontre pour l'accueillir et le décharger de son mince bagage !

« Oh, Monsieur ! Monsieur ! bafouillait le vieux domestique, rouge de confusion et le front inondé de sueur. Comment me faire pardonner, Monsieur ? Je suis déshonoré à jamais.

— Ça va, ça va, mon vieux ! fit Abel en retenant de la main le sac de voyage à son épaule. Je peux porter ce machin.

— Monsieur, je vous en supplie ! Laissez-moi au moins… » implora le domestique en tentant de s'emparer subrepticement de la courroie.

Mais Abel résistait. Et il affirma sur le ton de la plaisanterie :

« Je vous assure que mon père n'en saura rien. »

Le vieil homosexuel semblait, à vrai dire, tout aussi bouleversé d'avoir commis un impair que de découvrir maintenant la virile beauté du fils de son maître : en le devançant sous le péristyle à l'antique de la villa pour lui ouvrir la porte à deux battants, il manqua une marche. Abel le retint de tomber : ce fut avec une effusion effarouchée et en baissant timidement les paupières qu'il le remercia.

« Oh, Monsieur, Monsieur... Mon Dieu ! Et moi qui... Mon Dieu, Monsieur, c'est affreux ! Je n'y survivrai pas... »

Le jeune visiteur s'amusait de plus en plus, mais sans en rien laisser paraître.

Cependant, quelque dépit qu'il en eût en son for intérieur, il se sentit brusquement intimidé en pénétrant dans le grandiose hall d'entrée de la *Gioconda*. Il leva les yeux sur le massif lustre de cristal taillé et les nymphes qui dansaient dans le ciel bleuâtre et crayeux de la coupole. Lentement, il laissa glisser le sac de son épaule sur son bras et jusqu'à ses pieds. Alors, Geoffrey, soupirant d'aise, put enfin remettre promptement l'informe chose entre les mains d'une femme de chambre qui disparut par une porte dérobée aussi vite qu'elle était entrée.

« Si Monsieur veut bien me suivre, dit-il. Monsieur le père de Monsieur m'a demandé d'introduire Monsieur auprès de lui dès son arrivée ici. »

Abel sentit son cœur cogner plus vite dans sa poitrine. Il avait beau vouloir se composer un air d'indifférence distante et lasse, la fatigue du voyage qu'il avait accompli de nuit en auto-stop et la violente émotion qu'il ressentait en ce moment précis étaient les plus fortes. Idiot ! se dit-il : ce devrait tout de même être plus aisé que l'Aiguille du Fou ou le Couloir Gervasutti dans la tempête. Il inspira profondément, bloqua l'expiration un instant. Puis, il s'avança, à demi rasséréné mais suivant pas à pas Geoffrey qui le conduisait par d'imposantes galeries pavées de marbre rose et blanc. « Dans les passages difficiles, sur terrain accidenté ou crevassé, tu dois te comporter comme un chat » — était-ce à cause des luisances de ce pavement en damier soigneusement ciré et très glissant qu'il se souvint à l'improviste du conseil que lui avait un jour donné son guide sur le glacier de la Brenva ?

« Dans les passages difficiles... » : instinctivement, il

adopta la démarche souple et coulée des félins. Déjà il surmontait son appréhension. « À nous deux, Emerson ! » ne put-il s'empêcher de formuler en lui-même tandis que le valet de chambre poussait délicatement du bout de ses doigts gantés de blanc une porte de miroir qui s'ouvrit en silence.

Abel y vit sa silhouette bien découplée et son beau visage hâlé et mâle d'aventurier basculer dans la pénombre bleutée de la chambre…

La chambre.

C'était à peine s'il y distinguait dans l'ombre, pâles éclats fantomatiques flottant dans le peu de lumière qui filtrait d'entre les doubles rideaux de velours sombre, le mobilier Louis XV de bois doré, les guéridons et les crédences Haute Époque surchargées de bibelots anciens ; enfin, tels les spectres grimaçants qui hantent les cauchemars du héros dans un drame shakespearien, trois personnages au teint blafard, tout vêtus de noir et qui se tenaient debout au pied du lit où agonisait son père.

Jeremy, pensa-t-il. Mon… eh bien : mon *frère* ! Puis, ma *sœur*, sans doute. J'ai oublié son nom si je l'ai jamais su — elle est plus jeune que moi…

Et là, leur mère : Kay Mc Kay. C'était ainsi que l'appelait Madeleine les rares fois où elle parlait de Mme Emerson.

Abel s'avança en saluant la terrible assistance d'un hochement de tête discret. Il éprouvait un vague sentiment de gêne en présence de ces visages blêmes ; d'effroi même — sans qu'il pût savoir pourquoi. Un instant, quand il s'aperçut que tous trois étaient en deuil, il craignit d'être arrivé trop tard et que son père fût décédé, déçu de ne l'avoir revu. Il en conçut lui aussi une sorte de déception, ce dont il se trouva surpris : qu'Emerson fût mort ou vivant, que lui importait ?

Mais non ! Il ne pouvait se départir d'un sentiment de compassion qui se faisait insidieusement jour en lui. Et il fut content quand il perçut le sifflement irrégulier de la respiration dans le masque à oxygène. Il s'approcha...

Il s'approcha encore.

Jeremy, saisi, sursauta et esquissa le geste de l'arrêter. Kay, à son tour, le dévisagea dédaigneusement tout en articulant un reproche muet à l'adresse de Geoffrey : le valet de chambre était-il devenu fou ? Laisser entrer cet intrus ici, ce misérable ! Qui était-il, d'ailleurs ? Le nouveau jardinier dont avait besoin Joseph, sans doute, ou quelque autre employé monté des cuisines. Mais pourquoi venait-il donc importuner le mourant ? Et dans cette tenue négligée ! Comment osait-il seulement ? Comment osait-il ?

Kay darda un regard terrible sur Abel, un de ces regards qui faisaient rentrer sous terre Leonard Howard ou, naguère encore, baisser les yeux à Eliott lui-même. C'était en vain ! Sans se décontenancer, Abel allait d'un pas égal vers le chevet du malade. Tout en adressant un sourire à Faye. Et Faye, Faye cette pauvre folle, qui lui souriait en retour, pour l'encourager eût-on dit ! Pour la narguer peut-être, comme lui, ce va-nu-pieds, la narguait elle : Kay Mc Kay, Mme Kay Emerson en personne ! Et cette assurance tranquille qu'il affichait, cette façon de se moquer ! Ah ! c'était intolérable, à la fin.

Elle se sentait sur le point de pousser un cri...

... Quand elle vit avec horreur le visiteur prendre la main du mourant !

... Quand elle l'entendit prononcer très simplement ces simples mots :

« Tu vois, je suis là ! »

Alors, Eliott E. Emerson, ouvrant les yeux et repoussant le masque de devant son visage, s'écria du plus fort que pouvait porter sa faible voix :

« Abel, mon fils ! »

La foudre fût tombée à ses pieds, elle n'en eût pas été plus choquée. Elle recula d'un pas, comme épouvantée à la vue de quelque catastrophe. Elle sentait ses genoux se dérober sous elle, le sol tanguer. Elle se croyait devenue folle : elle n'était plus dans cette chambre obscure mais dans le parc de Sag Harbor, vingt-cinq ans auparavant. Elle revoyait l'océan déchaîné au pied des falaises, elle revoyait Abel s'installer au volant de l'Alfa Romeo rouge, elle revoyait ce petit salut de la main qu'il leur avait adressé sans se retourner avant de passer le troisième rapport, elle revoyait le coupé grand sport prendre de la vitesse et, soudain, basculer dans le vide…

« Abel ! avait-elle entendu. Abel, mon fils ! »

Elle se laissa choir dans un fauteuil. Tout se brouillait dans son esprit, tout tournait alentour. Jeremy se portait à son secours et Faye, muette, contemplait la scène sans bouger, comme si rien de tout cela ne la concernait. Du fond de son lit, Eliott E. Emerson, aidé par l'inconnu, était parvenu à se redresser sur ses coussins et arborait un sourire qui lui parut un sourire de défi.

« Abel », murmura-t-elle.

Enfin, elle se ressaisit et se dégagea des bras de Jeremy que cette défaillance soudaine inquiétait.

« Ce sont ces odeurs et cette chaleur ! prétendait-il. Veux-tu que j'ouvre une fenêtre, maman ?

— Non, merci. Ça va aller. C'est d'entendre ce nom… Je ne sais pas ce que… Je suis sotte !

— C'était le nom de mon frère aîné.

— Je ne sais pas ce que... », répéta-t-elle sans pouvoir achever sa pensée.

Frappée d'un effroi indéfini, elle attendait une explication de la part d'Eliott : que signifiait cette sinistre plaisanterie ? Un fils ! Un fils...

Eliott E. Emerson avait-il d'autre fils que celui qu'elle lui avait donné : Jeremy ?

« Voulez-vous que je me retire maintenant ? » demanda Abel à son père.

Il pressentait l'imminence des révélations et se trouvait très déconcerté de comprendre que Kay avait toujours ignoré jusqu'à son existence.

D'un hochement de tête, Eliott lui signifia de rester et s'agrippa à son bras comme pour y trouver un soutien ou, peut-être, en une affectueuse étreinte, ce courage de parler qui lui manquait maintenant. Faye s'approcha du lit et fit ce qu'elle n'avait pas encore osé faire sous le regard impérieux de sa mère depuis qu'elle était arrivée à Saint-Jean-Cap-Ferrat : elle déposa un baiser sur le front décharné de son père. Jeremy et Kay s'avancèrent à leur tour, dévisageant avec une féroce hostilité celui qu'Eliott venait de nommer — dans un accès d'aberration mentale, assurément, et qui montrait assez qu'on était parvenu aux dernières fins — Abel.

Le vieillard pleurait sans bruit, les yeux tournés vers cet énergique visage d'homme dans lequel il retrouvait, intacts, les traits charmeurs de l'enfant qu'il avait aimé naguère, à sa manière si maladroite sans doute, si insuffisante aussi, mais aimé... Dans lesquels il retrouvait maintenant, bouleversé, les traits délicats de la femme qu'il avait aimée jadis, à sa manière si insatisfaisante sans doute, si gauche aussi, mais aimée...

Lauren !

Comme elle eût été fière de ce grand fils qui respirait l'intelligence, la générosité, la santé, la gaieté, cette simplicité dans laquelle elle se fût reconnue, ce simple bonheur d'exister. Dans cette façon désinvolte de se présenter à son chevet, il y avait de ce tact avec lequel la mère d'Abel avait décliné sa première et très flatteuse invitation à dîner — Eliott en fut profondément touché. Devant lui, les plus puissants, les plus hautains, les plus vindicatifs avaient toujours plié, mais ces deux êtres, si sensibles, si démunis dans l'existence, si vulnérables en apparence, lui donnaient, à vingt-cinq ans de distance, une même leçon d'humilité. Qui était aussi une leçon de vie. Il contemplait ce fils bâtard qui lui était revenu, il s'agrippait à son bras nu, à ses épaules finement musculeuses moulées dans un simple maillot de coton blanc : de cette chair émanait une force tranquille qui lui donnait la force de parler maintenant.

« Kay, dit-il pour commencer, il faudra m'écouter jusqu'au bout. Je vais être cruel avec toi et, d'avance, je veux t'en demander pardon. Pardon de tout ce mal que je vais te faire pour la première fois de ma vie — mais ce sera aussi la dernière. »

Il ménagea un silence dans son discours pour lui donner un tour plus solennel. Sa voix était éteinte par l'épuisement et la souffrance mais, cependant, distincte et décidée.

« Kay... » reprit-il.

Craignant de comprendre déjà, elle l'interrompit :

« Crois-tu que Jeremy et cette pauvre Faye puissent entendre ce que tu vas me dire ?

— Je le crois. Et je dirai même que j'y tiens. Au moment où je sais fort bien que je vais mourir, alors que je n'en ai plus que pour quelques jours, quelques heures peut-être... est-ce par peur inconsciente d'avoir à rendre bientôt des comptes à Dieu, est-ce par souci de trouver une vérité en moi avant le Jugement ? Mais je m'aperçois que je viens de changer sur un point, au moins : aujourd'hui, je ne souhaite plus laisser à mes enfants l'image d'un surhomme, d'un héros, ni même simplement de quelqu'un qui fut juste et droit. Au contraire : je veux qu'ils sachent que Triple E, « l'empereur de la presse » comme on l'appelait hier encore, était un homme ordinaire, un homme semblable aux autres, avec ses lâchetés, ses petitesses, ses faiblesses…

— Oh ! ne te fais aucune illusion, mon ami, siffla Kay entre ses dents serrées, Jeremy ne t'a jamais pris pour un surhomme ni un héros. Faye, peut-être… Mais, la pauvre enfant… !

— Maman ! » protesta Faye que tant de cynisme tranquillement affiché révoltait. Sa mère ne pouvait-elle marquer quelque égard sinon à l'époux, du moins au mourant, au vieil homme qui souffrait tant ?

Eliott se contenta de répliquer d'un air las et désabusé :

« Que tu es mauvaise, Kay ! Que tu es dure ! »

À quoi il ajouta d'un ton teinté d'une ironie typiquement « Triple E » :

« Mais, au fond, je devrais t'en remercier, J'éprouve soudain moins de scrupules à t'assener quelques faits humiliants pour ton orgueil, quelques vérités blessantes. Je ne recule plus devant la pénible révélation que j'ai à faire. »

Surprise, elle s'était rassise. Elle frémissait de colère rentrée. Et lui, imperturbable, lui déclarait maintenant :

« Kay, j'ai aimé une femme. Je l'ai aimée comme j'ai aimé cette pauvre Abigail… Plus encore, si cela est possible. Parce que Abigail et moi, nous n'avons jamais eu à partager que le bonheur. Tandis qu'avec Lauren — elle s'appelait Lauren —, avec Lauren ce fut la rencontre de deux êtres blessés par la vie. Les amours du malheur sont, je crois, plus profondes… Kay, je l'ai aimée plus que je t'ai aimée, je l'avoue aujourd'hui. C'était au début de la guerre. Abel venait de mourir et j'étais désespéré. À ce moment-là, je n'ai pas trouvé auprès de toi la tendresse dont j'avais tant besoin : tu me paraissais si froide, si lointaine ! Comme si cette tragédie que nous venions de vivre ne te concernait pas… Maintenant, je me plais à penser que c'est pour cette seule raison que je suis tombé amoureux de Lauren Young : elle me comprenait, elle prenait pitié de moi, elle savait trouver les mots justes, les paroles qui consolent — si l'on peut jamais se consoler de perdre son fils… Mais, en mon for intérieur, je n'ignore pas que je me mens à moi-même en disant cela : il y avait bien autre chose que de la compassion dans notre amour. C'était un amour, voilà tout. Un grand amour. Sait-on jamais pourquoi l'on aime ? J'ai aimé Lauren Young qui était une de mes secrétaires : que dire encore ? Et comment me justifier d'un tel sentiment ? Oh ! je sais que tu dois trouver cela affreusement vulgaire, Kay, n'est-ce pas ? En un mot : *vaudeville* ! Aimer sa secrétaire…

— C'est simplement minable ! » s'écria-t-elle.

Ses lèvres se tordaient en une moue de dégoût. Sous les coups d'une fureur grandissante qui ne pouvait s'extérioriser, elle s'éventait nerveusement au moyen d'un exemplaire d'avant-tirage de l'édition européenne du dernier numéro d'*Events* qu'on venait d'apporter au patron par exprès. Sur la couverture de l'hebdomadaire s'étalait, insoutenable vision, le portrait d'un bonze vietnamien qui s'était immolé dans les flammes : le visage carbonisé et comme réduit par le feu paraissait celui d'une momie…

« Aimer une dactylo ! Mon pauvre Eliott… » soupira Kay.

La réplique cingla :

« J'ai bien épousé une danseuse de cabaret ! »

Anéantie et comme en proie à une irrépressible nausée, Kay s'était renfoncée dans son fauteuil dont elle labourait de ses ongles peints les accoudoirs : le conflit qui couvait venait d'éclater enfin. Faye esquissa un mouvement vers la porte : Jeremy, son père et sa mère s'entre-regardaient avec des sentiments divers de haine et de dédain et elle avait peur de cette violence à peine contenue. Mais son regard croisa celui d'Abel. Abel souriait pour sa part : elle voulut rester. Quel être étrange ! pensa-t-elle. Il paraissait éprouver une sorte de jubilation secrète à voir ainsi se déchirer les Emerson. Et, de fait, il assistait à la scène comme s'il eût été assis au premier rang d'un théâtre : en spectateur. Il en appréciait l'intrigue avec un détachement amusé — on eût dit qu'il n'y était en rien impliqué…

Mais Abel jugeait aussi que tous les cinq, ils jouaient

là, en costumes contemporains, une bien médiocre parodie de ces pièces bibliques que représentaient au dix-neuvième siècle les acteurs des tournées d'évangélisation. Tous les personnages étaient réunis : le vieillard plein de sagesse et qui se meurt, la mauvaise femme, le fils prodigue revenu à la maison pour pardonner, le fils aîné…

Le fils aîné qui se permettait de rétorquer à son père : « Papa, je te prie de ne pas insulter ma mère ! »

Eliott dit à voix basse :

« En quoi est-ce l'insulter que de lui rappeler qu'elle n'a pas toujours été la femme de Julius Hancock, le roi du bœuf en boîte, ou de Triple E, l'empereur de la presse ? »

Avec une sourde véhémence, il ajouta :

« Mais, à la fin, qui sommes-nous donc pour avoir perdu à ce point toute humilité ? Qui sommes-nous pour juger ainsi les gens selon leur rang dans la société et non pour ce qu'ils sont ? Des dieux ? Des seigneurs ? Non ! Les Emerson… Rien que les Emerson. Deux misérables générations et demie d'Emerson — à peine ! Il y a moins d'un siècle nous étions encore les Aabrahamovicz d'un coin perdu de la Poméranie. Pour qui nous prenons-nous, nous qui ne sommes que les descendants de ces pauvres Juifs, nous qui ne sommes que les enfants d'un minable petit émigrant dont l'employé de l'état civil d'Ellis Island n'a pas seulement su orthographier le nom à coucher dehors ? Qui nous donne le droit de mépriser ? »

Le ton montait. Eliott luttait contre l'épuisement et la souffrance, bandant les derniers ressorts de sa volonté minée par la maladie. Depuis peu, il sentait une sorte de vie nouvelle couler en lui et l'animer : quelque chose de plus fort que la mort. Sans doute devait-il ce surcroît d'énergie à la joie que lui donnait le pardon d'Abel, mais il savait aussi qu'un tel sursaut serait précaire : la mort, la mort était toujours à l'œuvre. Et c'était contre le temps qu'il se battait maintenant : il voulait tout dire avant de mourir.

« Regardez, regardez-le ! fit-il en désignant Abel d'un doigt tendu et qui tremblait. Regardez ce garçon d'allure si modeste : il est mon fils ! le fils que Lauren m'a donné. La pauvre, elle en est morte…

— Morte ? Ah… »

Faye étouffa un gémissement dans la paume de sa main.

« Morte en lui donnant le jour.

— Ah, c'est affreux ! Je suis désolée, Abel.

— Faye ! s'écria Kay. Sors tout de suite ! Tu n'as pas à entendre ces horreurs. Dans ton état…

— Mon état ! Je ne suis pas enceinte, maman ! »

Elle se surprit à tenir tête à sa mère. Et avec esprit. Celle-ci, blême de colère, la reprit :

« Faye !… »

Mais en vain : Abel semblait la soutenir du regard et Eliott lui-même prit sa défense.

« Non, dit-il. Qu'elle reste ! Faye, il faut que tu saches. Et toi aussi, Jeremy… Cet enfant est votre frère, entendez-vous ? Votre frère. Eh bien, un jour qu'il avait dix ans, votre frère a voulu se tuer parce que je n'ai pas su lui donner l'amour qu'il était en droit d'attendre de moi. »

Abel fit des signes désespérés, implorant son père de se taire : il ne voulait pas qu'il évoquât cette histoire qui, après tout, était son secret devant ces étrangers. Car les Emerson, quelque dépit qu'Eliott en eût, lui étaient toujours des étrangers. Mais sa pudeur devait être mise à rude épreuve : le vieillard poursuivit sans se soucier de lui et de son extrême sensibilité :

« Oui, Abel a tenté de se suicider parce que ces monstres que sont les Emerson n'ont jamais su exercer que leur toute-puissance et écraser les gens avec leur argent !… Kay, en cachette de toi, j'offrais à cet enfant, trois fois l'an, des jouets toujours plus chers, toujours plus somptueux : une façon… de me faire pardonner sans doute ! Quel sinistre imbécile j'étais ! Lui, de mes jouets, il s'en fichait bien. Ce qu'il voulait de moi, c'était que je sois son père, simplement. Ce qu'il voulait, c'était un peu d'amour… »

Pris de faiblesse, Eliott E. Emerson s'interrompit dans son étrange discours de contrition. Auprès de lui, Faye, qui s'était assise sur le lit, pleurait, la joue posée dans la couverture de fourrure. Jeremy, pour sa part, pensait s'être trouvé une contenance à feuilleter négligemment le numéro d'*Events* que sa mère venait de lui abandonner. Quant à celle-ci, en proie à une crise d'hystérie rentrée, elle déchirait des dents un mouchoir roulé en boule dans sa main tout en se tordant au fond de son fauteuil. Des yeux, Abel suppliait son père de se reposer maintenant. Mais ce dernier se reprit une fois encore pour ajouter :

« Écoutez-moi tous. Ensuite, vous sortirez : je ne me sens pas très bien. Vous appellerez miss Madox, qu'elle vienne me faire ma piqûre, et Lambert... Écoutez-moi : j'ai reconnu Abel à sa naissance. S'il porte le nom de sa mère, il n'en est pas moins un Emerson. Oui : Abel est un Emerson. Et le plus digne sans doute de porter ce nom. Abel va hériter au même titre que vous deux, Faye et Jeremy. Par le jeu de la réserve et des parts : ce serait trop long à vous expliquer, mes chéris, mais vous aurez une entrevue avec Barrett cet après-midi : il saura vous dire beaucoup mieux que moi ce qu'il y a dans mon testament.

— Papa ! Oh, papa !

— Faye, je t'en prie : sois forte. Ne pleure pas. Tu le sais que je vais mourir. Fais-toi à cette idée, mon âme. Et toi, Jeremy, mon petit, sois fort aussi. Car tu dois te faire à cette autre idée : j'ai décidé, c'est là ma dernière volonté... j'ai décidé que tu partagerais avec Abel la présidence d'Events. Toutes les dispositions ont été prises à ce sujet.

— Mais... » protesta Abel, abasourdi de ce qu'il entendait et profondément agacé de ce qu'on ne lui demandât pas son avis : voulait-il diriger Events, voulait-il vraiment être un Emerson, voulait-il seulement hériter ?

Pour qui le prenait-on ?

« Rien qu'un pion dans leur jeu » — à l'improviste les paroles de cette chanson de Dylan qui fustigeait le pouvoir lui revint en mémoire. Il n'était qu'un pion dans leur jeu, et ce jeu était absurde, insensé.

« Oui, je sais, dit Eliott en lui prenant la main dans un geste plein de tendresse, un geste de père. Je sais ce que tu ressens, Abel. Voilà bien les manières des Emerson, penses-tu — disposer ainsi de la vie des gens ! Mais mon fils, je t'en supplie : dis-moi oui ! Dis-moi que tu acceptes. Montre-moi que tu m'as pardonné. Et que je pourrai mourir sinon heureux, du moins apaisé. »

Abel se sentit saisi de vertige : tout cela était si inattendu, tout cela était venu si vite, tout cela le dépassait tant ! Il ne répondit rien. Ses yeux fixaient le vide : il n'était pas ici, au chevet de son père mourant, mais, sans qu'il sût pourquoi, il revivait les derniers instants de l'ascension de l'Aiguille du Fou. Seul animait son front un léger tic nerveux qui pouvait être pris pour un signe d'acquiescement.

Et le fut par Eliott qui conclut en demandant d'une voix éteinte :

« Voulez-vous sortir maintenant ? »

Pour Kay, c'était déjà fait.

Elle avait claqué la porte comme une furie. La crise de nerfs venait d'éclater. Elle arpentait les galeries de la *Gioconda*, riant et sanglotant tout à la fois, avançant par brusques saccades, s'arrêtant soudainement, retournant sur ses pas, grimaçant à son double quand elle se découvrait dans les glaces — son double grimaçant, effroyable à regarder. Elle proférait des paroles incohérentes et des menaces, tantôt criées et tantôt chantonnées mais dans lesquelles revenait sans cesse le nom d'Abel. Elle brisait en passant les vitrines où étaient exposées des porcelaines anciennes puis broyait à coups de poing les saxes et les chinoiseries précieuses rangés sur les étagères de miroir dans les débris desquelles elle se contemplait à la dérobée en hurlant de peur de se voir si vieille et enlaidie : elle était cette folle, cette folle ensanglantée du sang qui dégoulinait de ses poignets déchiquetés par les éclats du verre !

Les domestiques étaient accourus, effrayés d'entendre un tel fracas. Le vieux Geoffrey appela le Dr Lambert qui, dans un salon du premier étage, devisait avec Barrett et un homme d'affaires d'Eliott. À peine avaient-ils entendu le bris des glaces et les cris, les trois hommes s'étaient précipités sur le palier.

« Qu'y a-t-il ?

— M. Emerson est-il... ?

— Non, docteur, mais il faut que vous descendiez : c'est Madame qui... »

Tout fut dit et compris à demi-mot.

« Lady Mc Beef *sait* maintenant », constata Barrett entre ses dents serrées, comme s'il se parlait à lui-même. Baxter, l'homme d'affaires, eut un clignement de paupières entendu. Le Dr Lambert, quant à lui, s'était rué dans l'escalier pour se porter au secours de Kay. Mais déjà, miss Madox, de sa propre autorité, avait préparé une seringue de sédatif et, avec l'aide de Jeremy qui était parvenu à maîtriser sa mère en la tenant fermement par les poignets, lui administrait la piqûre.

Faye, bouleversée, courait sans but dans les jardins : c'était plus qu'elle n'en pouvait supporter.

« Pauvre, pauvre Kay ! » soupira Eliott qui, du fond de son lit, avait deviné ce qui se passait.

Abel l'embrassa sur le front et lui dit : « Je me retire, maintenant. Et je fais venir votre infirmière et le Dr Lambert. »

En signe de remerciement, le malade plissa des paupières. Puis, dans une sorte de râle à peu près inaudible, il parvint encore à murmurer :

« Tout à l'heure, quand cela ira mieux, si cela va mieux... je te ferai appeler. Je veux te dire plusieurs autres choses que je n'ai pas pu te dire. Je veux que tu me racontes ta vie, aussi. Je veux que tu me dises qui tu es, Abel. Je veux être avec toi, simplement. Là. À tes côtés. Et te regarder... Depuis tant de temps que j'attendais ce jour ! »

Abel posa l'index sur sa bouche et sourit : une façon affectueuse de lui demander de ne pas s'épuiser à parler ainsi ; une façon de lui signifier qu'il reviendrait le visiter en effet — plus tard.

Il sortit de la chambre et referma doucement la porte de miroir.

Celui qu'il y vit glisser vers lui lui était méconnaissable : non plus le bel adolescent qui était entré une heure auparavant mais un homme maintenant. Aux traits défaits…

Le silence était retombé sur la *Gioconda*.

Les spacieuses galeries, les opulents salons, les couloirs interminables, les vastes rotondes, les escaliers à double volée avaient repris leur air de paix. Le palais paraissait s'être endormi mais un observateur attentif eût noté combien cet aspect de bon ton compassé et de civilité feutrée était trompeur. À quelques détails, il eût compris qu'il y régnait en fait l'atmosphère oppressante, délétère des fins de règne : des portes s'ouvraient et se refermaient, les témoins lumineux des téléphones s'allumaient et s'éteignaient, des combinés étaient reposés précipitamment, des écouteurs décrochés vivement... On s'épiait. On s'observait. On s'évitait. Et si on venait à se croiser, c'était pour se parler à voix basse dans l'embrasure d'une fenêtre ou se fixer quelque rendez-vous secret dans une petite bibliothèque ou un pavillon du parc.

Kay, à peine s'était-elle ressaisie, avait appelé Leonard Howard qui se trouvait à Los Angeles pour quarante-huit heures. La sonnerie avait retenti sept fois dans la suite que celui-ci occupait au *Beverly* — elle n'avait pas songé qu'il n'était que cinq heures du matin en Californie.

Ivre d'impatience, elle avait crié dans le combiné tandis qu'il décrochait enfin :

« Abel... Leonard. Abel !

— Il n'est pas mort. Il vit, n'est-ce pas ? »

Howard, éveillé en sursaut, était encore plongé dans

l'hébétude et la torpeur quand il répondit. Puis, il se ressaisit :

« Kay ? Pardonne-moi, dit-il. Qu'y a-t-il ? Eliott a…

— Non, non. Il n'est pas mort. Écoute-moi…

— Qui ?… Qui n'est pas mort ?

— Je te parle d'Abel.

— Je ne comprends rien à ce que tu dis, Kay !

— Il y a un autre Abel.

— Quoi, un autre ?… Tu délires.

— Il y a un autre Abel. Un autre fils. Un autre héritier.

— Kay, calme-toi ! C'est un cauchemar que tu auras fait.

— Un cauchemar, pppfffhhh ! Ce n'est pas un cauchemar, Leo ! C'est bien pire. Il y a vraiment un autre Abel, comprends-tu à la fin ?

— Kay… Kay, laisse-moi reprendre mes esprits. C'est la nuit encore ici. Je vais te rappeler, Kay.

— Leonard ! Il s'appelle Abel.

— Assez, Kay ! Assez. Je ne veux plus entendre ce nom. Plus jamais. Tais-toi !

— Eh bien, tu vas l'entendre pourtant. Tu ne vas plus finir de l'entendre prononcer, si tu veux savoir ! Il s'appelle Abel, l'héritier favori d'Eliott E. Emerson, mon cher, il s'appelle Abel, le président d'Events ! Oui, Abel Young !

— Ce n'était donc pas qu'un mauvais rêve », soupira Howard en se laissant retomber au fond de son lit, terrassé par l'émotion.

Un coup de feu quelque part dans le parc — Abel s'immobilisa, aux aguets. Depuis quelques minutes, il flânait, désœuvré, parmi les massifs de fleurs, les cèdres et les pins centenaires, attendant que Geoffrey le prévînt quand il pourrait disposer d'une des cinq lignes téléphoniques pour joindre Johanna qui était restée à Chamonix — apparemment, les conversations étaient abondantes et nombreuses entre les habitants de la villa et le reste du monde. Nul doute qu'il fût au centre de toutes. Les avocats parlaient de lui, Barrett parlait de lui, Baxter parlait de lui, Kay parlait de lui, et les employés, qui devaient s'empresser de commettre quelques indiscrétions...

D'autres coups de feu retentirent. Abel avait l'impression bizarre d'être devenu à son insu le personnage d'un roman policier. Il s'approcha du pool-house d'où provenaient les détonations. Le pavillon où étaient installés les vestiaires, les douches et un gymnase était une copie à peine réduite du petit Trianon. Toutes les portes-fenêtres en étaient fermées sur le devant. Aussi Abel en fit-il le tour, sautant à pieds joints de temps en temps pour voir à travers les carreaux non dépolis du haut des vitres ce qui se passait à l'intérieur. Il fut vite édifié : enfermé dans la petite salle de tir, Jeremy, casqué de coques assourdissantes, s'exerçait sur des cibles de contreplaqué peintes en gris sombre et figurant des silhouettes humaines grandeur nature. Sur chacune, l'emplacement du cerveau et celui du cœur étaient cerclés de rouge. Avec la précision d'un tireur d'élite, Jeremy, toujours vêtu de noir et la cravate strictement nouée — ce qui le rendait d'autant plus impressionnant à épier —, visait les ronds et les criblait de plomb.

« Eh bien ! se fit Abel à lui-même avec une belle ironie, je sais maintenant ce qui m'attend ! »

Et il s'éloigna en direction de la piscine.

Faye, allongée sur la planche du plongeoir, lisait un roman de Scott Fitzgerald dans une édition de poche. Elle tenait le petit volume à quelque distance de ses yeux de façon à l'interposer entre les rayons du soleil, haut dans le ciel, et son visage qu'elle voulait protéger. En entendant des pas sur la margelle de marbre, elle coula un regard par-dessous les pages du livre dont le papier détrempé s'effilochait sous ses doigts.

« Oh ! c'est vous. »

Elle se redressa et lui adressa un sourire embarrassé. Abel hocha la tête. Il se sentait également gauche et emprunté, soudain. Il ne savait comment lui signifier ce sentiment naissant de sympathie qu'il éprouvait à son égard. Il avait peur de la froisser — elle paraissait si sensible. Une écorchée vive !

Tous deux s'entre-regardèrent un long moment, n'osant ni l'un ni l'autre engager le premier la conversation. Mais il y avait dans ce silence partagé une complicité délicieuse : ensemble ils écoutaient les cigales crisser dans l'air torride et le léger clapotis de l'eau. Le tir avait cessé, ne demeurait que l'harmonie d'un instant de bonheur fugace qui bientôt aurait disparu pour laisser seulement une nostalgie. Ils pouvaient aussi bien ne rien se dire du tout : de cette rencontre, ils garderaient chacun le souvenir.

Abel finit par se rapprocher du bassin et, pour se donner une contenance, il enfourcha nonchalamment la rampe chromée de l'échelle. Dans ce simple geste, il avait retrouvé cette aisance qui charmait tant Faye.

« *Tendre est la nuit*, lut-il à voix haute sur la couverture du livre.

— Oui : *Tendre est la nuit.* »

Il y eut encore un silence entre eux. Puis, Abel remarqua, mais comme s'il s'en faisait la réflexion à lui-même :

« Un beau livre.

— Un beau livre », acquiesça Faye.

Ils se mirent à rire tous deux, conscients du ridicule de la situation. Curieusement, ce fut Faye qui s'enhardit la première à proférer autre chose que des banalités.

« Quel vilain conte de fées pour vous ! dit-elle. Débarquer ainsi dans cette maison de fous pour apprendre d'un seul coup que vous êtes milliardaire !... Oh ! se reprit-elle sur le ton de la plaisanterie, je ne devrais pas dire ça de cette maison. Ce n'est pas une maison de fous. Après tout, la seule folle ici, c'est moi...

— Comment ça ? demanda-t-il, intrigué autant qu'amusé.

— Vous ne savez pas que je suis folle ? On ne vous a pas mis au courant ? »

Elle fit le geste de se frapper le front du plat de la main.

« Pour une folle, vous me semblez tout à fait... » rétorqua-t-il en riant nerveusement.

Mais poursuivant cet étrange jeu, ambigu et provocant, elle le coupa :

« Oh ! ne vous fiez pas aux apparences. Cinq sommités mondiales de la psychiatrie mondiale l'ont mondialement attesté — c'est comme ça qu'on dit ?... *Plus* : ma chère mère. *Plus* : mon cher frère. *Plus* : l'avocat de ma chère mère. *Plus* : l'avocat de mon cher frère. Neuf personnes ne peuvent pas se tromper sur le même cas, n'est-ce pas ?... D'ailleurs, il y a un signe qui ne ment pas : je fais de la peinture ! Et vous verriez quelle peinture !... Et puis, je n'ai pas d'avocat. Abel, vous avez un avocat, vous ? Quand on est un Emerson, on ne se déplace jamais sans son homme de loi. Même pour aller au petit coin : imaginez qu'il y ait un procès à intenter au fabricant de papier hygiénique... Abel, vous êtes un Emerson, désormais — il vous faut un avocat ! »

Il appréciait cet esprit singulier tendu entre la loufoquerie et les larmes, le délire et la lucidité. Il la sentait intérieurement déchirée et cette sensibilité exacerbée qui contredisait la sérénité lisse de ses traits réguliers touchait sa propre sensibilité au plus profond. Dans ce ton de dérision qu'elle affectait, drôle et tragique à la fois, il retrouvait une tournure de son propre caractère du temps qu'il avait souffert. Sous cette apparence de belle jeune fille rangée se cachait l'être le plus désespéré qu'il eût jamais connu après lui-même quand il avait été frappé du même désespoir. Et ses poignets étaient boursouflés d'affreuses cicatrices, stigmates de récents suicides manqués.

Ce fut avec une tendresse de frère qu'il lui répondit :

« Faye, si vous êtes folle, vous êtes la plus gentille et la plus jolie et la plus drôle des folles que j'aie rencontrées depuis bien longtemps. Mais écoutez-moi : je ne suis pas... Je ne serai jamais un Emerson. Je m'appelle Abel Young.

— J'espère bien pour vous que vous ne serez jamais un Emerson ! Seulement, vous allez tout de même hériter...

— Oh ! je suis désolé d'être... Je n'ai pas voulu...

— Vous ne m'avez pas comprise : je me fiche bien que vous héritiez avec nous ! Au contraire, ça me ferait plutôt plaisir. Ne serait-ce que parce que ça emmerde ma saleté de mère et ce débile de Jeremy. Et puis, nous sommes si riches !...

— C'est vous qui ne m'avez pas compris. J'ai très bien deviné qu'à vous cela ne vous faisait rien, en effet. Je connais déjà votre tact et votre générosité. Mais je voulais vous dire...

— Abel, ni vous ni moi n'avons envie de parler de cette histoire sordide, au fond.

— C'est ce que je voulais vous dire, justement. Ça ne m'intéresse pas du tout. Même si ça me concerne tout à fait. À vrai dire, ça n'a pour moi aucun sens, être milliardaire.

— Très bien : pour moi non plus... Et contrairement à vous, je ne me sens pas même concernée. Car, il faut que vous le sachiez : je suis interdite...

— C'est-à-dire ?

— Eh bien, je suis considérée comme mineure. Je suis en tutelle, si vous préférez. Je n'ai pas le droit de disposer de mon fric comme je l'entends. Et je n'ai aucune voix au conseil d'administration d'Events. Mais comme je n'ai rien à faire de ce fric ! Et encore moins de ce canard pourri... »

Sur ces mots, jetant son livre au loin dans l'herbe, elle se laissa gracieusement glisser du plongeoir dans l'eau.

« Je peux vous appeler petite sœur ? lui demanda Abel tandis qu'il se déshabillait pour la rejoindre.

— Oh oui ! » s'écria-t-elle avec une gaieté puérile tout en s'ébrouant au milieu de la piscine.

Il plongea et effectua cinq longueurs de bassin sans reprendre souffle. Elle l'applaudit et l'encouragea de la voix à la façon d'une collégienne supporter de son équipe :

« Oh-eh ! oh-eh ! oh-eh ! »

Alors, ce fut un moment d'allégresse légère volé à la tristesse, à la dureté de cette terrible journée : oublieux de tout, ils furent soudain simplement heureux de jouir du soleil et de l'eau, limpide et fraîche, et de l'ombre bleue des grands pins sous lesquels ils vinrent s'étendre, partageant le même drap de bain brodé d'un *E*.

Ils ne s'étaient pas même aperçus que Jeremy, du perron du pool-house, Kay, du balcon de la *Gioconda*, les observaient d'un regard pareillement haineux.

Plus tard, quand ils retournèrent vers la villa afin de se changer pour le dîner, ils échangèrent la même impression : c'était comme s'ils avaient toujours vécu ensemble, frère et sœur.

D'elle, pourtant, il ne savait guère de choses encore, sinon que son mal de vivre, elle l'avait passé tout entier dans sa peinture et que sa peinture était sa vie même. Un homme lui avait appris à peindre, le seul homme qu'elle eût jamais admiré hormis son père : Blitzky, un illustrateur de mode qui s'était suicidé un an auparavant en apprenant qu'il était atteint d'un cancer. « Le seul homme que j'aie jamais aimé… »

De lui, elle n'apprit pas beaucoup plus : il était étudiant à Berkeley, il achevait une thèse sur Rimbaud et le mythe de l'éternel retour, ses études étaient payées par leur père mais il gagnait son argent de poche en collaborant à diverses revues d'alpinisme, on le considérait comme un des tout premiers grimpeurs de sa génération — cela elle le devina, il eut en effet la modestie de répondre à sa question : « Eh bien, il y en a pour dire que je ne suis pas le plus mauvais… » Mais il ne savait pas encore ce qu'il voulait faire de sa vie, il se cherchait. Comme tous les hommes de son âge, il redoutait d'être un jour prochain appelé sous les drapeaux et de devoir partir se battre au Viêt-nam : son existence risquait de changer soudainement, car, il l'avait décidé, il déserterait alors, il s'exilerait ou se ferait arrêter.

Et puis il aimait une fille qui s'appelait Johanna, mais de cela, par une sorte de pudeur, il lui parla à peine…

C'était peu de chose. Pourtant, ils se découvrirent en passant tant de goûts communs : Dylan, bien sûr, les Beatles, les Beach Boys, la littérature romantique anglaise, l'architecture de Frank Lloyd Wright, la peinture de Bacon. Et les comédies musicales — « mais seulement si elles sont complètement idiotes ! » Et Cassius Clay « oh ! pardon, Muhammad Ali » : — parce qu'il refuse de se battre au Viêt-nam ? — Oui ! » Et Lauren Bacall et Humphrey Bogart — « quand elle lui demande du feu dans le *Port de l'angoisse*, ça me tue ! » Et *Gatsby le Magnifique* — « à un moment, tu te souviens ? elle dit : "Qu'allons-nous faire de tout ce temps devant nous, de toute cette vie ?" Bon sang, chaque fois que je relis ce passage, ça me fiche un cafard ! »

Sans oublier : les Rolling Stones, l'herbe — « Blitsky en avait toujours un peu sur lui, il me faisait fumer » —, et les *Clarks*, et les T-shirts *Fruit of the Loom*, et les spaghetti...

« Mmmhhh, oui, les spaghetti, c'est bon. Blitzky m'en faisait dans son atelier du Village. Mais ça fait plus d'un an que...

— Des spaghetti avec du ketchup dessus ?

— C'est ça, avec beaucoup de ketchup dessus. Du hot.

— Du hot.

— Eh bien, mon pauvre ami, ce n'est pas ici que tu pourras jamais manger quelque chose comme ça. Même si tu le commandes au chef. Les spaghetti-ketchup, ce n'est pas le genre Emerson... »

Ce n'était pas « le genre Emerson » en effet, ce n'était pas le genre des grands dîners de la *Gioconda*, les spaghetti — que ce fût d'ailleurs avec ou sans ketchup dessus ! Abel put le constater en pénétrant dans la salle à manger brillamment éclairée des réceptions intimes où le couvert avait été dressé pour huit convives : la maîtresse de maison, sa fille, son fils, John Baxter, Ed Barrett, un de ses jeunes associés, le Dr Lambert — lequel se trouvait présentement au chevet du malade et avait demandé qu'on commençât sans l'attendre — et lui-même.

Sur la nappe de dentelles vénitiennes, entre les grands chandeliers baroques de vermeil, étaient disposés devant chacun des invités : sous-plat en or massif, assiette de porcelaine ancienne armoriée, argenterie à profusion, petite cristallerie, briquet, cendrier, rince-doigts, bouquet nain et pas moins de cinq verres dont Abel se demandait bien à quel vin chacun était destiné. C'est encore plus somptueux que chez les Guermantes, songea-t-il plaisamment en rappelant ses souvenirs littéraires. À force de lire et relire Proust, il lui semblait avoir maintes fois dîné dans le grand monde et pouvoir comparer entre les apparats de la table. Contrairement à ce que «Lady Mc Beef» avait vicieusement imaginé en le conviant à cette petite réception, il n'était aucunement anxieux de l'effet qu'il allait produire en entrant; il avait seulement peur de s'ennuyer à mourir et de ne pas goûter cette cuisine fastueuse mais insipide qu'on appelle « la grande cuisine ».

Il s'avança nonchalamment vers le fauteuil que le maître d'hôtel lui désignait. De l'autre côté de la table, par-dessus les corbeilles composées et les compotiers, Faye lui adressa à l'insu de tous un petit clin d'œil complice. S'il avait enfilé une chemise soigneusement repassée par la femme de chambre et mis son blue-jean de rechange pour la circonstance, il n'avait ni veston ni cravate. Elle se divertissait fort de le voir créer ainsi un scandaleux précédent à ces dîners si guindés que donnait sa mère; dîners auxquels, la plupart du temps, elle se dispensait d'assister, prétextant qu'elle était souffrante ou trop nerveuse pour supporter de rester assise plus de deux heures d'affilée.

Jeremy entra le dernier dans la salle à manger, faisant crisser ses souliers vernis noir sur le marbre glissant et arrangeant furtivement le nœud de cravate qui l'étranglait à demi. Avant d'aller s'asseoir, il fit le tour de la table, toisant l'assistance d'un air qu'il tenait pour sérieux et profond et n'était, en vérité, que froid et vaniteux. Le dauphin croyait agir en roi — le roi qu'il serait demain. À chacun il consentit l'insigne faveur d'un sourire condescendant et ne baissa les yeux qu'au moment d'affronter le regard de sa mère, plus impérieux encore que le sien. Puis, avisant enfin la tenue négligée d'Abel, il sut immédiatement qui ferait les frais de sa première grande démonstration d'autorité au cap Ferrat : ce fut à voix haute, hautaine, qu'il l'apostropha grossièrement en présence de tous.

« Abel, s'écria-t-il, vous auriez pu demander à Leonello de vous prêter une cravate ! Quand on est un Emerson, on met une cravate à dîner... »

L'insulte tomba dans le plus grand silence. Apparemment, Barrett, Baxter et le jeune avocat éprouvaient soudain un intérêt démesuré au déchiffrement de l'armoirie qui ornait leur assiette. Faye planta son couteau à poisson dans la nappe à défaut de pouvoir le plonger dans le cœur de son frère aîné. Kay, triomphante, fit tinter son solitaire contre le verre de xérès qu'elle portait à ses belles lèvres dédaigneuses et dévisagea le « bâtard » avec une moue de dégoût, tout comme si, par inadvertance, Leonello eût posé une poubelle en face d'elle au lieu de la soupière d'argent qui contenait le consommé de tortue des îles en gelée à la royale. Abel, humilié, allait-il se lever et se retirer dans sa chambre ? Ou s'humilierait-il aussi à demander un veston et une cravate au maître d'hôtel ? Elle estima que l'une ou l'autre réaction serait pareillement intéressante à observer quoiqu'elle préférât secrètement le voir choisir la seconde solution. Il est toujours plus amusant de voir les gens s'humilier une seconde fois quand ils viennent de subir une avanie — n'est-ce pas ? C'était là un spectacle dont Kay n'était jamais rassasiée. Et comme les gens pliaient toujours devant la volonté des Emerson... !

Hélas ! Kay n'avait pas songé qu'Abel pourrait trouver une échappatoire au terrible dilemme qui lui était posé.

Ce fut de répondre à son frère très posément et sans y mettre la moindre ironie ni la plus petite part de défi, mais du ton égal de celui qui constate un fait :

« Je ne suis pas un Emerson. Je suis Abel Young. »

Consommé de tortue des îles en gelée à la royale, mignonnettes de sole soufflées à la mousse de cresson bleu des fontaines, petites cassolettes de foie gras truffé façon carême : les plats aux noms ronflants se succédaient, rituellement servis avec force ronds de jambes et élégants mouvements du poignet par les trois valets de chambre placés sous les ordres muets de Leonello. Le spectacle de ce ballet silencieux et si précisément réglé qu'ils exécutaient autour de la table fascinait Abel. Il le trouvait beaucoup plus curieux et digne d'intérêt que cette languissante conversation des hôtes où il n'était question que d'investissements, de bénéfices, d'obligations, de crédits, d'actions… Et dont, d'ailleurs, il avait été exclu par Kay : Kay détournait ostensiblement le regard chaque fois qu'il venait à croiser le sien…

On apportait les grenadins de veau princesse flambés au vieil armagnac quand le Dr Lambert entra précipitamment. Il donnait les signes de la plus grande anxiété et, sans souci aucun des convenances, il coupa la parole à Kay pour s'écrier :

« Monsieur Young, venez tout de suite, je vous prie. Votre père vous demande. Il est au plus mal… »

Et comme les Emerson se levaient tous trois, il eut le courage de préciser :

« Non ! C'est Abel qu'il a réclamé. Il m'a dit : lui seul. »

Abel savait. Il savait déjà : son père était entré en agonie. Il en avait cette sorte de pressentiment hallucinant qui vous fait vivre en anticipation le moment d'intense émotion que vous allez connaître…

Le cœur battant, la sueur au front, il surgit dans la chambre où miss Madox et Geoffrey s'empressaient auprès du mourant.

En quelques heures, la mort avait accompli son œuvre irréversible. Elle habitait maintenant ce grand corps décharné, ce visage cireux aux traits émaciés, ce regard à peu près fixe, noyé dans les orbites évidées et noircies des yeux, bleu pâle, ce souffle hâtif, haletant, ces mains de squelette, effrayantes à voir et qui tremblaient en désignant la porte par où Abel venait d'entrer…

« Abel ! » dit-il dans un râle étouffé.

Son fils s'approcha de lui. Jamais il n'avait vu personne mourir. Jamais il n'avait pu imaginer vraiment pareille horreur. Un instant, il lui sembla que c'était un peu à sa propre mort qu'il assistait : la mort de l'enfant qu'il avait été jusqu'ici…

Il se retint furtivement de tomber en posant la main sur le dossier d'un fauteuil ; il inspira profondément. Puis, il prit sur lui d'approcher encore, de se pencher sur le front du moribond pour y déposer un baiser et de tendre l'oreille à ce qui n'était déjà plus qu'un marmonnement à peu près inaudible et incohérent :

« J'aurais tant voulu te… De ta mère… Et de moi… Te parler de toi… J'aurais… Oh ! Abel, Abigail… Je ne veux pas… Est-ce que l'Alfa… Ta mère, mon fils… Et est-ce qu'Abel… »

Et brusquement, un cri d'effroi :

« Non ! Non ! Je ne veux pas… Il va se tuer… Oh non ! Là, là… Le virage, là ! La falaise… Non, non, non ! Abel… »

Abel, ivre de terreur, l'enlaça, le pressa sur sa poitrine, le serra entre ses bras à l'étouffer. Le vieillard s'agrippait à ses épaules, à sa nuque comme s'il voulait lui voler cette jeune vie généreuse qui coulait en lui.

Puis, les convulsions dernières s'emparèrent de ce pauvre corps affaibli…

« Non, non », gémissait-il plaintivement.

Le calme revint peu à peu. Mais le cœur cognait à rompre et rendait un son caverneux. L'étreinte se relâcha…

Abel, secoué de sanglots secs, scrutait le regard qui devenait vitreux.

Pourtant, retrouvant un ultime instant la lucidité qui s'enfuyait, Eliott E. Emerson parvint encore à murmurer distinctement :

« Abel mon âme ! Abel… Méfie-toi de Kay… Et de Jeremy… Et de Ho----- ! »

Un flot de sang lui jaillit de la bouche — il s'affaissa.

« Papa ! hurla Abel. Papa ! »

Plus tard, il songea que c'était là la première fois de sa vie qu'il avait appelé quelqu'un papa.

Et que ce serait aussi la dernière.

Il allait dans la lumière légère et dorée de l'aube levée sur la mer et le rocher. Il allait à grandes foulées égales, courant au milieu des avenues désertes du cap Ferrat parmi les « ocelures » de lumière et d'ombre bleue que tamisaient les frondaisons des grands pins et des tamaris sur la chaussée. Il allait, enivré de l'odeur entêtante des essences exotiques qu'exhalaient les jardins à cette heure matinale. Il allait, inspirant et soufflant régulièrement, au rythme d'un refrain qu'il fredonnait intérieurement, maîtrisant les battements violents de son cœur dans sa poitrine brûlante, rengorgeant un précieux filet de bave qui avait une saveur de sang. Il allait et chassait éperdument les souvenirs et les pensées de son esprit…

Il ne voulait goûter que la griserie de l'effort, le plaisir d'éprouver son corps. Que lui importait aujourd'hui sa destinée ? Pouvait-il seulement l'envisager alors qu'elle venait de prendre un cours nouveau dont tout lui paraissait inimaginable encore ? Savait-il où il allait, sinon, en cet instant précis, au bout de cette avenue ombragée qui le conduisait à la pointe de Saint-Hospice, dans l'éblouissement du soleil qui embrasait l'horizon ? Ne souhaitait-il pas continuer de l'ignorer toujours et vivre au jour le jour de la manière dont il vivait intensément ce moment d'intense bonheur ?

Il accéléra la foulée, courut comme un sprint les dernières longueurs jusqu'à une ligne d'arrivée imaginaire qu'il avait fixée à la prochaine plaque d'égout apparente dans l'asphalte, ralentit progressivement après l'avoir passée et finit par marcher quand il fut parvenu au chemin de douanier des récifs de la pointe Saint-Hospice où il se laissa mollement tomber pour reprendre souffle. Il ôta son survêtement de molleton blanc trempé de sueur, le jeta dans une anfractuosité du rocher et, absolument nu, plongea dans la mer où il nagea longtemps, sans hâte. Où il paressa avec volupté.

Puis, il s'allongea sous le soleil, ferma les yeux, et, bercé par la plainte monotone des brisants, rêva à Johanna…

Quand il rouvrit les yeux, éveillé en sursaut par le rugissement d'un hors-bord qui croisait à proximité des rochers, le soleil était déjà haut dans le ciel.

« Merde ! » s'écria-t-il en jetant un regard sur son bracelet-montre.

L'enterrement était à neuf heures. Il n'avait plus le temps de retourner à la *Gioconda* s'habiller pour la cérémonie. Il enfila vivement son survêtement, que le soleil avait déjà séché, et reprit sa course à petites foulées en direction du cimetière de Saint-Hospice.

Kay, depuis trois jours qu'elle connaissait les dernières volontés du défunt, ne décolérait plus. Il l'avait à jamais bafouée en faisant surgir de l'inconnu, comme un pantin de sa boîte, « le bâtard » le jour même de mourir ; il l'avait flouée dans les immenses espérances qu'elle avait conçues pour Jeremy, *son* fils, ce fils qui avait fait d'elle une récidiviste du crime ; et voici qu'il la frustrait des grandioses funérailles auxquelles elle avait rêvé. Une célébrité telle qu'Eliott E. Emerson, le héros de la Grande Guerre, le fondateur du plus important empire de presse au monde, l'ami intime de tant de chefs d'État et de têtes couronnées, pouvait prétendre à une inhumation au cimetière d'Arlington en présence des grands de la terre, des personnalités du monde des arts, des lettres, de la politique, de la diplomatie, voire du président Johnson en personne, et à la retransmission de la cérémonie sur toutes les chaînes nationales. La future veuve avait fait exécuter par

Chanel et Balmain plusieurs ensembles de grand deuil et choisi chez Cartier une très rare perle noire qu'elle porterait à son cou pour la circonstance. Elle avait, en imagination, longuement répété le déroulement des fastes funèbres et des pompes en jouissant d'avance de l'effet de magnificence austère et de majesté qu'ils produiraient sur la foule. Elle s'était attachée aux moindres détails : le mausolée de porphyre, l'urne à l'antique, la statue de bronze, les gerbes uniquement composées de roses-thé *Triomphe Emerson*, le discours d'un grand écrivain, les paroles consolatrices du président, le défilé des milliers d'employés du groupe devant la grille du monument funéraire. Et l'orchestre de l'Amicale Philharmonique d'Events jouerait une marche funèbre. Kay avait même commencé de s'exercer à son chagrin, qu'elle voulait simple et noble à la fois : un chagrin de grande dame.

Hélas, le lendemain matin du décès, Barrett avait lu les quelques lignes laconiques et délicatement ironiques rédigées au début de sa maladie par le disparu — c'était là le dernier pied de nez du spirituel Triple E, sa dernière malice, ou, comme on dit dans le milieu des échotiers « sa dernière » :

« Le cimetière de Saint-Hospice, qui est un si joli endroit pour être enterré. Que tout se passe en secret. La plus stricte intimité. Le moins de publicité possible : aucune presse pour l'empereur de la presse. Surtout, surtout, pas de couronnes. Rien de mortuaire. Un humble cercueil de sapin. Une pierre tombale tout unie et brute où seront seulement gravés mon nom et les dates de mon passage sur cette terre, une simple pierre.

» Une simple prière à Dieu, quel qu'il soit, et quelle que soit cette prière pourvu que la récitent non pas un pasteur, un prêtre ou un rabbin, mais mes enfants, en qui j'ai cru et je veux croire.

» Et tout sera dit.

» E. E. E. »

Qu'il est joli, en effet, le cimetière marin de Saint-Hospice ! Juché sur les hauteurs, il se présente au visiteur comme un modeste jardin de curé envahi d'herbes folles et de ronces qui croissent parmi les pauvres sépultures des pêcheurs de Saint-Jean. Nul faste, nulle pompe ici, sinon la sublime vue, envoûtante et apaisante comme le *Magnificat* d'une messe des morts. Par temps clair, le regard porte à l'Orient jusqu'à l'Italie... ; à l'Occident jusqu'à l'extrême pointe de la Baie des Anges... ; au midi, jusqu'à l'infini...

La mer, le ressassement incessant des cigales, la brise légère chantant dans les pins et les oliviers, le lourd parfum des fleurs fanées — s'il est un paradis, ce petit carré d'asphodèles, de fèves, de chèvrefeuille et de coquelicots jonché de tombes en est le tapis posé devant les portes célestes...

Refermant derrière lui la grinçante grille rouillée, Abel s'avança, à bout de souffle, essuyant son front ruisselant dans la manche de son survêtement blanc. À la main, il tenait un camélia arraché à la haie d'une villa.

Il s'approcha du bord de la fosse où les fossoyeurs venaient de déposer au moyen des cordes le cercueil de bois blanc, y jeta la fleur rouge...

En face de lui, de l'autre côté du trou où commençaient à tomber les pelletées de terre, Kay et Jeremy, tout de noir vêtus et figés comme au garde-à-vous, le toisaient haineusement. Faye, à trois pas derrière, pleurait sans bruit — déjà on apportait la plaque de granit où avait été gravé :

ELIOTT ERNEST EMERSON
1893-1966

Alors, Abel leva les yeux vers les frondaisons frissonnantes d'un pin maritime dans lequel un oiseau moqueur chantait. Que c'est beau ! songea-t-il, ému aux larmes...

L'immensité du ciel, l'envol criard d'une mouette, le frémissement de l'ombre sur le gravier, le crissement aigu et lancinant des cigales, le mugissement sourd et continu du ressac au loin, le miroitement ondoyant des sequins de lumière dansant dessus la vague, l'effacement lent du sillage blanc d'un voilier cinglant sous le vent, l'éblouissement de l'horizon quand il n'est plus qu'un trait de jour aveuglant tiré parmi les brumes de chaleur, le tintement du glas…

Puis, il se souvint du dernier vœu de son père : une prière, quelle qu'elle fût, mais dite par ses enfants.

Il s'éclaircit la voix et, avec simplicité, commença à réciter la seule qu'il connût, ces quelques vers de Rimbaud :

Elle est retrouvée.
Quoi ? — L'Éternité
C'est le soleil
Allé avec la mer.

QUATRIÈME PARTIE

L'heure de la Chouette

« Que s'est-il passé ? Racontez-moi vite.

— Vous ne pouvez pas imaginer, Faye. Vous ne pouvez pas imaginer le scandale. Déjà la manière dont Abel s'est présenté ! Nous étions tous là autour de la grande table ovale, les principaux rédacteurs et collaborateurs du journal, tous en strict complet gris anthracite et cravate ton sur ton, comme il se doit — le fameux style Events, n'est-ce pas ? — tous un peu tendus et inquiets : nous allions enfin connaître l'héritier de la dernière heure ! Est-ce qu'il se montrerait aussi autoritaire que votre frère, aussi... « impérial » que votre mère ? À quoi devions-nous nous attendre avec lui ?... Alors, Abel est entré. Grosse sensation ! Il était en blue-jean, veste d'escalade en toile rouge, une chemisette à col ouvert. Votre mère est devenue blême.

— Oh, je vois ça d'ici : ce devait être impayable !

— Oui, d'autant que Kelly a d'abord cru qu'il s'agissait d'un petit coursier qui lui apportait un pli. Il lui a demandé : "Qui vous a dit d'entrer, mon garçon ?" Mais il a vite compris qu'il gaffait, il s'est repris aussitôt et l'a accueilli très gentiment. Il l'a fait asseoir à la table, nous a présentés. Puis il a commencé à lui énumérer tous les avantages dont il allait bénéficier maintenant selon les dernières volontés d'Eliott.

— Et c'est...

— Impressionnant ! Outre un salaire de cent quatre-vingt mille dollars par an, on lui donne le bureau de Jeremy puisque lui vient de reprendre la suite de votre père. Kelly a tenu à préciser qu'il aurait à sa disposition un salon, une salle à manger privée, une salle de bains, un petit bar et le jardin de la terrasse du côté ouest. Ensuite, il lui a appris qu'on lui donnait aussi un maître d'hôtel pour s'occuper de tout ça et trois secrétaires rien qu'à lui. Une limousine particulière avec chauffeur. Un garde du corps. Comme les autres membres de la famille, il aura l'usage prioritaire de l'hélicoptère de la société et Dieu sait quoi encore ! Il y en avait cinq pages imprimées serré.

— Et quelle a été la réaction d'Abel ?

— C'est bien ça qui nous a complètement démontés ! Au fur et à mesure que s'allongeait la liste, le fou rire le gagnait. Mais un vrai fou rire ! Nous le regardions tous, bouche bée. Ensuite, certains d'entre nous se sont mis à rire aussi. Discrètement d'abord. Et puis de plus en plus fort : c'était contagieux... Et sûrement qu'on n'a jamais vu ça en un demi-siècle de conseils, sûrement qu'on ne le reverra jamais. Votre mère était folle de rage, Jeremy trépignait et Kelly était tellement décontenancé qu'il s'est arrêté de lire. Alors, à ce moment-là, ç'a été le délire : Abel a levé la main comme un gosse à l'école et il a demandé : “Je voudrais savoir : est-ce que je pourrais avoir aussi deux œufs coque à mon petit déjeuner ?” »

Jeremy s'impatientait.

Ses ongles taillés en amande et soigneusement vernis pianotaient nerveusement sur le rebord de son immense bureau en demi-lune où s'accumulaient, parmi de coûteux gadgets, des photos de lui qui le montraient posant en culturiste et faisant admirer sa musculature boursouflée, ainsi que quelques beaux portraits de Kay Mc Kay au temps de sa splendeur. Cette assourdissante rumeur dans le ciel l'agaçait — pourquoi ces deux hélicoptères tournaient-ils autour de la tour depuis près d'un quart d'heure ?

Il se leva de son vaste fauteuil Kennedy et alla vers les baies coulissantes pour les refermer. Mais, au moment de presser l'interrupteur qui déclenchait automatiquement le mouvement des vitres le long des rails, il se ravisa : cette insistance des deux engins à évoluer ainsi en cercles concentriques autour de l'Events Tower l'intriguait. Il sortit sur la terrasse, s'avança jusqu'à la rambarde. Dominant le vertige qu'il éprouvait toujours un peu à plonger d'aussi haut le regard vers le vide, il aperçut, de la taille d'une fourmilière qui grouillait, une petite foule massée sur le parvis. Des bras semblaient se tendre pour désigner un point sur la tour mais qu'il n'aurait pu voir d'où il se trouvait, gêné qu'il était par le léger évasement du garde-fou.

Il s'inquiéta : un malheureux employé s'apprêtait-il à se suicider en se jetant d'une fenêtre du gratte-ciel ? Non pas que la vie ou la mort de pareil imbécile lui importât à ce point, à Jeremy. Seulement, il songeait à l'effet désastreux que cela pourrait produire sur l'image de marque d'Events… Puis, il réfléchit au fait que les fenêtres des étages inférieurs ne pouvaient s'ouvrir de l'intérieur. Seules, les baies vitrées de l'étage présidentiel, cet étage qu'il devait dès aujourd'hui partager avec « le bâtard », étaient munies d'ouvertures parce qu'elles donnaient sur une terrasse. Il ne s'agissait donc pas d'une tentative de suicide.

Un incendie s'était-il déclaré ? Mais, dans ce cas, pourquoi ne le prévenait-on pas, pourquoi ne faisait-on pas évacuer la tour ?

Jeremy commençait à s'affoler. Il retourna dans son bureau et, comme il faisait toujours en pareille situation, se précipita sur le téléphone pour demander à Kelly aide, explications, conseils, secours, voire consolations. Kelly n'était-il pas toujours là pour s'occuper de tout ? N'était-il pas l'homme à tout faire, le bouc émissaire, l'éternel exutoire à ses colères et ses crises de nerfs ?

« Emerson ! » aboya-t-il dans le combiné design de matière plastique transparente qu'il venait de faire installer la veille et dont il était très fier.

Miss Hepplewhite, la redoutable miss Hepplewhite en personne, sans même lui demander avec qui il désirait communiquer, balbutia humblement :

« Je vous passe M. Kelly.

— Robert ?

— Oui, Jeremy, je sais ! J'allais vous appeler…

— Vous savez quoi ?…

— Comment ? Mais vous… On ne vous a pas informé ? Jeremy, allumez immédiatement la télévision ! CBS ou NBC. Vite ! Nous sommes en direct…

— Qui ?

— Nous !

— Comment : nous ?

— Allumez-la, bon sang ! Vous allez être surpris… »

Jeremy se rua sur le poste, un globe de plexiglas surmonté d'antennes aux formes bizarres, comme on eût pu en voir dans le décor de quelque film de science-fiction.

… Un sifflement, les clameurs d'une foule, des cris, un nom scandé sur l'air des lampions :

« A-bel Young ! A-bel Young ! A-bel Young ! »

L'image enfin…

L'incroyable image ! Une foule de badauds levant les yeux sur la façade de l'Events Tower. Et, tout de suite après, plus incroyable encore, filmé au zoom, en plan rapproché : Abel, Abel qui escaladait l'immeuble par l'arête de l'angle sud-est !

« Oh non ! Non ! » protesta Jeremy en se jetant sur un autre téléphone, un obscène objet aux formes molles de plastique moulé rose bonbon.

« Phoebe ! Appelez-moi ma mère. Immédiatement. »

Blanc de colère, il jeta violemment l'écouteur sur la fourche et tourna à nouveau les yeux vers l'écran. Il était comme hébété, anéanti par ce qu'il voyait.

L'image prise de l'hélicoptère de la CBS dansait mais, de temps à autre, quand l'opérateur parvenait à cadrer convenablement, on pouvait découvrir en très gros plan jusqu'aux manipulations du jeune alpiniste. Il se saisissait prestement d'un mousqueton pendu à la sangle de son baudrier, l'ouvrait d'une seule pression très précise du pouce, l'engageait dans l'évidement d'une cornière d'acier sur laquelle l'anneau se refermait. Alors, il s'y encordait pour s'assurer en cas de chute, puis, d'un grand élan, d'une unique et formidable poussée sur ses jambes, il se propulsait jusqu'à la poutrelle supérieure, y posait un orteil de biais et, après un rétablissement acrobatique des plus spectaculaires, s'arrimait à l'étage supérieur d'où il ne lui restait plus qu'à décrocher l'assurance précédente. Aussi élégamment et sobrement exécutée, l'escalade paraissait un jeu d'enfant.

D'ailleurs, un plan à peu près fixe montra pendant quelques secondes le visage d'Abel reflété dans une glace du dix-septième étage : il semblait, en effet, s'amuser comme un enfant…

La discrète sonnerie à deux tons du téléphone dessiné par Salvador Dali retentit. À tâtons, tout en suivant toujours des yeux, avec fascination, la périlleuse progression d'Abel le long de la paroi de verre, Jeremy décrocha l'écouteur en forme de phallus.

« Monsieur, je vous passe Mme Emerson », lui annonça sa secrétaire. Phoebe Williams paraissait effrayée du ton vindicatif sur lequel Kay venait de lui répondre.

« Oui, je sais ! s'écria celle-ci sans préambule. Je sais ! Je sais ! »

Et, de fait, on entendait à travers l'écouteur du combiné le commentaire pince-sans-rire et primesautier d'un reporter de la NBC :

« Avouons que le jeune "héritier de la dernière heure" du célèbre Triple E n'a pas fini de nous étonner et de nous divertir. Il vient de trouver là une façon inattendue, mais combien audacieuse et facétieuse, de faire son entrée dans l'empire de la presse. Saura-t-il, en compagnie de son demi-frère, Jeremy Emerson, diriger le magazine de la même main de fer avec laquelle il s'agrippe à ces cornières de la façade ? Saura-t-il progresser avec la même témérité et la même sûreté dans ses décisions en ce monde du journalisme qui lui est encore à peu près inconnu ? Saura-t-il faire grimper le tirage des publications du groupe à la vitesse stupéfiante avec laquelle il gravit cette tour de verre ?... Mais, j'ai maintenant à mes côtés deux de ses amis : Garry Hemming et Thomas Haynes à qui je vais demander l'avis du spécialiste. Tom, pouvez-vous me dire pourquoi...

— Mon prénom est Thomas.

— Thomas, pouvez-vous me dire pourquoi cette ascension ?

— Eh bien, d'abord : elle constitue une grande première. Ensuite parce qu'elle se présente comme un excellent exercice de virtuosité pure et que Abel Young, de nous trois, est le plus "gratuit" si je puis dire. J'entends par là qu'il cultive plus que Garry et moi encore, son style...

— À vous entendre parler, on croirait qu'il s'agit d'un violoniste, ou d'un pianiste...

— C'est cela même. Il travaille son style pour le seul plaisir du style...

— Chers téléspectateurs, voilà qui nous dépasse, vous et moi, n'est-ce pas ? Mais je vois que vous vouliez ajouter quelque chose, Tom ?

— Thomas !... Oui. Je voulais dire enfin qu'il y a une raison toute simple à cette première de l'arête sud-est de l'Events Tower. C'est que nous n'obtenons jamais les autorisations pour de telles ascensions. Et que dans ce cas, bon sang ! Comme une partie de tout ça lui appartient maintenant, Abel peut s'en donner à cœur joie ! deux cent cinquante-neuf mètres de dénivelé à cent pour cent rien qu'à soi ! Le rêve !...

— Merci, Tom Haynes.

— Thomas, nom de Dieu !

— Merci, Thomas. Ici Walt Heath en direct de la plaza Eliott-E.-Emerson pour NBC, à vous les studios. »

« Tu l'as entendu, tu l'as entendu ? » éructa Kay dans l'appareil. Jeremy repassa sur la chaîne CBS et baissa le son.

« Oui, maman, répondit-il d'un ton abattu.

— Tu l'as entendu : “Une partie de tout ça lui appartient !” Eh bien, non ! non ! et non ! Je ne le supporte plus, je ne peux plus le supporter ! Je crois qu'il va finir par me rendre folle. Il y a eu cette scène insensée au conseil de rédaction, il y a eu cette abominable conférence de presse, il y a eu cette photo parue dans tous les journaux à part les nôtres... Et maintenant, pour couronner le tout, cette fantaisie ! Et avec, les commentaires à la con de ce salaud de Heath. Quand je pense qu'il a commencé chez nous, ce pédé !... Non, non ! C'est trop ! Je ne peux plus endurer ça. Tu m'entends, My chéri ?

— Je t'entends, maman ! Je deviens cinglé moi aussi, figure-toi. J'ai l'air de quoi dans cette histoire ?

— Mais Kelly, que dit-il ?

— Rien. Il ne m'avait même pas fait prévenir de ce qui se passait...

— Tu crois que...

— Oh, je n'en sais rien. Mais, ce que je sais, c'est qu'il se fout de notre gueule, lui aussi. Tu le vois bien ! Tu as bien vu comment il a manœuvré pendant tout le foutu conseil. Et du “Monsieur Young !” gros comme le bras. Et des amabilités, des sourires longs comme ça !… Et quand ce fils de pute a rien trouvé de mieux que de lever la main comme à l'école pour demander s'il pourrait avoir aussi deux œufs coque à son petit déjeuner, hein… Tu as vu, tu as vu ? Eh bien, Kelly s'est marré comme les autres.

— Je ne vois d'ailleurs pas ce qu'il y avait de drôle !

— N'empêche ! Ce con de Whyatt a dit après : “Mon cher, il a tout à fait l'esprit Triple E !”

— L'esprit Triple E ? Je t'en foutrai, oui ! Une sale petite ordure de beatnik, oui, une saleté de vietnik ! Tu as lu sa déclaration à *Time* ? Ah, ça fait bien pour l'image de la maison !

— Quelle déclaration ?

— Comment, tu n'es pas au courant de sa dernière, Jeremy ? Kelly n'aura pas osé te montrer l'article…

— Et si tu crois que moi j'ai le temps de lire les concurrents. Maman, j'ai déjà tant à faire avec *Tuxedo* !

— Écoute, My. C'est page 59. “Abel Young : ‘Si je dois partir pour le Viêt-nam, je déserterai avant. Nous n'avons rien à faire dans cette saleté de guerre, nous autres Américains !’”

— Ah non ! Ce n'est pas vrai…

— My, mon chéri !

— Maman, maman, écoute-moi.

— Calme-toi, Jeremy. Nous ne devons pas perdre notre sang-froid.

— Non, écoute-moi : ce n'est plus tolérable. Tu l'as dit toi-même. Je veux sa peau, maintenant, à ce salaud ! Sa peau…

— Jeremy !

— Sa peau, à ce salaud qui nous ridiculise. D'abord, je vais demander à Howard si…

— Howard ! Mon pauvre chéri, n'y compte pas. Nous sommes seuls, désormais, je le crains ! Seuls, tu m'entends ? Ce chien de Leo commence à me laisser tomber. Il devait espérer se remarier avec moi ou Dieu sait quoi…

Enfin, autant que tu le saches, j'ai eu une prise de bec avec lui hier au soir. Ça a mal tourné et on s'est quittés plus que fâchés. On dirait que l'entrée en scène d'Abel l'affecte encore plus que nous deux, si tu veux tout savoir. Quelquefois, il me tient des propos sur lui ! On dirait un fou... Un fou furieux... Il me fait peur, ce con !

— Maman, maman... Mais qu'est-ce que je vais devenir si tout ça doit...

— Et moi ? Tu as pensé à moi, My ? C'est de moi dont on se moquera le plus dans cette foutue histoire. Moi...

— Écoute, maman, je viendrai dîner à Sag Harbor ce soir. Je veux que nous parlions de tout ça.

— Je t'attends, mon chéri. D'autant plus volontiers que nous ne serons que tous les deux, en amoureux. Cette chipie de Faye passe maintenant ses soirées toute seule dans son pavillon à peindre ses cochonneries. Elle ne vient même plus manger ici... »

Jeremy raccrocha après avoir déposé un baiser sur l'écouteur. Il se laissa rouler en bas du canapé sur le tapis comme s'il était terrassé par ses angoisses et se recroquevilla dans une position fœtale. Il demeura ainsi, atone, un bon quart d'heure — un soi-disant gourou tibétain qui donnait des leçons de sagesse et de sérénité à trois cents dollars les dix minutes dans une suite du Hilton lui avait enseigné cette prétendue technique de relaxation.

Puis, rouvrant les yeux, il se ressaisit et finit par se lever. Il tâta longuement tout son corps, pétrit sa chair entre ses doigts, se caressa sous sa chemise. Tandis que sa main glissait sur l'abdomen, une inquiétude nouvelle parut l'assaillir et fit plisser une ride à son front. Il se rendit dans sa salle de bains, déboutonna son pantalon, observa dans la glace le modelé de ses obliques et de ses grands droits. Quelque chose ne le satisfaisait pas tout à fait. Aussi mit-il en marche la sangle du vibromasseur électrique et l'appliqua-t-il sur son ventre...

« Quel type !

— Qu'il est mignon, avec ses cheveux blonds !

— Dis donc, il manque pas de couilles !

— Comme il est drôle, notre petit patron !
— Moi, je crèverais de trouille. Déjà debout sur un tabouret…
— Il est joli tout plein, on dirait un gamin.
— Ça nous change de Jeremy et de Kelly !
— C'est Lady Mc Beef qui doit pester si elle voit ça ! »
À peine il apparaissait derrière la vitre du bureau d'angle de l'étage auquel il venait d'accéder, les employés, prévenus par ceux de l'étage inférieur au téléphone, se précipitaient en masse dans ce bureau pour y voir Abel poser ses mousquetons, s'encorder et s'élancer pour passer à l'étage supérieur…
Les commentaires allaient bon train, les plaisanteries fusaient, les témoignages de sympathie à l'égard de ce farfelu qui semblait vouloir introduire la gaieté et la fantaisie dans l'univers sévère et compassé d'Events…
On l'applaudissait, on l'encourageait de la voix, on poussait des hourras !
Lui, en équilibre comme un funambule sur son fil, tâtonnant le long de la poutrelle mais faisant fi du vertige et du danger, avait encore l'audace d'esquisser des petits signes d'amitié en lâchant tantôt une main, tantôt l'autre, quand ce n'était pas un baiser qu'il envoyait du bout des doigts…
Aussi harassante et périlleuse et longue qu'elle fût, c'était là l'escalade la plus amusante qu'il eût jamais accomplie : un pur exercice d'école. Mais de très haute école…

Le croira-t-on ? Participant à l'émoi général qui régnait du bas en haut de l'Events Tower, miss Hepplewhite elle-même quitta son bureau pour venir le regarder « faire le chimpanzé » ainsi que le nota Kelly, mi-amusé et mi-contrit quand il vit surgir Abel à hauteur du soixante-quatrième étage.
Abel n'avait plus qu'un rétablissement à effectuer et il aurait gravi la tour. Mais l'ultime passage, comme c'est souvent le cas en montagne, était le plus délicat : il y avait ce grand surplomb lisse que constituait le garde-fou de la

terrasse. Seulement, en grimpeur averti, Abel avait prévu la difficulté et apporté avec lui tout un matériel léger d'escalade artificielle ainsi qu'un grappin. En cinq mouvements précis, cinq enchaînements, il parvint enfin à poser les mains sur la rambarde. Ensuite, il n'y avait plus qu'à se hisser à la force du poignet…

Kelly l'avait prévenu au téléphone : Jeremy était là, sur la terrasse, qui attendait que surgisse son demi-frère. Il s'était fièrement campé en une posture très étudiée de hauteur et de mépris. Dans son regard à demi clos était exprimé, croyait-il, tout le ressentiment que lui inspirait ce misérable bâtard…

La tête blonde apparut, échevelée, puis le buste, bardé de sangles, de cordelettes, de crochets et de mousquetons qui tintinnabulaient — Abel se rétablit et retomba sur ses pieds. Face à face avec Jeremy qui le toisait d'un air de défi…

« Bonsoir, mon frère ! s'écria Abel en riant aux éclats. Puis-je utiliser vos toilettes ? J'ai les mains couvertes de sang… »

Quelle fête inoubliable cela avait été !

Deux longs mois de rires, de folies, de plaisirs, de fantaisies : « Une saison au paradis », avait dit Abel en hommage à Rimbaud. Tout était possible, tout était permis désormais, tout devenait aisé — telle est la force de la fortune. Et celle dont Abel allait bientôt hériter était colossale.

Si colossale qu'elle n'avait aucune signification précise pour lui. On lui lançait des chiffres, on lui donnait des approximations à quatre ou cinq millions de dollars près, mais ces sommes ne lui évoquaient rien. Il y a toute une éducation de l'argent qui ne s'acquière qu'avec le temps et l'usage. Or, Abel décida d'emblée qu'il se refuserait à acquérir cette éducation-là : il voulait seulement jouir des facilités que l'argent procure et le dépenser au gré de son humeur et des caprices de Johanna. Tout cela, au fond, lui faisait un peu peur : il craignait d'en voir affectés ses rapports avec autrui comme avec lui-même. Il craignait d'y perdre son goût du bonheur et jusqu'à son identité même. Il pressentait des pièges, d'obscurs dangers…

« Je ne veux pas que ça me touche en rien. La vie doit rester un jeu », dit-il à Johanna au téléphone quand, le soir de la mort de son père, après lui avoir appris qu'il était devenu milliardaire, ils discutèrent longuement de ce qu'il allait faire maintenant. « Je ne changerai pas, tu sais. J'essaierai de rester cet Abel que vous êtes quelques-uns à aimer. »

Le lendemain matin de l'enterrement, fuyant l'atmosphère délétère de la *Gioconda*, il avait jeté dans le sac que lui avait prêté Jacques ses quelques hardes et, après avoir salué Geoffrey, quitté la villa en y laissant simplement, griffonnées sur une feuille arrachée à un agenda, trois lignes d'adieu très affectueuses à remettre à Faye quand elle serait réveillée :

« Ne pleure pas, petite sœur,
Le bonheur est en toi comme il était en moi.
Comme moi, tu finiras par le trouver.
Abel. »

En une journée d'auto-stop, estima-t-il, il aurait rejoint Chamonix où l'attendait Johanna…

Comme il se postait au pont Saint-Jean, sur la Corniche, et levait le pouce, une Bentley décapotable s'arrêta à sa hauteur.

Ed Barrett était au volant. Dès que le valet de chambre l'avait prévenu du départ précipité d'Abel, il avait sauté dans son cabriolet pour tenter de rattraper le jeune héritier sur la route.

« Voyons ! s'exclama-t-il tandis que la vitre teintée qui le dérobait aux regards indiscrets de l'extérieur disparaissait sans à-coups dans les montants de la portière. Voyons ! Vous n'allez pas faire ça, monsieur Young.

— Bonjour, monsieur Barrett.

— On peut vous trouver une limousine ou vous conduire à l'aéroport de Nice en hors-bord et louer pour vous un avion… »

Pour toute réponse, Abel se contenta de retourner les poches de son blue-jean. Il en tomba une douzaine de billets de dix francs roulés en boule, deux ou trois modestes *traveller's checks* fripés et quelque menue monnaie française et américaine.

« Mais, vous plaisantez ! se récria Barrett que tant de naïveté amusait et attendrissait. Même si la succession n'est pas ouverte, n'importe quelle banque se fera un plaisir de vous consentir un prêt dès aujourd'hui sur la seule promesse que vous y établirez bientôt un compte. Et encore, ce sera un prêt sans intérêts ! Vous êtes riche, Abel ! Vous êtes immensément riche !... Vous permettez que je vous appelle Abel ? »

Abel acquiesça d'un hochement de tête.

« En retour, appelez-moi Ed, je vous prie », lui fit l'avocat en lui tendant une chaleureuse poignée de main pardessus la portière de la Bentley.

Ed Barrett, qui avait, toute sa vie, été très lié à Eliott E. Emerson mais tenait le fils aîné de celui-ci pour un sinistre imbécile, avait éprouvé, dès qu'il l'avait connu, beaucoup de sympathie pour le « bâtard ». Il était pourtant très réactionnaire, très puritain, très guindé, très collet monté, en un mot très « Events », mais le charme, la nonchalance et surtout l'intelligence qui émanaient de la personne d'Abel l'avaient tout de suite séduit. Et puis, l'orphelin semblait si désarmé dans la vie ! Barrett se sentait des devoirs envers cet enfant. Après tout, c'était lui qui, seul de l'entourage d'Eliott, avait connu le secret de sa naissance et avait su le taire ; lui qui s'était occupé de sa reconnaissance et d'évaluer toutes les conséquences qu'un tel acte pouvait entraîner ; lui qui, ensuite, avait travaillé des années à la succession pour qu'il ne fût pas déshérité ni même seulement lésé d'une partie de ce qui devrait lui revenir à la mort de Triple E. Afin que ce travail de toute une vie fût couronné de succès, afin qu'il pût considérer son aboutissement comme le chef-d'œuvre de toute une brillante carrière de juriste, il devait encore l'aider, le protéger, le conseiller, ce jeune milliardaire qui faisait de l'auto-stop au pont Saint-Jean. Il devait être pour lui ce qu'eût été sans doute Eliott s'il avait vécu quelques semaines de plus.

D'autant qu'on pouvait redouter maintenant une contre-offensive de Kay, menée par Leonard Howard, un procédurier qu'il savait avisé et retors...

Ed Barrett proposa au jeune homme :

« Abel, si vous le voulez, vous venez avec moi à Monte-

Carlo et je vous fais ouvrir immédiatement un compte à la banque de votre père. Ils vous consentiront une avance…

— Si vous croyez que c'est possible…

— Allez, montez, mon garçon ! Je vais vous apprendre la vie.

— Pourquoi, c'est ça la vie ? » fit Abel, narquois.

Les deux hommes s'étaient ainsi rendus au Crédit du Rocher, une banque fort modeste d'apparence mais dont l'anonyme façade dissimulait un établissement financier de grand renom dans le monde des affaires internationales et qui n'acceptait en dépôts privés que quelques énormes fortunes. Elle gérait le patrimoine européen des Emerson mais, surtout, s'occupait des transferts de fonds que le groupe Events effectuait entre les États-Unis, la Suisse et divers autres « paradis fiscaux ». Abel reçut là, dans un austère salon lambrissé d'acajou sombre et tapissé de cuir noir capitonné propre à étouffer les paroles, sa première « leçon d'argent ». Pour la première fois, il y conçut quelle puissance lui conférait la richesse. Mais ce fut bien involontairement. Comme le directeur, venu en personne traiter de son cas, lui demandait :

« Combien vous faudrait-il, monsieur Young ? », par manière de plaisanterie il avait répondu d'un ton faussement négligent :

« Ooooh… Disons : deux cent cinquante mille…

— Francs ? » demanda le fondé de pouvoir.

Ni lui ni le directeur ne parurent seulement sourciller à l'énoncé d'une somme qui même libellée en francs semblait énorme à Abel. Aussi, croyant enfin les provoquer dans leur imperturbable sérieux de banquiers, il dit en riant :

« Non. Deux cent cinquante mille dollars, évidemment ! »

Mais, à sa stupeur, le directeur répliqua :

« Aucun problème. Ce sera crédité d'ici une heure. La garantie de M. Barrett nous suffit. Maintenant, si vous désirez quelques *travellers*, nous pouvons vous les faire établir immédiatement. »

Abasourdi mais cependant enhardi à exiger n'importe

quoi par ce regard complice que Barrett lui adressait, Abel demanda quinze mille dollars qui lui furent aussitôt remis.

Alors, quelle fête inoubliable cela avait été de retrouver Johanna ! Et les Servoz ! Et les amis de la vallée de Chamonix...

Tout était si fou ! Il suffisait de demander à ceux qu'on aimait « que voulez-vous ? » et d'exaucer leur vœu — comme dans un conte de fées.

Un soir, alors qu'ils refaisaient le monde devant un flacon de liqueur de gentiane, Jacques, Colette, Johanna et lui, à l'improviste le guide avait commencé à évoquer un vieux rêve qu'il avait fait avec quelques camarades des Houches et des Praz : organiser une expédition dans l'Himalaya. Mais, bien sûr, disait-il, ce ne serait, pour longtemps encore, rien d'autre qu'un rêve...

Quand Abel, exhibant discrètement son chéquier à l'en-tête du Crédit du Rocher, avait demandé, l'air de ne pas y toucher :

« Combien faudrait-il, à ton avis, pour les voyages, les sherpas et le reste ?

— Ah non ! avait protesté Jacques, surpris et sincèrement embarrassé. Tu es tombé sur la tête ? Enfin, Abel... Si j'en parlais, ce n'était pas pour que tu... Oh, bon sang ! Si j'avais su... Je l'aurais fermée.

— Écoute, Jacques, non ! Pas de ça entre nous, c'est trop con. Dis-moi ce qu'il vous faudrait et voilà tout. Je comprends ta délicatesse. Mais... Eh bien, elle me blesse en un sens. Je croyais que nous deux, c'était à la vie et à la mort. Il y a deux ans, quand j'étais si fauché, combien de fois tu n'as pas voulu que je te paye pour les grandes courses... Et à l'Aiguille du Fou, la barre de chocolat que nous avons partagée, la seule chose qui nous était restée quand nous avons perdu les sacs... Jacques, ce morceau de chocolat, c'était beaucoup plus que je ne pourrai jamais te rendre. Même avec un crédit de deux cent cinquante mille dollars au Rocher. Une expédition à l'Himalaya, qu'est-ce que ça représente pour moi, maintenant ? Tu sais, si je le voulais, si j'étais comme eux, si j'avais leur esprit tordu, je pourrais la faire financer par Events : ils s'arrangeraient encore pour en tirer du fric en vendant les photos au monde entier et en publiant le livre après... Mais, justement, ce que je veux t'offrir, moi, c'est de pouvoir organiser la première himalayenne où il ne sera jamais jamais question de blé !

— Abel, c'est merveilleux. Seulement...

— Seulement quoi ? Non, Jacques, non ! Je t'en prie : dis-moi le chiffre si tu y as déjà réfléchi. Ou plutôt, tiens !... se reprit Abel en détachant un formulaire de chèque de sa souche et en le paraphant, inscris-le toi-même quand tu auras une petite idée de ce que...

— Abel, non. Je ne peux pas.

— Écoute-moi, Jacques. Je ne veux pas que cette saleté de fric change en quoi que ce soit mes rapports avec ceux que j'aime. Le fric, je m'en aperçois, c'est quelque chose de très dur à manier, de très délicat. Le fric corrompt, le fric humilie, le fric pervertit tout... Crois-moi, c'est un moment difficile que je vis. Tout ça me dépasse un peu. Alors, je t'en supplie, ne me rends pas les choses plus difficiles encore en refusant. La seule façon de s'en sortir avec l'argent, la seule façon de ne pas se laisser dévorer par lui, c'est de le prendre à la rigolade : il y en a, tant mieux, on peut taper dedans ! Il n'y en a plus, tant pis, on ne va pas en faire une maladie ! Je ne veux pas le garder dans un coffre, je ne veux pas spéculer, je ne veux exploiter personne. On peut penser que je suis cinglé — et après ? Je m'amuse, voilà tout. Et le reste, je m'en fous... Quand je serai à sec... eh bien, j'irai chanter dans les cours et Johanna fera la quête !

— Non ! rectifia Johanna, moqueuse. *Je* chanterai dans les cours et *tu* feras la quête. Je n'ai pas envie de recevoir des tomates, moi !

— De toute façon, dit Abel, avant qu'on ait tout épuisé, j'ai l'impression qu'il se passera bien quelques années. J'aurai appris à chanter d'ici là.

— Et de toute façon, intervint à nouveau Johanna, toujours aussi moqueuse, quand tu auras tout claqué, il te restera encore ton salaire à six chiffres de président-directeur général d'Events ! »

Elle fit pompeusement retentir le titre et tous les quatre, Colette, Jacques, elle et lui, éclatèrent de rire en chœur.

« Tu te fous de moi ? s'écria Abel. Tu ne crois tout de même pas que je vais exercer mes fonctions ?...

— Et pourquoi pas ?

— Mais, bon sang, je ne connais strictement rien à la question ! Je ne vois même pas de raison de m'asseoir au conseil de rédaction. Ce n'est pas parce que j'ai collaboré à deux ou trois revues de rien du tout traitant d'alpinisme ou de poésie que je suis capable de diriger un tel merdier. Même en compte à demi avec l'ineffable Jeremy Emerson.

— Pourtant, ton père l'a voulu.

— Eh bien, d'accord ! Mais j'apprendrai le métier d'abord. On ne s'improvise pas du jour au lendemain...

— Je t'approuve ! le coupa Jacques. Je t'approuve entièrement, Abel. Tu sais ?... Eh bien, ça me fait très plaisir de voir que tout ce qui t'arrive ne t'a pas monté à la tête. Que tu n'as pas changé : tu es et tu seras toujours cet Abel que nous aimons. Que tu as gardé... Bon, je vais dire un mot qui paraît un peu ridicule aujourd'hui mais, tant pis ! que tu as gardé ta droiture.

— Je m'efforcerai que cela dure, répondit Abel en administrant une bourrade affectueuse à son ami. Mais, il faudra que tu m'aides, aussi, mon vieux ! Il faudra que tu y mettes un peu du tien. Être riche et rester un type bien, c'est autrement difficile que de gravir l'Aiguille du Fou !

— C'est toi le fou. »

Jacques Servoz se sentait soudain très ému. Il se resservit une lampée de liqueur de gentiane dans un petit verre, y trempa sa langue — ce n'était pas son habitude de boire ainsi. Il finit par ajouter, d'un ton embarrassé où transparaissait toute la délicatesse de son âme dans la rudesse des mots :

« Écoute, grand con ! Je crois que pour ton fric... je vais dire oui. Je vais peut-être accepter... un prêt.

— Ah non ! protesta Abel plaisamment, je ne *prête* pas. Je ne suis pas le Crédit du Rocher, moi. Je donne. Disons que c'est du mécénat, si tu veux. Ce foutu nabab de Young finance une première dans l'Himalaya !... Pour une fois que vous n'aurez pas à aller mendier des sous à des boîtes qui vous obligeraient à porter des caleçons en duvet machin-chose et des fixe-chaussettes de glacier truc-muche ! »

Abel donnait ainsi un peu de bonheur à tous.

Et, partant, à lui-même : les huit jours qu'ils demeurèrent encore en France, Johanna et lui, avant de retourner aux États-Unis, furent huit jours de rires, de folie, de plaisirs, de fantaisie.

À Paris, ils passèrent quarante-huit heures trépidantes à revivre la riche et oisive existence des « Américains à Paris » des années folles. Luxe, bohème, romantisme et insouciance frivole, c'était comme dans un roman de Fitzgerald ou d'Hemingway : le Ritz, la Closerie des Lilas, les bals populaires, les soupers fins, les taxis, les flâneries à l'aube le long des quais, les pourboires extravagants, les roses et le champagne au petit déjeuner — la grande vie !

Puis, ce fut le retour aux États-Unis.

La fête continuait ! « Je t'offre la première classe : caviar, foie gras, champagne millésimé ! Nous sommes des nouveaux riches, ma vieille Jones ! De vulgaires nouveaux riches. Et nous devons assumer notre dure condition. »

Le triomphe ! À l'aéroport de San Francisco, ils étaient tous là pour les accueillir, les amis de Berkeley. Thomas Haynes s'était amusé à improviser une petite réception comme on en organise à l'arrivée d'une vedette de l'écran ou de la chanson. Et, en raison de quelques indiscrétions, des journalistes et des photographes s'étaient également déplacés. Dans le hall de l'aérogare, les voyageurs s'interrogeaient :

« Qui est-ce ?

— Un chanteur de rock ou de folk, sans doute. À voir comment il est habillé…

— Je n'arrive pas à mettre un nom sur ce visage. »

Les étudiants se divertissaient fort. Quelques amies de Johanna, dès qu'elles les avaient vus passer les portes vitrées des arrivées dans un crépitement de flashes, s'étaient mises à pousser des cris stridents comme les groupies d'une pop star découvrant enfin leur idole tant attendue. Quant à Thomas, il brandissait une pancarte sur laquelle il avait écrit malicieusement :

Abel for President…
… of Events !

Seul Alec Philips ne partageait pas la gaieté générale. Beau joueur, il avait tenu tout de même à accueillir Johanna, qui l'avait abandonné avec tant de désinvolture, et embrasser celui qu'il était bien obligé de considérer comme son rival en dépit de l'amitié qu'il lui conservait. Mais, à revoir brusquement celle qu'il aimait encore, un accès de mélancolie s'était emparé de lui, un vrai dépit amoureux contre lequel il n'essayait plus de lutter. Il se tenait maintenant en retrait de la joyeuse petite bande et se taisait.

Les parents de Johanna étaient venus aussi. Comme la vie est étrange ! semblaient-ils se dire tandis qu'ils marchaient à la rencontre de ceux qu'ils n'appelaient déjà plus que « nos enfants » : un mois auparavant, M. Jones avait accompagné en hâte sa fille à ce même aéroport, une pauvre gosse perdue, en proie à une crise d'hystérie parce que ce petit beatnik dont elle s'était amourachée faisait le zouave sur un rocher dans les Alpes. Et aujourd'hui, sous les applaudissements et les hourras, elle revenait au bras d'un jeune et séduisant milliardaire coprésident et copropriétaire du premier groupe de presse et d'édition dans le monde, un prince charmant à qui ils découvraient soudain mille qualités insoupçonnées. D'ailleurs — n'est-ce pas ? — ils l'avaient toujours beaucoup estimé.

« Tu as vu ? demanda Abel à Johanna en lui chuchotant dans le creux de l'oreille. Papa Jones ne remarque plus du tout que j'ai les cheveux longs et un jean délavé.

— Tu sais pourquoi maman m'a prise à part tout à l'heure, quand tu discutais avec le type des bagages pour cette histoire de caisses de bordeaux ? répondit-elle de la même façon.

— Dis-moi ! »

Elle pouffa de rire :

« C'était pour me demander quand nous allions nous marier. Pas *si*, remarque bien, mais *quand* ! Tes oreilles ont dû siffler agréablement, d'ailleurs. Tu ne peux pas savoir ce qu'elle m'a dit sur toi : que tu étais si gentil, si bien élevé et tout et tout. Tu lui avais toujours paru le seul garçon sérieux de notre petite bande de copains. Tandis qu'Alec...

— Quelle salope !

— Abel, je t'en prie.

— Ce serait marrant qu'Alec hérite des Rockefeller, lui. Là, je voudrais voir la tête de ta mère !

— Pauvre Alec... J'ai de la peine, tu sais.

— Moi aussi. Mais, maman Jones... »

Cette bassesse, cette indignité de la plupart des gens devant l'argent ne laissait d'étonner Abel et de le blesser souvent. Il eût tant aimé que les autres fussent aussi indifférents que lui à la puissance qu'il confère ; tant aimé qu'ils ne s'abaissassent pas ainsi. Alors, oui, il eût pleinement joui de ce bonheur qu'il pouvait maintenant dispenser autour de lui. Mais quelque chose était vicié — il le savait. Et il en souffrait...

Ils se dirigeaient vers l'immense voiture de grande remise que, par manière de plaisanterie, Thomas Haynes avait louée pour la journée, quand Abel la vit, perdue dans la foule, menue, fragile, réservée, timide et comme affolée de se trouver dans pareille cohue :

« M'a ! » s'exclama-t-il.

Il abandonna le caddy où s'entassaient les cadeaux qu'ils rapportaient de France pour leurs amis et se rua sur elle.

« Oh, M'a ! M'a ! »

Elle pleurait de bonheur. Il la prit dans ses bras, la souleva de terre, la fit tournoyer dans les airs. Délicieux moment de vertige, délicieuse valse lente tandis que les photographes les harcelaient, délicieuses retrouvailles. Ils tournaient, tournaient, tournaient...

« M'a ! Oh, M'a ! Tu ne travailleras plus jamais. Et plus jamais tu n'auras de chagrin. Plus jamais une saleté de camionneur ne viendra t'emmerder. M'a ! tu vas avoir une jolie maison, rien qu'à toi. Loin de toute nationale. Avec un grand jardin autour et plein de roses. Et une voiture pour aller faire du lèche-vitrine en ville et prendre le thé avec tes amies. Et une dame très gentille pour s'occuper de tout ça... M'a, l'hiver tu pourras te reposer au soleil des Bahamas. L'été, tu iras visiter ta famille en France. Tu seras la tante d'Amérique. Tu retourneras dans ton village. Tu en mettras plein la vue dans ta Cadillac, tu verras ! Tu distribueras plein de fric autour de toi. Sur la place de Bois-Chambures, il y aura la statue de la bienfaitrice : À Madeleine Langlois, la population de Bois-Chambures reconnaissante. Quelque chose de très kitsch, de très mauvais goût...

— Calme-toi, Abel ! Calme-toi, mon grand ! Ne me serre pas si fort, tu m'étouffes à la fin.

— Nous sommes riches, M'a ! Nous sommes riches...

— Oh, ce n'est pas ça qui compte, mon grand. Mais de te retrouver. C'est si bon ! »

Dans les jours qui suivirent, avec la promptitude de décision que lui conférait sa nouvelle situation sociale, Abel put acquérir une belle villa située sur les hauteurs de Sausalito et l'offrir à sa mère adoptive. Ce qui s'était passé à Monte-Carlo se reproduisait partout : il suffisait qu'il demandât pour obtenir. Les banques lui accordaient des crédits au seul énoncé de son nom et sur la seule recommandation de Barrett, trop honorées de compter bientôt parmi leur clientèle le futur patron d'Events et l'héritier d'Eliott E. Emerson. Tout s'accomplissait comme dans un rêve : on s'empressait à le servir et les difficultés qu'on fait au simple mortel lui étaient épargnées. Cela l'amusait et cela l'agaçait en même temps. Il avait peur d'y perdre son solide sens des réalités, sa lucidité, sa gaieté, même, sa sérénité. « Les gens à qui on obéit sont rarement des marrants, faisait-il remarquer un jour qu'il évoquait la question devant Thomas. Si jamais je deviens puant, mon vieux, je veux que tu me le dises. »

Mais non. Il n'y avait aucun risque qu'il le devînt.

Son humour narquois serait toujours le plus fort. Il avait trop souffert de la désinvolture de son père à son égard — cette désinvolture des gens trop riches et qui considèrent que tout s'achète, que tout se vend, que l'argent console de tout. Lui continuerait à se moquer de tous les tabous et à semer le scandale sans même vouloir le provoquer vraiment : pour cela, il lui suffisait de vivre au gré de sa fantaisie.

Johanna, que ses activités militantes avaient reprise, lui annonça un matin qu'elle allait participer à une tournée de distribution de tracts dans les quartiers pauvres.

« J'ai une bien meilleure idée ! lui dit-il en riant. On va s'amuser un peu, tu vas voir. »

Il demanda à sa banque de lui préparer quelques valises de coupures de dix dollars pour un montant total de cent mille. L'employé, intrigué, s'exécuta cependant sans poser de question : un milliardaire a tous les droits.

« Ça n'a pas un peu plus de gueule que tes foutus tracts, dis-moi ? » dit Abel à Johanna en lui montrant les liasses de billets neufs retenues par des bandes de papier et soigneusement empilées dans les mallettes.

« Qu'est-ce que tu veux en faire ?

— Eh bien, on va se poster à un coin de rue et les distribuer.

— Quoi ? Mais c'est de la charité !

— Non. De l'efficacité politique, répliqua-t-il en riant. L'argent, c'est sacré, n'est-ce pas ? Ce n'est pas quelque chose qu'on jette. Alors, écoute, ma vieille Jones : on va faire imprimer au pochoir votre mot d'ordre dessus et distribuer ces billets comme des tracts. Je t'assure que, pour une fois, les passants ne les froisseront pas pour les jeter au panier avant même de les avoir lus ! »

On peut imaginer, en effet, le succès que connut une telle manifestation. En quelques minutes, la rue fut noire de monde. On se battait pour obtenir un de ces précieux manifestes, et bientôt la cohue tourna au début d'émeute… Mais quand la police surgit, il était déjà trop tard : les cent mille dollars avaient été distribués.

« Rapidité, efficacité, propreté des rues : c'est le nouveau militantisme ! ironisa Abel. C'est la première fois que vous écoulez dix mille tracts en dix minutes, non ? »

Puis, il remonta dans sa Jeep achetée cash le matin même et démarra au moment précis où retentissaient les sirènes des voitures de police au bout de la rue…

Ses facéties commençaient de soulever la curiosité. La rumeur enflait, la presse voulait le connaître. Mais il refusait toute interview : il n'avait pas à se justifier, jugeait-il. Il vivait comme il avait toujours vécu — avec quelques dollars de plus.

Là-bas, à New York, Jeremy trépignait, Kay rongeait son frein et Leonard Howard faisait les frais de leur nervosité grandissante alors qu'il était lui-même en pleine dépression. Seule Faye riait aux éclats en lisant dans la presse underground le récit des derniers exploits de son demi-frère.

Quant à Kelly, imperturbable, il l'attendait : suivant les instructions de son défunt patron, sa présentation au conseil de rédaction d'*Events* devait avoir lieu un mois après la mort, soit le 14 septembre.

Ensuite s'ouvrirait la succession.

Début septembre, Abel et Johanna quittèrent la Californie pour s'installer à New York.

Dans une immense Cadillac convertible d'un modèle déjà ancien, ils entassèrent leurs livres, leurs disques, leurs plantes vertes et leurs chats. Ils prendraient leur temps pour traverser les États-Unis, pour aller « à la conquête de l'Est » comme Abel le notait plaisamment.

Adieu au *basement* de Haight Ashbury où ils avaient été si heureux et s'étaient, pourtant, tant de fois déchirés ! Adieu à la baignoire rouillée du jardinet où croissait une végétation de petite jungle mais où jamais les plants de marijuana offerts par Thomas n'avaient voulu pousser ! Adieu à l'éblouissante peinture au mica volée sur un chantier et adieu au piano désaccordé sur lequel Abel jouait maladroitement avec trois doigts les mélodies de Scott Joplin ! Adieu aux collines de San Francisco dévalées par les tramways, adieu à la baie noyée de brumes, adieu au triomphal pont de Golden Gate, adieu aux couchants flamboyants sur le Pacifique ! Adieu à la lumière et au ciel bleu de la Californie !

Ils iraient dans l'aube par de grandes plaines inondées de brouillards ; ils iraient dans le crépuscule limpide par de sombres canyons ; ils rouleraient par des autoroutes rectilignes sous le grand soleil de midi au-devant de décevants mirages ; écoutant à la stéréo de bord une ballade mélancolique de Bob Dylan, ils verraient sur la chaussée l'ombre portée de l'auto s'allonger démesurément ; ils traverseraient des villes endormies ; ils avanceraient au cœur de la nuit, croisant d'autres destinées solitaires qui les salueraient d'un appel de phares dans le noir. Et un matin, ils entreraient dans Manhattan, chantant à tue-tête *Highway 61 revisited* !

Une nouvelle existence commençait. Mais peu de choses changeraient, au fond, ils se l'étaient promis.

Et, de fait, la même vie de bohème avait repris dès leur installation à Greenwich Village. Seulement, c'était maintenant une bohème luxueuse. La maison qu'ils louaient à St Luke's Place était une de ces vastes et jolies demeures à perron du dix-neuvième siècle. Le piano, un Steinway de concert. Et la peinture des murs ne venait pas d'un chantier, mais trois magnifiques toiles de Faye Emerson, achetées par Abel à sa demi-sœur en cachette de Kay et de Jeremy, ornaient la bibliothèque de style Adam où ils avaient rangé sur les rayonnages de boiseries anciennes leurs livres de poche. Comme à San Francisco, une absence quasi monastique de meubles : rien que deux, trois très beaux objets acquis sur un coup de tête. Pour le reste : plantes vertes, chats, et, dans la cuisine, accueillante comme une cuisine de ferme, table ouverte à tous les amis de passage.

Et puis, bien entendu, les sempiternelles chamailleries entre elle et lui, les bouderies, les fâcheries, les cris, les larmes, les « ruptures définitives » de quelques heures, les départs au milieu de la nuit, les attentes anxieuses dehors, sous la pluie…

Et les télégrammes de deux cents mots… ou d'un seul :

« Reviens. »

Et les retours au petit matin, les « réconciliations à jamais », les bouquets, les baisers volés, les fous rires…

« Le énième chapitre de *Guerre et Paix* ! » ironisait Abel.

« *La Mégère apprivoisée* ! » plaisantait Johanna en se désignant d'un air tendre et contrit avant de l'embrasser.

« *L'Idiot* ! » répliquait-il avec une identique mimique, avant de l'enlacer.

Events et le rôle qu'Abel devait y jouer constituaient un de leurs sujets favoris de dispute.

« Ce canard pourri !

— Et après ? Quand tu as dit ça, tu crois avoir tout dit… Mais, si l'on essayait de changer un peu les choses, Johanna ?

— Quoi ? Alors que Jeremy et Kelly sont à la tête de ce machin ? Tu rêves !

— Je ne rêve pas… Ou plutôt, si : je rêve. Ce sont les rêves qui font changer les choses. À la longue.

— À la longue, à la longue…

— Oh ! bien sûr, je sais ce que tu penses ! Avec toi, c'est toujours le tout ou rien. "À la longue", ça n'a pas de sens… Eh bien, moi, je crois au contraire qu'on peut faire évoluer les mentalités avec le temps, doucement, insidieusement, de l'air de ne pas y toucher. En souriant. Il ne s'agit pas de casser la baraque, il ne s'agit pas de dire aux gens : "Vous êtes tous des cons mais nous, nous vous apportons la bonne parole." Il faut qu'ils aient envie d'autre chose parce que, sans rien leur imposer, sans rien leur prêcher, sans chercher même à montrer l'exemple, nous leur en donnerons l'envie, peu à peu. Parce qu'ils se rendront compte que nous sommes plus heureux qu'eux, plus gais, moins crispés…

— Ah oui ! Et ce connard de Jeremy, tu penses pouvoir le décrisper peut-être ?

— Mais enfin, qu'est-ce que c'est que Jeremy ? Rien. Un pauvre Mister America gonflé aux protides. Une baudruche ! Tu lui plantes une épingle dans le cul et pfffhhh !

— Et Kelly ?

— Pas grand-chose, l'ombre de Triple E. Deux patrons ne sont pas un magazine à eux seuls. *Events*, c'est aussi tous ceux qui le font. Et parmi tous ceux qui le font, il n'y a pas que des cons et des ordures.

— Laisse-moi rire ! De belles pourritures, oui. Pour collaborer à une saleté pareille, faut pas être dégoûté.

— C'est ça, c'est ça ! Et les éboueurs, aussi, ce sont des pourritures : pouvoir trimballer des poubelles toute la sainte journée ! Et les mineurs de fond, et les égoutiers, alors…

— Ça n'a rien à voir.

— Si, c'est exactement la même chose. Bon sang, Johanna, qui te permet de juger les autres comme ça ? Pour qui tu te prends ? Les journalistes d'*Events* savent-ils seulement pourquoi ils sont là et ce qu'ils y font ?

— Qu'ils le veuillent ou non, ils sont les complices du pouvoir.

— Ah ! Nous y voilà. Celle-là, ça faisait bien longtemps que tu ne me l'avais pas ressortie de ton petit sac à théories. Mais je la connais : "tout le monde a du sang sur les mains", n'est-ce pas ? Tout le monde sauf Johanna Jones…

— Parce que, selon toi, les Bergman, Whyatt et tutti quanti ?…

— Merde, ne me fais pas dire ce que je n'ai pas dit !

— Tous des porcs !

— Et Richie Garrymore, alors ?

— Qui ça ?

— Tu sais : le jeune type qui est venu me voir l'autre soir pour me parler…

— Le petit binoclard ?

— Le petit binoclard, comme tu dis. Eh bien, j'ai découvert quelqu'un de pas con du tout. Et très gentil, très drôle… On a passé un très bon moment ensemble, on s'est bien marrés.

— Mon pauvre Abel, quelle pauvre pomme tu fais ! Si j'étais toi, je me méfierais : tout ça, c'est faux jeton, fouille-merde et compagnie.

— Tu vas arrêter un peu, Jones ?

— Mais enfin, pourquoi il viendrait te rendre visite ici, si ce n'est pas pour te faire de la lèche et tout ?

— Écoute, tu es vraiment impossible ce soir…

— Ou t'espionner pour le compte de cette salope de Lady Mc Beef.

— Johanna ! »

Le ton montait, montait. Abel, blême de colère, tentait encore d'argumenter mais Johanna, butée, lui assenait avec mépris ce qu'elle tenait pour des certitudes :

« Des conneries ! Abel, des conneries. Il y a que tu es

en train de te laisser récupérer. Tu te fais baiser par ces fils de pute et tu ne t'en aperçois même pas !

— Ça, c'est la meilleure ! Je trouve un jeune journaliste sympa, il vient boire et fumer un petit joint à la maison, on passe la soirée à parler de tout et de rien et à se raconter qui était mon père : pour toi, ça veut dire que je me fais récupérer ! On croit rêver. Tu es complètement paranoïaque, ma pauvre vieille Jones !

— Parfaitement : récupérer ! Alors que la seule chose de révolutionnaire que tu aies à faire…

— Oh ! bravo pour le *révolutionnaire*…

— La seule chose… et ça, je suis sûre qu'ils seraient tout à fait d'accord à *Events* parce qu'au moins pendant que tu ferais ça tu ne les emmerderais pas… la seule chose serait de fonder à l'intérieur du groupe un magazine populaire, qui défendrait nos thèses, ce que nous…

— Qui *nous* ? Les trois pelés de ton mouvement à la con ? C'est ça le peuple selon toi ? C'est à ce peuple-là qu'Events-International Inc., Media Department vendrait un torchon tiré en trois exemplaires ?

— D'accord, d'accord ! Alors trouve mieux ! Bats-toi, bon sang ! Prends le pouvoir à l'intérieur du groupe pour imposer tes vues.

— Et voilà ! Tout de suite : la force, la violence, le mépris d'autrui, l'intolérance. Veux-tu que je te dise ? C'est du fascisme, tout simplement.

— Du fascisme !

— Oui ! C'est très exactement du fascisme. *Events*, ce sont les idées reçues et les préjugés de la majorité silencieuse, le conformisme de droite — c'est entendu, on le sait. Mais entre tes mains et celles de tes copains, ce seraient les idées reçues et les préjugés de la minorité braillarde, le conformisme de gauche ! Si je vous suivais, je deviendrais un Jeremy Emerson de gauche et je trouverais un Kelly de gauche pour faire régner une terreur de gauche sur tout ça. Staline au lieu d'Hitler — la belle affaire ! Tu n'as rien compris, ma vieille Jones, rien ! Je ne crois pas aux idées, moi. Je ne crois qu'aux gens. Et je sais que les gens peuvent changer…

— Tu rêves !

— Oui, je rêve, ma vieille Jones. C'est bon de rêver. Ces constipés de petits révolutionnaires à la con, ils n'ont jamais rêvé, eux. C'est pour ça qu'ils ont le teint brouillé, ma vieille Jones.

— Ah, et d'abord, arrête de m'appeler comme ça !

— Comment : ma vieille Jones ?

— Arrête !

— Excuse-moi, ma vieille Jones. C'est promis, ma vieille Jones, je ne recommencerai plus, ma vieille Jones ! »

Ce soir-là, à St Luke's Place, le passant, tendant l'oreille, aurait pu distinguer un fracas de vaisselle brisée au milieu des tonitruances d'un rock n'roll — le charivari provenait d'une digne demeure patricienne dont toutes les fenêtres étaient grandes ouvertes et les lumières allumées.

S'il s'était posté en face du perron de la maison, il aurait pu voir vers une heure du matin une jeune femme aux longs cheveux bruns tenant un gros sac de marin à la main en sortir et s'éloigner dans la nuit après avoir claqué la porte.

Et si, en cette froide nuit de fin octobre, il avait eu la patience d'attendre jusqu'à l'aube, à l'aube, il aurait aperçu dans l'embrasure d'une fenêtre la silhouette d'un homme qui pleurait, le visage enfoui dans la saignée de son bras replié.

Plus tard encore, il l'aurait entendu vociférer comme un dément dans la maison apparemment vide :

« Johanna ! »

Johanna était partie — pour toujours avait-elle dit.

Pour la première fois de sa vie, Abel avait peur que ce fût vrai.

« Je ne vous dérange pas ?

— Oh ! monsieur Young. »

Levant le regard de dessus le dossier qu'il compulsait, Robert G. Kelly sursauta et bondit hors de son fauteuil, comme électrisé. Il était confondu : Abel, trouvant porte ouverte selon l'usage institué par le rédacteur en chef, venait d'entrer discrètement dans son cabinet de travail sans s'être fait annoncer auparavant.

« Je suis confus, vraiment.

— Mais enfin, monsieur Kelly, asseyez-vous, je vous en prie ! Tout ceci est absurde.

— Vous auriez dû me faire appeler, monsieur Young.

— Vous plaisantez ? »

En dépit de l'invite insistante de son jeune visiteur, Kelly continuait de se tenir debout devant son bureau. Abel, embarrassé de l'embarrasser ainsi, finit par désigner sans rien dire un canapé où ils pourraient deviser tous deux de façon moins protocolaire.

« Je serais venu à votre bureau.

— Et pourquoi ça ? Pourquoi serait-ce vous qui devriez...

— Eh bien... je ne sais pas, mais... Jeremy, quand il veut me voir...

— Il vous sonne ! Vous à qui il doit le respect, ne serait-ce que pour cette simple raison qu'il est le plus jeune ? J'ai toujours pensé que mon frère était un grossier personnage !

— Monsieur Young !

— Et d'abord, je vous en prie, cessez de me donner du "monsieur", c'est ridicule, à la fin. »

Kelly commençait à se détendre un peu ; il se laissa choir sur les coussins de cuir fauve dans l'angle opposé à son interlocuteur. Lui, si sensible au savoir-vivre, il était touché des attentions qu'Abel lui marquait. Il songea à ce fait curieux : des deux fils d'Eliott E. Emerson, celui qui passait pour le rustre du « Village » se révélait au contraire être pétri de politesse — de cette authentique politesse qu'on appelle la politesse du cœur. Alors que le play-boy de la 5e Avenue, qui prétendait aux bonnes manières, faisait preuve en toute occasion d'un manque total d'éducation et d'une muflerie rare. Il y avait là, songea-t-il également, comme une ultime malice du destin voulue par Triple E, une facétie d'outre-tombe : l'esprit de cet homme si élégant, si courtois, si distingué mais aussi très guindé et très strict dans sa mise s'était réincarné en ce bâtard aux allures nonchalantes et bohèmes, vêtu de façon négligée. Vêtu de façon négligée, certes, mais toujours très propre de sa personne, ne put-il s'empêcher de noter mentalement — Kelly attachait beaucoup d'importance à la propreté : elle lui paraissait refléter une certaine transparence intérieure, une netteté morale. Au fond, songea-t-il encore, qu'importait cette façon si peu Events de s'habiller, ce genre étudiant de Berkeley ? Qu'importaient les apparences ? Ce qui devait compter, n'était-ce pas l'authenticité des sentiments, la noblesse de l'âme ? Et Abel ne venait-il pas de lui donner une grande leçon en insinuant dans la conversation cette terrible constatation : « Il vous sonne ! » ? Il n'y avait, d'ailleurs, mis aucune intention de le vexer, au contraire — Kelly l'avait bien senti. Cette familiarité dénotait plutôt une sorte d'intérêt vrai pour lui, d'affection peut-être : sans nulle cruauté, le jeune homme faisait simplement remarquer à son aîné qu'il s'était complètement laissé domestiquer par Jeremy. Et, de fait, il était à ce point son esclave que cela ne le choquait même plus, en effet, d'avoir à se déplacer, lui, pour rendre visite à un homme qui se trouvait être de vingt-huit ans son cadet !

Décidément, Robert G. Kelly se découvrait une tendresse grandissante pour cet hurluberlu tombé d'une autre planète dans ce monde dangereux d'Events, au milieu de cette jungle à l'atmosphère viciée où régnait une violence qui, pour être feutrée, n'en était pas moins implacable. Il semblait qu'en ce lieu se perpétrait un éternel complot dont Abel serait un jour prochain la victime toute désignée…

Pourtant, au début, le rédacteur en chef — qui cumulait à ses fonctions celles de directeur de la publication — avait conçu un peu cyniquement que l'entrée en scène du « bâtard » allait le servir à asseoir son pouvoir. Kay et Jeremy reportant leur haine imbécile sur celui qu'on appelait « l'héritier surprise » lui laisseraient, pensait-il, un peu plus de liberté d'agir à sa guise à la direction d'Events. Abel devenu le bouc émissaire, il aurait un peu moins sur le dos le fils et la mère. Au besoin, lui-même chargerait de tous les péchés le pauvre bâtard pour renforcer son pouvoir auprès de ces deux psychotiques…

Mais très vite, Kelly s'en était voulu d'avoir imaginé un aussi machiavélique calcul. Ce qu'il entendait dire maintenant, certaines sorties inopinées de Jeremy ou de Kay contre le « bâtard », certaines expressions ambiguës qui leur échappaient, certaines explosions soudaines d'hostilité l'effrayaient. Il les avait surpris à parler d'Abel comme de « l'homme à abattre ». Il se sentait brusquement investi du devoir de protéger cet enfant pour qui il éprouvait une secrète sympathie : il avait vu Lady Mc Beef et son amant, Leonard Howard, manœuvrer pour faire interdire Faye, laquelle était pourtant une Emerson ; il pouvait craindre le pire quant au sort du jeune Young.

Les mânes de Triple E le lui ordonnaient : désormais, il devait le défendre, ne fût-ce que par respect pour la mémoire du patron. Si Ed Barrett était l'exécuteur testamentaire des dernières volontés d'Eliott E. Emerson, Robert G. Kelly estimait, quant à lui, se trouver être, de fait, l'exécuteur de son testament spirituel…

Mais qu'il était difficile d'aider Abel ! Le jeune homme était si déconcertant, si fantasque. Il refusait tout ou presque. Il refusait les honneurs et il refusait le pouvoir. Il le refusait jusque dans ses signes extérieurs : il n'avait pas voulu du garde du corps, ni de la limousine particulière, ni du chauffeur, ni des trois secrétaires, ni de l'usage prioritaire de l'hélicoptère de la société. « Qu'y a-t-il de si pressé à faire qu'on ait besoin d'un hélicoptère ? » avait-il fait remarquer.

Il n'avait pas voulu non plus de la vaste suite directoriale qui avait été celle de son frère du temps de Triple E. « Je la trouve d'un goût à chier ! s'était-il écrié quand on la lui avait montrée. Si vous tenez absolument à ce que j'aie un bureau, donnez-moi une pièce au rez-de-chaussée, près de la cafétéria. Il ne me faut qu'une table, une chaise, un téléphone et une patère où je pourrai accrocher mes cordes et mon baudrier. Ça, c'est pour le cas où il me prendrait la fantaisie d'escalader la tour par l'arête sud-est qui me semble foutrement intéressante ! »

On avait ri, croyant qu'il s'agissait là d'une simple boutade : qui aurait été assez fou pour gravir l'Events Tower de l'extérieur, en varappe ?

Abel Young est décidément imprévisible, avait pensé Kelly, troublé.

Imprévisible, il l'était en effet. N'avait-il pas dit oui pour le salaire de cent quatre-vingt mille dollars, lui qui disait non à tout ?

Mais, nouveau sujet d'effarement, nouveau scandale : aussitôt après avoir accepté, il annonçait que la moitié de ce salaire serait intégralement reversée à l'Amicale Philharmonique d'Events qui, désormais, donnerait tous les dimanches des concerts gratuits en plein air au pied de la tour, sur la plaza récemment rebaptisée place Eliott-E.-Emerson, ainsi que pour diverses autres manifestations culturelles organisées par les associations d'employés : danse, théâtre, etc.

Telles étaient les surprenantes initiatives d'Abel.

Aussi, depuis plus d'un mois, vivait-on dans une expectative anxieuse : quel rôle allait-il jouer, quel dessein poursuivait-il, que voulait-il accomplir au sein de l'empire ? Il y avait eu l'ascension de la tour qui s'était révélée constituer une formidable opération involontaire de publicité pour Events. Il y avait eu cette conférence de presse qu'il avait fini par accepter de donner et lors de laquelle, deux heures durant, à coups de reparties loufoques et de bons mots, il s'était moqué ouvertement de ses fonctions dérisoires de président. Et puis, il y avait eu ces déclarations intempestives à des magazines concurrents d'*Events* ou, pire, à des journaux de la contre-culture tels qu'*Evergreen* ou *Ramparts*, dont il s'était acquis les sympathies. Quand toutes ces fantaisies cesseraient-elles ?

Kelly eût aimé conseiller Abel, le guider et faire en sorte que le pouvoir de celui-ci contrebalançât le pouvoir de Jeremy. Il fallait quelqu'un pour contrecarrer les projets démentiels tels *Tuxedo*, quelqu'un pour mettre fin au gâchis et maintenir dans tout l'empire l'esprit qui avait fait le succès des publications Events ; il fallait en un mot perpétuer l'œuvre de Triple E. Du temps où Triple E dirigeait Events, il avait toujours mis son veto à toutes les idées (si on pouvait appeler cela *idées* !) lancées par son fils. Kelly était conscient qu'il maintenait le cap choisi par Eliott mais, hélas ! il ne jouissait pas de son autorité. Abel, lui, aurait pu imposer ses vues et lui servir, pour ainsi dire, de bouclier en ce combat douteux où peu à peu il voyait l'abandonner ses forces, son énergie, et jusqu'à son sommeil. Ils n'auraient pas été trop de deux à affronter la folie ambitieuse de Kay et l'incompétence vaniteuse de Jeremy…

Mais non ! Abel ne voulait pas de ce pouvoir qu'on lui offrait. Abel ne voulait rien, semblait-il. Et Kelly se morfondait.

Cependant, un vague espoir lui venait. À qui voulait l'entendre, Abel disait qu'il désirait apprendre son métier. Et, de fait, on le voyait de plus en plus souvent ces derniers temps vaguer nez au vent dans les étages de l'Events Tower, visiter, interroger, rencontrer les gens, leur parler, les écouter attentivement et se faire expliquer l'utilité et le fonctionnement des différents services. Ce que Jeremy, monarque de droit divin, n'avait jamais songé à faire...

Jeremy, d'ailleurs, quand il l'apprit, y vit aussitôt une intolérable atteinte à sa puissance et son prestige. Tortueux et pervers comme il l'était, il en conçut bientôt des craintes folles : le « bâtard » n'était-il pas en train d'ourdir un complot contre lui ? le « bâtard » ne se cherchait-il pas des appuis et des amitiés pour quelque révolution de palais ? À moins que ce ne fût simplement pour le ridiculiser dans son dos et saper ainsi son autorité. N'avait-on pas vu le « bâtard » discuter avec des journalistes, plaisanter en compagnie de syndicalistes, rire aux astuces d'un simple grouillot ? Ne disait-on pas qu'il lui arrivait de boire un café au comptoir de la cafétéria du personnel et d'utiliser parfois non pas les toilettes directoriales mais celles des employés ? Il y avait pire encore, à ce qu'on racontait : un matin, il avait hélé un laveur de carreaux qui passait devant les vitres du bureau qu'on avait fini par lui attribuer au dernier étage. Il voulait lui montrer une façon plus sûre d'arrimer son baudrier au filin de sécurité de la nacelle. Jeremy en avait été outré : un Emerson s'abaisse-t-il à parler avec un laveur de carreaux ? Puis, des soupçons l'avaient assailli : Abel ne payait-il pas ce laveur de carreaux pour l'espionner lui ?

Il avait fallu tout le sens aigu de la diplomatie que possédait Kelly pour convaincre le fils aîné de son défunt patron que le « bâtard » était trop stupide pour concevoir rien de tel. Mais la popularité du « bâtard » grandissait auprès des collaborateurs d'Events et Jeremy en était mortifié.

« Abel, vous vouliez me voir ?

— Oui, Robert, répondit celui-ci. »

Après quelques secondes d'hésitation, il s'enhardit : « Robert, nous n'avons rien en commun. Nous ne sommes pas du même bord, nous n'avons pas les mêmes opinions. Je représente tout ce que vous détestez, je le sais : je fume un peu...

— Oh, quant à cela, moi aussi.

— Je veux dire : de l'herbe, Robert. Et j'écoute du rock n'roll. Et j'aime les Beatles. Et ma garde-robe se constitue de trois blue-jeans et de cinq ou six T-shirts. Et je suis pour le désengagement au Viêt-nam... Mais en dépit de tout ce que vous devez penser de moi, il se trouve que moi, je vous estime. À ma manière. Je veux dire par là que je ne sais absolument pas pourquoi je vous estime, mais que c'est ainsi... Aussi, je viens à vous non en patron, ce que d'ailleurs je ne suis pas, mais, en quelque sorte, comme l'un de vos collaborateurs qui, voyant votre porte ouverte, se permettrait d'entrer pour vous demander conseil. Après tout, je crois que c'est pour cela que vous avez toujours tenu à laisser cette porte ouverte...

— En effet, Abel.

— Robert, je voulais vous parler de... Eh bien de toute cette situation absurde que crée ma présence ici. Je voulais vous parler de cette tension constante qui m'est insupportable. Robert, vous êtes conscient que cela ne peut plus durer. Nous nous enlisons lentement... Moi, je suis dans cette maison comme un étranger. Et je sais pertinemment que j'y serai toujours en porte à faux. Comme les planchers...

— Comme les planchers ?

— Oui, j'ai appris ça dans la notice que les hôtesses d'accueil remettent aux visiteurs à l'entrée de la tour. Vous ne l'avez jamais lue, Robert ? Vous auriez dû ! Moi je sais maintenant que les planchers de l'Events Tower ont été construits selon la technique du porte-à-faux. Passionnant, non ?

— Young, vous êtes un drôle de garçon ! » murmura Kelly.

Il se détendait peu à peu et s'abandonnait à la mollesse du canapé.

Abel, mis en confiance, reprit :

« Franchement, Robert, avouez-le : à vos yeux aussi tout cela n'a aucun sens ! Je suis à peu près autant fait pour être président d'Events que miss Hepplewhite pour concourir au titre de miss Monde 1967 !

— C'était la volonté de votre père.

— Mais que savait-il de moi quand lui est venue cette lubie ?

— Abel, laissez-moi vous dire ceci : votre père ne s'est jamais trompé sur la valeur des gens…

— Je sais : par exemple, il a épousé Kay Mc Kay ! le coupa Abel sournoisement.

— C'était différent, répliqua Kelly, embarrassé par la remarque. Abel, j'ai travaillé plus de trente ans à ses côtés, j'ai sans doute été son plus intime confident et je crois pouvoir affirmer que c'est moi qui l'ai le mieux connu de tous ceux qui l'ont approché… Eh bien, je n'ai jamais douté de la justesse de sa décision ; ce n'était pas une… lubie, contrairement à ce que vous prétendez. En vous chargeant de ces fonctions, Eliott Emerson savait ce qu'il faisait. Abel, écoutez-moi : j'ai découvert votre existence en même temps que Mme Emerson, votre frère… et le reste du monde. Vous étiez cette "grosse surprise" dont Barrett parlait à mots couverts, cette "grosse surprise" à laquelle votre père avait fait allusion une des dernières fois où j'ai pu communiquer avec lui au téléphone. Et, en effet, pour une surprise… ! Pourtant, croyez-moi : si j'ai été étonné (qui à ma place ne l'aurait pas été ?), si j'ai même montré un peu trop mon étonnement (ce que je regrette maintenant), jamais, m'entendez-vous, jamais je n'ai pensé que… Triple E avait commis une bévue. J'ai eu confiance en son jugement dès le début, en vous voyant entrer au conseil. J'ai su qu'il ne s'était pas trompé… Et contrairement à ce que vous semblez imaginer, Abel, vous ne m'avez pas déçu : vous êtes un garçon intelligent, cultivé, honnête et droit… C'est d'ailleurs bien ce qui me fait le plus peur. Car, savez-vous, je tremble un peu pour vous…

— Robert, vous me flattez et vous m'obligez. Mais, même en admettant que vous ayez raison, et que mon père ait eu raison, vous le savez aussi bien que moi : l'intelligence, la culture, l'honnêteté, la droiture… ça ne suffit pas pour diriger un empire tel qu'Events. Je ne sais rien, Robert ! Rien. Je croyais, pour l'avoir entendu dire souvent, que Triple E détestait par-dessus tout ce qu'il appelait “l’incompétence”… Je suis incompétent, Robert, voilà tout. Et je veux apprendre. Je m’estimerai peut-être digne de diriger Events quand j’aurai tout fait, tâté de tout, exercé tous les métiers de la presse. Alors, oui, qui sait ? Si je le mérite et, surtout, si à ce moment-là je n’en suis pas dégoûté, si cela a encore un sens pour moi, je serai président du groupe, pourquoi pas ?

— Ce sentiment vous honore, Abel. Mais, que comptez-vous faire exactement ?

— Robert, dans un premier temps, je voudrais partir en reportage. Et loin…

— Loin ? » s’écria Kelly, consterné. Il n’avait nulle envie de voir Abel s’en aller et le laisser à nouveau seul face à face avec Jeremy.

« Vous voyez ! ironisa Abel qui s’était mépris sur le sens de l’interjection de Kelly. J’en prends déjà à mes aises. Je dis que je suis prêt à tout faire mais je commence par vous demander d’être reporter à l’étranger. Ce qui, après tout, n’est pas peu. Surtout dans un magazine aussi prestigieux qu’*Events*… Robert, je voudrais être envoyé au Viêt-nam. »

Kelly sursauta.

« Au Viêt-nam ? Mais… Mais, Abel, c’est insensé ! N’avez-vous pas déclaré… C’était à *Time*, je crois… N’avez-vous pas déclaré que si vous deviez être envoyé au Viêt-nam, vous déserteriez ?

— Envoyé pour m’y battre, oui. Mais, si j’y vais, ce ne sera précisément pas pour y faire la guerre, dans ce cas. Ce sera au contraire pour tenter de… Eh bien, pardonnez-moi si je vous parais affreusement prétentieux : ce sera pour tenter de savoir ce qui s’y passe et porter témoignage de ce que j’aurai vu. Si cela peut contribuer, même dans une très modeste mesure, à servir un tant soit peu la paix… Oh, je sais ! C’est de l’idéalisme, pensez-vous. Rien qu’une idée idiote, une idée d’étudiant de Berkeley !

— Pas du tout. Mais je suis effrayé, Abel : le Viêt-nam ! Reporter là-bas, ce n’est pas une partie de plaisir en ce moment, savez-vous ?

— Je n’ai pas peur de ça. Parce que je n’ai plus peur

de la mort depuis une aventure que j'ai eue dans les Alpes. Robert, sans forfanterie de ma part, je crois pouvoir dire que je serai plus à l'aise dans ce pays à feu et à sang qu'ici, dans ces bureaux où règne une atmosphère de… guerre froide. De même que je me sens plus à l'aise sur un glacier que je n'étais à cette réception que *Lady Chic* a donnée pour son numéro 250.

— Vous avez bien réfléchi, Abel, avant de prendre votre décision ? Excusez-moi de vous le dire mais tout cela ressemble un peu à un de ces coups de tête d'adolescent romantique que l'on se reproche ensuite pendant des années. Vous savez à quoi je pense, Abel ? À ces films idiots d'avant-guerre où l'on voyait un jeune homme de bonne famille appelé aux plus hautes destinées s'engager dans la Légion étrangère de France après un chagrin d'amour.

— Vous ne croyez peut-être pas si bien dire », fit Abel à voix basse, d'un ton énigmatique et qui n'admettait ni réplique ni demande d'éclaircissements.

Intrigué, Kelly le dévisageait avec sympathie. Il y eut entre les deux hommes un silence embarrassé qu'Abel finit par rompre.

« Robert, dit-il d'un air décidé, vous êtes rédacteur en chef d'*Events* : nommez-moi reporter suppléant ou stagiaire ou ce que vous voudrez, je ne connais rien aux titres… Et envoyez-moi en mission au Viêt-nam. Je veux avoir quitté New York d'ici à quinze jours.

— Je suis bien obligé de m'incliner, Abel, répondit Kelly. Après tout, le patron ici, c'est vous. Mais laissez-moi vous dire que tout ça me navre. Encore une fois, êtes-vous sûr que ce n'est pas un coup de tête de votre part, une folie… Une fantaisie comme d'avoir l'autre jour grimpé à la tour. Mais, ce coup-ci, une fantaisie que vous risquez de regretter ?

— C'est tout réfléchi, Robert. Je sais que je vous embarrasse parce que les opinions que je serai peut-être amené à défendre ne seront pas forcément celles d'*Events* et que, cependant, vous vous croirez tenu de les publier puisqu'elles viendront de moi qui suis, avec mon frère, le principal propriétaire du journal. Mais j'essaierai dans la mesure du possible de ne rien affirmer, de ne jamais juger. Je vous l'ai dit : je veux simplement témoigner.

— Abel, j'accepte sans restriction, fit Kelly, soudain solennel. Je vous nomme grand reporter et je vous envoie à Saigon. »

Alors, Abel répliqua avec humour :

« Grand reporter ? Monsieur le rédacteur en chef et directeur de la publication, je n'ai plus qu'à m'incliner. »

Les deux hommes, que tant de choses séparaient pourtant, se surprirent à rire ensemble comme deux vieux copains de régiment. Et Kelly, au moment où Abel se levait du canapé pour prendre congé, s'entendit dire à son jeune patron :

« Vous ne changerez jamais, mon garçon ! Mais je vous aime bien... »

Ce soir-là, Kelly dînait à Sag Harbor.

Quand il annonça la grande nouvelle, ce fut, dans la salle à manger des soupers intimes, une explosion de joie.

« Il s'en va, il s'en va ! » glapit Jeremy en battant des mains comme un enfant.

Et Kay, avec un cynisme qui révolta le rédacteur en chef, susurra entre ses dents, d'un ton froid et détaché :

« Il veut aller au Viêt-nam ? Tant mieux. Là-bas, c'est de plus en plus dangereux. Un éclat d'obus, un attentat, un coup de feu qui ne vous était pas destiné, une balle perdue dans une fusillade... c'est si vite arrivé. Peut-être qu'il n'en reviendra pas, ce cher Abel Young ! »

Et, dans un éclat de rire retentissant, elle ajouta :

« Peut-être que la balle perdue ne sera pas perdue pour tout le monde... »

« Mesdames, mesdemoiselles, messieurs, nous venons de nous poser sur l'aéroport de Tan Son Nhut. Il est seize heures, heure locale, et la température extérieure est de trente et un degrés. La Pan Am vous souhaite un agréable séjour au Viêt-nam, vous remercie de l'avoir choisie et espère avoir le plaisir de vous revoir prochainement sur ses vols internationaux. »

L'odeur assaillait dès l'ouverture des portes de l'avion. Indéfinissable odeur, mais saisissante : odeur fétide de croupi, de corrompu, de pourri. Odeur de mort. Odeur excrémentielle et cadavéreuse. Odeur de l'Extrême-Orient…

Sur les aéroports de quelque importance flottent toujours des senteurs très particulières de kérosène et de caoutchouc brûlé. L'aéroport de Saigon était alors le premier au monde pour le trafic : depuis le début de l'*escalade*, il dépassait, et de très loin, quant au nombre des mouvements quotidiens, le plus actif, celui de Chicago. Ce n'était pourtant pas la puanteur du pétrole ou du pneu chauffé à blanc par le freinage court et spectaculaire d'un avion militaire à l'atterrissage qui y dominait mais l'*odeur*.

Elle stagnait même sur les pistes où sifflaient, assourdissants, les réacteurs des F-104 à l'envol…

Par le hublot, Abel s'attarda à détailler un instant la grouillante et disparate flottille d'engins volants qui se trouvaient en maintenance au sol ou prêts à décoller. Les mastodontes des compagnies civiles telles que Japan Air Line, Air France ou TWA, les appareils plus modestes d'Air America, la compagnie de la CIA, la noria d'hélicoptères de tous usages et de tous gabarits et, un peu à l'écart, les avions militaires parmi lesquels de gigantesques KC-135 Stratotankers de l'US Air Force côtoyaient ces infimes insectes d'acier au dard effilé à quoi ressemblaient, vus de loin, les F-5 Skoshi Tigers de la Vietnamese Air Force, derniers cadeaux du peuple américain au général Ky.

Les portes du Los Angeles-Tokyo-Hong Kong-Saigon de la Pan Am s'ouvrirent — l'odeur, la terrible odeur envahit par bouffées la carlingue. Et la chaleur torride. Et la torpeur... Abel dégrafa sa ceinture de sécurité et se mêla au flot des passagers qui s'écoulait par l'échelle de coupée, lentement, comme assoupi par les moiteurs opiacées de l'air...

« Monsieur Young ! Monsieur Young ! »

Au bas de l'échelle, le petit homme chauve, gras, rubicond, sautillait et se dandinait sur place en soufflant bruyamment comme quelque mammifère marin échoué sur une grève. Il le saluait en brandissant un ahurissant stetson de cow-boy orné d'un fer à cheval en or et d'une cordelière tricolore aux couleurs américaines. Il portait une veste de madras très voyante et maculée de sueur dans le dos et sous les aisselles, une chemise hawaiienne bariolée, une chatoyante cravate à motifs psychédéliques où dominaient le vert acide et l'orangé criard, un pantalon à damiers op'art qui ne lui descendait qu'à mi-mollet et laissait entrevoir une mince bande de chair rose au-dessus des demi-bottes rouges à bout pointu, talon haut et franges blanches comme en portent dans les cirques les écuyers des rodéos de fantaisie.

Seigneur Dieu ! pensa Abel, que me veut-il, ce zouave ? Et pourquoi connaît-il mon nom ? Pourquoi crie-t-il ainsi ? Puis, il se souvint de ce que lui avait dit Carson, le responsable à New York du service des bureaux étrangers d'Events, quand il lui avait donné les dernières recommandations avant son départ :

« Là-bas, vous serez pris en charge par Sweety Monroe dès votre descente d'avion. Vous verrez : il est un peu... spécial. D'une incroyable vulgarité. Pas du tout le "genre Events" comme aurait dit votre père. Il parle tout le temps et à toute vitesse en mangeant la moitié des mots. Un vrai déluge, monsieur Young ! Vous n'arriverez jamais à en placer une : dès qu'il est lancé... ! Et comme, en plus, il postillonne... Oh, et puis cette énorme bedaine et cette façon impayable de s'habiller en cow-boy d'opérette ! On a honte de se trouver avec lui. D'autant qu'il passe son temps à vous raconter sa vie sexuelle. C'est un type très vicieux qui fait des choses très sales avec des putains, des choses très tordues... Et qui s'en vante !... Toujours en train de se toucher, aussi — un drôle de coco, vraiment. Vous verrez...

— C'est charmant ce que vous me racontez, Carson, avait ironisé Abel. Je sens que je vais bien m'entendre avec cet intéressant personnage, moi qui apprécie pardessus tout les gens pudiques et peu bavards, comme les Savoyards ! Mais, dites-moi, pourquoi devrais-je l'avoir sur le dos... ?

— Mais, parce que vous êtes grand reporter, monsieur Young. Et que Sweety Monroe est la providence des reporters d'*Events*. Insupportable, peut-être, invivable... Mais irremplaçable. Il n'y a pas plus débrouillard que lui. Tout ce dont vous pouvez avoir besoin ou envie, il vous le trouve : une Jeep, un hélicoptère, un avion de reconnaissance... que sais-je ? Un tank, un bombardier, une fusée, un satellite : il vous suffit de lui passer un coup de fil le matin et de préciser à quelle heure et où. Ce sera fait ! Il peut vous trouver un studio, un labo, un télex n'importe quand, dans n'importe quelle circonstance : il vous aurait déniché une imprimerie ou une caméra à Hiroshima, pour vous aider à "couvrir" la bombe. C'est, si vous voulez, une sorte de concierge de palace mais au service des correspondants de guerre. Et à l'échelle planétaire. Il sait tout, il connaît tout le monde, il est à tu et à toi avec la terre entière, il peut toujours organiser un rendez-vous avec qui vous voulez rencontrer. Je ne suis pas sûr que si vous demandiez à voir Hô Chi Minh en tête à tête devant une tasse de thé, il ne vous répondrait pas : "J'en fais mon affaire !" Il téléphonerait à deux ou trois de ses contacts et il vous dirait : "C'est d'accord, demain cinq heures. Soyez ponctuel, l'oncle Hô n'aime pas attendre..." Sweety est comme ça. Il a fait des coups fumants, partout dans le monde. Par exemple : quand, à *Events*, nous l'avons mis sur l'affaire de cet évêque de Las Vegas qui fricotait avec la mafia... Monsignor Flaherty, vous vous souvenez peut-être de cette histoire ? Eh bien, c'est ce cher Sweety qui nous a obtenu un rendez-vous avec sa Sainteté en personne, pour lui en parler. C'est vraiment le roi des combinards, Sweety. Nous l'avons, d'ailleurs, toujours soupçonné de magouiller plus ou moins, et plutôt plus que moins, avec la CIA. Mais nous n'avons jamais voulu en savoir trop là-dessus : avec ce genre de personnage, on ne sait jamais. Le mieux est encore de fermer les yeux : tant qu'il nous sert aussi bien !... Sweety est une mine d'or pour les gars que nous envoyons là-bas. Tous l'adorent : il leur prépare leurs missions, il leur fournit les informations. Après, ils n'ont plus qu'à rédiger. Vous verrez, monsieur Young, très vite vous ne pourrez plus vous passer de Sweety.

— D'où lui vient ce surnom ?

— Marvey l'a appelé comme ça une fois et ça lui est resté. Je crois que c'était lors de l'affaire de Suez : il se trouvait là avec quelques journalistes dans une villa assiégée, et, comme si de rien n'était, il bâfrait des pâtisseries orientales pendant que l'artillerie pilonnait et que les types tombaient comme des mouches tout autour... Ou c'était peut-être à Chypre, je ne me souviens plus très bien. Enfin, toujours est-il que, Marvey, qui photographiait, lui a dit : "Eh, Sweety ! tu voudrais pousser ta viande que je puisse mitrailler un peu de ce côté-là. Je suis en train de gagner mon Pulitzer, Sweety !"... Sweety : ça lui va bien : ce porc ne mange que des sucreries. Il peut avaler un millier de loukoums à son déjeuner.

— Et son prénom ?

— Je dois vous avouer que je l'ai oublié. On a tellement pris l'habitude de l'appeler Sweety. C'est comme ça qu'il se présente lui-même, d'ailleurs – Sweety Monroe… »

Et en effet, ce fut ainsi que le factotum des correspondants d'*Events* en poste à Saigon se présenta. Il tendit une main grasse, molle et moite qu'Abel serra en réprimant une moue de vague dégoût. De l'autre, il brandissait un numéro de *Life* ouvert à la page où un portrait de son jeune patron illustrait un article que le magazine avait récemment consacré à l'« Edmund Hillary des gratte-ciel ».

« Sweety Monroe, fit-il en crachotant au visage d'Abel. Vous ai reconnu à cause de ça, patron. Un concurrent ! Marrant, non ? Très bon papier, d'ailleurs. Épatant. Précis. Documenté. Vous connais déjà un peu après l'avoir lu. Très honoré de vous accueillir. J'aimais beaucoup votre père. Beaucoup pleuré à sa mort. Vraiment. Quelqu'un, hein ? Un génie, Triple E, un génie ! Dites donc, drôle d'idée : venir dans ce pays pourri. Où tout pue la merde. Enfin, me regarde pas. Excuses, patron. Suis là pour vous servir de nounou. Pas pour vous poser des questions, pas vrai ? Vais bien m'occuper de vous. Vous verrez. Le staff vous attend au grand complet. Bar du *Caravelle.* Dois vous dire : dans nos petits souliers au début. Tous. Même Griffith. Même Lachaux. Comprenez : le patron qui se ramène. Tout ça. Le côté inspection du front. Et puis, à force de lire vos exploits et vos déclarations dans la presse d'en face ! On s'est dit, sauf votre respect, patron : le gars a l'air sympa. Ça devrait aller. Oh là là, ce truc : l'ascension de la baraque ! Chapeau. Manquez pas de. Tiens ! Mme Phong Lan était dans votre avion. Vous savez pas ? Le plus beau réseau de putes de luxe de Saigon. Et un bordel de première à deux pas derrière le *Continental.* Salle de tortures superbe et le toutim. À Hong Kong pour ses affaires, sans doute : millionnaire la Phong Lan ! Phong Lan, ça veut dire orchidée. Mme Orchidée. Marrant, non ? »

Abel n'était pas encore parvenu à placer un mot, fût-ce en incise, dans ce débit torrentiel de réflexions, de questions, de notations modulées d'une voix suraiguë : Sweety Monroe parlait, parlait, parlait. Et postillonnait. La description peu engageante que Carson lui avait faite de ce curieux entremetteur aux allures de poussah n'était nullement exagérée et Abel put également juger très vite de l'ampleur du pouvoir occulte et de l'entregent dont celui-ci jouissait. Salués avec déférence par nombre de fonctionnaires et d'employés civils ou militaires de l'aéroport, les deux hommes passèrent tous les contrôles, pourtant fort tatillons depuis que l'insécurité grandissait à Saigon et dans les environs immédiats, sans même marquer le pas, alors que les files de voyageurs à l'inspection s'allongeaient devant les comptoirs volants.

Ils retirèrent le maigre bagage d'Abel et sa pesante caisse de livres sans avoir à l'ouvrir devant les douaniers. Ceux-ci, nonchalamment accroupis au pied d'un tableau horaire, disputaient une partie d'osselets acharnée. Sweety Monroe, précédant Abel et chassant de devant lui trois changeurs indiens qui lui proposaient, comme aux enchères — mais des enchères à l'envers —, des piastres à un cours de plus en plus bas, le conduisit à la Cadillac d'Events. Abel s'étonna de voir s'avancer pour leur ouvrir les portières non pas le chauffeur vietnamien, lequel était déjà installé au volant, prêt à démarrer, mais un Noir américain qui empoigna la caisse de livres comme s'il s'agissait d'un léger sac à main. C'était un colosse, aux traits brutaux, à la peau grêlée, mais vêtu avec recherche d'un costume trois-pièces gris cendré et d'une chemise de soie bleu lavande d'une fraîcheur irréprochable. Sous les fins tissus délicatement scintillants roulaient à chaque mouvement du buste de grosses boules de muscle très apparentes et, à hauteur de l'aisselle droite, un holster déformait de façon voyante l'alpaga de la veste.

« Notre gaucher, Loulou Davis. Protection rapprochée, patron. »

Ce fut ainsi que Sweety présenta le garde du corps à

voix basse. Abel, à qui cette protection paraissait inutile et déplaisante, allait poser une question. Mais son cicérone ne lui en laissa pas le temps : déjà il reprenait le cours de son monologue baveux et strident.

Les trois hommes s'engouffrèrent dans la fraîcheur aseptique de la limousine à air conditionné.

Dehors, l'odeur semblait plus putride encore qu'à l'intérieur de l'aéroport…

Cong Ly. Le long de la route qui joignait Tan Son Nhut au cœur de Saigon, défilaient derrière les glaces teintées de la Cadillac les opulentes villas coloniales construites au temps où le Viêt-nam s'écrivait Indochine sur les atlas. Abel songea à quelque villégiature française assoupie dans l'entre-deux-guerres : Vichy, Évian ou Nice, n'eût été la luxuriance de la végétation tropicale qui mêlait palmes et bambous aux flamboyants. N'eût été, surtout, l'exubérance de la circulation sur la chaussée où, parmi une cohue de piétons au coude à coude, se frayaient difficilement un chemin les vélos, les cyclo-pousse, les vespas, les charrettes à bras, les petits taxis 4 CV Renault et, plus difficilement encore, les grosses voitures américaines et les camions de l'armée — ce grouillement industrieux et hâtif, caractéristique des foules de l'Extrême-Orient.

« À louer, si vous voulez. À louer. À louer… répétait Sweety Monroe en désignant sans cesse des portails ou des vérandas enfouies sous les fleurs. Une bouchée de pain. Tout compris avec cinq ou six *gooks* pour vous astiquer les parquets…

— Cinq ou six quoi ?

— *Gooks*. Vous savez bien ce que je veux dire, patron.

— Non. Je croyais que les gens de ce pays s'appelaient les Vietnamiens. Et puis arrêtez de me donner du “patron”, je vous en prie.

— Bon, si vous voulez. Je vous disais : les Viets…

— … namiens.

— Ouais : Namiens. Les Vietnamiens… »

Tandis que Sweety continuait de pérorer à tort et à travers, Abel se rappelait cette réflexion que lui avait faite Jacques Servoz alors qu'il lui racontait ses souvenirs de la guerre d'Algérie :

« J'avais refusé de torturer les gens d'un village kabyle qu'on venait de "nettoyer" — c'était l'expression dégueulasse qu'on employait à l'époque pour ce genre d'opération : *nettoyer*, comme s'il s'agissait d'ordures, pas d'êtres humains… »

Et, du moins, en Afrique du Nord, Français et « bougnoules » avaient cohabité. Dans l'incompréhension mutuelle, dans la haine, sans doute, mais cohabité. Ici, les Américains étaient complètement étrangers au pays. Ils étaient, comme dans quelque bande dessinée de science-fiction, les terriens d'une civilisation future débarquant sur la planète non des petits hommes verts, mais des petits hommes jaunes. Avec tous leurs préjugés de terriens, tous leurs sentiments de supériorité, toutes leurs préventions hostiles.

Parmi l'inutile attirail de reporter de guerre qu'on avait fourni à Abel avant son départ, il avait trouvé le petit manuel de conversation courante *Easy Vietnamese* que l'armée américaine remettait à ses officiers. Au début, à le parcourir, Abel avait été pris de fou rire. Ce n'étaient que des appels angoissés, des plaintes, des craintes, des récriminations, des menaces :

« Au secours ! Je suis perdu. Je suis blessé. J'ai soif. Arrêtez-vous ! Ne bougez pas ! Ne tirez pas ! Obéissez ou je vous descends ! » dont il apprit que cela se disait : « *Tûan lênh không tôi bàn !* »

Mais, ce qui l'avait enchanté par-dessus tout, c'était le dérisoire « *Dirng cō giō trō !* N'essayez pas de me rouler ! »

Puis, il avait jugé tout cela sinistre, méprisable. Et le dégoût avait succédé à la curiosité amusée : l'auteur, Nguyen Dinh Hoa, un professeur de l'Illinois, ne paraissait pas considérer qu'un Américain pût avoir avec les gens de son peuple d'autres rapports que de crainte ou d'hostilité.

Intarissable, Sweety Monroe continuait de l'accabler de paroles : « Tenez, patron. Là derrière, un changeur extra. Pas un Indi ni un Chinetoque, hein. Un Viet…

— … namien », le reprenait Abel avec une constance imperturbable.

Alors, Sweety, par manière de moquerie, prit le parti de dire désormais non plus Viet, mais Namien.

« Un petit Namien étonnant. Chez lui que tous les gars d'*Events* font leurs petites affaires. Le Duc Nhat. Moi qui leur ai déniché, le petit Namien… »

Quand Abel, exaspéré, s'écria :

« Un Viet-na-mien. »

Avant de menacer avec loufoquerie

« Sweety, *tûan lênh không tôi bàn !* »

Sweety Monroe, surpris de cet accès très inattendu de mauvaise humeur et d'autorité, se tint enfin coi quelques instants.

La limousine s'engagea dans la rue Giâ-Long, passa entre chevaux de frise mobiles et chicanes devant le palais présidentiel et la Cour suprême, traversa au pas le marché Cho Bên Thanh grouillant de monde, pour filer vers le quai Bach-Dâng. Abel, à l'affût de tout, se tordait le cou, se tournait et se retournait sur la banquette tandis que Sweety, dont les mutismes ne duraient jamais très longtemps, faisait maintenant office de guide à ses côtés :

« Les sampans de la pointe des Blagueurs, le restaurant My Canh. Sur votre gauche, le marché aux voleurs. Ensuite, le marché aux fleurs. Un peu plus loin, nous allons tourner dans la rue Tu-Do. L'ancienne rue Catinat, vous savez. C'est là que tout se passe, à Saigon.

— Tout ? parvint à l'interrompre Abel.

— Oui : c'est là qu'il y a le *Caravelle*, le *Continental*, le salon de thé *Givral*, le *Bar de la Pagode*, le *Bougnat*, les agences : la UPI, Reuter, et les plus belles putes de la terre.

— C'est ça : *tout* ? »

Sweety, désarçonné, ne répondit pas à la question mais poursuivit :

« Là, à l'angle du *Majestic*...

— Eh, le *Majestic*, c'est mon hôtel ! s'écria Abel.

— Comment ça ? Mais nous sommes tous au *Caravelle !* »

Abel n'osa pas avouer que c'était précisément pour cette raison qu'il avait choisi de descendre au *Majestic*, un palace un peu désuet de style colonial dont les fenêtres des suites ouvraient sur le port. Pour s'excuser de faire ainsi bande à part, il avança comme argument :

« Je ne voulais pas vous embarrasser. Vous auriez pu ne pas trop apprécier que je sois avec vous... »

Mais Sweety Monroe était trop vulgaire pour être sensible à cette délicatesse.

« Vous pensez ! Si vous nous auriez gêné ! se récria-t-il. Au contraire ! Et puis, patron, le *Caravelle* c'est plus moderne. Ça ressemble à un *Hilton*. C'est pas comme ces vieux machins des Français. »

Abel n'osa pas avouer non plus que c'était pour lui une autre raison d'avoir choisi le *Majestic*.

« Et puis, continua Sweety, au *Caravelle*, nous avons une terrasse au dernier étage : divin pour observer les bombardements...

— Quoi ?

— Oui. On appelle ça le feu d'artifice. Et en ce moment, il y a feu d'artifice à peu près toutes les nuits. La *pacification*, ça s'appelle ! On monte sur la terrasse, spectacle gratuit. Superbe. Moi, ce que je préfère, c'est le napalm. Les couleurs ! »

Abel tourna la clef dans la serrure, poussa du coude la porte d'entrée de sa suite, laissa tomber sur le tapis la pile de documents, dossiers de presse et dépliants que lui avait remis un attaché des services d'information de l'armée et posa machinalement le doigt sur l'interrupteur. Mais il n'acheva pas son geste : il se souvint que les lampes dans l'antichambre étaient dépourvues d'abat-jour, la lumière aveuglante — et il se sentait si fatigué !

À tâtons, il avança dans l'obscurité bleutée du salon, contournant sans s'y cogner le joli ameublement de laque et de bambou et se dirigea vers la chambre à coucher. La pénombre y était plus claire. Les phares des voitures et des scooters qui sillonnaient le quai Bach Dâng en pétaradant projetaient continûment au plafond de grandes hachures de clarté aux rayures régulières et qui glissaient le long des murs.

Il s'agenouilla avec l'intention de défaire les boucles de ses bottes de parachutiste, mais pour cela aussi il se sentait trop fatigué et ce fut tout habillé et chaussé qu'il s'étendit sur le dessus-de-lit en macramé blanc. De l'arroyo montait, étale, la rumeur lancinante du port, montait la puanteur. Un ventilateur sonore et lent brassait l'air dense, étouffant. Les yeux grands ouverts, sans penser à rien, il regarda longtemps le mouvement des pales déplier et replier un éventail de lumière et d'ombre autour du lustre.

Puis il s'assoupit un instant.

Il se trouvait dans cet état second qui n'est ni tout à fait la veille ni tout à fait le sommeil. Des visions brèves de sa première journée de reportage, des images fugitives l'assaillaient sans trêve comme dans les mauvais rêves de l'ivresse. Il était saoulé de faits, de mots, de vaine agitation…

Dès le matin, muni de sa carte du MACV, le sésame magique des journalistes en poste à Saigon, le précieux coupe-file bleu qui donnait droit aux transports gratuits dans tous les appareils militaires américains et d'assister aux briefings quotidiens du *Press Information Office*, il s'était rendu à Bien Hoa en compagnie de Marvey et Sutton, les deux grands reporters vedettes d'*Events* qui devaient l'initier à son nouveau métier, lui montrer de quelle façon on se rendait sur le lieu des opérations, comment on obtenait les informations. Travail somme toute aisé parce que grandement facilité par l'esprit de coopération des services de presse de l'armée. Abel avait tout de suite pu constater de quel pouvoir et de quel prestige jouissaient les correspondants de guerre. Dans les avions, la priorité « 1 » était aux blessés, la « 2 » aux hommes politiques, la « 3 » aux journalistes : ceux-ci passaient avant les officiers subalternes et avant même les soldats en mission. Ils avaient leurs entrées partout et, pour les plus importants d'entre eux, rang officieux de général de brigade. Si au moment de l'envol, une place ou deux demeuraient inoccupées dans un *chinook* ou un *chactow*, elles leur étaient aussitôt attribuées à la demande. « On peut regarder sous les lits et fouiller dans les tiroirs, l'US Army n'a rien à cacher », avait fait plaisamment remarquer Marvey. Et, de fait, comme pour donner à la presse une leçon de démocratie vivante et quotidienne, l'armée concédait la possibilité d'enquêter sur tout, de tout savoir, de tout voir. Elle consentait même d'être vivement critiquée. Abel fut stupéfait de le constater dès son premier briefing du MACV.

Par dérision, les journalistes avaient surnommé ces briefings les « *five o'clock follies* » et ces séances d'information tenaient en effet, par leur atmosphère de folie douce, aussi bien du show de Broadway que du thé entre gens du monde. Tous les soirs à cinq heures, deux ou trois officiers du PIO présentaient les opérations en cours, indiquaient la progression des unités dans la journée, annonçaient les projets et les plans pour le lendemain ou la semaine à venir. Ils exhibaient graphiques, tableaux, organigrammes, diapositives et, tout comme dans un salon commercial les concessionnaires d'une marque d'automobiles ou d'électroménagers, fournissaient, chacun pour son corps, de luxueux dépliants en quadrichromie vantant les récents exploits des soldats ou les performances des nouvelles armes utilisées. Alors commençait un feu nourri de demandes d'éclaircissements, de questions embarrassantes, de cinglants démentis. Tout ce qui avait été dit était passé au crible. Haas ou Arnett, d'*Associated Press*, ou Simon-Pietri se permettaient des insolences confondantes, criaient, tempêtaient, récusaient point par point les arguments que les attachés du PIO avançaient timidement. Les insultes pleuvaient, les invectives, les répliques ironiques, les polémiques, les chiffres, les preuves, les faits…

« Où en est Attleboro ? Que s'est-il passé hier à Long Binh ? Vous nous avez dit : deux canons de 105 détruits et lui cinq ; qui a raison ? Qui ment ? Est-ce qu'il y a vraiment eu trois cents Vietcongs de liquidés dans cette opération ? Combien de rotations de B 52, prétendez-vous ? Pourquoi le commando est-il remonté sur An Khé ? Pourquoi ?… Mais le *body count* est une loufoquerie : on compte même les enfants, les bonnes sœurs et les buffles tués, bientôt ce sera les mouches ! Mais O'Brien prétend que votre lance-grenades M 79 n'est pas au point — un recul trop important, il y a eu des accidents ! Mais la 101st Airborne ne sert donc qu'à tester le matériel ! Mais le fameux dépôt d'essence de Pei Jirin avait déjà été incendié la semaine passée, trouvez autre chose ! » Etc.

Des faits, des preuves, des chiffres, des polémiques, des répliques ironiques, des invectives, des insultes — une comédie absurde, irréelle. Un jeu. Un simple jeu qui avait tout d'abord captivé Abel mais, très vite, l'avait lassé.

Illusoire lui parut cette liberté donnée de tout savoir. L'armée, d'offrir ainsi ses informations, ses dossiers de presse soigneusement présentés, ses dépliants recensant les mérites de l'Opération Attelboro, prenait en quelque sorte les devants. Elle se servait de ce penchant naturel des esprits à la paresse intellectuelle pour paralyser toute velléité d'apprendre vraiment ce qui se passait, de connaître profondément le sens caché des événements et des péripéties. En acceptant d'être aussi violemment critiquée une heure chaque soir pendant ces *five o'clock follies*, elle détournait l'attention des échecs répétés de l'opération d'Attelboro, elle empêchait qu'on remît en cause son action dans l'opinion. Elle lui « vendait » la guerre.

Et trompeuse, cette liberté de tout voir : l'horreur en devenait banale, le malheur indifférent…

Mais Abel était de ceux qui ne s'habituent jamais à l'horreur ni au malheur.

Pendant toute une journée, avec Marvey et Sutton, il avait survolé en avion puis en hélicoptère des rizières dévastées par le napalm, il avait vu des villages incendiés, des forêts calcinées, des cratères de bombe et des troncs d'arbre tendant leurs moignons de branches déchiquetées vers le ciel, comme pour l'implorer. En *chinook* puis en Jeep, on l'avait conduit aux ruines encore fumantes de Ben Dinh. Là, au milieu d'une nuée de moustiques et de mouches il avait vu, par dizaines, des cadavres noyés dans la chaux vive ; là, il avait vu des corps décapités près d'une mare aux canards rougie de sang ; là, il avait vu un buffle vautré dans ses entrailles ; là, il avait vu un chien d'une maigreur cadavérique, seul survivant des animaux domestiques du village, hurler à la mort ; là, il avait vu un petit garçon à demi nu gisant, éventré, parmi des cahiers et des livres de classe ; là, enfermé dans un sac de vinyl transparent, un nouveau-né mutilé.

Et il avait vomi dans ce casque que lui avait prêté un GI et qu'il avait tenu à la main tout le long du chemin

— une façon valeureuse de marquer qu'il n'était pas soldat.

Et il avait pleuré…

Le malheur, l'horreur…

Qu'y avait-il à comprendre ? Qu'y avait-il à en apprendre ?

Abel n'était au Viêt-nam que depuis une trentaine d'heures mais le pressentiment l'habitait déjà que ce ne serait certainement pas au bar du *Caravelle* devant un Tom Collins ou à la *Dolce Vita* devant un plat de lasagnes, ou chez le *Bougnat* devant un verre de beaujolais ni même aux briefings du MACV qu'il parviendrait jamais à comprendre quelque chose, s'il y avait quelque chose à comprendre à l'horreur.

Et ce n'était pas non plus, quels que fussent les risques encourus, en participant en observateur aux opérations militaires qu'il apprendrait quoi que ce fût, s'il y avait quoi que ce fût à apprendre du malheur.

Le cinéma Éden, où l'on jouait en reprise de grands films français, affichait en ce mois de novembre 1966 :

La Grande Illusion.

Il était permis de voir dans ce titre plus que le simple hasard d'une programmation : la douloureuse ironie d'une allusion à la situation.

Mais la guerre n'était pas ce jeu un peu factice, ce théâtre sur lequel s'agitaient marionnettes et pantins. Abel voulait savoir — plus profondément. Il voulait voir — mais autrement. Il lui fallait s'enfoncer dans cette obscure réalité de l'existence des gens, il lui fallait plonger plus avant dans la misère, la crasse, la peur, l'hébétude, le désespoir des gens. Et connaître parfois leurs rares bonheurs, leurs joies fugaces…

Il devait vivre la vie des fantassins perdus dans la jungle ; il devait vivre la vie des habitants des villes, et des paysans pauvres, et des trafiquants, et des putains, et des enfants…

Il se leva pesamment du lit sur lequel il avait somnolé une petite heure et, tout en se déshabillant, se dirigea en titubant vers la salle de bains.

La rampe lumineuse éclaboussa la glace dans laquelle il se vit, pâle et les traits profondément creusés, cligner douloureusement des yeux.

Il tourna à demi le robinet d'eau froide de la douche et, souffle coupé, se jeta sous le maigre jet. Puis, ouvrant en grand le débit, il poussa un cri dans lequel il y avait du plaisir et de la souffrance aussi.

Plus tard, vêtu d'une simple chemisette, d'un pantalon de toile et chaussé de nu-pieds, il sortit du *Majestic*. Les mains dans les poches, il s'enfonça dans la nuit. La chaude, l'odorante nuit…

On lui avait fait mille recommandations : de ne pas aller ici ou là, de demeurer constamment sur ses gardes, de faire attention au milieu de la foule, de ne jamais pénétrer dans Ban Co, de ne pas boire d'eau, de ne pas manger de fruits s'il voulait éviter la dysenterie. À en croire Sweety Monroe, les rues de Saigon étaient plus dangereuses que la forêt vierge du 17e parallèle. Mais, comme la veille, Abel commença à flâner au gré de sa fantaisie…

L'odeur, il ne la sentait déjà plus — c'était comme s'il avait toujours vécu en Extrême-Orient. Curieux de tout, il allait, insouciant, par les rues des quartiers populaires, au milieu de la cohue de ce peuple industrieux et souriant. Il découvrait ses mille petits métiers. À un marchand ambulant portant dans ses grands paniers des jarres emplies de soupe brûlante, il achetait un bol de *pho* ou de *mien*. À une vieille femme accroupie au coin d'une échoppe, un peu de *tre*, une sorte de *jelly* douceâtre, écœurante, qui lui rappelait un goût perdu de son enfance. Il croisait un arracheur de dents qui portait autour du cou ses trophées macabres. Un homme lui proposait de lui exécuter sur mesure un costume de soie en vingt-quatre heures et pour moins de huit dollars. Un autre, une nuit avec deux petits garçons de douze ans,

« très mignons, mon général, très sains ». Un autre encore voulait lui échanger sa montre contre deux parfaites imitations du même modèle avec mouvement *made in Hong Kong*. Incessamment, des putains l'abordaient, lui prenaient la main, se pendaient à son cou, lui baisaient les joues. Il semblait qu'ici tout se vendît ou s'achetât ; que là, tout se volât. Mais avec une sorte de bonhomie paisible.

On l'interpellait dans un mauvais anglais très chantant. Abel répondait dans son impeccable français et cela lui attirait une sorte de considération amusée. On hésitait sur sa nationalité. On le voyait traîner dans des rues où bien peu d'Américains osaient s'aventurer, mais, grand, blond et bien découplé comme il l'était, il ressemblait plus à un GI originaire de la Californie qu'à un journaliste européen quelque peu téméraire.

Qu'il aimait déjà ce pays ! Qu'il aimait cette gentillesse sans obséquiosité des gens ! L'élégance des femmes, ce geste délicat qu'elles esquissaient pour retenir les pans de leur *ao daï* de soie de s'envoler au vent. La virtuosité des jeunes voyous qui se frayaient un chemin dans la foule sur leurs deux-roues rutilantes. Le rire aigrelet des enfants qui jouaient aux osselets à même la chaussée...

Il regagna comme à regret les quartiers élégants du centre. Il s'attarda devant les vitrines de la rue Nguyen-Hué dont les magasins semblaient une reconstitution en pacotille des boutiques chic de Londres, Milan, New York ou Paris. Il entra un moment à la *Cigale* où se produisait Tan Thuy qui chantait en vietnamien une adaptation vaguement orientalisante de *West Side Story*. Il dégusta une glace à la vanille chez *Givral*. Il s'apprêtait à retourner au *Majestic* quand lui vint le sentiment qu'il ne parviendrait pas, en dépit de sa fatigue extrême, à dormir cette nuit-là : trop de choses l'intriguaient, l'excitaient, le sollicitaient. Alors, il héla un vélo-pousse et se fit conduire à Cholon.

Au bout de l'avenue Le-Van-Duyet s'ouvrait un monde encore plus odorant, encore plus bruyant, encore plus moite, encore plus mystérieux : la ville chinoise, la ville de la nuit.

Bars, dancings, maisons de passe, salles de jeux, restaurants, fumeries d'opium. Et les énigmatiques idéogrammes de néon, et les équivoques publicités lumineuses, et les flonflons criards d'un orchestre de rue mêlant l'accordéon aux cloches et aux gongs ancestraux…

Mais Abel ne se sentait pas étranger dans cet étrange univers. Le sentiment s'insinuait en lui, envoûtant et trouble, qu'il avait vécu là une vie antérieure.

« Ton destin ! Ton destin ! »

Un diseur de bonne aventure courut après le vélo-pousse tandis que le cycliste se frayait habilement un chemin dans la foule de la rue Dong-Khanh.

Abel fit arrêter. L'homme s'approcha. C'était un vieux Chinois famélique et édenté aux yeux rieurs, au sourire malicieux. Il tenait à la main une cage d'osier dans laquelle voletait un canari.

« Ton destin pour cent piastres. »

Abel acquiesça, amusé, et tendit une poignée de piécettes.

Sur le marchepied du vélo-pousse, le magicien étala une douzaine de petits cartons imprimés de caractères étranges qui n'étaient pas du chinois et ne ressemblaient à rien de connu. Puis, il ouvrit la cage et sifflota doucement en caressant sur le cou son canari. Après quelques sautillements désordonnés, l'oiseau finit par se poser sur l'un des cartons. Alors, le vieux Chinois retourna le carton et lut dans un français hésitant mais empreint d'une sorte de solennité :

Voici ce que dit la chouette :
Celui qui pleure chaque jour renaît
Celui qui meurt, renaîtra un jour.
Tu mourras mais ce sera pour renaître
On t'oubliera mais on te verra réapparaître
Parce que tu auras beaucoup souffert
beaucoup pleuré…

CINQUIÈME PARTIE

L'heure du Singe

« Nous sommes en l'an 4603 et c'est la guerre.

Dans l'immensité de l'espace sidéral tournent en silence des satellites. Autour de cette planète évoluent dans le ciel des Phantom RF-4C armés de radars, de caméras à infrarouge, de détecteurs caloriques, d'amplificateurs de brillance, de capteurs électroniques.

Sur leur passage, cette zone de jungle aux confins du Tonkin, cette terre détrempée, ces arbres exubérants se muent sur des écrans en points lumineux et, à la vitesse du son, se transforment en données chiffrées. Cette réalité nouvelle, immatérielle, est transmise aux satellites et les satellites la retransmettent à un autre continent.

Là, dans une forteresse en forme de pentagone, est le cerveau de la guerre. Dans de vastes salles, bruissantes du cliquetis des ordinateurs, sous des flots de lumière fluorée, des savants, aux commandes d'une console, décodent et analysent les données. Dans le réseau inextricable des circuits clignotent des milliers de lampes témoins rouges, jaunes, vertes ou bleues, sur les terminaux s'alignent des listes de chiffres écrits en caractères computers. L'opération est intitulée :

"Poursuivre et anéantir."

À la base de Guam, dans la salle où ils attendent leur ordre de mission, des pilotes allongés dans de profonds fauteuils club assistent à une bataille de martiens sur grand écran. Ces hommes sont d'une race supérieure. Ils ne boivent pas l'eau d'ici-bas mais l'eau plus pure puisée dans des containers d'acier venus d'un autre continent. Leur nourriture aussi leur vient des airs, larguée par des engins à rotor. La monnaie dont ils usent — le CRIB — n'a pas cours autre part que là où ils se trouvent et sans cesse on les voit avaler pilules, gélules et capsules qui leur évitent, dit-on, de mourir. Quant à leurs vêtements ils sont comme une autre peau, élastique et verte, qui les enveloppe étroitement et couverte d'étranges viscères de caoutchouc et de nylon qui se gonflent en altitude lors des accélérations et leur comprime veines et artères. Leurs casques sont baignés de musique douce — ils vivent dans un univers onirique où seul, parfois, retentit un ordre en même temps qu'il s'inscrit sur l'écran de cinéma.

Alors, ils se lèvent et, sans marquer d'émotion, d'une démarche mécanique, ils se dirigent vers leurs avions...

"Tableaux du monde en suspens" — ainsi sont dénommés dans l'art de l'Extrême-Orient ces rouleaux de soie où quelques traits de pinceau, un léger lavis dessinent un paysage noyé de pâles brouillards. Ainsi Dinh Tinh...

À l'aube, des bandeaux de brume stagnent dans la pénombre dorée au-dessus de la précieuse marqueterie de miroirs des rizières. L'ombre portée d'un avion court au long d'un méandre de la rivière des Parfums qui serpente dans la forêt de lataniers. À l'horizon, de molles collines se confondent au moutonnement des nuages. Dans le ciel où tracent les trajectoires d'obus comme autant de queues de comètes, luit encore l'étoile du Berger.

Irisations sur le cockpit, éblouissement — dans quelques instants, cette peinture du monde en suspens va basculer. Une stridence infinie emplit l'espace. Un fracas assourdissant : une fourmilière de chaume et de torchis chavire avec un peu de poussière rouge dans un coin de ce tableau de sérénité — Dinh Tinh est anéanti.

Il y avait là un puits autour duquel cochons et canards pataugeaient dans la boue. Assis sur le seuil de la pagode, un bonze en robe de soie safran s'éventait et chassait d'un revers de main quelque *mā* qui papillonnait dans l'air poisseux et sucré, quelque invisible esprit menaçant. Le vent chantait dans les pales de papier huilé d'une éolienne. Des femmes au rire clair, *ao baba* de coton brun lustré et grands chapeaux de paille de riz, lavaient du linge à la citerne. Un buffle s'ébrouait dans une mare voisine, des aigrettes se pavanaient au soleil. Un vieillard déchiffrait un tract sur lequel on voyait un char russe dont les chenilles étaient des dragons griffus et la tourelle du canon, une main sanglante broyant des enfants horrifiés. Non loin, à l'orée du bois, un homme posait son vélo contre un aréquier et se jetait à terre pour ramper jusqu'à un monticule d'où il pourrait plus aisément observer : là-bas, au milieu de la piste, des soldats du front creusaient une fosse et l'implantaient de bambous acérés avant de la recouvrir de branchages tressés. Ici, juchée sur un muret, une fillette surveillait distraitement les oies dont elle avait la garde et, les yeux embués de larmes, lisait une page de l'épopée de Kiêu :

L'océan gronde là où verdoyaient les mûriers
De ce monde le spectacle vous étreint le cœur
Pourquoi s'étonner ?

Dinh Tinh. Ce ne sont plus aujourd'hui que décombres noircis et cadavres boursouflés achevant de se décomposer sous la jolie pluie fine qui tombe, oblique, du ciel bas et gris. Seul un pan de mur se dresse intact au milieu des ruines. Sur une pierre d'évier, un bol de soupe, une cuiller de bois et les feuilles gonflées d'humidité d'un calendrier en dentelle de papier de riz, d'un calendrier vietnamien — nous sommes en l'an lunaire 4603. »

Richie Garrymore hocha la tête admirativement et leva un regard interrogateur sur Kelly. L'article que celui-ci venait de lui donner à lire n'était pas signé et il ne parvenait pas à deviner qui pouvait en être l'auteur. Il avait peur de commettre un impair : en lui tendant les trois feuillets dactylographiés, le rédacteur en chef s'était bien gardé de marquer un quelconque sentiment. Estimait-il ce genre de journalisme « impressionniste » auquel lui-même était si sensible ou cherchait-il au contraire à être soutenu dans une opinion défavorable ?

« Je voulais votre avis, lui dit Kelly. Vous êtes le plus jeune d'entre nous, Richie, et j'ai pensé qu'un jeune était mieux à même de juger ce papier que quelqu'un de plus âgé, comme moi. Je voudrais savoir si je me suis trompé... »

Garrymore, embarrassé de l'ambiguïté de la demande, répondit d'abord par quelques :

« Eh bien... C'est-à-dire... Je ne crois pas être... Je n'ai pas qualité pour... » qui ne l'engageaient à rien. Mais l'enthousiasme était trop fort et, soudain, il prit le parti de donner son sentiment :

« Enfin... C'est tout simplement génial. Ce gars-là en dit plus en trois colonnes que... Que d'autres en dix. Je ne veux pas citer de noms. Et puis, quel style, bon sang ! Quelles trouvailles... Ce n'est pas d'un reporter, c'est d'un poète... Voilà, d'un poète ! Ce gars-là vient d'inventer le journalisme poétique.

— Son style, sa manière ressemblent aux vôtres, Richie. Et, à dire vrai, c'est aussi pour cela que je vous ai fait venir.

— Vous me flattez, fit modestement Garrymore, pleinement rassuré par le large sourire qu'arborait son rédacteur en chef maintenant.

— Non, non, reprit celui-ci. Je ne sais pas comment vous l'expliquer... Mais je crois que lui comme vous, vous inventez en ce moment un nouveau type de reportage. Et je suis content que ce soit *Events* qui se trouve à l'origine de tout ça. Cette nouvelle presse, cette presse underground dont on nous rebat les oreilles... ! J'ai essayé de me plonger dedans. Ce n'est que prêchi-prêcha et bouillie pour les chats. Tandis qu'il y a en vous et en lui quelque chose de neuf. Ce ne sont pas tant les chiffres qui comptent mais les images, les visions même. Et vous n'imposez aucune opinion : l'opinion se dégage d'elle-même. Une sorte d'élégance, une politesse envers le lecteur… Vraiment, c'est tout à fait étonnant ! Prenez ce papier, par exemple : on ressent beaucoup plus d'horreur à lire ces quelques lignes qu'à regarder ça en direct le soir chez soi devant la télé. Avez-vous remarqué à quel point on s'habitue ? »

Kelly, devenu grave, se tut. Il ouvrit un tiroir de son bureau et, à l'étonnement du jeune journaliste, y jeta négligemment les feuillets dactylographiés en poussant un soupir avant de le refermer avec une brusquerie inhabituelle chez lui.

« Seulement, voilà, reprit-il, c'est excellent mais ça ne paraîtra jamais. Jeremy, à qui j'ai fait la bêtise de le montrer, refuse catégoriquement que je le passe. Pour tout dire : il est fou de rage…

— Mais… protesta Richie. Pourquoi ça ?

— Vous ne devinez pas ?

— C'est…

— Oui. C'est le premier article que nous remet…

— … son frère.

— On ne peut rien vous cacher, Richie. Et, bien entendu, Triple Zéro… »

Kelly se mordit les lèvres : il venait de lui échapper ce surnom injurieux dont on avait rebaptisé le successeur de Triple E et qui commençait à courir les couloirs et les salles de rédaction de l'Events Towers. Mais, crânement, il reprit :

« Triple Zéro prend ça pour un affront personnel. Après tout ce qui s'est déjà passé avec le… "bâtard", que je puisse, en plus, lui trouver du talent !… Il ne décolère pas. Il a piqué une crise de jalousie démente dans son bureau, devant moi. Il me fait peur, parfois. »

Richie Garrymore se délectait d'entendre de la bouche de Robert G. Kelly confirmation de ce qu'il commençait à savoir. Il ne put se retenir de sourire. Ce que voyant, Kelly lui dit :

« Je ne devrais peut-être pas vous raconter tout ça, Richie. Et, à ce propos, je dois vous dire que Bergman n'apprécie pas trop que vous continuiez d'enquêter comme vous le faites sur la vie privée des Emerson…

— Mais…

— Ne vous défendez pas, mon garçon : nous savons très bien ce qu'il en est. Whyatt et Mc Lure m'en ont parlé aussi. On n'apprend pas aux vieux singes à faire la grimace. Et vous n'avez peut-être pas été assez discret.

— Je vous assure que…

— Vous connaissez la punition ? s'écria moqueusement Kelly pour couper court aux protestations de son jeune protégé. Le Viêt-nam.

— Rien ne pourrait me faire plus plaisir, lui répondit celui-ci du tac au tac et sur le même ton de plaisanterie. On gagne plus facilement un Pulitzer sur le 17e parallèle qu'ici. Seulement… La concurrence risque d'être rude maintenant : avec Abel Young…

— Nous sommes inquiets à son sujet. Il a quitté le *Majestic* sans laisser d'adresse et il ne s'est pas montré aux briefings du MACV de toute la semaine. J'espère qu'il ne fait pas de bêtises. Il est un peu tête brûlée, Abel…

— Permettez-moi de vous contredire, Kelly.

— Oui. Mais appelez-moi Robert.

— Eh bien, Robert, je ne crois pas qu'il soit tête brûlée. Écoutez, je ne peux pas dire que je le connaisse vraiment : nous ne nous sommes rencontrés que trois fois. Pourtant, il me semble l'avoir compris assez bien. Contrairement à la plupart des gens de la boîte, j'ai le sentiment que Young est tout sauf fou. Il sait très bien ce qu'il fait…

— Même lorsqu'il escalade la tour ?

— Même lorsqu'il escalade la tour. C'est du risque, mais du risque calculé. Maîtrisé… Young n'est pas cinglé. Seulement, c'est quelqu'un qui va jusqu'au bout. Jusqu'au bout de ses désirs, jusqu'au bout de sa peur, jusqu'au bout de sa volonté, jusqu'au bout de ses idées, jusqu'au bout de lui-même. Et c'est cela qui nous étonne : il est différent de nous. Il vit tout totalement. Mais c'est pour lui qu'il le fait. Pour son plaisir. Il n'a rien à prouver, il ne cherche pas à impressionner les autres. Il se fiche bien de passer pour un héros. C'est d'ailleurs pour cette raison que je le crois incapable d'héroïsme inutile.

— Et c'est aussi pour cette raison que nos… baroudeurs maison ne peuvent pas le supporter. Que ce soit Marvey, O' Saussneghey, Sutton. Ils ne sont pas tendres avec lui. Quant à l'ineffable Sweety Monroe !...

— Je ne connais pas Monroe personnellement, mais à ce qu'on m'a dit de lui, j'imagine en effet.

— Sweety aussi a disparu de Saigon ces jours-ci. Il a annoncé au staff qu'il partait cinq jours. *R and R*, sans doute, comme les troufions en permission. Repos et relaxation. Mais il n'a pas daigné dire où il allait. Nos gars doivent être perdus là-bas. Sans leur Sweety !... Il est peut-être bien à Langley pour ses petites affaires. »

Richie Garrymore esquissa la moue ambiguë de quelqu'un qui a connaissance d'un fait mais veut faire savoir aussi qu'il hésite à en faire état. Kelly, intrigué, le pressa :

« Vous me cachez quelque chose, Richie...

— Eh bien, en vous l'apprenant, je vous apprendrai également que je fais quelque chose de très sale, de très mal élevé, avoua Garrymore d'un air confus. J'espionne... et voici que, pour tout arranger, je m'en vais rapporter.

— Dites toujours, ça ne sortira pas de ce bureau.

— Sweety Monroe est ici. À New York.

— Quoi ? »

Robert G. Kelly avait sursauté. Richie Garrymore, mis en confiance par cette liberté nouvelle qui régnait dans le bureau du rédacteur en chef depuis la mort d'Eliott E. Emerson, s'enhardit à avancer :

« Sweety Monroe est un petit bonhomme rondouillard et chauve vêtu de façon très voyante, n'est-ce pas ?

— Oui. Ça correspond assez bien... »

Avec un air d'ironie volontairement appuyée, Richie poursuivit :

« Il aurait été vu un petit bonhomme rondouillard et chauve vêtu de façon très voyante pénétrer le mardi 6 décembre dans un immeuble sis sur la 5e Avenue et dont un des locataires est M. Jeremy Emerson...

— Oh, nom de Dieu !

— Un autre informateur dont nous tairons le nom mais qui se trouve être employé de maison d'un certain manoir de Sag Harbor aurait vu le même petit bonhomme rondouillard et chauve vêtu de façon très voyante dîner le mercredi 7 décembre audit manoir en compagnie de Mme Kay Emerson et de son fils Jeremy. L'invité se serait annoncé au majordome sous le nom de M. Humphrey.

— Humphrey… Humphrey… »

Kelly décrocha le combiné de son téléphone tout en consultant la liste des numéros des postes et composa le 320 du bout de son stylo.

« Carson ? Kelly. Dites-moi, Carson, le prénom de Sweety Monroe, ce ne serait pas Humphrey ?

— Oui. Humphrey Monroe, en effet. Je le cherchais l'autre jour. Je ne sais plus avec qui je parlais de lui et je n'arrivais pas à me souvenir… Ah, si ! C'était, eh bien : M. Young. Mais, si vous me permettez, Kelly, pourquoi ?…

— Pour rien. »

« *Ong* Abel ? *Ong* Abel ?

— Nam Hoa ? Monte, je t'en prie.

— Je viens vous donner votre leçon », dit la fillette en pouffant de rire dans sa petite paume de main.

Nam Hoa riait sans cesse, à tout propos. Relevant gracieusement les pans de son *ao daï* de satin blanc brodé, elle grimpa lestement l'escalier de bois du petit pavillon. Accoudé à la balustrade de la galerie, Abel l'observait, secrètement attendri. On devinait déjà dans certaines de ses attitudes une pudeur de femme mais Nam Hoa avait aussi des espiègleries d'enfant. Un rien l'amusait mais elle pouvait à l'improviste lui poser quelque grave question à laquelle il lui était malaisé de répondre. Elle l'écoutait en plissant soucieusement le front, elle montrait une attention d'adulte, une admiration d'épouse pour cet homme dont elle ne doutait pas qu'il savait tout, étant américain. Mais, l'instant d'après, il lui arrivait de se moquer sans retenue d'« *Ong* Abel » comme elle eût fait d'un de ses petits frères ou d'un camarade de classe. C'était souvent pour une manière erronée qu'il avait de prononcer un mot, une mauvaise accentuation, une confusion entre deux expressions.

« Où donc se cache Thân ?

— Mon singe ? Il ne s'appelle pas Thân, *Ong* Abel. *Thân* ça veut dire singe.

— Et comment s'appelle-t-il alors ?

— Thîn : Dragon.

— Ah bon ! Ton singe c'est un dragon ? »

Ils riaient aux éclats. Elle ne savait jamais garder bien longtemps le sérieux qu'elle affectait quand elle lui enseignait quelque chose : sa feinte balourdise la mettait en gaieté. C'était bien d'un Américain de penser qu'un ouistiti ne pouvait pas être *en même temps* un dragon, jugeait-elle. Lui, sa naïveté le charmait : s'imaginait-elle vraiment qu'il était aussi sot qu'il prétendait l'être parfois ? Entre eux, c'était une complicité inavouée et délicieuse : chacun savait au fond de soi que l'autre jouait.

« Et mon nom, *Ong* Abel, vous savez ce qu'il veut dire ?

— Attends que je devine. Je me souviens d'avoir noté *Nam* dans mon cahier. Ça veut dire : sud, non ? Comme dans : Viêt-nam. Mais *Hoa*, je ne sais pas.

— La Fleur. Nam Hoa : Fleur du Sud.

— Et Abel, tu sais qui était Abel dans la Bible, Fleur du Sud ?

— Oui, je l'ai appris au catéchisme. C'est le monsieur qui a été tué par son frère. Il était berger. Et l'autre, euh…

— Caïn…

— Oui, c'est ça : Caïn, il travaillait la terre.

— Et tu sais pourquoi Caïn a tué Abel ?

— Eh bien, Caïn était jaloux parce que Dieu l'avait préféré à lui.

— Et Dieu l'avait préféré à lui parce qu'il n'était pas attaché aux biens matériels. Il n'avait pas de champs à cultiver, il errait avec son troupeau…

— Par quoi commence-t-on aujourd'hui, *Ong* Abel ? Vous me donnez ma leçon d'anglais ou moi je te… je vous donne la leçon de vietnamien ?

— Eh bien, c'est comme tu voudras. Mais cesse de m'appeler *Ong* et de me vouvoyer. Je ne suis pas un "monsieur".

— Dis, je peux t'appeler *Anh*, alors ?

— Qu'est-ce que ça veut dire : *Anh* ?

— Grand frère.

— Il n'y a rien qui me ferait plus plaisir. Mais ton grand frère c'est Hung. Que va-t-il penser ?

— Ça m'est égal ! fit l'enfant brusquement boudeuse, en haussant des épaules. Hung, c'est un *number ten* !

— Nam Hoa, je t'ai déjà dit de ne pas employer cette expression. C'est un gros mot de soldats et de... Et de filles à soldats.

— Qu'est-ce que c'est des filles à soldats ?

— Eh bien... Je t'expliquerai quand tu seras plus grande. »

Abel était consterné de découvrir à quel point l'argot GI affectait le langage des habitants de ce pays depuis que l'armée américaine l'occupait. Les enfants eux-mêmes n'étaient pas épargnés. Le *number ten*, c'était le soldat en goguette trop démuni ou trop fatigué ou trop ivre pour monter avec la prostituée qui le racolait : l'injure suprême des taxi-girls gagnait depuis quelque temps toutes les conversations, se répandait dans toutes les classes de la société. La petite fille très bien élevée, d'un milieu très pieux et cultivé, n'échappait pas à cette contamination d'obscénités. Abel jugeait cela bien aussi effrayant que cette corruption, cette concussion qu'avait instaurées un long siècle de colonisation. La guerre, décidément, pourrissait tout...

Mais Nam Hoa était pétrie de délicatesse. En manière d'excuse, elle lui prit la main et lui dit affectueusement :

« Ça ne fait rien puisque toi tu es mon *number one.*

— Eh bien, dis-moi, tu connais déjà tous tes chiffres en anglais ! » répliqua en riant Abel.

Sans se tromper, Nam Hoa les lui récita de *un* à *cinquante* en donnant simultanément la traduction en français, la langue qu'ils avaient en commun.

Ils s'avancèrent dans la fraîcheur ombreuse du pavillon et Thîn, le singe, sautant d'une poutre de la balustrade à l'autre, les rejoignit dans le salon où, à son habitude, il tenta de dépecer quelques coussins avant d'être chassé dehors.

C'était en enquêtant dans un journal d'étudiants qui soutenait les thèses de la *troisième force* qu'Abel avait fait connaissance et s'était lié d'amitié avec Hoang Van Hung. Comme nombre de Vietnamiens de la classe aisée, le jeune rédacteur en chef parlait le français comme un Français et il avait apprécié de rencontrer enfin un Américain qui le parlât à peu près aussi bien que lui.

Et puis qui l'écoutait. Passionnément…

Hung était lui-même un passionné. Quoique originaire du Nord, il avait la volubilité, la mobilité des traits des gens du Midi, leur sveltesse, leur rapidité et leur finesse d'esprit. Il est vrai qu'il avait quitté le Nord très jeune encore, en 1954, alors qu'il était âgé de douze ans. Ce détail aussi fut propre à rapprocher l'étudiant vietnamien de l'étudiant américain : tous deux étaient de 42…

Les Hoang avaient possédé de riches exploitations théières dans le Tonkin. Par opportunisme, le grand-père de Hung s'était converti au catholicisme au début du siècle alors que la France procédait à la séparation de l'Église et de l'État. Mais pour un « Annamite » — puisque tel était le terme générique dont on désignait alors les habitants de l'Indochine —, pour un Annamite n'était-ce pas le moyen de donner des gages de loyauté à la communauté européenne qui vivait à Hanoi ?

Curieusement, le fils de Hoang Ho, élevé dans cette religion choisie par son père sans aucune conviction, se révéla, au contraire de celui-ci, très pieux dès son adolescence. Et, tandis qu'on chantait dans les cabarets de Montparnasse l'immortel refrain :

Ma Tonki-ki, Ma Tonki-ki, Ma Tonkinoise !

il était un des premiers Indochinois à fréquenter à Paris l'Université catholique de la rue d'Assas. Il y fit de bonnes études, se diplôma également en lettres et en droit. Puis, retourné au pays en 1928, il entra dans l'administration coloniale où il accomplit une brillante carrière tout en continuant d'exploiter avec son frère les plantations et sécheries de thé *Hoang & Hoang*.

La vie coulait, paisible. Hoang Van Trong se maria, eut un premier fils en 1938, prénommé Dong et Jean pour l'église, un second en 1942 : Hung et Paul. Mais la guerre mondiale faisait rage et elle ne pouvait épargner l'Indochine. Le Tonkin du Nord était occupé par les Japonais, les Américains bombardaient le pays, Hô Chi Minh mobilisait. L'indépendance du Viêt-nam était proclamée le 2 septembre 1945, reconnue par la France le 6 mars 1946 mais soumise à restrictions et contraintes. Puis, c'était l'insurrection viêt-minh à Hanoi, le 16 décembre de cette même année. Et sept ans d'une guerre meurtrière. Et Diên Biên Phu. Et les accords de Genève signés le 21 juillet 1954.

Comme nombre de catholiques, fuyant le régime communiste qui s'instaurait, la famille Hoang, qui comptait maintenant cinq enfants, se replia sur le Sud avec des centaines de milliers d'autres réfugiés et s'installa à Saigon…

Elle avait élu domicile dans une belle maison coloniale située au cœur de la ville — oasis de paix au milieu de l'agitation frénétique des rues avoisinantes. On traversait le bruyant marché Ben Tanh, on passait entre les étals de fruits : litchees, corossols, papayes, goyaves, kakis, choux palmistes, piments verts et rouges, mangues, mangoustans. On faisait encore une dizaine de pas à travers la circulation convulsive de cette cité plaisamment surnommée par un journaliste *Hondaville*, on poussait une grille de fer forgé et l'on entrait dans les jardins de la villa Éden. Un arpent de paradis perdu au milieu de l'enfer urbain. Là, on pouvait oublier en effet que les écoliers, les étudiants et leurs professeurs manifestaient trois rues plus loin. Là, on pouvait ignorer que le port de Saigon était paralysé par la grève des dockers ; là, que des rockets tombaient sur une caserne, que des bombes explosaient devant des consulats étrangers, que des bonzes s'immolaient sur les places…

La maison était enfouie sous une végétation de début du monde : hibiscus, goyaviers, lataniers, poinsillanes, palmiers, jacarandas, flamboyants, aloès, aréquiers, manguiers, bougainvillées, camélias, lys roses et orchidées. Il fallait avancer sous la voûte d'ombre mauve des glycines pour découvrir la véranda et les galeries de bois peint un peu décaties, les jalousies et les volets ajourés, les colonnettes de bambou, le toit incurvé aux angles comme un toit de pagode, la vaste volière de rotin tressé, le kiosque d'osier où l'on déjeunait. Au fond du jardin, un court de tennis à l'abandon depuis longtemps et dont le revêtement rose était craquelé par l'exhumation des racines d'un puissant baobab. Le grillage s'était peu à peu recouvert d'arborescences exubérantes qui en faisaient maintenant un mur végétal. Il y avait aussi un bassin carrelé de mosaïque autrefois bleu et or, du temps où des colons français habitaient la villa et que leurs enfants s'y baignaient, mais dont le fond avait disparu aujourd'hui sous une épaisse vase noirâtre où croupissaient des lianes parmi les nénuphars jaunes et les fleurs de lotus. Devant l'ancienne piscine, un pavillon construit sur pilotis, jadis salle de jeux et de repos…

Récemment, le père de Hung l'avait fait restaurer et doter du confort dont jouissait la villa avec l'intention de le louer à un étranger. Comme tous ceux qui avaient gardé leur dignité et leur rigorisme moral au milieu de la corruption générale et de l'affairisme forcené engendré par la guerre, les Hoang, s'ils n'étaient pas dans la misère, avaient vu leurs ressources s'amenuiser continûment. Quelque revenu supplémentaire était maintenant le bienvenu.

Abel allait être le premier locataire du pavillon.

Et le dernier…

Marvey, O' Saussneghey et Sutton le lui avaient souvent répété : on pouvait avoir des relations professionnelles mais il était à peu près impossible de se lier d'amitié avec un « Viet ». Et encore plus inconcevable d'être invité dans une famille.

« Dîner chez un Namien ? s'était écrié Sweety Monroe, horrifié, quand Abel lui avait fait part de ce souhait qui lui était cher. N'y pensez pas, patron ? Ces gens-là n'invitent jamais un étranger. Hors de chez eux, peut-être. Au restaurant, au cabaret… Et encore !… Vaut d'ailleurs beaucoup mieux, croyez-moi. Imaginez vous deviez boire de leur eau pas filtrée : la chiasse assurée ! »

Mais, comme pour leur infliger un démenti blessant, Abel s'était lié d'amitié avec un jeune... « Viet » alors qu'il n'était à Saigon que depuis une dizaine de jours. Et la semaine suivante, le jeune « Viet » ayant respectueusement demandé à son père s'il accepterait de recevoir à sa table un Américain qui parlait un français impeccable et connaissait la poésie de Victor Hugo, et le vieux lettré grand admirateur de Victor Hugo ayant exaucé son vœu, Abel fut convié à partager « l'humble et très indigne repas » d'une famille de... « Namiens ».

Moment de rare délicatesse qu'Abel avait vécu dans un complet ravissement à la fin d'une très dure journée. Il rentrait du *Press Club* de Da Nang après avoir visité la base des Marines de Dong Ha et le camp J. J. Caroll. Frileusement enroulé dans le mince poncho de toile caoutchoutée que lui avait prêté le MACV, grelottant sous la pluie battante, il avait pataugé toute la matinée dans la boue rouge et collante des fondrières du « Plateau de l'Artillerie » où le PIO qui l'accompagnait avait tenu à lui montrer tout l'arsenal dont les Marines disposaient aux abords de la zone démilitarisée : des *ontos* à six canons de 106 sans recul jusqu'aux tout nouveaux modèles de 175 automoteurs. Il avait parlé avec de jeunes *draftees* croisés en chemin, des appelés qui imploraient désespérément la « quille ». Certains n'avaient reçu leur baptême du feu que de la veille. D'autres avaient vu leur camarade le plus proche tomber à terre pour ne plus se relever. D'autres encore, hébétés, ivres d'épuisement après cinq jours de combats acharnés, s'étaient étendus sous l'averse contre un half-track endommagé. Pour la plupart, ils semblaient se demander ce qu'ils faisaient là.

« Dis-leur, dis-leur à ces fils de pute qu'on en a plein le cul de toute cette merde. Écris-le dans ta pourriture de canard, si tu en as, mon gars. Rien à branler de cette putain de guerre à la con. Là-bas, s'en rendent pas compte. Ils savent pas... »

Ils ne paraissaient pas savoir non plus au *Press Club* de Da Nang. Abel s'en était aperçu alors qu'il y faisait halte sur le chemin du retour avant de reprendre un avion pour Saigon. Il avait été écœuré des propos que lui tinrent la plupart des reporters qui s'y trouvaient. Hormis Bernard Fall et un journaliste néo-zélandais avec qui il sympathisa, il n'y avait là que des stratèges de Café du Commerce, des messieurs « Y'a-qu'à-Faut-qu'on », des polémologues de salon qui jugeaient de tout, donnaient leur avis sur tout et le traitèrent de « pédé » quand il se permit de rendre compte de l'état de démoralisation dans lequel il avait trouvé nombre de *draftees*. « Les *draftees* ? Tous des pédés aussi ! » avait conclu dans les rires et les vivats un correspondant de l'Agence France-Presse qui exhibait sous son treillis artistement taché de sang et virilement déboutonné jusqu'au nombril des tatouages rapportés d'Algérie.

À la tombée du jour, las, amer, déprimé, nauséeux et légèrement fiévreux, Abel était revenu à Tan Son Nhut dans un C-123. Redoutable épreuve aussi qu'un voyage dans un avion de ce type. Le bruit que font les moteurs assourdit jusqu'à la douleur. La carlingue est ouverte à toutes les intempéries. Le système de ventilation a pour seul effet de brasser une sorte de vapeur de hammam. Et, dans l'odeur des vomissures et des vêtements mouillés, les voyageurs y sont assis étroitement serrés dos à dos sur un banc de métal muni d'un dossier en simple filet...

Au *Majestic*, Abel avait pris une douche rapide. Il s'était changé et aussi soigneusement vêtu que sa garde-robe le lui permettait. Hung était venu le chercher à l'hôtel pour le conduire chez lui. En quelques instants, dans ce havre de paix de la salle à manger des Hoang, la fièvre, la lassitude, l'amertume, la tristesse avaient disparu comme par enchantement...

« L'humble et indigne repas » était un délicieux dîner de douze plats composé avec un raffinement extrême dans le choix des saveurs et leur succession. La conversation, très animée, roulait sur toutes sortes de sujets mais la littérature dominait. Hoang Van Trong était enchanté d'échanger des vues avec un Américain qui connaissait si bien la poésie française. Il rappelait des souvenirs de sa jeunesse à Paris, se levait pour aller chercher dans sa bibliothèque un livre qu'il avait annoté et le montrait à son hôte. Puis, brusquement rêveur, il parlait de son pays qu'il ne reverrait sans doute jamais.

Après le dîner, les trois fils cadets et les deux petites filles eurent la liberté de venir saluer l'étranger. Les cinq enfants le firent très joliment, en le complimentant en français. Il régnait visiblement entre tous les membres de la famille une harmonie et une tendresse qui émurent Abel plus qu'il ne sut l'exprimer. Il avait trouvé un foyer…

Les Hoang avaient trop de savoir-vivre pour lui parler du pavillon qu'ils voulaient mettre en location. Et puis, ce pavillon était-il assez luxueux et confortable pour un Américain ?

Ce fut Abel qui le premier parla à Hung de sa volonté de quitter l'ennuyeux palace où il logeait pour prendre une maison en ville. Mais il trouvait tout trop grand. Alors, avec mille politesses, mille précautions oratoires, mille excuses, on finit par lui faire visiter le petit édifice sur pilotis caché au fond du jardin.

Tout lui parut exquis : le mobilier de bambou et de feuilles de latanier vernies, les petits napperons brodés, les coussins de soie et jusqu'à ces chromos religieux rapportés d'un pèlerinage de Lourdes et qu'il aurait jugé affreux ailleurs que sur ces murs, autre part que chez ces gens si généreux.

« Vous ne pouvez pas habiter ici, affirma M. Hoang. Vous allez être dégoûté. Regardez, il y a des margouillats jusque dans la douche. Nous y sommes habitués, nous. Mais vous… »

Pour toute réponse, Abel se saisit prestement d'un lézard qui paressait au pied d'une vierge d'albâtre et, le tenant quelques instants au creux de sa main, caressa du revers de l'index les écailles du petit corps visqueux et froid.

La petite Nam Hoa se mit à rire. Les garçons approuvèrent. Quant au singe Thîn, il se livra à quelques facéties qui semblèrent à Abel être sa façon simiesque de l'accueillir.

L'étranger était adopté…

Le lendemain matin, il vint de bonne heure, suivi d'un porteur qui avait chargé sur son tricycle sa caisse de livres et la machine à écrire qu'il avait achetée neuve pour quinze dollars au marché aux voleurs.

Hung lui conseilla de prendre un *boy* et il comprit qu'il devait le faire en effet, même s'il ne lui plaisait guère d'être servi. Il n'était peut-être pas tout à fait inconcevable pour un Américain de se lier d'amitié avec un « Viet » mais il était parfaitement intolérable pour un Vietnamien d'imaginer qu'un « Ricain » aisé pût se passer de domestique. « D'ailleurs, dit Hung d'un ton courtois mais sans réplique, il faut faire travailler les gens d'ici. Il y a tant de misères. »

Le boy d'Abel était un jeune provincial taciturne et quasiment muet prénommé Doah.

Nam Hoa apprit à Abel qu'il avait perdu sa femme et ses trois petits enfants dans un bombardement au phosphore six mois auparavant et que c'était de ce jour-là qu'il avait cessé de parler en dehors de ce qui était strictement nécessaire à son service.

L'amitié grandit entre Hung et Abel. Ils devinrent inséparables…

Hung initiait Abel aux subtilités de l'inextricable situation politique dans laquelle était plongé son pays. Il lui en retraçait l'histoire qu'il connaissait admirablement pour l'avoir étudiée en vue d'une thèse qu'il soutiendrait en France, quand la guerre serait finie, disait-il, et son sourire désabusé semblait sous-entendre : autant dire jamais. Il lui expliquait le rôle des partis, des mouvements, des fronts, des sectes, des mille sociétés secrètes qui s'affrontaient et conspiraient dans ce vaste champ clos qu'était le Viêt-nam. Ceux que l'on désignait du nom de Vietcongs ne formaient une entité que dans l'esprit des Américains et de la propagande gouvernementale, lui apprit-il. Et, de même, les catholiques, les bouddhistes, les confucianistes ou cette étonnante franc-maçonnerie des Cao Daïs dont il tenta de lui exposer en résumé l'idéologie très baroque.

« Ils ont eu la révélation d'une Sainte-Trinité dont les dieux sont Jésus-Christ, Bouddha et… Victor Hugo.

— Quoi ?

— Crois-moi.

— Et toi, Hung, dans tout ça… ? »

Hung était de ceux qui récusaient avec la même ardeur le communisme et le régime corrompu de Thieu et du général Ky, cet admirateur de Hitler dont les pilotes d'élite de la « garde prétorienne » qui l'entourait arboraient volontiers la croix gammée sur le casque ou la combinaison anti-g. Mais Hung était sans espoir. Il savait que son combat était perdu d'avance : la *troisième force* serait balayée par le souffle de la guerre. La guerre broie toujours ceux qui ont su garder raison et mesure, ceux qui ont refusé de céder au fanatisme de quelle couleur qu'il soit. La guerre n'aime pas les modérés. Le temps des extrémismes était venu. Le temps des terreurs, de l'horreur...

En cette fin de l'année 1966, une vague de désertions massives et souvent collectives affectait l'armée du Viêtnam du Sud. Nombre de jeunes appelés se mutilaient l'index pour éviter d'être envoyés au front, préférant le procès et le camp de concentration aux risques de se faire tuer ou arrêter par l'ennemi. Entre officiers des divers corps de l'ARVN, c'étaient des luttes sans merci pour le pouvoir, des jeux d'ambitions meurtriers, des règlements de comptes sanguinaires. Une sorte de pourrissement général...

Mais ce n'était guère aux briefings du MACV qu'on pouvait avoir vent de tels faits. Peu de choses filtraient de la désorganisation du commandement militaire que les États-Unis prétendaient « assister ». Et les *five o'clock follies* continuaient imperturbablement de jouer à bureau fermé, tous les soirs à cinq heures, leur comédie devant un parterre choisi de correspondants d'agences et de grands reporters.

Hung montrait à Abel une image plus proche de la réalité que celle fournie par les officiers du PIO. Il lui donnait l'autre vérité, la vraie — pour autant que pareille chose existe. Et Abel, apprenant ce qu'il apprenait de sa bouche, comprenait déjà confusément que le cinéma Éden ne serait bientôt plus seul à afficher *La Grande Illusion*. Les États-Unis s'enlisaient dans un conflit dont tenants et aboutissants échappaient même à leurs plus brillants experts de la CIA...

En échange, Abel apportait une aide précieuse à Hung. Les journaux de Saigon, et, en particulier, les journaux opposés au régime de Thieu, étaient soumis de la part du PIO allié à des restrictions d'information qui constituaient une sorte de censure préalable. Abel s'efforçait d'obtenir les autorisations pour son ami. Au besoin, il falsifiait des laissez-passer obtenus pour *Events* et les lui offrait : Hoang Van Hung était alors accrédité en tant que journaliste français d'un magazine imaginaire. Mais le meilleur moyen de braver les interdictions était encore pour Abel de l'emmener avec lui dans ses tournées sur le front des opérations. Il prétendait que le *bao shi* — le journaliste — vietnamien lui servait en fait d'interprète. D'habitude, les officiers du PIO ne posaient pas trop de questions. Et, s'ils en posaient, Abel leur répondait crânement, affectant un instant le parler dur et viril du baroudeur « qui en a vu d'autres » :

« Bordel de Dieu, tu commences à me courir, toi ! Ce petit Viet-là est avec moi, je te le répète. Et, putain, si l'enfant de salaud a envie de voir et de savoir, c'est son droit ! Après tout, c'est de son foutu pays de merde qu'il s'agit ! Et puis, si tu continues à me faire chier, mon vieux, ça va être ta fête à *Events*. C'est Abel Young qui te le dis ! »

Events : le sésame, le mot magique qui ouvrait toutes les portes, le titre devant lequel s'inclinaient et finissaient toujours par capituler les autorités militaires. L'effet semblait plus fort encore que de prononcer : *CBS News* ou *Time* ou *Life* ou *NBC*. Les officiers du PIO redoutaient d'être « épinglés » dans la chronique *They Say* ou, pire, de devenir la tête de turc de Ron Molloy, le plus féroce des *columnists*. Abel, d'ailleurs, n'utilisait l'argument *Events* qu'en dernier recours. Il trouvait assez méprisable d'user de l'intimidation et de la démonstration de force dans les rapports avec autrui. Même si autrui était un militaire borné qui, lui, ne se faisait pas faute, quand il le pouvait, d'intimider et de faire étalage de son autorité. Abel pensait qu'il y allait de ce souci d'élégance morale qu'il voulait maintenir en dépit de tout. La guerre était une chose ignoble, cela ne lui semblait pas une raison suffisante pour abandonner toute noblesse de sentiment. Au contraire. Peut-on dénoncer la barbarie et se comporter en forban ? Certains de ses collègues se livraient à un véritable chantage auprès des services de presse de l'armée : contre la promesse d'un scoop ils échangeaient leur silence sur certaines informations défavorables qu'ils tenaient d'une autre source. Marvey, Sutton, O' Saussneghey étaient passés maîtres dans ce genre de marchandage qu'Abel, pour sa part, désapprouvait. Les quatre journalistes vedettes d'*Events* avaient souvent à ce sujet quelque dispute qui retentissait sous les lustres du *Caravelle* et troublait un moment la quiétude climatisée et baignée de musique douce du bar.

Mais Abel avait eu — qui n'en a pas ? — une faiblesse. Sur son treillis, en dessous de la barrette de tissu blanc où étaient mentionnés son nom et son appartenance à la presse, il avait écrit au crayon-feutre *Events*. Cela lui avait d'ailleurs permis de constater à maintes reprises de quel prestige jouissait le magazine dont il était propriétaire. Il jugeait maintenant le geste puéril, indigne de lui ; il se reprochait le ridicule de cette vanité, hélas indélébile. Mais, en même temps, il avait beau s'en défendre, il éprouvait somme toute une sorte de fierté si un inconnu, jetant un regard sur sa poitrine, hochait la tête complaisamment et murmurait :

« Ah, *Events* ! »

Abel n'avait pourtant pas pu emmener Hung avec lui quand, l'avant-veille de Noël, il avait embarqué de Da Nang pour effectuer un reportage sur la cote 875, aux abords de la zone démilitarisée. Et c'était seul, sans Sutton, sans O' Saussneghey ni Marvey, lesquels projetaient « un réveillon à tout casser dans un cabaret de Hong Kong », qu'il avait enquêté sur la vie d'un hôpital de campagne.

Que rapporterait-il de cette nouvelle tournée sur le front ?

Un peu plus de dégoût, un peu plus de désespoir, quelques visions d'horreur, quelques paroles dérisoires.

Ainsi, de cet appelé natif de l'Oregon :

« Bon sang ! Ce silence depuis leur putain de trêve à la con ! On peut plus dormir, nous, sans le bruit du canon... »

Des plaintes, des gémissements, des cris aussi :

« Il est devenu maboule, il délire. Il a vu son pote bouffé par les sangsues. Parole ! On est revenus avec la civière pour embarquer Jim, les saloperies l'avaient déjà complètement vidé de son sang. De vrais vampires ! Parole ! C'est pas les Viets qui l'ont tué mais les sangsues. Il est mort de ses hémorragies, vidé comme un porc. Une vraie vacherie, je vous dis. Ces putes vous remontent le long de la jambe sous le falzar, y a pas plus vicieux. Elles vous sucent la bite et vont se nicher jusque dans la vessie. Parole ! Y a des potes qui en ont chopé une, c'est à devenir cinglé ! Maintenant, ils nous font porter des capotes anglaises quand on patrouille dans le coin. Parole ! Mais le pire, il paraît, c'est Khe San... »

Quelques images :

Assoupi sous les cataractes de pluie qui ruisselaient le long des bâches d'un bloc opératoire de toile, un jeune chirurgien encore masqué, ganté et éclaboussé de sang. Un infirmier qui lui secouait l'épaule et répétait anxieusement :

« Toubib ! Toubib ! faut pas nous lâcher. »

Et, à Abel qui l'interrogeait :

« Le pauvre vieux, il est lessivé, c'est le cas de le dire. Il a opéré cinq types à la file, et pas des bricoles : dix-sept heures de boulot sans le moindre repos. Et ce satané générateur qui vient de tomber en panne... »

Ailleurs, un grand gaillard noir qui s'était affublé d'une robe rouge de Santa Claus, trouvée lui seul savait où, et d'une longue barbe blanche. Il déambulait entre les tentes et, agitant une clochette, chantait à tue-tête :

Noël ! Noël ! Noël ! Noël !
Il est né le roi d'Israël
Noël ! Noël ! Noël ! Noël !
Enculés, saletés de Viets,
Il est né !

La boue grasse et collante dans laquelle on s'enfonçait jusqu'aux chevilles. La misérable queue devant les feuillées bâchées sur lesquelles un plaisantin avait accroché des guirlandes pailletées, des boules dorées et une banderole clamant un « joyeux Noël chimique à tous les palus ». Abel avait vu, parmi ceux qui attendaient leur tour, un jeune appelé qui sanglotait :

« J'en peux plus, mec, j'en peux plus ! Trois fois déjà depuis ce matin que je lâche tout avant d'arriver au trou. Trois fois que je me chie dessus et que je dois me changer. Ils veulent me foutre des couches plastiques comme à un bébé. Putain ! J'ai descendu trois Viets dans une embuscade moi tout seul comme un homme, et ils veulent me foutre des couches… »

Serait-ce cette pitoyable interview qu'il rapporterait ? Serait-ce cette scène-ci : un sergent, quelque peu éméché et avec un joint collé à la commissure des lèvres, passait et repassait à travers le camp. Il portait en bandoulière sur son ventre un petit lecteur de cassettes qui diffusait à plein volume le récent succès des Beatles : *Help !*

Quand j'étais jeune
Beaucoup plus jeune qu'aujourd'hui
Je n'avais jamais besoin de l'aide
De personne ni de rien
Mais ces beaux jours sont passés
Et je ne suis plus si sûr de moi
Au secours ! Au secours ! Au secours !

Ou bien serait-ce celle-ci, qui semblait d'un tableau de Jérôme Bosch : à la lisière de l'aire d'atterrissage des *choppers*, trois grands blessés attendaient leur évacuation vers l'arrière. Debout sous la pluie dont ils se protégeaient tant bien que mal au moyen d'une bâche de vinyle transparent qu'un infirmier avait jetée sur eux, ils se soutenaient l'un l'autre, se retenaient de tomber. Le premier avait un bras en écharpe, le deuxième la jambe droite enclose dans un monstrueux appareillage d'attelles, le troisième les yeux bandés.

Abel profita d'une place demeurée libre dans le *chactow* pour redescendre sur Dang Ha et les interroger. Ils avaient son âge, ils venaient tous les trois de la Californie. Tous les trois, ils avaient cru avec Bob Dylan que « les temps allaient changer », tous les trois ils avaient chanté qu'on « doit tous se défoncer », tous les trois ils avaient partagé ses espérances et ses bonheurs. Bill, bassiste des Outrageous, avait perdu l'usage de sa main aujourd'hui. Tim, un des meilleurs surfers de Malibu, se demandait s'il pourrait « seulement se tenir debout sur sa planche avec cette guibole artificielle qu'on allait lui flanquer ». Mike ne reverrait plus jamais les grands yeux vert pâle de Sharon...

Mais pouvait-on dire cela, pouvait-on l'écrire ? En avait-on le droit ?

Abel, désemparé, rengorgeant des larmes qui lui venaient, savait déjà que, par une sorte d'humour noir — cette politesse du désespoir —, il se contenterait de rédiger un petit encadré drolatique sur l'argot des soldats. Le titre en serait sans doute : « Zappez-moi tous ces Charlies ! », une expression qu'il avait entendu un lieutenant des Marines brailler. Et il joindrait à son article un lexique loufoque.

Ce serait sa manière à lui de lancer un pied de nez à l'horreur...

Repu d'amertume, recru de lassitude, il était rentré à Saigon dans la soirée du 24 par le dernier vol d'Air Viêtnam. En première classe. Deux jolies hôtesses lui avaient servi caviar et champagne : c'était Noël, n'est-ce pas ?

À l'économat de l'US Air Force de Da Nang, il avait acheté en détaxe des cadeaux pour les enfants Hoang. Transistors, mange-disques, lecteurs de cassettes japonais, appareils photo miniaturisés, Polaroid et les toutes dernières nouveautés de la pop music américaine ou anglaise, en particulier l'album *Help* des Beatles que Nam Hoa désirait tant — c'était Noël, n'est-ce pas ?

Dans le hall des arrivées de Tan Son Nhut, Abel, triste à pleurer, fredonnait :

Quand j'étais jeune
Beaucoup plus jeune qu'aujourd'hui…

et repensait brusquement à Johanna. Comment allait-elle passer les fêtes ? Où ? Avec qui ?

Était-ce déjà Noël, là-bas, ou bien serait-ce demain ? Dans quel sens devait-on décompter le décalage horaire ? De cela même, il ne parvenait plus à se souvenir tant il était fatigué.

Adorable attention — Nam Hoa et sa sœur Kim lui avaient fait la surprise de décorer en son absence le pavillon de lampions, de cheveux d'ange et d'étoiles de Bethléem découpées dans du papier d'argent. Les petites ampoules multicolores d'un sapin clignotaient dans l'obscurité. En rentrant, Abel n'alluma pas, ne se déchaussa pas ; il n'eut que la force de jeter sa musette à terre et de s'affaler sur les coussins d'un rocking-chair de rotin. Il ruisselait de sueur. Au-dessus de lui, le ventilateur brassait en vain l'air poisseux et douceâtre — pourtant, il devait s'en persuader : c'était Noël.

Mais une sorte d'hébétude le gagnait maintenant tandis qu'il se balançait lentement. Il contemplait, comme halluciné, une vieille carte de l'Indochine qui dansait sur le mur. Il en avait trouvé les feuilles jaunies et déchirées aux pliures dans les cartons à dessin d'une très ancienne librairie française de Hué. Elle l'avait amusé. Le relief, le découpé des côtes, le tracé des routes étaient cachés par endroits sous des figurines : trois cocotiers, un sampan, une pagode, un petit pont de jardin japonais, un bonze sous une ombrelle, un tigre bondissant, un arc-en-ciel. Un peu au-dessus du 17e parallèle, là où le pays n'est plus qu'une étroite langue de terre resserrée entre le Laos et la mer, dans la zone dite, depuis, « démilitarisée », une jeune Annamite en *ao daï* et chapeau pointu se balançait sur une escarpolette. Et la cote 875, d'où il revenait, était un jardin de palmes, de lys et d'orchidées.

Toutes les trois secondes, à la clarté rouge, bleue,

verte et jaune des guirlandes lumineuses, émergeait de l'ombre la topographie pleine de fantaisie. Abel songea que, s'il en avait eu la patience et le talent, il aurait peut-être décalqué le contour de la carte sur du papier cristal et peint par-dessus ces chinoiseries ridicules des symboles plus conformes à la réalité des contrées qu'il avait survolées. Ce seraient des canons, des villages incendiés, des bombardiers B-52 larguant leur chargement, des cadavres pourrissant dans un arroyo, et sur l'escarpolette, un squelette…

Il fermait les yeux insensiblement et s'assoupissait quand le rire suraigu de Nam Hoa le tira de sa torpeur.

« *Anh* Abel, *Anh* Abel ! Hung n'arrête pas de nous taquiner, Kim et moi, viens nous défendre ! »

Il se leva et, titubant, alla au balcon. Il distinguait mal dans la pénombre les ombres qui s'agitaient.

« Veux-tu nous accompagner à la messe de minuit ? lui demanda Hung tandis qu'il se penchait à la balustrade en étouffant un bâillement. Nous y allons maintenant… »

Froissant avec une moue de dégoût le col de son battle-dress fétide et raidi de crasse mais qu'il n'avait pas encore eu l'énergie d'ôter, il répondit :

« Je ne suis vraiment pas habillé pour…

— Aucune importance », fit Hung.

Abel comprit qu'il ferait de la peine aux Hoang s'il ne venait pas avec eux. Il se laissa glisser sur la rampe de l'escalier de bois en s'écriant aussi résolument qu'il le pouvait :

« C'est bien, je viens ! »

Ce fut là, devant la cathédrale, tandis qu'au son du bourdon les fidèles s'en retournaient chez eux à la fois graves et joyeux, que l'incident se produisit…

Soudain, surgissant à toute vitesse de la rue Tu-Do, une Jeep fit une embardée, monta sur le trottoir et les premières marches du parvis, fendant la foule qui hurlait de peur.

Hung fut légèrement bousculé par le pare-chocs et renversé alors qu'il criait à Abel :

« Attention ! »

Et Abel n'eut que le temps de se jeter sur le capot pour éviter d'être fauché.

La Jeep fit marche arrière, accéléra.

Abel roula sur le côté et retomba lourdement sur la chaussée.

On se précipita à son secours : il s'était déjà relevé, à peine contusionné.

« Un vrai miracle ! » s'écria M. Hoang tandis qu'on le réconfortait.

Et la petite Nam Hoa :

« Un miracle de Noël, *Anh* Abel ! »

Personne n'avait songé à noter le numéro d'immatriculation de la Jeep. Un témoin prétendit qu'elle était démunie de plaque. Un autre, qu'il s'agissait d'un véhicule des rangers de l'ARVN. Un autre encore, que le conducteur était un Marine, un Noir.

On s'interrogea : était-ce un chauffard qui avait déjà commencé de réveillonner ? Ou bien, demanda quelqu'un, un attentat ?

Abel haussa les épaules :

« Pourquoi un attentat ? »

De Dong, le frère aîné de Hung, on ne parlait chez les Hoang que très rarement et à mots couverts, d'un air de mystère. Abel n'avait pas été très long à comprendre qu'il militait dans le FNL et, vraisemblablement, occupait même un rang important dans l'armée de libération. Un soir que, prenant le frais sur le balcon du pavillon, les deux amis devisaient de tout et de rien avec une sorte de tendresse fraternelle, la conversation avait insensiblement tourné à la confidence et Hung avait fini par avouer à Abel qu'il avait deviné juste. Mais si l'on prenait tant de précautions au sujet de son frère, avait-il ajouté, c'était que Dong courait de plus grands dangers encore que la plupart de ceux qui avaient eu le courage de tout abandonner pour s'engager aux côtés du Front. Car, comme cela s'était passé en Espagne parmi les républicains pendant la guerre civile, la lutte pour la direction ou la simple orientation du mouvement donnait lieu à de violents affrontements entre factions et tendances, des règlements de comptes. Et les non-communistes comme Dong, ceux qui avaient voulu croire à la possibilité de l'instauration d'un régime démocratique au Viêt-nam, étaient maintenant éliminés politiquement par les marxistes-léninistes. Politiquement, mais hélas ! aussi : physiquement. En particulier s'ils étaient des leaders écoutés — ce qui était le cas de Hoang Van Dong. Bientôt, le Front, de regroupement qu'il avait été, serait devenu un grand parti monolithique.

« Que veux-tu ! C'est la vieille technique stalinienne de

noyautage et de manipulation des mouvements de résistance au seul profit de la politique du Kremlin, avait soupiré Hung, amer. La vieille histoire toujours recommencée. Et ce sont toujours les gars comme mon frère, les idéalistes, qui en font les frais… »

Situation éminemment périlleuse que de voir sa tête mise à prix non seulement par ses ennemis, mais aussi par les ennemis de ses ennemis, ceux-là mêmes qui devraient être sinon des amis, du moins des alliés. Dong et quelques-uns de ses compagnons savaient que tôt ou tard, s'ils avaient évité de tomber aux mains de la *Souris blanche* — la police de Saigon — ou de l'ARVN, ils n'éviteraient pas l'exécution sommaire au coin d'une rue obscure de Cholon ou la machination lors d'une embuscade dans la campagne environnante. Ils tomberaient, mais ce serait sous les balles d'un tueur à gages du parti… D'une certaine façon, ils redoutaient d'ailleurs plus leurs anciens alliés que leur ennemi. Avec ceux-là, la mort était certaine ; avec celui-ci, ce pouvait être la torture ou les cages à tigre de Poulo Condor, c'est-à-dire encore quelque très vague espoir de s'en sortir…

Vie de bête traquée que celle de ces soldats d'une cause perdue. Il fallait sans cesse se cacher, sans cesse changer de domicile en ville, sans cesse demeurer aux aguets, soupçonner jusqu'au camarade des jours difficiles, jusqu'à l'enfant qui vous tend les bras, jusqu'à la fiancée que vous aimez et ne voyez que de loin en loin. Il fallait s'inquiéter des allées et venues de votre logeuse d'un soir, distinguer dans le tohu-bohu d'une rue le bruit de pas suspect, ne pas se retourner quand on vous appelait, savoir reconnaître un coup de feu de la pétarade d'un pot d'échappement mal réglé ; il fallait écouter le silence, scruter l'obscurité. L'obscurité d'où la mort viendrait un jour, la mort qui rôdait toujours…

Autant qu'ils le pouvaient, Dong et ses amis utilisaient pour leurs contacts des étrangers au mouvement, des gens qui souvent même ignoraient complètement pour qui ils travaillaient : moyennant rétribution, on trouvait toujours au Sud quelqu'un pour rendre un service sans poser de questions… Mais maintenant que l'étau se resserrait autour d'eux, ils devaient se méfier aussi de ces mercenaires involontaires.

Prendre pour agents de liaison des étrangers au mouvement qui, de plus, fussent des étrangers et, de préférence, des Blancs sympathisants, leur sembla alors la solution la plus hardie mais sans doute la plus sûre aussi…

Un soir, après mille circonlocutions, mille précautions oratoires, Hung finit par demander à Abel s'il se chargerait de porter un message à… « quelqu'un ».

Ce « quelqu'un » n'était autre que Dong, Abel le comprit aussitôt à la façon grave et sensible dont Hung lui en parla.

Rien ne pouvait faire plus plaisir à Abel. Il voulait tant témoigner de sa gratitude aux Hoang. Être le lien entre cette famille et ce fils qui les avait quittés et qu'ils ne pouvaient plus embrasser par crainte de lui faire courir de grands dangers, car eux-mêmes étaient peut-être surveillés sans le savoir, n'était-ce pas la plus élégante manière de les remercier de leur gentillesse ?

Et puis, il y avait autre chose : peu à peu, pris au jeu de son nouveau métier, Abel acquérait inconsciemment des réflexes de professionnel. En chaque situation inattendue qui se présentait à lui, il commençait à deviner comme un vieux routier l'occasion d'un scoop. Cependant, ce n'était pas chez lui le besoin frénétique qu'éprouvent certains journalistes de faire de toute chose, aussi insignifiante fût-elle, un événement. Mais au contraire, une soif d'approfondir, d'apprendre, de comprendre, d'aller — comme en tout — plus loin…

Il espérait, sans y croire vraiment, obtenir de la bouche de Hoang Van Dong non pas des révélations fracassantes — Abel n'était pas un *sensationnaliste* — mais des éclaircissements, des explications. Peut-être trouverait-il même dans ses propos la matière d'une petite étude de ce FNL sur lequel il n'avait jamais lu que des notes et des essais très superficiels.

Mais Dong parlerait-il ?

Parlerait-il ?

Abel se posait la question tandis qu'il remontait la rue Tu-Do en répétant intérieurement le texte qu'il devait réciter quand il serait en sa présence. C'était un poème de Baudelaire dont, sans doute, certains mots une fois décodés, devaient avoir une signification secrète pour son destinataire. À moins que ce ne fût plus simplement la place qu'il occupait dans les *Fleurs du mal* : la soixante-neuvième.

Il s'agissait en effet, par un curieux hasard, de *Abel et Caïn*.

Race d'Abel, dors, bois et mange ;
Dieu te sourit complaisamment.

Race de Caïn, dans la fange
Rampe et meurs misérablement.

Hasard vraiment ? Hung le lui avait affirmé en ajoutant qu'il n'était lui-même qu'un intermédiaire dans cette affaire. Celui qui lui avait remis le message ne pouvait pas savoir quel serait le nom du messager. Et, pour sa part, il y voyait un signe du destin : Dieu avait choisi Abel pour communiquer à… « quelqu'un » un mot de passe. Ce « quelqu'un », finit-il par concéder, était peut-être bien son frère…

Mais il n'en savait rien.

Race de Caïn, ton supplice
Aura-t-il jamais une fin ?

Race d'Abel, vois tes semailles
Et ton bétail venir à bien.

Abel ignorerait sans doute à jamais ce qu'il transmettrait tout à l'heure : l'ordre d'une opération ? Le compte rendu d'une offensive ? Un message personnel ?

Mais il savait qu'il devait se tenir sur ses gardes. Cette foule saïgonnaise à laquelle il aimait tant se mêler, en laquelle il aimait tant se perdre, avec laquelle il aimait tant flâner, cette foule il devait la considérer, du moins le temps de sa mission, comme hostile, sinon ennemie. Elle recélait peut-être un espion qui le filait, un policier en civil trop zélé, un tueur…

C'étaient pourtant les mêmes putains outrageusement fardées à l'occidentale, les mêmes marins en bordée qui le bousculaient en titubant, les mêmes photo-stoppeurs qui le harcelaient à coups de flashes en dépit de ses protestations, les mêmes changeurs indiens qui lui tiraient la manche, les mêmes marchands ambulants de transistors de contrebande qui lui forçaient la main, les mêmes réfugiés qui lui agrippaient le bras pour lui exhiber une plaie et mendier quelques piastres, les mêmes voleurs à la tire qui croisaient au bord des trottoirs sur leur Honda…

Mais, ce soir, le passager de la Honda pointait peut-être un revolver sur lui. Ce soir, le réfugié qui venait au-devant de lui n'était peut-être pas aveugle ni le marin en bordée, saoul. Peut-être le transistor qu'on lui déposait de force dans les mains était-il piégé, peut-être l'appareil Polaroid du photo-stoppeur était-il truqué. Et le changeur ne portait-il pas, dissimulé dans la manche de sa veste, une de ces longues aiguilles empoisonnées ? Et la putain qui l'enlaçait n'allait-elle pas lui donner le baiser de la mort ?

Hung avait recommandé à Abel de ne pas jouer au héros, de rebrousser chemin s'il ne se sentait pas capable d'accomplir sa mission, d'abandonner à la moindre suspicion. Abel en avait même été vaguement intrigué : n'était-ce pas, pour cette fois-ci, un test que le mouvement lui faisait passer à son insu ? Ne voulaient-ils pas juger d'abord de ses capacités d'attention dans la jungle de la ville, de son sang-froid ?

Dans ce cas, le poème de Baudelaire avait été délibérément choisi…

Mais non ! avait-il songé aussitôt après : Hung était incapable de finasser ainsi avec lui. Hung était encore préoccupé de cet incident inexpliqué qui avait eu lieu une semaine auparavant sur le parvis de la cathédrale et auquel lui ne pensait déjà plus.

« Et si c'était un attentat manqué ? »

Un attentat ? Abel ne pouvait décidément pas y croire. Qui pouvait lui en vouloir ? Et de quoi ?

À peine s'il concédait :

« Soit ! c'était un attentat. Mais alors il y aurait eu erreur sur la personne… »

Et, de même, Abel ne parvenait pas non plus à se méfier de cette foule ni à la trouver hostile. Elle lui paraissait joyeuse au contraire, insouciante, plus détendue qu'à l'ordinaire. C'était la Saint-Sylvestre : dans moins de cinq heures sonneraient les douze coups de minuit, dans moins de cinq heures ce serait la nouvelle année pour les Occidentaux. Pour les Saigonnais elle ne commencerait que le 9 février mais ils célébreraient aussi bien celle-là que leur Têt — après tout, c'était une fête ! Une occasion d'oublier un moment que la guerre était aux portes de la ville. Et puis, le général Westmoreland n'avait-il pas prédit que 1967 verrait la fin du… « conflit » ?

On sentait dans l'animation de la rue cette allégresse légère qui s'empare des gens à la promesse d'un plaisir. Les cafés étaient noirs de monde, on se pressait devant les bars en quête du premier verre de la soirée ou d'une invitation à réveillonner, les queues s'allongeaient à la caisse des cinémas.

À la terrasse du *Continental*, des reporters et des correspondants s'étaient attablés à une quinzaine autour de plusieurs guéridons regroupés en rond et buvaient du champagne. Ils hélèrent Abel joyeusement :

« Eh, viens boire un verre avec nous !

— Qu'est-ce que tu fabriques ? Tu vas pas passer la soirée en solo…

— Cote 861, peut-être : la Saint-Sylvestre des héros !

— Sans rire, tu ne veux pas réveillonner chez *Brod-*

dard ? Il y aura Laure, Poupette, Collins et cet Anglais que je ne connais pas qui aurait, paraît-il, réussi à interviewer Giap.

— Young, les écoute pas ! Moi je te propose : *husch* premier choix chez Griffith. Et une sono à tout déménager…

— Tiens ! Le patron d'Events n'est pas à Hong Kong avec ses employés modèles ?

— Ni avec Cabot Lodge au sommet du Cervin ?

— Pourquoi Cabot Lodge ?

— Tu ne te souviens pas ? Il a fait l'ascension du Cervin cet été. On voit vraiment de tout parmi les alpinistes ! »

Sans consentir à s'asseoir pour autant, Abel but une coupe de champagne à la hâte et s'excusa de ne pouvoir rester plus longtemps. Il traversa la rue Tu-Do en esquivant de justesse un scooter dont le conducteur avait tenté au passage de lui arracher sa veste qu'il portait négligemment sur l'épaule. De l'autre côté de la chaussée, devant chez *Givral*, il l'enfila et rectifia le nœud de sa cravate…

La première cravate qu'il eût jamais portée ! Mais il faut « être romain à Rome » et la façon pour lui de passer inaperçu à Saigon était de s'habiller. C'était aussi la façon de marquer sa déférence à l'égard des Hoang, lesquels, comme toutes les familles patriciennes du Nord, demeuraient, au milieu de la guerre et de l'avachissement général, très attachés à un certain formalisme. Et c'était surtout la façon d'oublier un temps la raideur du treillis, rêche de latérite séchée, de son battle-dress ; la façon d'oublier l'odeur de sueur surie, de sang et de vomi, l'odeur de marécage, de boue et d'eau croupie, l'odeur de latrine, de mauvais sommeil et de veille aux aguets — l'odeur, la terrible odeur de la guerre. L'odeur de la peur.

Ce costume qu'il portait ce soir, Abel l'avait appelé par dérision affectueuse « mon p'tit Noël » ! C'était un trois-pièces de belle coupe qu'il s'était fait tailler sur mesure et en vingt-quatre heures dans un délicat surah couleur coquille d'œuf. Par la même occasion, il s'était fait confectionner cinq chemises de soie gris perle et sable et il avait acheté au marché aux voleurs une paire de mocassins de lézard *made in Taïwan* (« des chaussures de *bao shi number one*, monsieur ! ») ainsi qu'une brassée de cravates (« des Christian Dior authentiques de Singapour, monsieur ! »).

La première fois qu'un petit photo-stoppeur s'était précipité pour le photographier aussi élégamment habillé, il ne lui avait pas fait « non » d'un revers de la main contrairement à son habitude. Et sur le Polaroid que le gamin lui avait tendu, il avait contemplé avec une curiosité amusée et une feinte fatuité ce jeune dandy blond, fin, élancé, posant au milieu d'une foule asiatique comme les distingués fils de famille explorateurs dilettantes du début du siècle dernier. Il se trouvait très « *Ivy League* », très « bostonien » et il semblait en effet quelque personnage incarné d'un roman de Henry James. Il ressemblait à Eliott E. Emerson du temps où celui-ci dansait le cakewalk avec Abigail Clermont au Biltmore. Somme toute, s'était-il dit gaiement en fourrant négligemment le cliché dans sa poche de gilet, on ne pouvait être plus Events !

« On n'échappe pas à son destin… »

Et, de fait, il ne déparerait pas avec la clientèle huppée du *Mood Indigo*, le club où il devait rencontrer l'entraîneuse qui le conduirait chez elle.

Chez elle où l'attendrait « quelqu'un »…

Ah ! race d'Abel, ta charogne
Engraissera le sol fumant !

Il tournait dans le troisième passage couvert quand le sentiment désagréable d'être suivi s'empara de lui subrepticement.

Il ralentit l'allure — son cœur battait plus vite. Il lui sembla que ce pas qu'il distinguait dans le brouhaha confus de la galerie marchande résonnait plus pesamment également — à son pas.

Il s'arrêta devant la vitrine d'un joaillier. Celui qui le

suivait — car il en avait la certitude maintenant : il était suivi — celui qui le suivait s'arrêta aussi.

Il feignit de s'absorber dans la contemplation désœuvrée des bijoux exposés avec cette nonchalance de qui est en avance à un rendez-vous. Derrière les plus belles pièces, de petits miroirs réfléchissaient le revers des montures pour en faire découvrir le travail raffiné au passant. Seul, sur une étagère de verre, était posé un éblouissant diadème serti de diamants et d'émeraudes. À côté, une photo encadrée montrait la femme du général Ky portant une parure identique à un bal « donné au profit des réfugiés et victimes du terrorisme communiste ». En robe du soir, elle valsait au bras de son mari qui, lui, était sanglé dans une rutilante tenue léopard d'opérette… Abel paraissait porter un grand intérêt à ce cliché d'agence découpé dans un magazine. Mais, en réalité, il observait dans la glace posée derrière le joyau la silhouette d'un homme posté à dix pas de lui, dans l'encoignure d'une porte.

Et qui, c'était certain, le filait…

Loulou Davis ? Ce garde du corps noir que Sweety Monroe avait voulu lui imposer et dont il avait refusé les services. Abel n'en était pas tout à fait sûr : il ne pouvait distinguer son visage. Mais ce torse de colosse, cependant, cette élégance un peu voyante…

Était-ce Loulou Davis ? Et si c'était lui, se trouvait-il là pour l'espionner, pour le protéger à son insu sur l'ordre de Sweety, ou bien encore pour… ?

Abel n'acheva pas sa pensée.

Mais il voulait faire fi des conseils de prudence que lui avait donnés Hung : il n'abandonnerait pas. Pas maintenant…

Il se retourna posément : l'inconnu avait disparu… Alors, il décida de poursuivre mais en se tenant sur ses gardes. Il se surprenait lui-même à n'éprouver aucune émotion particulière mais, plutôt, une légère exaltation. Il maîtrisait la situation parce qu'il maîtrisait sa peur. Son cœur battait de nouveau à un rythme régulier. Et c'était comme de progresser sur un glacier au petit jour, quand on est frais et dispos et qu'il semble que tous les pas s'enchaînent naturellement : il y avait, certes, du danger à se trouver là, mais un danger qu'il parvenait à raisonner. Et il était content de ne pas avoir emporté le 6,35 que Hung avait voulu lui prêter. Il se dit qu'il ne renoncerait que s'il se rendait compte qu'il mettait en péril la vie de Lyn — son « contact » — ou celle de ce mystérieux… « quelqu'un ».

Mais alors, ne serait-ce pas trop tard ? Abel, sans en être tout à fait conscient, faisait son apprentissage de la clandestinité.

De nouveau, on le suivait — il en était certain.

C'était un pas différent. Un pas de femme chaussée de talons aiguilles…

Mood Indigo

Au fond du passage, l'enseigne de néon éclaboussait d'une lueur mauve la massive porte d'acier du club.

Abel se retourna une nouvelle fois avant de sonner. Ombres furtives, mouvement fugace d'une silhouette dans la foule, insensible déplacement — mais quoi ?

N'était-il pas la proie d'une obsession sans objet ? D'une hallucination ?

Il poussa résolument la touche d'appel. Derrière le miroir sans tain, on l'observait. Rapide examen : la porte pivota sans bruit.

Glaces, aluminium, laques, verre fumé — il était partout, à l'infini, là et ici, reflété, décomposé, morcelé, épars comme dans un kaléidoscope. Dix, cent, mille Abel fragmentaires flottant dans une lumière bleutée et vaporeuse se dirigèrent vers le bar. Des formes psychédéliques, larves et amibes colorées, glissaient au long des bouteilles alignées sur les étagères. Abel n'aimait pas le goût du bourbon, mais il devait commander un Jack Daniels, pourtant. Et préciser au barman en spencer rouge :

« Pas de glaçons. Je parie qu'ils sont faits avec de l'eau de l'arroyo ! »

Le mot de passe.

Et le barman feignant de sursauter, ulcéré d'entendre une telle allégation, mais soupirant en serveur stylé, avec un regard appuyé :

« Oh, monsieur ! Pas ici. »

Tout se passait ainsi que Hung l'avait prédit — c'était comme d'accomplir quelque chose qu'on avait déjà accompli en rêve.

Abel jeta un regard circulaire autour de lui.

Il n'y avait que cinq clients au bar, tous blancs, et personne dans la salle ou sur la piste de danse. Le spectacle ne commençait pas avant dix heures et demie et les gens chic venaient vers minuit, expliqua le barman. Mais c'était toujours agréable « de boire un verre dans une ambiance *in* ».

In, l'ambiance ? Sur la scène, la vedette du show répétait son numéro. *Ao daï* en lurex pailleté or coupé au-dessus du genou, yeux arrondis à l'occidentale par une opération chirurgicale, perruque blonde platine soufflée comme une sorte de grosse brioche et sertie de strass, bottes à hauts talons en peau de tigre, manchettes de majorette décorées du *Stars and Stripes*... D'une voix suraiguë, elle ânonnait en anglais avec un accent qui la rendait à peu près incompréhensible le refrain d'une chanson idiote :

Aïlle Aïlle Aïlle !
C'est moi la congaï de Shangaï
Ouïlle Ouïlle Ouïlle !
La p'tite Annamite
Qui vous dynamite...

C'était d'une tristesse à hurler. C'était, songea Abel dont l'humeur était indigo comme l'endroit, c'était plus obscène que les bombardements au napalm, plus obscène que l'usage des défoliants, plus obscène que le déplacement des populations et la déportation. Cela pouvait vous faire haïr et renier à jamais la civilisation occidentale tout entière, depuis Homère jusqu'à Einstein, en passant par Shakespeare, Michel-Ange et Mozart. Car elle avait été belle naguère cette petite congaï aux yeux bridés ; car sa voix avait jadis dû moduler joliment quelque chant de sampanière…

Mais quelle que fût son envie de fuir ce spectacle à inspirer Fellini, Abel devait rester. Il n'était pas là pour soliloquer sur la dégradation d'une culture et d'un peuple, il avait une mission à accomplir. Il se souvint qu'il devait se lever après avoir vidé son premier verre de bourbon et aller aux toilettes. Alors, Lyn l'identifierait définitivement et viendrait s'asseoir à côté de lui pour engager la conversation…

Ce fut là, à ce moment précis, tandis qu'il laissait retomber le battant du volet de saloon derrière lui…

Il vit briller le silencieux d'un revolver dans l'entrebâillement de la dernière des trois portes des toilettes.

Parfois, dans les moments critiques, quand votre vie tient à l'instantanéité d'une décision, une pulsion inconsciente se saisit de votre volonté et agit à sa place plus vite et mieux que vous n'eussiez fait volontairement. C'est une sorte d'état second, d'état de grâce — une extase, mais purement matérielle. Vous n'esquivez pas le danger : quelqu'un est là, à votre place, qui l'esquive pour vous et vous sauve. Et ce quelqu'un, c'est vous. Mais cela, vous ne le comprendrez que plus tard, quand le péril sera écarté…

Ce fut exactement ce qui arriva : il y eut le retentissement sourd d'une détonation mais déjà Abel, ignorant tout de la disposition des lieux mais se ruant d'instinct sur un fenestron de verre dépoli, le fracassait d'un coup d'épaule…

Et tombait dans une courette obscure encombrée de gravats et de pourriture…

Et se relevait, et courait vers la lumière et l'agitation d'une rue…

Il courut longtemps dans la foule, bousculant les passants, haletant comme un forcené — pareil à un voleur novice la première fois qu'il vient d'accomplir son forfait.

Sans s'en apercevoir, il avait presque parcouru toute la longueur de la rue Lê-Thanh-Ton. Il ralentit le pas, enfin, inspira profondément et expira jusqu'à ressentir une douleur dans sa poitrine. Il épongea son front inondé de sueur…

… quand, brusquement, un scooter se ruait sur lui, le passager pointant un fusil à canon scié dans sa direction. Il se jeta à terre. Une balle fut tirée qui ricocha sur le trottoir, entre ses pieds — le scooter avait déjà disparu…

« Oh ! Merde, s'écria Abel avec une sorte de fureur. Merde, à la fin ! »

Et ce fut sa seule réaction.

Le policier qui réglait — ou, plutôt, faisait semblant de régler — la circulation n'avait rien vu. Il se mit à rire quand Abel lui expliqua ce qu'il venait de lui arriver.

« Bonne année, monsieur le *Bao Shi* ! Bonne année ! »

Des coups de feu à Saigon, des coups de couteau, des explosions, des attentats manqués, s'il avait fallu dresser un constat chaque fois ! C'était bien là une idée d'Américain…

Abel haussa les épaules et s'éloigna à pas lents dans la nuit.

Mais de la nuit, il avait peur maintenant, car maintenant il savait, il savait : cela avait commencé le soir de Noël, devant la cathédrale. On voulait le tuer.

Mais qui ?

La détresse et la peur, l'horreur ! Mais le comique troupier des *five o'clock follies*, mais le tourlourou du JUSPAO appelaient ça : la *pacification*. L'opération *Cedar Falls* allait être lancée. Il s'agissait de « réduire les résistances à l'intérieur du Triangle de Fer ». Euphémisme, cynique euphémisme pour : détruire ! détruire ! détruire encore. Anéantir...

Visions, éternelles visions d'arrestations massives, de regroupements dans des camps de concentration, de déplacements des populations, de déportations. Images de terreur et d'humiliation, images du malheur des hommes avec lesquelles une génération a grandi, insoutenables images à la banalité desquelles elle a fini par s'habituer. Juifs ou Palestiniens, Algériens ou Vietnamiens : le même regard d'adulte trop vite grandi qu'ont les enfants apeurés sous la menace des mêmes mitraillettes, les mêmes larmes des mères serrant leurs nouveau-nés sur leurs poitrines décharnées, les mêmes mains tendues des vieillards implorant qu'on leur laisse emporter un maigre ballot : trois pains, deux photos jaunies, un trésor ! La même désolation...

Et il fallait contempler cela, il fallait endurer cela, il fallait supporter cela jusqu'à la nausée, il fallait se forcer à rengorger ses larmes et contenir ses vaines colères, il fallait exercer son métier : être reporter. C'est-à-dire, en effet, rapporter...

Rapporter que des hommes avec des groins monstrueux, des têtes de porc en caoutchouc verdâtre, enfumaient de gaz des galeries où se terraient d'autres hommes. Rapporter que des bourreaux masquaient leurs victimes d'un foulard étroitement serré sur lequel ils faisaient couler de l'eau jusqu'à les suffoquer et les faire mourir d'étouffement. Rapporter que, par jeu, de jeunes soldats, de bons garçons de l'Arkansas ou du Minnesota, qui priaient Dieu et écrivaient deux fois la semaine à leurs parents et à leur fiancée, éventraient à coups de brodequin les trois misérables sacs de riz sur quoi une famille de paysans comptait vivre jusqu'au Têt. Rapporter qu'ailleurs, sur un pont de bambou, on faisait courir des enfants et qu'on « les tirait comme au jeu de massacre à Luna Park. Oh, ce carton ! ». Qu'avaient-ils fait, ces enfants ? Ils portaient des pyjamas noirs, comme les militants du Vietcong — il fallait le rapporter.

Et rapporter que le village de Ben Suc serait dans quelques jours, une fois vidé de ses trois mille cinq cents habitants, rayé de la carte. Que c'était cela la *pacification*.

Pourquoi Abel avait-il voulu repartir ? Et rapporter encore, encore témoigner — jusqu'au désespoir, jusqu'à la folie…

Quelle secrète compassion l'attachait à ces victimes en qui il ne parvenait pas à voir de sanguinaires « Charlies » mais des braves gens, des gens comme les Hoang ? Quelle immense pitié à ces bourreaux ? Des garçons de son âge, des garçons qui aimaient les mêmes disques, qui fumaient de l'herbe comme lui, qui commençaient à porter les cheveux longs, chantaient *Yellow submarine* en marchant au combat et écrivaient au crayon-feutre sur leur couvre-casque : *Like a rollin' stone!* ou « Laissez tomber et aimez-vous ! » ou encore — Abel l'avait vu porté par un Marine qui exhibait en sautoir à son cou deux oreilles coupées à un Vietcong : *Visions of Johanna.*

Qu'en savait-il ? Comment aurait-il pu expliquer cet irrépressible besoin d'y retourner ? Il avait lu dans Proust ce passage étonnant où l'on voit, pendant la guerre de 14-18, un personnage, l'élégant Saint-Loup, venu à Paris pour une permission, expliquer au narrateur qu'il se sent plus à l'aise maintenant dans la boue fétide et glacée des tranchées que dans les salons de l'aristocratie bien chauffés et joliment fleuris, parmi ses amis de naguère. Et c'était assez semblable à ce qu'il ressentait. « La guerre, avait-il écrit à Robert G. Kelly dans la marge d'un article qu'il venait de lui envoyer, la guerre est une sorte de drogue dure à laquelle on s'accroche. Une souffrance, mais qui semble plus douce à endurer que l'indifférence de la plupart des gens à l'égard de cette souffrance… »

Oui, il était entré dans l'*Inferno* de Dante et, comme le poète, il devait en parcourir sans relâche tous les cercles, accomplir l'interminable voyage au bout de l'inhumain, aller jusqu'aux rivages de la mort. Alors, le matin même du Jour de l'An, il en avait « repris pour une semaine » ainsi qu'il l'avait dit avec une ironie désenchantée à Hung, lequel s'inquiétait de ce qui lui était advenu la veille au soir.

« Ce sera moins dangereux que les rues de Saigon, avait-il ajouté en plaisantant. Je viens d'appeler l'affreux Sweety Monroe pour lui raconter mon aventure. Il dit qu'il se fait beaucoup de souci pour moi lui aussi. Mais que je n'ai pas pu voir Loulou Davis hier soir dans le passage pour la bonne raison que Loulou se trouve à New York ces jours-ci.

— Toujours est-il qu'on a voulu te tuer, Abel.

— Et que j'ai peut-être sans le vouloir mis en danger… “quelqu'un”.

— C'est ce que je saurai demain. Mais tu ne peux pas t'accuser, Abel : tu n'es pour rien dans cette histoire.

— Je crois cependant que je vais devoir vous quitter et abandonner mon cher pavillon. Ma présence ici risque de vous créer des tracas sans fin, je m'en aperçois. La guerre abîme tout, vois-tu, Hung. Elle rend tout impossible, et en particulier l'amitié entre un “Yankee” et un… “Viet”.

— Abel, il n'est pas question que tu t'en ailles. Tu es des nôtres maintenant. Nam Hoa t'appelle *Anh*, alors que moi je suis pour elle et Kim : *Number ten* ! »

Abel avait souri affectueusement et s'était tu. Que

devait-il répondre à cela ? Et comment pouvait-il cacher plus longtemps son émotion ? Certes, il avait eu une M'a pour l'aimer comme une mère ; certes, il avait pu appeler « papa » son père agonisant — mais c'était la première fois de sa vie qu'il se trouvait un vrai foyer.

« C'est bon, je resterai, avait-il fini par dire à mi-voix. Mais, Hung, je vais repartir cinq ou six jours enquêter sur ce qui se passe dans le Triangle de Fer. »

Et il avait remis treillis et brodequins, pris son casque à la main, bouclé son léger rucksac, avalé ses pilules contre la malaria et la dysenterie. Quelques jours hors de Saigon lui paraissaient brusquement une nécessité. Il était « en manque » de guerre comme un opiomane peut l'être d'opium ou comme, à lui, il lui était arrivé à Berkeley, au milieu de l'hiver, de se trouver brusquement « en manque » des Grandes Jorasses ou du glacier de la Brenva. La guerre s'était insinuée en lui à la façon d'une maladie secrète, elle avait proliféré au-dedans de lui, à son insu, comme un cancer inconnu. Ce n'était pas voyeurisme ou délectation morbide au spectacle de l'horreur : c'était l'épreuve de la compassion et de la pitié. C'était savoir jusqu'où il pourrait aller dans cette passion profane.

À moins d'une heure de Jeep de la terrasse du *Continental*, des petites vieilles en larmes et des enfants tremblants de peur étaient poussés dans des camions qui les conduiraient à un camp de concentration. Et les hommes qui les poussaient ainsi, sans ménagements, étaient de jeunes hommes qui lui ressemblaient…

Il avait vu et il était revenu, un peu plus abattu encore, un peu plus anéanti lui aussi.

Mais il y avait eu une parenthèse de quelques heures dans cette horreur : un voyage à Hué, l'ancienne capitale impériale. Et comme la première fois qu'il l'avait visitée, il avait voulu croire au bonheur. Comme la villa des Hoang était un havre de paix et de sérénité au milieu de l'enfer urbain de Saigon, la ville et la campagne environnante donnaient l'impression d'avoir été oubliées par la guerre. Passer le col des Nuages, s'étendre à l'ombre des pins du mausolée de Giâ Long, flâner sur les berges de la Rivière des Parfums après avoir assisté aux opérations de déportation de Phu Loi, c'était comme d'avoir erré dans un musée où n'auraient été exposés que des crucifixions et des martyres et, soudain, au détour d'une galerie, découvrir dans une petite salle des esquisses de fantaisies et de jolies aquarelles. Reflet d'un arc-en-ciel dans le miroir d'une rizière, envol d'aigrettes au coucher du soleil parmi les longaniers, enfant chevauchant un buffle, sampan glissant sous le vent dans la brume dorée de l'aube, bonze méditant devant une mare où flotte un unique nénuphar…

Dans un mois, dans un an, que resterait-il de tout cela ? Une escadrille de B-52 ou de F-105 trouerait l'éternel tapis de nuages barrant le col, une canonnade résonnerait entre les rives parfumées et tout serait fini. La guerre n'épargnerait pas la « Cité de la céleste harmonie ».

Rentrant de Tan Son Nhut plein de mélancolie, Abel, comme un enfant qui a besoin d'être consolé d'un chagrin, avait fait arrêter le taxi devant chez *Givral* pour y acheter des croissants et une baguette de pain français. Nostalgie de Chamonix et des amis de là-bas, nostalgie d'un parfum de tarte aux pommes qui flottait toujours dans la cuisine du chalet aux volets bleus, nostalgie d'un chou à la crème partagé avec Johanna — c'était un jour où ils faisaient de l'auto-stop à un carrefour des Praz, sur la route de la Suisse : il était « en manque » d'un peu de tendresse et de douceur de vivre.

Il se trouvait sous la douche quand Nam Hoa l'appela du balcon.

Sous le jet bouillant, il se savonnait longuement, méticuleusement, avec la maniaquerie de certains fous qui se croient toujours sales, toujours coupables et en éprouvent du dégoût. Il lui semblait que cette odeur de guerre qui imprégnait son treillis, sa chair elle-même avait fini par l'exhaler. Il sentait la guerre…

« *Anh* Abel ! *Anh* Abel ! »

Tout d'abord, il n'entendit pas.

« *Anh* Abel ! » répéta Nam Hoa un ton plus haut.

Alors, il distingua la petite voix suraiguë et rieuse qu'il aimait tant entendre moduler si joliment le français et baissa de moitié le débit fracassant de l'eau.

« Oui ?

— *Anh* Abel, il y a un paquet pour toi !

— Quoi ?

— Oui, un petit colis qu'on vient d'apporter. Avec des timbres américains dessus.

— Comment ça, qui peut bien ?…

— Tes étrennes sans doute. Il y a écrit dessus : exp. Johanna Jones. 5245 North Pacific Drive, San Francisco, Cal.

— Johanna ! »

Johanna ! Comment savait-elle qu'il habitait ici ? Elle avait dû demander son adresse à M'a, évidemment. Ou aux Servoz. Ou à Thomas Haynes. Ils étaient les seuls à la connaître. Events lui envoyait son courrier au bureau de la rue Le-Lôi ou au *Majestic*…

« Johanna ! » redit-il, bouleversé.

Johanna lui écrivait. Johanna lui envoyait un cadeau. Alors, délirant de joie, il ouvrit à nouveau en grand le robinet et cria :

« J'arrive, Nam Hoa, j'arrive…

— Fais vite, Abel ! Vite ! Il y a… Non, Thîn ! Thîn, méchant, rends-moi ça !… Il y a le singe qui m'a… Thîn ! qui m'a chipé le paquet… Non ! Thîn… Vite, Abel, vite ! Je n'arrive pas à le lui reprendre. Viens m'aider ! Il va tout déchirer. Thîn ! Thî-î-î-î-î… »

L'explosion fut entendue à cinq cents mètres de là, au milieu de la rumeur de la circulation.

Ici, dans les jardins de la villa Éden, il y avait les décombres fumants de ce qui avait été un pavillon de plaisir ; il y avait, flottant dans la vase du bassin telles les pièces d'une poupée de celluloïd cassée par un enfant, les membres épars et déchiquetés de ce qui avait été une petite fille ; il y avait une boule de poils sanguinolente accrochée à un flamboyant comme une fleur précocement éclose ; il y avait le corps nu et mousseux de savon d'un homme empalé sur les grillages d'un court de tennis et qui hurlait à la mort…

Un chant d'oiseaux dans les lointains, l'azur au-dessus de ses yeux, un peu de ciel bleu et crayeux, écaillé par endroits, sur quoi glissait l'ombre portée des pales d'un ventilateur silencieux. Était-ce cela, l'au-delà ?

Dans cet état d'hébétude et de béatitude où il se trouvait, il lui semblait flotter, l'âme détachée du corps. Mais il n'était pas mort : une douleur soudaine, fulgurante, le rendit au sentiment de la vie et à sa pesanteur.

Articulait-il un gémissement, se taisait-il encore ?

Un ange s'avançait vers lui dans un halo de lumière et, lui posant un doigt sur les lèvres, soufflait :

« Chchch ! »

Il ne souffrait pas vraiment. Quelques vagues images, des souvenirs peut-être mais fugaces, indécis, assaillaient sa mémoire : glissement dans une agonie douce, cotonneuse ; aveuglement sous une lampe éblouissante comme un soleil ; éveil de quelques instants et un plafond qui chavirait, chavirait…

Nouvel évanouissement, coma…

Et puis, brusquement — mais n'était-ce pas *avant* ? —, un pan de carrelage blanc ruisselant d'eau, un cri au-dehors

« Thî-î-î… »

Ensuite, il ne savait quoi. *Avant, après ?*

Il était serein : tout cela avait dû arriver à quelqu'un d'autre.

Cela ? À quelqu'un d'autre ?

« Nam Hoa ! se mit-il à hurler. Nam Hoa ! »

Et il sut alors qu'il avait réellement hurlé, réellement prononcé le nom de l'enfant.

Quel enfant ?

Un beau visage, encadré d'une cornette de toile blanche, se pencha sur lui.

« Allons… Allons, monsieur Young… »

Il avait compris : il se trouvait allongé dans un lit d'hôpital, sous un plafond peint en bleu pâle, il se trouvait au Grâl sans doute. Une religieuse essuyait son front humecté de sueur et lui souriait avec une compassion vraie. Elle paraissait redouter de sa part un nouvel accès de désespoir, un nouvel appel, cela aussi il le comprit. Mais il n'appellerait plus Nam Hoa, plus jamais. Et plus jamais ne lui répondrait ce petit rire argentin et suraigu comme un frisson.

Reprenant pleinement conscience, il dit très simplement :

« Elle est morte, n'est-ce pas ? La petite fille est morte…

— Eh bien…

— Oh, n'essayez pas de me tromper : elle a été tuée. Et moi, je suis en vie. »

La religieuse acquiesça gravement, d'un hochement de tête avant de murmurer :

« Oui, vous êtes en vie, monsieur Young. Dieu a été miséricordieux pour vous.

— Dieu a été injuste, protesta Abel avec toute la véhémence dont il était capable. La bombe m'était destinée. Car c'était un colis piégé, n'est-ce pas ?

— Calmez-vous, monsieur Young, calmez-vous, je vous prie. Le Dr Arnaud va venir vous visiter. Il sait beaucoup plus de choses que je ne pourrais vous en dire.

— Dites-moi, ma sœur : est-ce que je suis… entier ?

— Oh ! quant à cela, rassurez-vous !

— Vraiment ?

— Vraiment.

— Ce que j'ai là, sur l'œil ?

— Votre paupière seulement. L'œil lui-même n'a pas

été touché. Votre pansement vous sera d'ailleurs enlevé d'ici deux, trois jours.

— Et comment vais-je ?

— Mais... on ne peut mieux ! Après ce qui vous est arrivé. Outre votre paupière arrachée, vous avez eu un éclatement de l'intestin mais le foie n'a pas été atteint. Vous avez été transpercé au cou par un fil de fer mais l'artère a été évitée. Votre jambe droite était grêlée d'éclats de porcelaine mais on a pu vous les retirer tous. Vous avez subi cinq interventions chirurgicales mais le cœur a tenu bon. Vous êtes en quelque sorte un miraculé, monsieur Young ! Dans un mois, vous serez sur pied. Seulement, vous devez vous reposer et ne pas vous tourmenter...

— Ne pas me tourmenter ! Mais, j'ai besoin de parler, moi. Je veux savoir, je veux comprendre...

— Allons, soyez raisonnable ! »

« Sœur Thérèse ?

— Notre jeune rescapé s'est éveillé, dit doucement la religieuse au médecin qui venait d'entrer.

— Ah, très bien ! Très bien. Comment se sent-il ? A-t-il parlé ? demanda celui-ci à voix basse.

— Voyez vous-même, docteur. »

Le Dr Arnaud s'avança et posa affectueusement la main sur l'épaule d'Abel. Visiblement, il sortait du bloc opératoire. Il était encore botté de toile verte et le masque aseptique pendait à son cou. Sous son calot flottaient des cheveux mi-longs et il avait des traits enfantins. Il devait avoir trente ans tout au plus et il correspondait assez peu à l'idée qu'on se fait d'un grand patron. Il était un de ces jeunes médecins français envoyés au titre de la coopération pour travailler au Grâl, le plus grand hôpital de Saigon.

Le Grâl dépendait alors de l'ambassade de France et jouissait pour cette raison de l'extraterritorialité. Hôpital civil mais sous administration militaire, il constituait un asile assez sûr pour toutes les victimes du conflit, lesquelles étaient admises sans discrimination politique ou religieuse en dépit des tentatives répétées de surveillance et de contrôle des identités par la police. La guerre s'était, jusqu'à présent, arrêtée aux grilles de ces jardins à la végétation exubérante où se nichaient de jolis bâtiments de bois du style des folies chinoisantes du début du siècle dernier. L'hôpital était équipé comme le plus moderne des hôpitaux occidentaux, on y trouvait dispersés en plusieurs petits pavillons tous les services de la médecine la plus avancée, mais on avait su lui préserver son caractère désuet et charmant de lazaret colonial. Avec sa petite chapelle, ses bosquets d'hibiscus et d'aréquiers, ses bancs où venaient s'asseoir les amoureux et les convalescents, ses vérandas et ses galeries fleuries à l'ombre desquelles religieuses et infirmiers se reposaient à l'heure du déjeuner, c'était un lieu de recueillement ouvert à tous les rites, toutes les prières eût-on dit. Beaucoup plus qu'un lieu clinique, c'était un lieu de paix. Là, quelque dieu qu'on invoquât, le Christ ou Bouddha, à quelque sagesse que l'on crût, celle des Écritures ou celle du Tao, il semblait que les vœux de guérison devaient s'exaucer…

Dans une ambulance hurlante, on y avait mené Abel à l'agonie. On l'y avait opéré de toute urgence, doutant dix jours et dix nuits qu'il survivrait. Puis, dès le premier mieux, on lui avait fait subir les autres interventions que nécessitait son cas.

Il vivrait…

« Ça, mon vieux, on peut dire que vous revenez de loin. La mort a bien essayé de vous avoir, mais, à la fin elle a dû y renoncer. Vous êtes un dur ! fit le Dr Arnaud avec une chaleureuse bonhomie. Dans un mois on ne verra même plus que vous avez été salement abîmé. Une petite cicatrice de rien du tout au ventre, un bel intestin tout neuf, vous allez bientôt pouvoir vous alimenter normalement… Mon collègue, le Dr Lamblin, vous a refait la paupière en véritable artiste qu'il est. Il possède une clinique privée où il donne le fameux “regard occidental” à toutes les call-girls de luxe du *Caravelle* et du *Continental* : vous pouvez avoir confiance en lui, vous n'aurez pas l'œil bridé !… Quant à votre jambe, nous vous l'avons réparée. Et là, à votre gorge, ce n'est rien du tout... Ce qui est insensé, c'est que vous ayez tenu le coup avec une pareille hémorragie et un pareil taux d'urée dans le peu de sang qui vous restait : 2,7 ! Passez-moi l'image, mais, quand on vous a récupéré sur le grillage du tennis, vous étiez saigné comme un porc... »

Il parlait un curieux anglais où se mêlaient des expressions traduites de façon très scolaire du français à ce vilain argot prétendument américain des Saigonnais qui se piquaient de le parler. Aussi, ce fut en français qu'Abel lui répondit afin de l'inviter à en faire autant.

« Je ne sais que vous dire, ni comment vous remercier, docteur...

— Arnaud. Jean-Paul Arnaud... Vous parlez très bien le français, monsieur Young. Il est étonnant de voir que malgré tout ce qu'on a pu vous faire ingurgiter ces derniers jours pour que vous supportiez le choc, à peine revenu à vous, vous retrouvez même la mémoire d'une langue étrangère. C'est signe que vous réagissez parfaitement et que vous n'êtes pas atteint... mentalement. Quant à la carcasse ! Vous savez, au fond, vous n'avez pas à me remercier : c'est à vous-même que vous devez la vie. Moi, je n'ai fait que mon travail ! Mais je dois dire que je n'ai jamais vu un cœur aussi solide, que je n'ai jamais vu une telle résistance ! Jamais, je n'ai jamais vu ça ! Vous auriez dû y passer dix fois — mais non ! Votre grande chance, c'est d'être un aussi bel athlète.

— Quand j'étais enfant, à l'âge de dix ans, j'ai eu également un... Appelons ça : un accident. Très grave. Des mois et des mois d'hôpital. Mais je m'en suis tiré.

— Avec Lamblin, nous vous avons surnommé Trompe-la-Mort. Et cette fois-ci, croyez-moi, vous ne traînerez pas des mois et des mois. Trois, quatre semaines ici, tout au plus. Un mois de convalescence aux États-Unis...

— Pourquoi aux États-Unis ? Je vais peut-être rester ici. J'aime ce pays. Et là-bas...

— Je disais ça parce que vous êtes américain et que le pays, en ce moment... Ou à moins que vous n'alliez vous refaire une santé dans les Alpes. J'ai appris que vous étiez un très grand alpiniste. Les flics qui sont venus me poser deux ou trois questions…

— Ah, parce que… ?

— Oui. Les types de la *Souris Blanche* enquêtent. Vous n'ignorez sans doute pas que c'était un attentat.

— Non. Il y avait déjà eu deux tentatives… C'est-à-dire : trois même.

— Des Américains aussi sont venus pour m'interroger. C'est absurde ! Comme si je savais quoi que ce soit sur vous !

— La CIA, bien entendu. Je vois que je deviens un cas follement intéressant ! Et pas seulement pour les médecins…

— Mais… Pardonnez-moi d'être indiscret : vous n'avez pas le moindre soupçon ?

— Non. Je ne comprends toujours pas qui… Ni pour quelle raison… Mais je sais maintenant que les trois, les quatre fois, c'était bien moi qu'on visait : le paquet piégé m'était adressé et portait le nom de mon… amie. Ces salauds !

— Et… Ces gens chez qui vous logiez, les Hoang ?

— Dites-moi, docteur, je crois avoir posé une question à sœur Thérèse tout à l'heure mais je n'en suis plus si sûr : la petite Nam Hoa… ?

— Il faudra être fort, monsieur Young… »

Les deux hommes s'entre-regardèrent intensément, Abel hocha la tête et tout fut dit.

Était-ce l'effet des anesthésiants, l'effet de cette sérénité et de ce détachement que confère le sentiment d'avoir réchappé à la mort de toute extrémité ? Aussi ému qu'il fût, Abel ne parvenait pas à se sentir affecté intérieurement par la disparition dans des conditions aussi atroces de cette enfant qu'il avait tant aimée. Il se trouvait encore étranger à lui-même et il se surprenait à ne pas pouvoir pleurer, à ne pas même éprouver de peine.

Conscient de cette indifférence mais non pas étonné car il avait déjà assisté à de telles réactions passagères de la part de grands accidentés à qui on apprenait au réveil qu'ils avaient perdu dans l'accident un être cher, le

Dr Arnaud s'assit au chevet d'Abel et poursuivit du même ton affectueux et grave :

« Il y a autre chose que je dois vous dire. Et je pense que vous êtes en mesure de m'écouter maintenant. Vous étiez, m'a-t-on dit, très lié avec le frère aîné de cette petite fille…

— Dong ? Que lui est-il arrivé ?

— Non, Hung, m'a dit le flic.

— Hung, en effet.

— Eh bien, il a été arrêté le jour même de l'attentat. Et le surlendemain, toute la famille Hoang, leurs domestiques et votre boy à vous…

— Doah.

— C'est cela. Les salauds, ils ne les ont même pas laissés aller au cimetière enterrer la petite. Ils les ont tous embarqués au sortir de l'église. Depuis, on est sans nouvelles d'eux. »

Abel, anéanti, fixa le mur couleur d'azur en face de lui et alors seulement les larmes jaillirent de ses yeux. Oui, il était bien en vie, il le savait intimement maintenant. Il le savait au plus profond de sa chair, de son âme…

Le rêve éveillé venait de s'achever — combien il allait souffrir désormais !

« Ah, pourquoi ? » hurla-t-il, secoué de sanglots convulsifs.

« Pourquoi, pourquoi ?… » répéta-t-il à mi-voix avant de s'affaisser sur les coussins, terrassé par son chagrin…

« Regardez ! » lui dit le Dr Arnaud quand il revint à lui.

Il lui désigna l'autre lit de la petite chambre bleue. Abel tourna les yeux. Un homme gisait, ou, plutôt, une forme vaguement humaine, si étroitement bandée sur tout le corps et une partie du crâne qu'elle évoquait une sorte de momie. Mais le visage était celui d'un Blanc et d'un Blanc à la peau de blond, d'un Blanc de type nordique. Ainsi enroulé dans tant de pansements, il faisait songer, pensa Abel, à ces invraisemblables blessés des comédies burlesques ou des dessins humoristiques de Chass Adams.

« Il est salement amoché, on dirait.

— Le pauvre gars ne va pas s'en tirer, lui… Vous, mon ami, ce qui compte, c'est que vous soyez en vie. Vous m'entendez : en vie ! Et bien en vie… D'ici à deux mois, vous pourrez courir, danser, escalader — que sais-je ? Rire !

— J'aimais la petite Nam Hoa. Et j'aimais les Hoang. C'est moi qui leur ai apporté le malheur : que vous dirais-je d'autre ? Que vous dirais-je ?…

— Je partage votre douleur, monsieur Young. Mais… Vous auriez pu aussi vous réveiller paralysé, vous auriez pu perdre la mémoire, vous auriez pu devenir fou… Lui, là, le malheureux, même si nous parvenons à le maintenir encore quelque temps en vie, même si par miracle nous arrivons à l'en sortir, il n'aura plus qu'une existence végétative. Le cerveau est tellement atteint…

— Qui est-ce ? Que lui est-il arrivé ?

— On ne sait absolument rien de lui. On l'a trouvé dans le delta du Mékong et on nous l'a apporté ici. Il avait sauté sur une mine. Dieu sait ce qu'il faisait dans ce coin, ce n'était pas un soldat américain, il portait des vêtements civils… Ce qu'il y a de plus curieux, c'est que personne ne l'a réclamé depuis dix-huit jours qu'il est ici. On l'appelle X. Un vrai roman noir… Il mourra peut-être sans qu'on ait rien pu savoir. Le civil inconnu…

— J'ai reçu des visites, moi ? » s'enquit Abel qui donnait maintenant l'apparence de la tranquillité — mais d'une tranquillité crispée, douloureuse.

Le Dr Arnaud interrogea du regard sœur Suzanne qui venait d'entrer.

Celle-ci répondit :

« Oui, monsieur Young. Tous les jours, au moins un ou deux reporters d'*Events* sont venus demander de vos nouvelles. Et puis nous avons eu plusieurs appels de New York, un certain M. Kelly. Nous l'avons toujours tenu au courant. Avant-hier, il s'est présenté aussi M. Barrymore…

— Barrymore ?… Ah ! Garrymore, non ? Richie Garrymore vous voulez dire ?

— Oui, c'est ça : Richie Garrymore.

— Garrymore est à Saigon ?

— C'est-à-dire qu'il est parti pour Da Nang quelques jours, mais il m'a dit qu'il reviendrait en fin de semaine pour vous parler si vous pouviez le recevoir alors. Il m'a aussi confié un message pour vous, en me précisant bien de ne vous le remettre qu'en mains propres et seulement quand vous seriez en mesure de le lire vous-même. Je cours le chercher. Vous avez un peu de courrier avec...

— Vous ne vous étonnerez pas de trouver vos lettres ouvertes, dit le Dr Arnaud. Et, avec un petit soupir narquois, il ajouta : La *Souris Blanche* ! Ils prétendent que c'est pour votre protection, bien entendu. Au cas où ces lettres seraient piégées comme le colis. À part ça, ils les déchirent avec un coupe-papier et sans prendre la moindre précaution !

— Je n'en apprécie pas moins leur charmante attention, plaisanta Abel sur le même ton. Mais dites-moi : ils ne s'intéressent pas au cas de mon mystérieux voisin de lit ?

— Eh bien, apparemment pas. Nous avons pourtant trouvé une chose bizarre sur lui. Et qui pourrait constituer un indice pour la police. En l'opérant, le Dr Aron a découvert un bout de semelle de chaussure qui s'était inscrusté dans la jambe droite... Enfin ! ce qu'il restait de la jambe droite. Nous allions jeter ça avec le reste mais une anesthésiste nous a fait remarquer qu'il y avait la trace d'une marque imprimée dans le crêpe. Et que ce nom de marque était écrit en russe... »

Abel, mon ami.

Permettez-moi de vous appeler ainsi en souvenir de cette mémorable soirée que nous avons passée ensemble il y a trois mois de cela dans votre jolie maison de St Luke's Place à fumer de l'herbe, à refaire le monde, à rire comme des idiots de tout et de rien, à écouter *Blonde on Blonde*, *Highway 61 Revisited* et aussi, si je me souviens bien, la Neuvième de Mahler. « Mais que sont devenus les beaux jours enfuis ? »

Abel, vous savez peu de chose de moi, je n'en sais guère plus de vous. Vous pouvez me prendre pour fou mais, je vous en supplie : croyez-moi. Pour toute notre jeune amitié, croyez en ce que je vais vous dire, croyez en cette terrible révélation que je vous fais ici. D'abord, je n'ai pas voulu y croire, moi non plus — la chose est si monstrueuse ! Mais j'ai dû me rendre à l'évidence.

Abel, je sais qui a tenté de vous faire assassiner, j'en ai les preuves. C'est votre frère Jeremy. Sans doute sur l'instigation de sa mère.

Non ! ne déchirez pas cette lettre en haussant les épaules. Je vous en prie, lisez-la jusqu'au bout. Et soyez convaincu que j'ai hésité à vous l'écrire…

Abel, vous souvenez-vous de cette soirée d'octobre ? Je vous ai avoué que j'enquêtais sur votre nouvelle « famille » et sur l'histoire des Emerson. Je ne vous ai pas dit grand-chose alors. Je ne commençais qu'à découvrir certains faits et en deviner d'autres. Pourtant, j'étais déjà effrayé. Mais la question me passionnait. Et peu à peu j'en suis venu à lui consacrer le plus clair de mon temps.

Abel, quelqu'un se souvient de vous à Sag Harbor, qui vous a connu enfant. Peut-être vous souvenez-vous de lui : il était alors le chauffeur de votre père. C'est le vieil Harry Rienzo. Il tient maintenant le pavillon à l'entrée du parc — une sorte de retraite dorée dont on veut le déposséder.

Harry a vu bien des choses, il était déjà mécanicien chez les Emerson en 1937. Il a su bien des choses, aussi. Et participé à quelques-unes…

Mais de cela je ne veux vous parler que de vive voix. Il suffit que vous sachiez qu'Abel Ier — si vous me permettez d'appeler ainsi Abel Emerson, ce fils que votre père avait eu de son premier lit —, il suffit que vous sachiez qu'il n'est pas mort accidentellement. Il s'agissait d'un meurtre, Abel, d'un meurtre déguisé en accident.

Le vieil Harry en a été le complice pour ainsi dire involontaire. Et l'on a acheté son silence. On le tenait, on le tient d'ailleurs toujours, pour une affaire dont je vous donnerai plus tard les détails.

Qui le tenait ? me demanderez-vous. De cela aussi je veux vous entretenir. Sachez seulement, pour le moment, que Mme Emerson avait pour amant l'avocat qui l'avait défendue et réussi à faire arrêter l'enquête en cours sur le premier meurtre commis par sa cliente…

Vous n'y croyez pas, Abel ? Tout cela, pensez-vous, ressemble un peu trop à l'intrigue d'un mauvais roman policier. Et pourtant, tout cela est vrai. Je tiens même à votre disposition une confession signée de cet avocat.

Il a « craqué » en apprenant votre existence — une sorte de terrible dépression nerveuse qui confine à la névrose obsessionnelle. Un remords shakespearien, biblique ! Un remords de tragédie antique ! Sa lettre est vraiment pathétique, j'ai maintenant un peu honte de la lui avoir pour ainsi dire extorquée…

Comme, par surcroît, le pauvre type se sent coupable à l'égard de Faye qu'il a fait dépouiller de ses droits et que Kay Mc Kay l'a laissé tomber alors qu'elle lui avait plus ou moins promis de l'épouser après le décès de votre père, il est au plus bas. Je crains qu'il ne faille bientôt l'interner…

Auquel cas son témoignage n'aurait plus grande valeur…

Abel, il me manque aussi quelques éléments qui constitueraient des raisons irrécusables d'ouvrir une instruction.

Et voici que je découvre que vous êtes victime d'une nouvelle machination de cette famille de fous et de criminels ! Voici que j'ai maintenant à vous parler de Sweety Monroe…

Abel, je le ferai dès que vous serez en mesure de m'écouter et de prendre une décision mais je crois disposer déjà d'assez de choses pour le faire inculper.

Abel, mon ami, le destin a voulu que vous qui ne demandiez rien à personne, sinon de vivre en paix, vous deveniez l'héritier d'Eliott E. Emerson. En héritant, vous ne déshéritiez nullement Jeremy puisque votre part est constituée par la quotité disponible et non sur la réserve (Barrett vous expliquera cela comme il me l'a expliqué). Mais c'était déjà trop pour Lady Mc Beef. Que vous deviez en outre partager le pouvoir avec lui, elle n'a pas pu le supporter. Pour son fils, elle avait déjà tué. Elle tuera encore — si nous ne la faisons pas arrêter avant…

Abel, j'ai peur pour vous. Vous avez réchappé par miracle à cet attentat. Vous êtes sans doute en sécurité pour quelque temps au Grâl, mais il faut faire vite maintenant, très vite ! Les amis de Sweety ont le bras long et moi je ne suis qu'un petit « fouille-merde » de rien du tout. Quant à Kay Mc Kay, quant à Jeremy, ils n'ont sûrement pas dit leur dernier mot.

Pardon, Abel, de vous assener l'horrible vérité dès votre réveil et sans aucun ménagement, mais il le fallait.

Me permettez-vous de me dire tendrement, affectueusement vôtre

Richie ?

P.S. J'ai confiance en sœur Suzanne mais détruisez tout de même cette lettre dès que vous l'aurez lue. Je suis moi aussi menacé. Je pars pour Da Nang couvrir quelques opérations. Histoire de vous faire rire à mon retour, si vous en avez envie, je vous raconterai comment j'ai fini par me faire envoyer ici !

C'était donc cela !

Cette fatalité tragique qu'il traînait après lui comme un trop lourd fardeau depuis toujours, toujours il la traînerait. Ce destin qu'il avait cru pouvoir abandonner un jour au détour d'un chemin quelque part dans le Yosemite où il se trouvait avec Thomas Haynes, ce sort qu'il avait cru conjurer en s'écriant brusquement :

« Eh bien, je veux tout oublier ! Orphelin, bâtard — et après ? Je veux être heureux désormais. Et je le serai… », ce sort le poursuivrait éternellement comme les Furies de la mythologie antique harcelaient éternellement le criminel. Mais quel crime avait-il donc commis, qu'il devait expier ainsi ? Pourquoi ne trouverait-il jamais la paix ? N'avait-il pas assez souffert encore ? Pas assez pleuré ?

Oh ! Il s'en souvenait de ce moment de rare bonheur. Il était brisé par l'effort, épuisé, mais il se tenait debout dans le soleil couchant au sommet du Capitan et, aussi fourbu qu'il fût, il bondissait comme un faune, il clamait sa joie de sentir son corps humecté de sueur caressé par le vent, ce corps qui si longtemps avait été souffreteux et débile. Oh ! Il était alors comme un dieu dans la lumière du soir, il était un dieu !

Et il avait été un dieu pareillement, une aube où il s'était baigné dans l'océan Pacifique déchaîné. Un dieu, cette nuit où il avait veillé aux côtés de Johanna endormie sous la voûte étoilée. Un dieu encore quand, au petit matin, il avait fini par s'assoupir contre son épaule. Un dieu aussi, lors de ce bivouac improvisé au-dessus des nuages à l'Inomminata ; un dieu sur les rochers du cap Ferrat face au levant. Et une sorte de dieu également pour la petite Nam Hoa à qui il avait raconté sa vie comme il aurait raconté un conte de fées pour enfant…

Mais Nam Hoa était morte maintenant. Et Johanna l'avait quitté. Et il n'était pas juché sur un pic rocheux à regarder les nuages se déchirer à ses pieds ni allongé sur une plage à cligner des yeux sous le soleil haut dans le ciel ; il se trouvait dans une chambre d'hôpital au Grâl, menacé de mort. Et il avait peur. Il était damné, irrémédiablement.

Tel était son *karma*.

Le *karma*. C'était là une notion qu'il avait apprise et comprise et dont il s'était peu à peu pénétré en lisant un livre sur l'influence de l'hindouisme au Viêt-nam que Hung lui avait prêté. Il le savait maintenant : il avait un mauvais *karma*. Le *mandala*, cette roue des destinées assez semblable à la grande roue des fêtes foraines, l'avait porté au plus haut mais c'était pour le laisser choir aujourd'hui, et au plus bas…

Dans cet état de fièvre et d'hypnose légère où Abel se trouvait, des idées délirantes lui venaient à l'esprit, des théories divagantes et qui l'effrayaient lui-même. Il était damné, pensait-il, parce que le sang des Emerson coulait dans ses veines, le sang des Aabrahamovicz, tribu maudite pour avoir renié ses origines. Ou peut-être devait-il souffrir ainsi parce que dans sa chair était emprisonnée l'âme d'un mort sans sépulture, l'âme errante d'Abel Ier, puisque c'était ainsi que Richie Garrymore avait nommé le fils d'Eliott et d'Abigail. Et, en somme, il n'avait pas d'existence propre : sa vie n'était que la réincarnation d'une autre vie.

Puis, ces brefs accès d'exaltation mystique et d'effroi faisaient place à un grand abattement. Mais aussi au retour des raisonnements plus sensés et terre à terre. Non ! pensait-il alors, il n'était pas damné. Non ! Il ne payait pas la faute d'un autre. Non ! Il n'avait pas l'âme d'un disparu dans le corps d'un vivant… Plus simplement, plus prosaïquement, on voulait le tuer lui, Abel

Young, fils naturel d'Eliott E. Emerson, le magnat de la presse, pour une raison bien précise : l'argent, le pouvoir, l'ambition.

L'argent, le pouvoir, l'ambition ne constituent-ils pas les mobiles de la plupart des crimes ?

Aucune malédiction divine là-dedans, aucune persécution fatale, et le fait était sans rapport avec les malheurs de son enfance ou le départ de Johanna. Abel ne devait pas céder au désespoir ni à la paranoïa, il devait garder son sang-froid et envisager la situation comme une épreuve, certes, une nouvelle épreuve, mais non une conspiration infernale contre toute sa destinée. Il avait été la victime d'un sordide attentat manqué et c'était là tout. Il devait se battre, lui qui aspirait tant à la paix ; il devait lutter encore. Il avait déjà trop lutté pour donner un prix à sa vie, il s'était trop battu pour faire d'une existence misérable une existence triomphale — il n'allait pas renoncer maintenant.

Alors, à la prostration succédaient des rages froides et raisonnées, une volonté vengeresse.

Oui ! Il voulait venger Nam Hoa et les Hoang, il voulait venger Abel Emerson, il voulait venger Faye, il voulait se venger enfin. Et il se vengerait !

Cette nonchalance amusée, cette tolérance souriante, cette élégance qui avaient été siennes, le spectacle des horreurs de la guerre les avait éteintes en lui. Il voulait crier sa colère désormais, clamer son dégoût pour ce monde que le goût de l'argent ou du pouvoir avait corrompu jusqu'à la folie. Dans son imagination fébrile, une même vision condensait un vol de B-52 larguant des bombes au napalm au-dessus d'un village des alentours de Hué et le ricanement méprisant de Kay Mc Kay à la table du dîner qu'elle avait donné à la *Gioconda* le soir de la mort d'Eliott E. Emerson.

Cette haine que Jeremy lui avait marquée, auparavant, il n'eût fait qu'en plaisanter, indifférent : n'était-il pas la preuve vivante que le pouvoir ni l'argent ne confèrent le bonheur, lui qui, dénué de tout, respirait la joie de vivre ?

Mais la haine avait tué. Et maintenant Abel répondrait à la violence par la violence. Plus jamais il ne tendrait l'autre joue.

Ainsi exorciserait-il peut-être la peur, ce sentiment nouveau en lui…

Car la peur, la peur rôdait alentour, la peur suintait des jours d'un volet, la peur agitait une moustiquaire frissonnante, la peur sourdait de l'obscurité d'un couloir, la peur grinçait dans les gonds d'une porte entrouverte, la peur allongeait son ombre portée sur le seuil de la chambre. Ce n'était pas la peur de l'inconnu telle qu'il avait pu l'éprouver en marchant dans la foule de Saigon sur le chemin de son rendez-vous au *Mood Indigo*, la peur qu'il avait pu dominer en maîtrisant les battements désordonnés de son cœur ; ce n'était plus la peur acceptée et l'excitation nerveuse qu'elle peut procurer parfois. C'était la peur morne de celui qui se sait condamné et gît impuissant au fond d'un lit.

Mais Abel, aussi amer, aussi révolté qu'il fût contre son sort, Abel avait encore assez d'humour et d'ironie pour en plaisanter comme Jacques Servoz l'eût fait s'il s'était trouvé en difficulté dans une paroi rocheuse ou un couloir de glace. Il se souvint d'ailleurs, à l'improviste, de ces paroles un peu énigmatiques que le jeune guide lui avait dites pour le consoler quand il commençait de désespérer à l'Aiguille du Fou :

« On s'en sortira si tu n'as pas peur de mourir. »

Oui, il devait garder sa lucidité et mépriser la mort s'il voulait vivre encore. Il devait être fort et continuer de rire.

Après l'avoir repliée vingt fois, Abel déchira en tous petits fragments la lettre de Richie Garrymore qu'il avait lue et relue et jeta les débris dans le bassin que sœur Suzanne venait de placer sous le petit meuble de chevet. Puis, il se tourna vers celui qu'il appelait à part soi « la momie ». Une sorte de bruissement quasi imperceptible s'exhalait de ce pauvre corps mutilé et meurtri. Il cligna de son œil qui n'était pas pansé et fit à voix haute, comme si le grand blessé pouvait l'entendre :

« Mon vieux ! Toi et moi, on est mal barrés. Mais, tout compte fait, je préfère encore être à ma place qu'à la tienne. Malgré Jeremy, malgré Sweety, malgré la terrible Lady Mc Beef ! »

Sœur Suzanne jeta sur lui un regard intrigué mais plein de douceur. Il esquissa un sourire.

« Vous devriez dormir, lui suggéra-t-elle. Il ne faut pas vous fatiguer ainsi… »

Elle pensait qu'il délirait un peu, ce qui n'était guère étonnant après le choc qu'il avait subi.

Mais non, elle s'en aperçut vite, il avait recouvré toute sa lucidité, toute sa généreuse vitalité. Ce fut résolument qu'il demanda :

« Sœur Suzanne, auriez-vous l'obligeance de rappeler le Dr Arnaud. Ensuite, c'est promis : je me reposerai. Mais je veux lui parler avant.

— Croyez-vous que c'est bien raisonnable ?

— Raisonnable, non. Indispensable ! Je cours encore de très gros risques. Lui seul peut m'aider. Avec sœur Thérèse. Et vous… De toute façon, je suis trop anxieux pour pouvoir dormir comme vous me le conseillez. Tant que je n'aurai pas pu lui parler… »

La religieuse acquiesça, sortit et revint un instant après, accompagnée du jeune chirurgien.

« Savez-vous qui je viens d'envoyer au bain ? demanda celui-ci joyeusement en s'approchant du lit d'Abel. Un flic de la *Souris Blanche* qui voulait vous interroger. Un de plus ! Je lui ai dit que vous étiez encore beaucoup trop faible pour lui répondre.

— Je vous remercie, docteur, vous avez bien fait. Je voudrais aussi que vous refusiez toute visite pour le moment. Sauf si c'est Richie Garrymore qui se présente.

— Richie Garrymore. Vous vous souviendrez, sœur Suzanne ?

— Oui, docteur, répondit la religieuse.

— Je vous remercie, ma sœur, dit Abel avant d'ajouter à l'adresse du Dr Arnaud : Je sais que je n'en ai hélas pas fini avec ces salauds qui veulent ma peau. Il faut que je les prenne de court. En attendant, je ne suis pas plus en sécurité ici qu'ailleurs sur terre. Et tant que Richie Garrymore ne sera pas rentré de Da Nang...

— Mais pourquoi ne prévenez-vous pas votre ambassade ou votre consulat si vous savez quelque chose ? Pourquoi ne faites-vous pas appel à... je ne sais pas qui, mais puisque Saigon pullule d'agents de la CIA, paraît-il ? Et puis, un reporter d'*Events*, le patron même, il me semble !...

— Justement : ce serait me flanquer dans la gueule du loup.

— Écoutez, Abel — je vous appelle par votre prénom si vous me le permettez, parce que vous m'êtes sympathique et que nous avons à peu de chose près le même âge ; en retour, vous pouvez m'appeler Jean-Paul —, écoutez-moi ! Je ne comprends rien à cette sombre histoire dont je ne veux d'ailleurs rien savoir. Mais je peux vous assurer que tant que vous serez ici, vous n'aurez pas grand-chose à craindre. Le Grâl est une sorte d'asile politique qui jouit de l'extraterritorialité. Il n'a jamais été attaqué par le Vietcong, même lors de la dernière offensive. Et jamais non plus les Américains n'ont cherché à mettre le nez dans nos petites affaires. Ils ont trop peur de se mettre mal avec la France sur cette question. Déjà que tout ne va pas pour le mieux entre de Gaulle et les États-Unis...

— Mais il ne s'agissait pas d'un attentat politique, Jean-Paul.

— Alors, raison de plus pour faire appel à votre consulat ! J'admets que vous n'ayez qu'une confiance limitée dans ces crétins de la *Souris Blanche* mais...

— C'est que ces salauds essaient de faire passer leur crime pour un règlement de compte politique ! Et que celui qui l'a organisé est sûrement de la CIA ou quelque chose comme ça. Croyez-moi, Jean-Paul, tout va s'éclaircir dans quelques jours, au retour de Garrymore qui est un reporter d'*Events* et un enquêteur particulièrement habile. Mais je suis menacé et je vous demande de m'aider à me protéger en attendant de pouvoir saisir la justice et les autorités de mon pays.

— Vous ne voulez pas qu'on vous rapatrie en avion sanitaire, plutôt ? Vous êtes transportable, vous savez ?

— Non, pas pour le moment. Je dois rester au Viêtnam le temps qu'il nous faudra pour élucider cette affaire, mon ami et moi. D'ailleurs à New York, je ne serais pas plus en sécurité qu'à Saigon. Au contraire...

— Abel, je ferai pour vous tout ce qui est en mon pouvoir. Mais, vous le voyez : vous êtes seul dans cette chambre avec ce pauvre X, vous ne craignez donc rien de ce côté-là. Je ferai interdire toutes les visites comme vous me le demandez et il n'y aura que sœur Thérèse et sœur Suzanne pour s'occuper de vous et de lui. Je n'autoriserai à personne d'autre l'accès de cette partie du pavillon et je ferai dire que vous êtes au plus mal. Ce sera la meilleure protection. D'autant que nous sommes le mardi 7. Dans deux jours, c'est cette foutue fête du Têt. Et alors, même ici, au Grâl, la désorganisation sera complète. Presque tout le personnel vietnamien s'arrête de travailler pendant près d'une semaine. Le Têt, c'est chaque année pour nous un vrai casse-tête, passez-moi le jeu de mots ! Un vrai cauchemar !... Enfin, on verra bien !

— Je vous remercie, Jean-Paul, je vous remercie du fond du cœur.

— Vous n'avez à me remercier de rien. C'est le devoir d'un médecin d'assister ses malades en toutes circonstances, répondit le jeune chirurgien avec une solennité ironique, en clignant de l'œil. À quoi il ajouta du même ton : C'est aussi mon devoir de vous dire que vous devez cesser de vous torturer comme vous le faites si vous voulez vous rétablir vite. Bon sang ! Abel... Quelle énergie, quelle vitalité ! On ne dirait jamais que vous étiez dans le coma il y a seulement huit jours ! Je ne crois pas avoir vu ça depuis que j'exerce, je vais finir par rédiger une communication à l'Académie sur votre cas. *De l'alpinisme et de la grande chirurgie*, quelque chose dans ce genre. À moins que j'en fasse un article pour… *Events* ! »

Les deux jeunes gens se mirent à rire, complices.

Un peu plus tard, après avoir absorbé les calmants que lui administrait sœur Thérèse, Abel s'endormit très profondément, comme s'endorment les enfants.

Sœur Thérèse, avant de se retirer, fit remarquer à sœur Suzanne qu'il souriait dans son sommeil…

« Tant on appelle le Têt de tous ses vœux, qu'à la fin il vient. »

La nouvelle année, l'année du Bouc, l'année du Feu caché, l'année *Dinh Mui*, la quatre mille six cent quatrième année lunaire commençait le 9 février en cet an de grâce 1967 des Occidentaux.

Mais les Occidentaux ont du mal à se figurer tout ce que peut représenter le Têt pour le peuple vietnamien. Noël n'est rien pour les chrétiens en comparaison des réjouissances auxquelles il donne lieu. Le Têt est une fête religieuse mais aussi une fête nationale et une fête sociale ; c'est la grande fête des traditions ancestrales.

Rituellement, une trêve tacite est observée les trois jours qu'il dure, même entre armées belligérantes. C'est une sorte de cessez-le-feu à la fois civil et militaire, un grand moment de paix, d'harmonie, de ferveur. Mais aussi d'allégresse, de fièvre et de folie. Car pendant trois jours chômés, toute espèce d'activité s'arrête : les magasins sont fermés, les employés et les domestiques en congé, les écoles, universités et administrations vides, dans les casernes, le nombre de soldats consignés est à peine suffisant pour assurer la garde des guérites à l'entrée.

Ce sont trois jours de repos pour les femmes, également : il n'est pas question, en effet, de commencer l'année à cuisiner ou faire la lessive. Tout a été préparé à l'avance, on mangera froid, et la seule tâche ménagère qu'on s'autorisera sera de fleurir abondamment la maison. Au marché aux fleurs du boulevard Nguyen-Hue à Saigon, on a acheté chrysanthèmes, forsythias, branches de prunus, et ces étranges *thùy tîen*, ces « fées de l'eau », narcisses blancs au parfum entêtant qu'un fleuriste viendra tailler avec art de façon qu'ils s'ouvrent à minuit, à l'instant fatidique où toute l'année se joue : le *giao thùa.*

« Nous venons célébrer le *giao thùa* en compagnie de notre cher petit rescapé et de ce pauvre X ! » s'écria joyeusement le Dr Arnaud en entrant dans la chambre où Abel somnolait.

Sœur Suzanne et sœur Thérèse l'accompagnaient portant, qui une bouteille de champagne dans un seau empli de glace et qui un panier de ces petits amuse-gueule traditionnels que l'on grignote la nuit du Têt : *heo quay*, *gio*, *chia*, *la suong* et surtout le fameux *banh têt*, ce gâteau carré, gage de prospérité, qui symbolise la nouvelle année vietnamienne comme la dinde et le pudding symbolisent Noël pour les Anglais.

« Un sacré étouffe-chrétien ! plaisanta le jeune chirurgien en brandissant la pâtisserie roulée dans un linge. Lard et soja ! Mais l'année serait néfaste si nous n'en mangions pas ! Alors, ne tentons pas le diable des Vietnamiens ! »

Abel esquissa un pâle sourire un peu forcé. Il n'ignorait pas que si Jean-Paul l'entourait ainsi de tant d'attentions charmantes, c'était qu'il craignait que son patient ne sombrât dans une dépression nerveuse, une crise de neurasthénie aiguë que risquait d'aggraver le choc post-opératoire. Alors que la résurrection de l'opéré avait semblé prodigieuse au chirurgien, celui-ci s'inquiétait aujourd'hui : à l'excitation de l'avant-veille avait en effet succédé chez Abel une morne prostration, une triste indifférence à tout, un dégoût de l'existence. En proie au plus noir désespoir, il donnait maintenant l'apparence d'une sorte de renoncement à la vie.

De sa vie, les derniers mois avaient été une succession sans trêve d'événements auxquels il n'avait pas eu le temps de s'arrêter, un tourbillon de faits, d'impressions, de sentiments neufs où le bonheur se mêlait au malheur, indistinctement. Malheur : son naufrage en montagne, à l'Aiguille du Fou; bonheur : le sauvetage et le retour de Johanna. Malheur : la mort de ce père si brièvement retrouvé et perdu à jamais; bonheur : oh ! courir, courir au cap Ferrat dans la lumière de l'aube. Malheur : affronter le terrible conseil de rédaction d'*Events*; bonheur, bonheur fou, bonheur triomphal : escalader la tour de verre. Et malheurs encore : la rupture avec Johanna, la guerre... Et bonheurs : le coucher de soleil sur Hué, les rires de la petite Nam Hoa. Malheurs, bonheurs, malheurs...

Il n'avait guère eu le temps de tirer la philosophie de tout cela ni de penser au sens qu'il donnait alors à son existence. C'était la vie, simplement. La vie telle qu'elle venait, avec ses joies et ses peines. Et rien n'était calculé, rien n'était comptabilisé, aucun effort n'était épargné. Avec une générosité de tout son jeune être, de toute sa jeune âme, il avait connu un débordement d'activités et de sensations, il avait vécu des expériences nouvelles, il avait fait des découvertes irréfléchies... Mais maintenant que l'attentat manqué l'immobilisait dans cet hôpital, au fond de ce lit étroit, aux côtés de cette momie, de ce mort-vivant dont la présence énigmatique l'impressionnait violemment sans qu'il osât l'avouer, maintenant, ce qu'Abel vivait, c'était un effondrement subit de sa volonté, de sa personnalité même. Il se retrouvait seul au monde, sans famille. Sans sa M'a à qui il n'avait écrit que des banalités et caché qu'il avait été victime d'un attentat pour ne pas l'effrayer. Sans Johanna, sans Thomas Haynes, sans les Hoang, sans la charmante Nam Hoa et loin, loin des Servoz. Loin des Alpes, loin de San Francisco, loin de New York, loin de l'agitation des rues de Saigon, pourtant si proches.

Reclus au Grâl, avec cette décourageante idée que sa vie était absurde, dénuée de sens, inutile — tragiquement inutile.

Bon sang, Abel ! lui arrivait-il encore de se dire en se brusquant lui-même quand l'angoisse devenait trop forte ou qu'il était pris d'un sursaut de dignité, bon sang ! voilà que la vieille maladie te reprend ! Tu ne vas tout de même pas te...

Suicider ? Non. Il le savait : plus jamais il ne serait tenté de mettre fin à ses jours. Pour avoir trop souffert après sa première tentative à l'âge de dix ans. Plus jamais il ne tenterait de se tuer. Mais il appelait presque de ses vœux d'être tué dans un nouvel attentat.

Oh ! sombrer dans l'oubli, le silence... S'anéantir doucement...

Oh ! Mourir, mourir à vingt-quatre ans, dans la force de l'âge, en sachant que tous les plaisirs sont épuisés et toutes les raisons de lutter...

Il savait cependant se ressaisir quand Jean-Paul entrait. Jean-Paul qui devenait, au fil des heures passées ainsi à parler ensemble de tout et de rien, un ami. Abel donnait le change et se donnait une contenance. Il feignait d'être plus touché qu'il ne l'était au fond par la tendresse et l'affection que lui marquait le jeune chirurgien.

« C'est si gentil ! Si gentil ! » répéta-t-il tandis que le médecin déplaçait la petite table de chevet en disant :

« Ce sera notre autel des ancêtres ! *Ong* Tao, le génie de la maison va partir pour remettre son bilan annuel à l'Empereur Céleste. C'est le moment de se recueillir. »

Les deux religieuses, que ce paganisme devait choquer quelque peu, s'entre-regardaient à la dérobée en rougissant. Mais elles surent aussi y voir un simple jeu des deux jeunes gens et elles eurent la bonne grâce de finir par s'y prêter. Sœur Suzanne posa une serviette sur le meuble de chevet en guise de nappe d'autel. Sœur Thérèse enflamma quelques bâtonnets d'encens. Alors, parce que le rituel improvisé était volontairement très occidentalisé, Jean-Paul déboucha la bouteille de champagne.

« Tout à l'heure, dit-il tandis que le bouchon sautait au plafond, ce sont bien d'autres pétards que vous allez entendre quand sonnera l'heure du *giao thừa*. Si vous n'avez jamais connu ça, Abel, vous ne pouvez pas imaginer ce que c'est. On se croirait au champ de tir ! Ça part de tous côtés, de vraies rafales ! »

Il versa le vin dans les coupes, lesquelles n'étaient d'ailleurs que de vulgaires coupelles graduées de préparation pharmaceutique.

« Vous allez bien trinquer avec nous, mes sœurs ? demanda-t-il aux deux infirmières. Du champagne millésimé des réserves de *Broddard*, s'il vous plaît ! »

Elles acquiescèrent timidement, implorant chacune d'un geste de la main qu'il ne leur en servît « qu'un doigt ».

Tous quatre entrechoquèrent les verres épais, marqués du caducée.

« Tiens ! Vous devriez faire votre *khaï bùt*, vous qui êtes écrivain », s'écria Jean-Paul à l'adresse d'Abel qui commençait à se détendre et ressentait maintenant un peu de la gaieté qu'il avait, par délicatesse, feinte jusqu'ici.

« Le *khaï bùt* ? »

Jean-Paul lui tendit un stylo-bille clippé à la poche de poitrine de sa blouse.

« Tenez ! il est neuf. Le *khaï bùt*, c'est de prendre une plume neuve pour inaugurer le nouvel an. Vous écrivez la première impression qui vous passe par la tête, sans réfléchir. C'est une prédiction de tout ce que cette année sera pour vous. Mais vous devez attendre encore un peu qu'ait sonné le *giao thùa*.

— Oh là là ! foutue responsabilité ! plaisanta Abel Mais, Jean-Paul, comment savez-vous tout cela ? Comment se fait-il que vous connaissiez tous ces rites, toutes ces traditions ?

— J'aime ce pays, j'aime ce peuple. Je m'y suis intéressé dès le début. Je suis venu ici en février 64. Tiens, en le disant, je viens seulement de m'en apercevoir : c'était le 9. Cela fait exactement trois ans. Je devais travailler au Grâl six mois et... vous voyez : je suis resté. J'ai épousé une Vietnamienne, l'an passé, Suan. Elle est en France avec notre gosse maintenant. Je trouvais la situation trop dangereuse pour elle et le bébé. Son frère est dans le... Enfin, vous me comprenez. Je vais rentrer en France moi aussi, à Pâques. Mais je sais que lorsque je la rejoindrai, je serai content de la retrouver et triste à pleurer de quitter le Viêt-nam pour peut-être ne jamais plus revenir…

— Moi aussi j'aime ce peuple, ce pays.

— Il faut l'aimer vite, Abel. D'ici deux ou trois ans, il n'en restera rien. Rien ! Ce ne sera plus qu'un champ de ruines. Et ce qu'il en restera, s'il en reste quelque chose : un immense camp de concentration !

— Eh bien… soupira Abel d'un ton mélancolique et désabusé. Je vous trouve encore plus sombre que moi, encore plus sombre que Hoang van Hung, Jean-Paul…

— Non ! Non ! se récria le jeune chirurgien, faussement jovial. Pas d'idées noires, ce soir ! Oublions notre cafard. Buvons ! Buvons à la santé de ce vieux X… ou plutôt, se reprit-il gravement, souhaitons-lui de s'éteindre doucement maintenant… »

Un instant, tous les regards se tournèrent vers le grand blessé. Puis Jean-Paul dit :

« Buvons surtout à vous, Abel, à vous qui allez très vite oublier ce cauchemar ! Et buvons au premier qui franchira le seuil de cette porte. Heureux *xong Dât* !

— Le *xong Dât* ?

— Oui. Un autre rite de la fête du Têt. Voici de quoi il s'agit : le premier qui franchit le seuil de la maison à l'heure du *giao thùa*, son signe et son esprit influeront sur toute l'année que nous autres, dans cette pièce, allons vivre. Souhaitons que ce soit un ami.

— Mais, puisque vous avez interdit toutes visites…

— Ah, c'est vrai ! Eh bien, selon que ce sera sœur Suzanne ou sœur Thérèse qui viendra demain matin pour vos premiers soins… »

Les deux religieuses sourirent affablement.

Soudain, une rafale retentit dans l'air. Abel sursauta et Jean-Paul se mit à rire.

« Les premiers pétards ! dit-il. C'est parti pour une nuit de folie ! (Et, levant son verre :) Heureux *Dinh Mui* !

— Heureux *Dinh Mui* ! » répéta Abel après lui avec une sorte de solennité.

La pétarade redoublait d'intensité.

« Même à l'intérieur de l'hôpital ? s'enquit-il, étonné.

— La nuit du Têt, vous plaisantez ? Hôpital ou pas, tout le monde fait la fête. Et ce que vous entendez là, ce n'est qu'un début ! »

Ce n'était qu'un début, en effet : alentour du pavillon, les pétards fusaient maintenant de toutes parts en salves assourdissantes. On ne s'entendait plus. Aussi, à défaut de pouvoir échanger des vœux, on trinqua. Sœur Suzanne et sœur Thérèse n'étaient d'ailleurs pas de reste…

« Oh ! Heureux *xong Dât* : voici un visiteur, Abel… » s'écria Jean-Paul, surpris…

… Et soudain, cri d'horreur !

Le visiteur n'est pas seul. Ils sont cinq hommes à pénétrer en trombe dans la chambre. Cinq hommes de type asiatique, vêtus en chirurgiens, le bas du visage dissimulé par des masques aseptiques, des calots enfoncés jusqu'aux sourcils et gantés de latex translucide. Cinq hommes armés chacun d'un revolver…

Deux d'entre eux se précipitent sur Jean-Paul qu'ils immobilisent d'une clef de karaté avant de plaquer le canon d'un Python sur sa tempe. Les deux religieuses reculent, épouvantées. Abel, terrifié, articule un cri muet. Quand bien même il crierait vraiment, nul ne l'entendrait, nul ne viendrait le secourir du dehors : dehors, les pétards et les fusées continuent d'exploser et l'air est empuanti de cordite.

Un autre des faux chirurgiens s'empare de sœur Thérèse et lui crie au visage, en français, à travers son masque :

« Lequel est X, lequel est Young ? »

Sœur Thérèse ne répond pas. Le Dr Arnaud, pâle, inondé de sueur, se débat d'entre les mains de ses agresseurs, mais en vain. On s'est aussi saisi de sœur Suzanne à qui on répète la question :

« Lequel est le malade X, lequel Abel Young ? Vite ! Ou sinon… »

Un échange furtif de regards entre le Dr Arnaud et

sœur Suzanne, laquelle comprend aussitôt. Abel aussi comprend : X, la momie, va être sacrifié.

Et en effet, au bord de l'évanouissement, déglutissant péniblement, sœur Suzanne parvient enfin à balbutier en montrant du doigt X :

« Abel Young, Abel Young, c'est lui. »

Pieux mensonge, heureux mensonge pour Abel : le cinquième tueur se précipite aussitôt sur le misérable mort-vivant et applique son revolver sur le bandage de la tempe avant de redemander :

« Abel Young, l'Américain ?

— Oui ! Oui ! » s'écrie sœur Suzanne.

Sœur Thérèse confirme d'un hochement de tête.

Le coup de feu tiré à bout portant fracasse le crâne du grand blessé. Abel est éclaboussé de sang, il hurle enfin. Il hurle comme s'il était devenu fou...

Il hurle parce qu'il sait à quel sort il vient d'échapper, mais il hurle aussi maintenant parce que les tueurs n'en ont pas fini !

Une deuxième détonation : Jean-Paul Arnaud s'écroule.

Une troisième, une quatrième. C'est chaque fois le crâne que l'on vise, chaque fois la même exécution précise, la même explosion d'os et de cervelle et les deux religieuses tombent à leur tour.

Le corps de sœur Suzanne s'affale au pied du lit d'Abel et ensanglante le drap de dessus. Abel doit dégager ses jambes d'entre les bras du cadavre qui semble l'étreindre. Il s'est recroquevillé contre son oreiller et ne crie plus.

Il n'est plus capable de rien exprimer, pas même sa terreur...

Car deux des hommes s'emparent de lui et lui appliquent un tampon chloroformé sur le visage et le tirent hors des draps et l'emportent en le tenant aux épaules et aux chevilles, comme un Christ déposé de sa croix.

Mais il ne le sait pas : déjà il a sombré dans le néant...

On le met sur une civière tandis que deux autres des cinq tueurs arrachent les fils et les tuyaux qui avaient infusé de la vie dans les veines de « la momie » et jettent son cadavre sur le lit vide d'Abel. Le dernier membre du commando à quitter la chambre, avant d'en refermer la porte, répand le contenu d'un bidon d'essence et casse diverses bouteilles d'alcool et d'éther. Puis il y met le feu.

Au milieu des flammes, des salves de pétards et de fusées, toutes sirènes hurlantes et gyrophare en mouvement, la fourgonnette ambulance démarre en trombe, prend de la vitesse dans l'allée centrale de l'hôpital et, lancée à plein régime, arrache la barrière à balancier de la grille d'entrée avant de disparaître dans la nuit…

« SAIGON HÔPITAL GRÂL. GRAVE INCENDIE. QUATRE PERSONNES ASSASSINÉES. IDENTIFICATIONS DIFFICILES EN RAISON CADAVRES BRÛLÉS. PREMIÈRES CONCLUSIONS : DEUX RELIGIEUSES. MÉDECIN FRANÇAIS. JOURNALISTE US. TOUS LES AUTRES MALADES ÉVACUÉS. »

« SAIGON HÔPITAL GRÂL. INCENDIE CRIMINEL. QUATRE VICTIMES DONT ABEL YOUNG, REPORTER EVENTS PRÉCÉDEMMENT BLESSÉ DANS ATTENTAT. DISPARITION UNIQUE TÉMOIN. »

« ABEL YOUNG VINGT-QUATRE ANS PRÉSIDENT EVENTS ALPINISTE RÉPUTATION MONDIALE MEURT DANS ATTENTAT GRÂL SAIGON. SECONDE TENTATIVE. IMPORTANT TÉMOIN NON IDENTIFIÉ DISPARAÎT. TROIS AUTRES TUÉS. »

Diversement rédigée, la confuse nouvelle tomba dans les heures qui suivirent sur les téléscripteurs du monde entier. Un peu plus tard, les rédactions des grands journaux, les radios et les télévisions connurent d'autres détails et reçurent quelques éclaircissements donnés par leurs correspondants au Viêt-nam.

Ainsi ceux téléphonés par Marvey à Robert G. Kelly en personne : des décombres du pavillon on avait retiré quatre cadavres horriblement carbonisés. Les autres malades avaient pu être évacués à temps par les pompiers qui avaient employé toute la fin de la nuit à maîtriser le feu. On n'avait pu identifier les victimes et, en particulier,

Abel Young qu'en se référant au registre des entrées tant elles étaient défigurées. Le voisin de chambre d'Abel, un mystérieux malade anonyme répertorié à la lettre X sur les cahiers de prise en charge, était introuvable et toujours non identifié. La police de Saigon avait conclu à l'assassinat après avoir découvert des traces de balles dans les crânes brisés. On parlait d'un commando de quatre ou cinq tueurs déguisés en chirurgiens. On accusait évidemment le Vietcong. L'émotion était très grande dans Saigon qui, pourtant, fêtait le Têt. L'ambassade de France dont dépendait l'hôpital et l'ambassade des États-Unis avaient immédiatement ordonné l'ouverture d'une enquête au plus haut niveau. On appelait déjà l'affaire :

« La Nuit du Têt. »

Kelly, hébété de douleur, s'était effondré dans son fauteuil et, le front posé sur son bureau, pleurait maintenant.

Il avait su pourtant dissimuler son émotion quelques heures : le temps pour le professionnel irréprochable qu'il était en toutes circonstances de convoquer le comité de rédaction au grand complet, le directeur artistique, le chef des services de documentation, le chef de la fabrication et de faire arrêter l'impression en cours des couvertures du prochain numéro d'*Events*. Il s'agissait de remplacer le portrait de Laura Signorelli par celui d'Abel ou, du moins, une photographie qui rendît hommage au disparu. Kelly ne voulait pas joindre Jeremy au téléphone avant de pouvoir le placer devant un fait accompli et irréversible. Sur l'attentat qui avait précédemment failli coûter la vie à Abel, *Events* avait été le seul hebdomadaire d'information à ne consacrer que trois cinquièmes de colonne et dans la page des faits divers sans importance. Certains avaient pu juger avec une indulgence amusée que c'était seulement un excès de tact qui avait dicté la conduite de la rédaction alors. Mais nul ne comprendrait si « la Nuit du Têt », qui faisait la une des quotidiens, ne constituait pas, avec la brève et tragique biographie du coprésident d'Events, la cover-story du magazine cette semaine-ci. Or, Kelly connaissait assez Jeremy pour redouter d'être une fois de plus censuré. Même sur ce sujet. Surtout sur ce sujet...

Mais Jeremy se trouvait aux Bahamas où il se reposait en compagnie de Laura Signorelli et soignait une très légère dépression nerveuse due, sans doute, à l'échec retentissant du premier numéro de *Tuxedo* enfin paru. Kelly saurait habilement mettre à profit cet éloignement...

Et en effet, très rapidement, les tâches avaient été distribuées aux divers journalistes chargés de couvrir le tragique événement. Ne restait plus que le choix de la couverture, qui faisait l'objet de la troisième réunion de la journée.

La consternation et une sorte de recueillement muet régnaient dans la suite directoriale. On avait très peu connu Abel mais son charme, sa gentillesse, son humour, son intrépidité, sa bravoure et, par la suite, son talent d'écrivain avéré avaient forcé la sympathie générale. Ne fût-ce que par contraste avec l'antipathie non moins générale qu'inspiraient la morgue et la débilité prétentieuse de « ce connard de Jeremy »... On attendait en ce moment que le rédacteur en chef, qui paraissait le plus bouleversé de tous, se décidât d'après les suggestions qui lui avaient été faites. Sur son bureau étaient étalés les quelques clichés que les services iconographiques possédaient d'Abel. Très peu, en fait. Et celui sur lequel Robert G. Kelly avait à peu près définitivement arrêté son choix n'était pas même propriété d'*Events* mais un simple document d'agence. On y voyait, photographié au zoom d'un hélicoptère, Abel escaladant l'arête de l'Events Tower.

Kelly avait longuement fait glisser sur l'agrandissement un rhodoïd de maquettiste portant le titre du magazine et l'encadré du format afin d'essayer diverses mises en pages. Le directeur artistique s'impatientait, les responsables de la fabrication jetaient un coup d'œil discret à leur bracelet-montre. Mais, sous les regards embarrassés de toute l'équipe réunie autour de lui, le patron s'attardait à contempler rêveusement le visage de celui qu'il avait considéré comme son protégé et le seul digne successeur d'Eliott E. Emerson. Les traits d'Abel étaient crispés, creusés par l'effort, et pourtant une grâce juvénile émanait de toute sa personne. Il serrait les dents en même temps qu'il souriait, radieux, les yeux tournés vers le ciel. Et la lumière du soir dorait sa chevelure blonde. Il y avait encore en lui cet angélisme des enfants.

« Il était beau ! murmura Kelly au bord des larmes. Je ne m'étais jamais rendu compte à quel point il était beau. C'est idiot à dire... Mais, quand il me parlait, je m'en souviens, j'étais seulement obsédé par sa dent de devant, là, qui était cassée... Je ne voyais que ça ! Et je me demandais si un jour je lui suggérerais de se faire poser une jaquette. C'est bien d'un rédacteur en chef d'*Events*, une telle idée, non ? Alors que c'était charmant cette dent cassée, au fond : on aurait dit un gosse qui venait de prendre un vilain gadin sur ses patins à roulettes... »

De plus en plus surpris et gênés par cet accès inattendu de sentimentalité, les collaborateurs de Kelly se cherchaient une contenance et s'entre-regardaient à la dérobée. Certains, même, éprouvaient le besoin de toussoter ou de s'éclaircir la voix comme s'ils allaient prendre la parole ; mais nul n'osait l'interrompre et lui rappeler que le temps passait.

Indifférent à tout, il continuait, perdu dans ses pensées :

« Il était beau, il était beau... Et courageux aussi. Et talentueux. "Ah, que dire d'un prince qui meurt dans la fleur de l'âge ? Que dire sinon qu'il était prince..." De qui sont donc ces vers ? "Ah, que dire d'un prince..." »

Sa main écarta par inadvertance la photographie et découvrit un des premiers clichés d'agence de l'incendie du Grâl transmis de Saigon. Il s'était jusqu'à présent inconsciemment évité de le regarder mais là ses yeux se posèrent sur l'image et, malgré lui, il vit, parmi des poutres à demi consumées et effondrées en faisceau, le lit de fer où gisait le cadavre carbonisé.

Alors, il éclata en sanglots…

« Kelly ? »

Un mouvement d'effarement, presque d'effroi, s'empara de l'assistance qui se dressa debout aussitôt, en une sorte de garde-à-vous respectueux : Jeremy, Jeremy Emerson en personne venait d'entrer dans le cabinet directorial !

Kelly leva ses yeux noyés de larmes et eut un sursaut de saisissement.

« Oui, c'est moi ! fit Jeremy vaniteusement. J'ai sauté dans mon avion dès que j'ai appris la nouvelle. Et me voici ! »

Avisant les documents épars sur le bureau, il ajouta, apparemment interloqué :

« Mais, que comptez-vous faire ? Une nouvelle couverture ? Vous êtes devenu fou ou quoi ? »

Le chef de fabrication intervint :

« Les délais seront respectés, monsieur.

— Les délais ! Les délais ! Il s'agit bien des délais… » explosa Jeremy.

Il tenait absolument à publier cette semaine-ci le portrait de Laura Signorelli, une petite starlette romaine qu'il avait découverte dans une soirée à Beverly Hills et dont il se piquait de faire, contre l'avis même des plus grands producteurs de Hollywood, la nouvelle Sophia Loren. Et voilà qu'on lui changeait ses grandioses projets à peine il avait le dos tourné ! Voilà qu'*on* ne tenait plus compte de ses décisions ! Voilà qu'*on* se permettait de…

C'était soudain un déluge de reproches et d'invectives. Une colère d'enfant gâté trop longtemps contenue et qui éclatait au grand jour, une démonstration d'autorité qui se donnait enfin libre cours. En un revers de main, il fit s'envoler du bureau et tomber sur l'épaisse moquette les photographies que Kelly avait sélectionnées et examinées une à une.

Il y eut un silence, un long regard haineux échangé. Sous les yeux des collaborateurs du rédacteur en chef, les deux hommes s'affrontaient sans plus rien cacher de leurs sentiments profonds.

Mais Jeremy, croyant du devoir d'un patron qui se veut magnanime de se radoucir après avoir fait des remontrances justifiées, se laissa choir sur un des fauteuils destinés aux visiteurs et se composa un demi-sourire qu'il croyait affable.

Et n'était que fat…

Ce fut l'instant précis que Robert G. Kelly choisit pour se lever enfin.

Très sobrement, il annonça :

« Je vous donne ma démission, Jeremy. À compter de ce jour, je n'exerce plus aucune de mes fonctions dans le groupe. »

Puis, à l'assistance :

« Adieu, mes amis. »

Au milieu d'un silence religieux, il se dirigea vers le mur du fond de son bureau et en décrocha un grand portrait d'Eliott E. Emerson qu'il y avait placé au lendemain du décès de celui-ci. Il prit le lourd sous-verre sous le bras à la façon d'un artiste son carton à dessin. Ensuite, il se baissa pour ramasser parmi les agrandissements épars à terre celui où l'on voyait Abel Young escalader l'Events Tower. Il le glissa au dos du tableau et sortit de la pièce sans se retourner.

Dans l'antichambre — force de l'habitude ! — il salua machinalement sa secrétaire d'un désinvolte :

« Bonsoir, Hepplewhite ! »

Tout comme si de rien n'était. Tout comme s'il avait dû la revoir le lendemain matin.

Mais il ne devait pas la revoir, du moins pas à son bureau : il venait de quitter pour toujours Events et ces Emerson à qui il avait donné plus de trente ans de sa vie.

Plus tard, à leur stupéfaction, des employés le virent boire une bière au comptoir du café *La Croisette* du rez-de-chaussée de la tour. Il avait défait son nœud de cravate dont les deux pans flottaient de part et d'autre de son col de chemise grand ouvert et déboutonné son gilet. D'autres furent encore plus étonnés de le voir non pas descendre au sous-sol par l'ascenseur directorial afin d'y retrouver sa limousine et le chauffeur qui chaque soir le reconduisait à son appartement de Park Avenue mais traverser à pied la plaza et se perdre dans la foule qui déambulait sur la 50e Rue.

Ce soir, anonyme et débraillé, une main dans la poche de son pantalon, l'autre retenant le grand portrait de Triple E sur le verre duquel se reflétaient les lumières de la ville et la neige qui commençait à tomber, Robert G. Kelly avait décidé de flâner un peu dans Manhattan sans même prévenir sa femme qu'il serait en retard au dîner qu'elle donnait pour il ne savait déjà plus qui : un danseur du Bolchoï ? Un pianiste hongrois ? Un ténor tchèque ? Qu'importait ! Il allait ce soir au gré de sa fantaisie, par des rues inconnues. Il n'avait pas froid bien qu'il fût trempé jusqu'aux os. Il se sentait envahi d'une sorte de griserie légère, d'une douce euphorie. Il n'était pas ivre mais il bondissait entre les voitures au milieu des chaussées qu'il traversait imprudemment. Ou bien, il sautait à pieds joints les plaques d'égout fumantes sur le trottoir, shootait dans d'imaginaires ballons de football, s'arrêtait un instant devant une vitrine dans le miroitement de laquelle il grimaçait à son double, comme un gamin. Il lui semblait avoir dix ans et faire l'école buissonnière.

« Je suis libre ! se fredonnait-il à lui-même. Je suis libre ! »

Au même moment, avec mille précautions, mille attentions tendres, Alec Philips faisait monter dans sa vieille Chevrolet cabossée Johanna, Johanna en proie à une crise d'hystérie depuis qu'elle avait appris la nouvelle de la mort d'Abel en allumant par hasard la télévision. Il la conduisait à une proche clinique que tenait un de ses amis et roulait le plus doucement possible afin de ne pas l'effrayer. Mais, à demi folle, elle sanglotait éperdument et hoquetait en caressant son ventre :

« Je ne veux pas, je ne veux pas qu'il meure !

— Il ne mourra pas ! lui chuchotait-il. Il ne mourra pas, mon amour.

— Non ! Non, je ne veux pas ! répétait-elle obstinément. Je ne veux pas qu'il meure, le bébé. Je ne veux pas. Non ! Non ! Je ne veux pas qu'il meure. Oh ! Abel, Abel, Abelito... »

Au même moment, Jacques Servoz, terrassé par le chagrin, s'assoupissait insensiblement et glissait au bas d'une chaise sur le parquet froid d'une remise à bois de son chalet. Il y avait passé plusieurs heures sans bouger à seulement pleurer, le front contre la poutre à laquelle Abel avait l'habitude de suspendre son matériel d'escalade. Son casque, son baudrier qui gardait encore un peu de la forme de son corps, son piolet dont le manche était légèrement écaillé à l'endroit où il posait ses doigts engourdis par le froid. Et ses cordes soigneusement enroulées, ses mousquetons, ses broches à glace.

« Oh ! Abel, Abel, mon petit... »

Au même moment, Faye Emerson lacérait la toile qu'elle venait d'achever la veille. Sous les coups de spatule, la peinture se déchirait et tombait en lambeaux. Elle avait représenté une sorte de moderne martyre de saint Sébastien. Un homme, le visage pris dans une muselière de cuir, les yeux bandés et le tronc enchaîné à une presse d'acier, était transpercé par de fins rayons lasers.

« Oh ! Abel, gémissait Faye à mi-voix comme un petit animal blessé, tout en continuant de s'acharner sur le vaste tableau. Abel, Abel... »

Au même moment, Thomas Haynes, atrocement ivre, prenait à partie le barman du *Club 111* qui venait de le menacer d'appeler la police. Il le rouait de gifles puis s'affalait à genoux et vomissait, vomissait, vomissait. Et hurlait :

« Abel ! Abel ! Abel ! »

Au même moment, Madeleine Langlois portait la main à son cœur et tombait de tout son long contre la baignoire dans la salle de bains de sa jolie villa de Sausalito — morte.

« Abel ! » avait-elle dit en entendant le speaker de la radio prononcer le nom, oui, le nom de « son petit homme à elle », de son « petit fiancé ».

« Abel ! »

La seule à garder au même moment son sang-froid, c'était Kay Mc Kay.

À son fils qui, au comble de l'excitation, lui racontait au téléphone dans quelles conditions Robert G. Kelly venait de donner sa démission, elle répliqua sèchement :

« Eh bien, My chéri, c'est une belle connerie que tu as faite, si tu veux savoir ! Pas pour Kelly : on trouvera toujours à le remplacer celui-là. Mais pour la couverture. Il fallait dire oui, mon grand ! En rajouter même. Te donner le beau rôle. Jouer les inconsolables. Avoir du chagrin.

— Mais, maman…

— Faire semblant de regretter ton frère. L'appeler ostensiblement "mon frère". "Mon petit frère chéri", pendant que tu y étais. Pleurer même. On trouve toujours une larme s'il le faut !

— Mais, maman…

— Et puis, on aurait fait les choses dignement. Au besoin, rapatriement du macchabée et enterrement en grand tralala. La grandeur des Emerson ! La magnanimité des Emerson ! La classe, tout ça !

— Mais, maman…

— Et après, on n'en aurait plus jamais entendu parler du bâtard ! Plus jamais ! Tandis que de la façon dont tu t'y es pris, tu vas voir qu'il passera bientôt pour héros et martyr dans la maison, ce salaud !

— Mais, maman…

— Non, vraiment ! Tu es con ! Ça ne t'aurait pas coûté bien cher. Qu'est-ce que ça pouvait bien te foutre, maintenant qu'il est crevé ?

— Mais, maman…

— Quoi : maman ? Quand le premier Abel est mort,

je veux dire, ton frère aîné, Abel Emerson... Tu te souviens de lui ?

— Mais, maman ! J'ai même assisté à l'accident.

— Comment ça, tu as vu ?...

— Mais, maman, oui ! Tu as oublié ? Tu n'avais pas voulu que je monte avec lui.

— Oh, mon Dieu ! C'est vrai. Tu as vu l'horrible accident, mon pauvre chéri. Toi, un enfant ! Et dire que si...

— Mais, maman...

— Enfin, c'était pour te dire que tu étais sans doute trop petit pour te rappeler ça aujourd'hui mais que j'ai su garder la chambre trois jours, moi. Que j'étais au désespoir, moi. Qu'on m'entendait sangloter d'un bout à l'autre du manoir...

— Mais, maman ! C'était différent : Abel vivait avec nous. Il faisait partie de la famille. Il était vraiment mon frère...

— "Vraiment mon frère !" Ce qu'il faut entendre !

— Mais, maman...

— "Vraiment mon frère !" Mon pauvre chéri ! Tu sauras, un jour. Tu sauras, mon amour...

— Mais, maman...

— Rien, My. Rien. Je n'ai rien dit. Pardonne-moi et viens dîner ce soir. Tu me manques, tu sais. Tu m'as beaucoup manqué...

— Mais, maman...

— Ah, tais-toi, maintenant, tais-toi ! Mon amour, ne me demande jamais. Et jamais je ne te demanderai pour...

— Mais, maman...

— Chacun son secret, n'est-ce pas ?

— Mais, maman...

— Chacun son secret. »

SIXIÈME PARTIE

L'heure de l'Araignée

À peine si à travers les glaces embuées et ruisselantes du taxi surchauffé on pouvait distinguer dans la grisaille les mâts des voiliers au mouillage, l'élégante flèche du grand jet d'eau et, sur la rive opposée, les mornes façades du quai Gustave-Ador. Sous le ciel bas, d'un blanc sale, où stagnaient des brumes jaunes, dormaient, étales et glauques, les eaux du lac Léman. Il était huit heures quarante du matin et la circulation dans Genève, dense comme à l'habitude, était encore ralentie par la pluie mêlée de neige fondante qui tombait drue sur la chaussée et rendait l'asphalte glissante. Quai du Mont-Blanc, les voitures roulaient au pas, leurs feux de position allumés pour la plupart. Les silhouettes frileuses des passants ondoyaient, liquéfiées, contre les vitres teintées de la Mercedes comme dans un aquarium. Sur le pare-brise, les essuie-glaces balayaient le grésil en une gifle saccadée sans cesse recommencée. Un instant, le paysage s'immobilisait, net, lavé. Puis le contour des choses se brouillait avec les lumières et tout disparaissait en halos colorés, noyé à nouveau, à nouveau indistinct…

C'était un de ces mélancoliques matins d'avril où il semble que le jour ne se lèvera jamais tout à fait. Une de ces sombres journées du début du printemps où il est difficile de croire au printemps…

À l'angle de la rue des Alpes et du quai, le feu de signalisation passa au rouge, au vert, à l'orange, au rouge une fois encore. Et une fois encore au vert avant que le taxi pût redémarrer et poursuivre son chemin.

« J'espère que vous n'êtes pas trop pressé », dit le chauffeur qui avait cet accent particulièrement traînant des gens du Valais.

Son client lui répondit très doucement, en français également, mais pour sa part avec une indéfinissable façon de le prononcer :

« Non. J'ai tout mon temps. Tout mon temps... Mais, je vous en prie, monsieur Darbellet, voudriez-vous, si vous le pouvez, pousser encore un peu le chauffage ? Pousser encore un peu le chauffage, si vous le pouvez. J'ai si froid... »

M. Darbellet — tel était en effet le nom indiqué par la plaque d'identité en cuivre vissée sur la boîte à gants de la voiture — jeta un regard dans le rétroviseur. Le passager qu'il avait pris en charge l'intriguait depuis l'aéroport. Il avait échangé avec lui quelques banalités mais il ne parvenait pas à le cerner, à saisir qui il était, et il n'osait pas lui poser de questions d'ordre intime. L'homme parlait comme un vieillard, la voix cassée et rauque, hésitante. À la façon d'un vieillard, il répétait souvent ses paroles comme s'il craignait de n'avoir pas été compris. Mais il n'était pas un vieillard, loin de là. Il n'était pas même un homme mûr. Il n'était pas jeune, non plus. Il n'avait pas d'âge...

Et il paraissait si misérable qu'on était irrésistiblement pris de pitié rien qu'à l'observer ainsi, à la dérobée, dans un rétroviseur. Non pas qu'il eût l'air pauvre. Il était vêtu d'un beau manteau de cachemire bleu nuit dans l'échancrure duquel on apercevait le gilet et le veston d'un élégant costume gris. Il tenait à la main une mallette de pécari et portait à son poignet une montre de grand prix. M. Darbellet avait noté tout cela ainsi que l'étiquette *first class cabin* collée sur l'attaché-case indiquant que le voyageur provenait de Hong Kong par le vol Swissair de 7 h 50. Et s'il n'avait pas d'autres bagages, le chauffeur de taxi n'en avait pas conclu pour autant que son client était par ailleurs démuni. Au contraire : il savait assez son monde pour s'imaginer avoir affaire à quelqu'un de vraiment important. Et qui, pour cette raison, ne s'embarrassait pas de valises…

Mais ce qui l'avait étonné et presque effrayé, au point de vouloir d'abord refuser la course quand il avait vu l'inconnu qui faisait la queue à la station des taxis s'avancer vers la Mercedes, c'était son épouvantable maigreur.

On eût dit un squelette sur lequel un peu de chair grisâtre adhérait encore mais si diaphane par endroits qu'on y voyait les os en transparence, comme sur une radiographie. Les doigts longs et fins, aux ongles fendillés, ressemblaient à des serres d'oiseau : la main qui s'agrippait à la poignée de la portière était la main d'un mort…

Le visage, le visage surtout terrifiait. Les sutures apparentes sous la peau parcheminée du crâne quasiment rasé, les joues déprimées jusqu'aux maxillaires, la bouche édentée, les lèvres pendantes aux commissures, les pommettes saillantes sous les orbites profondément creusées des yeux, et les yeux, ces terribles yeux bleu pâle, immenses, cernés de crevasses violacées, ces yeux qui regardaient fixement, avec une sorte d'ébahissement douloureux, ces yeux pleins de détresse qui étaient ceux d'un moribond…

Il y avait aussi — et, peut-être, était-ce ce qui faisait le plus de peine à voir dans cet homme encore jeune sans doute — la démarche. Mal assurée, titubante — une démarche de somnambule. Et, certes, à leur descente d'avion, les passagers des long-courriers, las du voyage et troublés par le décalage horaire, ont souvent de ces airs assoupis, de ces manières incertaines de se mouvoir, mais ce passager-ci, avait songé M. Darbellet, n'était pas simplement fatigué ou endormi. Il s'agissait assurément d'un grand convalescent…

Quoique, à vrai dire, il lui évoquât plutôt un de ces rescapés d'Auschwitz photographiés par les Russes au moment de la libération des camps d'extermination…

Aussi, avec les égards que l'on a pour une personne âgée, un malade, il avait aidé son client à s'installer confortablement à l'arrière de la Mercedes. Et le client l'avait remercié d'un long regard reconnaissant.

Mais — et cela aussi surprit M. Darbellet — il y avait autre chose dans ce regard que de la gratitude. C'était un regard angoissé de bête traquée, un regard pathétique, à la fois soumis et révolté, un regard de très vieil homme parvenu au terme de sa vie et qui se sait mourant, avec, pourtant, si on le scrutait attentivement, un peu de la pétulance et de l'innocence du regard des enfants…

Quel était le secret de cet étranger ?

« C'est ici, monsieur », dit le chauffeur en se garant devant un bel immeuble du quai des Bergues.

Et, avisant la plaque de marbre apposée à la lourde porte de fer forgé du hall d'entrée :

« Voyez : *Strauss, Strauss & Strauss*. C'est comme une valse ! »

Le client, levant les yeux sur la façade austère de l'édifice, lut à son tour les trois noms gravés dans la pierre et il esquissa un pâle sourire, comme si la réflexion de M. Darbellet lui évoquait un souvenir. Mais ce sourire dans un visage aussi atrocement décharné tenait plus du rictus de souffrance…

« Ah, ça n'ouvre qu'à dix heures, soupira-t-il. À dix heures. Eh bien, conduisez-moi, s'il vous plaît… Je ne sais pas. Là, à côté. C'est un hôtel, n'est-ce pas ? Un hôtel ?

— Oui, monsieur. Le *Grand Hôtel des Bergues*.

— Le *Grand Hôtel des Bergues*. Ce sera parfait, parfait. »

La Mercedes avança d'une cinquantaine de mètres et se gara devant la porte à tambour du palace. Le chasseur se précipitait déjà, un parapluie à la main, pour ouvrir la portière et accueillir l'arrivant. Celui-ci paya le chauffeur du taxi, lui demanda sa carte de visite pour le cas où il aurait encore besoin de ses services, parce que, expliqua-t-il, il avait confiance en lui, « tout à fait confiance », et il le remercia de sa gentillesse avec une touchante effusion de sentiments, disproportionnée à l'amabilité toute commerciale et convenue que lui avait marquée M. Darbellet.

« Merci infiniment. Merci pour tout. Merci… » répétait-il encore alors que le chasseur l'aidait à descendre de la voiture.

Le chasseur eut un mouvement de recul : l'homme à la voix sénile et qu'il soutenait par les épaules ainsi que s'il se fût agi d'un riche et vieil habitué de l'hôtel devait avoir tout au plus trente-cinq ans.

Mais quel visage de déterré ! songea-t-il.

« Pourrais-je prendre ici mon petit déjeuner ? »

Le maître d'hôtel était tout aussi intrigué que l'avait été le chasseur par le comportement de ce visiteur matinal : l'homme posait la question avec une sorte d'humilité apeurée. On eût dit qu'il craignait d'être éconduit, voire insulté ou même frappé.

Volé aussi : comme un garçon faisait mine de vouloir le débarrasser de son manteau, il s'y était frileusement blotti en relevant les pans du col.

« Mais certainement, monsieur. Si vous voulez me suivre… »

Le maître d'hôtel s'efforçait de parler du ton le plus rassurant et affable en le conduisant vers une table.

« Ici ? Ou là, si vous préférez.

— J'aimerais mieux… À moins que cela ne vous ennuie… Près d'un radiateur. D'un radiateur.

— Pas le moindre du monde, monsieur. Je vous en prie.

— Et… Si ce n'était pas trop abuser…

— Oh, monsieur !

— Je voudrais vous demander aussi de m'apporter un plaid, une couverture. Enfin, quelque chose comme ça…

— Tout de suite. Cependant, je me permets de vous faire remarquer qu'il fait très chaud ici. Vous venez du dehors où c'est un vilain temps d'hiver, mais ne craignez-vous pas… ?

— Je sais, je sais. J'ai toujours froid. »

Il régnait en effet une chaleur de serre dans la salle à manger de l'hôtel. Et ce silence sépulcral et feutré, si particulier aux palaces, ce luxueux silence que rehaussent de temps à autre le tintement d'un verre ou d'un lourd couvert d'argent, le murmure discret d'une conversation, le passage d'un garçon foulant sans hâte l'épaisse moquette.

À neuf heures du matin, il y avait pour tous clients deux hommes d'affaires allemands qui se parlaient à voix basse en échangeant les feuillets dactylographiés d'un contrat et, à l'opposé, une femme seule, très âgée, excessivement maquillée, dont le cou ployait sous un lourd collier de perles et qu'un tic sénile faisait hocher la tête comme pour une sorte de salut hautain et distant mais ininterrompu.

L'inconnu, toujours aussi timide et réservé mais apparemment moins tendu, moins effrayé, commença à commander d'un ton vaguement coupable :

« J'aimerais quelques toasts, des croissants, deux œufs coque, du fromage blanc ou un yaourt, si cela est possible. Du thé. Et, avant toute chose, une grande bouteille d'eau. Non gazeuse.

— Évian, Vittel ?

— C'est égal. Mais… implora-t-il, pardonnez-moi encore de vous demander cela aussi… Je vais vous paraître exigeant…

— Oh, monsieur, non. C'est tout naturel.

— Je voudrais un bol.

— Un bol ?

— Oui. Un bol pour boire. Plutôt qu'un verre. Je casse les verres. Je n'ai plus tellement l'habitude… »

Le maître d'hôtel lui jeta un regard poliment interrogateur, mais en vain : il n'y eut pas d'autre explication. Et la couverture fut apportée, la bouteille d'eau, le bol.

L'homme versa un peu d'eau dans le bol et, le saisissant des deux mains, le porta à ses lèvres en tremblant. Il buvait à petites gorgées, lentement, très lentement, comme s'il s'agissait là d'un liquide précieux et rationné. Quand il eut bu tout le contenu de la bouteille, il versa dans le bol un peu de thé bouillant et l'avala avec la même parcimonie des gestes, la même émouvante maladresse. Les serveurs, désœuvrés, l'observaient à son insu dans un sentiment indéfini d'inquiétude et de pitié. Selon l'usage bien établi des employés d'un grand hôtel quand ils ignorent le nom d'un nouveau client, ils l'avaient déjà baptisé entre eux : « le zombi ». Et ils s'interrogeaient sur sa maladie en le voyant gâcher ainsi qu'il le faisait la nourriture qu'on venait de lui apporter. Longuement il mâchonna une petite coque de la croûte d'un croissant, longuement il grignota une infime portion de toast beurré, il porta à ses lèvres une cuillerée de jaune d'œuf puis repoussa tout, en soupirant avec une sorte de moue de dégoût ou, plutôt, de découragement. Et il se mit à regarder alentour de lui. Les deux hommes d'affaires allemands parurent éveiller soudain sa curiosité. Avisant le garçon qui l'avait servi, il l'interpella et lui demanda :

« Dites-moi, je vous en prie : quelle est cette petite machine qu'utilisent les deux messieurs là-bas ?

— Mais !... Une mini-calculatrice électronique, monsieur.

— Une ?...

— Mini-calculatrice électronique. Une sorte d'ordinateur de poche, si vous préférez.

— Ah, c'est donc ça. J'en avais vu à Hong Kong mais je ne savais pas à quoi ça servait. »

Le garçon se demanda si cet effrayant mais élégant et jeune client se moquait de lui : ne pas savoir à quoi servait une mini-calculatrice ! Les camarades qui le « charriaient » un peu avaient raison : c'était décidément un zombi qu'il avait servi. Peut-être était-ce d'ailleurs pour cette raison que l'homme ne se nourrissait pas ou à peine : les morts-vivants ne mangent pas, c'est bien connu...

« Cela doit coûter très cher ? poursuivit le revenant.

— Oh non, monsieur ! Vous en trouverez à la boutique cadeaux de l'hôtel pour une centaine de francs. J'en ai offert une à mon neveu pour son anniversaire. Le gosse voulait ça pour faire ses devoirs plus vite.

— Ah bien, très bien. Je vous remercie. Vous êtes très aimable. »

Il régla l'addition et abandonna dans l'assiette un pourboire considérable. Puis il demanda :

« Pourrais-je rester encore un peu ?

— Mais, si vous voulez, monsieur ! Cependant, si vous me permettez : vous seriez mieux au salon, devant la cheminée.

— Ah, oui. Très bien. Au salon. Très bien. Devant la cheminée. Puis-je y emporter la couverture ?

— Bien sûr, monsieur. Si vous voulez.

— Je vous remercie. Vous êtes vraiment très aimable. »

Frileusement enroulé dans le plaid qu'il portait comme une cape, l'homme alla s'installer au salon, son fauteuil tout contre l'âtre. Il jeta un œil aux magazines qui traînaient sur une table basse. *Time*, *Events*, *Paris-Match*, *Epoca*, *Stern* : il les avait tous feuilletés dans l'avion. Tous montraient des photos de la chute de Da Nang et de l'évacuation. Un souvenir si proche et déjà si lointain : se trouver ici, dans cette chaleur, ce silence, ce luxe, c'était plus qu'être ailleurs, c'était comme plonger dans le sommeil et l'oubli.

Mais retrouverait-il jamais le sommeil, parviendrait-il jamais à oublier l'horreur ?

Il avait de nouveau soif et commanda une seconde bouteille d'eau qui lui fut apportée aussitôt. Avec un bol. Il se servit, se resservit et, soudain, tandis qu'il portait, serrée à pleines mains, la coupe de porcelaine à ses lèvres, elle éclata entre ses doigts.

« Oh, je suis désolé, s'excusa-t-il piteusement auprès du garçon qui s'était précipité à son secours. Vraiment, je suis désolé. D'une maladresse impardonnable.

— Ce n'est pas grave, monsieur, le rassura l'employé en ramassant les débris. Je vous en prie. Ça peut arriver à tout le monde. Vous ne vous êtes pas blessé au moins ?

— Non. Mais je ne sais que dire pour me faire pardonner. Pourrais-je… Pourrais-je, peut-être, avoir un autre…

— Certainement, monsieur. Tout de suite.

— Ah, très bien, très bien ! Vous êtes vraiment gentil… »

À ce moment-là, dix heures sonnèrent au cartel.

L'inconnu paya la note qui lui était présentée pour la bouteille d'eau et se leva, abandonnant comme à regret la couverture sur le fauteuil. Il traversa les salons et le hall de l'hôtel en prodiguant à tous ses remerciements confus et sortit tête nue sous la pluie glacée qui continuait de tomber dru.

Mais il n'avait que quelques pas à faire pour se rendre à la banque Strauss, Strauss & Strauss et le chasseur s'offrit de l'accompagner sous son grand parapluie.

« Oh, merci. Merci. C'est si bon à vous. Si bon à vous ! »

Quel était le secret de cet étranger, le secret de sa détresse ?

Et de quoi, de quoi avait-il si peur ?

« Tu te souviendras ? Tu penseras aux valses de Vienne. Mais c'est à Genève qu'ils sont. Quai des Bergues. Juste à côté du grand hôtel, en face de l'île Jean-Jacques Rousseau. »

Il se souvenait des paroles de Minh, oui. Et du numéro de code, aussi. Et de la procédure. De cela, il n'avait rien oublié. Mais Minh avait-il dit vrai ? Le trésorier avait-il vraiment entreposé dans les coffres de la banque la fortune du mouvement aujourd'hui disparu ?

Ah, comme tout cela était lointain. Et si proche, pourtant...

La banque Strauss, Strauss & Strauss lui rappela le Crédit du Rocher. Même discrétion à l'extérieur et même opulence austère et de bon ton dans le hall où il pénétra alors que l'hôtesse d'accueil finissait de s'installer derrière un élégant bureau Régence. « Tu te souviendras ? Tu demanderas à voir Klauss Strauss, de préférence. » Il s'avança, cachant mal l'émotion qui l'étreignait.

« Je voudrais parler à M. Klauss Strauss, mademoiselle, fit-il à voix basse.

— Mais, certainement. Avez-vous rendez-vous ?

— Non.

— Vous êtes monsieur ?...

— Dần.

— D, a, n ?

— D, a accent circonflexe, accent grave, n. »

Curieux nom pour un Occidental pensa la jeune fille.

Mais sans en rien laisser paraître. Et curieux visiteur : d'une telle maigreur ! Il se postait devant elle, voûté, timoré, frissonnant tel un misérable réfugié dans un bureau d'immigration, la main posée sur le dossier d'une chaise comme pour se retenir de tomber. Il n'aurait pas pu éveiller de soupçons même chez le soupçonneux vigile, d'allure martiale, en casquette et blouson de cuir, qui se tenait les bras croisés derrière la porte d'entrée et intimidait par sa seule présence silencieuse : il semblait si fragile, si angoissé…

« Asseyez-vous, je vous prie, dit l'hôtesse, pleine de sollicitude.

— Merci, mademoiselle », répondit-il.

Et, tandis qu'elle pressait les touches d'un téléphone, il ajouta :

« Voudriez-vous préciser que je viens… *mandaté*, je crois que c'est le mot, que je viens mandaté par le défunt M. Nguyen Van Trinh, trésorier des Minh Tû.

— Nguyen ?…

— Van Trinh. Des Minh Tû… Dites-moi, on en voit partout, maintenant, de ces téléphones… »

La jeune femme ne releva pas la bizarre remarque du visiteur. Elle parla à une secrétaire, laquelle parla à M. Strauss, lequel parut en personne dans le hall quelques instants après, courtois et empressé.

« Bonjour, cher monsieur…

— Dần. »

M. Dần semblait soudain terriblement ému à l'énoncé de son propre nom.

« Voulez-vous me suivre ? », lui demanda le banquier en tirant la porte de verre d'un ascenseur. Il cachait du mieux qu'il pouvait sa surprise devant la gaucherie du visiteur.

« Voyons, monsieur Dần, que puis-je pour vous ? »

M. Strauss avait désigné un fauteuil à l'inconnu en l'introduisant dans son bureau et lui parlait très doucement, comme on parle à un grand malade.

« Je voudrais, dit M. Dần sans aucun préliminaire, je

voudrais retirer les fonds qui vous avaient été confiés en 1967 par M. Nguyen Van Trinh. »

Le banquier réprima une très vague grimace de mécontentement qui se changea en sourire quand il entendit la suite :

« Et les déposer sous un autre nom à votre banque. Mais en compte courant...

— En compte courant ?

— Oui. Si cela est possible toutefois.

— Oh, pour une telle somme...

— Il s'agit, bien entendu d'une mesure provisoire... (Nouvelle et imperceptible grimace du banquier.) Ou, peut-être, définitive. » (Nouvel et non moins imperceptible sourire.)

M. Strauss s'éclaircit la voix et répondit d'un ton vaguement embarrassé :

« Monsieur, il s'agit d'un compte dit “à secret”, vous n'êtes pas sans le savoir. Si vous êtes le détenteur des divers numéros qui nous sont nécessaires pour vous identifier comme ayant pouvoir et si vous possédez la signature requise... C'est la procédure que nous avons adoptée pour les fortunes collectives des sectes religieuses ou des mouvements de résistance que nous gérons. Et nous nous excusons de devoir l'appliquer dans toute sa rigueur. Mais, vous comprendrez...

— Parfaitement. Cependant, je crois avoir tous les éléments », affirma résolument M. Dần.

Pareille assurance chez quelqu'un qui montrait tant de réserve et une sorte de « faroucherie » apeurée ne laissa pas d'étonner Klauss Strauss qui répliqua très courtoisement :

« Je ne mettais pas en doute, cher monsieur... » avant de se lever et de quitter le bureau pour quelques instants.

Il revint, accompagné d'une secrétaire et tenant à la main trois enveloppes scellées. Il se rassit et ouvrit la première.

« 4, E, 6, C, 8 », épela M. Dần avant même que M. Strauss l'eût interrogé.

Le banquier acquiesça d'un hochement de tête et ouvrit la deuxième enveloppe.

« 4, E, 6, C, 8 », répéta, imperturbable, M. Dần.

Nouvelle confirmation muette de ce qu'il disait. Et, alors que la troisième n'était pas encore déchirée, il redisait déjà, pour la troisième fois :

« 4, E, 6, C, 8. »

M. Strauss, ébranlé par la tranquillité parfaite dont faisait preuve son énigmatique visiteur, lui tendit une feuille de papier vierge à en-tête de la banque.

« Vous savez que…

— Je dois également signer ? Oui. »

M. Dần ouvrit sa mallette de pécari, y prit une petite bouteille d'encre de Chine et un fin pinceau de soie à manche de bambou, la referma, la posa sur ses genoux pour s'en servir comme d'un écritoire.

Brusquement, il parut perdre son sang-froid. M. Strauss et la secrétaire le dévisageaient avec une curiosité inquiète, sans rien dire. Mais il se ressaisit : il inspira profondément, se concentra un long moment, la main en suspens…

Puis, d'un mouvement coulé du poignet, il jeta sur le papier en quelques traits un élégant idéogramme :

虎

« Hû, le tigre en chinois, murmura-t-il en reprenant son souffle. Dần en vietnamien… »

M. Strauss se saisit de la feuille et la posa contre celle qu'il venait d'extraire de la troisième enveloppe contenant le numéro de code du compte et la signature de référence.

C'était bien le même idéogramme !

Alors, il exprima une sorte d'admiration muette en hochant la tête et en souriant à l'inconnu, une émotion vraie qui, un instant, parvint à démentir son apparence délibérément impassible de banquier.

Mais qui était-il donc cet homme si pitoyable qui s'attribuait ainsi, en traçant simplement le mot Hû, les biens d'une des sectes les plus riches et les plus fermées dont il eût jamais eu à gérer la fortune et les déposait à son nom sur un compte courant ?

Sans doute garderait-il toujours son secret. Mais Klauss Strauss eût failli à sa grande réputation occulte dans le monde des affaires s'il avait posé la question qu'il lui brûlait de poser. La seule entorse qu'il fit à sa déontologie personnelle fut d'indiquer avec un débordement d'enthousiasme au nouveau client de la Strauss, Strauss & Strauss, lequel ne lui demandait rien de tel :

« Actuellement, les fonds dont vous disposez s'élèvent à une trentaine de millions de francs suisses.

— Ah, je n'en avais pas la moindre idée », répliqua sans sourciller celui-ci.

Tout comme si l'énormité de la somme le laissait indifférent !

À quoi il ajouta — et le fait impressionna encore plus favorablement Klauss Strauss quoiqu'il l'intriguât également :

« J'ai eu jadis un compte au Crédit du Rocher, je ne sais pas ce qu'il est devenu. Alors, chez vous ou ailleurs... Acceptez-vous de... ?

— Mais certainement, monsieur. Nous sommes très flattés. Et ce sera l'affaire d'un simple jeu d'écritures », assura le banquier.

Mais il montra un peu d'embarras quand il lui fallut cependant concéder :

« Seulement, nous allons devoir vous demander de prouver d'une manière ou d'une autre votre identité.

— Rien de plus normal, répondit M. Dần en tendant un passeport américain. Vous allez le constater : en fait, je ne m'appelle pas M. Dần... »

Le passeport était neuf et un seul tampon y était apposé indiquant que l'homme venait de Hong Kong où le document lui avait été établi.

M. Strauss avait parmi sa clientèle des personnalités au passé quelque peu douteux — anciens nazis, rois détrônés, empereurs déposés, chefs religieux en exil, importants mafiosi, présidents de multinationales démissionnaires — et il ne s'arrêtait guère à ces détails d'identité, mais ce client-ci ne ressemblait à aucun autre.

« Nous sommes désolés, dit-il, mais il nous faut vérifier auprès de votre consulat à Genève. »

L'homme ne se troubla pas. À part lui, il jugea qu'il avait fort bien fait de suivre le conseil de Richie Garrymore et de demander au consulat des États-Unis à Hong Kong d'envoyer une note informative au consulat des États-Unis à Genève. Tant que sa situation ne serait pas entièrement clarifiée…

Une nouvelle fois Klauss Strauss se retira en se confondant en excuses.

Il revint une dizaine de minutes plus tard en exhibant sur son visage une satisfaction extrême.

À la secrétaire qui était demeurée dans le bureau à attendre les ordres, il dit :

« Lucienne, voudriez-vous noter les renseignements portés sur le passeport de monsieur et les communiquer à Heidi pour que nous puissions ouvrir le compte. J'ai déjà donné mes instructions. »

Il tendit le passeport ouvert à la première page. La secrétaire lut et recopia sur son bloc-notes :

Nom : Young
Prénom : Abel
Né le : 19 juin 1942
À : New York, N.Y. USA
Nationalité : U.S.
Adresse : Sans.

Quand M. Darbellet vint vers deux heures et demie chercher au restaurant *Le Gentilhomme* le client qu'il avait pris en charge le matin à l'aéroport, il lui parut un peu moins effrayant à regarder.

En sortant de chez Strauss, Strauss & Strauss, Abel était entré dans un luxueux magasin de vêtements de sport. Il s'était choisi un confortable col roulé de grosse laine, une veste trois quarts doublée de mouton, un pantalon de velours et des bottillons fourrés. Un bonnet de tricot, une écharpe en vigogne et des gants matelassés complétaient son nouvel habillement. Il s'y sentait plus à l'aise et, pour ainsi dire, plus sûr de lui que dans son costume de ville. Aussi, à l'étonnement de la vendeuse, avait-il décidé de les garder sur lui après les avoir essayés. Négligemment, il avait roulé son manteau de cachemire, son complet à gilet et bourré le tout avec ses souliers vernis dans un sac de toile acheté par la même occasion. Après avoir dépensé plusieurs milliers de francs sans hésiter, il était ressorti et il avait marché le long des quais, allant toujours de son pas malhabile et traînant, levant ses grands yeux fiévreux et apeurés sur tout ce qui l'entourait, s'asseyant chaque fois qu'il trouvait un banc.

Puis il s'était rendu au *Richemond* et il avait demandé une chambre où se reposer avant le déjeuner. Il s'était allongé pendant près d'une heure, fixant le plafond sans jamais fermer les paupières, comme s'il craignait l'obscurité ou peut-être le sommeil. Et quoiqu'il eût fait fermer les volets, il avait gardé une lampe allumée au chevet de son lit. Ensuite, il était descendu à la salle à manger du palace et, après avoir avalé avec quelques difficultés les compositions de protides, calcium, potassium, magnésium et vitamines diverses que lui avait fournies le médecin qui l'avait traité au Queen Mary Hospital de Hong Kong, il avait commandé un déjeuner substantiel. À sa grande satisfaction, il était parvenu, en prenant tout son temps, à manger un filet de sole, une petite portion de steak, un morceau de fromage d'Emmenthal et la moitié d'une part de tarte aux myrtilles. Il avait même bu dans un bol une lampée d'un très bon château-margaux de l'année de sa naissance et offert le reste de la bouteille à un jeune couple d'amoureux qui déjeunait à une table voisine pour qu'ils le bussent à sa santé. Il avait dit cela avec une ironie amère mais il se sentait maintenant quelque peu réchauffé et légèrement gris. Il avait même fini par ôter son luxueux caban et dénouer son écharpe.

Un garçon était alors venu le prévenir que le taxi qu'il avait fait demander l'attendait. Abel s'était levé, il avait payé sa note de restaurant ainsi que celle de la chambre, distribuant autour de soi de généreux pourboires, même à ceux qui ne l'avaient pas servi. Dehors, la neige fondante avait cessé de tomber. Le ciel était toujours aussi bas, mais, vers le massif du Mont-Blanc, une étroite écorchure bleue dans la grisaille laissait imaginer qu'il faisait sans doute beau là-bas. Abel s'en trouvait presque ragaillardi.

« Je vous remercie d'avoir accepté de me conduire à Chamonix, dit-il à M. Darbellet qui se saisissait de son sac et de sa mallette. D'autant que ce n'est pas à Chamonix que nous allons mais un peu plus loin encore : aux Praz. Pensez-vous que la route soit enneigée ?

— Non, tout est dégagé jusqu'à Argentière et, je pense, jusqu'à la frontière.

— Et combien de temps comptez-vous que nous mettrons ?

— Une heure et demie environ.

— Si vite ?

— Oh, avec l'autoroute, vous savez !...

— Ah, il y a une autoroute maintenant ?

— Sur une bonne moitié du parcours. Et ensuite, des Houches à Chamonix, une route à quatre voies.

— Je ne vais plus rien reconnaître. Cela va bientôt faire neuf ans que je ne suis pas venu. Oui, neuf ans : l'été 66, et nous sommes en avril 75…

— Eh bien, vous verrez comme ça a changé : il y a des tas de résidences qui ont poussé partout comme des champignons. Et de grands immeubles. Et des remontées mécaniques. Et des motels comme en Amérique. Mais le mont Blanc est toujours là », plaisanta le chauffeur de taxi qui se trouvait inexplicablement heureux de voir son curieux client paraître se détendre peu à peu, peu à peu perdre son attitude de bête traquée qui faisait tant pitié, revivre.

Et même poursuivre la plaisanterie :

« À vrai dire, ironisa Abel en effet, je me doutais un peu qu'ils ne l'avaient pas encore rasé pour construire dessus. Quoique avec les promoteurs immobiliers, on ne sait jamais ! Ils ont dû y penser. Mais, tout le temps où j'ai été… absent, je me suis souvent répété : ils n'auront pas osé… »

Ce n'était pas tout à fait une boutade dans sa bouche. Il y avait quelque chose de plus profond, de plus vrai : pendant les longues années de son martyre, une des seules choses dont Abel n'avait jamais désespéré, c'était de la montagne. Une des seules certitudes qu'il avait conservée quand jusqu'à sa foi en la simple réalité de l'univers avait commencé à vaciller avec sa raison même, une des seules assurances qu'il avait toujours gardée en dépit de tout, c'était que, quelque part sur terre, des neiges éternelles étincelleraient éternellement sous le soleil.

Et soudain, au détour d'un virage, entre les murailles rocheuses des sombres gorges de l'Arve… oh ! il se dressait là, triomphal, dans la clarté veloutée et tendre d'un ciel neigeux. Oui, le mont Blanc était toujours là, plus beau que dans le plus beau des souvenirs, il était là !

Et Abel, le front collé contre le pare-brise de la Mercedes, contemplait sa forme familière dans un état d'hébétude proche de la béatitude : c'était comme s'il n'en croyait pas ses yeux.

Puis un nouveau virage déroba quelques instants le sommet à sa vue et l'on plongea dans l'ombre du sous-bois.

« Voulez-vous que je mette un peu de musique ? » avait demandé le chauffeur tandis qu'ils sortaient de la banlieue de Genève. « Très volontiers », avait répondu Abel. Depuis la frontière suisse, ils avaient ainsi roulé au son d'un programme de variétés ininterrompu. Et maintenant, tandis que la montagne réapparaissait tel un éblouissement, résonnaient les premières notes d'un prélude dont la majesté s'accordait comme par une sorte de magie secrète avec la beauté tranquille et pourtant puissante du paysage. Abel n'avait jamais entendu cette chanson auparavant. Il lui sembla reconnaître la voix de John Lennon mais la musique ne ressemblait pas à celle des Beatles. Ce n'était pas un rock ni une de ces joyeuses fanfares caractéristiques de leur style, mais une mélodie lente et mélancolique jouée au piano avec un accompagnement de cordes, un peu à la façon d'un nocturne romantique. Peut-être les Beatles avaient-ils considérablement évolué. Ou peut-être John Lennon, si c'était bien lui, chantait-il seul désormais.

C'était bien lui. Il s'agissait d'*Imagine*. Et c'était bon d'entendre quelqu'un chanter très simplement des choses auxquelles on avait cru des années auparavant, quand les temps étaient à la haine militante et au mépris ; c'était bon d'entendre ces paroles pétries d'humanisme et jetées calmement, sans grandiloquence, comme des évidences ; c'était bon d'apprendre de la bouche de John Lennon que l'on n'était plus « le seul à rêver ».

« Imaginez qu'il n'y ait pas de paradis... Pas d'enfer sous nos pieds... Rien que du ciel au-dessus de nous... Imaginez les gens vivant pour le présent...

» Imaginez qu'il n'y ait pas de patries... Aucune raison

de se tuer ou de se faire tuer… Et pas de religion non plus… Imaginez les gens vivant en paix…

» Imaginez qu'il n'y ait pas de propriété… Plus de cupidité… Plus de faim… Mais une fraternité entre les hommes… »

À mesure qu'on approchait de Chamonix, une émotion grandissante étreignait Abel et qu'il craignait presque de ne pouvoir supporter.

Certes, il y avait nombre de constructions inconnues de lui et qui, pour la plupart, défiguraient le paysage. Certes, la nouvelle route, aux abords des Bossons, ouvrait une affreuse tranchée dans le bois de sapins, mais le glacier, le glacier qui pourtant, aux dires des géologues, recule depuis plus d'un millénaire et finira un jour par disparaître, le glacier était toujours là, amas chaotique de gros blocs bleus miroitant dans la lumière du soir. Et le chalet des Servoz non plus n'aurait pas changé — Abel en avait le pressentiment. Les volets bleus, les petits rideaux à carreaux, les fleurs aux fenêtres… Non ! Il n'y aurait pas de fleurs. C'était encore l'hiver ici. Tout était enneigé, des gens skiaient à la Flégère : la prairie devant la maison serait un champ de neige tel qu'Abel ne l'avait jamais vu. Mais qu'importait : il pousserait la porte d'entrée et, sitôt, il humerait les parfums de la cuisine : l'odeur de bois ciré, l'odeur de linge fraîchement lavé, l'odeur de tarte aux pommes.

Et les Servoz, bouleversés, lui tendraient les mains…

Pourtant une appréhension douloureuse commença à poindre en lui. Le besoin impérieux et inexplicable tout à la fois de retarder un peu l'heure de cette inconcevable surprise qu'il allait leur faire en réapparaissant vivant. Un vague effroi aussi : le reconnaîtraient-ils ? Le reconnaîtraient-ils seulement, lui qui s'était fait peur à lui-même en se contemplant torse nu dans la glace de la garde-robe de sa chambre au *Richemond* ? Reconnaîtraient-ils en ce hideux squelette le bel athlète radieux, resplendissant de santé et de gaieté, qu'ils avaient aimé ?

Voudraient-ils serrer dans leurs bras ce mourant ? Et ce mourant avait-il le droit de troubler leur paix ainsi qu'il allait le faire ? Qu'avait-il à offrir d'autre que sa détresse, sa misère morale, son noir désespoir ?

Tandis que le taxi entrait dans Chamonix où de joyeuses bandes de skieurs déambulaient au milieu de la chaussée, Abel décida de perdre un peu de temps, de ne pas se rendre tout de suite aux Praz. Comme il faisait maintenant très froid, il se fit conduire chez Snell pour y acheter des vêtements plus chauds encore que ceux qu'il portait. Si, du moins, une telle chose pouvait se trouver ! Une veste de duvet, peut-être, songea-t-il tristement, une veste pour la haute altitude ! Pour le bivouac en montagne !

Snell existait toujours, bien sûr. Le fournisseur des grands alpinistes s'était même agrandi depuis sa dernière visite, neuf ans auparavant.

Abel erra un moment dans les rayons, observant tout, touchant à tout, soupesant subrepticement mousquetons et pitons : le matériel d'escalade aussi avait considérablement évolué en neuf ans. Il s'était allégé et perfectionné. Abel découvrait des outils nouveaux, des trouvailles, des astuces dont Jacques et lui avaient parfois rêvé sans pouvoir les concrétiser. Qu'ils avaient l'air simples et agréables à utiliser ces coinceurs, ces broches, ces crampons !

Mais non, il ne fallait pas rêver : jamais plus il ne remonterait, jamais plus. Il était physiquement trop délabré pour cela. Mentalement aussi, sans doute…

Après avoir perdu quelque quarante minutes à flâner ainsi, Abel avait fini par remonter dans la Mercedes, vêtu d'une épaisse et très légère veste de duvet en nylon bleu. Elle lui était comme un cocon où se blottir avec sa peine, son amertume, ses regrets d'une vie finie à trente-trois ans.

Et il avait soupiré d'un air infiniment las et désenchanté :

« Eh bien, aux Praz. »

Mais il était là, le chalet aux volets bleus. Oui — et il n'avait pas changé.

Posé dans le crépuscule en haut d'un petit champ de neige, avec ses murs en rondins laissés à brut, ses lumières qui filtraient à travers les rideaux à carreaux et ses flocons de fumée blanche sortant de la cheminée comme de la bourre de coton, on eût dit le chalet d'un coucou, une maison de poupée, un jouet dont se serait échappée une ritournelle si on avait pu en soulever le toit.

Oh ! la sensation oubliée et brusquement retrouvée de fouler la neige doucement. Oh ! le grincement plaintif de la barrière de bois qu'on pousse au milieu du chemin déblayé. Oh ! le rire clair et suraigu d'un enfant qui vous accueille à sa manière d'enfant... Oh ! la paix, enfin, la paix.

Et mourir, mourir ici. Aller jusqu'à la porte qui est toujours ouverte, entrer sans rien dire, s'asseoir au coin de la cheminée ou choir sur un lit. Et sombrer enfin dans le néant heureux, l'heureux oubli...

Abel s'avançait en tremblant, anticipant dans son esprit sur les instants qu'il allait vivre.

Couché sur sa luge, un intrépide petit garçon dévalait à toute vitesse la pente en riant aux éclats. Il vint achever sa course devant les pieds d'Abel, lequel dut faire un écart pour l'éviter. L'enfant se mit à rire de plus belle. Il devait avoir quatre ou cinq ans tout au plus. Engoncé qu'il était dans une combinaison matelassée de nylon rouge vif, un bonnet rouge à pompon enfoncé jusqu'aux yeux, les joues rouges et rondes dans une délicate carnation de blond, il évoquait quelque petit lutin d'un conte nordique, quelque troll malicieux. Peut-être était-il le génie des lieux.

Il roula dans la neige, se releva d'un bond et jeta une boule sur Abel pour le provoquer au jeu.

« Comment t'appelles-tu ? » demanda celui-ci en se protégeant le visage derrière ses paumes de main et en feignant d'être absolument terrifié par la menace d'une nouvelle boule.

Le petit garçon haussa les épaules et soupira. Comme si le monsieur ne le savait pas, son nom! semblait-il vouloir dire. Comme si ce n'était pas un fait des plus notoires! Les grandes personnes veulent toujours vous faire dire des choses qu'elles connaissent pertinemment et jouer à plus bêtes qu'elles ne sont.

Mais ce monsieur-là insistait et il avait pris la peine de s'accroupir pour se tenir à sa hauteur.

« Dis-moi, comment t'appelles-tu ? »

Alors, il consentit à répondre, très fier de sa petite personne et de son cheveu sur la langue dont il savait qu'il attendrissait tout le monde :

« *C*e m'appelle Abel. Abel Servos*se*. Et *ç*'ai quatre ans et demi. »

Abel fut comme frappé au cœur. Y aurait-il eu plus belle façon de lui dire qu'il n'avait pas été oublié ?

Il dévisagea l'enfant, lequel, apeuré par l'apparence moribonde de ce visiteur inconnu, lui tourna aussitôt le dos et, tirant sa luge par la ficelle, remonta toute la pente. Puis Abel se releva péniblement, pris d'un léger vertige. Les lumières du chalet dansaient devant ses yeux, vibraient dans l'air glacé, se condensaient en halos et se diffractaient aussitôt après, tantôt proches, tantôt lointaines. Il lui semblait que jamais, jamais il ne parviendrait à atteindre la porte d'entrée qui n'était pourtant plus qu'à une dizaine de pas.

Et s'entrouvrait maintenant…

« Abel ! »

C'était la voix de Jacques. Mais Abel ignorait à cet instant précis s'il rêvait l'avoir entendue, s'il mourait et retrouvait en mourant un souvenir enfui, s'il vivait encore…

« Abel ! »

L'appel se fit plus pressant. Mais Abel ne distinguait pas le visage de celui qui se tenait campé ainsi dans le contre-jour du seuil et dont il ne savait s'il avait une quelconque réalité ou s'il était fait de cette chair dont sont faits les songes…

« Abel ! » répéta le guide en avançant : il cherchait des yeux son fils…

Et soudain, avisant l'étranger debout au milieu du chemin, ce fut d'une autre façon qu'il lança :

« Abe-e-e-el ! » — comme s'il était pris de démence.

Il se reprit aussitôt, balbutia :

« Oh, pardonnez-moi, monsieur… Je ne sais pas ce qui… Vous me rappeliez… J'ai eu une sorte d'halluci… »

Il s'interrompit net dans ses excuses et hurla :

« Abel !

— Oui, c'est moi, Jacques ! C'est moi. »

… Et Abel s'avançait en titubant.

Et Jacques s'approchait en chancelant…

Et les deux hommes se touchaient, se palpaient, s'empoignaient, s'étreignaient et tombaient et roulaient dans la neige.

« Non ! je ne suis pas mort, Jacques ! C'est moi, Jacques, c'est bien moi…

— Oh ! Abel, Abel, Abel… »

Bien sûr, la grande pièce commune embaumait la tarte aux pommes, le linge fraîchement repassé, le bois ciré. Bien sûr, une grande flambée pétillait dans la cheminée et des reflets de feu dansaient au long des murs, pareils à une farandole de farfadets. Bien sûr, c'était tel qu'Abel l'avait imaginé. Il pouvait mourir maintenant : il avait retrouvé ses amis.

Colette, qui s'était d'abord évanouie sous le coup de l'émotion, buvait d'affilée plusieurs grands verres d'eau froide au-dessus de l'évier. Jacques pleurait à chaudes larmes en apportant une théière fumante et des bols. Le jeune David avait refermé ses cahiers et ses livres de classe épars sur la table et, grave comme peut l'être un enfant de dix ans, il contemplait la scène bouche bée : cet Abel Young dont une photo ornait le buffet, cet Abel Young dont son père lui avait tant de fois raconté avec ferveur qu'il avait été un des meilleurs alpinistes de son époque, cet Abel Young dont on lui avait dit qu'il était mort dans un pays lointain, au Viêt-nam, cet Abel

Young était vivant ! Si toutefois on pouvait dire vivant cette sorte de cadavre effrayant qui se tenait très droit dans le seul fauteuil de la pièce et ne disait mot.

Quant à son petit frère, il demanda à la grand-mère de Colette, leur arrière-grand-mère, « pourquoi le monsieur qui était si vieux et si moche s'appelait Abel comme lui ». Et l'aïeule, une nonagénaire qui n'avait plus toute sa tête à elle et s'occupait des heures entières à faire, défaire, refaire et redéfaire les mêmes trois rangs de tricot, répondit en patois :

« Je ne sais pas, mon chéri. Mais le gilet sera pour lui. Il a l'air d'avoir si froid, ce pauvre garçon ! »

Abel se tint ainsi longuement, immobile et muet, le regard perdu dans le vide. Jacques, assis à califourchon sur l'accoudoir du fauteuil de cuir, lui tenait les mains et lui murmurait tendrement :

« Ne dis rien, mon petit. Ne dis rien si tu n'en as pas envie. Ton regard parle pour toi... Plus tard. Quand tu en auras le courage. Tu nous raconteras. Plus tard, Abel. Mais repose-toi maintenant. Tu verras comme nous allons nous occuper de toi, Colette et moi. Tu vas retrouver ta santé et tes forces ici. Tu dormiras, tu boiras du bon lait des vaches de mon frère, et puis tu auras tout ce bon air, ce sera comme un sana... en mieux. Abel, tu verras, tu oublieras tout ce que tu as enduré. Et dans quelque temps, foi de Servoz ! tu remonteras avec moi, Abel. Je te le promets. »

Et de nouveau il éclatait en sanglots.

« Oh, Abel, Abel... Je le savais, au fond de moi. Je l'ai toujours su que tu n'étais pas mort. Certains rêves me le disaient, mais je ne voulais pas y croire. Parfois, au milieu de la nuit — tu peux demander à Colette —, je m'éveillais en sursaut, avec un espoir fou. Je criais : “Il n'est pas mort ! Il vit quelque part, il vit...” Et puis, je comprenais que je venais de rêver, je me traitais d'imbécile et je me rendormais. Et parfois aussi, en course, il m'est arrivé d'avoir une sorte d'hallucination, tout comme j'ai cru en avoir une tout à l'heure en te voyant debout à ma porte :

brusquement, je te sentais là, à mes côtés. C'est toi qui me disais : "Non, Jacques, prends par là, plutôt ! Ici le rocher est pourri. Tire un peu à gauche. Il y a une vire au-dessus..." Des choses comme ça ! Tiens, sais tu où ça m'est arrivé la dernière fois ? Au pied de l'Aiguille du Fou, au premier bivouac. Je voulais la faire avec un jeune type très brillant et que j'aime bien : Alain Paccard. Mais le matin, en sortant la tête de dessous la tente, tout d'un coup je t'ai vu ! Oui, c'était toi. Tu étais là. Ça n'a duré qu'un instant mais tu étais vraiment là, en chair et en os, devant moi. Alors j'ai su que je devais renoncer. Et c'est ce que j'ai décidé. Comme Alain est un type bien, il a compris. Comment te dire ? J'avais l'impression que c'était te trahir que la gravir sans toi, cette foutue Aiguille où nous en avions tant bavé... Que c'était, de ma part, attenter à ta mémoire. Oh, Abel ! comme j'avais raison dans mes rêves... Et il n'est pas une fois où j'ai refait une voie que nous avions faite ensemble sans repenser à toi. Pendant... Combien de temps ? Oui : plus de huit ans. Pendant plus de huit ans tu as toujours été là, à mes côtés. Et c'était un peu comme si tu me protégeais maintenant, moi qui t'avais protégé quelquefois. Pour moi, au fond, tu n'étais pas mort. »

Hormis Abel, tous pleuraient. Les enfants de voir leurs parents si bouleversés et l'aïeule, ses arrière-petits-fils. Colette, avisant la photo où Abel posait dans toute la splendeur de ses vingt-cinq ans, s'était par délicatesse empressée de la faire disparaître subrepticement, à son insu, pensait-elle. Mais ce ne fut pas assez promptement pour qu'il ne l'ait aperçue la ranger dans un tiroir. Abel, aussi indifférent qu'il semblât maintenant, enregistrait tout intérieurement. Mais son visage ne montrait aucune espèce d'émotion : il était au-delà du malheur et au-delà du bonheur, dans ce monde aux confins de la folie où l'on revit sa vie et où le destin prend soudain l'aspect d'une destinée accomplie.

Comment eût-il pu trouver les mots pour exprimer ce qu'il ressentait ?

Plus tard, alors que chez les Servoz les repas étaient

toujours joyeux et fort animés par les facéties des deux garçons, on dîna sans échanger autre chose que des banalités : le sel, le beurre, le pain, etc. Les enfants avaient confusément compris qu'ils ne devaient pas troubler la mélancolique tranquillité de l'étranger. Abel se taisait toujours et mangeait sans appétit mais avec une sorte d'application têtue. Il semblait avoir peur de vexer ses hôtes s'il laissait son assiette pleine. Colette pourtant lui disait affectueusement :

« Ne te force pas. L'appétit reviendra, mon grand. »

Il hochait la tête, esquissait un pâle sourire. Il paraissait muré dans ses souvenirs, absent.

Après le dîner, il reprit place dans le fauteuil et consentit à ôter enfin sa veste de duvet. Jacques monta coucher les enfants tandis que Colette débarrassait la table.

« Le monsieur, il va rester ? interrogea le petit Abel.

— Oui, il va vivre avec nous, lui répondit son père. Mais il faut être très très gentil avec lui. Il est extrêmement fatigué, tu sais.

— *C*e peux lui prêter ma lu*c*e pour qu'il s'amu*ss*e.

— C'est ça, demain. Tu lui prêteras ta “lu*c*e”.

— Il était soldat au Viêt-nam ? demanda David qui avait vu au journal télévisé des images de la débâcle du Sud-Viêt-nam et en avait été très frappé.

— Non, il n'était pas soldat. Il était reporter.

— Alors, il a pas fait la guerre ?

— Si. Mais d'une autre manière.

— Il avait pas de fusil ?

— Non.

— Ni de mitraillette ? Ni de grenade ?

— Non plus.

— Alors, il a tué personne ?

— Non, il n'a tué personne.

— Et toi, papa, tu as tué des gens déjà ?

— Jamais. Je ne crois pas.

— Alors, le général il était pas content. Il devait être en colère contre toi, non ?

— Ah, ça ! On peut dire qu'il n'était pas content ! Il m'a fait jeter en prison.

— Pourquoi ? C'est les gens qui tuent les autres gens qu'on jette en prison d'habitude, non ?

— Ça dépend. Quelquefois, c'est les gens qui refusent de tuer les autres gens. Pendant la guerre.

— Alors la guerre c'est la vie à l'envers ?

— Oui, c'est... la vie à l'envers comme tu dis.

— Et Abel, tu crois qu'il a été en prison parce qu'il n'a pas voulu tuer ?

— Je n'en sais rien, mon chéri. Mais sûrement qu'il a été fait prisonnier. »

Jacques baisa ses fils sur le front après les avoir bordés. Comme il refermait la porte de leur chambre, le petit Abel le rappela pour lui dire :

« Le grand Abel, il peut se servir de ma lu*c*e pendant que *c*e suis à l'école, mais *c*e veux qu'il me la rende quand *c*e rentre.

— C'est promis, il te la rendra, s'écria le guide en riant. Tu sais, il est très gentil le grand Abel. »

Il redescendit. Il vit Abel toujours aussi prostré. Alors, avec une infinie douceur, il le prit dans ses bras, comme s'il s'agissait de son troisième fils, le plus petit, le plus délicat, le plus fragile. Il souleva sans peine ce pauvre amas d'os, ce corps qui ne pesait plus qu'une trentaine de kilos aujourd'hui et il le monta au premier étage, dans la chambre d'amis que Colette venait de préparer.

Abel s'assit sur le lit. Il ne disait toujours rien. Mais son regard commençait à s'animer doucement. Et soudain, tandis que Jacques l'aidait à se déshabiller, des larmes jaillirent de ses yeux et roulèrent sur ses joues qu'il ne prit pas la peine d'essuyer.

Il allait parler enfin, Jacques le pressentait. Il s'assit à côté de lui et posa affectueusement un bras sur son épaule comme pour l'encourager.

« Jacques, murmura Abel. Jacques...

— Oui ?

— Jacques, c'est la première fois que je pleure. La

première fois depuis… Je ne sais plus. Des mois… Des années…

— Pleure, Abel, pleure ! Ça te fait du bien.

— Je me souviens d'une prédiction que m'a faite un diseur de bonne aventure. C'était à Cholon. Un vieux Chinois. Moi, je venais d'arriver à Saigon… Je me souviens de ses paroles : “Celui qui pleure chaque jour renaît, celui qui meurt renaîtra un jour.” Je m'en souviens maintenant… Tu vois, Jacques, il ne s'était pas trompé : j'ai survécu. Mais c'est grâce à toi, Jacques, si je suis ici. En vie. Oh ! Et toi qui disais tout à l'heure que c'était moi qui te protégeais. Alors que si j'ai pu résister, c'est que tu as toujours été là, à mes côtés. Même aux pires moments. Quand j'ai cru que tout était perdu. Jacques, une nuit… Une nuit au cachot… Une nuit au cachot où on m'avait enfermé…

— Abel, es-tu sûr que tu as la force de me raconter ça maintenant ?

— Oui. Je dois en parler. Il n'y a qu'à toi que je puisse en parler et je veux t'en parler.

— Je t'écoute, Abel.

— Une nuit où j'ai cru devenir fou — j'étais dans une fosse de béton, sans lumière, depuis je ne savais plus combien de temps… Tout à coup, je me suis souvenu de ce que tu m'avais dit à l'Aiguille du Fou, quand j'avais commencé à désespérer de tout : “On s'en sortira si tu n'as pas peur de mourir.” Et c'est alors seulement que j'ai compris profondément ce que ces mots voulaient dire. Tu sais, Jacques, je suis allé jusqu'au bout de la peur. Au-delà de la peur même. Comment t'expliquer cela ?…

— Je comprends, Abel. Tu n'as pas besoin de m'expliquer. Je comprends parfaitement.

— Eh bien, je le sais maintenant : c'est de la peur qu'on meurt. C'est à cause de la peur qui est en eux que les hommes s'entre-tuent, parce qu'ils ont peur d'eux-mêmes. La peur et la haine sont une seule et même chose : c'est ce que m'a appris la prison. J'ai connu la faim, le froid, la saleté, la solitude, la maladie. J'ai connu les pires humiliations, l'horreur… mais au moins j'aurai appris cela. Et, tu sais, j'ai voulu me venger. Pendant des années je n'ai pensé qu'à me venger ! me venger ! me venger ! J'ai failli en devenir fou — de ça aussi. Mais aujourd'hui que tout est fini, je ne pense plus à la vengeance parce que je n'ai même plus la volonté de haïr. Je veux seulement dire la vérité, je veux l'écrire, Jacques. Parce que c'est également de ça que nous mourons : du mensonge, de la tricherie... Non, je ne me vengerai pas comme je voulais le faire. Je ne tuerai pas. Mais je dirai ce qui m'est arrivé, je le ferai savoir...

— Abel, tu as raison. Il faut que tu te serves de tes armes à toi, qui sont la plume et le papier. D'ailleurs, qui aurais-tu tué, de qui précisément aurais-tu eu à te venger ? Je ne sais rien de ton histoire, mais...

— Jacques, je sais, moi, qui a voulu m'assassiner.

— Comment ça ?

— Eh bien, je sais qui avait fait organiser l'attentat dans lequel est morte la petite Nam Hoa, la fille de ces gens si charmants chez qui je logeais à Saigon.

— Les journaux à l'époque ont prétendu que tu avais sûrement travaillé pour le Vietcong. Que c'était un règlement de comptes politique. Je me souviens de l'avoir lu dans *Events*...

— *Events* ! soupira ironiquement Abel. C'est ce qu'ils ont raconté mais ce n'était pas vrai.

— Mais qui, alors ? Qui aurait pu ?... Et pourquoi ?...

— Jacques, tu sais quel fut le meurtrier d'Abel dans la Bible...

— Eh bien... »

Jacques, frappé de stupeur, eut un mouvement de recul et se tut. Il plongea son regard dans celui d'Abel comme pour lire au fond de son âme quelque secret enfoui. Puis il articula lentement, mi-interrogatif, mi-affirmatif :

« Ton frère ? Jeremy Emerson ? »

Abel confirma d'un simple hochement de tête.

« Quelle horreur ! » murmura Jacques comme à part lui.

Il répéta, hébété, d'un ton d'incrédulité :

« Ton frère. »

Mais il croyait en ce que disait Abel : on n'a pas enduré le martyre qu'il avait enduré pour lancer de telles accusations à la légère, estimait-il. Seulement, si grande était sa droiture d'homme simple et bon qu'un crime pareil ne lui paraissait pas même concevable…

Il y eut un long silence pensif des deux hommes.

Puis, sans le brusquer, Jacques demanda à Abel qui commençait à donner des signes d'agitation nerveuse et d'épuisement :

« Mais après, à l'hôpital ? Je veux dire : après l'hôpital ?

— C'est une longue, longue histoire, Jacques. Et que j'ai mis tant de temps à démêler tout à fait ! Un commando Vietcong est venu pour enlever un malade inconnu qui partageait ma chambre. Personne ne savait qui il était mais eux, si. Sauf qu'ils ne le connaissaient pas : ils avaient ordre de le ramener au Nord et c'est tout. Moi, j'ai compris bien après qu'il devait s'agir d'un Russe qui travaillait à Hanoi au titre de l'assistance sanitaire ou quelque chose comme ça. Et qu'il avait tenté de passer à l'Ouest — c'est-à-dire, dans le cas du Viêt-nam : au Sud… Qu'avait-il fait exactement ? Je ne le saurai probablement jamais. Mais ce que je sais, par contre, c'est qu'il s'appelait Voroche. Et que Voroche… c'était moi.

— C'était toi ?

— Oui. J'ai été victime d'un invraisemblable quiproquo. Voici ce qui s'est passé : en voyant surgir dans la chambre d'hôpital ce commando, la religieuse qui me soignait a pensé que c'était moi qu'on venait assassiner ou enlever. Puisque j'avais déjà été victime de trois tentatives… Moi aussi, d'ailleurs, je l'ai pensé sur le moment… Les tueurs lui ont demandé lequel était Abel Young des deux malades. En fait, c'était pour éliminer tous les témoins. Ils ne voulaient que Voroche, et ils le voulaient vivant. Mais ils ne le connaissaient pas et il s'agissait pour eux de l'identifier. Ce pauvre Voroche était si gravement atteint que la bonne sœur, d'accord avec le médecin, l'a sacrifié pour me sauver la vie en me faisant passer pour lui… Puisqu'elle croyait que c'était moi qu'ils voulaient.

Tu comprends ? Et, en vérité, c'est ce qui m'a sauvé. Avant de m'embarquer, ils ont froidement descendu tous ceux qui se trouvaient dans la chambre. Tu comprends ?

— Très très vaguement. Mais tu ne dois pas te fatiguer comme ça, Abel. Tu ne veux pas me raconter cela demain, quand tu seras reposé ?

— Non, non. Ça me fait du bien d'en parler un peu, tu sais. Parce que tu me crois, toi. Comme Richie Garrymore me croit, également. On me croit, ici... Jacques, la pire des injustices, peut-être, c'est de n'être pas cru quand on dit la vérité. Le plus affreux des supplices. Et jamais, jamais ils n'ont voulu me croire...

— Le commando t'a amené au Nord ?

— Oui.

— Et au Nord, ils ne se sont pas aperçus que ?...

— Si, mais au bout d'un mois seulement, environ au bout d'un mois.

— Enfin, ça n'a pas de sens : tu ne parles pas un mot de russe !

— Oui, mais Voroche parlait l'anglais. Et ces fous, dans leur logique de fous, ils devaient estimer que j'étais un simulateur ou bien que j'avais oublié ma langue natale à la suite du choc nerveux que j'avais subi, ce qui, paraît-il, peut arriver. Je ne sais pas très bien, tout ça était tellement délirant, Jacques. Tellement absurde...

— Comment ont-ils compris que tu n'étais pas Voroche, à la fin ?

— Après que j'ai reçu la visite de deux avocats soviétiques. Ils ont fait défiler une quinzaine de personnes devant moi et aucune ne semblait reconnaître Voroche. Alors, ils ont fini par admettre que je n'étais pas Voroche.

— Mais pourquoi t'ont-ils gardé, puisqu'il y avait erreur sur la personne ? Pourquoi t'ont-ils gardé... Huit ans, non ? C'est cela : huit ans, Abel ?

— Sept. Ensuite, j'ai réussi à m'évader avec un autre Américain. Et puis j'ai été pris par des soldats du Sud et j'ai encore fait un an dans un camp de concentration...

— Mais pourquoi t'ont-ils gardé si longtemps, pourquoi ?

— Pour eux, si j'étais là, c'est que j'avais de bonnes raisons d'y être et voilà tout. Je crois aussi que c'était, de leur part, une façon de prouver leur bonne volonté aux Russes, une façon de leur donner des gages : je devais servir d'exemple pour tous ceux qui auraient eu quelques velléités de faire comme Voroche. La bureaucratie stalinienne ne s'embarrasse pas des considérations d'identité ou de réalité des faits dans l'accusation. D'ailleurs, je n'ai jamais été officiellement inculpé. J'étais simplement quelqu'un qui refusait d'avouer ses crimes contre-révolutionnaires et d'être régénéré par le travail. Et puis, il faut savoir une chose. Une chose à laquelle Kafka lui-même n'avait pas pensé. Une chose qu'un fonctionnaire qui parlait le français m'a dite une fois : dans ce système, ce n'est pas parce que tu es coupable que tu es puni, c'est parce que tu es puni que tu es coupable. Et comme ils n'ont jamais voulu croire que j'étais Abel Young, puisque les journaux occidentaux me donnaient pour mort. Comme ils n'ont jamais voulu croire à mon histoire… »

Abel se tut, secoué de sanglots secs, trop bouleversé pour poursuivre. Il semblait qu'un souvenir atroce et très présent dans sa mémoire, très prenant, l'assaillait soudain.

Il s'allongea sur le lit. Jacques glissa draps et couvertures sous lui puis par-dessus et le borda comme il bordait ses deux fils chaque soir.

« Je vais te veiller, veux-tu ? Jusqu'à ce que tu t'endormes. Colette a apporté deux grandes bouteilles d'eau comme tu as demandé. Et un bol. Là, sur la table de chevet… »

Abel remercia sans rien dire, d'un regard empli de larmes. À pleurer de nouveau, il se rassérénait.

Après quelques moments où il demeura perdu dans ses pensées, il dit :

« Je voudrais que tu laisses la lampe allumée, aussi. J'ai peur dans le noir. Comme quand j'avais dix ans et que j'ai eu… ce qu'on avait appelé : mon accident. C'est bête, hein ?

— Non, Abel. C'est tout naturel. Moi, quand je suis rentré d'Algérie, pendant quelque temps je me suis mis à téter mon pouce, comme quand j'étais gosse. Et il m'arrivait de pisser au lit.

— Tu sais, Jacques ?...

— Oui ? dis-moi ?...

— Je ne veux pas mourir. Plus maintenant...

— Idiot ! Qui te parle de mourir ? Tu t'en sortiras...

— Oui, si je n'ai plus peur...

— Si tu n'as plus peur...

— Eh bien, c'est ce que me disait Minh aussi, à sa manière.

— Minh ?

— Un vieux sage que j'ai connu en prison. Le dernier survivant d'une secte qui s'appelait les Minh Tû et dont il m'a fait le légataire. Il m'a enseigné un peu de sa sagesse, il m'a initié et puis, il m'a offert sa vie. Il s'est sacrifié pour moi... C'est à lui et à toi, Jacques, c'est à vous deux que je dois d'être ici.

— Je ne suis rien, moi. C'est toi qui...

— Si. Tu m'avais donné la force. Il m'a donné la sagesse. Ou, pour dire les choses plus justement : tu m'avais appris la sagesse de la force et lui m'a appris la force de la sagesse. Au moment où je désespérais, il m'a dit comme toi à l'Aiguille du Fou, mais dans son langage imagé à lui : "C'est de ta peur que tu meurs, Abel. Mais tu apprendras à la dominer. Et un jour, tu te sauveras. Ce sera au petit matin, quand sonnera l'heure du tigre. Et alors, tu seras devenu tigre. Tu auras l'âme d'un tigre dans la jungle, tu en auras la beauté. Et ton seul cri fera trembler les méchants..." »

Abel se mit à sourire. Il revivait en même temps qu'il s'endormait irrésistiblement. Il rêvait. Et ce rêve n'était pas un mauvais rêve assurément : il perdait peu à peu son effroyable apparence de torturé. Il avait l'air apaisé, maintenant, presque serein. Jacques retrouvait dans ses traits qui se relâchaient progressivement quelque chose de cette grâce juvénile qu'il lui avait connue une dizaine d'années auparavant.

Longuement, il le contempla, attendri, qui sombrait dans un sommeil d'enfant...

« Ella ? Voici Richie, je crois. »

En entendant la pesante station-wagon gravir la rampe de rondins très raide qui menait à travers bois jusque devant sa maison, Robert G. Kelly se redressa en se tenant les reins d'une main, planta sa hachette dans un billot et, s'essuyant les paumes dans son vieux pantalon de velours côtelé tout élimé, il s'avança pour accueillir l'arrivant. La jeune femme qu'il appelait ainsi apparut sur le seuil du bungalow tandis que Richie Garrymore garait sa Cherokee de location selon les indications qu'il lui donnait par gestes.

« Eh bien ! J'avais fini par ne plus y croire, dit-il à son invité tandis que celui-ci sautait au bas de sa voiture. Depuis le temps que vous m'aviez promis !

— Vous savez ce que c'est ! soupira Richie en esquissant une moue piteuse d'enfant grondé. Je mène une vie de con, passez-moi le mot. Une vraie vie de con ! Je dis toujours oui mais je ne trouve jamais le temps. J'en arrive à me fâcher avec tous les amis. Tenez, c'est vous qui avez raison, Robert : quelle paix ici ! Ah, bonjour, Ella !

— Bienvenue, Richie. Vous avez trouvé facilement ?

— Oui, j'avais toujours dans mon portefeuille ce vieux plan que Robert m'avait dessiné sur une carte de visite la dernière fois que nous nous étions rencontrés à New York, dans cette party. Vous vous souvenez ? Chez Jay Heetlet…

— Ah, en effet ! C'était il y a combien de temps ? Trois, quatre ans ?

— Cent, mille… Je n'ose même plus compter. Je suis mort de honte.

— Ça me fait tout de même rudement plaisir, fit Kelly affectueusement. D'autant que vous venez tout juste de rentrer du Viêt-nam si j'ai bien compris ce que vous m'avez raconté au téléphone ?

— C'est-à-dire, pour être tout à fait précis, de Hong Kong où j'ai passé quelques jours avant de rentrer. Je suis arrivé mardi.

— Mardi ? Avant-hier ?

— Oui. Je vous ai appelé aussitôt.

— Et votre première visite est pour nous ! Alors là, vous êtes pardonné de tout, Richie. C'est trop gentil, s'écria Mme Kelly.

— À vrai dire, Ella, répliqua Richie, vaguement embarrassé, je dois être franc avec vous. Pour ne rien vous cacher, ce n'est pas uniquement dans l'idée de goûter à vos confitures que je suis venu. C'est aussi pour discuter avec Robert…

— Ah ah ! Il avoue, le bougre, plaisanta Kelly. Je le savais bien que ce n'était pas un attrait soudain pour notre cambrousse qui pouvait pousser le grand Richie Garrymore à faire deux cents miles…

— Oh, ne vous moquez pas, patron !

— Non, non ! Comme scoop, « les Kelly aux champs », ça manque un peu d'intérêt. Je te le disais bien, Ella, s'écria-t-il par jeu.

Et pour poursuivre la plaisanterie, ce fut d'un ton faussement excédé qu'il fit :

« Enfin, ça ne fait rien. Puisque vous êtes là, entrez tout de même. Mais j'aimerais savoir le fin mot de l'histoire. J'aimerais savoir à quoi nous devons le plaisir de vous voir enfin ici. Bon sang, Richie ! vous aviez l'air passablement bouleversé quand vous m'avez parlé au téléphone, avant-hier.

— Quand je vous l'aurai dit, Robert, vous le serez aussi. »

L'ancien rédacteur en chef d'*Events*, très intrigué, invita le jeune journaliste à pénétrer à l'intérieur de la maison et, sur le seuil, lui décocha une sorte de bourrade affectueuse, une bourrade de copain.

L'ancien rédacteur en chef d'*Events* !

Qui, l'ayant connu du temps où il dirigeait le magazine, qui l'ayant toujours vu aussi guindé, aussi chic, aussi ennuyeux, aussi collet monté et surtout aussi indubitablement new-yorkais, qui aurait alors pu imaginer qu'il deviendrait ce qu'il était aujourd'hui ? Un homme de soixante-neuf ans, aux longs cheveux blancs flottant sur la nuque, aux mains fendillées et noircies par le travail de la terre, aux allures rudes et bourrues de bûcheron, aux vêtements avachis et rapiécés comme ceux d'un pionnier du dix-neuvième siècle. En compagnie de sa jeune et jolie seconde femme, laquelle était de trente-sept ans sa cadette, il vivait retiré dans une forêt du Connecticut à quinze miles de la première agglomération, à douze du plus proche supermarché. Les Kelly coupaient leur bois et confectionnaient leurs confitures, ils élevaient quelques poules et deux chevaux de selle qu'ils montaient tous les matins, ils n'avaient pas l'électricité et donc ni télévision ni installation de haute fidélité et s'éclairaient au gaz.

En abandonnant Events, ce n'était pas seulement la direction d'un hebdomadaire que Robert G. Kelly avait abandonnée. C'était d'abord sa femme, la très célèbre et très snob Patty Kelly dont les dîners étaient si recherchés du Tout-Manhattan ; c'était aussi son duplex de Park Avenue ; c'était sa suite du *Hilton* louée à l'année et où il allait dormir quelques heures dans l'après-midi de temps à autre quand il avait veillé au marbre toute une nuit ; c'était sa Cadillac avec chauffeur et garde du corps ; c'était son psychanalyste autrichien et son masseur philippin ; et c'étaient même une pleine garde-robe de costumes et de chemises taillés sur mesure à Savile Row, une cave privée de cigares au sous-sol de la boutique Davidoff à Genève, un chais personnel où l'on vieillissait ses vins à Bordeaux… Il vivait maintenant une vie simple et tranquille, presque austère, et il rédigeait sans hâte ses *Mémoires*, ignorant s'il avait vraiment envie de les publier, indifférent aux offres que lui faisaient les éditeurs, insensible à la gloire et aux honneurs.

Il lui arrivait encore de se rendre à New York mais il ne s'y attardait jamais plus de quarante-huit heures. C'était à peine si on le reconnaissait dans les cocktails et les soirées où il faisait alors une brève apparition. À l'occasion d'un dîner ou d'une remise de prix, Richie Garrymore l'avait revu ainsi quatre ou cinq fois depuis qu'il avait donné sa démission à Jeremy Emerson si brusquement, en février 67. L'affection entre les deux hommes ne s'était jamais démentie. Elle avait même grandi au fil des années. Ils s'écrivaient très régulièrement, l'un et l'autre estimant les relations épistolaires plus satisfaisantes et plus profondes que le banal usage du téléphone de loin en loin. Kelly avait approuvé Garrymore de quitter Events très peu de temps après lui. « Il n'y a plus rien à faire dans cette pétaudière, Jeremy *regnante* », lui avait-il dit. Ensuite, il avait suivi son étourdissante carrière et fêté ses succès comme un père fête les succès scolaires de son fils. Au fond, quoique très éloigné maintenant de l'agitation du monde de la presse et de ses préoccupations, il était fier de voir confirmer le flair exceptionnel qu'il avait eu en lui faisant confiance si jeune. Le prix Pulitzer, deux best-sellers coup sur coup : Richie ne l'avait pas déçu…

Richie Garrymore avait été en effet couronné à l'âge de vingt-neuf ans de la plus haute récompense qui puisse être attribuée à un journaliste : le Pulitzer. Quant à son second livre, sorti quelques mois à peine après l'essai sur la guerre au Viêt-nam qui avait été primé, c'était un roman sur son métier où se mêlaient habilement faits et documents à la fiction et il avait connu un succès encore plus colossal que le précédent. Plusieurs des grands studios d'Hollywood s'étaient disputé les droits d'adaptation et une chaîne de télévision avait fini par leur ravir l'affaire en l'achetant près d'un million de dollars. Richie Garrymore était un des premiers et des plus jeunes journalistes à jouir d'un vrai statut de star.

Ascension météorique en effet que la sienne. En février

67, après avoir démissionné d'Events, il avait refusé l'offre qu'un concurrent lui avait faite et, devenu *free-lance*, il s'était en quelques années bâti une immense réputation. Reporter au Viêt-nam à diverses reprises, il avait étonné par sa façon très anticonformiste de présenter l'événement et d'en tirer la philosophie. Mais il ne s'était pas contenté d'exploiter cette seule veine de son talent. Il avait touché à tout, écrit sur tous les sujets, des plus graves aux plus légers. On pouvait voir sa signature au bas d'un compte rendu des combats de rue dans Beyrouth auxquels il avait assisté dix jours auparavant et, la même semaine, dans une autre revue, un article drôle et primesautier sur le dernier défilé de mode présenté par Yves Saint-Laurent. Son brio, son style caustique et enlevé, ses insolences envers des personnalités réputées intouchables, mais aussi l'intelligence de ses vues et leur originalité surprenaient toujours. Et comme il était infatigable, comme il rédigeait en quarante minutes trois colonnes qui eussent demandé deux jours de travail à n'importe qui d'autre, comme il n'hésitait jamais à sauter dans un avion en partance pour un pays où on se battait, comme il était toujours extrêmement ponctuel pour la remise de sa copie et irréprochable quant à ses informations, il était devenu la providence des rédacteurs en chef qui se le disputaient à prix d'or. Comment parvenait-il à produire autant ? Comment faisait-il pour ne pas s'essouffler, ne pas se répéter, ne pas se citer lui-même et trouver encore le temps d'écrire un long essai de cinq cents pages puis un non moins gros roman quand, en plus, dans la même semaine, il pouvait participer à un débat à la télévision anglaise, donner à Yale une conférence devant deux mille étudiants et interviewer le Premier ministre israélien ?

C'était là un perpétuel sujet d'étonnement, sinon d'effarement.

Oui, à trente ans Richie Garrymore était décidément un personnage. On ne comprenait pas ce qui pouvait bien faire courir ainsi sans répit cet éternel collégien qui cachait une timidité maladive derrière de petites lunettes d'intellectuel en même temps qu'il se trouvait être une des grandes figures de la jet-set. On s'interrogeait sur ce mélange étrange d'indéniable courage qu'il montrait en reportage et d'incroyable futilité dont il faisait preuve dans son goût des vaines mondanités. Il s'engageait aux côtés d'une tribu rebelle perdue dans la brousse africaine pour pouvoir plus commodément enquêter sur ce qu'elle représentait réellement comme enjeu politique et, à New York, Londres ou Paris, donnait une fête décadente où se bousculaient tous ceux qui, à des titres divers, portent un nom connu de par le monde. En toute chose il agissait avec une sorte de frénésie désespérée. Il semblait toujours se fuir lui-même, ne jamais vouloir s'arrêter à rien, avoir peur de se fixer, fût-ce un seul instant, et de dresser un bilan de son existence trépidante. On ne lui connaissait que des liaisons éphémères et décevantes avec des vedettes de cinéma, des mannequins, des actrices. Il n'avait pas d'appartement en ville ni de maison à la campagne, nul endroit sur terre où se reposer de temps en temps et se retrouver. Il vivait à l'hôtel ou, au hasard de ses voyages, se faisait inviter ici et là, le plus souvent chez des célébrités de la presse internationale. Il ne possédait rien, dépensait sans compter, passait son temps à devoir compenser précipitamment des découverts sur son compte en banque. Aussi s'était-il volontairement fait mettre en tutelle par son agent, lequel ne lui donnait plus qu'au fur à mesure de ses besoins son propre argent. Il perdait un peu partout ses rares effets personnels, abandonnait par distraction des valises dans la plupart des grands aéroports du monde, chez des amis, dans des palaces. Et si on voulait le lui signaler, il fallait lui écrire en poste restante ! Il n'avait à lui, en propre et pour tout bien, que son métier. Drogué de journalisme, il paraissait continuellement chercher l'oubli. Mais de quoi ?

De soi, sans doute. Mais pourquoi ?

Pourquoi, lui qui n'avait plus rien à prouver et à qui l'on proposait des contrats mirobolants pour des reportages de tout repos, des causeries télévisées, pourquoi avait-il voulu, une fois de plus, retourner au Viêt-nam et vivre sur place cet effondrement final du Sud qu'il prédisait dans tous ses articles depuis plus de trois ans ?

Maintenant qu'il se trouvait ici, chez les Kelly, au coin du feu, dans la chaleur accueillante et douce de ce bungalow de bois perdu au milieu des forêts du Connecticut, Richie s'interrogeait sur ce qu'il avait vu si récemment et qui lui paraissait pourtant si lointain déjà. Il commençait à douter de la réalité des scènes d'horreur et de peur panique qui s'étaient déroulées sous son regard impassible et las d'observateur professionnel. Au fil des ans et de ses expériences réitérées de correspondant de guerre, sa capacité de s'émouvoir s'était émoussée : en quelque sorte, il s'était « habitué ». Tout lui paraissait banal dans la cruauté et la folie humaine — il en avait tant vu ! Et sous toutes les latitudes ! Tous les climats ! Patrouillant avec les derniers bataillons de l'ARVN à résister dans la région de la *Rue sans joie*, il avait regardé, indifférent, des hommes tomber à ses côtés, criblés de balles ; d'autres, abandonnant par crainte des représailles jusqu'à leur uniforme, fuir nus et tremblants, terrorisés par l'irrésistible avance des soldats du GRP ; d'autres encore, ayant abdiqué toute lucidité, saoulés qu'ils étaient de propagande anticommuniste, sombrer dans une sorte de démence en entendant dans le lointain l'écho d'une canonnade de 105 qui semblait se rapprocher.

Visions infernales, apocalyptiques de l'exode sur les rares routes demeurées à peu près praticables ! Ban Me Thuot était tombée le 15 mars, Quang Tri le 20 — les gens fuyaient vers Da Nang et un improbable salut. Agrippés aux garde-boue des camions qui s'enlisaient dans les cratères d'obus des chaussées défoncées ; massés en misérables bandes avançant à marches forcées sous la pluie battante et ployant sous les ballots où étaient entassés leurs maigres biens ; ou, pour les plus chanceux, entassés dans des cars de l'armée dont des officiers déserteurs s'étaient emparés pour leur usage personnel, ils allaient vers le Sud, « votant, écrivait un journaliste, avec leurs pieds contre les communistes »...

Les nouvelles les plus absurdes, les rumeurs les plus effroyables se répandaient plus vite encore que ne progressaient les troupes du GRP. «Ils violent toutes les femmes et ensuite ils les égorgent et mangent leur cœur», affirmait celle-ci en proie à une crise d'hystérie. Et celui-là, qui s'était désespérément pendu à la veste de treillis de Richie, croyant avoir trouvé en cet Américain un protecteur qui pourrait peut-être l'aider à se procurer le visa pour émigrer aux États-Unis, celui-là, bien qu'il eût l'air aisé et éduqué puisque s'exprimant en un anglais parfait : «Monsieur, vous savez comment c'est, un communiste ? Je n'en ai encore jamais vu. C'est vrai qu'ils ont les pieds fourchus et que leur regard tue ?» Les fuyards parlaient des «petits hommes verts» comme de bêtes inconnues qui s'abattaient sur le pays à la façon d'une nuée dévastatrice de sauterelles. C'était la ruée sur Da Nang avec, pour chacun, l'espoir insensé d'être embarqué dans les derniers navires en partance pour Saigon, les derniers avions. Car Saigon paraissait encore miraculeusement épargné par la débâcle générale. Certes, il y régnait une atmosphère de terreur blanche : des manifestations sanglantes répondaient aux arrestations en masse d'opposants et de déserteurs, on murmurait aussi que le delta du Mékong et la campagne environnante étaient pratiquement tombés aux mains du Front mais on savait également, par la radio, que le champagne continuait de couler à flots dans les cabarets et les grands hôtels de la rue Tu-Do, on savait que la veille la jument Fleur de Cerisier avait gagné le Grand Prix de la Liberté.

Da Nang, la plus grande base militaire du Viêt-nam, allait tomber, comme Quang Tri, comme Ban Me Thuot : ce n'était plus qu'une question de jours ou d'heures…

Comment eût-on pu reconnaître l'ancienne Tourane, la jolie petite ville coloniale et délicieusement provinciale, dans cette cité de la désolation et de la pourriture vers où convergeaient les foules de réfugiés terrifiés ?

Une circulation démentielle que plus aucun policier ne tentait de contrôler, partout des monceaux d'ordures et des incendies de voitures achevant d'empuantir l'air vicié. Le fracas incessant des turbines d'hélicoptères qui survolaient les maisons à ras des toits, le tir des roquettes résonnant dans un lointain sans cesse plus proche. Les devantures éventrées des magasins mis à sac, les cadavres des victimes de quelque sanglant règlement de comptes pourrissant sous le soleil. « La fin du monde ! La fin du monde ! », gémissait doucement une vieille qui traînait sur le pavé des quais, au long des rails du tramway, le corps de sa petite fille morte enfermé dans un sac de vinyle transparent…

Richie Garrymore, recru de dégoût et de fatigue, s'était adossé à la carcasse carbonisée d'une camionnette pour allumer une cigarette. Il regardait sans la voir cette femme à qui il avait donné quelques piastres s'éloigner en pleurant. Il se sentait vidé, nauséeux, vieux, usé, désespérément inutile. Que faisait-il là à se repaître de ce répugnant spectacle de la décomposition, tel un vautour des restes d'une charogne immonde ? Quelle vérité cherchait-il encore ? Quel sens à ce qui n'en avait pas, à ce qui n'en aurait jamais ? À quoi bon s'obstiner à témoigner de la folie meurtrière des hommes ? se demandait-il. Tout ce qu'il avait écrit depuis des années avait-il jamais servi à épargner fût-ce une vie, une seule vie ? Tout ce papier noirci pourrait-il jamais éponger la plus petite goutte de sang ? Pourquoi tenter de comprendre ce monde imbécile et cruel où éternellement Caïn, sans raison, tuerait Abel ?

Abel…

Abel Young. Voici qu'une fois de plus il allait repenser à Abel Young, il le savait. Comme à chaque moment de sa vie où il s'était senti triste, cafardeux, déprimé. Une fois de plus, le souvenir douloureux allait l'assaillir irrésistiblement. Et les remords, et les regrets d'avoir été si lâche. De n'avoir pas dénoncé le crime dont il était seul à savoir…

Ah, oublierait-il jamais ?

Mais, soudain, c'était plus qu'un souvenir, c'était pire qu'un cauchemar coupable : une hallucination, une effrayante hallucination de son esprit fiévreux. Devant ses yeux grands ouverts, dans l'âcre nuage de fumée qui s'élevait d'un tas de pneus brûlant sur le quai face à l'immeuble de la Shell, un fantôme était apparu, qui marchait vers lui…

Un revenant squelettique, hâve, hideux, qui s'avançait d'un pas hésitant, s'avançait et s'avançait encore…

Un mort qui disait à voix basse, doucement :

« Richie Garrymore ? Vous êtes bien Richie Garrymore ? Vous ne me reconnaissez pas ? »

« Abel Young ! » s'écria Richie Garrymore abruptement et de la façon dont il avait crié le nom du disparu en comprenant que c'était un être de chair et de sang qu'il avait devant lui, un homme vivant qui lui parlait : Abel Young en personne.

« Abel Young ? »

Kelly, doutant d'avoir réellement entendu, répéta :

« Abel Young? Pourquoi me parlez-vous d'Abel Young, Richie ?

— Robert, il n'est pas mort.

— Quoi ?

— Il vit, Robert, il vit. Je l'ai quitté… C'était dimanche, à Kaïtak, l'aéroport de Hong Kong.

— Que me dites-vous ? »

Robert G. Kelly, tremblant d'émotion, mais incrédule encore, scrutait avec une sorte d'inquiétude inexprimée le regard de Richie Garrymore comme s'il y cherchait les signes d'une démence naissante. Mais non : Richie avait l'air fatigué, ce qui n'était guère étonnant, mais, apparemment, rien d'un dément. Il parlait de sang-froid quoique avec un enthousiasme quasi délirant.

« Écoutez, disait-il, c'est la chose la plus bouleversante que j'aie jamais vécue… Écoutez, j'étais à Da Nang, comme vous savez, au milieu de cette hystérie collective qui s'était emparée de la population, avec l'évacuation qui commençait… C'était atroce : une cohue indescriptible, et on entendait le canon dans les environs. Moi qui me demandais bien ce que je pouvais fiche à traîner mes bottes dans un pareil merdier… Quand tout d'un coup je l'ai vu apparaître…

— Mais, mais, Richie… C'est…

— Oui, Robert : c'est fou. Et un instant, j'ai vraiment cru en effet que j'étais devenu fou à cause du manque de sommeil, de la fatigue nerveuse… Je me disais : calme-toi, ça va passer, c'est tout ce hasch que tu as fumé hier soir… Mais non ! C'était lui ! C'était bien lui : Abel Young ! Il venait de réchapper par miracle au massacre de tous les prisonniers d'un camp de concentration situé dans la région et, le malheureux, il avait erré sur les routes avec des milliers de réfugiés. Il ne savait même pas dans quelle ville il se trouvait.

— Quelle histoire ! Mais quelle histoire !

— Nous le croyions tous morts, mais ce n'était pas lui qui avait été tué à l'hôpital, c'était son voisin de lit.

— Ah ! Et la disparition du témoin mystérieux, ce fameux X dont on parlait toujours dans l'enquête…

— Voilà !

— Quelle histoire ! »

Robert G. Kelly, en proie à une agitation grandissante, s'était levé et arpentait la pièce de long en large, en gesticulant. Les questions se bousculaient dans son esprit. Il voulait tout apprendre d'un coup, comprendre l'événement le plus fou auquel, de toute sa vie d'homme de presse, il se fût trouvé confronté.

« Où est-il ? demanda-t-il, surexcité. Où est-il maintenant ?

— En France, dans les Alpes. Vous savez, il fait peur à voir : on dirait un rescapé des camps allemands. Après m'avoir abordé, il m'est tombé dans les bras, pris de faiblesse : j'ai cru d'abord qu'il était mort. Vous ne pouvez pas imaginer dans quel état de délabrement physique il se trouve ! J'ai réussi à embarquer sur l'heure avec lui pour Hong Kong. Le dernier dernier avion régulier : juste après le décollage, l'aéroport a été fermé pour la soirée ! Et à bord, il y avait soixante passagers en surnombre. Le commandant a dû faire vider les soutes à bagages !… À Hong Kong j'ai fait placer Abel en observation dans un hôpital. Cinq jours. Les médecins m'ont affirmé qu'il s'en sortirait : il est d'une résistance physique et morale exceptionnelle. C'est d'ailleurs lui-même qui a demandé à ressortir. Il a voulu retrouver ses amis savoyards et ses chères montagnes. Il pense que c'est là-bas qu'il sera le mieux pour se refaire une santé avant de retourner aux États-Unis. Au fond, sa seule famille, ce sont ces gens... Je lui ai proposé de l'accompagner mais il m'a dit non. Que j'avais mieux à faire à New York, pour un projet dont je vais vous parler tout à l'heure. Alors je l'ai habillé, je lui ai acheté un billet d'avion pour Genève, je lui ai donné de l'argent. Et puis, ce n'était pas tout, il a fallu lui faire faire des papiers. Dans la pagaille de Da Nang, nous étions passés à travers les contrôles, mais maintenant... ! Car, rendez-vous compte, Robert : le pauvre n'a plus aucune existence légale. Aux yeux de la loi, il n'existe plus. J'en ai parlé avec le cabinet Barrett. Vous savez, qui...

— Oui. Ils s'occupaient des affaires d'Eliott. J'ai très bien connu Ed.

— Ils m'ont confirmé que c'était Abel lui-même qui devait apporter la preuve qu'il était bien lui-même ! Qu'il n'était pas mort ! Ils m'ont expliqué que c'était une procédure assez longue et qu'en plus, il fallait payer, ce qui est tout de même un comble !

— Je ne sais pas pourquoi mais je trouve que c'est le détail le plus atroce de tous, intervint Ella Kelly.

— Oui, moi aussi, fit Richie, d'un ton frémissant d'indignation. On lui a volé plus de huit ans de sa vie, il a croupi en prison et en camp de concentration à cause d'une erreur sur son identité, il a souffert l'enfer, et maintenant il doit prouver une nouvelle fois son identité et démontrer qu'il n'est pas un imposteur ! Enfin... Heureusement que je suis très copain avec le secrétaire général du consulat américain à Hong Kong. J'ai pu faire établir à Abel un passeport provisoire et demander qu'on informe par la même occasion le consulat à Genève. Au cas où la banque où il devait chercher de l'argent lui ferait des difficultés...

— Une banque ? Je ne comprends pas. Le pauvre, il ne doit plus rien avoir à lui, non ? C'est peut-être ce qui m'a le plus écœuré de tout, d'ailleurs : quand j'ai appris qui allait hériter de lui à sa… "mort" ! On en était seulement au début de la procédure pour l'ouverture de la succession Emerson ; le partage n'avait pas encore été effectué. Là-dessus Abel meurt… Enfin, est déclaré défunt. Il n'avait évidemment pas laissé de testament et ce sont Jeremy et Faye qui ont récupéré la part que Barrett avait pu lui faire attribuer par le jeu des lois et selon les volontés d'Eliott. La reconnaissance de l'enfant naturel a joué dans l'autre sens ! Mais il y a pire : la femme qui avait élevé Abel, vous savez ?…

— Oui, Madeleine Langlois. Elle est morte d'un arrêt du cœur en apprenant sa mort…

— C'est ça, elle est morte le lendemain même. Mais, ce que vous ignorez peut-être, c'est qu'elle avait laissé un testament, elle. En faveur d'Abel. Abel qui lui avait acheté une villa, une voiture et quelques babioles. Comme aucun Young ne s'est fait connaître, Jeremy, qui n'est pas à une ignominie près, a fait plaider par ses avocats que sa sœur et lui devaient donc hériter de cette maison et de cette voiture, ne fût-ce que pour payer les dettes contractées par leur demi-frère. Et il a gagné contre les Langlois qui sont des pauvres gens vivant en France !

— Non ?

— Si, si, je n'invente rien. Les Emerson ont fini par hériter de celle qui avait été leur femme de chambre. Quelle abjecte ironie du sort !

— Je ne connaissais pas ce détail, mais la chose n'est pas pour m'étonner. De la part de Jeremy… Seulement, je vais vous apprendre, moi, qu'Abel est peut-être très riche à l'heure qu'il est.

— Comment diable est-ce possible ?

— Une histoire bizarre, à laquelle j'ai du mal à croire. Mais, après tout, je ne pense pas qu'Abel soit devenu fou ni qu'il affabule. D'ailleurs, pourquoi le ferait-il sur un tel sujet, lui qui s'est toujours moqué du fric ?… Écoutez,

Robert, figurez-vous qu'il aurait connu en prison un curieux personnage du nom de Minh, un vieux sage, chef d'une de ces sociétés secrètes comme il en a pullulé au Viêt-nam et dont il était le dernier survivant : les Minh Tû, les Fils de la Lumière. Des zoroastriens à ce que j'ai compris… Abel ne m'en a pas dit grand-chose. Minh l'aurait, paraît-il, initié ; il lui aurait enseigné la sagesse et, finalement, avant de se suicider, il lui aurait donné aussi, en héritage, le trésor de la secte. Trésor qui était, comme c'est souvent le cas pour les organisations de ce type, un simple compte numéroté en Suisse.

— C'est extraordinaire.

— Abel doit m'appeler ici, chez vous, tout à l'heure. Pour me dire comment il se porte. Nous saurons alors si c'était vrai…

— Mais quelle histoire, quelle incroyable histoire ! » murmura de nouveau Kelly, au comble de l'émotion.

Ses yeux s'emplirent de larmes brusquement.

« Abel, dit-il, solennel, Abel est vivant ! »

Il y avait une sorte de ferveur quasi religieuse dans ses paroles, à quoi Ella Kelly et Richie furent pareillement sensibles. Ella n'avait pourtant jamais connu Abel et très peu entendu parler de lui. Mais tous les trois vivaient en ce moment une sorte d'annonciation profane et elle se souvenait d'un mot que son mari avait eu en évoquant une fois la figure de celui qu'on croyait à jamais disparu : « C'était un ange. »

Richie, d'un ton empreint d'une gravité nouvelle, confia soudain à mi-voix :

« Pour moi, c'est la fin d'un cauchemar. Une vraie résurrection… Ma vie a changé du tout au tout en cet instant précis où je l'ai pris dans mes bras, à Da Nang. D'un coup, j'ai effacé huit années de ma vie. Je me suis libéré…

— Que dites-vous, Richie ?

— Écoutez, Robert, il faut que je vous l'avoue : je savais, moi ! Je savais le nom de l'assassin d'Abel. Et je savais sur l'ordre de qui il avait tué. Eh bien, Robert, j'ai vécu huit ans en gardant cet horrible secret pour moi…

— Mais qui ? Qui, Richie ?

— Robert, vous souvenez-vous de ce jour où vous m'avez convoqué pour ?... Justement, c'était pour me faire lire le premier article d'Abel ! Vous vous en souvenez ?

— Parfaitement.

— Et nous avons parlé de lui. Mais également de...

— Sweety Monroe. Pourquoi est-ce que je me le rappelle tout d'un coup ?

— C'est que vous aussi vous avez dû inconsciemment le soupçonner dès que vous avez su qu'Abel avait été victime d'un attentat.

— Ce serait donc cette ordure qui aurait ?...

— Non. Mais il a été l'intermédiaire. Celui qui a organisé l'attentat au colis piégé, c'est un tueur à gages, du nom de Loulou Davis, un prétendu garde du corps que Sweety avait voulu imposer à Abel. C'est d'ailleurs cette histoire qui m'avait mis la puce à l'oreille.

— Mais, Richie, comment avez-vous découvert l'affaire ?

— Loulou est venu me voir lui-même : il faisait chanter Sweety, lequel faisait chanter... bref, vous connaissez mon talent, Robert ? s'écria Richie gaiement. Ce n'était tout de même pas aussi difficile que l'enquête de Woodward et Bernstein sur le Watergate ! Encore que, d'une certaine façon, ça y ressemblait. »

Après un bref silence il ajouta :

« Vous devinez certainement pour le compte de qui tout ce joli petit monde travaillait ? »

Il se tut et affronta d'un regard quasiment accusateur Kelly. Celui-ci s'était laissé mener de stupéfaction en stupéfaction mais, soudain, il renâclait et hochait la tête en signe de défi.

« Vous devinez ? répéta Richie, plus affirmatif qu'interrogatif. Robert ! Je sais même que vous vous en êtes toujours confusément douté. Depuis le tout début, je le sais ! Depuis la toute première tentative d'assassinat : l'attentat devant la cathédrale de Saigon, la nuit de Noël...

— Oui, finit par concéder Kelly, d'une voix blanche. Quand Abel m'a dit qu'on lui avait tiré dessus, le soir de la Saint-Sylvestre, si mes souvenirs sont exacts. À ce moment-là, il m'a raconté qu'il y avait déjà eu une tentative. Et moi, à l'instant même où il me disait qu'il ne comprenait pas du tout qui ni pourquoi... À cet instant précis, j'ai pensé...

— Jeremy Emerson.

— Jeremy Emerson, en effet.

— Et c'était bien lui.

— Quelle famille ! Mon Dieu, quelle famille ! » s'exclama Kelly en tordant la bouche comme s'il était réellement pris de nausées.

Richie, impitoyable, lui assena :

« Robert, vous dites "quelle famille !" parce que vous avez toujours su aussi — et toujours tu, sauf avec moi — parce que vous avez toujours su que Kay Mc Kay n'avait pas sans raison été surnommée Lady Mc Beef, n'est-ce pas ? Vous vous doutiez bien qu'elle est également criminelle.

— C'est vrai. J'en ai toujours été intimement persuadé. Mais pourquoi prenez-vous ce ton avec moi, Richie ?

— Pardon, Robert, pardon ! C'est moi que j'accuse en fait. Je m'accuse de lâcheté. Je m'accuse de n'avoir pas dénoncé les deux meurtres commis par Kay Mc Kay. Peut-être aurais-je pu sauver Abel et épargner la vie de la petite fille vietnamienne qui est morte dans l'attentat si j'avais eu le courage d'agir plus vite.

— Les deux meurtres, dites-vous ?

— Oui. Car il y a autre chose que vous ignorez, Robert, mais que j'avais fini par découvrir, moi : Kay Mc Kay a tué deux fois.

— Quoi ?

— Abel... Je veux dire Abel Emerson, le premier Abel. Celui, d'ailleurs, en mémoire de qui le petit Young a été prénommé ainsi... Abel Emerson n'est pas mort dans un accident.

— Mais enfin, Richie !...

— C'était un accident, oui, mais un accident truqué. Un truc diaboliquement habile : quand on passait la troisième, la direction se bloquait. Une petite installation de rien du tout, du bricolage mais il fallait y penser : on est sûr que la victime se tue à pleine vitesse et que la voiture est tellement amochée qu'on ne retrouve à peu près rien. Et comme, dans ce cas, l'Alfa-Romeo s'est fracassée sur les falaises…

— Quelle horreur !

— Eh bien, Robert, je le savais. Je savais tout. Je tenais même des aveux complets de Leonard Howard, une confession écrite et signée que j'avais obtenue de lui quand il était en pleine dépression nerveuse… Mais je l'ai détruite ! Oui, Robert, j'ai fait ça ! Et, en même temps, tous les documents, toutes les preuves, tout !

— Richie…

— Écoutez, Robert, et tâchez de me comprendre. Après la nuit du Têt, après cette épouvantable boucherie, j'ai pris peur. Devant leur sauvagerie, j'ai pris peur — oui. Je me suis dit que s'ils n'avaient pas hésité à exécuter froidement trois autres personnes pour liquider Abel, moi aussi je finirais bien par y passer. Évidemment, j'ignorais que ce coup-là, ce n'était pas eux qui l'avait monté. Je ne pouvais pas savoir que ce n'était pas Abel qui était visé par le commando. Je croyais que les tueurs faisaient partie eux aussi de la bande de Loulou Davis. J'ai vécu dans une véritable terreur les jours qui ont suivi, quand je suis rentré à Saigon. Loulou m'avait menacé et il venait de disparaître de la circulation. Sweety Monroe également. Je m'attendais à être descendu d'un moment à l'autre, au coin d'une rue. J'ai pensé demander une protection au consulat. Mais je me suis souvenu que Sweety y avait beaucoup d'amis, tous plus ou moins agents de la CIA. J'ai estimé que ce serait me jeter encore plus sûrement dans la gueule du loup. J'étais désemparé, malade de peur — une vraie paranoïa ! Je me sentais traqué. Alors, ma première réaction a été de brûler tous les documents que j'avais accumulés pour mon enquête et que je voulais remettre en mains propres à Abel dès mon retour de Da Nang pour qu'il fasse ouvrir une instruction.

— Vous n'avez rien à vous reprocher, Richie. N'importe qui d'autre aurait sans doute agi comme vous dans pareille situation…

— Non, Robert, non. Je ne crois pas.

— Mais si.

— Écoutez, depuis, j'ai vécu tous les jours de ma vie à me répéter que j'étais un salaud et un lâche. Car c'était un peu comme si j'avais moi aussi trempé dans l'assassinat d'Abel. Par mon silence, en ne dénonçant pas les criminels, je le tuais une seconde fois. Des journalistes ont écrit dans leurs torchons qu'Abel avait sûrement été victime d'un règlement de comptes entre tendances opposées du Front dont il devait faire partie et moi, moi qui connaissais la vérité, j'ai laissé imprimer ces saloperies sans démentir. Je n'ai rien fait. Rien... J'ai seulement démissionné d'Events. Et puis, j'ai cherché à oublier en m'abrutissant de travail et en risquant ma vie partout où il y avait du danger dans le monde. En quelque sorte, on peut dire que c'est à cette lamentable histoire que je dois mes succès, ma brillante carrière.

— Vous ne croyez pas que vous exagérez un peu, Richie ? Vous aviez du talent avant ça, tout de même !

— Peut-être. Mais je n'aurais certainement pas fait tout ce que j'ai fait. Robert, pouvez-vous imaginer ce que c'est que de vivre quotidiennement avec cette culpabilité en soi, cette mauvaise conscience qui ne vous laisse jamais de répit ? Pouvez-vous imaginer ce que c'est que de devoir se supporter quand on se méprise comme je me suis méprisé ?... Sweety Monroe a été descendu dans les conditions mystérieuses que vous savez, probablement par Loulou Davis. Loulou a disparu — je pense maintenant qu'il a dû lui aussi prendre peur quand il a appris avec quelle sauvagerie le commando des tueurs avait agi la nuit du Têt. Il devait ne plus rien comprendre et se sentir menacé... Mais Jeremy Emerson vivait toujours — il vit toujours ! Et la sanglante Lady Mc Beef... Je ne voulais même pas savoir qu'ils existaient. Mais le moyen de les éviter ? Il suffit d'allumer la télé pour voir ce fils de pute se pavaner dans un débat ou une interview, avec sa gueule de débile mental et son air satisfait de l'être ! Il suffit d'ouvrir un magazine, un journal à scandale ! Surtout depuis son mariage avec cette poubelle de Brenda Welles ! Et sa candidature aux élections !... Oui, il était toujours là à me narguer, moi qui savais. Moi qui étais le seul à savoir et ne disais rien... Ah, pouvez-vous imaginer ce que c'est, Robert ? Et comprenez-vous enfin pourquoi j'ai mené cette vie de con depuis huit ans ?

— C'est-à-dire que je comprends un peu mieux le pourquoi de toute cette agitation fébrile, de toute cette débauche d'énergie, Richie. Mais ce n'est pas une vie de con que vous avez menée. C'est une vie bien remplie, voilà tout. Vous n'avez rien à vous reprocher.

— La seule chose qui m'a fait plaisir, c'est quand j'ai appris que la malheureuse Faye était rentrée dans ses droits. Ed Barrett devait lui aussi se sentir confusément coupable d'avoir laissé Kay et ses avocats monter ce coup contre elle. J'ai su que c'était à la demande de Howard lui-même qu'il avait intenté le procès en révision.

— Qu'est-il devenu ?

— Howard ? Eh bien, vous devez l'avoir appris, il avait tenté de se suicider quelques jours après la mort d'Abel. Enfin... la prétendue mort ! Avez-vous remarqué que nous ne sommes pas encore habitués à en parler autrement que comme si Abel avait réellement été tué la nuit du Têt ?

— Oui. Mais vous me disiez ?...

— Howard avait été complètement ébranlé par la soudaine apparition d'Abel Young dont il ignorait comme tout le monde l'existence. Pour lui, Abel Young était en quelque sorte la réincarnation d'Abel Emerson. Un vivant reproche... Alors, il s'est mis à développer une culpabilité démentielle. Lorsque je lui ai rendu visite, la première fois, il déraisonnait complètement. Je dois dire que j'ai presque eu honte de lui extorquer aussi facilement cette confession : il était en train de craquer. Mais en même temps, en l'écrivant, il paraissait se libérer un peu de ses remords. Et à la fin, il m'a dit qu'il attendait l'ouverture de son procès avec sérénité, comme une délivrance. Qu'il allait pouvoir se réconcilier avec lui-même, dormir enfin. Je n'avais aucune envie de m'attendrir sur son sort mais c'était pathétique, vraiment. Vous savez, il avait trouvé une sorte d'explication à son geste, un début de justification, en bon avocat qu'il était — mais c'était complètement tordu, délirant ! Vous connaissez son vrai nom, Robert ?

— Pourquoi ? Je croyais que c'était Howard.

— Non. Il s'appelle Kahn en fait. Et il me disait : "Comprenez-moi, monsieur Garrymore, Kahn, Caïn !... Une autre manière d'écrire le même nom ! Mon nom, c'est Caïn ! Et c'est Caïn qui a tué Abel ! J'étais prédestiné !" Les paroles d'un fou... Et puis, il s'imaginait aussi qu'il était devenu criminel précisément à cause de cela : pour avoir renié ses origines juives ! Qu'il avait en quelque sorte été damné, que c'était là le châtiment que Dieu lui avait infligé !... Je vous assure, Robert, c'était bouleversant à entendre.

— La même idée bizarre avait hanté Triple E quand Abigail s'était tuée. Et ensuite Abel...

— Abel... Vous rendez-vous compte de la fatalité qui pesait dès les origines sur la destinée de ce pauvre Abel ? Je veux dire : Abel Young. Vous rendez-vous compte, Robert ? Son père lui donne à sa naissance le nom de son fils aîné assassiné. Sa mère meurt en lui donnant la vie. L'enfant grandit en ignorant qui il est. En l'apprenant, il tente de se suicider. Il réchappe à la mort et réapprend à vivre. Alors, son père mourant, comme pour se faire pardonner, le fait hériter. Ce que faisant, il le jette pour ainsi dire en pâture à une famille de criminels qui tentent de l'assassiner...

— Oui. C'est comme une tragédie antique. Le héros innocent persécuté sans raison par les dieux...

— Et qui toujours demeure incertain de son identité. Car c'est à cause d'une erreur sur son identité que le malheureux a croupi sept ans dans les prisons du Nord-Viêt-nam.

— C'est donc ce qu'il s'est passé ?

— Oui. Le commando Vietcong l'a enlevé en le prenant pour un autre, un Russe qui avait tenté de passer à l'Ouest — du moins, c'est ce qu'Abel a fini par deviner.

Sept ans il a été enfermé, dont cinq de réclusion solitaire. Il payait pour un autre…

— Et ensuite ?

— Ensuite, il a été envoyé en camp de travail, reconstruire un terrain d'aviation détruit. Sur le 17e parallèle, pense-t-il. De là, grâce à la complicité du vieux Minh, il s'est évadé avec un autre Américain prisonnier. Le gars était pilote, ils ont réussi à s'emparer d'un avion. L'avion a été abattu par la DCA du Sud au moment où il tentait un atterrissage en catastrophe. Abel et Fierce Fist Joe, c'était le surnom du pilote, ont alors été flanqués dans un camp de concentration par l'ARVN — on les prenait pour des espions communistes, maintenant ! Le pauvre Abel a passé là un an. Et puis la débâcle a commencé début mars. Plutôt que d'évacuer le camp, les autorités ont fait exécuter à la mitrailleuse les prisonniers. Abel doit la vie à un miracle : il est tombé avant d'être touché. Les gardiens n'ont pas été très regardants : ils n'avaient qu'une idée, c'était de se tirer de là au plus vite et de se trouver des vêtements civils pour se mêler à la foule des fuyards. Abel a passé toute une nuit sous un monceau de cadavres, à demi étouffé. Et puis il est parvenu à se dégager. Et il a marché, marché, marché…

— Quelle aventure prodigieuse ! s'écria Kelly. Croyez-vous qu'il voudra la raconter ? Écrire un livre ?

— Plus étonnant encore ! répondit Richie. Et, avec quelque solennité : Il veut fonder un journal.

— Quoi ?

— Eh ! Que voulez-vous ? Il n'est pas le fils d'Eliott Ernest Emerson pour des prunes.

— Et le petit-fils de Jerry Emerson, né Menahem Aabrahamovicz !… Mais, c'est sérieux, Richie ?

— On ne peut plus sérieux. C'est pourquoi il m'a envoyé ici, en éclaireur. Pour vous en parler. Je dois d'ailleurs vous annoncer que vous êtes d'ores et déjà nommé directeur de la publication, que vous le vouliez ou non !

— Mais… protesta Robert, interloqué. Mais… Il n'en est pas question. Je suis très bien ici, à vivre ma vie d'homme des bois avec Ella. Vous ne croyez pas que nous allons retourner à New York ? Et de toute façon, je serais bien incapable aujourd'hui de…

— Ta ta ta !

— Non, vraiment !

— Vous dites ça, mais vous n'en pensez pas un mot. Vous avez beau vous en défendre, je suis sûr que, au fond de vous, vous devez parfois avoir des nostalgies du temps où vous dirigiez *Events*. Je ne parle pas de ce qui s'est passé pendant l'année Triple Zéro. Mais avant…

— Pour être franc, c'est vrai qu'il m'arrive d'avoir un peu le cafard. En ce moment, vous savez, j'écris mes *Mémoires* et il se passe une chose bizarre : au fur et à mesure que j'avance dans mon travail, je retrouve des souvenirs que je croyais à jamais disparus. De simples détails, parfois. De petites anecdotes, sans importance. Mais je me dis, comme un vieux gâteux que je suis : "Tiens, c'était le bon temps !" Et je raconte à Ella… »

Kelly demeura songeur un instant et se tut. Sa femme avait voulu se tenir à l'écart de la conversation entre les deux hommes depuis qu'elle prenait ce tour nouveau. Elle s'affairait discrètement à préparer une tarte aux pommes.

Richie reprit doucement, mais d'un ton convaincu :

« Et puis, Robert, ne croyez-vous pas que nous devons tous à Abel cette… réparation ? En tout cas, je ne me reconnais pas, moi, le droit de refuser. C'est d'ailleurs une idée tout à fait excitante.

— Que veut-il publier ? Quelle sorte de journal ce serait ?

— Ah ! vous voyez, Robert : vous y venez ! L'affaire vous intéresse déjà. »

Kelly, mis en gaieté par la taquinerie de Richie, se récria avec une évidente mauvaise foi :

« Non, non ! Pas du tout. Simple curiosité de vieux routier. »

Richie poursuivit du même ton de plaisanterie :

« Eh bien, ce serait, si vous voulez, l'anti-*Events* : Abel veut dire la vérité ! Il veut l'imprimer dans un hebdomadaire ! C'est, au fond, une véritable nouveauté, vous ne trouvez pas ? Une révolution dans la presse ! Par exemple, il a décidé de ne pas intenter de procès contre son demi-frère et sa belle-mère. Simplement, il fera publier tous les faits que j'étais seul à connaître. C'est assez amusant de démarrer un journal par la révélation d'un aussi énorme scandale.

— Mais nous, c'est le procès en diffamation que nous risquons. Et dès le premier numéro !

— Ah ! Le “nous” me fait plaisir !... Mais *nous* agirons très subtilement. Et, au moins au début, nous ne donnerons pas les noms. Rien que les faits. Nous ne serons jamais une entreprise de délation publique. Nous nous efforcerons de ne pas l'être — Abel y tient. C'est extraordinaire : malgré tout ce qu'il a enduré, il n'a pas l'esprit de vengeance. Il est bien au-delà de ça.

— Il est tel qu'il a toujours été. La prison ne l'aura pas changé.

— Oui. Et c'est bien ce que j'admire le plus en lui. Ce détachement, cette sérénité. Moi, je suis prêt, au contraire, à risquer un tel procès. Si procès il devait y avoir ! Je dois vous dire que j'ai déjà repris contact avec Leonard Howard.

— Vous savez donc ce qu'il est devenu ?

— Oui, une lamentable épave. Mais il a toute sa tête à lui encore. Et il est prêt à parler.

— Ça, c'est pour l'assassinat d'Abel Emerson. Mais les trois attentats contre Abel Young ?

— Patience, patience... On finira bien par faire éclater la vérité.

— Dites donc, Richie ! Vous m'avez l'air d'être déjà engagé à fond dans cette aventure !

— Eh oui. J'abandonne tout pour m'y lancer à corps perdu. Vous avez en face de vous, cher directeur de la publication, le rédacteur en chef de ladite publication !

— Directeur ?... Directeur ?... Je n'ai pas dit mon dernier mot, mon petit. Vous allez vite en besogne.

— Allons, Robert. Vous ne pouvez pas refuser ça au fils de Triple E ! D'ailleurs, qu'avez-vous à y perdre ?

— Mais, tout ça ! » répondit Kelly à Richie en lui désignant d'un revers de la main sa maison et les bois alentour.

Puis, il pensa trouver un argument supplémentaire pour tempérer l'enthousiasme débordant du jeune journaliste :

« Et d'abord, avec quelle mise de fonds voulez-vous monter l'affaire tous les deux ? Il faut beaucoup, beaucoup, beaucoup d'argent pour lancer un journal aujourd'hui ? Il faut être prêt à y engloutir des sommes énormes au départ ! Le talent ne suffit pas...

— Eh bien, je vous dirai qu'il y a en premier lieu la fortune personnelle d'Abel. Celle qui lui a été léguée par la secte des Minh Tû...

— Si elle existe !

— Si elle existe, en effet. Mais même sans cela, Abel sera bientôt richissime. Car, dès qu'il en aura fait la demande, le cabinet Barrett va s'employer à lui faire restituer sa part de l'héritage Emerson. Mieux : la loi a changé entre-temps. Aujourd'hui, les enfants naturels héritent au même titre que les enfants légitimes. Abott, mon avocat, à qui j'en ai parlé sans lui dire de qui il s'agissait, prétend qu'on pourrait demander la rétroactivité de la loi dans le cas présent puisque c'est seulement maintenant qu'Abel va jouir de ses droits à la succession. Abel hériterait donc de sa part réservataire et de toute la quotité disponible dont il était légataire par la volonté de son père. C'est-à-dire que, des trois enfants Emerson, ce serait lui qui aurait la plus grosse tranche du gâteau. Juste revanche du destin, non ?

— Formidable revanche.

— Je sais bien qu'*Events* bat de l'aile, je sais que le groupe n'est plus ce qu'il était et que selon *Finance* même, la fortune des Emerson aurait rétrogradé vers le vingt-cinquième rang, quelque part entre celle des Kennedy et celle de De Witt, du *Reader's digest*, mais, enfin ! c'est encore énormément de fric ! Vous pouvez ajouter à cela que n'importe quel éditeur un tant soit peu avisé lui paiera au moins un million et demi de dollars d'à-valoir pour ses *Mémoires* !

— Très bien, mais tout cela ce n'est pas de l'argent sur lequel nous pouvons... vous pouvez compter immédiatement.

— *Nous* pouvons !... Non, en effet. D'autant que nous devons garder le secret, Abel le veut. Il veut demeurer incognito quelques mois encore : ni Jeremy ni Kay ne doivent apprendre qu'il est en vie avant qu'il ait décidé de réapparaître au grand jour... Ce n'est donc pas tout de suite qu'il pourra disposer de ces fonds. Mais Ed Barrett junior est prêt à lui consentir des avances. Pour lui aussi c'est une affaire fichtrement excitante que le retour d'Abel. Et comme il veut se montrer digne fils de son père !... Enfin, en dernière ressource, Robert, il y a vous et moi. Je suis bien sûr que sur votre nom et le mien, les banquiers marcheront. Et, en ce qui me concerne, s'il le fallait, j'y investirais toutes mes petites économies.

— Vous avez des économies, Richie ? Vous ? C'est une nouveauté !

— Oui. Malcolm, mon agent, m'a appris que je n'avais pas encore touché à un sou des droits d'adaptation de *Born to die* !

— Comment ça ?

— Eh bien, j'ai tellement de fric que je n'arrive même plus à le dépenser aussi vite que je le gagne. Pourtant, il me semble que je passe mon temps à lui en demander. Pour m'acheter mes chewing-gums.

— Ah, vous serez toujours aussi gamin, Richie !

— Non. J'ai décidé de devenir une grande personne. Il serait temps : j'aurai trente et un ans dans un mois.

— Et moi bientôt soixante-dix. Vous avez pensé à ça ?

— Robert, quel âge avait Triple E quand il a inauguré l'Events Tower ?

— Soixante-dix ans. C'était le jour de son anniversaire. »

Kelly hocha la tête pensivement, vaincu par l'irrésistible habileté de Richie.

« Ella, fit-il en se retournant vers sa femme qui disposait le couvert pour la collation qu'elle venait de préparer. Tu as entendu, ma chérie ?

— J'ai entendu », répondit-elle.

Et d'un ton à la fois ironiquement fataliste et faussement soumis, elle ajouta :

« Que veux-tu que je te dise ? Ta décision est déjà prise, non ? »

Kelly acquiesça en silence.

Puis, il demanda à Richie :

« Pour quand avez-vous… Pour quand avons-nous prévu le premier numéro ?

— Je propose le 15 septembre. C'est-à-dire, dans six mois d'ici. Six mois qu'Abel mettra à profit pour se retaper, j'espère…

— Et revenir plus beau, plus triomphant encore que nous l'avons connu ce jour de septembre 66 où il a escaladé la tour… Vous savez : ç'a été un des plus beaux jours de ma vie. Je faisais semblant d'être en colère contre cet hurluberlu mais, au fond de moi, je jubilais. Je m'en souviens encore comme si c'était hier : je jubilais rien que d'imaginer la tête de ce connard de Jeremy quand il allumerait la télé et qu'il verrait ce qu'il se passait.

— Ce sera bien autre chose le jour où il verra réapparaître son frère. En couverture de notre magazine, par exemple. Vous rendez-vous compte, Robert ? L'aventure ne fait que commencer. Dans le monde de la presse, on ne va parler que de ça les six prochains mois : votre retour à la tête d'un hebdomadaire, après huit ans de retraite…

— Richie Garrymore, rédacteur en chef !

— Et le jour où l'on révélera le nom du président fondateur !

— Le jour où l'on saura qu'Abel est vivant ! »

Ils étaient encore attablés mais le repas avait pris fin et ils buvaient du café quand le téléphone sonna.

Certes, ce pouvait être n'importe qui. Mais Kelly, en décrochant le combiné, savait déjà :

« Abel ! Abel ! s'écria-t-il. Abel ? »

Il ne put d'abord rien dire d'autre : sa gorge se nouait, des larmes lui venaient.

« C'est moi, c'est bien moi, Robert, répondait Abel à

voix basse, là-bas, de l'autre côté de l'océan. C'est bien moi. »

Alors, Kelly éclata en sanglots et il y eut un silence recueilli de quelques longues secondes. Puis, il reprit assez d'empire sur lui-même pour demander très banalement :

« Comment allez-vous ? Comment vous sentez-vous après tout ce qui…

— J'ai bien dormi cette nuit, dit Abel. Je n'ai pas fait de cauchemars.

— Oh, que c'est bon de vous entendre ! Pardon si je pleure, Abel c'est un tel bonheur ! Je n'arrive pas encore à réaliser…

— Moi non plus. Mais je crois que j'ai envie de vivre maintenant. Hier, je n'en étais plus si sûr. J'ai eu un moment de découragement.

— Vous *devez* vivre, Abel ! Il le faut.

— Oui. J'aurai assez de volonté. Vous savez, je suis un peu comme Antée, ce géant de la mythologie qui reprenait force chaque fois qu'il touchait la terre. Pour moi, ce sont les montagnes.

— Vous avez tellement de vitalité en vous que vous en redonnez à ce vieux débris que je suis devenu. Dans quelle aventure insensée vous allez me mener !

— Vous avez donc accepté ?

— Pouvais-je refuser de travailler pour vous ?

— Robert, vous vous souvenez ? Je vous avais dit, la dernière fois qu'on s'est vus : quand je serai digne de diriger un journal, je le ferai peut-être. Je pense que je le suis aujourd'hui. Je pense que j'ai quelques idées neuves… Et d'abord, parce que j'ai vécu huit années à l'écart de tout, huit années entre parenthèses, pour ainsi dire. Je n'ai rien connu des modes, des idées, des événements qui ont agité le monde. Figurez-vous que je n'ai appris que l'an passé que l'homme avait marché sur la lune en 69 ! Je ne savais pas non plus que les mœurs avaient changé à ce point : c'est un Américain que j'ai connu l'année dernière au camp qui m'a vaguement parlé de tout ça. Mais je n'ai pas été *dans* les choses. Je ne les ai pas vécues. J'ai une sorte de naïveté, de virginité… Je suis un peu comme Gulliver chez les Houyhnhnm, ces chevaux plus évolués que les hommes. Un vrai huron !… Mais comme, en même temps, je ne crois plus en rien, sinon en deux ou trois vérités qu'on m'a enseignées ! Oh, à ce propos, Robert, dites à Richie que le trésor des Minh Tû existait vraiment et qu'il m'appartient désormais — il comprendra.

— Moi aussi, je comprends ce que vous me dites, Abel.

— Ah ! très bien. Richie vous a déjà mis au courant.

— Oui.

— Bien que je ne connaisse rien à ces questions, il y a amplement de quoi financer *Imagine*, je crois.

— *Imagine* ?

— Oui. C'est le nom que j'ai choisi pour notre magazine. J'étais dans le taxi qui me conduisait à Chamonix et j'ai entendu une très jolie chanson… C'était au moment même où est apparu le mont Blanc… Richie doit savoir de quoi il s'agit. Les paroles disent à peu près :

« Imaginez qu'il n'y ait pas de paradis… Pas d'enfer sous nos pieds… Rien que du ciel au-dessus de nous… Imaginez les gens vivant pour le présent… »

« Non ! Non ! »

Éveillé en sursaut, il hurlait dans le noir.

Il rampait sur ses coudes et ses genoux, il ne savait vers quoi ni où.

Mais il lui semblait maintenant voir un peu de clarté luire dans l'obscurité. Un reflet au plafond. Le fenestron haut placé de sa prison, dont il ne distinguait pourtant pas les barreaux, il ignorait pourquoi.

Il se releva et, chancelant, avança à tâtons. Il avança, surpris de ne pas rencontrer les obstacles familiers, inquiet de ne pas sentir sous ses doigts le mur suintant d'humidité. N'était-il pas au fond du cachot sans ouverture, au fond du puits où on l'avait jeté, il ne se souvenait plus quand ?

Qu'était-ce que ce semblant de jour d'un bleu sombre et brillant ? Ces étoiles qui scintillaient dans la nuit ? Ces montagnes ?

Perdait-il la raison irrésistiblement ? Délirait-il seulement ? Rêvait-il ?

Était-il mort ou encore en vie ?

L'angoisse qui l'étreignait était telle qu'il cria à nouveau, qu'il s'entendit crier sans pour autant comprendre qu'il criait :

« Non ! Non ! »

La lumière, aveuglante, éclaboussa le lattis de bois des murs, le plafond planchéié, les meubles anciens de sa chambre…

« Abel ! C'est moi, Abel, dit Jacques qui s'était précipité à son secours. C'était un cauchemar, Abel. Tu as dû éteindre ta lampe de chevet machinalement et tu t'es éveillé dans le noir. »

Mais Abel le regardait d'un œil morne et vide, presque hostile. Il ne reconnaissait pas son ami.

Il recula même, brusquement apeuré. Comme s'il voyait en lui quelqu'un venu le punir.

« C'est moi, Abel, répéta Jacques, très doucement, en tâchant de capter son attention. Tu me reconnais ? »

Et il se vit contraint de le gifler.

Abel, reprenant pied dans la rassurante réalité, sourit douloureusement et soupira :

« Non. J'essayais de dormir sans depuis quelques nuits. Je n'y arriverai jamais. »

Son subconscient avait enregistré les paroles tandis qu'il éprouvait cette absence. Tout à fait revenu à lui, il s'assit sur le lit, l'air abattu, découragé.

« Mon grand imbécile ! lui dit affectueusement Jacques en l'étreignant aux épaules. Quel besoin as-tu de te forcer à des choses pareilles ? Si tu dois garder la lampe allumée, après tout, ce n'est pas si grave.

— Non ? Je veux me réhabituer à mener une vie comme avant... Jacques, tu me vois, quand je dormirai de nouveau à côté d'une femme ? Tu me vois lui demander de laisser la lumière ? De quoi j'aurais l'air ? »

Le guide se mit à rire.

« Mais... répondit-il, de quelqu'un qui a peur de dormir dans le noir, voilà tout. Il n'y a pas à avoir honte. Des tas de gens ne supportent pas l'obscurité. Et puis, si elle t'aime, tu sais, quelle importance ? Pourquoi diable te tourmenter pour si peu ? »

Abel rit à son tour et dit :

« Je ne sais pas. C'est stupide en effet. Mais parfois, je me demande si j'aimerai à nouveau. Si une femme voudra de moi. Si Johanna...

— Johanna ? fit Jacques, stupéfait. Pourquoi dis-tu : Johanna ?

— J'ai dit : Johanna ?

— Oui.

— Ah. »

Vaguement vexé d'avoir laissé surprendre ainsi une de ses plus intimes pensées, une de ses plus secrètes, Abel se mordit les lèvres. Puis, esquissant un sourire mi-complice et mi-contrit, il fit cet aveu :

« Je ne l'ai jamais oubliée. Elle a été mon seul amour. Elle le sera toujours. Oh ! Je dois te paraître affreusement romantique en disant ça !

— Non. *Magnifiquement* romantique. Mais, tu sais, Abel : nous n'avons jamais eu de nouvelles d'elle depuis ta... disparition. À part une lettre quelques jours après. Ensuite, plus rien. Nous avons écrit, Colette et moi. Aucune réponse.

— Eh bien, je veux croire que ce n'était pas de l'indifférence.

— Mais, je ne le crois pas non plus.

— Johanna n'était pas comme ça. C'est une sorte de pudeur, sans doute, qui l'aura retenue. Ou une peur de trop souffrir en remuant des souvenirs. Et je ne lui en veux pas.

— Nous ne lui en avons jamais voulu, Abel. »

Les deux hommes s'entre-regardèrent, pareillement émus. Ils se trouvaient seuls au cœur de la nuit, dans le silence d'une maison où l'on dormait, ils se trouvaient comme peuvent se trouver deux amis en veine soudaine de confidences. Heureux d'être simplement ensemble et d'épancher leur cœur, heureux de ce simple bonheur comme ils avaient pu l'être, jadis, à bivouaquer dans la solitude glacée des sommets. L'un et l'autre savaient maintenant qu'ils deviseraient ainsi, à bâtons rompus, jusqu'à ce que l'aube blanchisse le ciel d'où toutes les étoiles peu à peu se seraient retirées.

« Je vais rester un peu, dit Jacques. Jusqu'à ce que tu te rendormes.

— Je ne parviendrai plus à dormir maintenant. Et comme je ne veux plus prendre mes médicaments, je dois supporter quelques nuits d'insomnie, sans doute. Après, ça ira mieux.

— Tu veux toujours jouer au petit soldat, hein ?

— Eh ! On ne se refait pas, mon vieux. Après tout, c'est toi qui m'as appris à être ainsi.

— Je ne t'ai rien appris. Tout au plus je t'ai peut-être aidé à être un peu plus toi-même.

— C'est aussi ce que prétendait le vieux Minh… Jacques, vois-tu, ce qui m'est le plus pénible, c'est de me retrouver là-bas dès que je ferme les yeux.

— Tu oublieras peu à peu. Veux-tu me raconter, Abel ? Ça t'aiderait sûrement, ce serait une façon d'exorciser tous ces démons qui sont encore en toi. Toute cette souffrance…

— Jacques… »

Cette nuit-là, Abel parla.

Il parla jusqu'à ce que l'aube blanchisse le ciel d'où toutes les étoiles s'étaient retirées…

Mais les mots existent-ils pour exprimer, pour exorciser l'horreur ? L'horreur, ç'avait été de s'éveiller dans le noir, pieds et poings liés, secoué de toutes parts. L'horreur, ç'avait été de deviner qu'on avait les yeux bandés et de ne pas savoir vers quel supplice on était mené dans une brinquebalante camionnette ni par qui.

L'horreur, ç'avait été de se retrouver bâillonné et de ne pas même pouvoir hurler d'horreur.

Maintenant qu'il en parlait, Abel revivait ces premiers instants d'épouvante qu'il avait passés après avoir difficilement émergé du demi-coma où l'avaient plongé tout à la fois le chloroforme que ses ravisseurs lui avaient fait inhaler, les analgésiques qu'on lui donnait à l'hôpital pour l'aider à supporter le choc post-opératoire, et l'état de grande faiblesse où il se trouvait encore au sortir des diverses interventions chirurgicales qu'il avait dû subir. Pendant quelques minutes, il avait douté d'être en vie. Puis, en même temps que le sentiment d'exister, la mémoire lui était revenue, hélas ! le souvenir, précis tel une reviviscence, atroce dans sa netteté, insupportable de réalisme et de cruauté : devant ses yeux se redéroulait comme dans un film au ralenti l'exécution de sœur Suzanne, de sœur Thérèse, du Dr Arnaud.

Il était entre les mains de leurs assassins, sans espoir de leur échapper. S'il avait été encore capable de raisonnement, peut-être se serait-il étonné de n'avoir pas déjà été tué par eux, et de la même façon. Mais, si grand était son effroi qu'il ne pensait à rien d'autre que : « Je meurs, je meurs, je meurs... » Et les cahots du chemin semblaient scander d'un roulement métallique ces mots qu'il se répétait intérieurement, avec terreur.

Alors, pris de nausées, il avait vomi dans son bâillon ; à moitié étouffé dans ses vomissures, il avait senti des mains lui palper le visage — comme dans un cauchemar dont il ne pourrait jamais s'éveiller.

On avait fini par lui ôter le torchon noué devant sa bouche. Mais un bandeau l'aveuglait toujours et il ne pouvait pas se mouvoir, à grand-peine respirer. Plus tard — mais il perdait aussi la notion du temps pour s'être évanoui à plusieurs reprises et il s'agissait de quelques heures après ou de quelques minutes, il ne pouvait pas en juger : plus tard, il lui avait semblé que sa paupière récemment refaite s'était ouverte et qu'il saignait. Peut-être n'était-ce pas du sang, cependant : recroquevillé comme il l'était, s'étant involontairement uriné dessus, et le visage barbouillé de vomissures, il ne savait plus distinguer nettement parmi les vagues sensations physiques qui lui étaient demeurées.

Il perdait conscience...

Combien de temps dura le voyage ?

Il ne le saurait jamais.

« Jamais je ne le saurai, dit-il à Jacques. Une éternité. »

Un jour ou deux. Dont il garderait toujours, vivaces en lui comme l'est, dit-on, la mémoire d'une mutilation, quelques souvenirs fugaces, des impressions désordonnées, incohérentes, des visions aveugles : on l'avait délié, un moment, et forcé à marcher. Dans un souterrain, un tunnel, pensait-il. Combien de temps ? Il l'ignorait. Et puis, il était monté dans un avion. Mais peut-être pas. Peut-être était-ce la fièvre qui lui avait fait imaginer cela ?

Car une fièvre violente le dévorait. Et la soif. Et la chaleur. Et le froid...

« Je ne souhaitais même pas de mourir comme cela peut advenir quand on est au plus mal. Comme cela m'est advenu à l'Aiguille du Fou. C'était pire : le sentiment d'être déjà mort, en enfer.

» Éternellement...

» Je me suis éveillé dans une chambre qui ressemblait à une salle de dispensaire. J'étais étendu sur un lit. Nu, enveloppé dans une couverture grise. Il y avait un drap de dessous, gris aussi mais propre. Les murs étaient gris, les meubles étaient gris. Je me souviens d'une table roulante de métal avec quelques instruments de chirurgie et des pansements — mais loin, très loin. Je n'ai qu'un souvenir confus de cet endroit où tout me paraissait lointain et bizarrement penché, de travers. On m'a donné à boire. Une femme avec un grand tablier blanc, il me semble. Elle me faisait couler l'eau dans la bouche, je ne pouvais pas me servir de mes mains. C'est seulement bien après que je me suis aperçu que j'avais des menottes aux poignets et que deux gardes armés étaient postés devant une porte en acier, une porte de prison. Plus tard, j'ai su que je me trouvais à l'infirmerie du dépôt. Au Nord-Viêtnam : il y avait un portrait de Hô Chi Minh dans un grand cadre pendu à la muraille. La première cellule où j'aie été enfermé. Celle où j'ai attendu quelques jours mon... procès. Si on peut appeler procès cette histoire de fous... »

Abel se tut un instant et, pensif, leva les yeux sur Jacques qui l'encourageait d'un regard chaque fois qu'il s'interrompait ainsi, sous le coup d'une violente émotion.

Il reprit le cours de son récit.

Une histoire de fous, avait-il dit.

Dans un vaste bureau aux murs peints en gris et nus hormis des portraits des fondateurs du communisme, les inévitables, les sempiternels portraits aux couleurs de chromo, là, derrière une table de bois blanc, trois accusateurs parlaient en vietnamien à un interprète, lequel répétait à son adresse leurs paroles dans ce qu'il pensa être du russe. D'austères vêtements d'ouvriers, des mines sévères et impassibles : inlassablement, sans jamais hausser le ton, à lui qui ne les comprenait pas et leur répondait tantôt en français, tantôt en anglais qu'il ne les comprenait pas, ils redisaient les mêmes phrases dénuées de sens. Et sans cesse revenait un mot, un nom propre, peut-être :

« Voroche. »

Abel avait fini par saisir que c'était là l'identité qu'on lui prêtait. Mais comment, comment prouver qu'il n'était pas Voroche à ces fonctionnaires butés ?

L'un d'eux, pourtant, paraissait entendre le français. Mais il montrait la même indifférence que les deux autres à ses protestations. Non, rien ne servait à rien, aucun argument ne parvenait à ébranler leur assurance — c'était un procès kafkaïen. Il fallait seulement lutter pour ne pas perdre ses propres certitudes, ne pas devenir fou, garder sa lucidité jusqu'au bout. Surtout, ne jamais céder…

Résister. Au fond, Abel avait très vite senti que c'était là une nécessité vitale pour lui. Car que vaudrait la vie le jour où il aurait fini par se sortir de cette situation si ce devait être pour mener une existence d'homme définitivement aliéné par ce qu'on lui aurait fait subir en prison ? Garder coûte que coûte son identité, son intégrité était le seul combat. Confusément, il avait compris dès le début que ce serait au moins autant un combat contre lui-même — un combat contre le penchant qui est en chacun de nous d'abdiquer face à la volonté des bourreaux dans l'espoir de les faire fléchir — qu'un combat contre les autorités. D'ailleurs, quelles armes lui étaient restées sinon sa dignité, sa seule volonté de vivre debout ou de mourir ? Sa décision, sa terrible décision de repousser toute tentation de s'humilier et d'avoir, ensuite, à se mépriser…

Quand, après une confrontation avec des fonctionnaires soviétiques, on avait renoncé à le prendre pour russe mais sans accepter pour autant de lui rendre son identité de citoyen américain du nom d'Abel Young, quand, personnage de bien moindre importance encore que le misérable Vorochc, il était devenu le prisonnier innommé et, bientôt, l'innommable, quand il avait commencé à perdre jusqu'à sa qualité d'être humain, Abel avait peu à peu saisi quelque chose du fonctionnement de la pensée dans un système totalitaire : les autorités ne lui demandaient pas de reconnaître des torts réels ou d'avouer un crime qu'il aurait vraiment commis, mais de s'en accuser d'imaginaires pour justifier sa détention. La justice socialiste étant infaillible, la présomption d'innocence n'existant pas, puisqu'il se trouvait en prison, il devait lui-même découvrir pour quelle raison on l'y avait mis.

Le parti ayant toujours raison, qui aurait l'impudence ou, plutôt, la folie d'invoquer les droits de la défense ? Se défend-on contre ceux qui ne veulent que votre bonheur ?

Il ne s'agissait pas d'expier mais d'accepter d'être rééduqué, le demander soi-même, à l'issue d'une confession. Non pas implorer l'indulgence d'un jury pour ses erreurs mais connaître la joie sans partage de travailler à la construction d'un monde parfait. Car il y a pire, bien sûr, que la privation de liberté, c'est l'inaction. Et celui qui ne veut pas avouer, fût-il innocent, n'aura pas même le bénéfice de se réhabiliter dans de réconfortants, d'exaltants travaux forcés ! Non, il sera condamné sans jugement, il sera condamné sans qu'on fixe de fin à sa peine, sans qu'on lui assigne de tâche à effectuer au terme de laquelle il réintégrerait l'humanité. La radieuse humanité en marche…

Pour être un homme à nouveau, il faut avouer.

Mais avouer, c'était à quoi ce fou qui prétendait s'appeler Abel Young se refusait obstinément.

« Admettez que vous êtes un ennemi du peuple », lui disait doucement, d'un ton insinuant et persuasif, sans jamais élever la voix, ce juge qui se trouvait parler français et qui s'efforçait d'instruire son cas.

Abel répondait toujours « non ».

« Rédigez donc votre confession en prenant modèle sur celle que nous vous avons préparée, il vous suffit de recopier », lui ordonnait, menaçant, ce *commissaire à la formation idéologique* après lui avoir fait miroiter l'espoir d'une réinsertion sociale qu'il estimait extraordinaire : faire partie d'une brigade de déminage.

Mais, après avoir jeté un regard sur les cinq feuillets dactylographiés en vietnamien qu'on lui tendait et dont il ne comprenait donc pas un seul mot, Abel hochait la tête en signe de refus.

Jamais il ne céderait — il se l'était juré.

Alors, dans un premier temps, il avait subi les pires humiliations morales que ce système pénitentiaire inflige au récalcitrant : les séances de dénonciation et de rééducation collective. En compagnie de cinq autres détenus, il avait été enfermé dans une étroite cellule où, inlassablement, les prisonniers devaient s'accuser mutuellement de leurs crimes et faire leur autocritique à l'initiative et sous la direction d'un des leurs choisi par l'administration pour son esprit de coopération et sa docilité. Celui-ci avait accepté sans rechigner sa culpabilité, il voulait sincèrement se réformer, devenir « un ami du vaillant peuple vietnamien en lutte » et aider ses infortunés compagnons à faire de même. S'ils y réussissaient tous ensemble, ils auraient l'honneur d'être envoyés en camp de travail et le bonheur de savoir pour combien d'années. Jusque-là, leur sort demeurerait incertain. Du moins, c'est ce que Pham — tel était le nom du « camarade-prisonnier responsable » — avait expliqué dans un français hésitant et fautif à Abel. Et Abel avait su aussitôt qu'il devrait résister également à ce chantage moral : en ne se soumettant pas, en ne se pliant pas à la règle édictée par le mouchard officiellement délégué, il empêchait ceux dont il était, de force, solidaire, d'accomplir leur salut, il les obligeait à croupir plus longtemps dans l'immonde promiscuité de cette prison.

La cellule mesurait deux mètres cinquante de long environ et un peu moins en largeur. Sans vitrage pour clore la meurtrière qui l'éclairait d'un mince rai de jour, sans chauffage ni lumière, elle comprenait pour tout mobilier une sorte d'estrade de bois mal équarri sur laquelle les hommes dormaient serrés les uns contre les autres dans le froid et la puanteur avec, pour tous les cinq, une unique couverture élimée. Une trappe était pratiquée au milieu de ce plancher surélevé : elle donnait accès à une fosse d'aisance creusée dans le sol de terre battue. Les prisonniers avaient le crâne rasé, ils étaient vêtus d'un pyjama de pilou, chaussés de socques en caoutchouc. Pour tous objets personnels, ils disposaient d'un bol de fer-blanc et d'un coupe-ongles au tranchant émoussé. Le coupe-ongles était destiné à la barbe : les ongles ne nécessitaient pas d'être coupés, à cause de la malnutrition ils se décalcifiaient vite et cassaient. Mais, un matin sur deux, avec cet instrument qui ne pouvait être utilisé comme arme tant il était peu contondant, les condamnés devaient, en quelque sorte, s'épiler. Comme ils n'avaient pas non plus de miroir, c'était un travail long, minutieux, pénible, mais qui devait être impeccablement exécuté — l'administration veillait à ce qu'ils fussent parfaitement rasés le jour de l'inspection sanitaire. Quant au bol, il avait de multiples usages : empli d'eau dans laquelle on jetait quelques paillettes de savon, il servait de cuvette pour la toilette ; empli d'une bouillie claire de cosses de riz, il servait d'assiette pour la maigre pitance de midi, empli de soupe aux fanes de légumes, il servait d'écuelle pour le dîner.

Il y avait sortie deux fois par jour. Celle du matin était consacrée aux ablutions, lesquelles avaient lieu dans une sorte de vaste salle d'eau cimentée où l'on regroupait tous les prisonniers du bâtiment, au total une soixantaine d'hommes. Celle du soir durait une heure et consistait en une promenade dans une étroite cour carrée ceinte de hauts murs et recouverte d'un grillage de fil de fer barbelé. Les hommes y devaient marcher en rond, sans jamais s'arrêter, au son d'une tonitruante marche militaire soviétique, toujours la même, que diffusait un haut-parleur. De dix minutes en dix minutes, la musique était entrecoupée de slogans hurlés en vietnamien. Et c'était pourtant là un moment de détente au milieu de ces démentielles journées de « dénonciation-confession » !

Pendant des heures et des heures, en effet, du moment où poignait l'aube dans la cellule jusqu'à la nuit noire, les quatre compagnons de détention d'Abel ne cessaient de se harceler de questions, d'accusations diverses ou de proférer un interminable discours de contrition autocritique tandis que, dans le couloir, passaient et repassaient les matons chargés de les surveiller. Pham avait expliqué à Abel que même s'il ne comprenait pas le vietnamien, il devait faire comme eux, répéter les mêmes formules — s'accuser, s'accuser, s'accuser. Et l'accuser lui, lui qui comprenait le français, de ses torts, de ses faiblesses, de ses crimes contre-révolutionnaires.

Mais Abel s'y refusait, s'y refuserait toujours, quoi qu'il dût endurer de haine et de vexations de la part de ses pitoyables camarades…

« Jacques, c'est peut-être à ce moment-là que j'ai été le plus près de sombrer dans la folie. À la fin du printemps… »

À la fin du printemps 67, Abel était parvenu à l'extrême limite de ses ressources intellectuelles. Et la faim, la saleté, les journées torrides, les nuits glacées passées serré contre ces hommes hostiles qui lui volaient son pauvre pan de la couverture commune, la promiscuité continuelle dans cette atroce puanteur excrémentielle l'avaient déjà durement atteint dans son intégrité physique. Parfois, furtivement, il tâtait son corps affreusement amaigri, ses fesses flasques, la peau distendue sur ses pectoraux relâchés, les os maxillaires qui commençaient à saillir sous ses joues décharnées. Il craignait alors, non pas de mourir, la mort lui était devenue indifférente, mais, dans l'état de délabrement et d'épuisement où il se trouvait, de ne pouvoir plus tenir très longtemps moralement : ces cris perpétuels, ces criailleries, ces chamailleries et auxquels il ne comprenait rien, cette atmosphère hystérique de mouchardage et d'autocritique masochiste l'entameraient bientôt dans son intégrité mentale, il le craignait.

Et Pham, Pham qui lui répétait sempiternellement, du même ton uni et niais :

« Avoue ! »

Pham pour qui il éprouvait malgré tout une sorte de tendresse, une vraie pitié…

Abel allait tout avouer, s'accuser de crimes qu'il n'avait pas commis, se déclarer ennemi du peuple vietnamien, voire de l'humanité tout entière s'il le fallait, il allait enfin promettre de se réformer quand un événement survint : une nuit, dans un accès de démence, un des détenus tenta de l'étrangler.

L'étreinte de cette misérable larve humaine affaiblie par les privations fut si débile qu'il en réchappa. Mais alors il eut un sursaut de volonté. Ne pas avoir cédé lui conférait encore une supériorité sur ces pauvres hères abêtis, abrutis, devenus imbéciles à force de subir et de s'infliger ces impitoyables séances de « dénonciation-confession » auxquelles ils se livraient chaque jour, devenus fous à force de remâcher leur propre culpabilité, de ruminer leurs haines réciproques : la compassion, la compassion à leur égard. Car Abel, du fond de son malheur, ne pouvait s'empêcher de les plaindre, ces hommes qui avaient choisi de vivre à demi plutôt que de mourir : se châtier soi-même lui paraissait bien pire que de subir des autres le pire des châtiments.

Non. Il fallait dire « non », toujours « non ». Ne pas renoncer, pas maintenant. Et continuer de s'affirmer innocent, quitte à en souffrir plus. Mais, oh ! la peur, la hideuse peur, et la saleté, la faim, la soif, la chaleur, le froid — la mort lente, lentement distillée dans chaque instant de cette existence misérable. Oh ! l'horreur d'une telle déchéance.

Et ne pas même avoir un miroir où se voir à demi mort, déjà…

« J'étais dans un tel état d'épuisement quand ils sont venus me chercher, c'est à peine si je pouvais mettre un pied devant l'autre. Ils ont annoncé à Pham que c'en était fini pour moi de l'épreuve de la "dénonciation-confession" et Pham m'a traduit leurs paroles — il ne paraissait pas m'envier, d'ailleurs. Sans rien me dire de précis, il m'a laissé entendre que je regretterais de n'avoir pas voulu avouer.

— Sans doute avaient-ils fini par comprendre qu'ils ne parviendraient pas à te briser.

— Je ne crois pas. Dans leur optique, la punition que j'allais subir était bien pire puisqu'on me privait de toute possibilité de régénération par l'autocritique, la dénonciation des erreurs de mes camarades et la délation. Puisque c'était maintenant la réclusion solitaire et que, Pham me l'a expliqué d'un air navré, je n'aurais jamais droit au travail !

— Et c'est ce qui s'est passé ?

— Oui. Pendant plus de cinq ans. Mais quand ils sont venus me chercher, un moment, j'ai eu l'espoir fou que c'était pour me libérer. Ils prenaient tellement de gants avec moi tout d'un coup ! Je me suis dit : bon, le malentendu est enfin éclairci. Ou bien : le gouvernement américain m'aura réclamé, la guerre est finie ! À moins que ce soit pour m'échanger… »

Abel revivait ces quelques heures qu'il avait vécues dans une sorte d'ivresse.

On l'avait douché et rasé, on lui avait remis un uniforme de droguet propre et presque neuf, des chaussons de toile. Pour une fois, on ne lui avait pas hurlé les ordres, ces ordres dont il avait fini par apprendre ce qu'ils signifiaient, mais parlé avec une sorte de politesse respectueuse. Puis, au réfectoire des gardiens de la prison où il venait de passer ces cent vingt jours d'enfer, ces cent vingt jours de misère, on lui avait servi un repas à peu près décent : potage et deux bols de riz mêlé à des petits morceaux de porc. C'était, après tout, dans un pays si pauvre et en guerre, un vrai festin. Et comme après un festin, Abel, déshabitué de la nourriture qu'il était, avait eu une sorte d'indigestion.

Ensuite, deux gardes armés l'avaient fait monter dans une grosse et confortable limousine Zil et son espoir en une prompte libération avait pris forme peu à peu. D'autant que les hommes lui retirèrent les menottes dès que la voiture passa le dernier portail de la prison.

Ils traversèrent Hanoi, obséquieusement salués par les quelques policiers qui veillaient à la circulation, d'ailleurs calme et paisible, et leur assuraient la priorité du plus loin qu'ils voyaient la voiture officielle rouler dans son couloir réservé.

Austère, puritaine, la capitale du Nord présentait un contraste saisissant avec Saigon, elle en était comme l'envers. Des nuées de vélos silencieux au lieu des bruyantes motos. Peu de voitures, sinon quelques rares Volga noires et des Jeep militaires. Pas d'affiches publicitaires sur les murs mais de grands slogans peints avec application et, aux principaux carrefours, des banderoles proclamant que le peuple vietnamien était « Quyet Thâng » — déterminé à vaincre. Aucun enfant : ils avaient tous été évacués sur la campagne l'année d'avant.

Mais, en dépit de la chaleur torride, étouffante, une grande animation régnait partout dans la ville, une animation tranquille.

Abel remarqua combien de soldats déambulaient dans les rues, sans doute des permissionnaires. Il nota les portraits de Hô Chi Minh, omniprésents. Une scène l'amusa : des femmes, armées de fusils de bois, faisaient des exercices de gymnastique sur le toit d'une usine. Il y avait dans tout cela une sorte de bonhomie qui lui parut presque irréelle : ces gens à l'air digne, aimable, souriant, ces gens savaient-ils ce qui se passait dans les prisons ?

Lui avait commencé à croire que son calvaire venait de prendre fin quand un de ses gardes lui avait offert une cigarette…

La Zil traversa le fleuve Rouge par le pont Long-Bien, cet ancien pont Paul-Doumer qu'Abel avait vu photographié dans un livre de souvenirs que M. Hoang lui avait prêté — il savait qu'on quittait Hanoi. L'espoir grandit encore.

Il devint certitude quand on parvint enfin à Gia Lam, l'aéroport.

Là, Abel fut remis à deux autres gardes armés qui le menèrent à un petit bimoteur dont les hélices tournaient déjà…

Oh ! l'atroce déception quand, moins de deux heures plus tard, il se retrouva quelque part au Nord — il ne saurait jamais où — dans la salle d'écrou d'une nouvelle prison.

Une prison où il devrait passer deux mille jours et deux mille nuits de réclusion solitaire.

Certes, il portait maintenant un uniforme un peu plus chaud et des chaussons ; certes, il avait une couverture pour lui seul, une cuvette, une tinette qu'on lui vidait à l'extérieur de sa cellule tous les matins et son bol, quoique rempli deux fois par jour d'une nourriture qui n'était pas meilleure ni plus consistante, était d'une contenance légèrement supérieure que celui dont il disposait dans le premier centre d'internement — améliorations auxquelles il eût peut-être été sensible s'il ne s'était trouvé aussi abattu moralement, aussi anéanti.

Mais il était seul désormais. Seul à se cogner aux murs gris et suintants d'humidité d'une cellule qui devait mesurer un mètre quarante de large sur deux de long. Seul à affronter sa solitude.

« Seul, Jacques, seul… »

Oui, après l'épreuve de la dépersonnalisation dans l'autocritique, le rabâchage mécanique de ses torts, la domestication de l'esprit, l'asservissement auquel il avait su résister, venait maintenant l'épreuve du silence et de la solitude, plus périlleuse encore pour la personnalité — le sens de son individualité, de son identité. Car sans le miroir qu'est le regard des autres où se voir dans sa singularité, comment savoir encore que l'on est quelqu'un d'autre ? Quelqu'un de différent…

Ce que furent ces deux mille jours, Abel pourrait-il jamais le dire vraiment ? Trouverait-il les mots pour décrire cet interminable voyage aux confins du délire, avec cette peur de basculer dans la démence, cette peur qui le harcelait sans répit, jusqu'au cœur de la nuit, dans son mauvais sommeil peuplé de cauchemars.

« Tenir, tenir, tenir ! Comme à l'Aiguille du Fou, dans la tempête. Mais une tempête qui devait durer cinq ans et demi, presque six. Peut-être que je parviendrai à l'écrire, Jacques. Mais comment t'en parler ? »

Toute parole n'était-elle pas vaine, en effet, dérisoire ? Qui a jamais pu dire l'horreur ?

Soudain, Abel se décourageait devant l'ampleur de la tâche : exprimer ce qu'il avait ressenti. Mais, confusément, il pressentait aussi qu'il ne pourrait mener une nouvelle existence, connaître à nouveau le bonheur que le jour où il en aurait fini avec ce sinistre passé encore si récent ; le jour où, ainsi que l'avait dit Jacques si joliment, il aurait exorcisé ses démons. De la même façon qu'il allait se réhabituer peu à peu à manger et à boire dans un verre et à dormir dans le noir et à ne pas trembler de frayeur chaque fois qu'il demanderait une faveur ou un simple service, il devait réapprendre à rire. Sans doute ne pourrait-il jamais oublier tout à fait, mais il est une façon de composer avec la mémoire jusqu'à ne plus souffrir, même du plus impitoyable des souvenirs : l'humour. Abel devinait qu'il devrait renouer avec son sens inné du comique, son élégante nonchalance, son ironie souriante, sa pudeur d'avant s'il voulait complètement surmonter l'épreuve qu'il avait endurée et qui avait failli le briser. Il s'agissait de ne pas devenir une sorte d'ancien combattant ennuyant le monde du récit de son incarcération au Viêtnam, se targuant de son expérience de l'horreur et parlant de ses souffrances comme certains vétérans parlent de leur guerre. Il fallait feindre de s'en amuser, relater tout cela à Jacques sur le ton de la plaisanterie maintenant. Ce serait d'ailleurs la première et la dernière fois qu'il le ferait — il se le promit. Ensuite, il garderait le silence : cette histoire, au fond, ne concernait que lui. Et puis, n'était-ce pas le vœu de Minh, n'était-ce pas l'enseignement auquel il resterait fidèle ?

« Tu seras comme le tigre, disait le vieux sage, tu lécheras tes plaies seul, à l'écart de la meute, la nuit, au plus noir de la forêt. Les autres fauves n'ont pas à savoir que tu as été blessé. Quand tu réapparaîtras, la vue de ton pelage luisant et sain, ondoyant parmi les hautes herbes, la vue de tes crocs étincelants suffiront à faire fuir les méchants. »

La présence réconfortante de son ami enhardit Abel : il se surprit à ne lui raconter bientôt plus que les rares moments de bouffonnerie qu'il avait vécus dans cette prison. Les instants où l'absurdité du système éclatait soudain au grand jour et lui rappelait que la folie était du côté de ses geôliers, non du sien.

« Il y a eu le jour des portraits. C'était à mourir de rire… Un beau matin, ils se sont avisés que je n'avais pas la sainte image de Hô Chi Minh dans ma cellule. Une délégation est venue en grande pompe rectifier cette erreur. Avec un camarade pour planter le clou, un camarade pour accrocher le sous-verre et un camarade pour reculer d'un pas et indiquer à un quatrième camarade si le cadre était placé droit. Pendant toute la matinée, j'ai donc eu l'Oncle Hô pour veiller à ma bonne conduite et égayer le mur gris en face de ma paillasse. Tu ne peux pas imaginer, Jacques, à quel point un événement aussi minime et dénué d'intérêt pouvait avoir d'importance pour moi : c'était un événement ! Ça faisait plus de trois mois qu'il ne s'était absolument rien passé. Rien d'autre que la routine quotidienne : l'épouillage et la toilette du matin, la promenade d'une heure dans la cour avec les autres détenus, les quelques mouvements de gymnastique taï chi autorisés le soir... Là, moi qui n'avais alors strictement rien à faire de mes journées : pas de travail, pas de lecture ni de quoi écrire, je recevais une visite, c'était extraordinaire ! J'étais tout content.

— Mon pauvre vieux.

— Mais, attends... ! C'est que ce jour-là, je n'en ai pas eu une mais trois ! Non... Qu'est-ce que je dis ? Quatre. Oui, quatre visites. Une folle journée, en somme. Vers midi, alors que je commençais à en avoir un peu assez d'examiner sous toutes ses coutures le visage de l'Oncle Hô, le même détachement armé a fait irruption chez moi. Avec, en plus, un type qui avait l'air d'être le chef de l'opération. À ce que j'ai cru comprendre, le chef a fait remarquer à ses hommes que je pouvais me servir du clou et de la glace du sous-verre à des fins de suicide, ou, pire, meurtrières ! Alors le camarade accrocheur a décroché, le camarade planteur de clou a déplanté et le camarade qui reculait d'un pas pour dire si le tableau était bien droit l'a pris sous le bras et la porte s'est refermée. Un quart d'heure après : nouvelle visite. Outre les deux gardiens armés, deux hommes sont entrés. Le détachement reboucheur de trous qui venait reboucher : un camarade plâtreur et un camarade inspecteur du temps que mettait le plâtre à sécher ! Je croyais en avoir fini avec cette mascarade... Mais non ! Dans l'après-midi, un peu avant la promenade et la gymnastique, ils sont revenus. Ils étaient sept ce coup-ci.

— Sept ?

— Oui. Ma cellule, c'était comme la cabine du paquebot dans ce film des Marx Brothers, *Une nuit à l'opéra* : pleine à craquer, on ne pouvait même plus bouger. J'ai cru que j'allais mourir étouffé ! Ils avaient dû réfléchir à la question de la décoration de ma taule et, après concertation, trouvé la solution : une affiche collée sur le mur. Là, au moins, pas de danger !

— Et que représentait cette affiche ? C'était un portrait de Hô Chi Minh ?

— Non. Beaucoup mieux que ça. Une vraie œuvre d'art… Enfin, d'art réaliste-socialiste ! Encore que dans ce cas, on aurait plutôt dit une bondieuserie pour boy-scouts. Il y avait un grand ciel bleu sans aucun nuage et, au milieu du ciel, un soleil radieux dans lequel on voyait en médaillon Marx, Lénine, Mao, Hô et Staline…

— Staline ?

— Oui. L'affiche devait être un rossignol puisé dans un vieux stock : ils n'avaient pas trouvé le moyen de gommer les grosses moustaches du "génial petit père des peuples"… Sous le ciel, les yeux tournés vers le soleil, on voyait le peuple vietnamien marchant au combat en brandissant des fusils : hommes, femmes, vieillards, enfants. Tout ce petit monde avec de bonnes joues roses et un grand sourire éclatant, des bleus de travail impeccables, sans une tache ou un faux pli, et les mâles torse nu ! Des poitrails de culturistes… D'une laideur et d'un mauvais goût dont tu n'as pas idée, Jacques ! J'ai pourtant vécu cinq ans avec ça sous les yeux. Avec ces mots écrits en lettres d'or qui semblaient me narguer : *Khong gî quy hon dôc-lâp tu-do !* "Rien n'est plus précieux que l'indépendance et la liberté !"

— Comment as-tu compris ce que ça voulait dire ?

— Plus tard, quand ils m'ont donné des bouquins et, surtout, des journaux bilingues, j'ai appris par moi-même un peu de vietnamien. Mais, j'avais déjà repéré le mot *tu-do*. C'est le nom de la grande rue chic de Saigon : Liberté.

— Quand as-tu eu droit à ces bouquins et ces journaux ?

— Ce devait être un peu après le Têt, en 68. Il y a eu une période de bombardements terribles. On nous a alors supprimé la sortie et la soupe du soir — les matons devaient se planquer dans les abris. Ç'a été un des moments les plus pénibles pour moi : l'idée qu'on pouvait crever sous les bombes enfermés dans nos cellules, nous, les prisonniers. La faim encore plus dure qu'en temps ordinaire, le bruit des explosions, et pas d'exercice, rien. Rien que tourner en rond comme des fauves dans une cage... Alors, les autorités ont dû estimer qu'il fallait nous offrir quelque compensation et elles nous ont fait distribuer des livres et des revues. On a même eu la délicate attention de me donner à moi des livres imprimés en anglais et des revues bilingues français-vietnamien. C'est comme ça que, peu à peu, j'ai commencé à déchiffrer le vietnamien et que je me suis constitué un petit vocabulaire et une grammaire dans la tête. Évidemment, je connais beaucoup plus de termes militaires, d'expressions politiques et économiques que de mots de tous les jours, mais enfin !... Si on m'avait dit un jour que, à force de lire et relire le même magazine, je parviendrais à connaître par cœur des discours du camarade Giap sur les objectifs de la production rizière révolutionnaire !... Pourtant, j'avais été à ce point privé de choses écrites que j'en arrivais à trouver des charmes à cette littérature de propagande emmerdante comme la pluie. Ce que je ne comprenais pas, c'était pourquoi la guerre durait toujours : le Nord et le Front ne connaissaient que des succès "éclatants", des victoires "définitives" tandis que les "fantoches" et leurs alliés américains essuyaient des revers "tragiques" et des défaites "sans précédent". La puissance militaire des États-Unis était anéantie et pourtant ça bombardait nuit et jour alentour !

— Et les romans ?

— Les romans ? Ce n'étaient pas des romans, Jacques. Mais des essais politiques. Encore plus chiant que les journaux ! Je me souviens, à Berkeley, une fois j'avais prétendu dans un meeting que les bouquins philosophiques de Lénine étaient de la merde. Mais à l'époque, j'étais de mauvaise foi en le disant, je dois l'admettre : je n'en avais jamais lu une traître ligne. Maintenant, je connais !…

— Et alors ?

— C'est pire. D'une débilité ! *Matérialisme et empiriocriticisme* : pendant cinq mois, je n'ai eu que ça à lire. Ils m'avaient retiré les revues et les autres volumes. Alors je l'ai lu et relu, peut-être cinquante fois ! Cent ! Je ne sais plus. À la fin, je prenais des fous rires tellement je trouvais ça idiot. Vois-tu, je me disais : bon sang, Abel, ce type passe pour un des plus grands génies de toute l'histoire de l'humanité aux yeux des deux tiers de l'humanité et toi, mon vieux, tu sais que ce n'était qu'un pauvre con prétentieux qui voulait péter plus haut que son cul et employait des grands mots auxquels il ne comprenait strictement rien. Au fond, je trouvais ça assez rassurant, réconfortant, même — je ne peux pas expliquer très bien pourquoi. Ou peut-être, si : ce qui me mettait en joie, c'était de penser que tous ces meneurs d'hommes qui ont fait la révolution et ensuite sont devenus des tyrans, tous ces mégalomanes, ils n'ont jamais eu qu'une grande ambition, comme Néron : prouver aussi qu'ils étaient des artistes ou des philosophes… C'est bien là qu'est l'indiscutable supériorité de la pensée et de l'art : ces minus qui disposent de tous les pouvoirs sentent bien qu'il leur manquera toujours ce qui est plus fort encore que tous leurs pouvoirs. Quelque chose de plus puissant, de plus absolu… On n'a jamais vu des artistes ou des philosophes de génie vouloir prouver qu'ils pouvaient également diriger un pays ! Tiens, par exemple, j'ai eu droit aussi, à un moment, à la poésie de Hô Chi Minh : *Carnet de prison*…

— Comme c'était délicat, de leur part, de donner ça à des prisonniers.

— N'est-ce pas, Jacques ?… Tu ne peux pas imaginer le navet ! Des petits poèmes minables, d'une vulgarité ! Il y en avait un, je m'en souviens, qui s'appelait *La Perte de la liberté* :

Quelle misère que perdre sa liberté !
Jusque dans vos besoins naturels vous êtes limité
Quand la porte est ouverte, vous n'avez pas mal au ventre
Quand vous avez mal au ventre, la porte est verrouillée.

Exquis, non ? Quel raffinement, quelle élévation de pensée !... Eh bien, l'Oncle Hô les avait fait imprimer sur papier de luxe avec gravures et tout et tout. C'était le plus beau de mes bouquins. Et moi, je me disais : voilà un grand homme, un héros qui a vaillamment résisté contre les Français et libéré son pays, quelqu'un qu'on imagine volontiers épris de pureté et de droiture, sans vanité aucune, et pourtant ! lui aussi s'est servi de sa position pour faire éditer ses petites crottes...

— C'est le cas de le dire.

— Tu vois, Jacques : je m'amusais bien en taule ! J'ai passé de bons moments.

— Comme c'est drôle de t'entendre parler comme ça, Abel. Ça me fait tellement plaisir de découvrir que tu n'as rien perdu de ton esprit caustique...

— Non, je te jure ! Entre l'*empiriocriticisme* du camarade Lénine et la colique de l'Oncle Hô ! Ah, et les films ! J'allais oublier les films.

— Les films ?

— Oui. Nous avons même eu des séances de cinéma. Il y a eu à la prison une grande période de libéralisme — ce devait être en 70 si mes souvenirs sont exacts. Par exemple : on m'avait donné un crayon et du papier. Une feuille par semaine, mais enfin, c'était toujours du papier ! C'est le moment où j'ai le plus progressé dans l'étude du vietnamien. Je n'avais plus à garder tout en mémoire, je pouvais me constituer des petites listes de vocabulaire, noter les tours de syntaxe que j'avais fini par saisir... Et puis, pendant les promenades nous avions le droit de parler. Ça a duré près d'un mois. Seulement, parmi les douze détenus de mon groupe, il n'y en avait pas un qui parlait le français ou l'anglais. Et moi, mes quelques mots de vietnamien, ils n'y pigeaient rien. Je n'accentuais pas bien, sans doute. C'était tout de même bon de pouvoir se dire des choses, même si on ne se comprenait pas.

— Et le cinéma ?

— Eh bien, un beau jour, à l'heure de la promenade, on nous a réunis dans une sorte de réfectoire et on nous a projeté un film : *Ceux de Ham Rong*. L'histoire d'un pont que l'ennemi n'arrête pas de démolir par tous les moyens et que le vaillant petit peuple vietnamien reconstruit chaque fois en une nuit, sans perdre patience. À part celle du spectateur…

— Passionnant, en effet.

— C'était tellement loufoque que j'ai commencé à piquer un fou rire un quart d'heure après le générique : on en était déjà à la dixième reconstruction du foutu pont et tout d'un coup, j'ai eu l'impression que le film ne s'arrêterait jamais, que nous étions là pour l'éternité, condamnés à revoir indéfiniment cette histoire à la con. C'était un fou rire nerveux, si tu veux. Il y a des films d'avant-garde qui me font le même effet : tu sens l'exaspération monter en toi et tu te mets à te marrer sans raison. Dieu sait si c'était pas drôle, pourtant. Et je n'oublierai jamais la stupéfaction des autres prisonniers et des matons : quand ils ont compris que c'était moi qui riais, ils se sont mis à me dévisager comme si j'étais devenu subitement cinglé. Ils devaient le penser, d'ailleurs, que j'étais idiot ! Et les autres détenus, qui ne m'avaient jamais vu, étaient bigrement étonnés de découvrir un Blanc parmi eux… Moi, rien ne pouvait m'arrêter : la vraie crise de nerfs ! Je pleurais de rire, littéralement… Et alors, il s'est passé une chose extraordinaire : peu à peu, ils se sont tous mis à se marrer aussi. Je veux dire : les prisonniers. Pas les matons : eux, ces cons, ils ont fait arrêter la projection presque aussitôt. Ils se sont mis à gueuler et à bastonner puis ils nous ont remontés dans nos cellules. C'était foutu pour la soirée. Quant à moi, j'ai été flanqué au trou le lendemain.

— Au trou ? »

Abel s'était tu tout à coup — mais son silence n'était

pas dû à l'extrême lassitude qu'il ressentait alors que venait l'aube.

Il avait su jusqu'ici fanfaronner, avoir l'élégance de plaisanter de sa propre déchéance et des souffrances qu'il avait endurées en prison, mais évoquer le cachot avec ce même détachement amusé, il s'en estimait incapable. Une sorte de tremblement irrépressible s'était emparé de lui, son regard exprimait soudain une terreur telle qu'il faisait peur à voir.

Un peu de jour pointait déjà, qui bleutait la chambre à coucher. Les yeux rougis d'insomnie, frileusement enroulé dans une couverture, Jacques demeura assis au chevet du lit bien qu'il comprît qu'Abel se tairait maintenant, qu'il garderait sans doute à jamais enfoui en lui, comme un secret, le souvenir de son martyre au cachot. Mais il sentait qu'il devait se tenir à ses côtés, ne pas l'abandonner à ses cauchemars.

Dans l'argot des prisons on appelle *trou* — ou *mitard* — le cachot mais nulle part sans doute l'endroit ne méritait mieux son nom que dans cette prison. Le cachot était en effet une sorte de cuve cylindrique creusée dans le sol. Le détenu puni y était littéralement jeté. Profond d'environ trois mètres, le puits était d'un diamètre si étroit qu'on ne pouvait qu'y demeurer debout, accroupi, agenouillé ou recroquevillé sur soi comme un fœtus. Pas d'eau à boire sinon celle qui suintait en filets le long de la muraille, amère et malsaine. Pas d'autre nourriture qu'un grand bol d'un aliment immonde, indéfinissable, fourni pour tout le temps de la détention. Une fois introduit l'emmuré vivant, on refermait ce cul-de-basse-fosse au moyen d'une sorte de plaque d'égout dans laquelle était pratiqué un orifice censément destiné au renouvellement de l'air. À demi asphyxié, dévoré par la faim et la soif, empêché de dormir autrement que par instants où il perdait conscience, le malheureux croupissait dans l'obscurité, le froid, l'humidité, sa propre urine et ses déjections, la puanteur d'une atmosphère viciée et raréfiée — combien de temps ? Jamais Abel n'était parvenu à le savoir très précisément. Les deux premières fois où il en était ressorti, tiré par des cordes et des palans, à demi mourant, on avait dû l'admettre à l'infirmerie de la centrale. Ensuite, par recoupements, il avait calculé que la détention avait duré environ une semaine.

Une semaine de terreur et d'horreur, de misère et de déréliction, de démence — pourrait-il jamais dire ce qu'était un tel supplice ? Un supplice qui semblait défier l'imagination torturée de Dante, un cercle de l'enfer oublié par le poète...

Celui qui a vécu cela peut-il être vraiment tout à fait le même après ? Ne gardera-t-il pas quelque part, dans sa sensibilité, son âme meurtrie, une cicatrice jamais refermée ? Ne sera-t-il pas marqué pour la vie de façon aussi indélébile que les déportés des camps de la mort du numéro tatoué à leur poignet ?

Abel avait survécu à son premier séjour au trou. Il avait survécu à son deuxième. Il avait assurément survécu à son troisième aussi puisqu'il se trouvait aujourd'hui aux Praz de Chamonix, auprès de ses amis, dans un chalet accueillant qui sentait la tarte aux pommes et le feu de bois, mais parfois il lui semblait, tant ce séjour l'avait profondément ébranlé dans tout son être, que ce n'était pas à lui que cela était arrivé, mais à un autre — un étranger qui lui ressemblait comme un frère. Il était mort dans ce puits et un autre était né à la place de ce mort pour venir le venger : lui. L'impression durait rarement plus de quelques instants mais l'idée, étrange et vague, subsistait, intimement tapie en lui — elle était son secret. Oh ! certes, il le savait : il s'agissait là d'une idée absurde. Il était encore assez sensé pour le savoir. Et pourtant, elle devait bien contenir une part de vérité puisqu'elle l'aidait à vivre, puisqu'elle l'aiderait à vivre désormais. Oui, on peut mourir sous le coup des mauvais souvenirs, mais Abel voulait vivre, vivre, vivre : il voulait penser maintenant que ce n'était pas tout à fait lui qui avait été jeté au trou la troisième fois et failli y mourir fou, suicidé.

Et pourtant...

Le motif pour lequel il avait été jeté au cachot cette fois-ci était à peine moins anodin que les deux précédents à avoir justifié un régime aussi inhumain.

Depuis quelques jours, une araignée avait commencé de tisser sa toile dans un recoin de sa cellule. Abel avait été récemment privé de lecture et de papier. Désœuvré et de plus en plus diminué intellectuellement, il s'était en quelque sorte lié d'amitié avec l'arachnide. Il l'avait affectueusement surnommée « Betsy chérie » et lui parlait en vietnamien — du moins lui disait-il les quelques mots qu'il avait appris de cette langue — ou bien lui racontait de longues histoires en anglais. C'était une façon comme une autre de tuer le temps et de tâcher de garder en mémoire son propre passé, le seul bien qui lui était resté et le raccrochait encore à la vie.

Un matin, le gardien qui faisait les cent pas dans le couloir, agacé sans doute de l'entendre parler à voix haute dans cette langue qu'il ne connaissait pas, entra dans sa cellule pour lui intimer l'ordre de se taire. Abel, pris par le récit qu'il faisait à Betsy de sa tragique aventure sur l'Aiguille du Fou, ne l'entendit pas entrer. Quand il le vit s'approcher de lui… de son araignée, il était trop tard. Il ne put pas même prévenir son geste : déjà le petit corps velu et gluant de l'animalcule éclatait sous le pouce du gardien. Alors, dans un accès subit et irréfléchi de colère, Abel se jeta sur lui et lui décocha un misérable petit coup de poing sans force avant d'éclater en sanglots.

Il lui avait tué sa Betsy, le salaud, il lui avait tué sa seule amie !

La sanction d'une telle rébellion ne se fit pas attendre : le trou.

Le trou où il avait purgé une peine deux mois auparavant et où il s'était juré de ne plus jamais retourner sinon pour s'y tuer.

Le trou vers lequel, à quatre gardiens, ils l'emmenaient maintenant, pitoyable loque à peine humaine, traînant sur ses genoux écorchés par des couloirs et des escaliers, hurlant de terreur tel un condamné à mort, bavant du sang et implorant ses bourreaux :

« Non ! Non ! »

Le trou dans quoi ils le jetaient sans ménagement, comme s'il n'était qu'un quartier de viande. Le trou qu'ils refermaient dans un effroyable fracas de fonte remuée…

À tâtons, dans l'obscurité fétide, délétère, suintante d'humidité, Abel se releva péniblement après être revenu de l'évanouissement qu'il avait eu en tombant.

Une sorte d'absurde volonté, de vaine bravoure, le sens de la dignité humaine qu'on lui avait tant déniée retrouvé au moment suprême, un sursaut de tout son être l'y poussaient : il mourrait debout. D'ailleurs, pour se fracasser le crâne contre la paroi cimentée, il avait besoin de prendre son élan et ne pouvait le faire que s'il se tenait sur ses jambes. Il devait réussir du premier coup, violemment et, pour ainsi dire, nettement, afin de ne pas avoir à endurer la moindre agonie — il fallait que le choc fût définitif.

Longtemps Abel demeura ainsi, immobile, écoutant son cœur battre dans sa poitrine creuse, caverneuse ; écoutant l'écho du battement que réverbérait cette caisse de résonance constituée par le puits.

Il était parvenu aux portes de la mort, il se sentait envahi d'une sérénité inconnue, d'une joie profonde comme est profonde l'éternité.

Le battement lui parut s'amplifier encore, s'accélérer et, avec, l'écho de son souffle haletant.

D'abord, il ne pensa à rien. Puis, peu à peu, la mémoire lui revint de toute sa vie qu'il se mit à revivre comme dans un rêve mais vite, de plus en plus vite.

Il se revit qui se jetait dans le vide. Était-ce à Modesto, chez sa M'a ? À l'Aiguille du Fou ?

Dans son esprit fébrile, les souvenirs se mêlaient pour n'en former plus qu'un, se condensaient en une autre image : sur la Côte d'Azur… Il se trouvait dans un cimetière… Une cigale crissait dans un pin… Un oiseau chantait… Au loin, le ressac éblouissant…

Il se mit à crier, à crier :

Elle est retrouvée.
Quoi ? — L'Éternité.
C'est le soleil
Allé avec la mer.

Et comme son front allait dans un instant s'ouvrir, son crâne éclater sur le ciment, il entendit soudain un appel dans le noir, une parole qui résonnait, proche et lointaine, amicale et sépulcrale, surnaturelle et familière :

« Il y a donc ici quelqu'un qui n'a pas oublié la poésie ? »

SEPTIÈME PARTIE

L'heure du Tigre

Il allait, courant parmi les dunes dans le grand vent du matin qui fouettait les oyats et levait sur la plage des brumes légères de talc gris-rose. Il allait pieds nus, à petites foulées égales sur la grève de Cape Cod, là où le ressac vient mourir et lécher le sable par grandes lapées sans cesse recommencées. Il allait, inspirant et soufflant avec un bonheur retrouvé, ressentant au plus secret de sa chair des impressions oubliées depuis longtemps et qui, brusquement, le grisaient, lui donnaient l'envie de clamer sa joie. Il allait avec aisance, élégance, tel un jeune fauve, souple et beau, maigre mais non pas d'une maigreur maladive, fin comme l'est un félin, tous les muscles délicatement dessinés sous le coton beige de son survêtement. Il allait, ses cheveux blonds flottant sur la nuque, sur le front où, telle une raie décolorée, une unique mèche très blanche était la seule marque physique qu'il garderait à jamais de l'enfer qu'il avait enduré, comme par une sorte de coquetterie involontaire. Ses yeux bleu pâle emplis de larmes, dans la clarté du jour naissant, il allait ébloui, indiciblement heureux, fêtant à sa façon et pour lui seul sa reconnaissance : en courant.

Le chat s'était fait tigre. Il avait perdu ses dernières pataudéries d'enfant, ses gaucheries d'adolescent : il était un homme désormais. Dans la force de l'âge, investi de cette puissance de jugement, de cette violence parfaitement dominée, de cette énergie qui ne sont qu'à ceux qui ont survécu à des épreuves mortelles. Revenu de tout mais non pas désabusé ni désenchanté, avec une envie de vivre et de clamer son enthousiasme de la façon dont il rugissait face à l'océan déchaîné à l'horizon duquel se levait le soleil. Au moment où l'homme commence à abandonner les combats passionnés de sa jeunesse, au moment où il commence à renoncer à son idéal, à se lasser de lui-même, à vieillir en un mot, lui se sentait prêt à de nouvelles luttes. Il avait trente-trois ans, l'âge du Christ, dit-on. Mais son chemin de croix, il l'avait accompli. Ainsi que sa résurrection terrestre, la seule résurrection qui à ses yeux eût un sens…

Abel ne croyait pas à l'enfer ni au paradis. Il ne croyait pas à l'enfer car il ne pensait pas qu'il pût y avoir un lieu pire que cette terre où nous passons, misérables hommes, infimes, éphémères, dans les hurlements de la douleur, avec la haine entre nous et en nous, avec la terreur. Mais il ne lui semblait pas non plus qu'il pût y avoir quelque chose de mieux que ces fugaces instants de bonheur, ces rares moments de plénitude intérieure, d'amour des autres et de soi qu'il nous arrive de voler parfois à l'horreur.

Abel ne croyait pas en Dieu car il ne pouvait pas imaginer que l'être suprême ait pu imaginer un châtiment aussi impitoyable que ces quelques dizaines d'années où nous passons dans la vallée des larmes : notre vie, notre vie à nous, pauvres hères, aveugles et hébétés d'effroi, allant à tâtons dans l'obscurité, le sang, la boue glacée. Et il ne croyait pas non plus en Dieu car il savait désormais, pour l'avoir éprouvé lui-même, que l'homme, l'homme seul, aussi monstrueux qu'il soit parfois, peut prendre pitié de l'homme, consoler l'homme, aimer l'homme — Dieu ne répond jamais.

Abel croyait en l'humaine tendresse. Il croyait au rire clair de l'enfant qui s'éveille après avoir dormi tout son saoul, il croyait au sourire encourageant de l'ami quand point le désespoir, il croyait au regard fervent des amants se retrouvant sur le quai d'une gare et pleurant de se retrouver.

Abel croyait en la fraternité et en l'amitié. C'est-à-dire

qu'il leur déniait d'être moins que l'amour ou autre chose. Et Abel croyait en l'amour. Il croyait au murmure amoureux sur les lèvres, aux larmes de bonheur qui glissent sur la joue, il croyait au cœur qui bat plus vite, plus fort, soudain. Aux baisers volés, aux mains qui se cherchent furtivement, aux étreintes passionnées…

Abel croyait aussi en la beauté et l'harmonie, il croyait en la poésie. Celle créée par les hommes aussi bien que celle des éléments. Une sonate de Mozart et le mugissement sourd de la mer. La lumière crépusculaire dans un tableau de Vélasquez et midi que tamisent les frondaisons argentées d'un très vieil olivier. Le scintillement mystérieux et diffus de la Voie lactée et l'énoncé de la théorie de la relativité. Le cri de l'engoulevent quand il s'envole vers la forêt à la nuit tombée ou quelques simples mots de Shakespeare tels :

« Le lait de l'humaine tendresse. »

Abel y croyait parce qu'il avait toujours cru que nous sommes venus sur cette terre pour y vivre — simplement. Non pour y attendre autre chose ou la changer mais pour nous parfaire, nous, et ainsi la rendre meilleure elle aussi. Il savait que le bonheur est à ce prix — non à celui d'un quelconque renoncement de soi en une religion ou un parti ou une grande idée universelle.

Aucun d'entre nous, si exceptionnel soit-il, ne doit vouloir le salut de son semblable, lui imposer sa loi. La fraternité commande de laisser chacun libre de son destin — de cela aussi il était convaincu.

Aguerri dans la tolérance, chacun sur cette terre peut aller plus haut, plus loin. Chacun, pourvu qu'il en ait la volonté, peut comme un athlète se forger un corps de héros antique, se forger une âme de demi-dieu. Mortel, certes, mais immortel dans le souvenir de ceux qui l'ont aimé pour avoir su dire : vivons chacun notre vie.

Abel ne croyait pas à la mort ni à l'oubli. Il avait foi en lui. Et l'éternel retour…

Tel était l'enseignement reçu de la bouche de Minh, cette sublime sagesse qui resterait son secret comme resterait son secret à jamais tout ce long moment de son existence où il était demeuré entre la vie et la mort. Abel avait décidé qu'il était assez fort désormais pour n'en plus parler à personne. Ce silence, ce serait sa part d'ombre à lui qui voulait retrouver la transparence de l'enfance ; ce serait ce qui ferait de l'enfant qu'il s'efforcerait d'être toujours, un homme également — un homme supérieur.

Minh, enfermé dans le cachot voisin, Minh, si âgé, si malade, avait su pourtant lui insuffler un peu de sa misérable vie au moment où il allait mourir et le retenir de se suicider. La voix du vieillard s'élevant dans le noir pour dire : « Il y a donc ici quelqu'un qui n'a pas oublié la poésie ? », cette voix avait été comme du sang neuf suffusé dans ses veines, comme un nouveau battement de son cœur qui lui avait paru s'être arrêté soudain.

Les paroles d'espérance, le savoir que le vieux sage lui avait inculqué par la suite comblaient ce manque spirituel qui l'avait empêché jusqu'ici de s'accomplir tout à fait. Quand Abel était ressorti du trou, avec quelle stupeur mêlée de respect ses gardiens l'avaient vu marcher, difficilement certes, mais tête haute et presque crânement. Ils n'eurent pas à le conduire à l'infirmerie comme après les deux détentions précédentes dans le cachot mais le ramenèrent à sa cellule, sans même avoir à le soutenir, à l'aider.

À jamais Abel avait vaincu la peur…

« Il y a donc ici quelqu'un qui n'a pas oublié la poésie ? »

Cela avait-il un sens, entendre cette voix douce et chantante qui l'interpellait ainsi en français de derrière la muraille suintante d'humidité du puits où il était à l'agonie ? Non, certes, mais tout n'était-il pas insensé en cet instant suprême où la mort prenait le pas sur la vie ? Aussi Abel avait-il cru, il avait désespérément voulu croire en la réalité de cette sorte de phénomène surnaturel : on lui parlait ! Et ce n'était pas pour l'insulter, l'humilier — non, on lui parlait comme à un ami, un frère. Il avait un frère humain sur cette terre qu'il était sur le point de quitter pour sombrer dans l'heureux néant. Un ami encore...

Mais alors Abel s'était rebellé : ne se moquait-on pas de lui ? Pourquoi le salut — si tel était cet appel plein de compassion venu du noir — pourquoi le salut venait-il si tard ? Le destin ne se moquait-il pas de lui, une fois de plus ? Et c'était avec une sorte de défiance qu'il était parvenu, aussi faible et moribond fût-il, à s'écrier :

« Ah, qui es-tu ? Que veux-tu ? Existes-tu seulement ? Ou veux-tu simplement t'amuser de moi, me tourmenter ?

— Non, mon ami, non ! Je veux que tu m'aides à surmonter cette épreuve...

— *Tu* veux que *moi* je t'aide ? Tu dois être fou, comment le pourrais-je ? Tu dois être devenu fou, à moins que ce ne soit moi ! »

Et Abel, dans l'état de quasi-démence où il se trouvait,

loin de se sentir rassuré, éprouvait une colère grandissante contre cet homme qu'il ne pouvait voir... cette voix qui lui semblait n'être qu'une hallucination de son cerveau malade et résonnait, sépulcrale.

« Non, tu n'es pas fou. Et je ne le suis pas non plus. Nous sommes unis dans un même sort : on veut nous rendre fous mais nous ne le sommes pas... Pas encore. Et nous devons résister... Écoute-moi, j'existe vraiment et mon nom est Minh. Comment t'appelles-tu ?

— Je ne sais pas. Je ne sais plus », répondit Abel en anglais.

Il disait vrai : à ce moment-là, il avait oublié qui il était. Dans la violence suicidaire de son désespoir, il avait oublié jusqu'à sa propre identité.

« Es-tu américain ? demanda Minh d'un ton affectueux et affirmatif plutôt qu'interrogatif.

— Américain, répéta Abel comme s'il ne comprenait pas bien la question qu'on lui posait.

— Un poète, en tout cas. Te souviens-tu de ça, au moins : que tu es poète ?

— Oui... Oui... Peut-être...

— Il y a un instant, tu déclamais ces vers de Rimbaud :

Elle est retrouvée.
Quoi ? — L'Éternité...

— Ah ? J'ai fait ça, moi ?

— Oui.

— Je crois bien que c'était à l'enterrement de mon père.

— L'enterrement de ton père ?

— Oui. J'ai récité ce poème.

— Si tu ne te souviens pas de ton nom, peut-être te souviens-tu de celui de ton père, mon ami ?

— Emerson. Il s'appelait Emerson. Eliott Ernest Emerson.

— Tu t'appelles donc Emerson toi aussi.

— Non ! Non ! Pas Emerson. Ce n'est pas mon nom ! protesta Abel avec une véhémence qui surprit Minh et l'effraya quelque peu. Moi, je suis Abel Young ! Tu entends : Abel Young !

— Très bien, Abel, dit Minh du ton soumis qu'on adopte pour parler à un fou furieux de peur de le contrarier et de l'exciter un peu plus. Je comprends : tu es Abel Young…

— Écoute, écoute, qui que tu sois : je suis Abel Young. Et je veux mourir.

— Malheureux ! Mourir ? Que dis-tu ? Mourir ? Tu m'abandonnerais, moi qui ai tant besoin de toi, tant besoin d'entendre ta voix encore…

— Écoute-moi : je ne sais plus depuis combien d'années je suis ici et je meurs. Je ne sais plus… Laisse-moi en finir.

— Non, Abel. Je t'en prie. Si tu te tues, c'est moi, Minh, que tu tues aussi.

— Eh, que m'importe ! Est-ce que je te connais seulement ?

— Non, en effet. Mais si la mort d'un inconnu, si ma mort te laisse indifférent, en quoi pourrais-tu te dire différent de tes bourreaux, de nos bourreaux ? En quoi serais-tu meilleur qu'eux ? Y as-tu pensé, Abel ? Et n'aurais-tu pas un peu de compassion pour le vieil homme que je suis ? »

Il y eut un long silence. Et puis, vaincu par l'étrange douceur des paroles du vieux sage vietnamien, Abel se mit à pleurer à chaudes larmes. Et Minh, rasséréné, sourit dans l'obscurité de son cachot. Puis, pour renouer le fil de leur émouvante conversation, il redit tendrement, par trois fois :

« Abel… Abel… Abel… »

pour l'inviter à se confier à lui.

« Écoute, écoute-moi, finit par implorer Abel. Je gravissais les plus hautes montagnes, et j'aimais une femme qui m'aimait, même si parfois nous ne nous comprenions pas, et j'avais quelques amis dont l'un d'eux était un frère pour moi, plus qu'un frère même, et je crois aussi que j'avais un vrai talent d'écrivain : en somme, j'aurais pu être le plus heureux des hommes — mais je suis là enfermé depuis je ne sais combien d'années sans aucun motif et ils finiront par avoir raison de moi, d'une façon ou d'une autre. Comprends-tu pourquoi je veux mourir ?

— "Celui qui gravit les plus hautes montagnes se rit de la gravité tragique de la vie…" répondit Minh, solennel.

— Belles paroles ! s'écria Abel avec une ironie triste. Elles sont de Nietzsche, je crois. Mais ce ne sont que des paroles…

— Elles sont de Nietzsche, en effet. Et je t'en apprendrai d'autres que tu ne connais peut-être pas encore, Abel. Je t'apprendrai à être fort. Et juste.

— Je ne l'étais donc pas ?

— Si, sans doute. Je veux dire : je te ferai plus fort et juste encore. Mais pour cela il faut que tu vives.

— À quoi bon ? À quoi me serviraient la force et la justice ?

— Ne désespère jamais, Abel. Tu es aujourd'hui le plus malheureux des hommes ; un jour, tu seras heureux, puissant, riche, adulé et sage. Et tu aimeras à nouveau, je le sais. J'ai pénétré bien des secrets de l'univers et je connais l'avenir. Abel, tu iras dans la vie tel le tigre dans la forêt, beau, indompté…

— Ah, tu essaies de me leurrer, de me bercer de faux espoirs ! se récria Abel, ricanant. Seulement, je ne te crois pas. Tu mens, tu mens ! »

Mais Minh n'en fut pas outragé. Au contraire : il lui plaisait que l'esprit de révolte habitât à nouveau ce corps moribond, cette âme à demi morte. Et il se contenta de dire d'une voix unie où ne pointait pas le moindre reproche à l'égard du jeune prisonnier :

« Te mentir, moi qui suis ton frère de misère, moi qui croupis comme toi au fonds d'un puits en attendant la mort. Pourquoi te mentirais-je ? Quel intérêt aurais-je à te tromper, dis-le-moi ?

— Oh, pardon ! Pardon ! s'exclama Abel, brusquement bouleversé. Pardon, mais je ne parviens pas à croire qu'un être est là, si près de moi et que je ne vois pas, si proche… Un être humain, et qui me tendrait la main s'il n'y avait ce mur entre nous deux…

— Qui te serrerait sur son cœur, Abel ! Car du fond de ton désespoir, sans le savoir tu as redonné l'espoir au vieillard que je suis… Vis, Abel, vis ! Tu seras mon fils, un *Fils de la Lumière*, un *Minh Tû.* »

Ce fut plus tard, à l'automne 1973, qu'Abel et Minh se virent enfin, se découvrirent l'un l'autre. Sans qu'il en sût la raison — mais dans le régime pénitentiaire communiste, il l'avait compris à ses dépens depuis longtemps, tout est arbitraire comme est arbitraire le régime lui-même, sous tous ses aspects —, un matin, Abel fut transféré dans un autre quartier de la prison où les détenus étaient incarcérés par deux. La cellule n'était pas moins exiguë que celle qu'il venait de quitter et où il avait noué une nouvelle mais plus secrète amitié avec une araignée surnommée Mimi. L'arrangement des deux paillasses superposées semblait récent — peut-être une vague massive d'arrestations et d'internements dans le pays avait-elle nécessité qu'on dédoublât ainsi les châlits. Mais Abel était trop las pour concentrer plus d'un instant son attention sur de telles questions. Et de même, ce fut à peine s'il remarqua le changement d'attitude des gardiens à son égard : quand il trébucha dans l'escalier tandis qu'ils le conduisaient à sa nouvelle cellule, ils ne le rouèrent pas de coups mais l'aidèrent au contraire à se relever.

On l'enferma à double tour et on le laissa seul près d'une heure. Puis la porte se rouvrit…

Il fallut à Minh toutes les ressources de cette sérénité qu'il avait acquise dans une pratique quotidienne de la philosophie pour ne pas laisser éclater sa joie en présence du geôlier quand il vit que son compagnon d'infortune serait ce jeune Blanc… Abel Young, assurément ! Abel aussi reconnut très vite dans le petit homme frêle à l'extraordinaire visage émacié de vieux bonze, rieur et bon, cet initiateur inconnu, ce maître épris de vie dont il n'avait entendu jusqu'ici que la voix douce et chantante résonnant dans le cachot. Ils s'entre-regardèrent d'abord, trop émus pour se parler. Puis, à peine les verrous eurent été repoussés derrière eux, ils s'embrassèrent.

« Tu es donc Abel.

— Tu es Minh ! Mon ami, mon sauveur.

— Non, Abel, non : je ne suis pas ton sauveur. Toi seul tu as eu la volonté, en toi seul tu l'as trouvée, cette force surhumaine qui t'a permis de te dépasser.

— Mais sans toi…

— Abel, entendre soudain ce poème de Rimbaud, ces vers proprement divins. C'était pour moi un tel bonheur ! Comme ce fut pour toi d'entendre ma voix sûrement.

— Mais qui es-tu ?

— Que fais-tu là ?

— Et toi ?

— Pourquoi t'ont-ils emprisonné ? »

Ils étaient tous deux si bouleversés que les questions se bousculaient, laissées la plupart sans réponse. Enfin, quand l'un et l'autre se furent un peu calmés, Minh commença le récit de sa vie.

Minh était le dernier survivant des Minh Tû — « les Fils du Soleil », « les Enfants de la Lumière ».

Comme ce fut souvent le cas dans les civilisations antiques très bureaucratisées, la société orientale — et, singulièrement, la société vietnamienne — a, de tout temps, sécrété des contre-pouvoirs occultes : les sectes. Sectes politiques, sectes mystiques, sectes de fanatiques dont les Cao Daï et leur étrange syncrétisme religieux sont un des plus beaux exemples ou encore, à son origine, avant qu'il ne devienne parti : le Vietminh.

Établis principalement au Tonkin, les Minh Tû formaient une société secrète mais très différente des autres sociétés en ceci : ils ne recherchaient pas le pouvoir, n'avaient aucune ambition particulière et, surtout, aucune croyance en une quelconque transcendance sinon en l'éternel retour.

« Mais l'éternel retour est une intuition personnelle, non un dogme, précisait Minh. C'est en quelque sorte ce sentiment du déjà-vu qui parfois nous assaille quand notre esprit paresse… Comprends-tu de quoi je parle, Abel ?

— Oui, je peux le comprendre. Quand, au cachot, m'est revenu en mémoire ce poème de Rimbaud…

— C'est cela même. »

Les Minh Tû étaient plutôt, à proprement parler, une confrérie de nobles esprits, une maçonnerie d'intellectuels épris de liberté et de tolérance. Leur idéal était d'influer par les idées et l'exemple de leur propre conduite, non par la violence ou l'endoctrinement des esprits : ils estimaient n'avoir pas de leçon à donner à quiconque mais devoir vivre selon leurs exigences morales. Au milieu des années 30, dans une société coloniale corrompue, puis, après la guerre et la victoire des communistes, dans un pays devenu totalitaire, ils avaient voulu tenter de préserver ou de restituer quelques valeurs aristocratiques : la vaillance, la générosité, la gratuité, le désintéressement, le courage, l'ironie, l'affirmation de soi par-delà le bien et le mal, la solitude éternelle de l'homme supérieur. Cette solitude éternelle hautement revendiquée que les Japonais résument en un mot : le *sabi*.

« As-tu saisi ce qu'est le *sabi*, Abel ? Ce sentiment de transcendance surgissant dans le quotidien le plus banal, cette extase tranquille dans la vie de tous les jours…

— Il me semble l'avoir ressenti parfois en montagne : brusquement, mon esprit se détachait de moi et j'accomplissais les mouvements les plus périlleux, les rétablissements les plus difficiles avec une déconcertante facilité. C'était comme si je me souvenais d'être déjà passé par là, moi qui escaladais cette arête ou ce couloir de glace pour la première fois. Oui, j'avais l'impression de revivre un moment d'une vie antérieure, de le répéter. Et curieusement, ça n'avait rien d'effrayant. Au contraire : il n'y avait plus aucune violence dans mes rapports avec le rocher, la glace — je les aimais. Et c'était une expérience extraordinaire que, par la suite, j'ai souvent cherché à retrouver ailleurs, dans d'autres circonstances de la vie.

— Eh bien, Abel, tu touches ici à quelque chose d'essentiel. Appelons-le, faute d'une expression plus vraie, l'éternel retour. Chacun de nous revenant éternellement doit se préparer déjà à son prochain retour, c'est-à-dire : se parfaire, cultiver ses qualités proprement humaines, rejeter tout ce qui est bestial en lui et affiner encore ce qui fait qu'il est un homme. Qu'il devienne *nécessaire* dans l'ordre de l'univers par sa seule volonté et donc : discret, souple et silencieux comme le fauve dans la jungle. Oui, qu'il soit pleinement un homme, de la façon dont le tigre est tigre... »

Il n'y avait nulle hystérie, nulle vaine idolâtrie dans la calme mystique des Minh Tû. Rien que la tranquille assurance, la sérénité superbe de ceux qui savent profondément qu'il n'est rien à espérer. Un héroïsme quotidien et sans phrases...

Entraide et fraternité entre ses membres, tous cooptés : par ce seul aspect de leur organisation, les Minh Tû constituaient une secte. Et par le fait qu'ils avaient mis en commun sur un compte unique leurs fortunes personnelles afin de garder un plus grand détachement à l'égard de l'argent. Le trésor ainsi réuni et déposé d'abord dans une banque de Hong Kong puis, pour plus de sécurité, en Suisse quand, en 1967, l'étau des persécutions s'était encore resserré, devait servir non à édifier des temples ou acheter des consciences mais à entretenir des bibliothèques et des sortes de conservatoires secrets où serait maintenu envers et contre tout l'esprit de la civilisation. Plus tard, quand les temps seraient venus, s'ils venaient jamais, les fonds seraient employés à armer une nouvelle génération de résistants aguerris à lutter contre la barbarie, de jeunes hommes éduqués dans les écoles clandestines et les cercles de pensée, ayant appris à ne pas se laisser endoctriner mais au contraire à raisonner d'eux-mêmes et garder en toute occasion leur sens critique. Eux seraient les vrais « Enfants de la Lumière », les authentiques Minh Tû...

Hélas ! ce qui faisait la grandeur intellectuelle de la confrérie — le désintéressement, la tolérance, la générosité — faisait aussi sa faiblesse dans la pratique. Infiltrée par des agents provocateurs et des espions à la solde du gouvernement, elle avait commencé d'être démantelée au début des années 60. Certaines sections avaient été anéanties lors d'opérations de basse police et des condamnations à mort prononcées pour « pratique antisociale ». La secte s'était alors repliée sur elle-même. À l'été 1967, pour mettre un terme aux persécutions inutiles, ses dirigeants avaient décidé d'une réunion plénière qui serait la dernière car on y annoncerait, à l'intention des traîtres au mouvement, en espérant qu'alors ils se démasqueraient en protestant contre une telle décision, sa dissolution pure et simple. Mais, comme les trente rescapés prenaient place dans la cave d'une villa de la banlieue d'Hanoi où se déroulaient les conseils clandestins, une fusillade éclata : tous les Minh Tû furent exécutés à la mitraillette par cinq tueurs de la police politique du Parti. Seul Minh put fuir l'incendie allumé par les assassins après le massacre pour détruire toute trace de l'épouvantable attentat et survécut miraculeusement à ses blessures.

Mais il devait être arrêté deux mois plus tard et envoyé en prison sans jugement, en tant qu'élément subversif irrécupérable pour la révolution.

« Lors de mon arrestation, j'appris la mort de mon petit-fils. Ils l'avaient torturé à l'électricité jusqu'à ce qu'il avoue où je me cachais puis ils l'avaient achevé après que le pauvre enfant eut fini par le leur dire : il n'avait pas dix ans…

— Oh, mon ami ! Et moi qui, au fond du cachot, me disais le plus malheureux des hommes ! Et toi qui me répondais très doucement, je m'en souviens : “Qui peut se dire le plus malheureux des hommes ?” Je comprends maintenant. Pardonne-moi.

— Non, Abel, que veux-tu que je te pardonne ? Tu étais vraiment le plus malheureux des hommes au moment où tu le disais. Puisque, alors, tu te croyais le plus malheureux des hommes. Mais je t'apprendrai sinon le bonheur, du moins la sérénité. J'essaierai de te l'enseigner…

— Je ne me résignerai jamais !

— J'espère bien ! Qui te parle de te résigner ? »

Minh — de son nom Nguyen Van Minh — était né au début du siècle dans une famille aisée de cette nouvelle bourgeoisie commerçante dont l'administration coloniale avait suscité la collaboration afin d'établir des alliances avec la population locale quand elle avait commencé à voir son pouvoir contesté. Très tôt remarqué pour son intelligence exceptionnelle, le jeune homme avait été envoyé par ses parents à l'université de Shanghai. Puis il avait achevé ses études à Paris. De retour au Tonkin, il fut nommé professeur de philosophie de la faculté d'Hanoi. Révéré à l'égal d'un maître à penser de l'Antiquité par ses disciples, il s'était vite acquis une réputation de génie original et non-conformiste. Il avait sur ses élèves l'ascendant d'un Socrate, d'un Confucius. Sa philosophie, souriante mais rigoureuse, amusante mais d'une grande exigence morale et volontiers contestataire, séduisait les esprits libres. Elle constituait une admirable leçon de vie et, pour cette raison même, Nguyen Van Minh avait souvent eu maille à partir avec les autorités. Nombre de Vietnamiens se souviennent encore avec émotion de l'atmosphère de gaieté et de familiarité dans laquelle il donnait ses cours. Dans une société encore extrêmement patriarcale, c'était là une nouveauté qui faisait scandale. Minh refusait qu'on l'entourât de cette ferveur dévote que l'on réserve souvent aux maîtres à penser. Il plaisantait de sa propre popularité tout comme il se moquait gentiment des notables de l'université et sa modestie était sincère. À ses étudiants il disait parfois :

« Si vous tenez absolument à admirer quelqu'un, eh bien ! admirez-vous vous-mêmes ! »

Mais ce qui étonnait le plus en lui c'était sa culture encyclopédique, ce savoir universel et familier à la fois par lequel il étayait d'exemples vivants et toujours inattendus ses leçons de philosophie. Quoiqu'il s'en défendît par une sorte de coquetterie, Minh avait des vues sur à peu près tout ce qui peut être su et un enthousiasme de vrai savant qui ne s'était jamais démenti, même quand était venu le grand âge. À Abel qui l'interrogeait sur ce qu'il ferait s'il était enfin libéré, il répondit avec un sérieux solennel où pointait aussi l'ironie discrète du sage :

« Eh bien, d'abord je relirais mon cher Marc-Aurèle. Il y a des passages de son œuvre que j'avais appris par cœur mais dont je ne me souviens plus très exactement. Et puis, si j'en avais encore la force, je reprendrais le combat clandestin pour que survive la civilisation millénaire de la Chine qui se trouve menacée de mort par la bêtise iconoclaste des Maoïstes. Je recommencerais de lutter pour que demeure au Japon l'esprit de la solitude éternelle et que ne meure sa culture à force d'occidentalisation outrée. Et enfin, ici, dans mon pays, seul si je dois être seul, je m'efforcerais de faire retrouver à mon pauvre peuple ses vertus de finesse, de malice et de drôlerie, son intelligence qu'ont, hélas ! à peu près anéanties le bourrage de crâne et le lavage de cerveau auquel il est soumis depuis la victoire du Vietminh. Tu le vois, Abel, mon ami : quelle immodestie singulière ! Quelle puérile vanité, quelle impudence grossière de la part de ce vieux singe rusé que je suis. Ou, plutôt, que j'étais. Car je vais mourir bientôt…

— Ah, que me dis-tu ?

— Je vais mourir, mon fils. Je le sais. Ce n'est plus que l'affaire de quelques semaines… »

Minh, exténué par les épouvantables mauvais traitements qu'il endurait sans broncher depuis près de cinq ans qu'il était détenu, savait qu'il n'avait plus guère de temps à vivre, en effet. Avant de connaître Abel, ce qui l'avait désespéré c'était de n'avoir pas trouvé en prison un compagnon digne de recueillir son enseignement, c'était de devoir mourir, pour ainsi dire, intestat intellectuellement. Mais, dès que, de derrière la paroi du cachot humide où on l'avait enfermé pour un acte de rébellion très anodin — il avait refusé de faire à d'autres détenus la lecture des écrits prétendus « philosophiques » de Lénine —, Minh avait entendu la voix mourante de cet inconnu qui, dans le premier sursaut de l'agonie, avait retrouvé sa force de hurler le sublime poème de Rimbaud et de chanter l'éternité, il avait su. Il avait su que le jeune Américain serait ce fils spirituel à qui il transmettrait son savoir.

« Ce serait toi ! C'était toi, je l'ai su aussitôt... »

Et quelle indicible joie quand il avait découvert que celui avec qui il partagerait cette cellule où le poussait un geôlier n'était autre qu'Abel Young ! Lamentable épave humaine, décharnée, défigurée, à demi cadavéreuse déjà et exhalant cette odeur particulière aux agonisants — mais dans le regard fiévreux et fier brillait la flamme du tigre indompté Cet homme-là, sous les plus lourdes chaînes, serait toujours un homme libre, avait-il pensé, un Minh Tû.

« Oui, Abel, je ferai de toi un Fils de la Lumière ! »

Mais Abel garderait fièrement le secret de cette illumination spirituelle, de cette résurrection. Tout comme par pudeur il tairait désormais, il se l'était promis, le sacrifice suprême de son maître, lequel s'était immolé par le feu pour l'aider à s'évader en compagnie de Fierce Fist Joe du bagne où tous deux avaient été transférés au tout début du printemps 74. Tout comme, par souci d'élégance, il s'abstiendrait d'évoquer devant quiconque ces quatre saisons en enfer qu'il avait encore vécues dans un camp de concentration du Sud-Viêt-nam quand ils furent à nouveau faits prisonniers, l'avion dans lequel Fierce Fist Joe et lui s'étaient enfuis ayant été abattu. Et, pas plus, on ne connaîtrait cette nouvelle agonie endurée sous un monceau de cadavres lorsque tous les détenus de Khuo Mai avaient été exécutés au moment de l'évacuation générale. Nul ne saurait ce que c'était que d'avoir passé une nuit entière couché contre un ami mort et baigné dans son sang.

« Dans l'obscurité de l'âme, dans le noir du cœur, ô ! demeure muette, bouche d'horreur. Tais-toi, ô ! ma peur, ma terreur endors-toi comme s'endort la peine d'un enfant que l'on baise sur le front avant de le border — il aura oublié demain, au réveil… » — quand il éprouvait le besoin de se confier, les paroles du poète lui revenaient en mémoire.

Non, Abel n'en dirait plus rien. Cette histoire demeurerait à jamais son histoire. À moins qu'un jour, il n'ait, lui aussi, un fils à qui il apprendrait à son tour à être un homme.

À être un « Abel », non un « Caïn »…

« Tu verras, Abel : tel le tigre, tu iras dans la vie. Et quand sonnera l'heure du Tigre, à l'heure où les fauves se lèvent pour aller boire et les hommes se venger, toi, tu reviendras — comme revient toujours l'éternité ! »

Par ce matin venteux, aérien et lumineux de septembre 1975, il courait dans les embruns sur la plage de sable fin de Cape Cod, repensant à cette autre résurrection, plus récente, plus spectaculaire encore : celle de son corps.

Six mois seulement s'étaient écoulés entre ce moment où, comme dans un songe, il avait vu au milieu d'un âcre nuage de fumée apparaître sur un quai de Da Nang la silhouette de Richie Garrymore et aujourd'hui où il éprouvait cette jouissance physique à courir ainsi, souple et nerveux tel le tigre.

À diverses reprises, Richie avait fait un aller-retour des États-Unis en France pour venir rendre visite à Abel, à Chamonix, et le tenir au courant de la mise en place et du lancement d'*Imagine*. Chaque fois il avait été bouleversé de constater à quel point Abel, qu'il avait trouvé moribond et quasi exsangue sur ce quai de Da Nang, avait changé. Certes, les médecins de Hong Kong lui avaient laissé entendre à son sujet qu'il parviendrait sans doute à récupérer en partie ses forces, son étonnante vitalité et recouvrer un peu de cette vie si généreuse qui coulait en lui et lui avait permis de survivre. Mais jamais Richie n'avait imaginé alors une convalescence aussi rapide, des progrès aussi spectaculaires. Il assistait à quelque chose de plus grandiose et de plus émouvant qu'une simple guérison : une renaissance.

« Vois-tu, lui avait dit Abel gaiement la première fois qu'ils s'étaient revus — et Abel avait tenu à aller en personne chercher son ami à l'aéroport de Genève pour lui montrer quelle aisance il avait déjà retrouvée dans son comportement, quelle belle énergie dans sa démarche — vois-tu, Richie, la santé revient dans cette foutue carcasse. La bête n'a pas voulu crever. Vois ! J'engraisse à vue d'œil. Sauf que ce n'est pas de la graisse, tu peux tâter ! »

Et avec une feinte fatuité de gymnaste imbu de sa force, il avait bandé ses maigres biceps, gonflé sa poitrine à peine redessinée. C'était en mai.

En juin, Richie était revenu pour trois jours, apportant avec lui projets, maquettes, devis et les premiers contrats signés par les futurs collaborateurs du magazine. Quand le taxi l'avait déposé devant le chalet des Servoz, Abel jouait au ballon avec les enfants de la maison et quelques-uns de leurs petits amis. Il menait la partie, se donnait sans compter, gambadait comme un gamin, courait à perdre haleine, riait à gorge déployée, bondissait — il était à ce point absorbé par le jeu qu'il n'avait pas vu Richie arriver. Richie, avant de faire remarquer sa présence, était demeuré un petit moment accoudé à la barrière de bois et, avec un plaisir auquel se mêlait une sorte d'envie puérile, il l'avait observé qui s'amusait ainsi, libre, insoucieux. Quand Abel l'avait enfin aperçu, il n'avait pas interrompu pour autant son action. Simplement, en une passe particulièrement virtuose et acrobatique, il lui avait envoyé le ballon, s'écriant :

« Attrape ! »

Hélas ! avait pensé Richie, quel horrible sourire de vieillard dans ce visage si jeune, si peu marqué par la souffrance. Après huit ans de privations, Abel, en effet, n'avait plus de dentition que quelques vilains chicots jaunâtres, à demi déchaussés.

Mais en juillet, ce fut un sourire blanc, éclatant, qui accueillit Richie.

« Oh, Abel, comme je suis content ! Je n'osais pas te le dire…

— C'est la seule chose que j'ai en toc ! plaisanta celui-ci. Tout le reste est à moi, bien à moi ! »

Pourtant, une incisive était cassée devant, en haut, et Richie s'en étonna.

« Ah, ça ? C'est une petite coquetterie. Le Dr Ohawa, de Genève, qui a refait les dents des plus grandes stars italiennes, a bien été étonné quand je lui ai demandé de me la casser une fois que tout a été fini. Il avait déjà eu à satisfaire les caprices les plus extravagants : il y a des chanteurs de rock qui se font incruster un diamant dans la canine pour que ça brille sous les projecteurs, un émir qui lui a commandé une fois un jeu de jaquettes pour tous les jours de la semaine, dans toutes les teintes d'ivoire disponibles — mais jamais encore un zozo ne lui avait dit : cher docteur Ohawa, c'est parfait, je ne pouvais espérer mieux, mais voudriez-vous, je vous prie, me briser maintenant cette incisive-ci ? Oui, oui, je dis bien : me la briser.

— Voilà qui va bien faire rire Kelly quand je le lui raconterai. Lui que la question avait obsédé dès le premier instant où il avait fait ta connaissance…

— Je sais : je l'avais remarqué ! Ce cher Robert, il était tellement à cheval sur ces questions-là, il était tellement *coincé* comme on dit maintenant ! Tiens, encore une expression que j'ai découverte dans les journaux : ça ne se disait pas de… Bon sang ! j'allais dire : de mon temps !

— Tu verrais Robert aujourd'hui, tu ne le reconnaîtrais plus. De nous trois, c'est vraiment lui qui a l'air le plus hippie.

— Hippie ! Je n'aurais jamais cru quand j'étais étudiant à Berkeley que la chose deviendrait aussi universelle. Comme les chansons de Bob Dylan.

— Eh oui, tu n'as connu que les débuts de tout ça : “faites l'amour pas la guerre !”, la musique psychédélique, la défonce. Et c'est déjà fini. Dylan aussi a mis un smoking blanc et chanté *Blue Moon*, comme Frank Sinatra. Bientôt, il va falloir faire comprendre à Robert que les cheveux sur les épaules, c'est aussi dépassé que les costumes trois-pièces gris anthracite à rayures tennis !

— Non, mon vieux, n'en fais rien. Laisse-le vivre sa vie.

— Je plaisantais, Abel. Mais… sais-tu que tu avais raison de le vouloir à la tête du journal ? Il n'a pas du tout pris ses fonctions à la légère ou comme une situation purement honorifique. Dans les réunions du comité de rédaction, c'est peut-être lui qui nous apporte le plus d'idées.

— Ça ne m'étonne pas, Richie ! Le pauvre, mon père était un tyran, je crois. Tout le temps qu'ils ont travaillé ensemble, il a dû se sentir salement brimé. Et après, il a fallu qu'il encaisse Jeremy, ce crétin. C'est la revanche de Robert G. Kelly. Comme ce sera bientôt la mienne… »

Et Abel riait aux éclats, Abel croquait une pomme, Abel roulait-boulait dans l'herbe haute de la prairie tenant enlacé contre lui le petit Abel Servoz qui riait aux éclats pareillement. Abel clamait sa joie de vivre retrouvée avec une immodestie bouffonne :

« Regarde-moi ! Trente-trois ans, beau, riche, intelligent, cultivé, spirituel — et en bonne santé ! Et modeste, comme tu peux le constater. Tu n'as qu'à bien te tenir, Richie, dans tes parties et tes soirées à tout casser, c'est moi qu'on va reluquer, maintenant ! Dès que je me pointerai, les filles tomberont à mes pieds. Ton règne est fini, l'ami ! Mesdames, mesdemoiselles, messieurs, voici la nouvelle coqueluche du Tout-New York, j'ai nommé : Abel Young ! »

Et il saluait sous d'imaginaires applaudissements — il triomphait !

En août, quand Richie arriva aux Praz de Chamonix, Abel n'était pas là,

« Jacques et lui sont partis hier matin pour une prétendue petite balade et ils ne sont pas encore revenus, l'informa Colette en l'accueillant. Ils m'ont téléphoné du refuge des Cosmiques pour me dire qu'ils continuaient. Dieu sait quelle bêtise ils ont trouvée à faire, ces deux-là ! C'est seulement maintenant que je m'en aperçois : ils avaient emporté des sacs de couchage. Leur coup était prémédité. Quels fous ! »

Mais Richie ne s'inquiéta pas : il avait une sorte de foi naïve en Abel. Il le considérait volontiers comme immortel désormais. Et il connaissait le sens aigu des responsabilités que montrait Jacques en tout. Or, le guide l'avait promis à son ami : « Oui, Abel, oui, je sais à quoi tu penses sans jamais me le dire ; le jour où je t'en sentirai capable, c'est juré : nous regrimperons tous les deux... » C'était donc qu'Abel avait gagné le dernier combat sur lui-même.

Les deux hommes redescendirent en fin d'après-midi, harassés mais heureux et fiers d'avoir ensemble, comme dix ans auparavant, avec la même ferveur tranquille, foulé les neiges éternelles. Abel en était changé : ce soir, on ne percevait plus dans son regard cette vague tristesse qui y flottait toujours, même dans les moments de gaieté les plus débridés...

Pourtant, il lui arrivait encore d'être pris de mélancolie aux heures crépusculaires. Il songeait au gâchis de ses plus belles années : on lui avait volé sa jeunesse, tout comme on lui avait volé son enfance. Il repensait à sa M'a, morte d'apprendre sa mort, sans doute. Il repensait à Thomas Haynes. Devant son insistance à savoir la vérité, Jacques avait bien dû finir par la lui dire, non sans force ménagements : celui qu'on avait surnommé « le prince du Yosemite », le meilleur grimpeur de sa génération, avait été grièvement blessé au Viêt-nam et il gisait maintenant dans une chaise roulante, à jamais paralysé des quatre membres et intellectuellement très diminué.

« Le malheureux ne s'en sortira pas. Ses parents m'ont écrit pour me dire qu'il leur parle de toi et de moi, parfois, dans ses moments de lucidité. Mais ils n'espèrent plus le voir retrouver toute sa mémoire ni toute son intelligence...

— Vois-tu quelle chance j'ai eue, moi ! avait dit Abel, très simplement. Quelle chiennerie, la guerre ! »

Il repensait aux Hoang dont il n'aurait sans doute jamais plus de nouvelles, à Doah, son boy qui avait perdu femme et enfants dans un bombardement, il repensait à la ravissante Nam Hoa, à leurs jeux, à leurs rires, il repensait à ces pauvres gens des villages du Triangle de Fer qu'il avait vus monter dans les camions de l'armée américaine qui les conduiraient vers la déportation ; il repensait à ces massacres et ces tortures dont il avait été le témoin. Et puis il repensait à Minh et son sourire de saint, il repensait au vieux sage et le revoyait assis en bouddha au milieu d'une piste d'envol, qui s'aspergeait d'essence, l'enflammait au moyen d'une allumette et, sans un cri ni même une plainte, s'affaissait doucement tandis qu'une gigantesque flamme s'élevait de son pauvre corps hâve, son pauvre corps déjà calciné. Alors, Fierce Fist Joe et lui couraient vers l'avion, vers la liberté — croyaient-ils. Vers une autre détention, en fait, et plus infernale encore que l'enfer qu'il avait connu jusqu'ici...

Ou bien — et la mélancolie se faisait plus douce, plus insinuante, plus nostalgique, plus importune aussi, et des larmes lui coulaient sur les joues, des larmes qu'il ne prenait pas la peine d'essuyer — c'était à Johanna qu'il repensait. À son seul amour, avait-il dit à Jacques, à Colette, son seul amour...

Mais son désir de savoir ce qu'elle était devenue était-il profond, sincère ? Sincère et profonde sa volonté de la revoir ? Parfois, Abel se mettait à douter de lui-même, de ses propres sentiments. Il ne se pouvait pas que Johanna n'ait, comme on dit, « refait sa vie » avec un autre homme : supporterait-il de la voir avec cet autre homme ? Et avait-il le droit de venir la troubler si elle avait trouvé la paix, si elle l'avait oublié ? Devait-il donc attendre qu'elle se manifestât la première lorsqu'elle apprendrait qu'il était en vie — mais dans ce cas, ne risquait-il pas de l'attendre toujours, de toujours espérer mais en vain ? Oh ! la situation était si ambiguë : pourquoi, pourquoi avait-il fallu que, par surcroît, ils se fussent quittés fâchés en ce triste soir d'octobre 66 ? « Pourquoi Johanna ?... »

« Ô ! Abel, Abelito... »

Parfois, aussi, à simplement fermer les yeux avant de s'endormir, il la revoyait, il la réentendait lui chuchoter amoureusement son nom, avec cette façon bien à elle de le dire. Et c'était alors comme si elle l'invitait à revenir. Non, elle ne l'avait jamais oublié, lui disait-elle, il avait été son seul amour et le resterait toujours...

Non, non, il ne devait pas hésiter plus longtemps, il ne devait plus tergiverser. La revoir avait été la raison majeure, l'unique raison peut-être, pour laquelle il avait voulu vivre pendant les longues années de son martyre. Allait-il par pusillanimité en abandonner l'idée maintenant ? Maintenant qu'il se sentait assez fort et résolu pour affronter cette terrible émotion qu'il ne manquerait pas de ressentir en la revoyant...

Non — il irait. Mais il n'en dirait rien à personne. Ce serait là son secret. Richie Garrymore, Robert G. Kelly et Ed Barrett, qui s'occupait de ses affaires, l'attendraient le 18 à Kennedy Airport — ils en avaient décidé ainsi. Mais lui arriverait discrètement aux États-Unis, le 14. Il n'atterrirait pas à New York, mais à Boston. Et il se rendrait aussitôt à Provincetown où elle habitait l'été présentement.

D'elle, il n'avait pas voulu savoir plus. En se présentant sous un nom imaginaire, il avait appelé à San Francisco M. Jones, lequel ne reconnut pas sa voix. Abel n'avait pas demandé au père de Johanna ce qu'était devenue sa fille, si elle était mariée, si elle avait des enfants, si elle travaillait, mais simplement son adresse, après avoir allégué qu'il était « un vieux copain à elle » mais qu'il avait quitté Berkeley pour s'installer à l'étranger en 67. « Et puis nous nous sommes perdus de vue, vous savez ce que c'est : un beau jour on n'écrit plus, et ensuite on le regrette ! » M. Jones, sans poser la moindre question, lui dit qu'elle vivait à New York, maintenant, mais possédait aussi une maison à Cape Cod où elle se trouverait jusqu'au 20 septembre. Abel désirait-il le numéro de téléphone ? « Non, seulement l'adresse... »

C'est qu'il ne voulait même pas s'annoncer, la prévenir en aucune manière de son arrivée : ce seraient en quelque sorte des retrouvailles mystiques.

Et symboliques : car il repartirait aussitôt. Il n'avait pas le droit, jugeait-il, de bouleverser sa vie.

Mais la revoir, oh ! la revoir…

L'entendre redire :

« Abel, Abelito, mon amour… »

Son cœur battait plus vite, plus fort ; sa gorge se nouait irrésistiblement et il devait faire effort pour rengorger sa salive.

Il était passé une première fois devant la maison mais le courage lui avait manqué et il avait continué son chemin jusqu'au phare. Puis, roulant au pas, il était revenu après avoir effectué un demi-tour au promontoire.

C'était bien là qu'habitait Johanna — il gara la Cadillac sur un terre-plein sablonneux en face de la maison.

La maison était une jolie construction de bois peinte en rouge sang avec un toit de petites tuiles à la mode du pays et les portes et volets blancs caractéristiques. Blanche aussi la galerie de bois qui longeait la façade du côté de la baie de Cape Cod ; des palissades la protégeaient des vents et de l'avancée séculaire des dunes. Pas de pelouse, mais quelques oyats épars et un vieil arbre mort dont l'écorce était rongée par le sel. Et, ce qui paraissait un miracle de la nature dans un endroit aussi éventé, des rosiers grimpants pendant aux poutres écaillées d'une ancienne pergola. Aucune impression d'abandon, pourtant, mais au contraire, quelque chose de pimpant, de gai — une maison de poupée, songea Abel. Deux rutilantes bicyclettes d'adulte et une d'enfant alignées contre le petit perron en demi-lune, des rideaux de crochet blanc derrière les fenêtres à petits carreaux impeccablement lavées, des fleurs fraîchement coupées dans un vase posé sur l'avancée d'un bow-window, de l'autre côté de la porte d'entrée, dans ce qui devait être une vaste cuisine faisant office de salle à manger, des cuivres qui brillaient et en haut, au grenier, un vasistas ouvert et de la musique qui s'échappait à flots — un lied de Schubert.

Une maison où il faisait bon vivre, semblait-il.

Abel descendit de sa Seville et s'adossa avec une fausse nonchalance à la portière. L'émotion le paralysait, il se cherchait en vain une contenance pour le cas où on l'eût, à son insu, observé de derrière un rideau quelque part dans la maison.

Mais rien ne bougeait. Et Abel demeura ainsi longtemps dans l'expectative. Au lied de Schubert avait succédé, après un bref silence, une symphonie de Mahler.

Puis, un bel enfant blond aux yeux bleu pâle parut sur le perron, casqué, harnaché de coudières et de jambières, portant sous le bras son skate-board.

Parfaitement indifférent à la curiosité de cet intrus qui l'observait avec si peu de discrétion, il commença à évoluer sur sa planche de résine translucide au milieu de la chaussée asphaltée. Abel admirait son aisance et sa facilité : le petit garçon exécutait en virtuose les figures les plus compliquées, les rétablissements et les équilibres les plus périlleux : il n'était guère âgé, pourtant, il devait avoir une huitaine d'années.

Brusquement, il s'arrêta et vint s'accroupir non loin de la Cadillac pour réparer son engin avec une sorte de clef anglaise qu'il était allé chercher dans la sacoche à outils de son vélo.

« C'est cassé ? » demanda Abel pour engager la conversation.

L'enfant ne lui répondit pas tout de suite. Il faisait effort pour desserrer une pièce et avait pris un air sérieux et absorbé — qui le rendait tout à fait cocasse — de bricoleur dérangé au milieu de son travail par la visite d'un fâcheux.

Amusé, Abel s'accroupit devant lui et lui dit :

« Je peux peut-être t'aider ? »

Mais l'enfant, vaguement agacé :

« Non. J'essaie un truc.

— Quel truc ?

— Pour aller plus vite. En desserrant un peu le machin.

— Quel machin ?

Oh ! le machin. »

Et il haussa les épaules — l'air de vouloir dire qu'il connaissait les mots exacts mais qu'il jugeait que ce n'était vraiment pas la peine de donner de plus amples explications. D'ailleurs, que lui voulait cet étranger ?

Il y eut un silence — ce qu'en terme pugilistique on appellerait un « round d'observation ».

Puis, Abel revint à la charge. Mais sans brusquer son jeune interlocuteur : celui-ci était à l'âge où l'on aime affirmer sa petite personnalité naissante, au besoin en se montrant têtu ou grossier. Il s'agissait de ne pas trop jouer à la grande personne mais d'essayer plutôt de le séduire en douceur et s'attirer ses bonnes grâces.

« Dis-moi ! Tu te débrouilles drôlement bien sur ta planche.

— Pas mal. Mais mon copain Kevin Evans il est plus balèse encore : il fait le triple huit et rétablissement.

— Ah oui, Kevin Evans. Le triple huit et rétablissement ! Pppchchch ! Mais il est plus grand que toi, Kevin, non ?

— Non. Il a huit ans et moi huit ans et presque demi.

— *Presque* demi ?

— Oui.

— Et comment t'appelles-tu, au fait ?

— Et vous ?

— Moi ? Abel.

— Eh bien, moi c'est comme vous.

— Comment ça ?

— Abel. »

Interdit, incrédule d'abord, Abel, toujours accroupi devant le petit garçon, dut se retenir de tomber en posant une main sur le sol.

« Abel ? » répéta-t-il, la voix très blanche.

Il pressentait confusément qu'une révélation allait lui être faite. Mais quoi ? Que cet enfant était sûrement le fils de Johanna. Et qu'elle l'avait prénommé ainsi en souvenir de lui. Oui, sans doute. Mais autre chose encore — quoi donc ? Et pourquoi tremblait-il autant en lui demandant :

« Abel comment ?

— Abel Jones, répondit l'enfant. Abel Jones junior. »

Johanna n'était donc pas mariée. Ou bien avait-elle épousé un de ses innombrables homonymes qui peuplent les pays anglo-saxons ? À dévisager ainsi l'enfant, un trouble grandissant s'était emparé d'Abel : il lui rappelait quelqu'un. Mais qui ? Il ne ressemblait pas à Johanna. Il était aussi blond qu'elle pouvait être brune, ses yeux n'étaient pas de ce gris-vert indéfinissable des yeux de sa *gipsy* mais d'un bleu de porcelaine très pâle. Ah, à qui ressemblait-il donc qu'Abel connaissait ou croyait connaître ? Et pourquoi, oui, pourquoi avait-il précisé « junior ».

Alors, Abel insista — avec une sorte de véhémence qui parut impressionner l'enfant, l'effrayer :

« Pourquoi as-tu dit : *junior* ? Pourquoi ? »

Et l'enfant répondit, mais sur un ton d'impatience, comme s'il lui semblait absurde d'avoir à énoncer une pareille évidence :

« Parce que mon père s'appelait Abel, tiens !

— Il s'*appelait* : il est donc... disparu ?

— Oui. *Mort*, quoi !

— Tu sais donc ce que veut dire : *mort* ?

— Ben oui : c'est quand on vit plus et qu'on est enterré au cimetière.

— Mais, dis-moi, Abel : comment s'appelait-il ?

— Qui ?

— Ton père.

— Abel, je vous ai dit !

— Non : son nom de famille... »

Abel était maintenant si bouleversé qu'il éprouvait quelques difficultés à formuler ses questions. Mais le petit garçon, saisissant instinctivement, comme le peut un enfant, que l'inconnu ne l'écoutait pas avec cette distraction déplaisante que montrent d'ordinaire les grandes personnes, qu'il était au contraire au comble de l'émotion à seulement l'écouter, le petit garçon se sentit investi d'une sorte de responsabilité : il devait répondre posément, poliment. Et mieux, marquer son attention en abandonnant là le bricolage de sa planche de skate.

« Je sais pas, fit il avec une gentillesse respectueuse. Maman et papa me l'ont déjà dit, mais je me souviens pas.

— Papa ? Je ne comprends pas. Tu ne sais pas le nom de ton papa ?

— Si : mon papa, il s'appelle Alec. Alec Philips si vous voulez savoir. Mais mon père... »

Abel croyait vivre une sorte de rêve éveillé plus obscur que le plus obscur des rêves : tout se brouillait en lui. Il comprenait et il ne comprenait pas. Il entrevoyait déjà la vérité et n'osait l'entrevoir tout à fait.

« Mais qui était ton père ? » reprit-il avec une obstination pathétique. Ses yeux s'emplissaient de larmes irrésistiblement.

Le petit Abel, intrigué de voir un adulte, un homme surtout, pleurer ainsi pour une raison inconnue, répondit avec une gravité et un sérieux qui n'étaient pas de son âge :

« Je l'ai pas connu. Il est mort avant ma naissance.

— Tu sais donc ça ? Qui te l'a appris ?

— Maman et papa me l'ont dit.

— Parce que maman et papa te parlent de lui ?

— Oui. C'était un monsieur très grand, très beau, très bon, très fort aussi : il montait des montagnes ! Sûrement il pleurait pas comme vous. Mais, quand je suis pas gentil, maman elle me dit que je lui fais de la peine à mon père...

— À ton père...

— Oui. À ce monsieur-là qui montait les montagnes. Et puis quelquefois, elle aussi elle se met à pleurer en me parlant de lui... »

Alors, dans un élan de passion incontrôlé, Abel se saisit de l'enfant qui fut d'abord trop étonné pour se rebiffer, l'étreignit, l'embrassa à l'étouffer.

Ah, il savait, il savait enfin à qui Abel Jr lui faisait tant penser, il savait à qui il ressemblait : à lui, son père...

Et il se revoyait, lui, en son fils. Il se revoyait petit garçon jouant sur le terre-plein devant le café des routiers de Modesto. Il se revoyait accueillant avec des cris de joie le monsieur à la Cadillac…

Mais Abel Jr ne tenterait pas de se suicider, lui : lui, on lui avait dit très tôt, très jeune, à l'âge où tout paraît naturel encore, le secret de sa naissance. Il avait pour père un héros. Et pour l'aimer, un papa…

Abel, immédiatement, instinctivement, impulsivement, approuva la démarche de Johanna. Pourtant, la révélation de l'existence de ce fils le bouleversait tant qu'il demeura désemparé un instant : que devait-il faire maintenant ? Comment devait-il agir pour ne pas troubler cet enfant, risquer de le perturber à jamais ?

Mais un enfant de huit ans ne vit-il pas dans un monde du merveilleux où les notions ne sont pas encore tout à fait fixées, ou quelqu'un peut être mort et vivre ? Oui — Abel devait se résoudre à bousculer tout de suite, avant qu'il ne soit devenu définitif, l'univers affectif de son fils. Car c'était son fils ! son fils ! son fils qu'il avait devant lui.

Oh ! C'était son fils qu'il pressait sur son cœur et couvrait de baisers, de caresses, et de pleurs.

« Abel junior, dit-il enfin, en faisant sonner à dessein le "junior", quand il fut parvenu à reprendre un peu d'empire sur lui-même, Abel, tu vas être très gentil, veux-tu ? Voici ce que tu vas faire : tu vas dire à ta maman que ce monsieur-là, celui qui montait les montagnes… Eh bien, tu vas lui dire qu'il est revenu. Mais tu vas la prévenir doucement, en la câlinant, en lui parlant à voix basse, comme quand elle a du chagrin et que tu veux la consoler. Tu comprends, Abel junior ? Mon chéri, tu comprends ? Tu es grand : tu peux comprendre… »

L'enfant regardait son père avec de grands yeux effarés.

Abel, essuyant ses larmes d'un revers de la main, poursuivit : « Tu ne lui diras pas tout de suite. Tu commenceras par l'embrasser, la caresser très très très tendrement. Il ne faut pas qu'elle ait peur, tu comprends ?

— Comme quand j'ai fait une bêtise et que j'ose pas lui dire ?

— Voilà, c'est ça. C'est exactement ça. Et maintenant, va, mon chéri ! Va ! »

Abel Jr se dégagea vivement des bras de son père. Il prit un petit air soucieux pour objecter :

« Mais, monsieur, il est mort ce monsieur-là qui montait les montagnes. »

Alors, Abel l'embrassa une nouvelle fois et lui dit :

« Non, il n'est pas mort, Abel junior. Il est ici, devant toi. »

Pour le coup, Abel Jr ne comprenait plus du tout. Il courut vers la maison sans se retourner...

Quelques minutes intolérables de mortelle inquiétude, de folle incertitude — Abel se sentait près de défaillir.

Puis, la musique fut brusquement arrêtée, au milieu d'un mouvement.

Abel vit un rideau bouger, une silhouette se dessiner furtivement dans l'embrasure d'une fenêtre au premier. Il distingua le bruit d'un pas précipité dans l'escalier...

Johanna !

La porte s'ouvrit, elle descendit les trois marches du perron et tomba — évanouie.

Ah, ce serait comme avant ! Ce serait mieux qu'avant... Ce serait maintenant aller dans la vie au côté de celui qui l'aimerait toujours, qui l'avait toujours aimée et qu'elle avait toujours aimé et qu'elle aimerait toujours. Ce serait avancer dans l'existence avec cette certitude neuve, cette foi l'un en l'autre que rien n'ébranlerait plus. C'était plus que de se retrouver : c'était déjà ne s'être jamais quittés.

Que serait-elle sans lui désormais ? D'ailleurs, qu'avait-elle été pendant toutes ces longues années ?

Oh ! certes, Alec l'avait aimée, il l'aimait encore. Et l'amitié qu'elle lui avait vouée en retour s'était muée au fil des ans et de l'oubli du passé en une relation profonde et sincère, aux accents de passion. Aux yeux des étrangers, des connaissances, des intimes, même, Alec et elle formaient un couple parfaitement uni — on les enviait : ce n'est pas si souvent qu'une liaison entre étudiants devient un lien aussi durable, aussi stable, aussi fort. Et comme rien dans leur attitude ne venait démentir cette impression, qui pouvait deviner sur quels abîmes tout cela était fondé ? Car en son âme, au plus secret de son cœur, c'était un autre qu'elle aimait, qu'elle avait toujours aimé.

Non ! elle n'avait pu oublier, et le temps n'avait rien effacé en dépit des apparences. Simplement, elle avait triché. Pour ne pas souffrir. Pour vivre, malgré tout. Pour survivre...

Mais qu'elle fît la clarté en elle, qu'elle se jugeât sans complaisance, elle le savait bien, alors, qu'elle avait toujours trompé Alec. Que ce fût avec un défunt ne changeait rien à l'affaire : elle l'avait toujours trompé.

Au coin du feu, ils devisaient de tout et de rien, comme le font deux amoureux de longue date. Mais soudain, son esprit partait à la dérive, elle n'écoutait plus Alec : c'était Abel qui lui parlait.

Ou bien, ils faisaient l'amour — et Alec faisait bien l'amour : il était tendre, aimant, attentionné, fougueux et délicat, il savait la contenter — mais pourtant, au moment de l'abandon suprême, de l'assouvissement, c'était brusquement Abel qu'elle étreignait aussi violemment, aussi désespérément.

Ou bien encore, éveillée par un cauchemar au milieu de la nuit, elle se blottissait comme une petite fille entre les bras d'Alec qui la consolait doucement. Mais quand, après ce moment d'égarement, elle replongeait irrésistiblement dans le sommeil, son sommeil se peuplait de rêves dans lesquels Abel vivait et l'enlaçait ainsi qu'Alec venait de le faire. Abel, Abel, Abel…

Oui, elle avait vécu comme une femme adultère. Son amour pour Alec était un mensonge. Un beau mensonge, peut-être, un pieux mensonge — mais un mensonge tout de même. D'ailleurs, Alec lui aussi avait dû souvent ressentir qu'il en allait ainsi, lui qui lui avait demandé cent fois de l'épouser et s'était cent fois entendu répondre sur tous les tons, avec toutes les nuances du respect, de la tendresse et de la compassion : « Non, Alec, ce sera toujours non ! » Il devait se sentir tel un mari trompé lui qui, plus de huit ans après la disparition d'Abel, s'entendait parfois appelé « Abel » par Johanna — soit qu'elle fût distraite parce qu'elle était heureuse et s'abandonnait entre ses bras, soit, au contraire, qu'un souvenir importun du temps où elle vivait avec lui, avec Abel, la plongeât dans la mélancolie. C'est-à-dire, au fond, chaque fois qu'elle ne trichait plus avec ses sentiments les plus intimes, les plus secrets.

La vie avait coulé, simple et tranquille apparemment, mais, en fait, difficile — comme une succession de compromis, de faux-semblants. Et sans doute avait-elle été plus difficile encore pour Alec que pour elle, Johanna en avait conscience. Quelle grandeur d'âme Alec n'avait-il pas montrée lorsqu'elle avait imposé qu'on parlât d'Abel à son fils, à « leur » fils — à Abel et à elle — dès que l'enfant, cet enfant qu'elle avait voulu prénommer Abel *junior*, avait été en âge de comprendre ! Car Johanna, aussi aimante et tendre qu'elle fût avec Alec, avait eu cependant cette cruauté terrible de lui rappeler toujours par la présence de cet enfant que c'était à un autre qu'elle appartenait, qu'elle appartiendrait à jamais.

Et pourtant, quel bonheur ils avaient connu, ils connaissaient avant-hier encore — oui, ce n'était qu'avant-hier ! Ensemble, en huit ans, elle et lui s'étaient patiemment construit une vie enrichissante, une vraie vie…

Une vraie vie ? Une vie qui en un instant avait été détruite par le retour d'Abel du monde des morts et de l'oubli. Ah ! ce n'était donc pas une vraie vie ? Johanna, accablée de douleur, sanglotait à peu près continûment depuis quarante-huit heures et se débattait dans les affres de son déchirement intérieur. Le plus grand bonheur et le plus grand malheur lui étaient donnés en même temps, inextricablement mêlés. Et c'était un tel bouleversement en son âme qu'elle avait peur d'en devenir folle.

Folle ! Elle était devenue folle !

La veille au soir, Alec, rentrant des repérages pour un film éducatif qu'il allait réaliser prochainement, en avait eu l'effroyable soupçon en la voyant qui, au lieu de l'accueillir affectueusement comme elle le faisait habituellement quand il s'absentait ainsi, déambulait dans la maison en soliloquant à voix haute et en répétant sans cesse : « Abel ! Oh, Abel ! »

Puis — et il s'était alors précipité sur la terrasse en entendant des gémissements — il avait craint qu'il ne fût arrivé quelque chose à leur fils. Mais non : Abel junior jouait avec ses hélicoptères miniatures comme si de rien n'était et, à bouche fermée, imitait maladroitement le vrombissement des turbines. Alors, Alec l'avait interrogé et peu à peu, tandis que le petit garçon lui racontait assez confusément ce qui s'était passé d'extraordinaire en son absence, l'inimaginable avait fini par se frayer un chemin dans son esprit :

« Abel n'est pas mort ? » se mit-il à crier avec des accents de démence dans la voix.

« Il n'est pas mort, il n'est pas mort ! » répondit Johanna.

Non, il n'était pas mort « le monsieur qui montait les montagnes » — l'enfant confirma qu'il l'avait vu, de ses yeux vus. Mais c'était lui, Alec, qui aurait voulu l'être, mort, à cet instant. Car aussitôt, avant même de vouloir en savoir davantage sur ce miracle, il comprit qu'il venait de perdre Johanna.

Johanna, maintenant qu'elle s'était quelque peu apaisée et qu'Alec, éprouvant le besoin d'être seul avec lui-même, était sorti pour marcher dans le vent et les embruns, revivait ces moments de bonheur inoubliables qu'elle avait vécus en sa compagnie.

Ils avaient tout partagé : les joies mais aussi les insuccès, les échecs que connaissent souvent à leur début ceux qui tentent des expériences radicalement nouvelles dans le domaine de l'éducation et de la psychiatrie. Mais ces échecs, ces insuccès, loin de détruire leur union comme c'est habituellement le cas, avaient été enrichissants, ils les avaient confortés dans l'idée qu'ils avaient raison et, même, forgé entre eux un lien plus durable que n'eût fait une vie d'emblée trop facile.

En 1967, ayant chacun obtenu brillamment ses diplômes de psychologie, Alec Philips et Johanna Jones, débordant d'un enthousiasme juvénile, décidèrent de mettre en pratique les théories hardies qu'ils avaient soutenues en faculté et de s'occuper autrement que dans l'abstrait d'enfants « difficiles ». Ils se trouvèrent d'abord en butte à l'hostilité des autorités : ils n'avaient que leur immense bonne volonté mais aucun moyen financier pour mener à bien leur projet, qui paraissait follement utopique, de *Commune libre des mal-aimés*. On leur reprochait de se mêler d'assistance sociale et de psychiatrie infantile, toutes choses qui ne relevaient certainement pas de leur compétence. Ils ne cédèrent pas aux intimidations et voulurent prouver qu'ils pouvaient, beaucoup plus efficacement que certaines institutions reconnues, aider à retrouver une vie normale de pauvres gosses jugés irrécupérables et que l'on se contentait jusqu'ici de tenir tranquilles dans des garderies ou, s'ils étaient profondément caractériels, dans de discrètes cliniques. Il leur fallut trouver des fonds, convaincre de généreux donateurs, créer une fondation, obtenir la caution de sommités médicales et réunir des éducateurs bénévoles acquis à cette méthode qui s'inventait alors au jour le jour et pour ainsi dire « sur le terrain ». Il y avait eu bien des découragements au départ, bien des avanies endurées et des espoirs déçus. Il y avait même eu un très éprouvant procès car ils avaient injustement été accusés de pratique illégale de la médecine. Mais la foi soulève des montagnes et, devant les résultats étonnants auxquels ils aboutirent en moins de trois ans avec des enfants qu'on prétendait débiles, les autorités avaient fini par s'incliner. Leur modeste entreprise commença à soulever l'intérêt de nombreux pédiatres. Ils publièrent un livre qui eut un grand retentissement dans le monde de l'éducation. D'une côte à l'autre des États-Unis, puis en Europe, au Japon, en Australie s'ouvrirent des écoles Jones-Philips où l'enseignement s'inspirait plus ou moins fidèlement de leurs théories. Le succès était venu, la célébrité. Mais aussi, ce qui comptait beaucoup plus à leur yeux : la satisfaction d'avoir accompli quelque chose ensemble et donné un peu d'affection à des petits garçons et des petites filles qu'une société égoïste et veule avait condamnés à la solitude et la démence. Aujourd'hui, Johanna se rappelait le premier sourire de Waldo, un enfant de sept ans qui n'avait jamais souri. Elle se rappelait le premier dessin d'Eva, une petite autiste qui ne s'était jamais exprimée autrement que par des grognements : sur le dessin elle avait écrit « pour Alec et Johanna ». Eva avait appris à écrire sans en rien laisser paraître, sans qu'on ait pu même savoir comment ni quand — Eva que ses parents surnommaient « l'idiote » ! Johanna se rappelait aussi les progrès du petit John, de Lola, de Matthew, de Mary, d'Andrew, de Mickey, de bien d'autres encore... Maintenant, tous participaient activement à une série télévisée qu'elle réalisait avec Alec. Et chaque lundi, pendant quarante minutes, ces enfants qu'on avait récemment encore estimés caractériels — un carton le rappelait opportunément à la fin de l'émission — jouaient un étonnant spectacle de leur invention. Il y avait les calembours de Mickey, les chansons surréalistes de Mary, l'extraordinaire générique dessiné par John, les marionnettes de Lola, Andrew qui jouait si bien de son petit violon qu'il était devenu la coqueluche de tous les téléspectateurs que bouleversait tant d'humour, de poésie, d'imagination, de charme et de naturel aussi...

Eh bien, n'était-ce donc rien que cela ? Et Johanna devait-elle renier toute cette exaltante aventure sous le seul prétexte qu'Abel était réapparu vivant ?

Et puis, il y avait eu d'autres choses entre elle et Alec. Quoi ? Mais des fous rires, des conversations passionnées, des promenades en forêt, des aubes au bord de l'océan, des nuits d'été, des dîners tête à tête aux chandelles, des disques écoutés dans la ferveur, des jeux improvisés avec Abel Jr, des lettres, des larmes, des chansons, des riens, de ces petits riens, de ces tout petits riens qui ne sont rien du tout en effet mais qui font une vie dont on dira plus tard que ce fut une vie bien remplie — une belle vie, une bonne vie.

Johanna avait-elle le droit de dire maintenant à Alec : « Va-t'en ! » ? Pouvait-elle briser ainsi l'existence de cet homme qui lui avait tant donné de lui-même, qui avait été si généreux, si bon qu'il n'avait jamais conçu de jalousie de la présence immatérielle d'Abel dans cette sorte de faux ménage à trois qu'ils formaient ? Si probe que, de lui-même, sans qu'elle eût à le lui demander, il parlait parfois à Abel Jr de son père et lui disait quel homme extraordinaire ce père avait été...

Non. Alec était toujours le papa d'Abel Jr, il le resterait. Ce n'était certainement pas Johanna Jones, éducatrice d'enfants, qui aurait l'inconscience de priver son fils de la présence de cet homme et de risquer ainsi de le perturber à jamais !

Non, non, non — il fallait se résigner. Rester avec Alec...

Mais, hélas ! était-ce vivre que de vivre sans *lui* ? Sans Abel, alors qu'elle le savait aujourd'hui en vie, la vie aurait-elle un sens désormais ? Ce serait une vie « à moitié », une vie déchirée...

Oh ! le sourire d'Abel ! le sourire d'Abel... Et ces neuf ans où elle avait vécu dans les regrets de ne l'avoir pas aimé comme elle aurait dû, la nostalgie de ne l'avoir pas compris quand il aurait fallu. Alors qu'au fil des ans le sentiment confus était devenu une évidence : lui seul avait raison, il avait toujours eu raison...

Et maintenant, maintenant qu'elle l'avait compris, maintenant qu'elle aurait su l'aimer comme il l'aimait et l'avait toujours aimée, lui, il aurait fallu renoncer à tant de bonheur ?

D'ailleurs, pouvait-elle seulement lui dire « non ». Abel avait tant souffert, Abel avait tant vécu de temps en enfer : quand bien même elle ne l'eût plus aimé, aurait-elle eu le droit de se refuser à lui ? Elle lui appartenait par cette seule raison qu'il avait enduré un malheur auprès duquel le sien n'était rien. Et elle l'aimait, elle l'aimait...

Mais Abel ne demandait rien.

Abel était comme Alec un noble cœur. Si généreux, si probe qu'il n'avait pas même voulu entrer dans la maison malgré l'insistance de Johanna. Il était resté sur le perron quand, en larmes, il lui avait dit :

« Non, Johanna, non ! Je n'ai pas le droit de briser la vie d'Alec. Et je ne veux pas que tu trahisses sa confiance. Il t'a tout donné. Moi je n'ai vécu que dans ta mémoire, tout comme tu vivais dans la mienne, mais une vie c'est autre chose. Et il faut plus de courage pour la vivre au jour le jour que pour se repaître de beaux souvenirs. Peut-être m'as-tu idéalisé, peut-être te décevrais-je maintenant, peut-être ai-je été trop longtemps en taule pour savoir seulement mener une existence normale, peut-être ai-je été trop torturé pour pouvoir t'offrir le bonheur…

— Oh, Abel, mon amour, tout ce que tu me dis me montre au contraire à quel point j'ai besoin de toi. Tu m'es nécessaire comme l'eau, comme l'air. Je n'ai vécu que parce que tu vivais dans ma mémoire : que serai-je sans toi maintenant que je te sais vivant ? Emmène-moi, Abel ! Je veux vivre avec toi. Emmène-moi…

— Non, Johanna. Tu sembles oublier qu'il n'y a pas que nous deux… Abel junior aussi est concerné. Et le vrai père de "Junior", c'est Alec. Alec l'a élevé, Alec l'a aimé — pas moi. Ce serait vraiment immonde de notre part de l'enlever ainsi à son papa. Et, d'ailleurs, ce serait un drame pour ce pauvre gosse. Nous n'avons pas le droit ! Ce n'est certainement pas moi, qui ai tant souffert de ne pas avoir de père, qui ferais une saloperie pareille, tu le sais bien ! Oh, Johanna, Johanna… pourquoi ai-je voulu te revoir ?

— J'aurais bien fini par savoir la vérité !

— Johanna…

— Abel, c'est sans espoir.

— Oui, mon amour.

— C'est… malgré toi, malgré moi.

— Oui, ce sera toujours ainsi.

— Tu ne me dis rien d'autre ?

— Non. Que veux-tu que je te dise sinon que nous nous aimons et que nous n'en avons pas le droit. Qu'il faut déjà nous quitter.

— Abel ?…

— Oui, mon amour… »

Mais Johanna, trop bouleversée pour ajouter autre chose, elle aussi, éclatait en sanglots.

Plus tard, un peu rassérénée par ses caresses, ses baisers, elle reprenait doucement, cherchant de nouveaux arguments et insistant pour qu'au moins il entre dans la maison.

Mais il répondait obstinément :

« Non, Johanna. Même ça ce serait une bassesse.

— Oh, Alec comprendrait. Alec a toujours tout compris. Il n'a jamais montré la moindre jalousie. Ce n'est pas un *macho*…

— Un quoi ?

— Ah oui, bien sûr ! Tu ne sais pas ce que c'est qu'un *macho*. Tu n'as pas assisté au développement du mouvement féministe pendant que tu étais… au Viêt-nam. Tu ne connais pas tous ces mots à la mode. Un *macho* c'est un imbécile qui fait étalage de sa virilité, c'est Hemingway, si tu veux. C'est le contraire de ce que tu as toujours été, Abel : un homme tendre et vrai. Seulement, moi, pauvre conne ! à l'époque je ne te comprenais pas… Oh, sais-tu avec qui j'en parlais récemment ? Sais-tu qui j'ai revu souvent depuis que…

— Non.

— Faye.

— Faye ?

— Oui : ta… eh bien, ta sœur. Nous nous sommes retrouvées un jour dans un vernissage, nous avons pris un verre ensemble et puis, évidemment, nous avons commencé à parler de toi… C'est comme ça que nous sommes devenues les meilleures amies de la terre. C'est une fille formidable. Pas plus tard qu'il y a huit jours, elle est venue ici passer la journée, elle avait une inauguration à Boston…

— Et… Comment… Comment va-t-elle ? Que fait-elle ?

— Oh, sa peinture, ça marche très très bien, tu sais. Elle a une des plus grosses cotes parmi les peintres de sa génération. Mais, pour le reste… Bon. Ça ne va pas très fort. Je crois qu'elle ne s'en sortira jamais tout à fait. Elle est vraiment névrosée, la pauvre. Et complètement nymphomane : toujours à traîner avec des types à la con, qu'elle méprise… Il n'y a que lorsqu'elle peint qu'elle se sent à peu près bien. Et quand elle vient me voir ou que je lui rends visite à son atelier, elle me dit que de parler de toi lui fait du bien également. Tu nous entendrais !

— Johanna, je ne crois pas que j'aie très envie que tu me racontes ça pour le moment.

— Oh, pardon, mon ange, pardon ! Je ne sais pas ce que je fais ni ce que je dis. C'est que j'ai un tel chagrin… »

C'était au-dehors, puisqu'il n'avait pas voulu entrer dans la maison. C'était sur la plage…

Des heures et des heures durant, Abel et Johanna avaient marché le long de l'océan et parlé ainsi à bâtons rompus d'eux-mêmes et de leurs vies et pleuré à perdre haleine sur leur tragique destinée. Abel Jr allait devant, courant dans les mares que la mer avait laissées en se retirant, ramassant des coquillages, des algues, des galets qu'il montrait ensuite à Abel, qu'il lui offrait en cadeau. Le petit garçon éprouvait une sorte de tendresse mêlée d'un peu d'effroi à l'égard de cet homme qui lui marquait tant d'intérêt, cet homme qui se trouvait être « le monsieur qui montait les montagnes », ce héros légendaire — son père !

Mais pourquoi le retour de son père — qui aurait dû être un événement heureux — faisait-il autant pleurer sa mère ? Et pourquoi sa mère continuait-elle de sangloter et de sourire à travers ses larmes en l'appelant « mon amour » ce père inconnu, inattendu et, en quelque sorte, inespéré ? — c'était ce qu'il ne comprenait décidément pas. Comme les grandes personnes sont compliquées, comme elles peuvent faire de manières ! Abel Jr, lui, savait bien quelle était la solution : que « le monsieur qui montait les montagnes et avait été tant puni » vienne habiter à la maison.

Mais aujourd'hui non plus, les deux fois où il était venu dans la journée, Abel n'avait voulu entrer.

Quittant son hôtel de Provincetown en fin d'après-midi, il avait acheté par dizaines des jouets pour Abel Jr et les avait entassés dans le coffre de sa Cadillac de location. Mais soudain, à mi-chemin entre la ville et la maison de Johanna et d'Alec, un frémissement d'horreur s'était emparé de lui : mon Dieu ! l'histoire n'allait pas recommencer éternellement, impitoyablement, à la façon d'un cauchemar. Qu'était-il en train de faire ? À un quart de siècle de distance, il reproduisait très exactement le comportement aberrant de son propre père : des cadeaux négligemment empilés dans le coffre d'une Cadillac au lieu de l'affection, de la simple affection. Il en avait du dégoût pour lui-même.

Alors, il avait stoppé sa Seville sur le bas-côté de la chaussée et jeté tous les jouets. Il était remonté dans l'auto, avait roulé une centaine de mètres et, de nouveau, s'était arrêté : il abandonnerait aussi la luxueuse voiture. Il irait à pied...

Ce serait à la fois une punition et une libération : ne venait-il pas de se renier en agissant comme il avait agi ? Il lui fallait se ressaisir, maintenant. S'affirmer tel qu'il avait toujours été, avec son idéal de vie, sa morale personnelle, ses exigences d'absolu : Abel Young.

Abel Young, oui. Et Abel Jr était son fils, son nom même l'indiquait assez, son fils !

Eh bien, lui ne serait pas pour son fils ce qu'Eliott E. Emerson avait été pour lui — non ! Mais un vrai père, qui lui donnerait son nom. L'enfant, reconnu, s'appellerait bientôt Abel Young Jr.

Hélas ! le courage lui avait manqué de dire : « Oui, Johanna, je reviens te chercher. Tu m'appartiens. Viens, mon âme, mon amour ! Viens... Toi et moi, ce sera comme avant, ce sera mieux qu'avant... »

Il ne pouvait pas agir ainsi : car c'était également se renier que d'avoir une pareille mentalité de... de *macho* — comme aurait dit Johanna. Non, Johanna ne lui appartenait pas. Et de même, c'était se renier que de prétendre qu'un père est le *propriétaire* de son fils, que les liens du sang sont plus forts que ceux de la tendresse. Abel Jr n'était pas à lui.

Il leur dirait adieu. Adieu à Johanna, adieu à son fils. Il repartirait, à jamais solitaire — il venait d'en décider ainsi...

Il monta les trois marches du perron de bois — le sable

crissait lugubrement sous ses semelles, ses genoux se dérobaient : il lui semblait marcher au supplice. Johanna ouvrit la porte avant même qu'il eût sonné. Elle l'accueillit en lui apprenant qu'elle avait évidemment dû tout dire à Alec et qu'Alec, sachant qu'Abel allait lui rendre visite, venait de s'éclipser avec tact par la porte de derrière. Elle ignorait où il était allé. Ils avaient passé la nuit à se déchirer, à s'aimer, à pleurer : Alec était désespéré. Elle, le chagrin l'avait défigurée : ses yeux gonflés d'insomnie étaient injectés de sang, hagards et perdus dans un visage atrocement bouffi.

« Oh, ce pauvre Alec ! » avait-elle dit d'abord.

Et, aussitôt après, ouvrant tout en grand la porte, avec une sorte de solennité :

« Mais viens ! Viens, mon amour… Entre ! Tu es ici chez toi. C'est ta maison ! Tu as eu faim et soif et froid. Tu as été battu, torturé, humilié, blessé à jamais. Mais c'est ton foyer ici, à toi qui n'en as jamais eu. Viens, mon amour ! Entre, n'aie crainte ! Je prendrai soin de toi. Je te donnerai toute cette tendresse qui t'a tant manqué. Tu as droit au bonheur, Abel. Plus que quiconque, tu y as droit. Ne me quitte plus jamais.

— Non, Johanna. Je ne peux pas faire ça. Je me mépriserais bien trop. Crois-tu que je serais heureux à ce prix-là ? Je suis bien trop orgueilleux pour ça. Non, Johanna, non. C'est ainsi : je serai toujours seul, comme ces chevaliers errants du Moyen Âge…

— C'est un peu de cette façon que Junior te voit : un preux, un héros. Toute la journée il m'a parlé de toi. Il est absolument bouleversé. Tu étais son dieu, Abel, et voici que tu lui apparais vivant. Il est tout à fait intrigué, il me pose mille questions sur la mort et la vie… Lui aussi veut que tu viennes vivre ici. Que tu lui racontes tes montagnes. Et le Viêt-nam…

— Le Viêt-nam ?

— Eh bien, oui : il a déjà vu des reportages à la télévision mais pour lui, c'était comme de regarder *Kojak* ou *Colombo*…

— Kesaco ? Kojak, Colombo ?

— Des séries policières… À cet âge, vois-tu, on ne distingue pas encore très bien la réalité de la fiction. Et brusquement, il apprend que tu étais là-bas. Il m'a demandé si tu avais déjà sauté d'un hélicoptère. Les hélicoptères, en ce moment, c'est sa passion — il en fait la collection. Il nous a entendus parler de la prison aussi, hier, sur la plage. Et il est très impressionné. Alec a dû lui expliquer longuement toutes ces choses qui le dépassent. Et sais-tu ce qu'il m'a dit hier soir quand je suis allée le coucher ? "Maman, mon père il est encore plus beau que tu m'as raconté !" Ce matin, en se réveillant c'est aussi la première chose dont il m'a parlé. Il a eu un mot adorable, écoute : "Maman, a-t-il dit, il faut lui expliquer à mon père qu'ici on ne lui fera pas de mal, qu'on sera tous très gentils avec lui…"

— Tais-toi, Jo, je t'en supplie, tais-toi !

— Tu dois venir vivre avec nous, c'est lui qui a raison.

— Non, ne me demande pas ça, Johanna. Seulement, je vais te demander une chose, une seule chose, mon amour… C'est de le voir de temps à autre quand j'habiterai à New York… Comment dire ? Je serai pour lui un oncle, un parrain, ce que tu voudras. Bon sang ! je sais que c'est idiot mais je sens que je suis déjà attaché à ce gosse…

— Tu pleures en disant ça, Abel ! Mon ange, ne comprends-tu pas quel sacrifice ce serait pour toi ? Eh bien, je ne veux pas, moi : Junior est *notre* fils, à *nous deux*. Il porte ton prénom : tu es son père, Abel, son père. Voudrais-tu que je lui dise que tu étais lâche, que tu l'as abandonné ?

— Oh, Johanna ! Comment peux-tu ?…

— Pardon, pardon… Je ne sais plus ce que je dis. Oh ! mon amour… Je ne sais plus où j'en suis. Cette nuit, j'ai même pensé au suicide.

— Johanna, mon âme…

— Oui. Deux hommes m'aiment, trois en comptant Junior, et moi j'ai voulu… Oh, Abel ! que sera ma vie maintenant, si je te sais si proche et à jamais perdu, pourtant ? Une longue, lente agonie, Abel… Je vais haïr Alec qui ne l'aura pas mérité. Et Junior lui-même, peu à peu, ressentira cela. Ce sera un enfer !... De toute façon, quelque chose est fini maintenant, nous ne vivrons plus ensemble de la manière dont nous avons vécu ; nous ne serons plus jamais heureux.

— Pardon d'avoir brisé votre vie en revenant ainsi — mais j'avais tant envie de te revoir. Pourquoi...

— Abel, ce n'est pas pour cette raison que je le disais. Mais, ne comprends-tu pas que nous étions destinés à nous retrouver ? Notre histoire à tous deux n'est pas une simple et banale histoire d'amour : c'est quelque chose de plus grand, de plus beau, de plus fort. Le reste n'existe pas. Abel, Abel, emmène-moi maintenant...

— Non, mon amour, je *ne* peux *pas*. Embrasse-moi, Johanna, embrasse-moi, ma vieille Jones. Je crois que je ne te reverrai plus. Il était écrit que je serai toujours seul.

— Abel ! »

Secouée de sanglots convulsifs, elle l'enlaçait désespérément, elle l'étreignait. Mais lui était parvenu enfin à se dégager...

... Et sans se retourner, il était reparti dans le crépuscule venteux, relevant le col de son caban, enfouissant rageusement les poings dans ses poches.

Il ne pleurait plus. Avec un humour pathétique, une terrible ironie, en riant même, comme un dément, il se dit que pour lui qui avait vécu le martyre pendant des milliers de jours, pour lui qui avait enduré le pire et voulu vivre, cependant, pour la revoir un jour, ce jour était bien le plus triste qu'il eût jamais connu...

« Johanna ! Johanna ! »

« Abel ! Abel ! »

Johanna, terrassée par le chagrin, se précipitait sur son lit pour laisser libre cours à son délire, à ses larmes et ses cris incohérents. Quand elle vit la petite carte d'Alec posée contre la lampe de chevet.

Johanna, mon amour,

Abel est revenu, je m'en vais. Que te dire de plus ? J'ai vécu près de neuf ans à côté de toi — mais à côté de toi il y avait *lui* aussi. Il était toujours là, interposé entre nous deux, ombre fantomatique et familière à la fois : mort, il n'était pas mort. Pouvons-nous vivre ensemble alors qu'il vit ?

Je t'aime, Johanna, je t'aimerai toujours. Pour toutes ces années partagées, fais-moi une promesse, une seule : de me donner de temps à autre Abel Jr. Je pourrais peut-être vivre sans toi, je ne pourrais pas vivre sans revoir cet enfant qui est tout de même un peu *mon* enfant aussi.

Sois heureuse, Johanna. Moi, j'essaierai d'oublier.

Alec.

Elle avait perdu Abel et Alec, elle était seule.

Seule ? Recrue de douleur, muette et tremblante, désemparée, elle errait depuis quelques instants dans la maison sous les yeux de son fils qui la regardait avec un effroi grandissant : elle paraissait ne pas même le reconnaître.

Seule ? « Oh non ! » gémit-elle. Et, soudain, abandonnant là son enfant, elle sortit de la maison et se mit à courir sur la plage en appelant à tous les vents :

« Abel ! Abel ! »

Un passant qui promenait son chien sur la grève la crut folle. Elle lui demanda en le bousculant et en s'agrippant aux pans de son caban :

« Vous l'avez vu ? avec les accents déchirants du désespoir. Oh, dites-moi ! Vous l'avez vu ? »

Puis, sans attendre de réponse, continua son chemin de dune en dune, tombant dans le sable, se relevant aussitôt pour courir à perdre haleine dans une autre direction…

« Abel ! Abel ! Abeli-i-i-to ! »

Ah ! elle le distinguait maintenant, elle l'apercevait dans le lointain. Oui, elle le voyait qui avançait contre le vent, elle le voyait misérable, défait et vaincu, perdu dans l'immensité de la lande désolée où se levait comme chaque soir la tempête. Seul, serait-il toujours seul le pauvre bâtard, l'orphelin, le veuf, le prisonnier ? Serait-il éternellement condamné à cette pitoyable destinée ? Et la nuit, la nuit si cruelle aux esseulés, la nuit qui allait venir !

Et soudain, une autre image l'assaillait dans son égarement, un souvenir : elle le revoyait qui redescendait d'une course en montagne. Il était beau dans la splendeur du soir, triomphal, tel un jeune dieu... Et la nuit, la nuit si douce à ceux qui s'aiment, la nuit qui allait venir ! Oh, cette nuit ils dormiraient ensemble...

« Abel ! »

Il l'avait entendue, il se retourna. Il sut, alors. Il devina ce qu'elle lui dirait : Alec était parti. Ils ne se quitteraient plus.

« Johanna ! »

Et déjà il courait, il courait, il courait vers elle. Vers lui, elle courait, elle courait, elle courait !

Ils s'enlacèrent, se laissèrent tomber dans le sable et roulèrent ainsi, unis comme on l'est dans l'amour. Ils roulèrent comme ils avaient roulé dans l'herbe en se retrouvant après son ascension victorieuse de l'Aiguille du Fou — se souvenait-elle ?

Se souvenait-il comme ils avaient roulé dans l'herbe, alors ?

« Oui, ce sera comme avant ! Mieux qu'avant...

— Ce sera pour toujours, maintenant.

— Oh, mon âme !

— Mon amour, mon amour ! »

Dans le ciel indigo du crépuscule, la lune était déjà levée. Les dernières lueurs du jour dansaient sur la vague, les dernières lumières embrasant la baie de Cape Cod à l'horizon — la mer allée avec le soleil.

Sous un monceau de corps nus, il rampait à tâtons dans la merde et le sang. Le bras d'un cadavre glissait doucement sur son visage, une main inerte tombait sur sa bouche comme pour le bâillonner, l'empêcher d'appeler au secours — mais il lui semblait distinguer un peu de jour au loin et, suffoquant, il avançait toujours parmi les morts…

« Abel ! »

Tandis qu'il gémissait et s'agitait dans son mauvais sommeil, Johanna le contemplait à son insu depuis quelques instants et lui murmurait à l'oreille des mots tendres, apaisants. Il ouvrit les yeux, elle vit dans son regard hébété d'horreur qu'il venait de revivre, comme cela lui arrivait encore de temps à autre, le cauchemar, l'inoubliable cauchemar.

« Jo… ? Oh, je t'ai réveillée, mon amour… »

Il fit effort pour lui sourire. Elle l'enlaça, l'enserra dans ses bras très maternellement, comme elle eût fait avec Abel Jr pour le consoler d'un chagrin d'enfant.

« Mon amour ! dit-elle à son tour en lui essuyant d'un revers de la main son front humecté de sueur. Ce n'est rien, là ! là ! Ce n'est rien.

— Pardonne-moi, je… balbutia-t-il en manière d'excuses.

— Je sais, l'interrompit-elle en posant sur sa bouche un doigt qu'il se mit à mordiller. Je sais à quoi tu penses. Pourquoi ne veux-tu pas me raconter ? Bû Loc, Khuo Maï… Toute cette souffrance qui est encore en toi, pourquoi tiens-tu tant à la garder pour toi ? Dis-moi, mon amour…

— Oh, c'est si difficile d'en parler ! Et puis… Je ne veux pas de ta pitié.

— Abel, je comprends ta pudeur. Mais les héros ont besoin de tendresse aussi, d'affection. Et c'est ma tendresse que je veux te donner, mon affection. Pas ma pitié.

— Les héros ! se récria-t-il en riant. Il n'y a pas de héros. Il n'y a que des hommes qui ont plus ou moins peur… Et qui le montrent plus ou moins… C'est ce que j'ai appris de Minh.

— Mais de quoi as-tu peur maintenant ?

— Je ne crains plus rien, Johanna. Non, rien. C'est… Comment te dire ? C'est comme si j'avais vaincu la mort. Voilà. Seulement, quand on a vécu ce que j'ai vécu, il faudrait ne plus jamais dormir. Ou bien il faudrait dormir seul.

— Idiot ! Si je t'aime, c'est parce que je veux tout partager avec toi. Même tes mauvais rêves, même tes pires souvenirs.

— Mais, ma vieille Jones…

— Abelito, ouvre-moi ton cœur. Dis-moi…

— Non. Ce n'était rien qu'un mauvais rêve… »

Peu à peu, leur chuchotis indistinct, presque inarticulé, entrecoupé de soupirs et de rires, se changea en un long baiser. Puis, dans le silence et l'obscurité de la chambre, ils écoutèrent leurs cœurs battre à l'unisson. Johanna avait posé la joue contre la poitrine d'Abel. Sous son oreille, le souffle de celui qu'elle aimait retrouvait une scansion lente et profonde qui la rassurait. Aussi vulnérable qu'il pût être parfois quand il rêvait, dès qu'il était éveillé, une telle force tranquille émanait de sa simple présence, une telle sérénité qu'elle reprenait aussitôt confiance en elle-même et en cette existence nouvelle qui commençait pour tous deux : oui, se disait-elle, ce serait comme avant, ce serait mieux qu'avant. Qu'avait-elle à redouter, puisqu'il était là tout contre elle ?

« Abelito… Abelito… »

Elle se sentait à nouveau gagnée par le sommeil et s'y

abandonna sans remords. Lui sut qu'il ne dormirait plus de la nuit — il avait acquis en prison certaines habitudes, certains rythmes qu'il ne perdrait jamais. Après avoir glissé délicatement sur le côté du lit pour ne pas la bousculer et relevé le drap sur ses épaules dénudées, il se leva et, perdu dans ses pensées, ses préoccupations du moment, il commença à déambuler sans but dans les ténèbres bleutées de l'immense appartement dont il ne prit pas la peine d'allumer les lampes, il commença à tourner en rond tel le tigre derrière les barreaux de sa cage — il y voyait dans le noir et cela aussi lui venait de ses années d'incarcération...

Abel n'aimait pas cet endroit situé au dernier étage d'une tour qui n'en comptait pas moins de soixante-dix, il n'aimait pas ce vaste espace à peu près vide — et qui le demeurerait sans doute pendant les quelques semaines où il l'habiterait avec Johanna et leur fils.

« Quand on a une vue pareille, on n'a pas besoin de mobilier ! » avait-il estimé en visitant les lieux pour la première fois : la nuit tombait sur Manhattan mais le ciel était si clair qu'on y voyait bien au-delà de la trouée sombre de Central Park, comme d'un avion qui aurait survolé, immobile, la voie lactée des lumières de la ville. Johanna, qui ne se sentait guère plus à l'aise que lui dans ce désert de glace et d'acier, avait acquiescé : ils n'y vivraient pas très longtemps et, quant à poser des rideaux, c'était inutile puisqu'il n'y avait pas de vis-à-vis, rien que l'infini toujours changeant, tantôt sombre et tantôt transparent, tantôt nuageux et tantôt profond, cet infini dont Abel avait tant besoin après toutes ces années passées dans de fétides trous à rats sans jour, sans horizon. Seul, Abel Jr avait été enchanté d'emménager ici : avec ses rampes d'accès aux cheminées et aux installations de sécurité de l'immeuble, l'immense terrasse qui ceinturait l'appartement sur les quatre côtés offrait pour la pratique de la planche à roulettes une piste d'évolution qu'il avait aussitôt qualifiée de « géniale ! »

En fait, l'endroit tel qu'il était ou, plutôt, n'était pas installé évoquait assez bien quelque luxueux campement de prince berbère. C'était en somme le dernier bivouac du guerrier qui s'apprête à livrer le combat décisif, la dernière bataille. Qu'aurait-il eu besoin de s'encombrer de meubles et d'effets ?

Comme sous la tente d'un guerrier, quelques tapis jonchaient le sol du salon, quelques coussins. Dans le vaste bureau, les livres étaient empilés à plat le long des murs nus. Il y avait aussi un piano au milieu d'un salon vide, des tableaux posés par terre et qui ne seraient jamais accrochés, des caisses de vaisselle dans la paille desquelles on puisait assiettes et verres au gré des besoins quand on gardait à dîner Robert G. Kelly, Richie Garrymore ou quelque autre ami assez intime pour avoir été mis dans le secret et être reçu ici. Une seule œuvre d'art avait été délibérément mise en valeur par l'éclairage et l'emplacement qu'elle occupait : une extraordinaire statue de bois chinoise d'époque Song dénichée chez un antiquaire du Village et qui représentait un vieux sage lettré. Aux yeux d'Abel, elle était une sorte d'hommage rendu à Minh et à son enseignement, un rappel de sa présence spirituelle par-delà la mort — le dieu lare de ce foyer.

En contraste avec cet aspect dépouillé et provisoire des lieux, il y avait — mais cela aussi était d'un prince du désert — une abondance de vie partout dans l'appartement, une exubérance : des fleurs, des plantes vertes, des chats, des chiens et des enfants. Quelques-uns de ces enfants « difficiles » que Johanna n'avait pas voulu abandonner en quittant Alec et qui venaient souvent l'après-midi, après la classe ou le tournage de leur émission télévisée, emplir la maison de leurs cris joyeux, de leurs jeux et de leurs rires — cette « maison du Bon Dieu » comme on l'appelait déjà.

Si Abel avait élu domicile ici, dans ce lieu impersonnel et froid qui lui ressemblait si peu, c'était que nulle part ailleurs il eût pu mieux cacher son existence jusqu'au jour, assez prochain maintenant, où il aurait décidé de faire enfin connaître à tous son retour parmi les vivants.

L'appartement, en effet, se trouvait au dernier étage de la tour où commençaient à s'installer depuis quelques semaines les bureaux d'*Imagine*, sur Madison Avenue. Abel pouvait ainsi constamment demeurer en contact avec Robert G. Kelly et Richie Garrymore sans avoir à se déplacer et risquer d'être reconnu par tous ceux qui devaient continuer d'ignorer son secret. Parmi les collaborateurs récemment engagés par le rédacteur en chef d'*Imagine*, certains venaient d'*Events* et ils se souvenaient encore du fils « bâtard » d'Eliott E. Emerson, de l'« héritier inattendu », ils se rappelaient non sans une certaine émotion, pour y avoir assisté personnellement ou pour en avoir entendu parler souvent — car l'histoire faisait partie de la légende dorée du magazine —, son entrée fracassante, en varappe, dans ce monde feutré et passablement compassé de l'hebdomadaire que dirigeait alors Robert G. Kelly. Robert avait déjà bien du mal à déjouer les curiosités légitimes de ceux qui allaient travailler avec lui quant à l'identité du commanditaire, il fallait qu'Abel se fît le plus discret possible. Comment aurait-il pu mieux protéger son incognito qu'en logeant au-dessus des locaux de sa revue ? « Vous vous souvenez de cette nouvelle d'Edgar Poe : *La lettre volée* ? avait-il demandé à Kelly. On pense à chercher la lettre partout sauf là où elle se trouve, habilement cachée par le ministre qui l'avait dérobée, c'est-à-dire bien en évidence au milieu de son bureau ! Eh bien, c'est un peu mon idée. Qui irait imaginer que le patron d'*Imagine* habite ici alors qu'il ne veut pas se faire connaître de ses employés, du moins pour le moment ? Non, vraiment, ce serait trop bête !

— Et puis... avait fait remarquer d'un ton de raillerie affectueuse Richie Garrymore qui assistait à la conversation, bon sang ne saurait mentir : il était fatal que le fils d'Eliott Ernest Emerson finisse par diriger un magazine du haut d'une tour de verre et d'acier, “la porte juste à côté celle de Dieu !” comme disait en toute simplicité ton cher père. Tu vois on n'échappe pas à son hérédité !

— Ah ! fous-toi de moi, mon salaud ! avait alors répliqué Abel en riant et en le bourrant de coups de poing. Tu sais très bien que je préférerais vivre dans cette jolie maison de St Luke's place que nous avions louée, Jo et moi, lorsque je devais... *hériter*, tu te souviens ? Tu étais venu plusieurs fois et nous avions justement longuement parlé de... Triple E.

— Je m'en souviens. Un soir je t'ai appris que tu aurais dû t'appeler Aabrahamovicz, en fait.

— Oui. Il me semble que c'était hier. Je t'ai dit : quoi qu'il advienne, je serai toujours Abel Young, le bâtard. Et je suis fier de porter ce nom. »

Il errait dans le noir et repensait à cette réflexion malicieuse que Richie lui avait faite. Il y avait en effet une sorte d'ironie dans sa destinée : lui qui méprisait le pouvoir et tout ce qui va avec, tel que l'appartement de fonction au dernier étage d'une tour, lui qui s'était si ouvertement moqué de cette institution en faisant l'ascension de l'Events Tower par l'extérieur, il se trouvait ainsi, à une dizaine d'années de distance, investi des mêmes responsabilités que son père ; comme lui, il dirigeait un magazine du haut d'un gratte-ciel. Amère ironie : meurtri par la vie, il n'aspirait qu'au repos et à l'oubli, il rêvait d'une maison de bois ou de pierre, avec une cheminée, quelques beaux meubles anciens — le chalet des Servoz, le pavillon des Hoang, la villa de Johanna à Cape Cod — mais il lui fallait d'abord livrer combat. Et ici, en cet instant précis où il se campait devant une grande baie vitrée du salon, la glace teintée d'or lui renvoyait une image qui eût pu symboliser la puissance absolue : sur le fond étoilé de la nuit, il était nu et comme en lévitation au-dessus de la ville endormie, telle une apparition surnaturelle. Il était le justicier flottant dans les airs, le maître de la terre veillant sur l'univers — un héros de bande dessinée.

Il eût pu en éprouver un peu de griserie, la beauté du panorama l'y invitait d'ailleurs. Mais Abel n'était pas sensible à ce symbole, il n'en voyait au contraire que l'aspect dérisoire, le côté *comics*, justement, et il détourna vite son regard. Il se remémorait certaines paroles de Minh :

« Quand tu auras conquis cette force morale qui était en toi et que tu ignorais avoir, du moins à un si haut degré, quand tu seras devenu par là même invincible, alors tu auras acquis en même temps la modestie. Tu laisseras le faible faire étalage de sa vaine puissance, et s'il te menace, tu prendras pitié de lui... »

Puis, tandis qu'il s'asseyait sur le tabouret du piano et, par désœuvrement, commençait à le faire tourner sous ses cuisses tantôt dans un sens tantôt dans l'autre, ce fut la prophétie de son maître qui lui revint en mémoire. Au fil inconstant des souvenirs, il en retrouvait les mots exacts, il lui semblait que Minh lui parlait à voix haute et, irrésistiblement, ses yeux se portaient sur la statue du sage dont le bois huilé luisait doucement dans la pénombre.

« Abel, tu ne te vengeras pas, tu seras l'arme de la destinée. Tu ne tueras pas, tu diras la vérité et tu lui laisseras le soin d'agir comme elle l'entend. Car quelle serait ta victoire si tu devais verser le sang comme le firent tes bourreaux ? Et que serait Abel si, Dieu l'ayant fait revenir sur terre, il assassinait Caïn ? Ne sommes-nous pas venus au monde pour nous parfaire, non pour répéter les erreurs du passé ? Ne devons-nous pas revenir éternellement ? Eh bien, Abel, mon fils, quand sonnera l'heure du Tigre, tu viendras pour corriger, pas pour châtier. Tu n'es pas, tu ne seras jamais un Caïn, tu ne tueras point ton frère... »

Mais en ces heures nocturnes où l'esprit, surexcité et comme aiguisé par l'insomnie, rejette sans cesse jusqu'aux certitudes inébranlables sur lesquelles il venait de s'appuyer l'instant d'avant, il arrivait qu'Abel se mît même à douter du bien-fondé de l'action qu'il allait entreprendre. Brusquement, il ne voyait plus de nécessité à clamer la vérité et à dresser ce terrible réquisitoire contre Jeremy Emerson et Kay Mc Kay que publierait bientôt *Imagine*. À quoi bon tous ces efforts ? se demandait-il. N'était-ce pas un peu vain que de remuer toute cette boue maintenant ? Cela ne le rabaisserait-il pas lui-même et ne devait-il pas au contraire se montrer magnanime et se taire à jamais ?

Très vite, il se ressaisissait, cependant. C'est de cela que l'on meurt, songeait-il ; du silence, de la peur, de la complicité avec les bourreaux, de l'indifférence. C'est de cela que meurent les hommes. Lui, certes, il était sans doute bien au-delà du sentiment mesquin de vengeance, sa revanche sur le destin il l'avait déjà eue en devenant ce qu'il était maintenant : un homme supérieur, un Minh Tû. Mais, précisément parce qu'il était un Minh Tû, sa tâche n'était pas achevée : il devait aussi rendre justice à Abel Emerson, ce frère aîné inconnu qui lui avait involontairement transmis son prénom, ce prénom maudit et merveilleux que lui-même, sans le vouloir, sans le savoir, il avait transmis à son fils. Il devait rendre justice à Nam Hoa et son petit singe, il devait rendre justice à tous ceux qui avaient été les victimes indirectes de l'attentat manqué et de ses conséquences tragiques, tous ceux qui auraient vécu si Jeremy n'avait pas tenté de faire assassiner son frère : les Hoang, Doah, sœur Suzanne, sœur Thérèse, le Dr Arnaud, Madeleine Langlois — sa pauvre M'a qui était morte en apprenant sa mort.

Mais était-ce bien tout ? Ne devait-il pas rendre également justice à tous ceux que leurs frères humains avaient tués ou torturés sous ses yeux, n'avait-il pas à témoigner contre la terreur, n'était-ce pas la mission dont Minh l'avait investi en se sacrifiant pour lui ? Son histoire n'était-elle pas exemplaire, ne pouvait-elle pas redonner à tous les humiliés qui la liraient l'espoir en une victoire sur la fatalité, l'espérance en des jours meilleurs ?

Oui, il lui faudrait aller jusqu'au bout. Jusqu'au bout se battre pour la vérité, la lumière. N'était-il pas un « Fils de la Lumière », ne devait-il pas à Minh de lui prouver par-delà la mort que le dernier des Minh Tû était digne d'avoir reçu son enseignement ? Eh bien, sa revanche, ce serait celle de tous les opprimés, de tous les bâtards, de tous les orphelins. Sa revanche, ça serait la revanche de tous ceux qui ont assez foi en l'humanité — c'est-à-dire en eux-mêmes —, assez de courage pour toujours dire non ! et défier de toute leur intelligence Caïn, le stupide Caïn qui fait étalage de sa force, Caïn qui tue pour toujours posséder plus !

Soudain, il perçut un grincement ténu dans l'épais silence de la nuit. Il sursauta puis il se mit à sourire en entendant le feulement sourd d'un moteur électrique.

« Ah ! tu ne dors pas, toi non plus, dit-il doucement en se retournant et en scrutant l'obscurité. Mon pauvre vieux, tu es comme moi, vois-tu : tu as perdu le sommeil. Mais j'ai eu tellement plus de chance que toi : ils ne m'ont pris que quelques années de ma vie, un peu de ma liberté. Tandis que... »

Thomas apparut, livide dans le rayon de lune qui tombait, oblique, entre deux piliers de béton du salon. De sa main demeurée valide, il manœuvrait la direction de son fauteuil roulant. Il l'arrêta à hauteur d'Abel, lequel lui posa tendrement la main sur l'épaule, comme pour s'excuser de sa nudité et, plus encore, de la beauté de son corps campé sur un tabouret à vis à la façon d'une étude d'anatomie. Le regard de l'infirme le fixait intensément, sans ciller, mais Abel saisissait toutes les nuances de la détresse qu'il exprimait mieux que s'il lui avait parlé.

« Je sais, chuchota-t-il. Je sais, Thomas. Et c'est aussi pour toi... C'est pour ce qu'ils ont fait de toi, ces salauds, que je veux dire la vérité, que je veux demander justice. Oui, contre ces fils de pute qui t'ont envoyé à la guerre : les politiciens, les militaires, les marchands de canons...

— Abel, finit par articuler Thomas non sans difficulté. Abel... »

Celui-ci l'encourageait à poursuivre :

« Oui, dis-moi... »

Mais en vain. Les paroles demeuraient comme en suspens sur ses lèvres. Que voulait-il demander qu'il n'osait demander ? Que voulait-il avouer qu'il craignait d'avouer ?

Il y eut un silence chargé d'émotion entre les deux hommes. Puis Abel, qui pensait avoir compris, fit à mi-voix, en détournant les yeux comme s'il avait honte :

« Tu voudrais que je t'aide à mourir, n'est-ce pas ?

Patience, Thomas, patience : le jour viendra où j'aurai le courage… »

Abel avait rendu visite aux Haynes la semaine précédente et, pour le jeune invalide de guerre, revoir cet ami qu'il croyait mort avait provoqué un tel choc nerveux que, comme il peut arriver en pareil cas, un mieux spectaculaire s'était ensuivi. Thomas avait manifesté si bruyamment sa joie et sa mère avait été si étonnée de le voir s'exprimer avec une aisance inhabituelle qu'Abel, bouleversé, avait alors offert de le prendre chez lui pour quelques jours ou quelques semaines. Il lui semblait que c'était son devoir, d'ailleurs : en l'initiant jadis à l'alpinisme, Thomas n'avait-il pas contribué à faire d'un pauvre obèse souffreteux et affreusement complexé un bel athlète heureux de vivre, de courir, d'escalader ? Abel redevait à son ami un peu de sa vie maintenant.

Mme Haynes lui avait objecté que l'état de son fils nécessitait des soins contraignants et fastidieux mais le regard de Thomas disait assez combien il désirait ardemment changer d'horizon, échapper quelques jours à sa famille et à l'atmosphère lugubre qui régnait dans leur maison de Hyannis Port depuis son retour du Viêt-nam sur une civière. Quant à Johanna, elle était tout de suite tombée d'accord avec Abel : Thomas viendrait vivre quelque temps chez eux. Tout le temps qu'il voudrait… Il y resterait, même, s'il le souhaitait — tous deux sauraient s'occuper de lui.

Et Thomas avait ainsi été adopté un peu à la façon de ces enfants « difficiles » dont elle s'occupait…

« Moi aussi, j'ai voulu mourir. Je sais ce que tu ressens, mon pauvre vieux… »

Abel avait passé un sweater de coton gris et un blue-jean maintenant. Il revenait de la cuisine, portant une bouteille de lait et deux verres. Il emplit les deux verres et, tenant la main de Thomas, il l'aida à boire.

Puis il s'assit par terre, adossé au marchepied de métal du fauteuil roulant.

« Oui, combien de fois j'ai voulu mourir », reprit-il d'un ton songeur, après un moment de silence. Parler ainsi à Thomas, c'était un peu soliloquer : il lui semblait qu'il pouvait confier à son ami ce qu'il s'était, par souci de pudeur, promis de taire à son entourage. Thomas avait été lui-même si cruellement frappé par le sort qu'il ne se croyait pas tenu de lui marquer cette pitié un peu convenue des gens qui n'ont pas connu de grands malheurs, cette compassion gênée et un peu fausse dont Abel avait trop de dignité pour ne pas avoir horreur. Et ce qu'Abel n'avait pas voulu raconter à Jacques lui-même, il saurait le dire à l'ami infirme et demi-muet.

« Pardonne-moi, Thomas, si j'éprouve le besoin d'en parler cette nuit. Mais ce sont des choses que tu peux comprendre, toi... Tout comme j'ai fini par comprendre ce que tu veux de moi... Pourtant, après avoir connu Minh, après être ressorti du cachot, je croyais que je n'aurais plus jamais cette tentation. J'avais acquis une sorte de résignation. De sérénité, même. Je pensais que plus rien ne pouvait m'arriver de pire que ce que j'avais subi jusqu'ici. Je voulais vivre. Oui. J'ignore pourquoi, mais je voulais vivre alors. Et puis il y a eu Bû Loc... »

Et tandis qu'Abel commençait à évoquer de pénibles souvenirs qu'il avait toujours gardés au plus secret de son âme meurtrie, tandis que mille petits faits qu'il croyait à jamais oubliés lui revenaient brusquement en mémoire, il lui semblait, pour la première fois depuis son retour parmi les vivants, se libérer de son passé...

C'était au lendemain de la fête du Têt, en 1974 : un matin, tous les détenus de la centrale furent réunis dans une vaste cour et on leur annonça que, dans son extrême générosité, le gouvernement populaire et révolutionnaire du Viêt-nam avait consenti à leur faire l'honneur de les envoyer en camp de travail. Sans doute, le Nord, pour son ultime effort de guerre, avait-il besoin de tous les bras disponibles, même des bras osseux et débiles de ces pauvres morts-vivants rescapés des cachots, de ces misérables cachectiques qui pouvaient à peine se tenir debout sous le grand soleil.

Ce bétail humain avait été poussé dans des camions brinquebalants et délabrés. Abel, exténué, soutenait Minh mourant. Il l'avait ainsi tenu dans ses bras tout le jour et la nuit et le jour encore — tout le temps qu'avait duré le voyage. Ce voyage, dire ce qu'il fut, le décrire, aujourd'hui encore il ne s'en sentait pas la force.

« C'était l'enfer », dit-il.

Et il eût fallu en effet le génie de Dante pour en exprimer l'horreur. La plate-forme à ridelles du camion était une sorte de radeau de la méduse où les hommes entassés, privés d'eau, de nourriture et de soins, tels des naufragés, agonisaient dans la poussière.

« Il y avait ces nuées de mouches, ces vers qui nous grouillaient dessus. Nous étions collés les uns aux autres par le pus, la sueur, la merde, les vomissures. Nous ne savions plus quoi était à qui et si nous étions morts ou en vie encore. Je me disais : est-ce que mon cœur bat ou bien est-ce celui de Minh ? Je le serrais dans mes bras et je me demandais si ce n'était pas un cadavre que j'étreignais ainsi. Il ne parlait plus, il râlait doucement... »

Ils étaient quarante au départ de la prison, ils arrivèrent à vingt-huit survivants au bagne.

Là, d'autres bagnards, venus d'autres lieux de détention épars au Nord, se trouvaient regroupés. Ils devaient travailler à la réfection et à l'agrandissement d'un terrain d'aviation militaire — Minh, en faisant parler un des gardiens, apprit qu'il se situait non loin du 17e parallèle et se nommait Bû Loc.

« Libre par le travail ! »

C'était ce que proclamait cyniquement la grande banderole qui claquait au vent à l'entrée du camp. À de subtiles variantes près, c'est ce qui est proclamé à l'entrée de tous les camps de concentration des systèmes totalitaires : Auschwitz, le Goulag, les « fermes d'État » chinoises. L'organisation pénitentiaire de Bû Loc paraissait également avoir été calquée sur celle de ces impérissables modèles où éclate le génie tout humain pour la cruauté bureaucratisée, rationalisée, planifiée. Par quoi l'homme montrera toujours son incontestable supériorité sur l'animal : la bête la plus féroce tue banalement pour sa subsistance, l'homme a cette élégance de savoir infliger des souffrances atroces à son semblable pour rien, pour la beauté du geste, pour la haute idée qu'il se fait de sa mission civilisatrice…

Même organisation et donc même sort pour les prisonniers, même existence qu'il faudrait décrire une fois encore… Mais le siècle que nous vivons nous a, hélas ! habitués à l'horreur et les livres sont pleins de récits identiques qui se recoupent et tissent à la longue la complainte universelle des damnés de la terre, de tous les réprouvés : un petit peuple hâve, haillonneux est employé à des travaux inhumains et maintenu au minimum vital pour pouvoir les effectuer. La vie — si toutefois on peut qualifier de vie cette existence aux confins de la mort —, la vie à Bû Loc c'était, de l'aube à la tombée de la nuit, des seaux et des seaux de gravier à charrier à bras…

« Je ne sais pas combien de seaux. Je ne suis jamais parvenu à tenir le compte. À force de malnutrition, on devient tellement idiot qu'on ne peut même plus faire une addition. Et puis les garde-chiourmes qui hurlaient du matin au soir dans leurs porte-voix : une-deux, une-deux, une-deux… *Môt-haï, môt-haï, môt-haï…* Les haut-parleurs qui diffusaient continûment la bonne parole d'Oncle Hô ou de ses prophètes sur fond de chants révolutionnaires soviétiques et d'accordéon, le retour aux baraquements — *môt-haï, môt-haï, môt-haï…* La séance d'épouillage collectif du soir, le bol de soupe de fanes de riz, la nuit qu'on passait entassés à cent dans des dortoirs de tôle ondulée prévus pour vingt… Mais les gars crevaient comme des mouches et chaque jour il y avait un peu plus de place pour s'allonger par terre dans la boue. Tu te couchais au côté d'un camarade, le matin tu te réveillais au côté d'un cadavre… Tu n'avais rien entendu, pas un râle, pas une plainte : il s'était éteint sans bruit, trop épuisé pour appeler… Alors, avant de reprendre le travail, il y avait corvée d'enterrement : on s'y prenait à cinq ou six pour porter ce pauvre corps squelettique dans une grande fosse commune, on jetait un peu de chaux vive et tout était dit. Jusqu'à la nuit suivante… La nuit, Minh me tenait la main pour m'aider à la passer. Et pourtant ses forces déclinaient encore plus vite que les miennes… Moi, je ne voulais plus vivre. Mais je ne voulais pas mourir non plus. En fait, tout m'était devenu indifférent. Je n'avais plus aucune volonté. Il était évident que j'allais crever ici si je ne parvenais pas à m'évader, que ce n'était plus qu'une question de semaines, de jours peut-être. Mais je n'y pensais que dans de très rares moments de lucidité. Quand on est arrivé au point où j'en étais on se trouve presque continuellement dans une sorte d'état second qui, d'une certaine façon, aide à supporter l'insupportable… Nous étions à Bû Loc depuis une dizaine de jours, Minh et moi, quand un nouveau contingent de condamnés est arrivé au camp. Et parmi eux : Fierce Fist Joe… Alors, tout a changé… »

Abel se tut quelques instants. Il se retourna à demi et leva les yeux sur Thomas qui paraissait avoir écouté avec intérêt mais ne disait rien et se contentait d'esquisser un sourire timide et doux. Puis il se leva et fit quelques pas pour dégourdir ses jambes. Le ciel commençait à blêmir et tout semblait un peu plus fantomatique encore dans la vaste pièce vide de meubles. La statue aux yeux d'opale fixait l'infirme…

Abel massait ses paupières douloureuses en même temps qu'il revoyait, qu'il revivait cet instant de bonheur où il avait aperçu — et il avait d'abord cru à une vision trompeuse de son imagination malade, une hallucination de son intelligence exténuée par les mauvais traitements — un colosse noir et de toute évidence américain qui descendait assez lestement du dernier des trois camions dans lesquels avaient été convoyés les nouveaux venus au camp. C'était pendant l'unique et très brève pause de la journée, alors qu'on distribuait aux détenus un bol d'eau saumâtre et une poignée de mauvais riz. Déjouant la surveillance des gardiens qui se relâchait toujours un peu à ce moment-là, Abel avait eu la force de courir au-devant de ce géant qui gesticulait et lui adressait de grands signes d'amitié.

Oh ! le bonheur de pouvoir embrasser un compatriote, un homme qui fredonnait une chanson de Bob Dylan ! Apprendre de sa bouche que la paix avait été signée à Paris entre les États-Unis et le Viêt-nam, l'année précédente. Mais, dans ces conditions, que faisait-il donc ici ? Fierce Fist Joe pouvait poser à Abel la même question. Il expliqua pour sa part, mais à mots couverts, qu'il était pilote et qu'on l'avait envoyé en mission de reconnaissance au-dessus du Nord où son avion avait été abattu. Abel comprit qu'il devait être un espion et que c'était pour cette raison que le gouvernement américain ne l'avait pas réclamé. Fierce Fist Joe était interné depuis deux mois dans un camp de concentration et attendait, à tout le moins, un simulacre de procès ou que lui soit notifiée une quelconque condamnation.

« J't'en fous ! grommelait-il avec cette façon particulière des natifs de Harlem de faire chanter les mots. M'ont laissé tomber, ces fils de pute ! Et ici, mec, font comme si j'existais même pas, comme si j'étais qu'un tas de merde ! »

Étrange personnage que Fierce Fist Joe — il dit qu'on lui avait donné ce surnom quand il boxait en amateur au camp d'entraînement des pilotes de Fort Haul, et jamais Abel ne put obtenir de connaître son vrai nom ni la moindre confidence un peu précise sur sa vie privée, son enfance, son métier ; il dut se contenter de simples suppositions. Étrange personnage, taciturne et secret, que sa détention semblait n'avoir guère affecté encore. Un peu plus de deux mètres de haut, des muscles proéminents, un faciès inquiétant, brutal même, avec quelque chose d'enfantin toutefois, un bon regard franc, un sourire désarmant qui dévoilait des dents très blanches dont l'émail n'avait pas encore été altéré par les privations. D'une force physique herculéenne, d'une violence inouïe quand il ne se contrôlait plus, il faisait peur aux gardiens du camp eux-mêmes et, quoiqu'il ne sût que quelques mots de *basic vietnamese* appris dans un manuel d'instruction des aviateurs, tout de suite il exerça une sorte d'ascendant sur les autres détenus. Il se distinguait d'eux en ceci, aussi, que les autorités n'ayant pu lui procurer un pyjama rayé à sa taille, il avait conservé, outre ses chaussures de cuir, la combinaison de pilote, le pantalon anti-g, le gilet de survie et le blouson qu'il portait quand il avait été capturé.

« Pas de risque, de toute façon, notait-il avec humour, si Fierce Fist Joe se fait la belle, sera vite repéré, hein ? »

Et, roulant des yeux exagérément, à la façon des Noirs qui « font le nègre » pour se moquer du racisme des Blancs, il ajoutait :

« Suis d'un jaune un peu plus soutenu que toutes ces faces d'œuf, pas vrai ? » avant d'éclater de rire.

Entendre rire à Bû Loc était si inattendu qu'au début on le regardait avec une sorte d'effroi, mêlé de respect en se demandant cependant combien de temps il saurait narguer les autorités, combien de temps il tiendrait avant d'être définitivement brisé.

Mais Fierce Fist Joe était tout entier dans cette profession de foi qu'il avait calligraphiée au crayon feutre sur son gilet de survie en nylon fluorescent :

Je me fous de la mort
Je me fous de tout.

Avec cela, une vaillance et une générosité inépuisables : voyant dans quel état extrême de délabrement physique et de faiblesse se trouvait Abel, non content de lui donner son blouson, il s'offrit pour l'aider à porter en plus des siens les seaux de gravier qui lui étaient impartis et lui éviter ainsi un peu des mauvais traitements dont on accablait les malheureux qui ne parvenaient pas à fournir le rendement démentiel imposé. Abel, éperdu de reconnaissance, n'en avait pas pour autant oublié Minh et il dit à Joe :

« Mon ami en a encore plus besoin que moi… »

À quoi le géant répondit :

« Ça va de soi. On lui donnera aussi un coup de main, au professeur… »

En raison de son grand âge, sans doute, on avait dispensé celui-ci des corvées de gravier et on l'avait affecté au service du ravitaillement. Deux fois par jour, il devait apporter aux bagnards de sa section leurs maigres rations de riz non décortiqué ou de soupe de fanes ainsi qu'un bidon contenant une eau prétendue potable mais, en fait, croupie et affreusement amère. De quelle autorité, pourtant, le géant noir et le sage si petit, si vieux, de si frêle apparence, ne devaient-ils pas user, chacun à sa façon, s'ils voulaient empêcher discussions et bagarres autour de ce bidon tant convoité !

Progressivement, ils devenaient ainsi, sinon par décision délibérée des gardiens, du moins dans les faits, des sortes d'intermédiaires entre ceux-ci et leurs camarades d'infortune. L'attention à leur égard se relâchait quelque peu et pourtant ils n'allaient pas jusqu'à collaborer avec leurs bourreaux, ils en donnaient seulement l'impression. Il fallait profiter de cette situation, il fallait tenter de s'évader au plus vite de ce camp de la mort. Avant que la mort, l'agonie n'aient définitivement pris le dessus sur ces derniers débris de vie, ce dernier pauvre trésor que chacun recelait farouchement au fond de soi, ce seul bien.

« Putain, mec ! s'écriait Fierce Fist Joe comme s'il se parlait à lui-même, mais en fait en s'adressant indirectement à Abel. Putain, mec ! Tu vas pas laisser ces saletés de vers et de poux te bouffer ta grande carcasse de nèg'e. Faut se tailler d'ici, mec ! Et vite fait, encore, mec ! »

Mais comment s'évader de Bû Loc ? Comment franchir ces réseaux de mines et de barbelés qui entouraient le terrain d'aviation ? Et si on parvenait par miracle à les franchir, comment survivre ensuite dans la jungle environnante ?

« L'avion, dit Minh. C'est la seule solution… »

Tous les matins, un petit biplace se posait sur la seule

piste demeurée à peu près intacte de la base récemment bombardée. Un officier en descendait, porteur d'un message pour un des hauts responsables du camp, qui, en échange, lui remettait un rapport dactylographié dans lequel était sans doute consigné l'état d'avancement des travaux par rapport à la veille — exigences maniaques de l'omniprésente bureaucratie des pays socialistes. Le pilote, avec une constance non moins remarquable, profitait de cet échange solennel de plis pour aller uriner. Puis il remontait en compagnie du gradé, refermait le cockpit du petit avion de fabrication soviétique — dix minutes après son atterrissage, les deux hommes étaient déjà repartis vers le Nord…

Comment Minh parvint-il à se procurer l'arme et l'essence ainsi que le briquet ? Abel l'ignorait, il l'ignorerait toujours — sans doute son ami avait-il trouvé quelque complicité aux cuisines, ou bien était-ce sa piètre apparence de vieillard moribond qui lui avait permis de déjouer tous les soupçons. Quel gardien aurait pu voir en lui, le plus cachectique et le plus âgé de tous les détenus, un prisonnier capable d'imaginer un plan d'évasion ? D'autant que, depuis plusieurs jours, Minh feignait d'être atteint d'un ramollissement cérébral avec un tel réalisme qu'il avait failli tromper Abel lui-même.

Mais non, Minh n'avait pas perdu la raison : ce matin-là, portant le panier et le bidon où se trouvait la misérable subsistance des prisonniers, il s'avança vers Abel et Fierce Fist Joe et murmura en anglais :

« Vite ! Il y a un revolver caché dans le riz et du pétrole dans le bidon, à la place d'eau. Pour créer une diversion et détourner leur attention, je m'immole par le feu. Vous, pendant ce temps, vous vous emparez de l'avion. Notre ami Fierce Fist Joe saura sûrement piloter un coucou pareil…

— Mais, Minh !

— Il n'y a pas à protester, Abel. La chose est décidée. D'ailleurs, le temps presse. L'avion va atterrir d'ici deux ou trois minutes. Et nos camarades vont venir me réclamer à boire.

— Non, Minh ! Je ne veux pas que tu te sacrifies.

— Écoute-moi, Abel : c'est votre seule chance. Si vous restez ici, vous mourrez bientôt, vous le savez. Eh bien, vous devez courir ce risque — qui n'est d'ailleurs pas un risque, puisque vous n'avez rien à perdre. Vous êtes jeunes, vous : vous pouvez survivre. Moi, ma vie est finie de toute façon. Que ce soit demain ou aujourd'hui, qu'importe que je meure ?

— Minh…

— Je le veux ! Ne pleure pas, Abel, ne gaspille pas tes dernières forces : dis-moi adieu et c'est tout. Vous, Joe, je vous demande seulement de prendre soin de lui comme de vous. Je vous le demande comme un père qui vous confierait son fils. Mais je sais que vous réussirez. Et d'avance, je vous en remercie…

— Adieu, Minh.

— Adieu, professeur. Ayez pas peur : je saurai m'en occuper de ce pauvre môme.

— Si jamais nous nous en sortons, si jamais je retrouve la liberté…

— Oui. Je sais que tu ne m'oublieras pas, Abel. J'ai fait de toi un Minh Tû. Le dernier initié… Le premier d'un monde nouveau, en lequel je veux croire. Tu connaîtras peut-être encore d'autres épreuves mais le jour viendra de la délivrance. Alors, tu seras tel un prince de la Renaissance : fort car tu auras retrouvé la santé, riche car tu seras entré en possession du trésor qui t'attend à Genève et dont je sais que tu sauras faire bon usage, juste enfin car tu l'es depuis toujours…

— Attention, professeur, on nous regarde.

— J'entends l'avion. Allez !

— Adieu, Minh. À jamais !

— Voici le revolver… Tâchez de ne pas vous en servir, si vous pouvez : nos tortionnaires sont aussi des hommes. »

Alors, tel avait été l'effet de surprise que tout s'était passé avec une facilité déconcertante, comme dans un rêve éveillé.

Tandis que Minh s'embrasait parmi les cris d'effroi des

détenus, Fierce Fist Joe, l'arme au poing, courait vers l'avion et, derrière lui, Abel, s'arrachant à la vision d'horreur, à l'émotion qui l'étreignait — oui, il parvenait à courir ! à grimper dans le cockpit…

Quelques hésitations de Joe aux commandes d'un appareil qu'il ne connaissait que par les livres. Sur la piste régnait la plus grande confusion. Une première détonation retentit… Mais l'avion roulait, l'avion quittait terre, l'avion s'élevait dans le ciel bleu et déjà les tirs n'atteignaient plus la carlingue : ils volaient, ils étaient libres ! libres ! libres !

Là-bas, parmi les hommes infimes et grouillants comme des fourmis, finissait de s'éteindre l'immense flamme…

Au fil du long récit qu'avait fait Abel, Thomas paraissait s'être peu à peu animé. Non pas qu'il eût bougé, mais un pétillement dans ses yeux, mais un imperceptible dodelinement de la tête, mais quelques exclamations bégayées semblaient plus qu'une démonstration exubérante de sentiments et d'émotion chez un être valide. Il vivait le calvaire d'Abel, il ressentait profondément cette joie folle qu'il avait connue au moment de son évasion de Bû Loc. C'était un peu lui qui se trouvait dans l'avion…

Mais Abel, redevenu grave, reprit après un silence de quelques instants :

« Notre joie fut de courte durée. Mais nous sommes tout de même parvenus à voler vers le sud près d'une heure sans nous faire repérer : nous passions au ras des arbres… Joe manœuvrait l'appareil comme s'il n'avait jamais piloté autre chose que ce type de coucou. Puis, il m'a dit que nous allions manquer de carburant, qu'il fallait que nous nous posions coûte que coûte et moi je cherchais des yeux une clairière, un champ un peu dégagé… Quand ça a commencé à canarder à tout va ! La DCA du Sud. “Cramponne-toi et ferme les yeux”, m'a braillé Joe. Ensuite, je n'ai pas très bien compris ce qui nous arrivait… J'ai entendu une explosion, je me suis fait tout petit… Je me suis retrouvé au milieu d'un tas de ferrailles fumantes… Et ces deux types qui me tiraient par le bras, qui me poussaient du bout de leur fusil pour me faire avancer, qui me malmenaient… Ils avaient des uniformes de l'ARVN. Quand j'ai repris un peu conscience, je me suis dit : “Bon, on va pouvoir s'expliquer…” Mais eux, ils ne savaient que répéter : “Communistes ! Communistes !” Je leur montrais mon pyjama rayé, je leur répondais : “Non ! Américains. Prisonniers américains…” Joe, qui marchait devant, ne parlait pas. J'aurais peut-être dû me taire, comme lui. Lui, avec son flair d'agent secret, il avait vaguement saisi qu'il valait encore mieux la fermer pour le moment. Mais je n'avais pas peur : j'étais sûr que, dès qu'on serait en présence d'une autorité, tout s'arrangerait. Je ne pouvais pas imaginer que le cauchemar allait recommencer. J'ignorais ce qui se passait à l'époque : nous — je veux dire les États-Unis — nous étions en train de lâcher définitivement le Sud. Les conseillers militaires eux-mêmes laissaient tomber l'un après l'autre : dans les faits, la débâcle avait commencé. Et il y avait un ressentiment terrible contre les Américains de la part de tous ces officiers fascistes qui avaient joué aux petits chefs et s'étaient scandaleusement enrichis grâce à nous pendant des années. Ils sentaient le vent tourner et maintenant ils confondaient dans une même haine les Yankees et les Rouges. Fierce Fist Joe et moi, nous avons été conduits devant un tout petit bonhomme couvert de décorations et complètement hystérique qui n'arrêtait pas de hurler et de postillonner : “Votle Plésident Nixon est un gland climinel, un communiste !” Deux Américains dans un avion soviétique ! Notre compte était bon. Et c'est ainsi que nous nous sommes retrouvés à Khuo Maï après trois jours d'interrogatoires aussi absurdes et délirants que ceux que j'avais subis sept ans auparavant au Nord… »

Khuo Maï s'appelait en effet la station suivante du calvaire d'Abel.

Mais parvenu à ce point de son histoire, il éprouvait la soudaine nécessité de chasser l'horrible vision qui venait le hanter maintenant. Non ! Non ! il ne voulait pas revoir la cage à tigre où un an encore il avait croupi en compagnie de Fierce Fist Joe dans l'obscurité fétide, la vermine, les excréments et les débris absolument immangeables de la nourriture avariée qu'on jetait aux détenus par la grille du plafond, comme à des bêtes fauves. Et non, non, cette grille, l'incessant, le sempiternel martèlement métallique des pas du geôlier sur cette grille, il ne voulait pas le réentendre : il luttait et luttait contre les souvenirs, il luttait comme celui qui tente de regagner la rive à la nage, mais que le courant emporte vers le large, inexorablement.

Car le pire devait venir encore : la mort, la mort qu'il avait vue en face, crachée par une mitrailleuse — délivrance enfin ou ultime punition ?

Depuis quelques jours les bombardements succédaient aux bombardements alentour, et les gardiens des cages à tigre de Khuo Maï montraient les signes d'une nervosité grandissante : devant l'irrésistible avancée des troupes du Nord, le repli vers le sud avait commencé dans une confusion indescriptible. C'était une sorte de sauve-qui-peut général. Les soldats désertaient en masse, leurs officiers en tête — il fallait évacuer le camp de concentration. Mais les fuyards n'allaient pas s'embarrasser de cette cinquantaine de pauvres hères cachectiques qui peuplaient encore les fosses grillagées, ayant survécu par on ne savait quel miracle. Un matin, ils les firent sortir en hâte, les réunirent dans une cour…

Abel oublierait-il jamais ? Oublierait-il cet ordre glapi d'une voix suraiguë, cette rafale couvrant tous les cris d'horreur, ce soudain silence… ? Oublierait-il cette journée torride et cette nuit de folie qu'il avait passée, à demi étouffé sous le monceau de cadavres ruisselants, écrasé par la masse de Fierce Fist Joe qui était tombé sur lui dès qu'avait retenti la mitrailleuse… ? Et oublierait-il cette longue, longue, longue agonie dont il devait réchapper encore une fois ? Non, il n'avait pas été touché — mais, cette interminable reptation d'entre les morts, mais cette résurrection d'entre leurs corps gluants de sang et de merde… Et la lumière, la lumière pâle de l'aube qui luisait là-bas, la vie… La vie recommencée : l'errance sans but parmi l'exode de tout un peuple…

Face au jour naissant, face à l'immensité du ciel rouge sous lequel miroitait la ville encore assoupie — et Abel distinguait dans le lointain l'étrave effilée de l'Events Tower maintenant —, le front contre la vitre, Abel se mit à rugir comme un fauve blessé : n'était-ce pas de cela qu'il devait se venger enfin alors que sonnait l'heure du Tigre ?

C'étaient ici des monceaux de cadavres d'où avaient coulé de minces filets de sang maintenant séché et noirci qui semblaient jeter une nasse sur toute cette chair bleuâtre; là, les fosses d'un immense charnier dans lesquelles s'entassaient des corps suppliciés représentés dans les derniers sursauts de l'agonie; plus loin, les études de détails monstrueusement grossis : le hideux rictus d'une bouche qui criait, des yeux révulsés, une main qui paraissait s'agripper désespérément à une autre main juste esquissée au fusain, des doigts sectionnés par la baguette d'acier d'un cadre… Sous un triptyque qui occupait pratiquement tout le mur du fond d'une des salles de la galerie, on voyait, à gauche, un homme bâillonné et appendu tête en bas à un croc de boucher; au milieu trois bourreaux masqués s'acharnant à le dépecer comme des chiens à la curée; dans le panneau de droite, enfin, l'écorché vif était jeté sur une bâche où il reposait dans l'attitude pathétique d'un Christ déposé de croix. Le tableau s'appelait *Les Charmes de la conversation*. Dans la salle, en face, une toile lui faisait pendant, intitulée non moins ironiquement *Une causerie entre amies* : une vieille femme, harnachée avec tout l'attirail de cuir noir des « maîtresses » de maisons de rendez-vous pour masochistes, ligotait une jeune fille implorante et en larmes sur un chevalet de torture en tube chromé.

C'était cette dernière œuvre qui avait été choisie pour être reproduite sur l'affiche de l'exposition :

FAYE EMERSON
Dix ans de peinture
1965-1975
Galerie Ryan & Weiss
Zurich, New York, Paris

Les artistes les plus en vue, les grands critiques de peinture, mais aussi tout ce que New York comptait de mondains et quelques-uns des membres les plus éminents de cette caste qu'on appelle la « jet-set » se pressaient au vernissage de la rétrospective Faye Emerson dans cette vaste et luxueuse galerie de la 57e Rue Est — une des plus renommées au monde parmi celles qui se sont vouées à la défense de l'avant-garde et des nouvelles tendances. Dans la rue, taxis et limousines déversaient sur le trottoir la foule des invités. On s'écrasait dehors contre les vitrines et dedans contre les tréteaux du buffet au milieu du crépitement ininterrompu des flashes. La foire aux vanités battait déjà son plein : les tenues les plus extravagantes se côtoyaient comme dans une chienlit de carnaval, les snobismes les plus outrés s'affrontaient dans un tintamarre de paroles et de rires que ne parvenaient pas à couvrir les flots d'une tonitruante musique de free-jazz.

Musique contre quoi Faye protestait avec véhémence :

« On ne pourrait pas arrêter ce machin ? demandait-elle à un responsable de la galerie. C'est déjà assez éprouvant sans ça ! »

Comme chaque fois qu'elle se trouvait en public, comme à chacun des quelque vingt vernissages qui avaient jalonné sa rapide et brillante carrière internationale, elle était terrorisée de se voir la mire de tous les regards, l'objet de toutes les conversations et cette comédie sociale aussi fausse que futile l'exaspérait. Tous ces gens venaient-ils uniquement ici pour l'amour de l'art ? se demandait-elle. Et elle songeait en elle-même avec une lucidité amère : n'était-ce pas plutôt que, outre son talent et sa jeune gloire, elle était une des quatre ou cinq héritières les plus belles, les plus riches, les plus recherchées des États-Unis et qu'on la savait aussi un peu folle ? Aurait-on seulement jeté un coup d'œil à sa peinture si elle ne s'était pas appelée Faye Emerson ?

Cette fois encore, John Ryan et Egon Weiss avaient dû user de toutes les ressources de leur exquise courtoisie d'homosexuels charmeurs et raffinés pour la convaincre de venir se montrer « au moins une petite heure, le temps de prendre quelques photos » et elle avait fini par céder. Mieux : alors qu'ils n'avaient pas osé lui demander par surcroît d'être assez « habillée », elle s'était présentée — et c'était un peu par esprit de provocation, un peu par dérision aussi — dans la plus élégante robe du soir qu'elle eût trouvé, bien décidée à se prêter docilement à tout ce qu'on exigeait d'elle et même à « vamper » l'assistance. Mais très vite sa belle assurance l'avait abandonnée et elle se sentait irrésistiblement gagnée par l'angoisse, cette angoisse qui ne désarmait jamais. Serrer des mains, embrasser, sourire, remercier et surtout écouter sans broncher tant de stupidités, c'en était trop pour sa sensibilité à fleur de peau. Et puis, il lui semblait les avoir déjà entendues mille fois ces banalités sentencieuses :

« Ma chérie, c'est subli-i-i-ime ! »

« Ça va trè-è-è-ès loin ! »

« C'est tellement, telleme-e-e-ent ! »

« Comment peux-tu ? C'est d-i-i-ingue ! »

Et mille fois aussi ces âneries proférées avec aplomb par des snobs qui, cherchant l'originalité à tout prix, prenaient le contre-pied de tout ce qui avait été dit ou écrit sur son œuvre depuis qu'elle peignait :

« C'est très suave, au fond. Très doux. »

« Oui, il y a un côté Fragonard chez vous... »

« C'est si féminin... »

« Eh bien, moi, je trouve ça reposant ! »

Oh, comme tout cela était assommant ! Il fallait hocher la tête en signe d'assentiment, il fallait feindre d'apprécier un bon mot qu'on trouvait idiot, il fallait rire. Et plus tard, il faudrait sans doute aller souper, danser, prendre un dernier verre dans une boîte à la mode ou au domicile d'Egon et là dire non à tous les hommes qui s'offriraient pour la raccompagner chez elle. Comme tout cela était exaspérant ! Et, certes, Ryan et Weiss se dépensaient en gentillesses de toutes sortes pour lui faire passer le plus agréablement cette épreuve, sachant écarter les gens par trop importuns, écourter les papotages par trop stupides, mais à mesure que le temps passait, Faye se sentait de plus en plus dans la situation d'une jeune chrétienne jetée en pâture aux lions et elle cherchait désespérément des yeux dans la foule un visage ami, quelqu'un auprès de qui elle eût pu se réfugier et apaiser ses angoisses pour un moment. Elle avait bien entrevu Richie Garrymore entouré de son éternelle petite cour de parasites et de pique-assiettes, mais hélas ! lui avait trop de savoir-vivre : sachant combien les artistes comme Faye ont horreur des mondanités, il s'était contenté de lui adresser de loin un petit signe de la main et de composer un numéro de téléphone dans le vide, sur un cadran imaginaire, de l'air de vouloir dire : « J'aurais beaucoup de choses à vous raconter, mais je ne veux pas le faire ici, au milieu de cette confusion et je vous appellerai demain… »

Faye se sentait encore un peu plus seule et désemparée maintenant. Elle jetait des regards éperdus en direction des vitrines de la 57e Rue et, insensiblement, amorçait un discret déplacement à pas glissés vers la sortie. Quand, brusquement, elle ne put réprimer un mouvement de recul panique, une moue exaspérée : le Dr Marion Levine venait d'entrer. Imposante avec ses allures de matrone antique drapée dans un péplum de soie rouge à grands ramages mauves et jaunes, clinquante de tout l'éclat de ses lourds bijoux fantaisie, triomphante comme elle l'était toujours, insupportablement joviale. Elle semblait déplacer autour d'elle un tourbillon d'air happant au passage qui voulait l'entendre… ou, d'ailleurs, ne voulait pas, car elle avait une façon bien à elle de s'imposer aux petits groupes qui se font et se défont au gré des conversations dans un cocktail, d'y accaparer la parole, ou même de s'interposer sans aucune discrétion dans les apartés d'un couple. Elle parlait haut, riait fort et donnait son avis sur tout. Faye Emerson, pensez si elle la connaissait, cette petite ! C'était elle qui l'avait faite pratiquement, qui l'avait révélée à elle-même — « quoi ! » C'était elle qui lui avait suggéré de peindre pour exprimer ses angoisses — « quoi ! » Son moi profond — « quoi ! » Son conflit avec sa mère — « quoi ! » Cette image « aberra-a-a-ante » du père : « Vous savez, elle lui a trouvé un substitut dans ses fantasmes, quoi ! Un demi-frère mort il y a quelques années et à qui elle voue un vrai culte, quoi ! Elle l'appelle : Abel ! Je vous demande un peu ! Mais je l'adore cette chérie… »

Faye prit enfin sur elle de s'approcher de la psychanalyste et de lui jouer la petite comédie mondaine de la surprise :

« Vous ici ! Comme c'est gentil d'être venue…

— Quoi de plus naturel, Faye ? répondit le Dr Levine avec effusion. (Et elle l'embrassa.) Vous savez combien je vous aime, ma belle… Et combien j'aime votre peinture !… Mais, vous êtes hors de prix maintenant ! » ne put-elle s'empêcher d'ajouter, car comme le sont souvent les gens qui exercent sa profession, elle était obsédée par les questions d'argent. « Je ne suis pas sûre de pouvoir m'acheter ne serait-ce qu'une petite esquisse », poursuivit-elle d'un ton lourd de sous-entendus et en faisant sonner ses bracelets.

À quoi Faye, qui avait fort bien deviné où elle voulait en venir mais était bien décidée à ne plus lui offrir de ses œuvres comme elle l'avait trop généreusement fait jusqu'ici, répondit avec une ironie cinglante et glacée :

« Mais vous savez, chère Marion, vous n'êtes pas obligée de payer cash. Ce n'est pas comme une séance d'analyse… Ici, on fait crédit. »

Et tandis que le Dr Levine s'éloignait, déjà repartie vers d'autres abordages, d'autres vains papotages, elle lui tira une imaginaire rafale de mitraillette dans le dos : « Ta-ta-ta-ta-ta ! »

La tension nerveuse montait en elle et une irrépressible envie de hurler, de trépigner, de lacérer ses toiles, même, comme cela lui était déjà arrivé. Ah ! qu'ils paraissaient déplacés les invités de ce cocktail parmi les nus sanglants, les anatomies torturées qui s'étalaient sur les murs : toute cette humanité pitoyable, toutes ces victimes de la terreur policière auxquelles elle avait voulu dédier sa peinture ! Ne pouvaient-ils avoir la pudeur de se taire au moins ? Ne pouvaient-ils simplement regarder en silence et puis s'en aller ?

« Alec ! s'écria-t-elle soudain. Alec ! »

Dans la houle mouvante des visages, elle venait de le repérer à cette drôle de casquette de voyou qu'il arborait de tout temps et en tout lieu. Jetant les bras au ciel, il s'approcha en se frayant un difficile chemin dans la foule. « Où est Johanna ? » allait-elle demander. Mais elle se mordit les lèvres avant d'avoir prononcé le nom de son amie : elle venait de s'aviser qu'Alec tenait par la main et entraînait dans son sillage une jolie fille qu'elle ne connaissait pas. Il y eut entre eux un échange de regards embarrassés. Mais Alec, le premier, rompit le silence :

« Je te présente mon *amie* Maureen », dit-il en insistant sur le mot *amie* pour laisser entendre que la jeune femme lui était plus qu'une amie.

C'était donc ça ! songea Faye. Voilà pourquoi Johanna avait tant fait de mystères la dernière fois qu'elle l'avait appelée au téléphone, à son nouveau numéro, pour bavarder un peu. Mais en même temps, elle repensait à un fait qui la troublait maintenant : il était déjà étonnant que ce fût Alec qui avait quitté Johanna plutôt que l'inverse mais il y avait plus surprenant : au téléphone, elle lui avait parue surexcitée, débordante de joie. N'était-elle donc pas affectée par ce qui semblait une séparation ? Non, sans doute — et Faye se souvenait tout à coup de ces paroles énigmatiques qu'avait prononcées Johanna et auxquelles elle n'avait prêté alors qu'une attention distraite : « Je suis heureuse comme je ne l'avais jamais été mais je ne peux rien te dire pour l'instant. C'est un tel bouleversement dans ma vie ! Faye, attends-toi aussi à…

— À quoi ? » avait alors demandé celle-ci.

Et Johanna de lui répondre précipitamment, comme si quelqu'un venait d'entrer dans la pièce d'où elle téléphonait, quelqu'un dont elle ne voulait pas être entendue :

« Non, Faye. Je ne peux pas t'en dire plus. »

C'était vraiment à n'y rien comprendre...

Ça l'était d'autant moins que, visiblement, Alec, s'il s'efforçait de donner le change avec de grands sourires et des plaisanteries, paraissait pénétré d'une secrète tristesse. Faye avait trop de sensibilité pour ne pas en ressentir une sourde gêne, gêne qui lui devint intolérable quand, soudain, elle aperçut dans la cohue Johanna... Johanna qui se dirigeait vers elle... Vers eux trois...

Mais ce ne fut rien de ce qu'elle avait redouté : Alec et Johanna s'entre-regardèrent très simplement et, sans marquer le moindre embarras, s'embrassèrent. Comme s'ils étaient complices, comme s'ils savaient qu'ils se retrouveraient ici.

« Bonsoir, toi. Bonsoir, Maureen. Bonsoir, Faye, ma chérie...

— Bonsoir, Johanna... » répondit cette dernière. Et comme son regard implorait une explication, Johanna, l'étreignant avec une sorte de violence, lui murmura à l'oreille :

« Écoute, je ne peux pas t'en parler ici. Au milieu de tous ces gens. Mais il faut que tu saches...

— Dis-moi !

— Non, non. Il faut que nous nous retrouvions après le cocktail... Dans un endroit calme. Chez toi ce serait le mieux... C'est une chose tellement...

— Tu me fais mourir, Jo ! Et puis je crains de devoir aller dîner au *Four Seasons* avec John et Egon. Ils y tiennent.

— Eh bien, nous viendrons te chercher après le dîner...

— Nous ?

— Enfin... *Je* viendrai.

— Bon sang, que se passe-t-il ? Tu as découvert un puits de pétrole dans ton jardin ou bien une nouvelle planète dans le ciel ?

— Oh, c'est mieux que ça ! Tu sauras tout à l'heure, mais, je t'en supplie, prépare-toi ! Prépare-toi à un choc... »

C'était décidé : elle s'en allait maintenant. Il lui semblait qu'elle avait accompli son devoir auprès de Ryan et de Weiss en demeurant présente trois heures d'affilée et en continuant de sourire aimablement sous les assauts conjugués de la vulgarité et du snobisme de la plupart des invités du vernissage. On ne pouvait plus rien exiger d'elle, ni qu'elle allât au dîner, ni qu'elle assistât à la fête que John Ryan projetait d'improviser chez lui plus tard. Cette fête serait ce que sont toutes les fêtes pour quelqu'un de désespéré : plus désespérantes que la désespérante banalité quotidienne. Et Faye préférait encore se retrouver seule avec elle-même dans son atelier *downtown*. Elle téléphonerait à Johanna qui venait de quitter la galerie de l'y retrouver plus tôt que convenu : elle allait enfin apprendre...

Apprendre quoi ? Que Johanna avait un nouvel amant, sans doute, un homme avec qui elle vivait maintenant dans cet appartement d'une tour de Madison Avenue où elle ne l'avait pas encore invitée à venir. Eh ! que lui importait. Pourquoi aurait-elle dû partager cette joie insolente qu'affichait son amie depuis quelques jours ? En quoi cela la concernait-elle ? Ne serait-elle pas un peu plus seule encore, ne se sentirait-elle pas un peu plus frustrée de la savoir ainsi comblée ? L'amour, l'amour vrai, le grand amour, c'était toujours pour les autres, ça n'arrivait qu'aux autres : elle, Faye Emerson, ne connaissait que les aventures sans lendemain avec des gigolos attirés par son argent, son renom, sa beauté. Des êtres veules et vaniteux qui lui faisaient l'amour par jeu, parce qu'il était prestigieux « d'avoir eu la petite Emerson » — Faye était assez lucide pour ne se faire aucune illusion là-dessus.

Parmi tous ces gens qui buvaient, riaient, parlaient haut, se jouaient la comédie mondaine, elle s'était sentie irrésistiblement envahie par une atroce mélancolie et au moment de s'en aller, elle se demandait même pour quelle raison elle avait consenti à venir. Ne savait-elle pas que ce serait comme à chaque fois ? Oui, mais elle espérait toujours, elle espérait... Quoi ? Mais un peu de bonheur : un regard perdu dans la foule et qui lui serait destiné à elle seule, un sourire...

L'ombre d'un sourire. Elle se rappelait une séance d'analyse où elle avait parlé à Marion Levine de cette chanson : *The shadow of your smile.* Et d'Abel, bien sûr. De qui d'autre eût-elle pu lui parler ? Qui d'autre avait compté dans sa vie ?

Abel, Abel, Abel... Marion Levine avait beau jeu de lui dire que c'était là une obsession : assurément, c'était une obsession ! Mais, pourquoi pas ? Abel ne méritait-il pas qu'on pensât toujours à lui, lui dont le seul souvenir aidait à vivre, l'ombre du sourire ? Et beaucoup plus sûrement que ces fêtes décevantes, ces vernissages, ces soirées, ces parties où on l'invitait sans se lasser jamais de ses refus ; beaucoup plus sûrement que ces interminables nuits dans les discothèques à la mode ; beaucoup plus sûrement que ces week-ends avec l'amant du moment...

« Faye Emerson : vingt-neuf ans, la beauté, le fric, la célébrité, le talent — et le malheur. » C'est ainsi qu'elle se fût présentée à tous ceux qui voulaient la connaître si elle avait su manquer de pudeur de temps en temps. Mais elle était trop réservée, trop bien élevée pour jeter son désespoir à la face des gens. Il était plus facile, au fond, de jouer les désaxées... Ce rôle, d'ailleurs, elle le jouait si bien depuis si longtemps, qu'il lui était une seconde nature. « Eh bien, joue, Faye, se répétait-elle. Sois telle que t'a voulue ta mère : une pauvre folle ! Une pauvre folle qui n'a pas même le cran d'en finir avec la vie... »

Elle s'était glissée dans la foule sans se faire remarquer et avait réussi à sortir de la galerie à l'insu de tous — elle se félicitait de son habileté. Dehors, elle avait hélé un taxi. Mais quand la voiture jaune s'approcha du trottoir, elle la refusa. Trop de choses se bousculaient dans son cœur, dans son esprit. Il lui fallait marcher un peu. D'ailleurs, elle aimait flâner dans New York la nuit, des heures durant, insoucieuse du danger qu'il y a à se promener ainsi à l'aventure. Elle le faisait souvent, elle recherchait... elle ne savait trop quoi. Ou plutôt si : elle le savait, mais n'osait se l'avouer...

Elle ne l'ignorait pas, elle ne pouvait plus l'ignorer maintenant, c'était une certitude : depuis quelques minutes, on la suivait. Un homme, assurément. Un homme qui la désirait... N'était-elle pas provocante dans sa robe-fourreau 1930 de crêpe noir dont un côté était fendu jusqu'en haut de la jambe ? Excitante avec son profond décolleté que cachait à demi une étole de fourrure grise négligemment jetée sur l'épaule et ses fins escarpins de serpent qui claquaient sur le trottoir ?

Ah, elle se dégoûtait d'elle-même, de son désir ! Et pourtant, l'envie montait en elle aussi, irrésistible, en même temps que la menace se précisait... C'était absurde, dégradant — comme elle méprisait cet homme qui allait l'aborder ! Comme elle aurait voulu se retourner pour voir son visage, pourtant...

Mais elle pressa le pas, chercha des yeux un taxi : le jeu avait assez duré, estimait-elle.

L'homme pressa le pas aussi. Il s'approchait, s'approchait encore. Elle allait hurler. Appeler au secours. Le cri ne venait pas. Sa gorge se nouait...

Elle se retourna.

Ah, mon Dieu ! Voici qu'elle devenait folle pour de bon, à présent. Elle voyait... Oui, elle voyait Abel ! Oui, c'était Abel qui la suivait ! Elle se trouvait sous le coup d'une hallucination, elle en avait conscience, elle voulait y échapper mais en vain. Et sa terreur demeurait muette.

Le mort se rapprochait — horreur ! Il se rapprochait encore. Son haleine précipitait dans l'air froid, il parlait. Il parlait maintenant :

« N'aie pas peur, disait-il très doucement, ne crains rien, petite sœur ! C'est moi. C'est bien moi, Abel ! Tu ne rêves pas : je suis en vie, Faye. Regarde-moi, touche-moi, caresse-moi… Tu vois ? Je te prends dans mes bras… Voilà, comme ça… Comme si je ne t'avais jamais quittée… On a dit que j'étais mort… Mais non, ce n'était pas vrai… Tu vas tout savoir… »

Faye était pétrifiée. Alentour d'elle, tout glissait, tout s'anéantissait comme dans un évanouissement. Elle n'osait encore toucher ce corps qui l'étreignait, baiser ces lèvres qui murmuraient :

« Ne pleure pas, petite sœur ! »

Pleurait-elle donc ?

Oui — des larmes lui jaillissaient des yeux, de douces, de bonnes larmes : elle voulait croire à la réalité de ce qu'elle vivait, elle voulait y croire comme, enfant, quand sa mère la persécutait, elle avait voulu croire en Dieu. Oh ! Dieu avait fini par exaucer son vœu : Abel vivait. Et la vie avait un sens maintenant. Et la nuit, glacée, apeurante, la nuit devenait tiède, accueillante, brusquement.

« Ne pleure pas, petite sœur ! Ne tremble pas ainsi, répétait Abel en la serrant dans ses bras tendrement. N'aie pas peur : je serai là, à ton côté, désormais. Je serai là pour te protéger. »

Alors, Faye, revenue à demi de cet état de stupeur et d'extase où elle se trouvait, comprit soudain pourquoi Johanna voulait tant la voir, lui parler : elle savait déjà. Depuis quelques jours elle savait qu'Abel vivait…

Il vivait, il vivait, il vivait ! C'était un être de chair, non un être de cette matière dont sont faits les songes, qui serrait Faye sur son cœur — et ce cœur battait vite et fort — c'était Abel en personne qui continuait à lui murmurer affectueusement :

« Ne pleure pas, petite sœur ! N'aie pas peur ! Mes malheurs ont pris fin. Les tiens prendront fin aussi. Là-bas, au Viêt-nam, on m'a enfermé, on m'a torturé, on a failli me faire perdre la raison. Tout comme ici on a voulu te rendre folle. Mais nous avons été les plus forts, tu vois ! Nous avons su résister. Non, ne pleure pas, Faye. Souris-moi !

— Je le savais, répondit-elle d'une voix hachée par

l'émotion qui l'étreignait. Je le savais que tu n'étais pas mort, je l'ai toujours su. Quelque chose au fond de moi me le disait. Et si je ne me suis pas tuée quand j'allais très mal, c'était à cause de toi, c'était pour toi, c'était parce que j'attendais ton retour. Oui, ils me traitaient de folle dès que je prononçais ton nom. Ils voulaient me faire enfermer. Mais j'avais ma peinture et j'avais... toi. Je veux dire : j'avais ce souvenir de toi entrant dans la chambre où notre père allait mourir... Quand tu lui as pris la main pour lui dire : "Tu vois, je suis là !" Et puis, ajouta-t-elle en éclatant en sanglots, et puis, quand tu t'es retourné et que tu m'as souri...

— Faye, s'écria Abel, Faye... dans quelques semaines, dans quelques jours, tu seras vengée... »

Alors, ils commencèrent à marcher au hasard des rues, en se tenant par la taille comme auraient fait deux amants. Et ils marchèrent longuement, ainsi enlacés, riant, pleurant, se disant des mots tendres, frissonnant un peu — elle dans sa veste à lui, qu'il lui avait jetée sur ses épaules nues, lui en chemise blanche et déboutonnée, tel un héros romantique. Ils marchèrent plusieurs heures jusqu'à se retrouver dans le "Village", à la porte de la maison qu'habitait Faye...

« Monte un instant.

— Oui. D'autant qu'il faut que j'appelle Johanna pour lui dire de ne pas s'inquiéter... »

Le matin venait maintenant.

Dans la pénombre de l'atelier grandissait insensiblement sur le parquet une tache de lumière mordorée. Les tableaux s'animaient, leur vernis semblait flamber doucement et consumer les corps et les visages. Sous un autoportrait grandeur nature dans lequel elle s'était représentée les yeux bandés et pieds et poings liés, Faye s'abandonnait dans les bras de son frère. Elle était apaisée, reposée. Elle n'avait pas sommeil, prétendait-elle. Et jamais elle ne s'était sentie aussi heureuse. Mais ses yeux étaient gonflés et rougis : elle avait beaucoup pleuré quand Abel, avec la plus grande pudeur, avait évoqué le martyre qu'il avait enduré dans les camps de la mort au Viêt-nam. Et elle avait été horrifiée d'entendre l'histoire du complot qu'avait organisé Jeremy contre lui. Et elle avait vomi de dégoût quand Abel avait finalement trouvé assez de détermination en lui pour oser lui raconter avec mille précautions quels crimes monstrueux avait commis Kay Mc Kay, sa mère.

« Je vais passer la fin de la nuit ici, sur ce canapé, dit-il. Je ne veux pas te laisser seule après tout ce que tu viens d'apprendre, petite sœur. Tu es encore trop sous le choc… D'ailleurs, je n'aurais peut-être pas dû te dire…

— Si, Abel. Il le fallait. Tu vois, je n'ai plus de chagrin. Au contraire, c'est pour moi une délivrance : je sais enfin pourquoi j'étais si malheureuse, je sais pourquoi je haïssais tant maman. Mais aujourd'hui, le cauchemar est fini. Et c'est étrange à dire, mais je me sens parfaitement bien, Abel. Reste encore un peu, tout de même. Veux-tu que je nous fasse des œufs, du café ?

— Comme deux amoureux après une nuit d'amour, hein ? Si tu veux.

— Mon Dieu, Abel ! Ces neuf ans sans toi… Ces neuf ans ! Et toi tu vivais, Abel. Oh ! laisse-moi te toucher encore. Te caresser… Que tu es beau… »

Il l'attira tout contre lui, lui vola un baiser dans la nuque. Elle l'étreignit, lui mordilla le lobe de l'oreille. Puis leurs lèvres s'effleurèrent. Mais Abel se dégagea le premier et dit à voix basse :

« Non, Faye… Il ne faut pas. »

À quoi elle répondit :

« Il ne faut pas. Tu as raison. »

À cet instant précis, la sonnerie du téléphone retentit et les fit sursauter.

« Johanna », s'écrièrent-ils ensemble, pouffant de rire comme deux enfants qui jouent. Complices comme seuls savent l'être frère et sœur…

Dans le monde du journalisme, on ne parlait plus que de ça : le premier numéro d'*Imagine* allait paraître le mercredi 15 octobre.

Une conférence de presse donnée six mois auparavant par Richie Garrymore, le futur rédacteur en chef, et Robert G. Kelly, le directeur de la publication, pour annoncer le lancement du magazine à l'automne avait éveillé une immense curiosité. Puis une campagne de relations publiques très habilement menée, quelques communiqués énigmatiques avaient fait le reste. On était impatient de savoir ce que serait ce nouveau venu et comment il se situerait parmi les autres grands hebdomadaires d'information générale et de réflexion : *Time*, *Newsweek*, *Events*. Et puis l'on s'étonnait du retour de Robert G. Kelly à la tête d'un journal, et, surtout, d'un journal qui semblait d'emblée, à en juger par la publicité de présentation, vouloir prendre le contre-pied de celui qu'il avait dirigé pendant plus de trente ans.

On s'interrogeait aussi sur l'origine des fonds dont disposait *Imagine* : ils étaient exceptionnels. N'avait-on pas annoncé un tirage initial d'un million et demi d'exemplaires ? Qui pouvait financer une telle entreprise ? Qui pouvait fournir les garanties suffisantes ? La question faisait l'objet de mille suppositions : les banques gardaient, comme il se doit, une discrétion absolue, mais on estimait que s'il s'agissait d'un particulier, il devait être extrêmement fortuné. Aussi brûlait-on de connaître le nom du commanditaire inconnu qui se tenait dans l'ombre derrière toute cette affaire. D'autant que Richie jetait de temps à autre dans la conversation, l'air de ne pas y toucher, quelques allusions bien propres à entretenir autour de l'entreprise une aura de mystère. Mais, si on le pressait d'en dire plus, il prétendait être à peu près aussi ignorant que quiconque sur le sujet. Même les futurs collaborateurs n'avaient droit qu'à des réponses évasives et aux engagements sur l'honneur de Robert G. Kelly, lequel, de son côté, disait pour couper court à toutes les rumeurs :

« Je peux vous promettre que le secret sera très vite levé. Dès le troisième numéro, celui du 29 octobre. Jusqu'à cette date, vous n'avez que ma parole. Mais, je vous en prie, croyez-moi quand j'affirme que vous ne serez pas déçus par la personnalité du propriétaire et que vous n'aurez pas lieu de regretter d'être venus chez nous. Au surplus, nous pouvons ajouter une clause dans les contrats indiquant que vous vous réservez la possibilité de quitter la rédaction si vous jugez celui-ci indigne le jour où son nom vous sera révélé… »

Kelly savait bien que personne n'en userait.

Le comité de rédaction comptait nombre d'inconnus mais également quelques signatures célèbres et de cela aussi on parlait beaucoup dans les milieux de la presse écrite. Les deux noms accolés de Kelly et de Garrymore, la réputation d'un des plus grands rédacteurs en chef de tous les temps jointe à celle du génial reporter, lauréat du prix Pulitzer, l'alliance d'une très vieille expérience du métier et d'une jeune inventivité contribuaient à attirer à *Imagine* les talents les plus divers.

« Nous n'avons aucun préjugé idéologique ou politique, disait Richie, seul compte le savoir-faire. »

Et en écho, Robert ajoutait plaisamment : « Au fond, nous ne sommes pas très exigeants, nous ne voulons que ce qu'il y a de mieux : les meilleurs reporters, les meilleurs photographes, les meilleurs graphistes, les meilleurs maquettistes… »

Aussi était-ce sans grande difficulté que les deux

hommes parvenaient à débaucher chez leurs concurrents : beaucoup de journalistes étaient tentés par l'aventure. Kelly venait même de réussir à voler à *Events* Shawn Arboth, son fameux dessinateur humoristique, alors que celui-ci faisait figure d'institution au sein de cette institution qu'était l'hebdomadaire des Emerson. Certes, on murmurait que Shawn Arboth avait eu récemment une violente altercation avec Jeremy Emerson, mais de là à passer à l'ennemi !

L'*ennemi* — car Garrymore et Kelly ne cachaient pas leur intention de créer « l'anti-*Events* ». On s'étonnait même de les voir diriger leurs flèches beaucoup plus contre ce magazine en particulier que contre les autres concurrents directs : *Time* ou *Newsweek.* Le ressentiment de Kelly à l'égard de son patron n'expliquait pas tout. Pourquoi s'acharnait-il contre un malade ? se demandait-on.

Events, en effet, avait beaucoup perdu de son prestige ces dernières années. Il n'était plus le premier des hebdomadaires nationaux pour le tirage et le groupe lui-même déclinait. Certes, un tel empire ne s'effondre pas en un jour : les publications éditées par Events vivaient encore pour la plupart sur leur acquis, mais le public, et en particulier le public d'*Events*, avait singulièrement vieilli — les sondages et les études de marché l'attestaient. La rédaction n'avait pas su renouveler son style, le magazine en paraissait très « daté ». Alors que du temps de Triple E, ce qui faisait son succès c'était d'être en constante évolution et de donner dans toutes les modes. Aujourd'hui, Whyatt et Bergman, les deux derniers survivants de « l'ère Robert G. Kelly », pouvaient résumer la situation ainsi :

« Triple Zéro n'est pas encore parvenu à nous couler tout à fait, mais…

— Patience ! Ça ne saurait plus tarder. »

La publicité se raréfiait en raison même du vieillissement du public, les annonceurs visant, de préférence, les trente-quarante ans. La courbe des ventes déclinait lentement mais régulièrement. Et comme la rédaction avait conservé le train de vie extravagant du temps de sa splendeur, le dépôt de bilan était inéluctable dans les deux ou trois ans à venir.

Au contraire des responsables d'Events, Richie Garrymore, Robert G. Kelly et Jane Cox, la directrice de la publicité récemment engagée, avaient bien su « vendre » le support *Imagine* en démontrant qu'il manquait dans la presse américaine un grand hebdomadaire s'adressant à cette classe nouvelle des hommes et des femmes qui avaient eu vingt ans dans les années 60, qui avaient cru à ce formidable espoir d'un changement de société et que la vie, peu à peu, s'était chargée de désenchanter. Enfants perdus de la génération Kennedy, plus instruits et plus libres que leurs parents, ils voulaient autre chose : ils voulaient comprendre le monde, son évolution et ils avaient plus de curiosité que leurs aînés. Comme eux, ils s'intéressaient à l'affaire du Watergate, à la question de l'énergie, à la récession, au chômage. Mais ils voulaient aussi qu'on leur parlât de la crise de civilisation qui commençait à se faire jour. Ils avaient pu renier la société de consommation quelques années auparavant, quand cette société paraissait inébranlable, indestructible. Maintenant que les temps étaient plus difficiles, plus incertains, ils devenaient tous, potentiellement, des acheteurs ! Tel était l'argument favori de Richie Garrymore. En cette période de morosité économique, au milieu de ce sombre automne 1975, il avait si bien porté auprès des annonceurs qu'ils s'étaient précipités pour acheter de l'espace. Dès son numéro zéro, *Imagine* se présentait comme une affaire prospère, sans problèmes de trésorerie et qui disposait de près d'une année pour faire ses preuves.

Cette prospérité du futur hebdomadaire était déjà visible dans le choix des locaux sur Madison Avenue. *Imagine* louait les dix derniers étages d'une tour récemment achevée. Les bureaux étaient aménagés sans luxe inutile, mais ingénieusement conçus pour qu'on y ressentît une liberté propice à la circulation des idées, à la créativité. L'espace était ouvert, il n'y avait aucune hiérarchie apparente, rien de clos ou de caché, pas d'horaires fermes, pas de répartition arbitraire et définitive des tâches. Au contraire : une bureaucratie réduite au minimum et, ainsi que le résumait Richie dans une formule lapidaire : « L'imagination au pouvoir. » N'était-ce pas le moins pour un magazine portant pareil titre ?

Il y avait pourtant une chose que l'on ne parvenait guère à imaginer, c'était à qui pouvait appartenir le dernier étage de la tour. Du box privé du troisième sous-sol du parking, un ascenseur également privé communiquait avec l'appartement, mais l'on n'avait encore surpris personne à y pénétrer sinon quelques enfants toujours déguisés ou masqués. Et quant aux propriétaires présumés, ils venaient et repartaient dans une limousine aux vitres teintées derrière lesquelles on ne pouvait distinguer leur visage. Richie, qu'on interrogeait sur les raisons de cet impénétrable incognito, répondait par un haussement d'épaules censé signifier son ignorance et sa perplexité. Et Kelly, à qui on demandait s'il avait une vague idée de l'identité de cet inconnu fortuné, répliquait avec un petit ricanement énigmatique :

« Mais… Quelqu'un d'assez riche pour s'offrir autant d'espace avec une grande terrasse et une vue sublime… »

Sur la terrasse régnait en ce moment la plus folle gaieté. Une clique d'enfants jouait *Le Magicien d'Oz*. Des fillettes déguisées en fleurs répétaient un ballet plein de cocasserie, tandis que les garçonnets formaient une ronde en dansant des claquettes. Johanna marquait la mesure en entrechoquant des cymbales et donnait quelques conseils, quelques indications scéniques tandis qu'Alec, une caméra magnétoscope à l'épaule, les filmait. Abel, quant à lui, jouait à cache-cache avec son fils entre les cheminées et se livrait à mille facéties qui les faisaient tous deux rire aux larmes. Il avait emprunté de leur maquillage et de leurs paillettes aux jeunes acteurs et s'était peint le visage comme un clown. Puis il s'était coiffé d'un ballon de baudruche rose vif crevé qui lui faisait un grotesque crâne de chauve. « Comment *çà vâ, quoâ* ? » demandait-il sur le ton des Auguste de cirque chaque fois qu'il se faisait volontairement découvrir dans sa cachette par Abel Jr. Les rires redoublaient... Et tandis que la petite Eva entonnait d'une adorable voix de tête le fameux *Over the rainbow*, il se mit à bondir du toit d'un transformateur et s'emparant d'un violon feignit de jouer à l'unisson de l'orchestre la jolie mélodie. Mais, au fait, n'était-il pas le magicien d'Oz, en vérité, cet homme qui dispensait autour de lui autant de bonne humeur et de bonheur, cet homme qui vivait dans cette fabuleuse demeure de verre dominant la ville et son agitation fébrile et ses lumières ?

Un magicien, en effet, dont la seule présence faisait régner une sorte de miraculeuse entente entre tous, une insouciance souriante qui forçait l'admiration des très rares visiteurs admis à partager la vie princière qu'il menait ici en compagnie de Johanna et de leur enfant : Ella et Robert Kelly, Richie Garrymore, Ed Barrett Jr qui s'occupait déjà de tous les problèmes juridiques et d'héritage qu'allait provoquer la « résurrection » de son client comme l'avait fait son père des années auparavant, à la naissance de celui-ci. Venaient aussi, depuis quelques jours, Faye dont toute la vie s'était trouvée bouleversée par la révélation, des intimes de Johanna à qui celle-ci avait fait jurer le secret sur l'existence d'Abel, et enfin Alec. Alec qui oubliait et commençait à aimer son rival de toujours comme on aime un frère — sans rancune, sans jalousie. Et c'était, assurément, parce que Abel lui-même ne faisait montre d'aucune espèce de jalousie s'il voyait Johanna s'abandonner dans ses bras, très amoureusement, ou Abel Jr l'abandonner là, très brusquement, pour courir accueillir avec des cris de joie celui qui avait été son papa pendant des années. Minh avait appris à Abel que la jalousie est le fait des médiocres, de ceux qui ne s'aiment pas eux-mêmes assez pour pouvoir aimer l'autre tel qu'il est, non tel qu'on voudrait qu'il soit.

« Auras-tu du courage, Abel, quand tu seras rendu à la liberté, c'est-à-dire aux autres hommes ? Non pas du courage devant témoins, du courage devant les autres hommes : ce n'est pas du courage, cela. Mais je parle du courage du solitaire, "du courage de l'aigle qu'aucun Dieu ne regarde plus", du courage du tigre abandonné au plus noir de la forêt. Sauras-tu n'avoir jamais ni jalousie ni envie, non des gens qui te sont supérieurs — ce qui est facile — mais de ceux qui n'iront jamais aussi haut que toi, aussi loin dans la forêt ? »

Oui, Abel y était parvenu, lui semblait-il. Et ses amis, sans se l'expliquer vraiment, le ressentaient ainsi. Cette présence quasi surnaturelle parmi eux d'un homme qui avait bravé la mort et la folie, qui les avait défiées, qui les avait en quelque sorte dominées et vaincues, cette présence même était la cause de l'harmonie qui régnait entre tous. Qu'un conflit apparût, il suffisait à Abel de sourire sans rien dire et, dans l'instant, tout redevenait transparent, facile. Si l'on peut être heureux après avoir traversé des épreuves aussi inhumaines, alors, nul n'a le droit de gémir sur son sort, songeait-on en le regardant. Et l'on voulait se montrer digne d'être des siens.

Oui, tel était le magicien qui logeait au dernier étage de cette tour que Richie appelait déjà plaisamment, par allusion au gratte-ciel d'Events : l'Imagine Tower.

Assis dans son fauteuil roulant, de derrière la glace du salon où il s'était posté, Thomas contemplait avec un attendrissement teinté d'un peu d'amertume cette joyeuse bande de fous qui jouaient de la musique, dansaient, bondissaient, virevoltaient et chantaient en riant aux éclats. Depuis quelques instants, il agitait sa main valide. Mais Abel, qui pourtant l'observait du coin de l'œil, n'avait pas encore deviné que ce geste lui était adressé ni ce qu'il signifiait. Quand, soudain, au milieu du tumulte, il perçut le sifflement à deux tons du téléphone de jardin et comprit. Il se rua sur le combiné, et, feignant de se prendre les pieds dans une marche imaginaire, il roula-boula à terre, plaquant l'appareil comme s'il risquait de lui échapper.

Les enfants applaudirent bruyamment à cette improvisation burlesque.

«*Ja!* dit-il en reprenant son souffle. Abel Young pour vous servir, qui que vous soyez.»

Richie, son interlocuteur, répondit :

«C'est pas trop tôt... Abel, il faut y aller : Howard nous a — enfin ! m'a donné rendez-vous à cinq heures et nous avons deux bonnes heures de route.

— Très bien, fit Abel en reprenant son sérieux. Veux-tu que nous nous retrouvions dans dix minutes au parking, le temps pour moi de me démaquiller.

— De te quoi ?

— Démaquiller. Non, n'aie pas peur, Richie, je ne suis pas devenu complètement follingue ! Je jouais au clown pour faire marrer les gosses, voilà tout.

— Ah, eh bien bravo ! répliqua Richie d'un ton de reproche outré mais ouvertement feint. Pendant que nous, pauvres cons, nous bossons comme des bêtes pour que le numéro un puisse paraître le jour dit, là-haut notre cher patron déconne !

— Dis donc ! s'écria Abel sur le même ton facétieux et faux, si tu veux un job chez un concurrent plus sérieux, je pourrais peut-être te recommander à Jeremy Emerson...

— Arrête ton charre et écoute-moi un peu — j'ai du nouveau et je veux t'en parler. Un truc incroyable !

— À propos de Howard ?

— Non. Whyatt et Bergman : ils m'ont apporté un document. Et puis ils sont revenus à la charge auprès de Robert...

— Ces deux ringards ? Il n'est pas question que nous les engagions à *Imagine*. Je veux bien qu'ils viennent chez nous cafarder Triple Zéro, nous raconter toutes les salades de la maison Events et le reste... Ils auront leurs piges — mais de là à ce que nous les prenions chez nous, pardonne-moi ! Je me fais une meilleure opinion d'*Imagine*. D'ailleurs, Kelly est pleinement d'accord avec moi : nous ne sommes pas allés les chercher ! Et lui qui les connaît beaucoup mieux que toi ou moi dit que c'est faux-derches et compagnie...

— Ne t'énerve pas comme ça, Abel. Attends d'en apprendre un peu plus et tu vas rester sur le cul. Ils nous demandent protection, maintenant, figure-toi.

— Quoi ?

— Oui. À force de mettre le nez dans le caca, ils ont, sans le vouloir, trouvé quelque chose. Et ce n'est pas rien : ils savent qui "lave" l'argent de ton cher frère à Las Vegas. Ils m'ont même procuré une photo de l'intéressant personnage. Quand je vais te la montrer, tu vas avoir le choc de ta vie. C'est moi qui te le dis ! Nous tenons Jeremy pour de bon, maintenant...

— Comment ça... ? demanda Abel, surexcité.

— Descends tout de suite, mon vieux !

— Oui, j'arrive. Rendez-vous au parking dans cinq minutes. Attends-moi devant le box où je gare la Seville. On ira chez Howard avec ma voiture.

— D'accord, patron ! À vos ordres, patron ! Mais n'oubliez pas d'enlever votre faux nez, patron !

— Rompez, Ducon ! »

Abel raccrocha le combiné et se précipita à l'intérieur de l'appartement, vers la salle de bains, en chantonnant *Over the rainbow*.

Devant la porte du box, Richie faisait déjà les cent pas et s'impatientait. Il était encore plus excité que ne pouvait l'être Abel car lui savait aujourd'hui qu'il touchait au terme des deux enquêtes qu'il avait menées parallèlement depuis ce jour où il avait décidé Robert G. Kelly à le suivre dans l'aventure d'*Imagine* — l'une concernant Jeremy Emerson, l'autre Kay Mc Kay. Le magazine possédait maintenant assez de preuves pour dénoncer en toute impunité les crimes de la mère et du fils : dès le premier numéro le scandale pourrait éclater...

Tout comme neuf ans auparavant, quand il avait commencé à s'intéresser à l'histoire de la dynastie Emerson et au sort du « bâtard », Richie était allé interroger Leonard Howard et, de rendez-vous en rendez-vous, de bavardage en bavardage, sans jamais l'y contraindre vraiment, il avait fini par lui faire avouer toute la vérité.

Leonard Howard était devenu un pitoyable vieillard maintenant. Il était difficile de reconnaître en ce modeste retraité à la démarche hésitante, atteint d'un tremblement nerveux et traînant tout le jour en robe de chambre et pyjama de flanelle, le brillant avocat, le fringant sportif habitué des rallyes automobiles et qui avait longtemps été tenu par les échotiers de la presse à sensation pour l'amant de la belle Kay Mc Kay. Il vivait en reclus dans un petit bungalow perdu de la banlieue de Poughkeepsie où une dame mafflue, moustachue et revêche, qui remplissait à la fois les fonctions de garde-malade et de bonne à tout faire, s'était installée à demeure et le traitait comme un parent gâteux et fort ennuyeux dont on n'écoute plus depuis longtemps les vains radotages. Aussi trouvait-il un plaisir certain aux visites de ce jeune journaliste qui lui apportait quelque écho du monde extérieur et prêtait une oreille attentive à ses moindres jérémiades. Mais ce qu'il appréciait le plus, c'était de pouvoir épancher sur quelqu'un un peu de ce terrible sentiment de culpabilité qui s'était emparé de lui bien des années après qu'il eut accompli son crime, du jour où il avait appris l'existence d'un autre Abel, d'un autre fils d'Eliott Ernest Emerson prénommé, tel un vivant reproche, Abel ! — c'était de pouvoir confier à quelqu'un ces remords qui, depuis, l'avaient obsédé, torturé sans trêve et fait de sa vie un cauchemar sans fin. Parler le rassérénait momentanément : après chacune des visites de Richie, il s'était senti quelque temps délivré d'un peu du poids de sa faute. Il avait été plus gai, il avait mieux dormi les jours qui avaient suivi — il le notait lui-même. Alors, tout comme neuf ans auparavant, et avec les mêmes arguments, les mêmes insinuations, Richie l'avait progressivement amené à l'idée qu'il devait rédiger ses confessions maintenant et les lui donner à publier. En les rendant publiques, ne soulagerait-il pas mieux sa conscience qu'il ne l'avait fait jusqu'ici ? Ne serait-ce pas le moyen par lequel il parviendrait à l'apaisement tant recherché, à l'oubli ?

« Il y a prescription, de toute façon, n'est-ce pas ? Vous

qui êtes avocat, vous devez savoir ça, lui avait-il fait remarquer lors de leur dernière entrevue. Vous ne serez pas poursuivi, monsieur Howard. Mais, après plus de trente ans, il faut que la vérité éclate enfin ! Il faut qu'elle soit imprimée noir sur blanc, il le faut ! »

Ce jour-là, le vieillard avait pris peur et s'était brusquement rétracté :

« Non ! Vous n'aurez rien signé de ma main. Après tout, pourquoi vous n'allez pas interroger plutôt Harry Rienzo ? Lui, au moins, il n'a rien à se reprocher…

— Harry Rienzo ? Il est mort l'année dernière, je vous l'ai déjà dit », avait répliqué aussitôt Richie.

Harry Rienzo avait été pendant près de quarante ans le chauffeur d'Eliott E. Emerson. Même quand il se rendait en Californie dans son avion privé, le patron d'Events l'emmenait avec lui pour conduire la limousine qui les attendait à l'aéroport car il n'avait confiance qu'en lui. Et ainsi, seul de l'entourage de Triple E, Harry avait connu l'existence de Lauren Young puis du petit Abel. Il avait toujours gardé une discrétion exemplaire et il y avait de bonnes raisons à cela. Ce fils d'une chambrière d'Abigail Emerson avait, jeune syndicaliste, tué un policier dans une manifestation. Mais Eliott, qui éprouvait de la sympathie pour ce garçon qu'il savait coupable d'un geste malheureux, non d'un crime, avait, en apportant un faux témoignage à la barre, pu lui fournir l'alibi qui l'avait sauvé de la chaise électrique et même de la prison. Aussi Harry vouait-il une reconnaissance sans bornes à son patron, une fidélité qui ne s'était jamais démentie. Hélas ! quelques années plus tard, Kay Mc Kay avait appris la chose de la bouche même de son époux et depuis elle avait « tenu » ainsi le chauffeur, lui laissant entendre qu'elle connaissait son secret et que, si besoin était un jour, elle saurait apporter les preuves qu'Eliott avait menti lors de son procès. Harry l'avait cru et c'était lui qui avait dû, sans deviner pourquoi on lui demandait cela, effectuer sous les ordres de Howard un étrange bricolage de la direction et de la boîte de vitesses d'un cabriolet Alfa Romeo. Il ignorait que la voiture était destinée à Abel Emerson, pour le récompenser de son admission à Princeton ; il n'avait pas compris qu'il s'était livré à un sabotage… Quand il sut, il était trop tard : la torpédo rouge se fracassait sur les falaises de Sag Harbor. Alors, il vécut encore des années et des années, taciturne et silencieux, aux côtés de son patron à qui il eût aimé clamer la vérité mais qui ne devait jamais savoir, il vécut avec cet effroyable remords qui l'habitait et qu'il sut toujours taire tant il craignait des représailles de la part de Kay Mc Kay et de Howard ; il vécut en devant dissimuler, chaque fois qu'il conduisait Triple E à Modesto, combien il lui était pénible d'entendre ce dernier appeler son fils naturel : Abel.

Toute cette confession d'une vie gâchée par un double drame, Richie — avec son habileté consommée à faire parler les gens — l'avait obtenue de Harry Rienzo en 66 quand il avait commencé d'enquêter en profondeur sur l'histoire des Emerson. Le chauffeur habitait à cette époque un pavillon à l'entrée du parc du manoir de Sag Harbor et, alors qu'on le disait si dévoué à son patron, à peine quelques jours après la mort de celui-ci, on lui avait signifié son congé. Richie avait appris la chose, s'en était étonné, il alla interviewer le vieil homme : de demi-aveu en concession, de concession en demi-aveu, celui-ci finit par lui dire toute la vérité contre la promesse d'une aide matérielle et d'une protection si les choses devaient mal tourner pour lui.

Mais Harry Rienzo était mort et le seul témoignage dont disposait Richie aujourd'hui était celui de Leonard Howard.

« Harry Rienzo est mort », avait répété le journaliste d'un ton las.

Et Howard avait repris, l'air buté :

« Eh bien, dans ce cas, pourquoi n'allez-vous pas interroger Kay Mc Kay ? C'est elle qui avait eu l'idée de l'accident truqué pour supprimer son beau-fils. De la même façon qu'elle avait supprimé Julius Hancock, le roi du bœuf en boîte, son premier mari. Moi, dans cette histoire, je n'ai été que l'exécutant. C'est-à-dire que j'ai obligé ce pauvre Rienzo à faire tout le sale boulot. Mais pourquoi vous n'allez pas l'interroger *elle*, hein ?

— Enfin, Howard ! Ne dites pas n'importe quoi. Vous savez très bien que c'est justement *elle* que nous voulons atteindre à travers vous. Nous n'allons pas nous jeter dans la gueule du loup. Si vous avez des remords, *elle* n'en a aucun. Et c'est *elle* qui a été à l'origine de tout. Vous le dites vous-même. C'est *elle* qui…

— Oui ! s'était écrié l'ancien avocat en coupant la parole au journaliste. C'est à cause d'elle que je suis devenu ce criminel. À cause d'elle ! Elle a été ma damnation… »

Richie n'était pas mécontent d'avoir très habilement mené Howard sur le terrain où il le trouvait toujours complaisant et intarissable : Kay Mc Kay. C'était *elle* la coupable, c'était *elle* l'ensorceleuse, c'était *elle* et uniquement *elle* qui avait fait le mal. Et pour la simple raison qu'elle était l'incarnation du Mal avec un grand *M*, la femme fatale — Howard avait la puérilité et la faiblesse de le penser. De la même façon tout aussi irrationnelle qu'il se croyait damné pour avoir renié ses origines juives en changeant de nom, telle était sa misogynie qu'il accusait les femmes en général, et Kay Mc Kay en particulier, de l'avoir perverti en usant d'une sorte de pouvoir surnaturel, de l'avoir poussé à commettre un crime aussi monstrueux que le meurtre d'un enfant de seize ans.

« Jamais un homme n'aurait imaginé seul une chose aussi abominable ! plaidait-il, implorant et plaintif. Croyez-moi, monsieur Garrymore, avant de connaître Kay Mc Kay, avant de devenir son avocat, j'étais un type honnête et droit, je n'avais jamais fait la moindre saleté. Mais *elle*, elle était diabolique : pour elle, j'aurais tué père et mère si elle me l'avait demandé.

— Bientôt vous allez prétendre également que c'est parce qu'elle était rousse et que, c'est bien connu, toutes les femmes rousses… » avait alors répondu Richie, sarcastique et méprisant. Que le vieil homme fît preuve de tant de lâcheté l'écœurait maintenant : Howard croyait-il vraiment à ce qu'il disait quand il accusait la seule fatalité d'avoir fait de lui, homme probe et vertueux, un assassin ? Mais, revenant à sa première idée, il avait ajouté non sans un peu de machiavélisme :

« De toute façon, vous voyez bien que vous me donnez une raison de plus de publier votre confession écrite : il faut empêcher cette femme de nuire encore... »

À quoi Howard avait répondu en reprenant le ressassement sénile et lancinant de ses éternels griefs :

« Oui, oui, c'est elle ! C'est pour elle que j'ai fait ce que j'ai fait, c'est parce qu'elle m'y a poussé ! Elle voulait tout : le pouvoir, l'argent, la considération... Elle voulait que son fils soit l'unique héritier. Et moi, pauvre imbécile, quand elle me disait qu'elle m'aimait, qu'elle m'épouserait plus tard, lorsque Eliott serait mort, j'avais la faiblesse de croire qu'elle était sincère... Alors, j'ai fait tout ce qu'elle a voulu. J'ai marché à tout ! Toujours ! Ah ! on peut dire qu'elle m'a bien eu... Pendant des années, elle m'a tenu en laisse, comme un chien. Avec cette seule promesse vague de m'épouser un jour. Comme dit le proverbe : il n'y a pire sourd que celui qui ne veut pas entendre : j'avais le sentiment qu'elle me laisserait tomber quand elle se serait bien servie de moi, mais je voulais continuer à m'illusionner. Ne pas voir, ne pas savoir... Oui ! je me bouchais les oreilles, je fermais les yeux — je l'aimais. Et je n'ai compris, vraiment compris que le jour de la mort de Triple E... quelques heures avant, quand elle m'a appelé de Saint-Jean-Cap-Ferrat pour m'apprendre l'existence du bât..., je veux dire de ce pauvre Abel Young. Je m'en souviens comme si c'était hier : je me trouvais en Californie et il devait être cinq heures du matin lorsque le téléphone a sonné. Elle était encore sous le coup de l'émotion et la première chose qu'elle m'a dite quand j'ai décroché, c'est : “Abel”. Alors, moi qui dormais à moitié encore, j'ai répondu : “Il n'est pas mort.” Je voulais dire : Abel Emerson. Et puis, tout de suite après, j'ai pensé : mon Dieu ! un autre Abel est venu sur terre pour le venger... Oui, je sais que c'est absurde, monsieur

Garrymore, mais c'est à quoi j'ai pensé aussitôt. Et de ce jour… »

Howard n'avait pas achevé, il s'était mis à pleurer doucement, comme pleurent les vieillards qui regrettent leur jeunesse enfuie. Et Richie avait alors compris comment il parviendrait à le fléchir enfin et obtenir ces aveux signés dont ils avaient besoin pour faire éclater la vérité dans le premier numéro d'*Imagine* : la prochaine fois qu'il lui rendrait visite, il amènerait avec lui Abel.

En basculant au plafond, la porte de fer du box privé résonna sous la voûte bétonnée des parkings avec un formidable écho qui fit sursauter Richie. Le moteur de la Cadillac aux vitres teintées tournait déjà et la portière avant, du côté du passager, fut ouverte de l'intérieur.

« Monte ! » dit Abel en poussant le sélecteur de la boîte automatique sur la position départ.

Richie, prenant place à côté de lui, posa sur le volant une photo retournée sur la face impressionnée. En travers du papier blanc, un nom était écrit au feutre rouge :

Larry Hawkins.

« Eh bien ? interrogea Abel, impatient d'obtenir un éclaircissement car le nom ne lui évoquait rien.

— C'est comme ça que s'appelle le gars qui *lavait* les fonds de Jeremy à Las Vegas, et que Jeremy a fait doubler quand il est tombé, et qui est furieux et qui est allé raconter tout ça à Whyatt et Bergman, lesquels sont venus voir Kelly — tu me suis ? Larry Hawkins se trouve sous le coup d'une inculpation pour entente illicite avec un casino au détriment d'autres joueurs mais il pourrait très bien devenir simple *témoin au premier degré* en chargeant ton frère pour le compte de qui il travaillait. Tu me suis encore ?

— Oui, mais je ne vois toujours pas où tu veux en venir, mon pote.

— Attends un peu d'avoir retourné la photo…

— Oh ! Nom de Dieu ! »

Abel avait si violemment tressailli que, son pied ayant relâché un instant la pédale de frein, la voiture alla heurter un pilier du garage avant qu'il n'ait eu la présence d'esprit de ramener le sélecteur de vitesses sur le point mort.

« Nom de Dieu ! répéta-t-il, trop bouleversé pour se remémorer le nom de l'homme qui figurait sur le cliché. C'est… C'est…

— Oui, fit Richie. Loulou Davis. C'est bien lui.

— Loulou Davis !

— Larry Hawkins n'est autre que Loulou Davis.

— Il n'avait donc pas disparu de la circulation ?

— Rien du tout ! Non seulement il n'avait pas été liquidé contrairement à ce que je m'étais imaginé, mais, en plus, il continuait de faire les petites affaires de Jeremy. »

Abel entrouvrit la portière de la Cadillac et approcha la photo de la lumière du plafonnier qu'il venait d'allumer ainsi. Oui, dans ce Noir d'une quarantaine d'années, très élégamment habillé mais aux traits brutaux, il reconnaissait bien le prétendu garde du corps engagé par Sweety Monroe pour le protéger à Saigon, le tueur qui l'avait poursuivi la nuit du *Mood Indigo*, l'assassin de la petite Nam Hoa et de son singe Thîn, ne put-il s'empêcher de songer aussitôt, tandis qu'une foule de souvenirs l'assaillait, le submergeait : les longues conversations passionnées qu'il avait avec Hung dans la fraîcheur du petit pavillon tandis que tombait l'odorante, la bruissante nuit… Le rire clair et suraigu de la petite fille lorsqu'elle venait l'interrompre dans la rédaction d'un article pour qu'il lui donne sa leçon d'anglais… Mais aussi ces visions de terreur qu'il rapportait de ses reportages sur le front, cette horreur de la violence, cette immense lassitude qu'il ressentait alors jusqu'à la nausée sans savoir qu'il allait bientôt connaître lui-même dans son âme et sa chair toute la cruauté dont les hommes sont capables… Il frissonna et tourna son regard embué de larmes vers Richie qui l'avait observé à la dérobée et ne cachait pas qu'il était également très ému. Les deux hommes s'étaient compris sans avoir à se le dire, ils savaient qu'ils touchaient au but maintenant : l'heure de la vérité avait sonné…

À force de fouiller dans les secrets d'Events, la petite équipe de journalistes réunie par Richie depuis quelques mois pour enquêter sur le célèbre groupe de presse était parvenue à découvrir diverses irrégularités : entre autres, parmi les plus criantes, le financement de la campagne électorale de Jeremy Emerson sur une caisse noire du magazine, une affaire de pots-de-vin versés à des sénateurs et vite étouffée au moyen d'autres pots-de-vin versés à d'autres sénateurs, un détournement de certains bénéfices du journal au profit d'une seule des actionnaires, Brenda Welles, l'épouse de Jeremy, le « lavage » de fonds non déclarés au fisc par les soins d'un casino de Las Vegas où le président d'Events avait placé des hommes de paille tels que ce Larry Hawkins, alias Loulou Davis… Les langues se déliaient peu à peu, le dossier s'épaississait de jour en jour, s'enrichissait de nouveaux détails crapuleux. D'autant que certains journalistes d'*Events*, effrayés de voir l'hebdomadaire auquel ils collaboraient couler lentement mais inexorablement, attirés par la personnalité de Kelly qu'ils avaient pu apprécier jadis quand il en était le directeur, ou simplement séduits par les idées que développait Richie lorsqu'il présentait *Imagine*, cherchaient à négocier leur entrée au comité de rédaction du nouveau magazine en apportant d'autres révélations encore. Richie en était d'ailleurs quelque peu dégoûté. Et Abel, avec qui il en avait récemment discuté, lui avait fait remarquer :

« On dirait ces larbins mis à pied qui cafardaient les secrets d'alcôve de leur ancien patron à des torchons à sensation, dans les années 30. On en vient à se demander s'ils n'ont pas inventé toutes ces saloperies pour avoir le plaisir de nous les rapporter et se faire mousser auprès de Kelly. »

Avant d'ajouter d'un ton caustique :

« Ce pauvre Jeremy est bien mal entouré ! »

Bergman et Whyatt étaient les derniers en date à avoir, dans le plus grand secret, proposé leurs services à Robert Kelly. En échange d'une très vague promesse, ils lui avaient apporté des révélations sensationnelles sur une certaine *affaire Larry Hawkins* qui commençait à peine d'être ébruitée et dans laquelle le nom de Jeremy Emerson, s'il n'avait pas encore été prononcé, le serait sans doute incessamment. Il y avait déjà amplement de quoi ruiner la réputation de Jeremy et le faire traîner en justice, mais, maintenant qu'il savait qui se cachait sous l'identité de Larry Hawkins, Richie poursuivait un tout autre but que de dénoncer une simple affaire de fraude fiscale dans laquelle se trouvait impliqué le propriétaire d'Events : de même qu'il avait quasiment persuadé Howard de lui livrer des aveux complets sur l'assassinat d'Abel Emerson, il voulait amener Loulou Davis à accuser publiquement Jeremy de l'avoir fait recruter par Sweety Monroe pour éliminer Abel Young.

Tandis que celui-ci refermait la portière de la Cadillac et redémarrait pour quitter enfin le parking souterrain, il lui expliqua brièvement son plan et conclut :

« Nous devons nous servir de lui. »

Abel acquiesça tout en notant :

« C'est un jeu dangereux. Ce type est un tueur, ne l'oublie pas.

— Je ne l'oublie pas. Mais, en l'occurrence, il pourra toujours plaider qu'il n'a pas exécuté son contrat puisque tu n'as pas été tué et qu'il n'a jamais été établi de responsabilités dans l'attentat qui a coûté la vie à la petite Nam Hoa. Il n'a même pas touché le fric que Sweety Monroe lui devait. En revanche, il possède toujours le fameux enregistrement de cette conversation entre Sweety et Jeremy qu'il avait volé à Sweety… Tu sais, cette bande dont je voulais te parler à mon retour de Da Nang quand on te soignait au Grâl…

— Oui.

— L'unique preuve qu'il y a eu complot. Sûrement que Sweety voulait faire chanter ton frère avec ça. Plus tard. Mais il a été liquidé avant. Par Loulou Davis, évidemment.

— Sur ordre de Jeremy.

— C'est plus que possible.

— Tu ne m'avais pas dit que tu savais tant de choses.

— Oh ! Depuis une heure à peine.

— Seulement, un enregistrement sur bande magnétique ne constitue pas une preuve en justice, je crois.

— Non, en effet. Mais c'est un élément déterminant tout de même. Et Loulou a très bien compris où était son intérêt : en chargeant ton frère, en devenant témoin, il sauve sa mise. Je suis bien sûr qu'il jouera notre partie. Et quand, en plus, il saura que tu n'étais pas mort... ! »

Abel sourit et frémit tout à la fois.

La voiture émergea de la pénombre dans l'éblouissement de Madison Avenue.

« Et Faye ? s'enquit Richie après un moment de silence où ils étaient demeurés chacun perdu dans ses pensées.

— Oh, Faye ! s'écria Abel avec enthousiasme. Si tu voyais comme elle a changé. Elle est transfigurée depuis que j'... »

Mais un scrupule de modestie l'arrêta au milieu de sa phrase et ce fut Richie qui acheva sa pensée, disant sans aucune intention d'ironie :

« Depuis que tu es revenu illuminer sa vie. Depuis que tu es revenu sur terre, Abel : je peux comprendre ça car c'est ce que j'ai ressenti moi aussi, à ma façon, le jour où je t'ai retrouvé à Da Nang. Soudain, mon existence a pris un sens...

— Mais, dit Abel, embarrassé, je n'ai rien fait pour ça. Simplement, quand nous nous sommes connus, Faye et moi, à Saint-Jean-Cap-Ferrat, ce fut aussitôt comme si nous nous étions reconnus frère et sœur. Comprends-tu ? Comme si nous nous étions cherchés l'un l'autre depuis notre naissance...

— Les liens du sang...

— Non, puisqu'il ne s'est rien produit de tel avec Jeremy, tout au contraire. Avant même d'avoir appris qui j'étais, il me haïssait — je le lisais sur son visage. Il était fou de haine, littéralement fou de haine.

— Tu sais, au tout début de mon enquête, quand Kelly

m'a confié d'écrire l'histoire des Emerson, j'ai cru, comme tout le monde, que cette pauvre Faye était vraiment cinglée. Et puis, très vite, je me suis aperçu qu'elle était au contraire la seule personne sensée de toute la famille. Et j'ai commencé à aimer sa peinture…

— Je ne t'ai pas encore dit : Johanna m'a chargé de t'inviter à dîner à la maison demain soir, et comme elle l'a invitée aussi, tu la verras. Elle est resplendissante : elle n'a jamais été si belle, si heureuse, si vivante… Elle veut se battre maintenant. Et pour commencer elle a décidé de larguer Finkel, son avocat, et d'assister en personne au prochain conseil d'administration d'*Events*. Elle va lui reprendre ses pouvoirs. Elle savait très bien que ce salaud ne défendait pas ses intérêts, elle avait même deviné que, dans son dos, il s'était allié avec Jeremy pour s'en mettre plein les poches mais elle laissait faire, elle s'en foutait. Surtout depuis qu'elle vit de sa peinture… Seulement tout ça va changer maintenant : elle ne se laissera plus persécuter par Kay ni voler par Jeremy, plus jamais. Elle m'a d'ailleurs dit une chose étrange à ce sujet — oui, c'était vraiment étrange d'entendre ça dans sa bouche — elle m'a dit : “Ne pas se venger, c'est se corrompre soi-même avec la haine que l'on porte en soi. Désormais, je ne tendrai plus l'autre joue…”

— Tu penses que nous pouvons lui parler de tout ce que nous avons appris sur le compte de son… de *votre* cher frère ? demanda Richie en appuyant ironiquement sur le *votre*.

— Toi, je te vois venir ! répondit Abel en riant. Mais pourquoi crois-tu que j'ai demandé à Johanna de t'inviter demain soir à dîner, mon vieux ? Pour tes beaux yeux ? »

Et tandis que Richie lui décochait une affectueuse bourrade dans les côtes, serrant plus fermement le volant pour maintenir la trajectoire de la voiture au milieu de son couloir sur la chaussée, il s'exclama avec une sorte de joie féroce qui le surprit lui-même :

« Bon. Et maintenant : direction Poughkeepsie par la 9A. À nous deux, Leo Howard ! »

Il était cinq heures de l'après-midi quand la Seville s'arrêta devant la petite maison de bois peint dans une rue de Poughkeepsie où l'on n'était guère habitué à voir se garer des Cadillac.

La porte d'entrée s'entrebâilla et la dame mafflue et moustachue qui soignait Leonard Howard glissa un regard soupçonneux avant de l'ouvrir en grand.

« Attends que je te fasse signe », dit Richie à Abel en descendant de la voiture. Et il s'avança dans l'allée...

À travers les vitres teintées, Abel vit alors le vieillard vêtu d'un pyjama rayé et d'une robe de chambre de lainage écossais venir à la rencontre de son ami d'une démarche pesante, hésitante — et quoiqu'il eût été prévenu, il fut stupéfait de le découvrir si déchu. Richie devait lui parler à voix très haute car, de plus, il était devenu dur d'oreille.

« Monsieur Howard, je me suis permis d'amener un ami...

— Ah, très bien, très bien ! »

Il précéda Richie sous le porche d'entrée tandis que celui-ci indiquait à Abel d'un geste de la main qu'il pouvait venir.

« Oui, très bien, très bien ! répéta-t-il. Je serais très heureux de faire sa connaissance Je reçois si peu de visites ici... »

Abel inspira très profondément avant de descendre de l'auto et il inspira à nouveau au moment de passer le seuil de la petite maison — son cœur battait la chamade.

Dans la pénombre d'une bibliothèque exiguë dont les rayonnages étaient couverts de plus de trophées et de coupes gagnées dans des rallyes automobiles que de livres, Howard s'était laissé choir lourdement dans un fauteuil de cuir. Il leva un regard intrigué sur l'arrivant, cependant que Richie relevait le store pour faire entrer la lumière à flots dans la pièce...

Abel s'avança et le vieillard se mit brusquement à proférer une sorte de grognement inhumain, repoussant de ses mains ce qu'il devait prendre pour une vision, une horrible hallucination.

« Non ! Non ! finit-il par articuler, épouvanté. Non. Pas lui ! Il est mort…

— Vous reconnaissez donc cet homme ? » s'écria Richie.

Howard, qui était secoué d'un violent tremblement de tout son être maintenant, balbutia péniblement :

« Abel. C'est Abel Emerson…

— Vous vous trompez, dit Abel en avançant encore d'un pas. Je ne suis pas Abel Emerson. »

Et comme il ne ressentait plus aucune pitié, soudain, il s'écria d'un ton méprisant :

« Ah ! comme vous aimeriez que je sois Abel Emerson, n'est-ce pas ? Vous pourriez imaginer que vous ne l'avez pas tué, que l'Alfa Romeo ne s'est pas fracassée sur les falaises de Sag Harbor… Hélas, je ne suis pas Abel Emerson et vous, vous serez toujours un criminel, monsieur Howard.

— Taisez-vous ! implora le vieil homme avec des sanglots dans la voix. Je vous en supplie, taisez-vous ! »

Mais Abel poursuivait, implacable :

« Non, je ne suis pas celui que vous espériez. D'ailleurs, songez que si Abel Emerson vivait, il aurait aujourd'hui cinquante ans. Certes, j'ai quelques cheveux blancs pour avoir beaucoup souffert, mais ai-je l'air d'avoir cinquante ans ? Non, monsieur Howard. Cherchez ! Cherchez encore : vous me connaissez. Je suis… Cherchez bien, monsieur Howard…

— Oh, mon Dieu ! bredouilla alors celui-ci en se recroquevillant un peu plus au fond de son fauteuil. Vous êtes le b-b-b… Vous êtes…

— Le *bâtard*, alliez-vous dire ? C'est cela, le *bâtard* ! Abel, mais non pas Abel Emerson : mon nom à moi est Abel Young.

— Vous n'étiez donc pas mort ? »

À l'effroi hystérique du vieil homme répondait la froide impassibilité d'Abel :

« Non, dit-il. Je ne suis pas mort. Et je viens vous accuser d'avoir connu par Kay Mc Kay, ou peut-être Jeremy lui-même, le complot qu'ils tramaient contre moi et de n'avoir rien fait pour le prévenir, l'empêcher. Est-ce que je me trompe, monsieur Howard ?

— Non, non.

— Vous le saviez ?

— Oui, je savais ça aussi. Pitié ! Pitié ! Je le savais et je n'ai rien dit. J'ai été lâche.

— Lâche ? J'ai remarqué en effet que tous les criminels l'étaient, au fond. Et vous aviez déjà tué, monsieur Howard. Pourquoi auriez-vous pris la peine de dénoncer ce crime qui se préparait contre moi ?

— Oh ! Pitié ! J'avais si peur de vous.

— Peur de moi !

— Oui. Quand Kay Mc Kay m'a appris votre existence… J'ai su que vous étiez venu pour venger l'assassinat d'Abel Emerson, je l'ai su tout de suite. Mais c'est Kay qui m'y avait poussé. Tout comme elle a poussé Jeremy à…

— Le temps venu, nous parlerons d'eux. Mais c'est de vous qu'il s'agit pour le moment, monsieur Howard. De vous. »

Abel, demeuré debout, pointait un doigt sur Howard, lequel, agenouillé maintenant et les mains jointes, le suppliait :

« Pardonnez-moi, monsieur Young. Pardonnez-moi, je vous en conjure. Regardez ce que je suis devenu, ayez pitié. J'ai promis à M. Garrymore de rédiger des aveux complets pour son journal…

— Pour son journal ? Pour vous soulager de vos remords, oui !

— Oh ! Je vous en conjure. Que voulez-vous de plus ?

— On m'a volé ma jeunesse et mes plus belles espérances, on m'a enfermé huit années durant et on a fait de moi un fauve, monsieur Howard ! C'est un fauve que vous implorez, c'est à un fauve que vous demandez d'être clément ! continuait d'assener impitoyablement Abel tandis que le vieillard répétait d'une voix éteinte :

— Oh ! Pitié ! Pitié ! Pitié ! »

Puis, dans un sursaut de dignité, il s'écria :

« Je ne suis pas Leonard Howard ! Mon nom est Kahn. Comprenez-vous pourquoi je suis damné ? Le comprenez-vous, à la fin ? Allez-vous m'écouter ? »

Alors, vaincu par l'émotion et sa propre violence, Abel se radoucit brusquement et dit :

« Oui, j'ai pitié. J'ai pitié parce que tu n'es plus rien. Ni Howard ni Kahn, rien que l'ombre d'un homme. J'ai pitié parce que tu souffriras peut-être plus encore que je n'ai jamais souffert, moi qui ai vécu l'enfer.

— Épargnez-moi, monsieur Young.

— Que crois-tu ? Que je veux ta mort ? Je ne suis pas un bourreau, moi. Non, je voulais dire que tu souffriras parce qu'il n'est pas de pire chose, de plus intolérable que d'avoir tué et de savoir obscurément que l'on tuera éternellement. Que l'on est condamné à répéter à jamais le même geste…

— Oh, Dieu ! hurla Leonard Howard au comble de l'épouvante. Dieu ! »

Et il tomba inanimé…

Imagine !

Jeremy n'était pas levé, il n'avait pas entrouvert les paupières qu'il y pensait déjà. Cela tenait de l'idée fixe, cela tournait au délire obsessionnel : il en rêvait même la nuit maintenant et, dès le réveil, il savait qu'aujourd'hui encore le titre abhorré résonnerait à ses oreilles cent fois dans la journée, comme un conseil quelque peu sarcastique, une moquerie : *Imagine* !

Il était exaspéré d'entendre dans son entourage poser tant de questions sur la création du nouveau magazine, excédé d'observer autour de lui quelle curiosité suscitait le retour de Robert G. Kelly à la direction d'un hebdomadaire d'information qui, nul doute, concurrencerait le sien. Agacé d'apprendre que la parution du premier numéro était imminente… Sans se l'expliquer vraiment, il ressentait là comme une sourde menace pour le colosse aux pieds d'argile qu'était devenu *Events* depuis qu'il le dirigeait. Dans sa susceptibilité maladive, il y voyait un reproche à ses erreurs de gestion, ses malversations et, surtout, son manque d'… imagination.

Il est vrai qu'il avait des raisons d'être anxieux : dans le monde de la presse, on avait toujours trouvé curieux que sa venue au pouvoir en 66 eût eu pour effet immédiat la démission de Robert G. Kelly, le plus solide pilier de l'empire Events, mais aussi de Richie Garrymore, le plus brillant des jeunes boursiers de la Fondation Events. Maintenant, neuf ans après, Whyatt et Bergman eux-mêmes, fidèles parmi les fidèles, osaient lui dire en face qu'il avait commis alors, en les laissant partir, une impardonnable erreur. Et Jeremy devinait confusément que les deux hommes en savaient plus sur *Imagine* qu'ils ne voulaient l'admettre. Et puis il y avait eu cette regrettable altercation avec Shawn Arboth à propos d'un de ses dessins dont la légende avait été censurée au marbre sur un ordre venu « d'en haut ». Et « ce salaud de Shawn » venait à son tour de « passer à l'ennemi… »

L'avant-veille, alors que Jeremy dînait en tête à tête avec elle au manoir de Sag Harbor comme il le faisait ponctuellement tous les dimanches soir depuis bientôt dix ans, Kay Mc Kay elle-même en avait paru inquiète. Ces dîners étaient pour la mère l'occasion de suggérer, de conseiller, de donner des directives, de jouer les éminences grises et, en fait, parce que son fils était d'une grande faiblesse et très indécis, de régenter, de régner sur l'empire en demeurant dans l'ombre. Sur tous les sujets, Kay tranchait toujours avec assurance et montrait une confiance absolue en son propre jugement.

Son défaut majeur en affaires, Jeremy lui-même s'en était aperçu, était de minimiser les obstacles, de sous-estimer l'adversaire. Mais l'avant-veille, pourtant, tout en goûtant dédaigneusement le soufflé au caviar qu'avait préparé son chef, elle avait avoué qu'elle était « un tantinet agacée par le lancement du torchon à la con de cette vieille merde de Kelly » — c'était ainsi que parlait l'élégante Mme Emerson en privé quand ses domestiques n'étaient plus à portée de voix. Et, jeté de ses belles lèvres pincées, cet exquis euphémisme équivalait à dire qu'elle s'en trouvait extrêmement préoccupée.

Mais Jeremy — et de cela il n'avait pas osé parler à sa mère tant il redoutait ses colères — Jeremy était également accablé par d'autres préoccupations : en particulier, cette affaire Larry Hawkins qui menaçait d'éclater et dans laquelle il risquait d'être éclaboussé sinon tout à fait impliqué et compromis. Il avait peur : Larry Hawkins, c'est-à-dire Loulou Davis, Loulou Davis qu'il avait « lâché » depuis qu'il se trouvait en difficulté se montrait très sûr de lui, trop sûr pour qu'il n'en fût pas effrayé.

« Le nègre » avait-il un moyen de le faire chanter ? Et qui avait payé la caution exorbitante pour sa remise en liberté ? Qui le protégeait ?

Oui, Jeremy était décidément de plus en plus inquiet : il se sentait traqué mais ne parvenait pas à définir précisément par quoi et cela ne faisait, d'ailleurs, qu'augmenter ses angoisses. Il se savait aux abois mais ignorait exactement pourquoi. En lui se faisait jour un obscur sentiment de culpabilité…

Ce matin-là, en s'éveillant, il était de bien plus mauvaise humeur encore qu'il ne l'avait été ces derniers temps : il venait de jeter le premier coup d'œil à son agenda et d'y lire à la page du jour ce simple mot souligné trois fois : *Imagine*.

C'était en effet là un des points dont devait discuter le conseil d'administration réuni en fin de matinée. Sur la suggestion de Kay Mc Kay la question avait été portée à l'ordre du jour : il s'agissait de définir la riposte qu'*Events* comptait donner à la campagne de presse et de publicité qui entourait l'avènement du nouveau magazine. Éventuellement trouver les moyens financiers ou autres de l'empêcher de paraître…

Jeremy, après avoir jeté au loin son calepin d'un air de dégoût et bousculé sa femme qui somnolait couchée sur le ventre, se leva rageusement et alla à la salle de bains.

Il avait récemment fait réaménager tout son appartement de la Cinquième Avenue et le décor était encore plus prétentieux et tapageur que celui dans lequel il avait vécu avant son mariage avec Brenda Welles. Le mauvais goût proverbial de la célèbre actrice des feuilletons télévisés avait en quelque sorte exalté, conforté le sien…

Ainsi de l'immense salle de bains de « Monsieur » aux murs recouverts de fausse écaille, aux vasques de porphyre, à la robinetterie d'or et où des agrandissements de photos de « Monsieur » montraient « Monsieur » nu dans toutes sortes de poses plastiques où éclatait sa vanité…

Jeremy se regarda longuement dans une glace au tain doré avant d'entreprendre une minutieuse toilette. Son corps était celui d'un homme de quarante ans maintenant, mais d'un homme de quarante ans qui a trop pratiqué le culturisme dans sa jeunesse et n'est pas parvenu à soutenir l'entraînement proprement démentiel qu'il exige du sujet jusqu'à sa mort si celui-ci ne veut pas voir ses chairs s'affaisser et bouffir hideusement. La toilette de Jeremy était interminable car il s'efforçait de réparer tant bien que mal ce que le temps et sa paresse avaient irrémédiablement gâté. Masques de beauté, teinture des cheveux, pose de mèches postiches, hâle artificiel aux rayons ultraviolets étaient pour lui des soins quotidiens. Et après avoir comprimé douloureusement son abdomen dans une étroite gaine, il n'employait pas moins de trois quarts d'heure à choisir les vêtements que lui présentait son valet de chambre et s'habiller…

Puis, après avoir avalé un étrange petit déjeuner uniquement composé d'un bol de protéines liquides et d'un cocktail de vitamines savamment dosé pour lui par son diététicien personnel, il faisait appeler le chauffeur pour qu'il se tînt prêt à le conduire immédiatement à l'Events Tower dans sa limousine blanche aux portières marquées de ses initiales en or : J. E. E.

« *Imagine*… lui dit, après l'avoir salué, miss Brich, sa secrétaire, quand il sortit de son ascenseur privé.

— Quoi : *Imagine* ? grommela-t-il d'un ton furieux.

— Monsieur, balbutia-t-elle, apeurée, monsieur, vous m'aviez demandé hier soir de vous rappeler que la question serait à l'ordre du jour du conseil d'administration d'aujourd'hui.

— Oui, oui, oui, je sais ! » répliqua-t-il sans s'être radouci.

Puis, d'un air exagérément las, il poussa la porte de la salle du conseil.

Pourquoi, à ce moment précis, lui qui jamais n'y avait repensé depuis neuf ans que la chose avait eu lieu, pourquoi songea-t-il brusquement à cette première réunion du conseil de rédaction réunie après la mort de son père et au cours de laquelle « le bâtard » avait été présenté à l'assemblée ? Pourquoi revoyait-il maintenant Abel s'avancer vers la grande table ovale, un sourire vaguement sarcastique sur les lèvres, la démarche dégagée et souple du félin, et cette tenue négligée qui avait fait scandale : blouson de toile rouge, blue-jean et chemisette à col ouvert ? Sans doute une association d'idées venait-elle de se produire dans son esprit : *Imagine* l'avait fait songer à Robert G. Kelly et Robert G. Kelly au « protégé » de celui-ci : Abel. Mais le surgissement inopiné de ce souvenir ne laissait pas de le surprendre et il en ressentait une sorte de malaise…

Au premier regard, il vit que le conseil n'était pas exactement au complet et il en fut également contrarié. En entrant toujours le dernier, en se faisant toujours attendre un bon quart d'heure avant d'entrer, Jeremy E. Emerson agissait en maître, croyait-il — c'était d'ailleurs son gourou qui lui avait enseigné ce truc. Mais s'il manquait fût-ce un seul membre du conseil, l'effet recherché échouait. Or, aujourd'hui, Finkel, l'avocat de Faye, « le petit escroc qui s'occupe des affaires de cette conne » — ainsi le qualifiait Jeremy en privé —, Finkel était absent. Le fait était d'autant plus surprenant que Finkel était ordinairement très ponctuel. Jeremy allait se livrer à une de ces démonstrations de puissance dont il était coutumier, il s'apprêtait à s'asseoir et ouvrir le débat par quelque réflexion désobligeante à l'égard de l'avocat quand, brusquement, tous les membres présents le virent s'immobiliser, bouche bée. Les regards se tournèrent alors vers la porte à double battant qu'il fixait, stupéfait : dans l'embrasure, une épaule appuyée sur le chambranle, se tenait Faye en personne. Elle avait à la main un attaché-case, elle était vêtue d'un austère tailleur de tweed comme, à peu près seules, en portent les femmes d'affaires qui occupent de très hautes fonctions, mais, pour que la dérision fût plus complète, elle avait piqué à son revers, en guise de broche, une palette de peinture miniature. Elle s'avança tandis que l'assemblée, médusée, se levait.

« On ne voulait pas me laisser entrer ! soupira-t-elle en

souriant timidement comme pour s'excuser de son retard et en feignant de ne pas avoir noté quelle sensation venait de provoquer son entrée.

— M-m-mais... M-m-mais... ne sut tout d'abord que bafouiller Jeremy en se laissant choir dans son fauteuil tandis qu'elle invitait d'un geste de la main les onze hommes à s'asseoir.

— Oui, mon frère, fit-elle, amusée. C'est moi. C'est bien moi. Remets-toi ! Je sais que tu ne m'as pas vue depuis... Ma foi ! je ne me souviens plus. C'est si lointain ! Et je n'ai hélas pas l'honneur de dîner régulièrement au manoir de Sag Harbor, moi. On doit penser en haut lieu que je me tiens mal à table ou Dieu sait quoi ! Remarque bien que je ne le regrette pas : je n'apprécie pas beaucoup la grande cuisine française. Toutes ces sauces au vin, tous ces plats flambés à l'alcool... Et quant à notre mère...

— Mais, Faye, qu'est-ce que tu fous ici ? » parvint enfin à proférer Jeremy en lui coupant la parole.

Elle ignora la question et le regard menaçant qu'il lui lançait. S'adressant aux autres membres de l'assemblée, lesquels se montraient extrêmement embarrassés, elle dit avec drôlerie :

« Pardonnez-moi, messieurs, je ne me suis pas encore présentée : Faye Emerson. Vous savez, cette pauvre idiote comme on en trouve dans toutes les grandes familles, cette pauvre idiote qui avait été interdite il y a une dizaine d'années. Et puis, si vous vous souvenez bien aussi, la pauvre idiote était rentrée dans ses droits après que Howard, l'avocat de Mme Emerson, soit intervenu lui-même pour demander une contre-expertise psychiatrique. Retournement étrange, inexplicable de la part d'un de ceux qui, précisément, s'étaient employés à me faire interdire. Retournement demeuré inexpliqué. Mais, peut-être vous le rappelez-vous, à ce moment-là, un malheur était venu durement frapper ma mère et mon frère déjà éprouvés par mon incurable débilité mentale. Non, messieurs, je ne parle pas de la mort de mon pauvre père...

— Tu vas te taire, oui ? » rugit, après avoir vainement

tenté d'endiguer son flot de paroles, Jeremy, blême de colère.

Mais Faye poursuivait, imperturbable :

« Je veux parler d'un événement qui les avait alors vraiment bouleversés : nous avions, Jeremy et moi, un frère inconnu, Abel. Et cet Abel…

— Pourquoi viens-tu raconter ça ? » l'interrompit à nouveau son frère.

Il s'était dressé face à elle de l'autre côté de la table et la dévisageait haineusement. Mais, dans sa haine, il y avait de l'effroi. Un effroi indéfinissable encore qui, peu à peu, prenait corps cependant : quelles raisons Faye avait-elle d'évoquer le souvenir de cet Abel auquel, par un hasard étrange, lui-même venait de repenser inopinément, quelques instants auparavant ?

« Pourquoi ? interrogea Faye sans rien perdre de son sang-froid. Mais, pourquoi pas ? Que crains-tu, Jeremy ? Aurais-tu peur de m'entendre parler d'…

— Tu vas la fermer, oui !

— Abel ?

— Tu vas la fermer, pauvre…

— Pauvre folle. C'est ce que tu voulais dire, n'est-ce pas ? Pas si folle que ça, Jeremy ! Pas si folle. Écoute-moi bien : j'ai retiré à mon avocat le pouvoir qu'il avait pour confier désormais mes intérêts à Barrett Jr. Tu t'imaginais sans doute que je ne découvrirais jamais que Finkel et toi, vous vous étiez associés pour me plumer ? Cette gourde de Faye n'y verra que du feu, elle signe toujours sans regarder : c'est ce que vous pensiez, non ? Et dans mon dos vous compromettiez mon nom dans vos combines douteuses…

— Qu'est-ce que tu vas inventer là ?

— Rien. Tu sais que je dis la vérité. Je tenais simplement à informer le conseil d'administration, pour le cas où il l'ignorerait, je tenais à vous informer, messieurs, eh bien… par exemple, que vous vous trouvez être complices de certaines opérations peu ragoûtantes de “lavage” d'argent, je crois que c'est le terme qu'on emploie pour ce genre de choses…

— Tu mens ! Tu dis n'importe quoi ! » jeta Jeremy au visage de sa sœur.

Il était ivre de fureur : s'avisant que la sténographe attitrée des conseils continuait de transcrire tout ce que disait Faye, il lui arracha des mains sa machine avec une brusquerie qui fit peur à tous et lui cria très vulgairement :

« Vous, inutile de noter ces insanités ! Vous reviendrez quand on vous sonnera !

— Non, non, au contraire ! Qu'elle reste ! protesta Faye que ses démonstrations de force n'intimidaient pas. Je n'ai pas encore tout dit, loin de là. Et c'est maintenant que ça devient vraiment intéressant. »

Ignorant avec superbe les muettes menaces de meurtre par étranglement que lui adressait maintenant son frère de l'autre bout de la table, ce fut après avoir jeté un regard furtif au mémoire que lui avait remis Abel qu'elle poursuivit :

« Messieurs, connaissez-vous un certain Larry Hawkins ? »

Elle avait prononcé ces paroles avec un grand calme et l'agitation qui s'empara de Jeremy à ce moment précis n'en parut que plus effrayante.

« Qu-qu-quoi ? éructa-t-il en repoussant d'un violent coup de reins son fauteuil. Qu-qu-qu'est-ce que c'est que cette... ? »

Mais quelle ne fut pas sa stupeur quand il entendit Faye ajouter aussitôt :

« Ce nom ne vous dit rien, bien entendu. Et il y a de bonnes raisons à cela, messieurs : Larry Hawkins "n'est pas de notre milieu". C'est un gangster qui triche au jeu et, il y a mieux, cet intéressant personnage a également été tueur à gages, jadis. Il s'appelait alors Loulou Davis...

— Comment sais-tu ? l'interrompit-il une fois encore. D'où tiens-tu ces... Tu vas t'expliquer à la fin ? Tu vas... »

Mais il n'acheva pas : il lui semblait que tout tournait alentour de lui, que tout s'écroulait. C'était comme dans un cauchemar éveillé : Faye, implacable, impénétrable, continuait de lui assener coup sur coup sans manifester la moindre émotion, sans élever la voix, sans se troubler. Et il savait obscurément que cette impassibilité terrible plaidait en sa faveur à elle alors même qu'il s'accusait en s'agitant ainsi. Mais comment, se répétait-il intérieurement, comment avait-elle appris ? Qui lui avait dit ? Qui ?

Désemparés, les membres du conseil s'entre-regardaient à la dérobée et se taisaient : ils ne savaient quelle contenance se donner, quelle attitude adopter — sortir ou bien rester ?

« Patience, Jeremy, reprit Faye en réponse à la question qu'il avait à peine formulée intelligiblement — et cela aussi lui parut effrayant. Patience. Je citerai mes sources le temps venu. Pour le moment, il suffit qu'on sache que le fameux Jeremy Emerson, président de l'Events, était acoquiné depuis près de dix ans avec un tueur. D'ailleurs, Jeremy, es-tu bien sûr de vouloir tout entendre ? Tiens-tu tellement à ce que je raconte comment en octobre 66 tu as payé un des correspondants du journal, feu Sweety Monroe, pour qu'il fasse liquider par Loulou notre frère Abel qui se trouvait alors en reportage au Viêt-nam ? »

Interdit, frappé d'épouvante, Jeremy n'eut d'abord d'autre réaction que de s'effondrer un peu plus dans son fauteuil. Il demeura muet quelques longues secondes, baissant les paupières sous le regard accusateur de sa sœur dont les yeux cillaient à peine. Puis, comme pris de tremblements irrépressibles, de convulsions, il se redressa vivement et, martelant de ses poings la table, il se mit à hurler à l'adresse du conseil :

« Elle est folle ! Vous voyez bien que c'est une folle ! Qu'elle raconte n'importe quoi ! Mes amis, faites-la taire, je vous en supplie ! Faites-la taire puisque moi je n'y arriverai pas. »

Mais c'était assurément lui qui donnait les signes les plus évidents de la démence, maintenant, lui qui semblait en proie à une crise d'hystérie : il bavait, suait à grosses gouttes, tordait son col de chemise entre ses doigts comme s'il craignait d'étouffer. Et la tension dans l'assistance devenait intolérable.

Faye le narguait toujours de toute la force de son apparente indifférence. Elle n'avait pas relevé les insultes que lui lançait son frère mais, se penchant à l'oreille de son voisin de droite, elle avait demandé à celui-ci de lui avancer un des deux combinés téléphoniques disposés au centre de la table de conférence. L'homme hésita un instant, craignant des représailles délirantes de la part du président, lequel n'admettait pas qu'un autre que lui-même téléphonât pendant les conseils. Mais Faye eut alors un mouvement du menton assez autoritaire pour le faire céder : aussi discrètement qu'il put, il poussa un appareil jusqu'à sa portée, espérant que son geste ne serait pas remarqué.

Peine perdue : Jeremy avait observé le manège. Mais sa rage était si frénétique qu'il ne parvenait même plus à l'exprimer en paroles : il suffoquait et finit par arracher tout à fait le col de sa chemise qui se déchira de haut en bas. Au milieu du bruissement inquiet et retenu de dix respirations, il entendait maintenant Faye composer un numéro intérieur à quatre chiffres et dire très brièvement :

« Davis ? Voulez-vous monter ? »

Alors, il porta la main à sa bouche, comme pour s'empêcher de gémir…

Quand il revint de sa stupeur et de cette espèce d'absence, d'amnésie dans laquelle il lui semblait avoir basculé un long moment, ce fut pour découvrir Loulou Davis en personne qui, debout devant la porte entrouverte de la salle du conseil, s'adressait à l'assistance bouleversée :

« Oui, j'ai en effet été recruté en 66 par M. Monroe pour assassiner M. Young. Mais je n'ai pas rempli mon contrat et M. Young a été tué, si vous vous souvenez bien, dans un attentat à l'hôpital Grâl de Saigon. M. Monroe ne m'avait pas payé ce qui était convenu entre nous alors que lui-même avait déjà reçu de M. Emerson la moitié de ce qu'il me devait. Je n'accuse pas sans preuves. Je peux, par exemple, produire un enregistrement… »

Puis, dévisageant Jeremy avec une moue où beaucoup de mépris se mêlait à une terrible ironie, le très élégant colosse noir laissa tomber comme en guise de conclusion et dans ce langage exagérément châtié et impersonnel qui le rendait plus redoutable que s'il eût parlé comme les voyous parlent, par pure convention, dans les feuilletons ou les romans policiers :

« Je crois bien que vous allez devoir renoncer à toute l'action que vous vous apprêtiez à intenter contre moi dans notre affaire du casino, monsieur Emerson. Mais là-dessus, comme sur le reste, vos avocats verront avec les miens comment il convient de s'y prendre. Peut-être est-il encore temps pour vous de me décharger et de me disculper complètement afin que cette regrettable histoire demeure un secret entre nous… Je veux dire : vous, moi et ces messieurs ici présent. C'est en somme une sorte de marché que je vous propose. Je devine déjà que, passé le premier moment d'abattement, vous allez étudier très sérieusement la question avec vos hommes de loi, est-ce que je me trompe, monsieur Emerson ? »

Sur quoi, saluant d'un hochement de tête, il sortit aussi rapidement qu'il était entré…

Cependant, aucun des membres du conseil ne s'était encore ressaisi que Faye, en comédienne consommée et sûre d'elle — elle qui l'était si peu —, provoquait un nouveau sujet d'effarement en reprenant la parole tranquillement :

« Messieurs, fit-elle comme si de rien n'était, l'incident est clos. Passons à l'ordre du jour. Nous devions, je crois, parler entre autres choses de ce nouveau magazine qui va paraître incessamment : *Imagine…* »

Mais, titubant comme s'il était ivre, s'appuyant tantôt à la muraille et tantôt aux dossiers des fauteuils disposés autour de la table, Jeremy avait déjà quitté la salle et on l'entendait dans la pièce voisine tempêter comme un dément pour qu'on lui appelle immédiatement sa mère au téléphone, on l'entendait crier désespérément :

« Maman ! »

Quant aux autres témoins, ils s'étaient levés et avaient commencé de se bousculer vers la sortie dans une sorte de honteux sauve-qui-peut tels les passagers d'un navire à l'annonce de l'imminence d'un naufrage. Les rats ! — songea Faye.

Et, de fait, ces rats-là pressentaient déjà confusément la catastrophe…

Loulou Davis jeta un regard furtif par-dessus son épaule — c'était, chez lui, une sorte de tic qu'il avait acquis à force d'avoir été tant de fois traqué dans sa vie — il scruta le reflet des glaces de la voiture de Richie avant d'y prendre place à côté de lui.

« Ça a marché », dit-il laconiquement au journaliste en arborant un sourire satisfait.

Mais son sourire se figea presque instantanément, se changea en une grimace : on venait de remuer dans son dos, lui semblait-il. Oui, un inconnu se tenait derrière lui, sur la banquette arrière. Il pouvait deviner sa présence, il pouvait même sentir son haleine tiède au creux de sa nuque maintenant.

Une peur panique l'envahit et il se retourna vivement…

« Qui êtes-vous ? » dit-il en découvrant un homme, le visage à demi masqué par des lunettes noires et le teint blafard sous le mince faisceau de lumière du plafonnier qu'il venait d'allumer…

« Qui ? »

Abel ôta ses lunettes noires.

Loulou Davis ne put réprimer un mouvement de surprise.

« Je vous connais », fit-il à voix basse. Et l'on pouvait lire dans ses yeux qu'il s'efforçait, mais en vain, de rassembler ses souvenirs…

« Je vous connais, répéta-t-il, en proie à un malaise grandissant, une terreur sourde, indéfinissable encore. Vous êtes… »

Et soudain ce ne fut qu'un halètement à peu près inaudible :

« Ah, oui ! Je vous connais : vous êtes…

— C'est cela, dit Abel. C'est cela même. »

Pendant un interminable instant on n'entendit rien dans la voiture qu'un souffle saccadé et sifflant, le souffle désordonné d'un homme qui défaille d'un arrêt du cœur. On ne perçut rien qu'une odeur aigre, l'odeur de la peur. Loulou Davis ruisselait de sueur et haletait comme un mourant…

Mais il ne mourait pas : il entendait très distinctement Abel lui dire :

« Allons, ressaisissez-vous ! De quoi avez-vous peur, monsieur Davis ? Je ne suis pas un assassin, moi. Je n'ai pas d'arme, vous n'avez rien à craindre. Seulement, je voulais que vous sachiez pourquoi vous ne pouvez plus vous permettre le moindre faux pas désormais, je voulais que vous sachiez par quoi je vous tiens : je vis, monsieur Davis, je vis. Et si tout le monde a oublié une petite fille qui s'appelait Nam Hoa, moi qui suis vivant je m'en souviens. Tout comme je me souviendrai toujours que c'est vous qui l'avez tuée.

— Dieu ! » murmura Loulou Davis au comble de l'effroi.

Abel, feignant d'entendre une invocation à l'Être suprême dans cette simple parole que le tueur avait prononcée machinalement comme il arrive souvent sous le coup d'une émotion, Abel s'écria, terrible :

« Dieu est mort pour moi, monsieur Davis. Il est mort au Viêt-nam, il y a longtemps. Mais j'ai appris par la suite, de la bouche d'un vieux sage, que, selon la plupart des religions, les divinités de la vengeance et du remords étaient apparues bien avant la venue des dieux et des hommes. Et qu'elles leur survivraient toujours… »

« Mme Emerson a eu un différend avec son fils et elle est un peu nerveuse. »

« Mc Beef pique sa crise, on n'a qu'à bien se tenir. »

« La vieille est en renaud après Jeremy — alerte ! »

« Planquez-vous, dans les cuisines, la patronne vient de passer un savon au petit chéri et ça barde. »

« S'agit de filer doux : Triple Zéro a dû faire une connerie. La mère Mc Kay est en rogne. »

« Faites gaffe, *Elle* est en pétard : elle a déjà tout cassé dans la salle de bains. »

« *Dio mio !* la *signora*, elle craque ! Et nous, *poveretti*, on va en baver. »

Mlle Crabb l'avait dit au maître d'hôtel qui l'avait dit au valet de chambre qui l'avait dit au jardinier qui l'avait dit au chef français qui l'avait dit au chauffeur qui l'avait dit à la lingère italienne qui l'avait dit à Dieu — et, déjà, chacun se terrait ou se trouvait, toute autre affaire cessante, une occupation qui le mettait hors de portée de la patronne. Mlle Crabb venait d'être giflée, elle montrait à tous sa blouse déchirée et des marques rouges sur ses joues. Les employés avaient suffisamment enduré de pareilles scènes pour les redouter, ils savaient de quels excès Kay Mc Kay était capable parfois sous le coup de la colère, ils pouvaient tous exhiber comme l'esthéticienne des traces de griffure ou le souvenir d'un bleu. S'ils demeuraient au service de Mme Emerson, c'était uniquement parce qu'ils étaient rétribués bien au-dessus du tarif syndical et qu'ils profitaient d'un « coulage » comme il y en a dans toutes les grandes maisons mais qui atteignait à Sag Harbor Manor des proportions ahurissantes. De l'intendant au dernier laveur de carreaux, on eût dit que tous les employés concouraient à qui volerait le plus, en même temps qu'ils se retrouvaient tacitement complices chaque fois qu'il s'agissait de faire front contre « Madame », chaque fois que le manoir retentissait de ses cris.

Madame était présentement en proie à un accès délirant de mauvaise humeur et elle passait ses nerfs sur tous les objets qui lui tombaient sous la main dans le salon de beauté attenant à sa salle de bains, salle de bains où elle venait déjà de casser méthodiquement tous les flacons et les pots de cosmétique entassés sur la glace de sa coiffeuse puis la coiffeuse elle-même. Madame brisait ainsi assez souvent pour plusieurs centaines, voire plusieurs milliers de dollars de luxueuses babioles et, n'étant pas superstitieuse, ne craignait pas de le faire en les projetant violemment contre les miroirs. Alors, l'image reflétée de cette vieille et encore belle furie défigurée par la haine s'écalait, s'étoilait, se morcelait et tombait en une poussière d'éclats. Et comme Kay Mc Kay avait de plus en plus horreur de son apparence à mesure qu'elle vieillissait, les miroirs devaient de plus en plus fréquemment être remplacés dans la vaste et sinistre demeure. Kay avait tout fait et continuait de tout faire pour rester jeune mais elle avait soixante-cinq ans maintenant. Et même si elle n'en paraissait que cinquante, affronter chaque matin son double était pour elle une cruelle, une intolérable épreuve. Aussi continuait-elle de s'infliger quotidiennement de longs supplices pour tâcher de remédier aux irrémédiables dégâts du temps. Quelque douloureuse que pût être la punition du masque de beauté — avec ces sangles de caoutchouc qui vous cisaillaient les chairs ou ces brûlantes bandelettes imprégnées de boue qui vous étouffaient à demi — du moins, le temps du traitement, ne se voyait-elle plus telle qu'elle était, du moins pouvait-elle s'imaginer telle qu'elle avait été jadis…

Ce matin-là, Kay était plongée jusqu'au cou dans un bain d'algues quand Mlle Crabb, l'esthéticienne, lui avait tendu le téléphone en lui expliquant avec mille précautions que Jeremy la demandait d'urgence, qu'il paraissait bouleversé et que c'était pour cette raison même qu'elle s'était « autorisée à prendre la liberté de passer à Madame la communication alors que Madame avait demandé qu'on ne la dérangeât sous aucun prétexte… »

Mais Kay n'avait d'abord rien compris à ce que son fils lui racontait tant il présentait confusément ce qui venait de se passer au conseil d'administration. La seule chose qu'elle parvint à deviner peu à peu, c'était que Faye y avait fait une apparition inattendue et provoqué un scandale. Et ce dont elle finit par se douter, c'était que Jeremy ne lui avouait qu'une partie de la vérité. Il lui avait caché en effet que Faye l'avait accusé de crime et il n'avait pas même mentionné la présence de Loulou Davis…

Quand elle eut rageusement raccroché l'écouteur, Kay était ivre d'une fureur trop longtemps contenue dont Mlle Crabb fit immédiatement les frais : ah ! son « My chéri » était décidément d'une pusillanimité qui confinait à la niaiserie ! Aurait-on dit qu'il avait fêté ses quarante ans l'an passé ? Il appelait au secours « Maman » à la moindre contrariété, dès que s'élevait la plus petite difficulté ! Eh quoi ? N'aurait-il pas pu la remettre à sa place lui-même cette « pauvre idiote de Faye », n'aurait-il pas pu « la lui boucler » ou « la vider du conseil à coups de pied au cul » ? « N'aurait-il pas pu, pour une fois, montrer qu'il en avait ? » « Que ferait-il quand Maman ne serait plus là ? Compterait-il sur cette pouffiasse de Brenda Welles pour le seconder ? »

Mais, en même temps que Kay remâchait ses griefs et les paroles qu'elle n'avait pas eu la présence d'esprit de répliquer tout de suite aux pleurnicheries de son fils, un pénible soupçon l'assaillait, une inquiétude grandissante :

si Faye, ordinairement si timide, avait osé pour la première fois de sa vie un tel coup d'éclat, n'était-ce pas qu'elle y avait été encouragée sinon poussée par quelqu'un ? Un ennemi inconnu de Jeremy, sans doute — mais qui ? Et pourquoi ?

Ah, il fallait donc qu'une fois encore ce fût elle, Kay Mc Kay, qui tirât cette affaire au clair, elle qui en débrouillât les secrets pour pouvoir conseiller Jeremy sur la façon dont il convenait d'agir — comme toujours ! Que n'était-elle la présidente d'Events ? Pourquoi Eliott ne lui avait-il pas donné le pouvoir au lieu de le léguer à son fils ? Ou, plutôt, à ses fils, puisque « cette ordure de Triple E » lui avait même fait l'affront de « lui flanquer entre les pattes un bâtard » et que ce bâtard eût dû régner, lui aussi, « s'il n'avait pas eu la bonne idée de se faire descendre très vite, ce minable ! » Mais, pour quelle raison Kay repensait-elle brusquement à Abel Young ? Au défi qu'il lui avait lancé à la *Gioconda*... La question la troubla un moment mais elle finit par la chasser de son esprit car il y avait plus urgent : savoir très exactement ce qui s'était passé à ce conseil et prendre les mesures qui s'imposaient pour empêcher Faye de recommencer ses incartades.

Que faire ? se demanda-t-elle après avoir encore cassé, entre autres choses, les ressorts d'un exerciseur et les lunettes éclairantes de Mlle Crabb. Eh bien, avant tout, elle devait se rendre auprès de Faye « voir ce que cette cruche avait dans le ventre » ! Ensuite, elle aviserait... Tandis qu'elle s'habillait à la hâte et sans le secours de sa femme de chambre, Kay glapit à la cantonade :

« Une voiture ! La Rolls, la Lincoln ou la Mercedes 600, ça m'est égal. Mais une voiture im-mé-di-atem-ment ! »

Le chauffeur gara la Rolls-Royce noire devant la grande maison ancienne de Greenwich Village dont Faye avait fait à la fois son domicile et son atelier. Il tremblait légèrement car, depuis près de deux heures qu'il conduisait, il sentait derrière lui Madame s'agiter sur la banquette comme chaque fois qu'elle s'apprêtait à une scène. Il avait beau être l'amant occasionnel de Madame, comme l'étaient d'ailleurs la plupart des employés mâles de Sag Harbor Manor — car pour demeurer au service de Mme Emerson il ne suffisait pas de justifier de compétences uniquement et strictement professionnelles —, il la craignait.

« C'est bien ici ? » demanda-t-elle hargneusement.

Malgré ses trois étages à bow-window, ses mansardes, son *basement* protégé de la rue par un jardinet et sa magnifique serre en ferronnerie modern'style, la vaste maison de briques rouges lui semblait mesquine, indigne d'une Emerson, cette Emerson fût-elle Faye Emerson, *artiste peintre*.

« Oui, il n'y a pas de doute, madame, c'est bien ici », confirma Roy, le chauffeur.

Kay n'avait jamais rendu visite à sa fille depuis cinq ans qu'elle s'était installée là. Avec une mauvaise foi qui l'aveuglait elle-même, elle se demanda, mais à voix haute, comme si elle questionnait Roy, qui, à part sa fille, aurait pu « crécher dans un pareil taudis, un pareil quartier de merde ! »

Ce n'était pourtant pas faute de moyens ! se dit-elle. Songer que « ces horreurs de croûtes que sa fille barbouillait » pouvaient maintenant valoir des cinquante, des soixante-quinze mille dollars, cela la rendait folle ! Songer que sa fille en avait vendu pas moins de quinze l'année écoulée la remplissait d'amertume et d'envie. Mais il y avait pire : c'était de songer qu'elle eût pu posséder des dizaines et des dizaines de ces toiles qu'elle aurait négociées aujourd'hui pour des fortunes...

Et songer aussi que l'« idiote » était très belle et si riche par son travail qu'elle pouvait même se dispenser de toucher à son héritage colossal, songer surtout que « ces connards de critiquailleurs de merde » lui reconnaissaient un immense talent ! Quand ce n'était pas du génie ! Ah, n'y avait-il pas de quoi être jalouse et perdre son sang-froid ?

Submergée par le ressentiment, ce fut avec les gestes désordonnés d'une hystérique que Kay pressa la touche de l'interphone. Elle, Kay Mc Kay, en être réduite à venir sonner chez sa fille pour lui demander des explications — c'était décidément le monde à l'envers !

Au bout de quelques secondes, la voix de Faye grésilla dans l'appareil :

« Qui est-ce ?

— Ta mère.

— Quoi ?

— Oui, tu as bien entendu. Et tu sais très certainement pourquoi je suis venue te voir.

— Mais il se trouve que je n'ai aucune envie de te voir, moi, figure-toi ! Je suis occupée à... barbouiller comme tu dis.

— Faye !

— Non, n'insiste pas : je ne t'ouvrirai pas. Même si tu devais rester tout un jour et toute une nuit devant ma porte et sous la pluie.

— Fa-a-aye ! »

Kay, au comble de la fureur, martelait du poing le grillage du micro et, de l'autre main, l'interrupteur, ce qui rendait la communication de plus en plus confuse.

Mais à sa question :

« Que s'est-il passé ? » elle entendit distinctement Faye lui répondre — et l'écho métallique et désincarné de sa voix conférait à ses paroles quelque chose de plus terrible encore et de plus solennel que si les deux femmes se fussent physiquement trouvées face à face :

« Oh, rien ! J'ai accusé Jeremy d'un crime en présence des membres du conseil.

— Que dis-tu ? Que dis-tu ? Faye, tu es folle ?

— Non, je ne suis pas folle. Tu as essayé de me convaincre que je l'étais, mais ça ne prend plus depuis longtemps. Trouve autre chose ! Je ne suis pas folle, maman. Seulement, pour mon malheur, je suis la fille... d'une criminelle. »

Kay, horrifiée et le souffle coupé, relâcha le bouton, interrompant net la conversation.

Faye savait donc ! Mais quoi ? Et comment ?

Aux derniers étages de la tour de Madison Avenue, le décompte à rebours des jours qui séparaient de la publication du premier numéro d'*Imagine* était maintenant commencé. «*Imagine* moins neuf», disait-on, «*Imagine* moins huit, *Imagine* moins sept» — la fièvre montait dans les bureaux en même temps que l'anxiété. Et l'on s'activait vingt-quatre heures sur vingt-quatre dans tous les services pour que la sortie du magazine fût un triomphe. Seul Abel avait conservé, du moins en apparence, une très grande tranquillité, seul il se montrait impassible et serein, armé de cette force tout intérieure que le fauve recueille en lui quand il se fige un instant avant de bondir sur sa proie. Comme si de rien n'était, entre deux épuisantes conférences avec Kelly et Richie, il reprenait ses jeux en compagnie des enfants de la maison où il passait de longs moments en tête à tête amoureux avec Johanna, il accordait tout son temps à la tendresse et à l'amour. Dans les plaisirs, les rires, l'insouciance de ces heures volées au travail il puisait une énergie nouvelle. Il perpétuait dans sa vie même cet esprit du *sabi* que Minh s'était appliqué à lui inculquer : «la banalité quotidienne délicatement teintée d'intériorité transcendantale».

Ce fut le matin d'«*Imagine* moins sept» qu'arriva ce qu'il redoutait tant, ce fut ce jour-là que Thomas lui renouvela sa demande en insistant. En l'absence de l'infirmière, Abel s'occupait personnellement de la toilette et du petit déjeuner de son ami. Il venait de finir de l'habiller quand, l'agrippant au bras de sa main valide, l'implorant d'un regard pathétique, l'infirme lui dit en articulant péniblement chaque mot :

« Maintenant, Abel. Je veux mourir maintenant. Je n'en peux plus. »

Et Abel s'entendit répondre très distinctement, comme s'il se trouvait dans une sorte d'état second qui dédoublait le son de sa voix, lui donnait un écho étrange :

« Oui, je sais, Thomas, je sais. Et tu veux que je t'y aide, n'est-ce pas ? »

Thomas acquiesça sans un mot, s'efforça de sourire aussi gaiement qu'il put. Abel l'embrassa et le tint longuement sur son cœur qui battait plus vite, soudain, plus fort…

Ainsi, il fallait que lui dont toute la vie avait été jusqu'ici un défi à la mort, il donnât aussi la mort pour être un homme tout à fait accompli et en paix avec sa conscience. Il fallait que lui dont tous les actes clamaient son dégoût du meurtre tuât à son tour — et que ce fût, amère ironie du destin, celui qui jadis lui avait rendu le goût de l'existence quand il était si désespéré ! Alors qu'allait sonner l'heure du Tigre, il fallait qu'Abel portât la main sur un de ses frères humains… Et il se souvint brusquement d'une prophétie de Minh à laquelle il n'avait alors, dans l'état de déréliction morale où il se trouvait après son séjour dans un caisson bétonné de la prison, guère prêté attention :

« Peut-être un jour devras-tu toi aussi donner la mort, ou, pour dire les choses plus justement : l'*offrir*. Car ce sera par amour que tu le feras… »

« Oui, oui, répéta doucement Abel à l'oreille de Thomas. Dans un instant… »

Les yeux emplis de larmes, il sortit de la chambre et retourna auprès de Johanna.

« Tu vas chercher Junior à l'école, lui dit-il d'une voix très blanche, brisée. Tu vas l'amener chez Alec. Vous y passerez tous les deux la journée. Et la nuit aussi…

— Très bien, répondit Johanna en étouffant des sanglots qui lui venaient car elle avait déjà compris.

— Vous ne rentrerez que demain, dans l'après-midi, quand tout sera fini », ajouta Abel.

Trop bouleversée pour parler plus, Johanna le baisa au front et se dégagea très vite de l'étreinte qu'il esquissait, de l'enlacement, tant elle craignait de montrer de la faiblesse face au courage immense dont lui allait devoir s'armer…

« Où est Thomas ? » demanda Abel Jr en rentrant avec Johanna le lendemain après-midi quand il eut tourné dans l'appartement et sur la terrasse sans y trouver l'infirme ni son fauteuil roulant.

« Il est… chez ses parents », lui répondit en rengorgeant des larmes sa mère, embarrassée.

Mais son père estimait qu'on doit toujours dire la vérité à un enfant, aussi cruelle soit-elle, et il rectifia :

« Non, mon chéri. Maman se trompe. Il n'est pas chez ses parents. Il est mort hier matin. Je… »

Il n'acheva pas sa phrase : ceci, songea-t-il, ce serait pour plus tard. Quand son fils serait en âge de comprendre que l'on peut tuer par pitié.

Oui, plus tard Abel Jr saurait que son père avait donné la mort à un ami, par amitié, qu'il la lui avait versée goutte à goutte d'un flacon dans un verre. À peine plus qu'il n'en fallait pour dormir : en somme, il n'avait prodigué à Thomas qu'un sommeil un peu long — et tout s'était simplement passé.

Oui, Abel Jr apprendrait que son père avait tenu dans ses bras, une grande partie de la nuit, le corps de cet ami, le pauvre corps meurtri et disloqué dont toute vie s'était retirée en quelques instants. Il apprendrait que son père était demeuré ainsi de longues heures, comme frappé de folie, à contempler le cadavre aux yeux grands ouverts et vitreux mais qui semblait lui sourire dans la mort…

On enterra Thomas sous une petite pluie désespérante et glacée. Abel le pleura comme on pleure un frère. Et, recru de chagrin, il ne parvint pas même, malgré ses efforts, à se souvenir des deux derniers vers de ce poème de Rimbaud qu'il aimait tant et qu'il avait déjà récités en pareille circonstance :

Elle est retrouvée.
Quoi ? — L'Éternité.
C'est le…

Le néant, peut-être. Le néant, songea-t-il : l'ondée qui tambourine sur le bois d'un cercueil, un peu de terre que l'on jette dans le trou noir d'une fosse, quelques paroles de condoléances murmurées, des riens…

Mais la vie devait reprendre ses droits — Abel le voulait, il l'affirmait hautement : « Laissons aux morts d'ensevelir les morts, comme il est dit dans la Bible. » La vie reprenait déjà…

Il imagina le « soleil allé avec la mer », là-bas, en Californie, les plages infinies, l'océan immense et changeant quand le couchant le teinte de rose et d'or. Et il fut brusquement saisi d'une bouffée de nostalgie : revoir le pays qui l'avait vu naître.

« Viens ! » dit-il à Johanna en rentrant du cimetière. Il l'enlaça, l'embrassa. Et, après lui avoir fait l'amour presque timidement, comme au tout début de leur amour, quand ils étaient si empruntés qu'ils osaient à peine s'avouer, ensuite, qu'ils avaient pris du plaisir, il lui chuchota à l'oreille :

« Je t'emmène trois jours, veux-tu ? Rien que nous deux. Ce sera très romantique. Absolument comme lorsque nous nous sommes rencontrés la première fois, il y a dix ans.

— Onze.

— Onze : tu as raison. Tu te souviens ?

— Oh oui ! De tout, mon amour. Paris, l'entrée de l'autoroute. Je te revois dans ton grand poncho kaki, avec ton gros sac à dos, tes cordes, tout ton barda. Je t'ai regardé, l'air de rien — tu me plaisais déjà. Toi, tu m'as souri gentiment. Je t'ai trouvé tout de suite très beau, très drôle, très… Comment dire ? Très attendrissant. Voilà.

— Et très puant.

— Et très puant ! Non, pas exactement : fanfaron plutôt que puant.

— C'était la première fois de ma vie que j'osais dire à une fille qu'elle était jolie.

— Je l'ai très vite compris, tu sais. Si tu crois que ça ne se voyait pas.

— Et toi, je me le rappelle, tu as dit : "Je n'arrive pas vraiment à te détester."

— C'est ce qu'on appelle "ne pas se mouiller".

Ils se surprirent à rire aux éclats tandis qu'Abel téléphonait pour retenir deux places sur le dernier vol New York-San Francisco de la soirée. Ils n'en eurent pas honte — leur rire était un défi à la mort, non un oubli.

Ils avaient laissé Abel Jr à Alec. Ce furent trois jours d'amour mais aussi de mélancolie.

Mélancolie car la maison de Haight Ashbury où ils avaient coulé tant de jours heureux, insouciants et bohèmes dans ce *basement* fleuri, parmi les amis, les animaux familiers, les disques de Bob Dylan et les recueils de poésie, la maison avait été démolie pour laisser place à une hideuse résidence. Mélancolie car la jolie villa qu'Abel avait offerte à sa M'a, quand il avait touché les premières avances sur son héritage, la villa venait d'être rasée par le promoteur qui l'avait achetée aux Emerson. Mélancolie car Abel voulut aussi revoir Modesto et montrer à Johanna les lieux où il avait joué dans sa petite enfance — hélas ! il ne restait plus rien du *Café Madeleine's* sur la 132, rien qu'une enseigne cabossée achevant de rouiller au milieu d'un terrain vague sur lequel — un panonceau en informait le passant — allait s'édifier très prochainement un supermarché.

Non, il ne restait plus aucun vestige du passé : tout était aboli, effacé. Et la mort de Thomas Haynes avait fait disparaître le dernier témoin de ce temps révolu. Alors, Abel sut qu'il serait à jamais un orphelin, un homme sans racines, sans attaches, sans bagages, et sans autres souvenirs que ceux de sa mémoire. Mais il sut aussi que, de ce dénuement même, il puiserait sa force : ainsi que l'avait prédit Minh, il irait toujours dans la vie comme va le tigre dans la forêt — libre, bondissant. Il se comporterait toujours dans l'existence avec l'élégance de celui qui gravit les plus hautes montagnes et se rit des gouffres et se joue des précipices, niais tout en demeurant sans cesse aux aguets et conscient de ses faiblesses comme du risque encouru à chaque pas. « Oui, tel un danseur de corde, Minh l'avait dit aussi, tel un danseur de corde sur le fil tendu entre l'humain et le surhumain… »

Et puis, si un jour le découragement devait venir, n'aurait-il pas encore pour le soutenir l'amour de Johanna, cet amour fou qu'elle lui vouait et qu'il lui vouait en retour, cet amour qui le faisait plus fort que tout ?

« *Imagine* moins un ».

Ils rentrèrent à New York — ils s'aimaient comme jamais encore ils ne s'étaient aimés. Et dans quelques heures commencerait la fête organisée pour la sortie d'*Imagine*, dans quelques heures sonnerait l'heure du Tigre. « Dans quelques heures ! » c'est ce que leur dit Richie quand il les accueillit à l'aéroport en fin d'après-midi…

Ce serait une fête « à tout casser » — Richie en avait décidé ainsi, Kelly l'avait approuvé et Abel, avec un sourire amusé, y avait consenti. Il n'ignorait pas que Richie avait la passion des fêtes. Il en avait aussi le génie : il savait qui inviter et qui éviter, il savait mieux encore cet art très particulier d'inventer des plaisirs inattendus, d'offrir des divertissements inédits. Il donnait fréquemment des réceptions dont on se souvenait pour leur originalité, leur faste, leur raffinement.

Pour l'inauguration d'*Imagine*, l'excitation qui s'était emparée des mille invités à l'annonce de la fête avait grandi de jour en jour : on était tellement impatient de pouvoir enfin feuilleter l'hebdomadaire dont on ignorait à peu près tout encore ! Et quant aux réjouissances promises, Richie semblait s'être surpassé : orchestres divers, buffets de toutes sortes et dîner assis pour ceux qui le désiraient — les invitations le précisaient. L'idée de Richie était la suivante : on boirait, on souperait, on danserait, on s'amuserait jusqu'à l'aube et, à l'aube, les mille premiers exemplaires sortis des rotatives seraient apportés par camion et distribués à chacun de ces mille privilégiés.

Qui étaient-ils ces mille à avoir reçu le précieux carton qui les conviait dans le hall et les salons d'accueil de la tour loués pour la circonstance ? Le Tout-New York de la presse, du spectacle et des lettres, le Tout-Washington de la politique, le Tout-Hollywood. À quoi s'ajoutaient ces personnalités itinérantes de la jet-set internationale sans lesquelles une fête, selon Richie, ne pouvait être considérée comme parfaitement réussie, ces *beautiful people* qu'il affectionnait tant.

« Qui invite ? demandait-on.

— *Imagine*, répondait-il.

— Oui, mais qui est derrière tout ça ? insistait-on.

— Bah… » répliquait-il en esquissant le sourire malicieux de celui qui en sait plus long qu'il ne veut en dire.

Certains, qui avaient visité les bureaux, parvenus à l'avant-dernier étage, lui demandaient à qui appartenait celui du dessus. Mais, à cette question aussi, Richie ne répondait que par une énigme, un haussement d'épaules censé signifier son ignorance et sa perplexité.

L'incognito d'Abel serait préservé jusqu'à la publication du deuxième numéro — il le fallait.

Mais cela n'empêcherait pas Abel, ni Johanna, ni les quelques intimes qui avaient tenu à rester auprès d'eux, de participer à cette soirée. Car Richie avait imaginé de faire installer dans l'appartement du dernier étage non seulement un buffet, mais aussi tout un système vidéo en communication avec le hall de la tour. Il montra à Abel émerveillé le fonctionnement des appareils qui lui permettraient de suivre sur sept écrans différents la réception tout au long de la nuit. En sept endroits du hall et des salons d'accueil, en effet, des caméras filmeraient les invités. Et les invités, pour leur part, pourraient voir sur la trentaine de postes de télévision répartis un peu partout les divers centres d'attraction de l'étourdissante fête : la piste de danse, les buffets français, américains, italiens ou russes, la fontaine de punch, les violons tziganes, l'orchestre de jazz, la troupe de samba, etc. Mais, évidemment, pas le dernier étage.

« Regarde, s'écria Richie en manœuvrant un des sept écrans mobiles, il y a même une caméra au-dehors pour filmer l'arrivée des célébrités. »

On vit apparaître le trottoir de Madison Avenue devant la tour, l'auvent de toile tendu pour la circonstance, les haies mobiles destinées à contenir les badauds, les policiers requis pour le nécessaire service d'ordre, la meute des photographes d'agence et autres *paparazzi*. Puis, les flashes crépitèrent tandis que les premiers invités faisaient leur entrée…

Alors, Richie et les Kelly, qui étaient montés saluer Abel et Johanna et sabler le champagne en leur compagnie, se levèrent précipitamment et les quittèrent en les embrassant : ils se devaient d'être en bas pour accueillir la foule qui commençait d'affluer…

Cette fête, Abel songea qu'il y avait quelque chose d'un jeu magique, d'un peu pervers aussi, à y participer ainsi, par le seul regard, à deux cents mètres au-dessus des invités qui ignoreraient toute la nuit, et pour quelques jours encore, qui était leur hôte. Ici aussi, dans ce vaste appartement aux allures de campement, on boirait, on souperait, on danserait, on s'amuserait jusqu'à l'aube. Et, à l'aube, Abel lui-même distribuerait les tout premiers exemplaires du premier numéro d'*Imagine*. Mais l'on serait entre amis, à l'abri de la cohue, pour le lire.

Abel le connaissait pour ainsi dire par cœur ce premier numéro d'*Imagine*. On le lui avait apporté à lui vers six heures du soir. Et ce qu'il admirait le plus, c'était qu'aucune fuite ne se fût encore produite quant à sa présentation et, surtout, son contenu. Les trente collaborateurs dans le secret avaient tenu parole. Nul à part eux ne connaîtrait rien du nouvel hebdomadaire avant l'aube — pas même la couverture.

Il s'agissait d'une féroce caricature de Shawn Arboth, caricature dans laquelle il n'était pas défendu de reconnaître Kay Mc Kay. Un des titres imprimés sur cette couverture y invitait d'ailleurs, pour peu qu'on connût le surnom de Mme Emerson :

Angola : guerre ou paix ?
Sakharov : le prix Nobel va à la dissidence.
Fiction : la vie fabuleuse de Lady Mc Beef, une nouvelle de Richie Garrymore.

Tel avait été en effet le parti adopté par Abel, Richie et Robert : traiter avec une ironie cinglante, un humour dévastateur la *cover-story*. Les terribles révélations publiées par *Imagine* ne pourraient passer, leur avait-il semblé, qu'à cette seule condition : ils devaient mettre les rieurs de leur côté et éviter le style de la délation si fréquent dans les journaux à scandale. Aussi, nulle part les noms réels n'étaient-ils cités et la carrière criminelle de Kay Mc Kay était racontée à la manière d'un conte de fées. Mais qui, dans le monde de la presse et chez les lecteurs un tant soit peu informés, qui ne reconnaîtrait le modèle qui avait inspiré la verve de Richie ? Et qui n'admirerait son habileté ?

Car Kay Mc Kay se verrait contrainte de se taire et de feindre de tout ignorer ou d'intenter un procès à *Imagine*. De l'une ou l'autre manière, elle s'accuserait. Déjà le piège se refermait sur elle.

Et déjà d'autres révélations scandaleuses étaient annoncées. À la fin de son brillant article, en effet, Richie présentait celui qui devait suivre dans le numéro 2 — et c'était dans sa façon loufoque :

« Évidemment, dans ce qu'on vient de lire, toute ressemblance avec des personnages existant ou ayant existé réellement serait purement fortuite et indépendante de la volonté de l'auteur — seuls les noms ont été changés !

» La semaine prochaine, ici même, un autre conte fantastique de la même veine, mettant en scène les mêmes héros, vous sera raconté par le même fabuliste. Le titre en est prometteur :

» *Triple Zéro, le fils sanglant de Lady Mc Beef !* »

L'heure du Tigre a sonné.

Trois heures du matin. La gaieté des invités est à son comble mais une certaine lassitude commence à se faire sentir aussi. On danse avec moins d'entrain et la fièvre autour des buffets est quelque peu retombée. Comme à toutes les heures depuis que la fête est commencée, l'orchestre joue *Imagine*, la chanson de John Lennon qui sera ainsi le leitmotiv de la soirée.

Au dernier étage aussi, un peu de lassitude a gagné les convives d'Abel. Alec et Johanna eux-mêmes somnolent devant les écrans de télévision. Quant au maître de maison, il a profité du décalage horaire pour joindre au téléphone les Servoz et bavarder avec eux, de tout et de rien, leur faire partager son émotion, sa tension, son bonheur…

Mais soudain une rumeur grandit, venue de la rue — des cris, des rires… Déguisés et coiffés de casquettes à carreaux comme ces *kids* que l'on voyait vendre des journaux à la criée dans les films d'avant-guerre, des jeunes gens avec des piles de magazines sous le bras se fraient un chemin dans la foule et s'époumonent joyeusement :

« 'Mandez *Imagine* ! 'Mandez *Imagine* ! »

Ils sont aussitôt assaillis de toutes parts. C'est la ruée. On dirait une nuée de moineaux à qui l'on vient de jeter du grain.

D'autres crieurs surgissent encore d'un peu partout.

« Qui êtes-vous, Lady Mc Beef ? Tout, tout, tout dans *Imagine* ! » glapit celui-ci.

Et celui-là :

« Qui veut *Imagine* ? »

On applaudit, on s'arrache l'hebdomadaire avant même qu'ils aient eu le temps de défaire les bandes de vinyle qui entourent les exemplaires par paquets de vingt-cinq. Parmi les invités, nombre de collaborateurs d'*Events* qui ont, pour la plupart, fait bande à part un peu à l'écart de la cohue mais se battent maintenant au coude à coude afin d'être les premiers à feuilleter le magazine de Robert G. Kelly et Richie Garrymore. Ils finissent par se passer de main en main le même numéro dont Whyatt est parvenu à s'emparer.

Outre Whyatt, il y a là Bergman, Jay Heetlet et Barbara Ridgewick, la terrible échotière, doyenne des journalistes. « La femme la plus méchante de la presse », disait jadis Triple E quand il la présentait. Et elle n'était pas mécontente de s'entendre qualifiée ainsi. Squelettique et exagérément fardée comme les vieilles des tableaux de Goya, avec son long cou décharné, son air hautain et dédaigneux, sa cape de cygne et son chapeau à aigrette, elle évoque assez bien quelque échassier huppé et sa voix coassante et cassée domine toutes les autres.

« Ah na-a-an ! glousse-t-elle. C'est f-f-fou ! Kelly a donc osé, ce galopin ! »

Elle jubile. Le scandale lui donne des ailes, dirait-on. Les plumes de son manteau du soir frémissent tandis qu'elle se pavane en savourant ses propres bons mots :

« Mer-r-rveilleux ! J'ai toujours pensé qu'il était fou, ce pauvre Robert chéri. Et depuis qu'il est devenu hippie ! Depuis sa révolution culturelle !

— Neuf ans après sa démission ! soupire Whyatt en hochant la tête très théâtralement. On dit que la vengeance est un plat qui se mange froid… »

Bergman et lui sont convenus de donner le change en jouant l'étonnement eux aussi.

« Et le jeune Garrymore, fait remarquer Bergman avec aplomb, il a la rancune tenace, lui aussi, non ? Quand je pense qu'il a débuté dans le métier en obtenant la bourse de la Fondation Events !

— Mais, qui est le propriétaire qui se cache derrière tout ça, à la fin ? s'interroge Jay Heetlet. Barbara, vous ne savez pas, vous qui savez tout ?

— Il y a écrit : *A. Y.* L'Anonyme Yène, je pense, ma petite ! Ah, suis-je assez drôle ?

— Très. Mais hyène s'écrit avec un h, ma chère !

— Vous savez, l'orthographe et moi !

— Non, vraiment, Barbara, vous n'avez pas la moindre idée ?

— Pas la moindre. C'est bien ça qui m'agace ! Peut-être, le fantôme de Julius Hancock, le roi du bœuf en boîte !

— Oh ! Et moi qui étais venue à cette soirée dans l'espoir de connaître le fin mot de l'histoire !

— C'est Triple Zéro qui va être fou furieux, mes enfants ! Déjà qu'il est à cran depuis ce conseil d'administration où, paraît-il, il y aurait eu du grabuge.

— Oui. Tu te rends compte, George ? Tu as lu la chute du papier de Richie ? Si le prochain est de la même eau, ça promet ! Dieu sait ce qu'ils vont trouver encore…

— En fouillant dans les poubelles.

— C'est affolant ! "Le fils sanglant de Lady Mc Beef !" Croyez-moi, on aura intérêt à filer doux demain. Je veux dire : tout à l'heure, au conseil de rédaction. Je suppose qu'une bonne âme lui aura déjà mis l'article de Garrymore sous le nez et ce cher Jeremy ne sera pas à prendre avec des pincettes.

— Mais pourquoi font-ils ça ?

— Qui ? Richie, Robert ?

— Oui. Pourquoi ? Je ne comprends pas. C'est de la folie.

— Et qui se cache derrière, surtout ?

— Oui, là est la question : qui ? »

Cette même question qui était sur toutes les lèvres maintenant, cette question qui courait les halls et les salons où depuis un moment se ranimait la fête, renaissait l'excitation du début de la soirée : qui dissimulait donc son identité sous ces banales initiales : A. Y. ? Qui ?

Six heures du matin.

L'appartement de Jeremy est plongé dans une demi-obscurité. Dans la chambre à coucher, seule une veilleuse bleue est allumée au-dessus du lit rond où, parmi les draps de satin mauve défaits et les fourrures blanches, la belle Brenda Welles somnole. Dans son sommeil, elle a entendu Jeremy répondre au téléphone et se lever. Une nouvelle d'importance, sans doute, pour qu'on ait osé le réveiller si tôt et lui rendre visite. La fin du monde, peut-être ? Mais, bah ! Qu'importe ! pense-t-elle en se rendormant.

Jeremy vient de raccompagner son visiteur en personne. Il peut donner libre cours à sa rage qu'il avait su contenir jusqu'ici. Il jette à la volée le numéro d'*Imagine* qu'on lui a apporté, pénètre dans son gymnase en laissant tomber de ses épaules son kimono de soie. Nu, son corps soufflé et bouffi de culturiste reflété dans tous les miroirs qui ceinturent la pièce, il commence à marteler de ses poings le punching-ball : directs du gauche et du droit, crochets, uppercuts… Une manière, croit-il, de dominer la colère qui l'envahit, le submerge : en l'épuisant dans les coups, en la fatiguant.

Ah ! c'était donc ça : cette menace qu'il ressentait obscurément sans se l'expliquer vraiment ! Cette crainte irraisonnée dès qu'il avait appris que Robert G. Kelly revenait à la tête d'un magazine. Et ensuite, l'esclandre de Faye au conseil, l'apparition de Loulou Davis tandis qu'en lui grandissaient la peur, le désarroi et un sentiment neuf de culpabilité. C'était donc ça : il savait qu'il lui faudrait expier maintenant ! Mais, pourquoi ? Et pourquoi aujourd'hui ?

Une rafale de gauches et de droits alternés, Jeremy souffle bruyamment.

Que faire ? Eh bien, il va appeler sa mère. N'est-ce pas là sa première réaction dès que s'élève la moindre difficulté ?

Mais non ! À quoi songeait-il donc ? Appeler sa mère ! Lui apprendre… Ah ! lui apprendre ce qu'il vient d'apprendre précisément mais dont il s'était toujours confusément douté : qu'elle est une criminelle ! Qu'elle a tué, oui, tué ! Et que c'est écrit en toutes lettres, imprimé dans un journal !

Une criminelle ? Une criminelle, vraiment ? Jeremy s'interroge. Mais soudain il se revoit enfant. Il revit la scène de l'anniversaire de son frère aîné, Abel. Il demande à monter dans l'Alfa Romeo qu'on vient de livrer. Oui, tout se passe très exactement comme dans le récit hallucinant de vérité qu'en a fait Richie Garrymore : le petit Jeremy demande à monter dans l'Alfa Romeo mais alors, avec quelle véhémence sa mère, qui d'ordinaire lui passe tous ses caprices, lui ordonne de se taire ! Avec quelle étrange violence elle l'en empêche, elle qui cédait toujours ! « Non, Jeremy, non ! » crie-t-elle. Elle qui disait toujours oui !

Ah, eh bien il sait, il sait pourquoi, maintenant ! Ce que Richie Garrymore écrit est donc vrai. Vrai ce que publie *Imagine* : Lady Mc Beef, c'est-à-dire Kay Emerson, a tué deux fois !

Jeremy frappe plus fort encore la balle de cuir, plus vite. Comme s'il voulait exorciser les images qui se matérialisent dans sa mémoire.

Mais qui, qui est derrière tout ça ? se demande-t-il tandis que la terreur point en lui, pareille à une nausée. Et la sueur lui coule du front dans les yeux, le fait pleurer.

Oui, qui d'autre que cette pourriture de Richie, que

cette ordure de Kelly ? Qui tire les ficelles de cet étrange jeu ? Et eux, ne craignent-ils donc pas le procès ?

Le procès ? Hélas, quel procès ? Peut-on seulement intenter un procès ? Car ce salaud de Richie ne donne pas un nom, il ne procède que par allusions. Mais évidemment, tout le monde aura reconnu Kay Mc Kay dans le portrait au vitriol de cette veuve d'un magnat de la presse qui fut jadis danseuse de cabaret. Tout le monde ! Et saisir la justice, ce serait le plus bel aveu ! Ah, le piège est sans défaut. Robert et Richie ont dû y penser et ils disposent de preuves assurément : on ne se lance pas dans une pareille entreprise sans prendre les précautions nécessaires. Cet A. Y. a dû y penser aussi. Et consulter les avocats du magazine avant d'autoriser qu'on imprime une telle ignominie.

Que faire ? Appeler Kay ? La laisser découvrir d'elle-même ? L'abandonner au mépris, à la réprobation générale ?

Oui, c'est ainsi qu'il faut agir sans doute. Se désolidariser d'elle : la criminelle !

« Ah ! » ahane Jeremy douloureusement en continuant de cogner. « Laisser tomber maman, dit-il à voix haute. Première chose à faire : laisser tomber maman. C'est ça ! La laisser tomber dès maintenant… »

Mais, hélas ! rien de tout cela n'efface l'effroyable menace par quoi l'article de Richie Garrymore se conclut : la semaine prochaine, il sera question du « fils sanglant de Lady Mc Beef : Triple Zéro » ! Lui. Car il le sait bien que tel est son surnom. Oui, lui-même ! Le fils, comme la mère. Leurs destins sont liés…

Mais sur lui, que savent-*ils*, à la fin ? Que veulent-*ils* encore publier ? Sur quoi ? Loulou Davis aurait-il fait des révélations à d'autres qu'à Faye ? Un membre du conseil aurait-il enquêté après le récent scandale qu'elle a causé ? Sweety Monroe aurait-il laissé d'autres preuves encore ? Ont-*ils* eu une copie de cette bande que possède Davis ? Ont-*ils* pu faire avouer des complices inconnus de Sweety ou de Loulou ? De quels indices disposent-

ils ? Ah, qui sont-*ils* à la fin, qui sont-*ils* ? Pourquoi le tourmentent-*ils* ainsi, aujourd'hui ? Pourquoi, lui ?

Qui est cet A. Y. ? Qui peut donc bien se cacher derrière ces initiales ?

Mon Dieu ! Est-ce que neuf ans après ?... Est-ce que ?...

Huit heures quarante.

Le manoir de Sag Harbor retentit des hurlements déchirants d'une vieille folle, d'une vieille reine déchue à qui son personnel ne prête plus même attention.

Kay est devenue vieille et laide tout à coup. À demi nue, elle erre dans les couloirs de la vaste demeure, brandissant la couverture du magazine sur laquelle le cruel dessin de Shawn Arboth qui la représente en Lady Macbeth n'apparaîtra bientôt plus comme une caricature. La haine et le chagrin, mais la terreur aussi, la défigurent. Dans la pénombre de la galerie qui ouvre sur les vastes salons vides, c'est avec un effroi certain qu'elle-même se voit passer dans les glaces, échevelée, livide, telle une ombre du monde des morts.

Il y a dix minutes, sa femme de chambre lui a apporté avec les autres journaux ce nouvel hebdomadaire dont la parution l'intriguait tant : pourquoi Kelly, à son âge, reprenait-il du service à la tête d'un journal ? se demandait-elle. Qu'est-ce que cela pouvait bien signifier ? Quelle menace pour *Events* ? Eh bien, elle que les accusations de sa fille ont déjà fortement ébranlée, elle sait maintenant ! Elle sait, et il lui semble que, en cet instant précis où elle a ouvert *Imagine*, sa vie vient de basculer dans la tragédie. C'est comme si le temps était venu d'expier.

Ah, qui a parlé ? Qui ?

Howard, bien entendu ! Ce salopard de Leo. Ce ne peut être que lui. Lui seul, puisque Harry Rienzo est mort l'an dernier.

Mais que faire ? Quel est le moyen de se défendre ? De contre-attaquer, même ?

Avant toute chose, prévenir Jeremy. Il faut que « My chéri » sache.

Mais peut-être sait-il déjà ? Oh, oui ! Il sait assurément. Il était si inquiet ces derniers jours par tout le battage autour de la parution du premier numéro de cet infâme torchon : il l'aura déjà lu. On le lui aura montré. « Le pauvre chat » était tellement bouleversé par l'esclandre de Faye au conseil, il ne lui manquait plus que ça ! Et elle, mauvaise mère, qui l'avait brusqué alors !

Mais s'il sait, pourquoi Jeremy ne l'appelle-t-il pas ? Ah, Jeremy croit en ce qu'écrit Richie ! Il y croit, cela ne fait aucun doute. Il vient de découvrir tout ce qu'elle, Kay Mc Kay — la divine ! — aura été capable d'accomplir pour lui ! Pour qu'un jour il soit l'unique héritier de l'empire Events, son fils ! Le fils d'une danseuse du *Primavera*...

Et il n'appelle pas ? Quelle ingratitude ! Alors qu'il devrait déjà être auprès d'elle avec son avocat. Eh bien, puisque Jeremy ne l'appelle pas comme il a coutume de le faire chaque matin à son réveil, à l'heure du petit déjeuner diététique et des céréales laxatives, eh bien, oui, c'est elle qui appellera la première !

Mais d'abord le standard est occupé. Et ensuite, ah ! la secrétaire de son fils, cette petite dinde de miss Brich... Ah ! comme si elle avait reçu des ordres, miss Brich ne lui répond-elle pas insolemment que son fils ne peut pas lui parler pour le moment ?

Comment ? Comment ne *peut*-il pas ? N'est-ce pas plutôt qu'il ne *veut* pas ? Quoi ? Son fils ? C'est bien la première fois en des années...

Son fils, son propre fils la renierait-il ? Ce petit morveux n'a pas même fait dire qu'il la rappellerait dès que possible. Il ne l'a pas fait dire, il n'a pas eu cette élémentaire politesse, ce minimum de respect filial qu'on doit à sa mère. Oui ! Comme Faye qui lui a refusé sa porte, Jeremy, maintenant ! Jeremy à qui elle a donné un empire...

Ah ! c'est intolérable ! Cette solitude. Et d'être dans

une telle incertitude ! L'incertitude surtout est terrible : d'où vient le coup ? Qui se cache derrière Kelly et Garrymore ? C'est ce qu'il faut savoir avant d'agir.

Mais, d'abord, se ressaisir. Il le faut aussi. Tout de suite. Retrouver son sang-froid. Ne pas même laisser entrevoir à quel point on est touchée. Jouer l'ignorance ou l'indifférence, selon les cas. Se faire belle comme chaque matin. Accepter de souffrir quelques heures avant de pouvoir sortir. Redevenir l'éternelle Kay Mc Kay.

Jeremy l'abandonne ? Soit ! C'est elle, elle qui retrouvera la trace de Leonard Howard, elle qui le convoquera à Sag Harbor pour une confrontation, des explications, elle qui rameutera ses avocats. On verra bien ce qu'on verra !

Mais, à la fin ! Que se passe-t-il ? C'est une conspiration : chez chacun de ses trois avocats, le téléphone sonne toujours occupé — occupé — occupé !

Et la colère revient, plus violente, plus impérieuse et devient crise de nerfs. Ah ! elle le savait bien que cela ne présageait rien de bon pour elle. Ou, plutôt, pour eux deux : elle et Jeremy. Non, cela ne présageait rien de bon, le retour de Kelly à la direction d'un journal. Et quand elle a appris que Shawn Arboth, cette « immonde pourriture », quand elle a appris qu'il démissionnait pour passer à *Imagine*, n'avait-elle pas raison de reprocher à Jeremy de n'avoir rien fait pour le retenir ? C'était, là aussi, de sa part, à cause du pressentiment vague, inexplicable encore, de l'imminence d'une catastrophe : on ne devait pas laisser filer à l'ennemi l'humoriste vedette d'*Events*, cet homme dont tout le monde de la presse savait fort bien qu'il avait été l'ami intime de Triple E.

Bon sang, Jeremy était-il idiot ?

Idiot, Jeremy ! Oh, mon Dieu ! que venait-elle de penser là ! Oh non ! Non ! Jeremy, son fils ! Son seul fils ! Son pauvre My chéri que l'on menaçait lui aussi de révélations scandaleuses !

« Le fils sanglant de Lady Mc Beef ! » l'appelaient-ils. Les salauds, les salauds ! Mais pourquoi leur en voulaient-ils ainsi à tous deux ? Et qui étaient-ils ? Garrymore, Kelly, ces « merdeux » que Triple E avait tirés du néant et qui le remerciaient ainsi outre-tombe ! Mais aussi cet A. Y. qui devait bien dissimuler son nom pour quelque raison inavouable.

A. Y. ?

Mon Dieu ! Mon Dieu ! N'était-ce pas… ?

Les domestiques du manoir entendent un effroyable fracas de glaces que l'on brise. Kay ne supportait plus de s'y voir telle qu'elle est : monstrueuse.

Neuf heures cinq.

Et Jeremy qui ne répond toujours pas. Eh bien, soit ! Elle ira le voir à son bureau. Il sera bien obligé de la recevoir, alors.

Elle fait demander au chauffeur qu'il soit prêt dans dix minutes. Elle n'a que dix minutes pour se faire belle. Mais que lui importe la beauté maintenant ?

Si grand est son désespoir, son anxiété, qu'elle songe soudain à appeler sa fille. Elle voudrait trouver auprès d'elle une parole de réconfort, d'apaisement. Oui, Kay Mc Kay en est à demander secours à cette pauvre folle, à l'implorer. Elle va s'abaisser, s'humilier à téléphoner à Faye, Faye dont elle ignore jusqu'au numéro de téléphone ! Sa fille, sa propre fille, qui l'a reniée l'autre matin, qui l'a insultée…

Mais… C'est atroce ! Intolérable. Pire qu'une gifle : Faye rit ! Faye se moque ! Faye dit posément, sans se départir d'un effrayant sang-froid :

« Si ton fils t'a déçue, ne cherche pas de pitié auprès de moi, maman. Je n'en aurai pas. Je sais que tout ce qui est imprimé dans *Imagine* est vrai. Je le sais depuis quelques jours, moi, que je suis la fille d'une criminelle. Je te l'ai dit. Maman, j'ai tout enduré de toi. Il fallait que je connaisse ça aussi : être la saleté de fille d'une saleté de criminelle ! On dit que les enfants doivent amour et respect à leurs parents même si leurs parents ont tué. Mais quand c'est leurs propres enfants que leurs parents ont tués ? Ou, du moins, tenté de tuer. Car tu as voulu me tuer, maman !

— Faye !

— Ne nie pas : tu as voulu me tuer. Tu as essayé de me détruire avec ces saletés de tranquillisants de merde. En me bourrant d'IMAO ou à coups d'électrochocs. En me faisant passer pour une cinglée… Et j'ai failli le devenir tout à fait. Et j'ai tenté de me suicider : c'est ça qui t'aurait arrangée, d'ailleurs ! Mais je ne t'ai pas fait cette joie ! Oui, maman, tu n'as pas tué que le roi du bœuf en boîte et ce pauvre Abel : moi aussi, tu as cherché à me supprimer.

— Faye !

— Tu pleures ? Tiens, c'est bien la première fois que je t'entends pleurer : pas même à la mort de papa tu n'as réussi à verser une saleté de larme. Et pourtant, quelle comédienne tu faisais, maman ! Tu pleures maintenant ?

— Oui ! Je pleure.

— Moi, quand j'étais petite et que je pleurais, tu ne me consolais pas. Ou, si tu me consolais, c'était parce qu'il y avait des étrangers pour admirer quelle bonne mère tu étais : alors tu leur faisais ton grand numéro. Mais moi, ça ne me trompait pas. Je me souviens : tu déposais sur ma joue, sur mon front une saleté de baiser froid. J'en avais du dégoût. Et pourtant, j'essayais de t'aimer, maman. Pour me faire aimer en retour. Mais si je cherchais à t'embrasser, moi, tu me disais méchamment : "Non ! Tu vas me décoiffer !" Jeremy, lui, ne te décoiffait sans doute pas, même lorsque tu jouais à rouler dans l'herbe avec lui ! Tu m'as toujours haïe, maman. Toujours ! Et tu as failli me rendre définitivement folle. Papa…

— Papa ! Papa ! Papa ! De qui parles-tu : d'Eliott E. Emerson ? Ma pauvre petite : il n'était pas ton père !

— Que dis-tu ?

— Tu as très bien entendu, Faye. Mais puisqu'il faut te mettre les points sur les *i*, je t'apprendrai que lorsque tu es née, cela faisait beaucoup plus de neuf mois que je ne couchais déjà plus avec ton père ! Ah, ça fait mal à entendre, hein ! Ça fait mal, Faye ? »

Alentour de Faye, tout vacille, tout se met à tourner. Eliott E. Emerson n'était donc pas son père ? Lui qui l'avait aimée comme un père…

Elle s'est tue. Elle n'écoute plus le torrent d'insultes que profère sa mère maintenant qu'elle a repris le dessus. Son esprit est ailleurs, il vague parmi les souvenirs et le décor infernal de son vaste atelier baigné de lumière. Elle revoit Abel, le soir de sa *résurrection*, elle le revoit lui sourire affectueusement et lui tenir la main : ils sont frère et sœur. Mais le frère et la sœur n'ont donc pas une goutte de sang commun qui coule dans leurs veines. Ils auraient pu… Oui ! Ils auraient pu, mais il ne s'est rien passé la nuit où Abel a couché avec elle, tout contre elle. Ils sont demeurés frère et sœur, tendrement, passionnément frère et sœur.

Mais Faye s'est déjà ressaisie : à quoi bon de si piètres, de si dérisoires regrets ! Qu'importe ! Elle vient de conquérir le bonheur, ce ne sont pas les criailleries, les méchancetés de sa mère qui vont l'ébranler maintenant. Plus jamais, s'est-elle promis, elle ne se laisserait terroriser par Kay, et ses paroles ne l'atteignent plus. Elle a une foi neuve en la vie, une confiance que rien ne viendra altérer. Avec quelle assurance, quelle superbe, elle lui répond :

« Eliott était mon père puisqu'il m'a aimée. Tu n'es pas ma mère.

— Faye, Faye, comment peux-tu ?

— Tu n'es pas ma mère même si tu m'as portée dans ta saleté de ventre.

— Faye ! Tais-toi ! Tais-toi, veux-tu ?

— On a toujours voulu que je la boucle et je l'ai toujours bouclée ! Mais aujourd'hui, je crie ! Je crie ! Je crie ! Écoute, maman : je crie ! Et ce n'est certainement pas toi qui m'en empêcheras.

— Faye, assez ! D'où te vient cette… ?

— Je suis libre, maman ! Ou, mieux : je suis libérée ! Comprends-tu ? Comprends-tu seulement ce que ça veut dire ? Une nouvelle vie commence pour moi. Alors que la tienne va s'achever misérablement. Écoute, maman, écoute : c'est moi qui parle maintenant que j'ai la parole. Écoute bien ce que ta saleté de fille va te dire…

— Quoi ? demanda Kay, impatiente. Que veux-tu me dire encore de si important ?

— À propos d'Abel…

— Eh bien, Abel ?

— Rien, répond Faye. Tu sauras toujours assez tôt. »

Et elle raccroche le combiné tranquillement.

Neuf heures vingt.

Jeremy n'aurait-il pas essayé de l'appeler tandis qu'elle parlait à cette pauvre folle de Faye qui délirait au téléphone ?

Pauvre, pauvre Faye ! Que voulait-elle donc lui dire de si grave qu'elle n'a pas pu se décider à dire ? Que sait-elle ? Rien, sans doute. Une affabulation de ce pauvre cerveau malade ! Une de ces mythomanies dont elle est coutumière. Mais quelle violence, aussi ! Quelle véhémence ! C'est effrayant.

Et Kay frissonne en effet. Un inexprimable sentiment de malaise la gagne peu à peu. Elle à qui rien ni personne ne résistait jamais, elle se sent traquée. Mais par quoi ? Sans défense. Mais devant quoi ? Tout ce qui faisait sa force se dérobe. Mais pourquoi ? Pourquoi son univers lui semble-t-il s'écrouler soudain ?

Non, Jeremy n'a pas essayé d'appeler. Miss Brich le confirme. Et cette « pauvre gourde » ne peut rien dire d'autre à ce qu'elle prétend sur un ton faux et embarrassé. Ah ! il se passe quelque chose : il n'est pas possible que Jeremy ne veuille pas répondre à sa mère, lui qui est capable d'interrompre une conversation avec quiconque quand elle l'appelle.

Kay n'a déjà plus de fille, si tant est qu'elle en ait jamais eu une. Son fils la rejetterait-il pareillement ? Son fils pour qui, oui ! pour qui elle est allée jusqu'à tuer. Est-il possible qu'il la renie ?

« Vite ! dit-elle au chauffeur. Events. »

Elle appellera ses avocats de la limousine.

La voiture roule le long de l'océan. Kay a baissé les vitres en dépit du froid très vif. Il lui faut de l'air, un grand tourbillon d'air : elle étouffe. Son cœur lui semble près d'éclater. Elle a peur de mourir, subitement. Elle a peur de mourir sans avoir revu Jeremy, de ne pouvoir se justifier auprès de lui. De ne pouvoir lui dire…

Mais quoi ? Et qu'est-il arrivé à Jeremy ?

Ses avocats lui ont retrouvé la trace de Leonard Howard. Elle appelle le vieillard au téléphone. Mais il est devenu complètement fou. Il crie dans le combiné :

« Abel, Abel n'est pas mort ! »

Comme il y a neuf ans, quand…

Oh ! est-ce que les morts reviennent tourmenter les vivants ailleurs que dans les contes d'épouvante ?

Non ! Non ! Non ! — Kay veut en repousser l'idée.

Et puis, il n'y a décidément plus rien à tirer de Leo, ce vieux débris, ce « perdant » et sa culpabilité ridicule, ses scrupules, ce qu'elle appelle dédaigneusement « sa juiverie » ! Leo est fini, il dit n'importe quoi ! À quoi bon écouter plus longtemps de telles inepties !

Il a dit qu'Abel vivait encore.

« Plus vite ! Plus vite ! » ordonne Kay Mc Kay à Roy, le chauffeur, tout en laissant retomber l'écouteur du téléphone sur sa fourche.

« Plus vite ! »

Dix heures.

Blême et défait, les traits creusés par la détresse et l'angoisse qui le minent sourdement, Jeremy a longuement tourné en rond autour de son bureau, passant sa rage sur les mille gadgets qui l'encombrent. Le sol est jonché de petites billes d'acier, de ressorts distendus, de plexiglas brisé.

Puis, il a fini par se décider : oui, il s'humiliera, il s'abaissera à appeler lui-même Kelly et il lui demandera de venir s'expliquer ici. Comme du temps où…

Et si Kelly refusait ? Eh bien, Jeremy irait jusqu'à s'humilier un peu plus encore, jusqu'à s'abaisser à aller lui rendre visite, lui, dans ses bureaux de Madison Avenue. Il veut savoir. Il veut savoir ce qui se prépare contre lui. Et connaître le nom de celui qui tire les ficelles du jeu… Quitte à menacer Kelly d'un procès. Quitte, au contraire, à le supplier à genoux, en souvenir de l'amitié qui liait l'ancien directeur d'*Events* à son père. Mais une telle affaire, estime-t-il, se règle sans témoins, sans avocats. Du moins pour le moment…

Robert veut-il venir ? Oui, il n'a fait aucune objection, n'a posé aucune condition. Comme s'il s'y attendait, même, à ce que Jeremy l'appelle ! Robert est affable et courtois, à son habitude. Il ne donne pas l'impression d'être le moins du monde inquiet de cette demande d'entrevue. Et c'est bien là ce qui inquiète le plus le président d'Events !

« À onze heures trente ?

— Très bien. »

Puis, un silence. Jeremy comprend alors que Kelly, ayant posé la main sur le microphone, doit avoir un aparté avec quelqu'un sur un autre appareil. Enfin, à sa stupeur, le directeur d'*Imagine* lui dit d'un ton vaguement ironique :

« Écoutez, Jeremy : j'ignore absolument pourquoi vous désirez tant me rencontrer aujourd'hui même, mais peut-être aimeriez-vous connaître notre président par la même occasion ? Voulez-vous que je vienne avec lui ?

— Eh bien, puisque… C'est vous qui… bafouille-t-il, éberlué. C'est-à-dire que… Je n'osais pas… »

Il voulait faire preuve d'autorité, menacer… Au lieu de quoi, c'est tout juste s'il ne s'est pas excusé de déranger ! Quelle mortification lorsqu'il en prend conscience !

Il s'affale dans son profond fauteuil présidentiel marqué de ses initiales et pose le front sur la laque froide de son bureau, au creux de son bras replié. Une étrange envie de pleurer lui vient…

Mais non, il n'appellera pourtant pas sa mère. Pas maintenant. Et cependant, il se sent si seul, si petit et désemparé. Il a tant besoin d'être consolé…

Onze heures vingt-cinq.

L'Events Tower. Abel lève les yeux sur cette arête rectiligne de verre et d'acier qu'il a gravie il y a de cela neuf ans. Une bouffée d'émotion l'envahit. Il frémit comme il avait frémi en se lançant fièrement dans la périlleuse ascension. Il se souvient s'être dit alors, tandis qu'il se hissait sans effort sur le rebord de la première poutrelle :

« À nous deux, Events ! »

Aujourd'hui, c'est un autre défi. Plus douloureux, plus dangereux aussi, pense-t-il. Mais il ne faiblira pas. Sa décision est prise : dans quelques minutes, Jeremy Emerson va revoir ce demi-frère qu'il croyait mort.

« À nous deux, Jeremy ! »

Abel a pacifié les battements désordonnés de son cœur. Il suit Robert G. Kelly devant qui les portes à ouverture électronique du hall s'effacent en glissant sans heurt.

Kelly demande à une hôtesse d'accueil qu'on les annonce.

« Robert G. Kelly et... euh, le président d'*Imagine.* »

Visiblement son nom n'évoque rien à la jeune fille, laquelle, après s'être entretenue avec une secrétaire de Jeremy qui confirme que les deux hommes sont attendus, veut leur expliquer le moyen de rejoindre l'étage directorial. Mais les visiteurs se sourient, complices, et disent :

« Nous connaissons ! »

Dans l'ascenseur direct qui conduit aux deux derniers

étages, quelqu'un salue Kelly, se dit agréablement surpris de le rencontrer. Puis il observe à la dérobée Abel que l'ancien directeur d'Events n'a pas pris la peine de lui présenter : ce visage lui dit quelque chose… Ce visage lui rappelle… Ah ! songe-t-il, comme c'est étrange : l'inconnu ressemble de façon frappante à Eliott E. Emerson jeune sur ce portrait que l'on peut voir dans le petit musée Events du hall d'entrée de la tour. Étrange vraiment — mais il lui semble aussi que s'il cherche un peu plus loin dans ses souvenirs…

Oui, cet homme est…

Qui donc ? Qui ?…

Onze heures trente.

Abel et Robert patientent, assis aux deux bouts du même grand canapé. Ils ne se disent rien. Chacun est perdu dans ses pensées. Chacun regarde sans le regarder le décor de ce salon qu'il connaît. Plusieurs choses ont changé : des flots de musique douce, la hideuse moquette d'un violet agressif à mouchetis vert et or, et, sur le mur du fond, un bas-relief doré à la feuille dans lequel éclate tout le mauvais goût nouveau-riche de Jeremy. C'est une allégorie de la presse : morasses, rotatives, télescripteurs mêlent leurs masses trapues à des centaines de plumes trempant dans des encriers.

« Nom de Dieu ! Ce que ça peut être laid, ici ! » pouffe Abel nerveusement.

Les deux hommes s'entre-regardent et éclatent de rire.

Onze heures quarante.

Arpentant de long en large la terrasse battue par les vents, jetant constamment un œil à sa montre, Jeremy a délibérément fait attendre dix minutes ses deux visiteurs : pour faire sentir son pouvoir mais aussi pour avoir le temps de maîtriser ses nerfs et de se composer un visage avant l'affrontement qu'il veut dur, froid, définitif.

Mais son émoi est le plus fort, et l'envie de connaître enfin cet inconnu qu'il redoute sans savoir pourquoi devient impérieuse. Il retourne dans son bureau, laissant grandes ouvertes les baies coulissantes : il a besoin de ce grand air qui s'engouffre dans les rideaux et les fait claquer comme les voiles d'un bateau. Besoin de cette mise en scène : il se tiendra debout, loin derrière son bureau, dans l'embrasure des glaces, et toisera ses visiteurs d'un œil dédaigneux, décide-t-il, comme sait si bien faire sa mère. Il sera bref, incisif, de cette façon que son professeur de maintien et son gourou lui ont apprise. Il repasse dans sa tête les conseils et les trucs qu'il a lus dans un livre récemment publié par les éditions Events : *Comment dominer en société*. Oui, il se montrera hautain, énergique. Un meneur d'hommes qui n'a pas peur des combats. Un lion face à des rats !

Il jette un dernier regard à la glace, la glace lui renvoie une image de chef qui lui paraît satisfaisante. Alors, il appuie sur la touche de l'interphone pour prier miss Brich de faire entrer.

La secrétaire ouvre la porte de l'antichambre, puis celle de la suite présidentielle et s'efface pour laisser passer.

Robert G. Kelly s'avance…

L'autre visiteur s'attarde sur le seuil un instant, son visage est dans l'ombre.

« Entrez, je vous en prie », dit Jeremy qui, aussitôt, recule.

Un hurlement muet d'horreur, puis :

« Mon frère ! crie-t-il éperdument. Mon frère ! »

Il recule encore. Il a crié si fort que deux autres secrétaires ont surgi dans le bureau. Interdites, elles assistent à l'incroyable scène sans qu'il ait la présence d'esprit de leur demander de se retirer tant il est bouleversé. Tout comme Kelly, elles y assisteront jusqu'à son tragique dénouement.

Abel s'est avancé sans hésiter, la tête haute, la démarche dégagée. Il est parfaitement maître de lui-même, il ne laisse rien paraître des sentiments qui se bousculent violemment en lui. Il parle d'une voix grave et mesurée, sans éclats. Mais c'est bien pire encore pour Jeremy que s'il élevait le ton et perdait son sang-froid.

« Mon frère ? fait-il avec une ironie amère, en esquissant un demi-sourire attristé et très doux. Mon frère ? C'est bien la première fois que vous m'appelez ainsi, je pense, mon frère. Mais, pour ma part, ce sera la dernière… »

Jeremy, qui est déjà au comble de l'épouvante, sursaute : il croit sa dernière heure arrivée. Il croit qu'Abel est venu pour le tuer…

Il recule, recule toujours, tendant les mains comme pour se défendre et implorer pardon à la fois. Il gémit à la façon d'une bête blessée.

Abel se reprend mais sans se départir de son impassibilité :

« Oh non ! Si je vous dis “la dernière”, ne vous méprenez pas sur le sens de mes paroles : je ne suis pas venu pour vous assassiner. Je ne suis pas armé. Je ne suis pas comme vous, Jeremy. Je ne suis pas, je ne serai jamais un tueur… Mais je voulais dire que je n'appellerai plus jamais "mon frère" celui qui a tué la petite Nam Hoa et son singe… Je n'appellerai plus jamais "mon frère" celui qui m'a volé les plus belles années de ma vie, ma jeunesse… »

Abel avance, avance encore, à pas comptés. Jeremy ne sent plus sous ses pieds la mollesse élastique de l'épaisse moquette mais le dur travertin de la terrasse. Il recule, recule toujours…

Acculé à la rambarde, dos au vide, fouetté par les rafales de vent, les yeux exorbités et emplis de larmes, il dévisage celui qu'il croyait mort depuis tant de temps, il scrute son regard comme pour y découvrir le secret de sa résurrection. Mais nulle question ne lui vient aux lèvres et il est pris d'un tremblement qui fait peur à voir.

Ses genoux s'entrechoquent, se dérobent. Puis, les premiers signes de la démence commencent à se lire sur son visage. Dans un accès de gaieté convulsive, il rit. Il se souvient du jour où il se trouvait ici tandis qu'Abel surgissait du vide. Il revit la scène, il revoit son frère sauter par-dessus le garde-fou et se rétablir souplement, avec l'élégance d'un danseur au sommet de son art. Abel est beau dans la lumière crépusculaire, heureux, triomphal tel un jeune dieu. Il est en état de grâce ! Et pourtant, lui qui devrait l'admirer, ne serait-ce que pour cet exploit qu'il vient d'accomplir, il le hait ce… ce « bâtard » ! Il voudrait le repousser ce frère… Le pousser dans le vide, d'où il vient.

Jeremy a su se retenir alors, il a su refouler son désir de tuer. Mais, il ne l'ignore pas, c'est dès ce moment-là que l'idée de l'assassinat, de l'attentat a germé dans son esprit.

Et aujourd'hui, en cet instant présent, Abel est de nouveau en face de lui, sur cette terrasse. Abel vit encore. Abel est immortel !

« Oh ! pitié, pitié ! parvient à bafouiller Jeremy dans son délire. Je n'ai pas voulu que la petite fille… Je n'avais pas imaginé que… C'est Sweety, d'ailleurs ! C'est Sweety ! Ce n'est pas moi ! C'est la faute de Sweety Monroe et de Loulou Davis ! Je n'ai rien fait, moi. Je n'ai pas voulu…

— Seriez-vous lâche ? » fait Abel, méprisant.

Il n'a pas haussé le ton, il ne menace pas. Il continue de parler posément, avec une sorte de solennité même, pour dissimuler du mieux qu'il peut à quel point la terreur qu'il inspire lui fait peur à lui-même, maintenant.

« Seriez-vous lâche, que vous n'avez pas même la dignité d'assumer votre crime ? Ah oui, vous êtes lâche ! Lâche comme tous vos semblables. Comme tous ceux en qui je ne verrai jamais de “frères” et qui sont, hélas ! mes frères humains, pourtant : les tueurs, les tortionnaires, les tyrans… Oui, tous ceux qui torturent et tuent et tyrannisent pour le pouvoir, l'argent, l'ambition. Ou tout simplement parce qu'ils veulent avoir raison ! Tous ceux, et ils sont légion, qui veulent imposer aux autres leurs idées, leur parti, leur religion ! Les hommes forts, comme on dit ! Mais moi, Jeremy, je suis de ceux qui doutent, de ceux qui se savent faibles, vulnérables mais n'en ont pas honte, de ceux qui cherchent à tâtons le bonheur, à leur façon, et n'ont pas peur de se tromper car leur erreur ne blessera personne d'autre qu'eux-mêmes, et n'ont pas peur de recommencer car la victoire qui est au bout, la victoire sur soi est la seule victoire ! Je suis de ceux qui toujours s'efforcent de se dépasser… Et, au fond, j'ai pitié de toi, Jeremy. J'ai pitié parce que tu ne connaîtras jamais cette joie, toi à qui la vie aura tout donné : le pouvoir, l'argent, les honneurs. Non, ne crains rien, Jeremy, je ne te tuerai pas, je ne te poursuivrai pas en justice, peut-être même ne publierai-je pas la vérité sur toi, cette vérité qu'il y a cinq minutes encore je voulais crier sur les toits. Non ! Que m'importe, maintenant ! Que m'importe que tu aies du remords ou pas ! Que tu sois déshonoré ou non, que m'importe ! Ma vengeance sera bien plus terrible que tout ce que tu peux imaginer, parce que, précisément, ce ne sera pas une vengeance. Mais une leçon. Une modeste leçon de vie que je vais te donner moi qui suis quasiment mort des dizaines de fois, déjà ! Moi qui, par surcroît, ai horreur des donneurs de leçons ! Écoute, je te dirai simplement ceci, Jeremy : il n'y a pas de ciel ni d'enfer. Il n'y a que cette terre où nous passons, éphémères, il n'y a que cette existence si brève pendant laquelle nous devons nous accomplir, c'est-à-dire : réussir notre bonheur. Mais j'ai bien peur qu'il ne soit déjà trop tard pour toi. Ah ! quelle damnation, quelle damnation, n'est-ce pas ? Quelle terrible damnation que cette damnation terrestre ! Car tu es damné, Jeremy, tu es damné de n'avoir pas su aimer. Et tu le seras toujours. À moins qu'aujourd'hui tu ne veuilles reconnaître en moi, le pauvre bâtard, ton frère, en effet, ton frère. Et m'embrasser… »

Abel a entrouvert les bras, il lui sourit comme on sourit pour demander la paix.

« Non ! Non ! s'écrie Jeremy, ivre d'horreur et d'épouvante. Non ! »

Et soudain, sans que nul n'ait pu retenir son geste, il enjambe la rambarde et se jette dans le vide, le néant.

Onze heures quarante-cinq.

Place Eliott-Ernest-Emerson, une petite foule s'est massée autour du cadavre, bouillie sanglante d'os, de chair, de viscères et de tissus mêlés, pauvre pantin désarticulé.

Kay Mc Kay sait. Elle sait déjà, sans savoir pourquoi. Un pressentiment : en descendant de la limousine, en entendant les sirènes stridentes de l'ambulance et des voitures de police mugir comme les divinités antiques du repentir…

Elle court. Hurlant de terreur, griffant et giflant autour d'elle comme une tigresse, elle se fraie un chemin dans la masse hostile des curieux.

« Mon fils ! »

Elle se jette sur le corps informe, se couche contre lui et l'étreint violemment et se tord, donnant d'obscènes coups de reins, le baisant au front et au cou, l'enlaçant comme si elle voulait l'étouffer. C'est une sorte de copulation avec le mort.

Avec la Mort…

Elle est secouée de spasmes, maintenant. Elle râle et sanglote et hoquette des paroles incohérentes, des menaces.

On tente de l'éloigner, elle se défend, elle mord. On la tire sans ménagements alors.

Elle proteste :

« Non ! Non ! Ce n'est pas moi… Ce n'est pas moi qui l'ai tué ! C'est Abel ! Oui, Abel ! Ne comprenez-vous pas ? Abel ! Abel, je vous dis ! Abel vit ! »

Puis, elle porte la main à son cœur. Il a cessé de battre.

Je l'ai connu cet été.

Il redescendait de la pointe de l'Innominata en compagnie de Jacques Servoz — j'allais au col avec mon guide.

Je l'ai aussitôt reconnu : son portrait, on s'en souvient, avait fait la une de tous les journaux au lendemain de la tragédie de l'Events Tower.

Dès ce moment-là, je me suis intéressé à lui, à l'histoire fabuleuse de sa vie. Puis, l'année dernière, j'ai fait la connaissance de Richie Garrymore qui est devenu un ami et j'ai su dès lors qu'un jour j'écrirais sur Abel. Mais jamais l'occasion ne m'avait encore été donnée de le rencontrer.

Et brusquement, j'étais là, devant lui, incapable de proférer autre chose que des banalités sur la beauté de l'aube en montagne. Il ne disait pas grand-chose, non plus. Il souriait et fourrageait sans cesse avec ses doigts cette unique mèche blanche dans ses cheveux blonds que décoiffait sans cesse le grand vent levé sur le glacier. La glace s'irisait aux premiers rayons rasants du soleil et le ciel d'un bleu de cobalt où brillait encore l'étoile du Berger rosissait entre les dents de pierre à l'orient. Le froid était vif, nos haleines précipitaient dans l'air, pailletées de givre — mais c'était un de ces moments indicibles de bonheur tranquille comme on n'en peut connaître qu'à ces hauteurs ou en haute mer : une extase toute matérielle.

Par délicatesse, sans doute, Abel ne s'était pas présenté et j'avais, pour ma part, feint de ne pas savoir qui il était.

Mais, au moment de nous saluer et de repartir chacun de notre côté, il me dit :

« Vous êtes un ami de Richie, n'est-ce pas ? Voulez-vous venir à Saint-Jean-Cap-Ferrat la semaine prochaine ? Je donne une petite fête pour l'inauguration de la Fondation Emerson à la villa *Gioconda* et je ferai mes adieux à tous ceux que j'aime : je pars avec Johanna, Abel Jr et la petite Lauren pour un tour du monde en voilier — je ne sais combien le périple durera : un, deux, trois ans peut-être. Peut-être ne reviendrons-nous jamais... Venez ! J'aimerais que vous soyez des nôtres... »

Je l'ai donc revu à Saint-Jean-Cap-Ferrat — c'était il y a quelques semaines, c'était, me semble-t-il déjà, il y a une éternité.

Abel et Faye, héritiers de l'empire Events, ont fait du manoir de Sag Harbor comme de la *Gioconda* une institution pour l'enfance malheureuse du monde entier. Ils ont vendu quelques œuvres d'art des immenses collections de leur père et donné à des musées les plus belles. Malgré leur générosité, ils sont tous deux à la tête d'une fortune à peu près inépuisable. Mais Abel a renoncé, du moins momentanément, à exercer le pouvoir et, contre toute attente, c'est Faye qui a pris la présidence du groupe et dirige le magazine. On lui reconnaît un sens inné de la presse et des talents d'organisatrice ou, il serait plus juste de dire : de réorganisatrice. En trois ans, la situation d'*Events* s'est considérablement redressée : l'hebdomadaire a trouvé un second souffle, une nouvelle jeunesse. C'est si vrai qu'il commence à empiéter sur la clientèle d'*Imagine*, les sondages l'attestent, il lui vole même de ses lecteurs. La chose était d'ailleurs devenue un sujet de plaisanterie entre Faye et son frère. Mais Abel ne se sentait plus guère impliqué dans l'affaire : au début de l'année, il a abandonné la présidence et fait don de son magazine à tous ses employés, depuis le nouveau directeur Richie Garrymore — Robert G. Kelly s'étant définitivement retiré dans ses forêts du Connecticut — jusqu'au dernier des grouillots. Il est à croire, cependant, que la liberté pèse à la plupart des hommes : on parle de plus en plus dans les milieux de la presse d'un rachat par *Events*, voire d'une fusion avec l'illustre aîné. Abel offrait à tous les collaborateurs d'*Imagine* de tenter une aventure sans précédent : un très grand hebdomadaire qui soit la propriété de tous ceux qui le font ; ils ont manqué d'imagination, ils ont préféré la sécurité, la rassurante routine.

Cette déception fut sans doute pour beaucoup dans la décision que prit Abel au début de l'été : partir. Redevenir, en compagnie de Johanna, l'homme libre et insouciant, heureux, qui dormait tout contre elle à la belle étoile, il y a bientôt quinze ans de cela…

Comme il y a quinze ans — mais Abel a deux beaux enfants maintenant, Abel a trente-six ans, Abel a la richesse, Abel a le courage que lui a donné Jacques, Abel a la sagesse que lui a apprise Minh — et dont il donnera peut-être un jour l'arcane — Abel a l'expérience de la souffrance — Bû Loc, Khuo Maï dont il parviendra peut-être un jour à parler autrement que par pudiques allusions proférées à mi-voix, il l'a promis à ses amis, et Abel a cette force plus forte que tout : la certitude de l'amour fou que lui voue Johanna et qu'il lui voue.

« Comme avant, mieux qu'avant » — c'est un peu leur devise à tous deux.

Ils vont à l'aventure, libres et insouciants, heureux, mais c'est aujourd'hui avec le faste et l'aisance des princes de la Renaissance, et s'ils dorment parfois à la belle étoile, c'est sur le pont de ce long et élégant voilier, le *Minh Tû* où ils vivent et voyagent au gré de leur fantaisie — quand après avoir contemplé la Voie lactée leurs yeux se ferment insensiblement, irrésistiblement…

Ou bien, ils font un feu de bois dans le salon de bâbord, car la nuit est fraîche, et Johanna montre à Abel Jr, sur le piano, les premiers accords de *Nuage Gris* de Liszt, tandis que la petite Lauren rit aux éclats en roulant sur le tapis dans les bras de son père qui joue avec elle comme un jeune chat…

Ou bien ils sont réunis dans la bibliothèque de la proue où, chaque matin, Abel donne à son fils et aux hommes d'équipage qui désirent l'écouter une leçon de philosophie, de langue, de poésie et le jeune commandant de bord un cours de mathématiques, de physique ou d'astronomie…

Ou bien, hormis la petite Lauren qui dort insoucieuse, tous ensemble dans les embruns et les paquets de vent salés, ils manœuvrent la grand-voile parce que la tempête se lève et que les brisants mugissent plus fort contre la coque tandis que la neige se met à tomber sur la mer…

Ou bien ils ont fait relâche dans un petit port de pêcheurs et dansent sur la plage avec tous les gens du village dont c'est la fête du saint patron — et ce sont les Young qui offrent le feu d'artifice, les viandes, les desserts et le vin…

Ou bien ils ne font rien que regarder, éblouis, un envol de mouettes dans le soleil levant…

Ce fut une belle nuit que celle de la Fondation de la Gioconda, à Saint-Jean-Cap-Ferrat.

Nous étions venus de tous les coins de la terre, les amis de Johanna et d'Abel. Nous avons dansé, chanté, bien bu et soupé, nous avons fait les fous jusqu'à l'aube et il ne manquait pas même à notre gaieté cette secrète et douce amertume de la mélancolie sans quoi il n'est pas de fête vraiment réussie : ils allaient nous quitter !

Au petit matin, nous les avons conduits au canot qui était amarré au môle, devant les jardins de la villa.

J'ai songé à ces nostalgiques tableaux de Lancret, de Watteau, de Guardi, de Goya, ces tableaux d'avant la révolution où l'on voit une société décadente et raffinée, un monde qui se sait déjà condamné par l'histoire rester au port ou à l'orée de la forêt tandis que quelques-uns vont ou voguent vers la liberté à l'horizon ; et je garderai à jamais en mémoire cette dernière image de leur départ :

Au milieu de la baie de Villefranche, les voiles du grand trois-mâts, serrées au plus près, faseyent légèrement dans la lumière dorée du jour qui se lève, comme impatientes de se gonfler enfin et de claquer au vent.

Par l'échelle de coupée, ils sont montés sur le pont et, de la poupe, ils nous font leurs ultimes adieux.

Johanna, frissonnant dans sa robe du soir, une longue écharpe flottant à son cou, salue de la main.

Abel, torse nu, brandit à bout de bras la petite Lauren qui vient de se réveiller et sourit aux anges.

Abel Jr, avec toute la jeune témérité de ses onze ans, grimpe dans les haubans en lançant de grands hourras !

Qu'importe où ils sont en ce jour, à cette heure, sous quel tropique, dans quel hémisphère, qu'importe qu'ils nagent dans les eaux tièdes et transparentes d'un petit lagon bleu et rond de la mer australe ou qu'Abel escalade avec son fils l'à-pic de granit gris et de glace d'un fjord en Scandinavie, qu'importe que Johanna joue au piano une valse lente dans cette crique de la Méditerranée où ils ont mouillé à la nuit tombée ou que la petite Lauren fasse ses premiers pas sur le sable rose d'une plage des Antilles à l'ombre des cocotiers — ici ou ailleurs, ils seront toujours dans nos cœurs.

ÉPILOGUE

« En somme, Faye, ce que vous êtes venue me dire, c'est que vous n'avez plus besoin de moi ?

— C'est cela même.

— Abel est revenu, n'est-ce pas ? J'ai lu les journaux, regardé les informations à la télévision : quelle épouvantable tragédie ! Votre frère... Votre mère... J'ai voulu vous appeler aussitôt. Et puis, quand j'ai su qu'Abel Young vivait... Quand j'ai appris ainsi qu'il n'était pas qu'un fantasme de votre esprit...

— M'avez-vous assez répété qu'il n'existait pas ! Que je devais l'oublier ! Alors que c'est lui qui m'a redonné la vie, une seconde fois.

— Et, vous pensez que vous allez... vous en sortir, maintenant ?

— Ce n'est pas seulement que je le pense : regardez-moi, Marion, m'avez-vous déjà vue aussi heureuse, et libre ?... M'avez-vous déjà vue ainsi ?

— Pardonnez-moi de vous poser cette question : vous n'avez pas de chagrin ? Votre frère, votre mère...

— Non. Je dois vous paraître monstrueuse en disant cela. Mais pourquoi vous mentirais-je ? Surtout à vous qui connaissez si bien tout ça.

— Vous croyez donc qu'il est si simple de vivre, ma petite ?

— Oui. Et je ne suis plus "votre petite", Marion. Savez-vous ? Abel m'a dit qu'il ne voulait pas de l'*empire*, s'il devait en hériter — et il est certain qu'il en héritera. Mais moi, cette pauvre folle de Faye Emerson, je me sens une volonté nouvelle : j'ai envie de poursuivre… ou, plutôt, de recommencer l'œuvre de mon père, dont — par parenthèse — j'ai appris qu'il n'était pas mon père. Est-ce assez étrange, n'est-ce pas ?

— Je vous entends parler de tout ça avec un grand calme, Faye, une grande sérénité — et je dois dire que vous me faites un peu peur. Ne craignez-vous pas de ?… Et votre peinture ?…

— Je continuerai de peindre, même si ce doit être des bouquets maintenant. Pour le reste, qu'ai-je à craindre ?

— Mais, je ne sais pas… Croyez-vous que vous serez capable de diriger Events, vous si sensible, si faible, si fragile ? Au moins, vous allez vous faire aider au début. Par votre… eh bien : votre frère — Abel !

— Non. Si Abel refuse de reprendre la tête d'Events, pourquoi devrais-je l'ennuyer avec ça ? Il a le droit de vivre à son gré, plus que quiconque. Il dit qu'il veut partir, voyager… Et je sais qu'il le fera, je sais qu'il disparaîtra de ma vie à nouveau : il a une telle soif de liberté !

— Mais ! ma pauvre enfant, vous allez vivre dans l'attente de son retour comme vous avez vécu jusqu'à ce jour dans les regrets et les souvenirs !

— Non, Marion, non ! Et voulez-vous savoir pourquoi ? Parce que Abel m'a appris à être moi-même. Et puis, si un jour il devait s'en aller en effet, je sais maintenant qu'il reviendrait… Qu'il reviendra toujours. »

Commencé au refuge de Monzino — Massif du Mont-Blanc — le 19/7/78. Achevé à Paris le 9/4/79.

« Au lieu d'une enfance heureuse, nous avons eu le Viêt-nam. »

MICHAEL HERR, *Dispatches*.

Achevé d'imprimer en mai 2007
par Novoprint (Barcelone)

Dépôt légal : mai 2007

Imprimé en Espagne